Beste lezer,

Heel veel leesplezier met
mijn allernieuwste thriller
Waarom we logen!

Karin Slaughter

Atlanta, 2024

DE BOEKEN VAN KARIN SLAUGHTER

Nachtschade
Zoenoffer
Een lichte koude huivering
Onzichtbaar
Trouweloos
Triptiek
Onaantastbaar
Onbegrepen
Versplinterd
Genesis
Verbroken
Ongezien
Gevallen
Doorn in mijn vlees
Genadeloos
Stille zonde
Veroordeeld
Mooie meisjes
Verborgen
Laatste adem
Goede dochter
Gespleten/Pieces of Her
Laatste weduwe
Schoon goud (met Lee Child)
Verzwegen
Valse getuige
Puntgaaf
Gewetenloos
Na die nacht
Waarom we logen
Blond haar, blauwe ogen

ALLEEN ALS E-BOOK VERSCHENEN

Kwijt
Gepakt
Koud hart
Diep

KARIN SLAUGHTER

WAAROM WE LOGEN

Vertaling Ineke Lenting

WILL TRENT THRILLER

HarperCollins

MIX
Paper | Supporting responsible forestry
FSC® C021394

Voor het papieren boek is papier gebruikt dat onafhankelijk is gecertificeerd door FSC®
om verantwoord bosbeheer te waarborgen.
Kijk voor meer informatie op www.harpercollins.co.uk/green.

HarperCollins is een imprint van Uitgeverij HarperCollins Holland, Amsterdam.

Oorspronkelijke titel: *This Is Why We Lied*

Omslagontwerp: Buro Blikgoed
Omslagbeeld: © Dave Walls / Arcangel Images
Kaart: © 2024 Karin Slaughter
Foto auteur: © Alison Rosa
Zetwerk: Mat-Zet B.V., Huizen
Druk: ScandBook UAB, Lithuania, met gebruik van 100% groene stroom

ISBN 978 94 027 1533 0 (paperback)
ISBN 978 94 027 1566 8 (gebonden)
ISBN 978 94 027 7185 5 (e-book)
NUR 305
Eerste druk juni 2024

Originele uitgave verschenen bij HarperCollins Publishers LLC, New York, U.S.A.
Deze uitgave is uitgegeven in samenwerking met HarperCollins Publishers LLC.
HarperCollins Holland is een divisie van Harlequin Enterprises ULC.

www.harpercollins.nl

Voor David, voor zijn grenzeloze vriendelijkheid en geduld

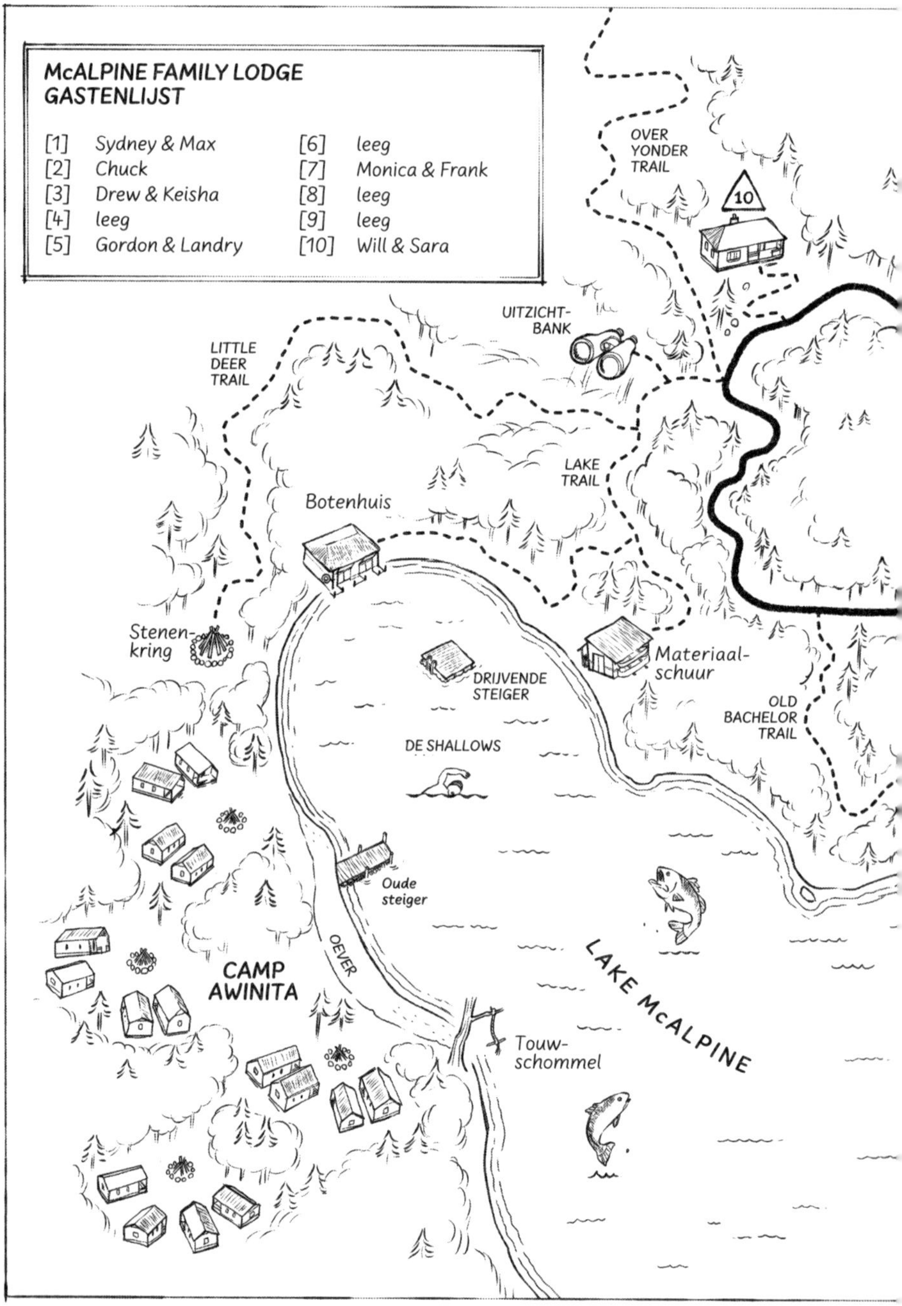
McALPINE FAMILY LODGE
GASTENLIJST
[1] Sydney & Max
[2] Chuck
[3] Drew & Keisha
[4] leeg
[5] Gordon & Landry
[6] leeg
[7] Monica & Frank
[8] leeg
[9] leeg
[10] Will & Sara
OVER YONDER TRAIL
10
UITZICHT-BANK
LITTLE DEER TRAIL
LAKE TRAIL
Botenhuis
Stenen-kring
Materiaal-schuur
DRIJVENDE STEIGER
OLD BACHELOR TRAIL
DE SHALLOWS
Oude steiger
OEVER
CAMP AWINITA
LAKE McALPINE
Touw-schommel

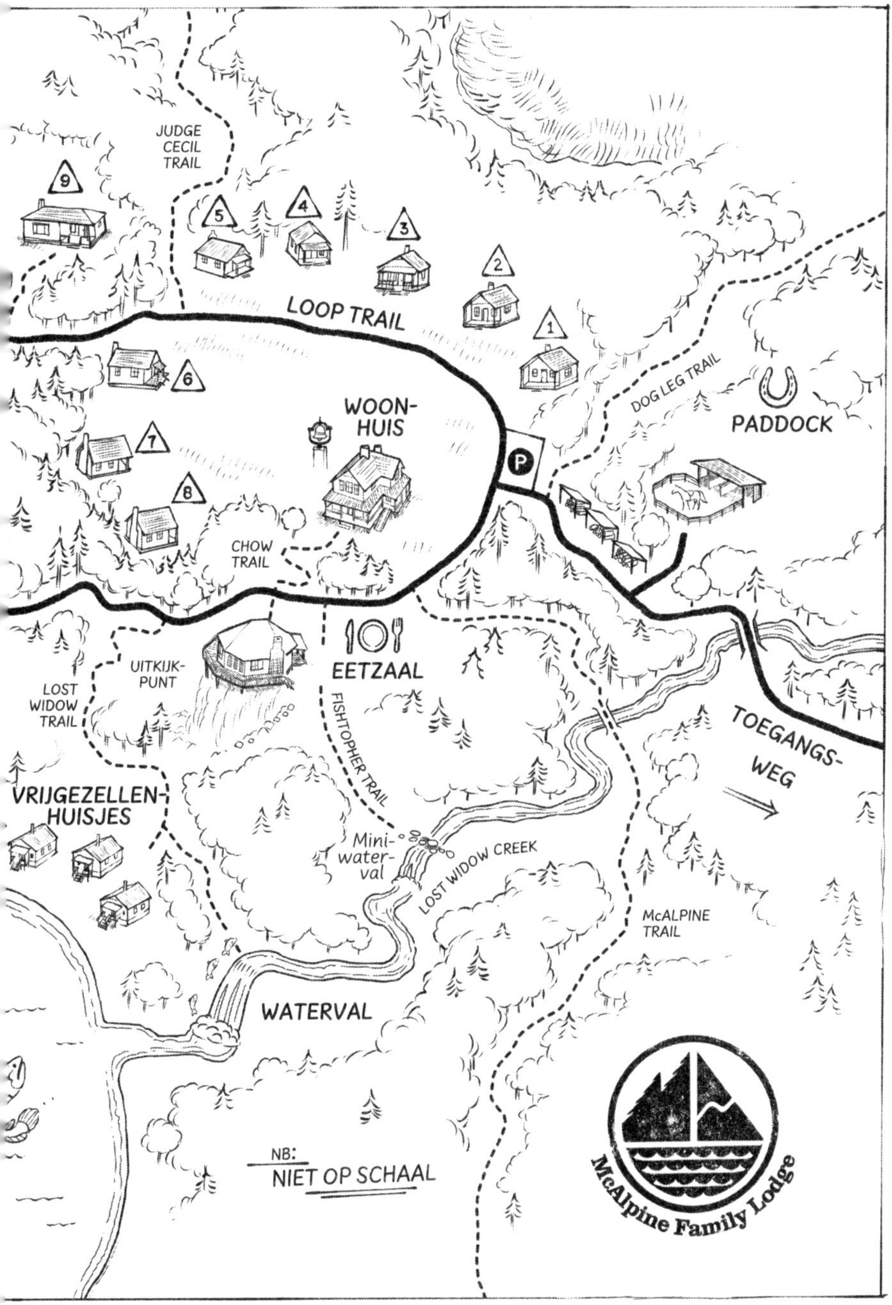
JUDGE CECIL TRAIL
9
5
4
3
2
1
LOOP TRAIL
6
7
8
WOON-HUIS
P
DOG LEG TRAIL
PADDOCK
CHOW TRAIL
UITKIJK-PUNT
EETZAAL
LOST WIDOW TRAIL
FISHTOPHER TRAIL
TOEGANGS-WEG
VRIJGEZELLEN-HUISJES
Mini-water-val
LOST WIDOW CREEK
McALPINE TRAIL
WATERVAL
NB:
NIET OP SCHAAL
McAlpine Family Lodge

PROLOOG

Will Trent ging op de oever van het meer zitten om zijn hoge wandelschoenen uit te trekken. De cijfers op de wijzerplaat van zijn horloge lichtten op in het donker. Nog een uur, dan was het middernacht. In de verte hoorde hij een uil. Een briesje ruiste door de bomen. In het licht van de maan, een volmaakte cirkel aan de nachthemel, bewoog een gestalte in het water. Het was Sara Linton, die op de drijvende steiger af zwom. Haar lichaam glansde in het koele blauwe schijnsel terwijl ze door de zacht kabbelende golven gleed. Ze draaide zich om en keek met een lome rugslag lachend naar Will op.

'Kom je er ook in?'

Will kreeg er geen woord uit. Hij wist dat Sara gewend was aan zijn ongemakkelijke stiltes, maar deze keer was het anders. Alleen al haar aanblik benam hem de adem. Hij had maar één gedachte, die hij deelde met iedereen die hen samen zag: wat zag ze in godsnaam in hem? Ze was zo door en door slim en grappig, zo beeldschoon, terwijl hij in het donker niet eens de knoop uit zijn veter kreeg.

Hij wurmde de schoen van zijn voet toen ze in zijn richting zwom. Haar lange, kastanjebruine haren lagen glad langs haar hoofd. Haar blote schouders staken boven het zwarte water uit. Voor ze erin was gedoken, had ze haar kleren uitgetrokken, en ze had gelachen toen hij zei dat hij het een slecht idee vond om midden in de nacht ergens in te springen wat je niet eens kon zien, terwijl niemand wist waar je was.

Tegelijkertijd leek het hem een nog slechter idee om niet te reageren als een naakte vrouw je vroeg of je bij haar kwam. Dus trok hij zijn sokken uit en ging staan om zijn broek open te knopen.

Terwijl hij zich uitkleedde, liet Sara een zacht, bewonderend fluitje horen. 'Wauw,' zei ze. 'Iets langzamer, graag.'

Hij moest lachen, al wist hij zich niet goed raad met het lichte gevoel in zijn borst. Dit soort aanhoudend geluk kende hij niet. Natuurlijk waren er momenten van uitzinnige vreugde geweest: zijn eerste kus, de eerste keer dat hij seks had gehad, de eerste keer dat seks langer dan drie seconden had geduurd, zijn afstuderen, zijn eerste loonstrookje, de dag dat hij er eindelijk in geslaagd was van zijn akelige ex-vrouw te scheiden.

Dit was anders.

Will en Sara waren nu twee dagen getrouwd, en de euforie die hij tijdens de ceremonie had gevoeld, was nog niet afgezwakt. Integendeel, die was met het uur sterker geworden. Als ze naar hem glimlachte of schaterde om een van zijn stomme grapjes, was het alsof zijn hart in een vlinder veranderde. Hij wist dat het niet stoer was om gevoelens zo te omschrijven en vond het ook moeilijk ze te delen. Dat was een van de vele redenen waarom hij de voorkeur gaf aan ongemakkelijke stiltes.

'Joehoe!' juichte Sara toen Will met veel vertoon zijn shirt uittrok voor hij het meer in stapte. Het was niet zijn gewoonte om naakt rond te lopen, en al helemaal niet buiten. Daarom dook hij sneller onder dan verstandig was. Het water was koud, zelfs midden in de zomer. Zijn huid tintelde. Het voelde akelig zoals de modder aan zijn voeten zoog. Toen sloeg Sara haar armen om hem heen en had hij geen reden tot klagen meer.

'Hé,' zei hij.

'Hé.' Ze streek zijn haar naar achteren. 'Heb je ooit eerder in een meer gezwommen?'

'Niet uit vrije wil,' moest hij toegeven. 'Weet je zeker dat het water veilig is?'

Ze dacht even na. 'Koperkoppen zijn doorgaans actiever in de schemering. En voor watermoccasinslangen zitten we waarschijnlijk te ver naar het noorden.'

Will had nog niet over slangen nagedacht. Hij was midden in Atlanta opgegroeid, omringd door smerig asfalt en afgedankte spuiten. Sara had haar jeugd doorgebracht in een universiteitsstadje in het landelijke South Georgia, omringd door natuur.

En kennelijk door slangen.

'Ik moet iets opbiechten,' zei ze. 'Ik heb tegen Mercy gezegd dat we hebben gelogen.'

'Dat dacht ik al,' zei Will. Die avond was er een heftige botsing tussen Mercy en haar familie geweest. 'Komt het goed met haar?'

'Ik denk het. Die Jon lijkt me een aardige jongen.' Sara schudde haar hoofd, ten teken dat ze de hele zaak onbeduidend vond. 'Tieners hebben het niet makkelijk.'

'Er valt iets voor te zeggen om in een weeshuis op te groeien,' zei Will in een poging tot luchthartigheid.

Ze legde haar vinger op zijn lippen, waarmee ze vast wilde zeggen dat ze het niet grappig vond. 'Kijk eens omhoog.'

Will keek op. Meteen liet hij zijn hoofd weer zakken, zo overweldigd was hij. Hij had nog nooit zoveel sterren aan de hemel gezien. Zeker geen sterren zoals deze. Stuk voor stuk stralende speldenprikjes aan het fluweelzwarte firmament. Niet uitgevlakt door lichtvervuiling. Niet dof door smog of nevel. Hij ademde diep in en voelde zijn hartslag vertragen. Het enige geluid kwam van krekels. Het enige kunstlicht was een verre fonkeling vanaf de veranda die om het woonhuis heen liep.

Hij vond het hier eigenlijk wel mooi.

Ze hadden acht kilometer over rotsachtig terrein gelopen om bij de McAlpine Family Lodge te komen. Het vakantieoord bestond al zo lang dat Will er als jongen al over gehoord had. Hij had ervan gedroomd om er op een dag naartoe te gaan. Om te kanoën, te peddelen, te mountainbiken, trektochten te maken en bij een kampvuur geroosterde marshmallows te eten. Dat hij hier nu samen met Sara was, een gelukkig man op huwelijksreis, vond hij wonderbaarlijker dan alle sterren aan de hemel.

'Op dit soort plekken hoef je maar een klein bovenlaagje weg te krabben en er komen allerlei duistere zaken tevoorschijn,' zei Sara.

Will wist dat ze nog steeds aan Mercy dacht. De keiharde botsing met haar zoon. De kille reactie van haar ouders. Haar sneue broer. Haar lul van een ex. Haar excentrieke tante. Om nog maar te zwijgen van de overige gasten met hun problemen, versterkt door de overvloedige hoeveelheden alcohol die bij het gezamenlijke avondeten hadden gevloeid. Wat Will er weer aan herinnerde dat hij in zijn jongensdromen over deze plek niet had voorzien dat er ook anderen zouden zijn. En die ene klootzak al helemaal niet.

'Ik weet wat je gaat zeggen,' zei Sara. 'Dat is de reden waarom we logen.'

Het was niet precies wat hij wilde zeggen, maar het kwam in de buurt.

Will was special agent bij het Georgia Bureau of Investigation. Sara was opgeleid tot kinderarts, maar tegenwoordig was ze werkzaam als patholoog-anatoom bij het GBI. Beide beroepen gaven soms aanleiding tot lange gesprekken met onbekenden, die niet allemaal even prettig en soms heel vervelend verliepen. Om van hun huwelijksreis te kunnen genieten had het hun beter geleken om te verhullen wat voor werk ze deden.

Hoewel… je kon je wel anders voordoen dan je was, maar je ware persoonlijkheid liet zich niet onderdrukken. Ze waren allebei van het soort dat zich om anderen bekommerde. In dit geval om Mercy. Het was alsof de hele wereld zich op dat moment tegen haar keerde. Will wist hoe sterk je moest zijn om je hoofd hoog te houden, om door te blijven gaan wanneer iedereen om je heen je naar beneden probeerde te trekken.

'Hé.' Sara sloeg haar armen nog steviger om hem heen en wikkelde nu ook haar benen om zijn middel. 'Ik moet nog iets opbiechten,' zei ze.

Will glimlachte, als antwoord op haar lach. De vlinder in zijn borst kwam tot leven, evenals andere dingen toen hij haar warme lijf tegen het zijne voelde drukken. 'Wat dan?' vroeg hij.

'Ik krijg gewoon geen genoeg van je.' Sara kuste zich een weg langs zijn hals omhoog en probeerde met haar tanden een reactie aan hem te ontlokken. De tintelingen waren terug. Haar adem in zijn oor vulde zijn hoofd met verlangen. Langzaam liet hij zijn hand naar beneden glijden. Haar adem stokte bij zijn aanraking. Hij voelde haar deinende borsten tegen zijn blote huid.

Toen werd de stilte van de nacht verbroken door een scherpe, luide kreet.

'Will.' Sara's hele lichaam spande zich. 'Wat was dat?'

Hij had geen idee. Hij wist niet of het geluid van een mens of van een dier kwam. Het was een snerpende, bloedstollende kreet geweest. Woordeloos, geen roep om hulp maar een uiting van ongebreidelde doodsangst. Het soort geluid dat je oerbrein in de vecht-of-vluchtmodus dreef.

Will was niet geprogrammeerd voor de vlucht.

Hand in hand haastten ze zich terug naar de oever. Will raapte zijn kleren op en reikte Sara haar spullen aan. Terwijl hij zijn shirt aantrok, liet hij zijn blik over het water gaan. Op de plattegrond had hij gezien dat het meer zich als een sluimerende sneeuwpop uitstrekte. Het zwemgedeelte bevond zich bij de kop. Bij de ronding van de onderbuik loste de oever op in het donker. Geluid was moeilijk te lokaliseren. Het lag voor de hand dat de kreet van een plek kwam waar de andere mensen waren. Op het terrein van de Lodge bevonden zich verder nog vier stellen en een man alleen. Het woonhuis was voor de familie McAlpine. De gasten, Will en Sara niet meegerekend, waren verdeeld over vijf van de tien huisjes die waaiervormig vanaf de eetzaal verspreid stonden. Dat bracht het totale aantal mensen op het terrein op achttien.

De kreet kon van ieder van hen zijn.

'Dat ruziënde stel tijdens het eten.' Sara knoopte haar jurk dicht. 'De tandarts was straalbezopen. De IT-man was –'

'En die vent alleen?' Wills cargobroek schoof stroef over zijn natte benen. 'Die Mercy steeds zat te sarren?'

'Chuck,' wist Sara. 'De jurist was irritant. Hoe kon hij op de wifi komen?'

'Iedereen ergerde zich aan dat paardenmens, die vrouw van hem.' Will duwde zijn blote voeten in zijn schoenen. Zijn sokken verdwenen in zijn zak. 'Die liegende appjongens voeren iets in hun schild.'

'En de Jakhals?'

Will was zijn veters aan het strikken, maar nu keek hij op.

'Schat?' Sara schopte haar sandalen overeind om ze aan haar voeten te schuiven. 'Ben je –'

Hij liet de veter ongestrikt. Over de Jakhals wilde hij het niet hebben. 'Klaar?'

Ze liepen het pad op. Will had haast en versnelde het tempo tot Sara achteropraakte. Ze was superatletisch, maar haar sandalen waren gemaakt om op te slenteren, niet om op te rennen.

Hij bleef staan en draaide zich om: 'Vind je het goed als –'

'Ga maar,' zei ze. 'Ik haal je wel in.'

Will verliet het pad en liep in een rechte lijn door het bos. Met het verandalicht als oriëntatiepunt duwde hij takken opzij en stekelige ranken die zich vasthaakten aan de mouwen van zijn shirt. Zijn natte voeten wreven tegen de binnenkant van zijn schoenen. Het was een vergissing geweest om die ene veter niet te strikken. Even overwoog hij te stoppen, maar de wind draaide en voerde een geur als van koperen munten met zich mee. Will wist niet of hij daadwerkelijk bloed rook of dat er in zijn politiebrein zintuiglijke herinneringen aan vroegere misdaadplekken bovenkwamen.

De kreet had ook van een dier kunnen zijn.

Zelfs Sara had getwijfeld. Het enige wat Will zeker wist, was dat het schepsel dat het geluid had geproduceerd in doodsangst verkeerde. Een coyote. Een lynx. Een beer. Het stikte in het bos van de beesten die andere dieren de stuipen op het lijf konden jagen.

Was zijn reactie overdreven?

Hij staakte zijn geploeter door de dichte begroeiing, draaide zich om en probeerde het pad terug te vinden. Hij zag Sara niet, maar wist haar te lokaliseren door te luisteren naar het geluid van haar sandalen op het grind. Ze bevond zich halverwege het woonhuis en het meer. Hun huisje stond helemaal aan de rand van het hoofdterrein. Waarschijnlijk was ze een plan aan het uitwerken. Brandde er nog licht in de overige huisjes? Moest ze op deuren kloppen? Of had ze dezelfde gedachte als Will, namelijk dat ze door beroepsdeformatie overdreven alert waren en dat dit niet meer dan een grappig verhaal zou worden om aan Sara's zus te vertellen, over hoe ze na de doodskreet van een dier meteen op onderzoek waren uitgegaan in plaats van geile seks in het meer te hebben?

Op dat moment vond Will het niet grappig. Zijn haar plakte aan zijn hoofd van het zweet. Hij had een schurende blaar op zijn hiel. Een klimplant had zijn voorhoofd opengehaald, en bloed sijpelde naar beneden. Hij luisterde naar de stilte van het bos. Zelfs de krekels hadden hun gesjirp gestaakt. Hij mepte naar een insect dat hem in de zijkant van zijn hals beet. Ergens boven hem in de bomen schoot iets weg.

Misschien was het hier toch minder mooi dan hij dacht.

Het ergste was nog dat hij deze ellende diep vanbinnen aan de Jakhals weet. Zo lang als Will zich kon herinneren, liep het steeds slecht af wanneer die klootzak in de buurt was. Dat was al het geval geweest toen ze nog kinderen waren. De sadistische lul was altijd al een wandelend ongeluksteken geweest.

Will wreef over zijn gezicht alsof hij elke gedachte aan de Jakhals kon wissen. Ze waren geen kinderen meer. Hij was nu een volwassen man op huwelijksreis.

Hij liep terug naar Sara. Of in de richting waarin Sara volgens hem was verdwenen. In het donker was hij alle gevoel voor tijd en richting kwijtgeraakt. Hij had geen idee hoelang hij als een Ninja Warrior door het bos had gerend. Door het struikgewas ploeteren was een stuk moeilijker zonder de adrenaline die hem halsoverkop de neerhangende ranken in had gejaagd. In gedachten stelde hij zijn eigen plan op. Zodra hij het pad had bereikt, zou hij zijn sokken aantrekken en zijn veter strikken zodat hij de rest van de week niet liep te strompelen. Hij zou zijn beeldschone vrouw opzoeken, haar mee terug nemen naar het huisje, en dan zouden ze verdergaan waar ze gebleven waren.

'Help!'

Will verstijfde.

Deze keer was er geen twijfel mogelijk. De kreet klonk zo helder dat hij alleen maar uit de mond van een vrouw kon komen.

Weer schreeuwde ze...

'Alsjeblieft!'

Will stoof weer van het pad en rende terug naar het meer. Het geluid was van de overkant van het zwemgedeelte gekomen, ergens bij de onderkant van de sneeuwpop. Hij boog zijn hoofd en liet zijn benen pompen. Hij hoorde het bloed door zijn oren suizen, gelijk op met het weergalmen van de kreten. Algauw werd het bos zo goed als ondoordringbaar. Laaghangende takken zwiepten tegen zijn armen. Muggen zwermden rond zijn gezicht. Opeens liep het terrein steil af. Hij landde op de zijkant van zijn voet en verzwikte zijn enkel.

Hij negeerde de scherpe pijn en dwong zichzelf om door te gaan. Hij probeerde zijn adrenaline onder controle te krijgen. Hij moest zijn tempo vertragen. Het hoofdterrein lag hoger dan het meer. In de buurt van de eetzaal was een steile helling naar beneden. Hij kwam uit bij het achterste stuk van de Loop Trail en volgde toen een ander zigzagpad naar beneden. Zijn hart ging nog steeds tekeer. Zijn brein was nog wazig van zelfverwijt. Hij had de allereerste keer al op zijn intuïtie moeten vertrouwen. Hij had dit moeten doorzien. Hij werd misselijk bij de gedachte aan wat hij zou kunnen aantreffen, want de vrouw had het in doodsnood uitgeschreeuwd, en er was geen boosaardiger roofdier dan de mens.

De lucht vulde zich met rook, en Will begon te hoesten. Op het moment dat het maanlicht door de bomen brak, zag hij dat de grond in terrassen was verdeeld. Strompelend bereikte hij een open plek. De grond lag bezaaid met lege bierblikjes en sigarettenpeuken. Overal lag gereedschap. Will draaide zijn hoofd alle kanten op toen hij langs zaagbokken en verlengsnoeren draafde, langs een generator die op zijn kant lag. Hij zag nog drie huisjes, alle in uiteenlopende stadia van onderhoud. Een van de daken ging schuil onder zeildoek. Bij het volgende huisje waren de ramen dichtgespijkerd. Het achterste huisje stond in brand. Vlammen sloegen uit de houten gevelbeplating. De deur stond halfopen. Rook kringelde uit een gebroken zijraampje. Nog even en het dak zou bezwijken.

De hulpkreten. De brand.

Hij vermoedde dat er nog iemand binnen was.

Will ademde diep in en rende de verandatrap op. Hij trapte de deur wijd open. Een golf hitte sloeg het vocht uit zijn ogen. Op een na waren alle ramen dichtgetimmerd. Het enige licht kwam van het vuur. Om onder de rook te blijven baande hij zich ineengedoken een weg door de woonkamer. Het keukentje in. De badkamer met plek voor een ligbad. De kleine kast.

Zijn longen gingen pijn doen. Hij raakte buiten adem. Toen hij naar de slaapkamer liep, kreeg hij een hap zwarte rook binnen. Geen deur. Geen sanitair. Geen kast. De achterwand van het huisje was tot op de stijlen gestript.

De spleten waren zo smal dat hij er niet doorheen paste.

Will hoorde luid gekraak boven het gebulder van het vuur uit. Hij rende terug naar de woonkamer. Het plafond stond in lichterlaaie. Vlammen vraten aan de steunbalken. Het dak stond op instorten. Het regende brandende houtbrokken. Door de rook zag Will amper een hand voor ogen.

De voordeur was te ver weg. Hij rende naar het kapotte raam, zette zich op het laatste moment af en wierp zich langs het vallende puin. Hij liet zich op de grond rollen. Zijn hele lijf deed pijn van het hoesten. Zijn vel voelde strak, alsof het door de hitte bijna kookte. Hij probeerde op te staan, maar net toen hij zich op handen en knieën overeind had gehesen, hoestte hij een zwarte roetprop uit. Het snot liep uit zijn neus. Zweet droop van zijn gezicht. Weer hoestte hij. Zijn longen voelden als versplinterd glas. Hij drukte zijn voorhoofd tegen de grond. Modder plakte aan zijn verschroeide wenkbrauwen. Hij zoog door zijn neus een teug scherpe lucht op.

Koper.

Will ging rechtop zitten.

Politiemensen geloofden doorgaans dat je het ijzer in bloed kon ruiken wanneer het in aanraking kwam met zuurstof. Dat klopte niet. Bij ijzer was er een chemische reactie nodig om de geur te activeren. Op een plaats delict werd die doorgaans veroorzaakt door het vetgehalte in de huid. Water versterkte de geur.

Will keek naar het meer. Hij had een waas voor ogen en veegde de modder en het zweet weg. Drong de opkomende hoest terug.

Verderop zag hij de zolen van een paar Nikes.

Een bebloede jeans die tot op de knieën naar beneden was gerukt.

Armen die zijwaarts op het water dreven.

Het lichaam lag op de rug, half in en half uit het water.

Bij de aanblik daarvan stond Will heel even stil, als aan de grond genageld. De huid, die wasachtig lichtblauw kleurde in het licht van de maan. Misschien kwam het doordat hij een grap had gemaakt over zijn jeugd in een weeshuis, of misschien voelde hij nog steeds de afwezigheid van familieleden aan zijn kant van het altaar, maar Will moest aan zijn moeder denken.

Voor zover hij wist, waren er maar twee foto's ter nagedachtenis aan zijn moeders korte, zeventienjarige leven. De ene was een politiefoto na een arrestatie, een jaar voor Wills geboorte. De andere was genomen door de patholoog-anatoom die autopsie op haar lichaam had verricht. Een polaroid. Verbleekt. Het wasachtige blauw van zijn moeders huid had dezelfde tint als die van de dode vrouw die zo'n zeven meter verderop lag.

Will ging staan. Strompelend liep hij naar het lichaam.

Niet dat hij verwachtte zijn moeders gezicht te zullen zien. Diep vanbinnen wist hij al wie hij zou aantreffen. Toen hij zich over het lichaam boog in de veronderstelling dat zijn vermoeden bevestigd zou worden, werd er een nieuw litteken in het donkerste deel van zijn hart gekerfd.

Weer een verloren vrouw. Weer een zoon die zonder zijn moeder zou opgroeien.

Mercy McAlpine lag in het ondiepe water, waar ze in de kabbelende golfjes zachtjes haar schouders ophaalde. Haar hoofd rustte op een hoopje stenen, waardoor haar neus en mond boven water bleven. Drijvende strengen blond haar gaven haar iets etherisch, als van een gevallen engel, een vervagende ster.

De doodsoorzaak had niets geheimzinnigs. Will zag dat ze meerdere steekwonden had. De witte blouse die Mercy tijdens het avondeten had gedragen, was opgegaan in de bloederige pulp van haar borstkas. Water had sommige wonden schoongewassen. Hij zag de rauwe japen in haar schouder, waar het mes was rondgedraaid. Uit de donkerrode vierkantjes leidde hij af dat alleen het handvat had voorkomen dat het lemmet er nog dieper in was gegaan.

Tijdens zijn loopbaan had Will gruwelijkere plaatsen delict gezien, maar deze vrouw had een uur geleden nog geleefd. Ze had rondgelopen, grapjes gemaakt, geflirt, geruzied met haar nukkige zoon, strijd gevoerd met haar vileine familie, en nu was ze dood. Ze zou het nooit meer goed kunnen maken met haar kind. Ze zou hem nooit verliefd zien worden. Ze zou nooit vooraan zitten als hij met zijn grote liefde trouwde. Nooit meer vakanties, verjaardagen, diploma-uitreikingen of rustige momenten samen.

Het enige wat er voor Jon overbleef, was de schrijnende pijn van haar afwezigheid.

Een paar tellen lang gaf Will zich over aan verdriet, waarna zijn training het overnam. Met zijn blik tastte hij het bos af voor het geval de moordenaar nog in de buurt was. Hij zocht om zich heen naar wapens. De dader had het mes meegenomen. Weer keek Will naar het bos. Hij probeerde vreemde geluiden op te vangen. Slikte het roet en de gal door die in zijn keel waren blijven steken. Knielde naast Mercy neer. Hield zijn vingers tegen de zijkant van haar hals om te controleren of haar hart nog sloeg.

Hij voelde een snelle klop.

Ze leefde nog.

'Mercy?' Voorzichtig draaide Will haar hoofd naar zich toe. In haar open ogen blonk het wit als twee glanzende knikkers. 'Wie heeft dit gedaan?' zei hij op vaste toon.

Hij hoorde een soort gefluit, maar het kwam niet uit haar neus of mond. Haar longen probeerden lucht op te zuigen door de open wonden in haar borstkas.

'Mercy.' Hij nam haar gezicht tussen zijn handen. 'Mercy McAlpine. Ik ben Will Trent. Ik ben agent bij het Georgia Bureau of Investigation. Kijk me aan, nu.'

Haar oogleden begonnen te trillen.

'Kijk me aan, Mercy,' beval Will. 'Kijk me aan.'

Heel even flakkerde het wit op. Haar ogen draaiden weg. Seconden verstreken, misschien een minuut, voor ze haar blik eindelijk op Wills gezicht richtte. Een korte blijk van herkenning, toen een golf angst. Ze was nu terug in haar lichaam, vol doodsangst, vol pijn.

'Het komt goed.' Hij wilde opstaan. 'Ik ga hulp halen.'

Mercy greep Wills boord en trok hem naar zich toe. Ze keek hem aan, keek hem werkelijk aan. Ze wisten allebei dat het niet goed zou komen. In plaats van in paniek te raken, in plaats van hem los te laten, hield ze hem bij zich. Haar leven kwam in beeld. De laatste woorden die ze tegen haar familie had gezegd, de ruzie met haar zoon.

'J-Jon... zeg... zeg dat hij w-weg moet gaan van h-h...'

Will zag dat haar oogleden weer begonnen te knipperen. Hij ging niets tegen Jon zeggen. Mercy moest haar laatste woorden rechtstreeks tot haar zoon richten. Op luide toon riep hij: 'Sara! Ga Jon halen! Snel!'

'N-Nee...' Mercy begon te beven. Ze raakte in shock. 'J-Jon mag niet... Hij m-mag niet... blijven... Hij moet weg van... van...'

'Luister,' zei Will. 'Geef je zoon de kans om afscheid te nemen.'

'H-Hou...' zei ze. 'Hou z-zoveel... van hem.'

Will hoorde zijn eigen hartzeer in haar stem. 'Blijf alsjeblieft nog even bij me, Mercy. Sara brengt Jon hiernaartoe. Hij moet je zien voor –'

'Het s-spijt me...'

'Dat hoeft niet,' zei Will. 'Zolang je maar bij me blijft. Alsjeblieft. Denk aan het laatste dat Jon tegen je gezegd heeft. Dat mag niet het einde zijn. Je weet dat hij je niet haat. Hij wil niet dat je doodgaat. Laat hem niet zo achter. Alsjeblieft.'

'V-Vergeef... hem...' Ze hoestte. Bloed sproeide uit haar mond. 'Vergeef hem...'

'Zeg dat zelf maar tegen hem. Jon moet het van jou horen.'

Ze klemde zijn shirt in haar vuist, trok hem nog dichter naar zich toe. 'V-Vergeef hem...'

'Mercy, alsjeblieft, niet...' Wills stem brak. Ze gleed te snel weg. Opeens besefte hij wat Jon zou zien als Sara hem hier bracht. Dit was niet het moment om teder afscheid te nemen. Geen zoon hoorde te leven met de aanblik van zijn moeders gewelddadige dood.

Hij probeerde zijn eigen verdriet te verdringen. 'Oké. Ik zeg het tegen Jon. Dat beloof ik.'

Mercy zag zijn belofte als toestemming.

Haar lichaam verslapte. Ze liet zijn boord los. Will zag haar hand wegglijden, de rimpelingen toen die in het water plonsde. Het beven was gestopt. Haar mond viel wijd open. Een trage, gekwelde zucht maakte zich los uit haar lichaam. Will wachtte op een volgende schrapende ademtocht, maar haar borstkas bewoog niet meer.

In de stilte die volgde, raakte hij in paniek. Hij mocht haar niet laten gaan. Sara was arts. Ze kon Mercy redden. Ze zou Jon hiernaartoe brengen zodat hij een laatste kans had om afscheid te nemen.

'Sara!'

Wills stem weergalmde over het meer. Hij rukte zijn shirt uit en bedekte Mercy's wonden. Zo zou Jon het letsel niet zien. Hij zou het gezicht van zijn moeder zien. Hij zou weten dat ze van hem hield. Hij zou zich niet de rest van zijn leven hoeven afvragen hoe het anders had kunnen lopen.

'Mercy?' Will schudde haar zo hard heen en weer dat haar hoofd opzijviel. 'Mercy?'

Hij sloeg met een handpalm tegen haar gezicht. Haar huid was ijskoud. Alle kleur was eruit weggetrokken. Het bloed stroomde niet meer. Ze ademde niet. Hij voelde geen pols. Hij moest haar reanimeren. Will haakte de vingers van zijn beide handen in elkaar, legde ze met de handpalmen naar beneden op Mercy's borstkas, zette zijn ellebogen vast, rechtte zijn schouders en drukte met zijn volle gewicht.

Pijn sneed als een blikseminslag door zijn hand. Hij probeerde hem terug te trekken, maar hij zat vast.

'Stop!' Uit het niets was Sara daar. Ze greep zijn handen en drukte ze tegen Mercy's borstkas. 'Niet bewegen. Dan snijd je de zenuwen door.'

Het duurde even voor Will doorhad dat Sara niet over Mercy inzat. Ze maakte zich zorgen om hem.

Hij sloeg zijn blik neer. Zijn brein had geen verklaring voor wat hij zag. Langzaam kwam hij weer bij zinnen. Hij keek naar het moordwapen. Het was een uitzinnige, gewelddadige aanval geweest, vol razernij. De moordenaar had Mercy niet alleen in haar borstkas gestoken. Hij had haar ook van achteren aangevallen, had het mes met zoveel kracht in haar rug gestoten dat het handvat was afgebroken. Het lemmet zat nog steeds in Mercy's borst.

Will had zijn hand aan het afgebroken mes geregen.

1

TWAALF UUR VOOR DE MOORD

Met haar blik op het plafond gericht nam Mercy McAlpine haar week door. Die ochtend hadden alle tien stellen uitgecheckt. Vandaag kwamen er vijf nieuwe te voet naar de Lodge. Donderdag nog eens vijf, zodat ze het weekend weer vol zaten. De koffers moesten over de juiste huisjes worden verdeeld. Die ochtend had de vervoerder de laatste op de parkeerplaats gedumpt. Ze wist nog niet wat ze met die gestoorde vriend van haar broer aan moest, die telkens weer als een zwerfhond op de stoep stond. Het keukenpersoneel moest weten dat hij er weer was, want hij had een pinda-allergie. Of misschien ook maar niet, want dan zou de berg ellende in haar leven zo ongeveer gehalveerd worden.

De andere helft lag zich boven op haar suf te bonken. Dave pufte als een stoomlocomotief die het einde van de tunnel niet zou halen. Zijn ogen knalden zowat uit zijn kop. Zijn wangen waren vuurrood. Mercy was vijf minuten geleden al stilletjes klaargekomen. Eigenlijk had ze het moeten zeggen, maar ze gunde hem de overwinning niet.

Ze draaide haar hoofd om en keek op de wekker naast het bed. Ze lagen op de vloer van huisje 5, want ze was niet van plan voor Dave het bed te verschonen. Het was tegen twaalven. Ze mocht niet te laat op de familievergadering verschijnen. Rond twee uur zouden de eerste gasten binnendruppelen. Er moesten telefoontjes worden gepleegd. Twee stellen hadden om een massage gevraagd. Een derde stel had zich op het laatste moment ingeschreven voor wildwaterraften. Ze moest met de manege het juiste tijdstip voor de volgende ochtend kortsluiten. Ze moest de weersverwachting checken om te zien of dat noodweer nog steeds hun kant op kwam. De leverancier had nectarines in plaats van perziken gebracht. Dacht hij nou echt dat ze het verschil niet wist?

'Merce?' Dave lag nog steeds te puffen, maar ze hoorde aan zijn stem dat hij het had opgegeven. 'Ik moet ermee nokken, geloof ik.'

Met een paar schouderklopjes tikte Mercy hem af. Daves afgematte lul klapte tegen haar been toen hij zich op zijn rug liet vallen. Hij keek naar het plafond. Zij keek naar hem. Hij was kortgeleden vijfendertig geworden, maar je zou hem eind zeventig geven. Hij had waterige ogen. Zijn neus was bezaaid met gebarsten haarvaten. Hij haalde piepend adem. Hij was weer gaan roken, want de drank en de pillen deden hem niet snel genoeg de das om.

'Sorry,' zei hij.

Een reactie was overbodig, want dit was al zo vaak voorgevallen dat Mercy's woorden als een eindeloze echo rondgalmden. *Als je nou eens niet high was geweest... Als je nou eens niet dronken was geweest... Als je nou eens niet zo'n waardeloze lamlul was geweest... Als ik nou eens geen eenzame, stomme debiel was geweest die haar loser van een ex steeds maar weer neukte op de vloer...*

'Zal ik...' Hij gebaarde naar beneden.

'Het is goed zo.'

Dave lachte. 'Je bent de enige vrouw die ik ken die doet alsof ze niet is klaargekomen.'

Mercy had geen zin in zijn grapjes. Ze bleef het er bij Dave inwrijven dat hij foute beslissingen nam, maar ze had nog wel steeds seks met hem, dus ze was zelf geen haar beter. Ze trok haar jeans omhoog. De knoop zat strak, want ze was een paar kilo aangekomen. Op haar schoenen na was haar broek het enige wat ze had uitgetrokken. De lavendelkleurige Nikes stonden naast zijn gereedschapskist, waardoor haar opeens iets te binnen schoot. 'Je moet het toilet in huisje 3 nog repareren voor de gasten arriveren.'

'Komt voor mekaar, baas.' Dave rolde op zijn zij en hees zich overeind. Haast had hij nooit. 'Heb je misschien wat geld voor me?'

'Neem het maar uit de alimentatie.'

Hij kromp ineen. Hij liep al zestien jaar achter.

'Hoe zit het met het geld dat je van Pa hebt gekregen voor het opknappen van de vrijgezellenhuisjes?'

'Dat was een aanbetaling.' Daves knie knakte luid toen hij opstond. 'Ik moest materiaal kopen.'

Ze vermoedde dat het materiaal grotendeels afkomstig was van zijn dealer of zijn bookie. 'Een afdekzeil en een tweedehands generator kosten geen duizend dollar.'

'Kom op, Mercy Mac.'

Met een luide zucht bekeek Mercy zichzelf in de spiegel. Het litteken dat over haar gezicht liep, stak vurig rood af tegen haar bleke huid. Haar haar zat nog in een strakke staart. Er zat geen enkel kreukeltje in haar blouse. Ze zag eruit als een vrouw die van de meest teleurstellende man op aarde zojuist het minst bevredigende orgasme ooit had gekregen.

'Wat vind je van dat investeringsplan?' vroeg Dave.

'Volgens mij doet Pa toch gewoon waar hij zin in heeft.'

'Maar ik vraag het niet aan hem.'

Ze keek Dave via de spiegel aan. Tijdens het ontbijt was haar vader opeens met het nieuws over de rijke investeerders gekomen. Mercy was niet geraadpleegd, en ze ging ervan uit dat dit Pa's manier was om haar te laten weten dat hij nog steeds de baas was. De Lodge was al zeven generaties in het bezit van de familie McAlpine. In het verleden hadden ze kleine leningen afgesloten, meestal bij trouwe gasten die de zaak in bedrijf wilden houden. Ze hielpen als er daken gerepareerd of nieuwe boilers gekocht moesten worden en één keer met het vervangen van de elektrische leiding vanaf de weg. Maar dit klonk als iets veel groters. Pa had gezegd dat ze met het geld van de investeerders het hoofdterrein konden uitbouwen.

'Het lijkt me een goed idee,' zei Mercy. 'Dat gedeelte van het oude kampterrein ligt op het mooiste stuk grond. We kunnen een aantal grotere huisjes bouwen, en misschien de markt op voor bruiloften en familiereünies.'

'Ga je het nog steeds Camp A-Winni-Pedo noemen?'

Onwillekeurig moest Mercy lachen. Camp Awinita was een kampterrein van veertig hectare vlak bij het meer en een riviertje vol forel en met een schitterend uitzicht op de bergen in de verte. Het terrein was altijd een betrouwbare melkkoe geweest, tot vijftien jaar geleden, toen elke organisatie die het huurde, van de scouts tot de Southern Baptists, te kampen kreeg met een of ander pedofielenschandaal. Onmogelijk te zeggen hoeveel kinderen eronder hadden geleden. Er had niets anders op gezeten dan het te sluiten om te voorkomen dat de schandvlek zich uitbreidde naar de Lodge.

'Ik weet het niet, hoor,' zei Dave. 'Het grootste deel van het land is bestemd voor natuurbehoud. Voorbij de plek waar het riviertje in het meer stroomt kan eigenlijk niet gebouwd worden. Bovendien zie ik Pa ons nog geen inspraak geven over hoe dat geld besteed gaat worden.'

Mercy citeerde haar vader: '"Er staat maar één naam op het bord aan de weg."'

'Jouw naam staat er ook op,' zei Dave. 'Je bent een fantastische manager. Je had gelijk wat de renovatie van de badkamers betrof. Het was een rotklus om dat marmer de berg op te sjouwen, maar het is echt indrukwekkend. De kranen en badkuipen zien eruit alsof ze regelrecht uit een tijdschrift komen. Gasten zijn bereid meer uit te geven aan extra dingen. Ze komen terug. Die investeerders zouden niet met geld over de brug komen als jij dat niet allemaal gedaan had.'

Mercy straalde nog net niet van trots. Haar familie was niet gul met complimenten. Niemand had ook maar een woord gewijd aan de accentmuren in de huisjes, aan de nieuwe koffiehoekjes en de buitenvensterbanken met bloembakken, waarin de bloemen zo uitbundig bloeiden dat gasten het gevoel hadden een sprookje binnen te stappen.

'Als we dat geld goed besteden, geven mensen twee keer en misschien wel drie keer zoveel uit als wat ze nu betalen,' zei ze. 'Vooral als we de toegangsweg vrijgeven in plaats van dat we ze hiernaartoe laten lopen. We zouden zelfs een paar van die UTV's kunnen kopen om naar de verste kant van het meer te gaan. Het is daar prachtig.'

'Ja, mooi is het zeker, dat moet ik je nageven.' Dave bracht bijna al zijn tijd op het terrein door, zogenaamd met de renovatie van de drie oeroude huisjes. 'Heeft Bitty nog iets over dat geld gezegd?'

Hoewel haar moeder altijd de kant van haar vader koos, zei Mercy: 'Die praat nog eerder met jou dan met mij.'

'Ik heb nog niks van haar gehoord.' Dave haalde zijn schouders op. Uiteindelijk zou Bitty hem wel in vertrouwen nemen. Ze hield meer van hem dan van haar eigen kinderen. 'Als je het mij vraagt, is groter niet altijd beter.'

Groter was precies waar Mercy op hoopte. Nadat ze van de eerste schok van het nieuws was bekomen, had ze het niet eens zo'n slecht idee gevonden. Met het geld dat binnenkwam, kon de boel flink opgeschud worden. Ze had er schoon genoeg van altijd door drijfzand te lopen.

'Wel een grote verandering,' zei Dave.

Leunend tegen de ladekast keek ze hem aan. 'Zou het zo erg zijn als dingen anders waren?'

Ze keken elkaar aan. Er ging nogal wat schuil achter die vraag. Voorbij de waterige ogen en de rode neus zag ze de jongen van achttien die had beloofd haar hier weg te halen. Toen zag ze het auto-ongeluk dat haar gezicht had opengespleten. De afkickkliniek. En nog eens de afkickkliniek.

De strijd om de voogdij over Jon. Het gevaar om weer terug te vallen. En altijd de eeuwige, niet-aflatende teleurstelling.

Haar telefoon pingde op het nachtkastje. Dave keek naar de melding. 'Er staat iemand bij het begin van het wandelpad.'

Mercy opende het scherm. De camera bevond zich op het parkeerterrein, wat betekende dat ze ongeveer twee uur had voor de eerste gasten de voettocht van acht kilometer naar de Lodge hadden afgelegd. Of misschien minder. Zo te zien zouden die lui geen enkele moeite met de route hebben. De man was lang en wat slungelig, met de bouw van een hardloper. De vrouw had lange, rode krullen en droeg een rugzak die al heel wat actie had gezien.

Na een innige kus liep het stel naar het begin van het pad. Er ging een steek van jaloezie door Mercy heen toen ze hen hand in hand zag weglopen. De man keek telkens naar de vrouw. En dan keek zij weer naar hem op. Toen moesten ze allebei lachen, alsof ze beseften hoe idioot verliefd ze zich gedroegen.

'Die gast lijkt zo zat als een aap,' zei Dave.

Mercy werd zo mogelijk nog jaloerser. 'Zij ziet ze er ook behoorlijk aangeschoten uit.'

'Een BMW,' merkte Dave op. 'Zijn dat de investeerders?'

'Rijkelui zijn doorgaans niet zo gelukkig. Het zal dat pasgetrouwde stel zijn. Will en Sara.'

Dave keek nog eens goed, hoewel de man en vrouw nu met hun rug naar de camera wegliepen. 'Weet je wat ze doen voor de kost?'

'Hij is monteur. Zij is scheikundelerares.'

'Waar komen ze vandaan?'

'Atlanta.'

'De stad Atlanta of het district?'

'Weet ik veel, Dave. Atlanta-Atlanta.'

Hij liep naar het raam. Mercy zag hem over het hoofdterrein naar het woonhuis kijken. Iets had hem aan het denken gezet, maar ze bracht het niet op ernaar te vragen. Ze had al genoeg tijd in Dave geïnvesteerd. Ze had geprobeerd hem te helpen. Te genezen. Genoeg van hem te houden. Genoeg voor hem te betekenen. Eindeloos had ze geprobeerd niet te verdrinken in het drijfzand van zijn schrijnende behoefte.

Anderen zagen hem als het relaxte, zorgeloze feestbeest Dave, maar Mercy wist dat hij vanbinnen een enorme kluwen angst meetorste. Dave was verslaafd omdat hij nooit rust had gevonden. De eerste elf jaar van zijn bestaan had hij in pleegtehuizen doorgebracht. Niemand had moeite gedaan hem te zoeken toen hij was weggelopen. Hij had bij het kampterrein rondgehangen tot Mercy's vader hem een keer slapend in een van de vrijgezellenhuisjes had aangetroffen. Haar moeder had hem een maaltijd voorgezet, waarna Dave elke avond was opgedoken, zich vervolgens in het woonhuis had geïnstalleerd en uiteindelijk door de McAlpines was geadopteerd, wat tot allerlei akelige geruchten had geleid toen Mercy zwanger was van Jon. Dat Dave destijds achttien was en Mercy amper vijftien had het er niet beter op gemaakt.

Ze hadden elkaar nooit als broer en zus beschouwd. Ze waren eerder twee idioten die elkaar toevallig hadden getroffen. Hij had de pest aan haar gehad tot hij van haar was gaan houden. Zij had van hem gehouden tot ze de pest aan hem had gekregen.

'Opgepast.' Dave keerde zich van het raam af. 'Fishtopher in de bocht.'

Net toen Mercy haar telefoon in haar achterzak schoof, deed haar broer de deur open. Hij had een van de katten bij zich, een mollige Ragdoll die over zijn armen hing. Christopher droeg zijn gebruikelijke plunje: vissersvest, vissershoed met kunstvliegen eraan vastgehaakt, cargoshort met te veel zakken, teenslippers zodat hij snel in zijn waadpak kon schieten om de rest van de dag midden in de rivier zijn hengels uit te werpen. Vandaar zijn bijnaam.

'Waar aas je nou weer op, Fishtopher?' vroeg Dave.

'Geen idee.' Fish trok zijn wenkbrauwen op. 'Gewoon, een haak in mijn bek en toen werd ik meegetrokken.'

Mercy wist dat ze uren zo door konden gaan. 'Fish, heb je tegen Jon gezegd dat hij de kano's moet schoonmaken?'

'Yep, en hij zei dat ik de tyfus kon krijgen.'

'Jezus.' Mercy keek Dave aan, alsof de verantwoordelijkheid voor Jons gedrag louter bij hem lag. 'Waar is hij nu?'

Fish zette de kat op de veranda, naast de andere kat. 'Ik heb hem naar de stad gestuurd om perziken te halen.'

'Waarom?' Ze keek weer op de klok. 'Over vijf minuten is die familievergadering. Ik betaal hem niet om de hele zomer in de stad rond te hangen. Hij moet het rooster weten.'

'Hij moet hier weg zijn.' Fish sloeg zijn armen over elkaar, zoals altijd wanneer hij meende iets belangrijks te melden te hebben. 'Delilah is er.'

Als hij had gezegd dat Lucifer op de veranda de horlepiep danste, zou Mercy minder geschrokken zijn geweest. In een reflex greep ze Daves arm.

Haar hart galmde tegen haar ribbenkast. Er waren twaalf jaar verstreken sinds ze in een benauwd rechtszaaltje tegenover haar tante had gestaan. Delilah had geprobeerd permanente voogdij over Jon te krijgen. Mercy voelde nog steeds de diepe wonden van haar strijd om hem terug te krijgen.

'Wat heeft dat gestoorde kreng hier te zoeken?' wilde Dave weten. 'Wat wil ze?'

'Geen idee,' zei Fish. 'Ze reed pal langs me over de oprit en ging toen met Pa en Bitty naar binnen. Ik ben Jon gaan zoeken en heb hem weggestuurd voor hij haar zag. Niks te danken.'

Mercy was niet eens in staat hem te bedanken. Het zweet was haar uitgebroken. Delilah woonde een uur rijden van hen vandaan. Haar ouders hadden haar uitgenodigd omdat ze iets in hun schild voerden. 'Stonden Pa en Bitty Delilah op de veranda op te wachten?'

'Die zitten 's ochtends altijd op de veranda. Hoe moet ik weten of ze zaten te wachten?'

'Fish!' zei Mercy stampvoetend. Hij kon vanaf twintig meter een kleinbekbaars van een zonnebaars onderscheiden, maar van mensen had hij geen benul. 'Hoe keken ze toen Delilah aan kwam rijden? Verbaasd? Zeiden ze iets?'

'Denk het niet, nee. Delilah stapte uit. Ze hield haar tas vast, zo.' Hij sloeg zijn handen ineen voor zijn buik. 'Toen liep ze de trap op en gingen ze allemaal naar binnen.'

'Kleedt ze zich nog steeds als Pippi Langkous?' vroeg Dave.

'Wie is Pippi Langkous?'

'Sst,' siste Mercy. 'Heeft Delilah er niks over gezegd dat Pa in een rolstoel zit?'

'Nee. Niemand zei wat, bedenk ik nu. Het was vreemd stil.' Fish stak zijn vinger op, want er was hem nog iets te binnen geschoten. 'Bitty begon Pa's rolstoel het huis in te duwen, maar Delilah nam het van haar over.'

'Dat klinkt als Delilah,' mompelde Dave.

Mercy klemde haar kiezen op elkaar. Delilah had niet vreemd opgekeken toen ze haar broer in een rolstoel zag, wat betekende dat ze al op de hoogte was van het ongeluk, wat betekende dat ze elkaar gebeld hadden. Nu was het de vraag wie het telefoontje had gepleegd. Was ze uitgenodigd of was ze zomaar verschenen?

Op dat moment ging haar telefoon. Mercy trok hem uit haar zak en keek naar de nummermelder. 'Bitty.'

'Zet eens op de speaker,' zei Dave.

Mercy tikte op het scherm. Haar moeder begon elk telefoongesprek altijd op dezelfde manier, ongeacht of ze zelf belde of opnam. 'Je spreekt met Bitty.'

'Ja, mam,' zei Mercy.

'Komen jullie nog naar de familievergadering?'

Mercy keek op de klok. Ze was twee minuten te laat. 'Ik heb Jon naar de stad gestuurd. Fish en ik komen eraan.'

'Neem Dave ook mee.'

Mercy's hand zweefde boven de telefoon. Ze had op het punt gestaan de verbinding te verbreken. Nu trilden haar vingers. 'Waarom wil je Dave erbij hebben?'

Met een klik beëindigde haar moeder het gesprek.

Mercy keek Dave aan, toen Fish. Ze voelde een dikke zweetdruppel over haar rug glijden. 'Delilah probeert Jon terug te krijgen.'

'Echt niet. Jon is pas jarig geweest. Hij is zo goed als volwassen.' Bij wijze van uitzondering had Dave de logica aan zijn kant. 'Delilah kan hem niet zomaar bij ons weghalen. Ook al zou ze het proberen, dan nog komt de zaak op zijn allervroegst pas over een paar jaar voor de rechter. Tegen die tijd is hij achttien.'

Mercy legde haar hand op haar hart. Hij had gelijk. Jon gedroeg zich soms als een klein kind, maar hij was al zestien. En zij was geen hopeloze loser meer met twee veroordelingen wegens rijden onder invloed, die met behulp van Xanax van de heroïne probeerde af te kicken. Ze was een keurige burger. Ze runde het familiebedrijf. Ze was al dertien jaar clean.

'Mensen,' zei Fish. 'Horen we eigenlijk wel te weten dat Delilah hier is?'

'Heeft ze je gezien toen ze aan kwam rijden?' vroeg Dave.

'Misschien?' zei Fish bij wijze van antwoord. 'Ik was hout aan het stapelen bij de schuur. Ze reed nogal hard. Je weet hoe ze is. Recht op haar doel af.'

Mercy dacht aan een verklaring die ze bijna niet durfde uit te spreken. 'Misschien is de kanker terug.'

Fish keek aangeslagen. Dave deed een paar stappen terug en keerde hun zijn rug toe. Vier jaar geleden was er bij Bitty uitgezaaide huidkanker geconstateerd. Dankzij een zware behandeling was de kanker in remissie, maar dat betekende niet dat ze genezen was. De oncoloog had gezegd dat ze op alles voorbereid moest zijn.

'Dave?' vroeg Mercy. 'Is jou iets opgevallen? Gedraagt ze zich anders?'

Dave schudde zijn hoofd en wreef met zijn vuist in zijn ogen. Hij was altijd al een moederskindje geweest, en Bitty behandelde hem nog steeds als haar baby. Niet dat Mercy hem de extra genegenheid misgunde. Zijn eigen moeder had hem in een kartonnen doos bij een brandweerkazerne achtergelaten.

'Ze...' Dave kuchte een paar keer voor hij kon praten. 'Als de kanker terug was, zou ze het me onder vier ogen vertellen. Ze zou me er niet op een familievergadering mee overvallen.'

Dat was waar, wist Mercy, alleen al omdat Dave ook de eerste was geweest aan wie Bitty het de vorige keer had verteld. Dave had altijd een bijzondere band met haar moeder gehad. Hij was degene die haar Bitty Mama had genoemd omdat ze zo klein was. Tijdens haar gevecht tegen de kanker had Dave haar naar elke doktersafspraak vergezeld, naar elke operatie en naar elke behandeling. Hij was ook degene geweest die haar verband had verwisseld, ervoor had gezorgd dat ze haar pillen op tijd innam, en hij had zelfs haar haar gewassen.

Pa was te druk geweest met het runnen van de Lodge.

'We zien duidelijk iets over het hoofd,' zei Fish.

Dave, die net met de onderkant van zijn T-shirt zijn neus afveegde, draaide zich om. 'Wat dan?'

'Pa wil het over die investeerders hebben,' zei Fish.

Mercy snapte niet dat ze daar niet meteen aan had gedacht. 'Moeten we de hele club bij elkaar roepen om te stemmen over de vraag of we het geld aannemen?'

'Nee.' Dave kende als geen ander de regels van het familiefonds van de McAlpines. Delilah had een poging gedaan hem eruit te verwijderen omdat hij geadopteerd was. 'Pa is de bewindvoerder, dus hij neemt dat soort beslissingen. Voor een stemming is alleen maar een quorum nodig. Mercy, jij bent gemachtigd voor Jon, dus hij heeft genoeg aan jou, Fish en Bitty. Ik hoef er niet bij te zijn. Delilah ook niet.'

Fish wierp een zenuwachtige blik op zijn horloge. 'Zullen we dan maar gaan? Pa zit te wachten.'

'Om ons in de val te lokken,' zei Dave.

Mercy vermoedde dat dat inderdaad haar vaders plan was. Ze maakte zich geen illusie dat dit een warm familiemomentje ging worden.

'Kom, eropaf,' zei ze.

Mercy ging de mannen voor over het terrein. De twee katten trippelden met hen mee. Ze vocht tegen de bezorgdheid die haar eigen was. Jon was veilig. Zelf was ze niet hulpeloos. Ze was te oud voor een pak slaag, en Pa kreeg haar toch niet meer te pakken.

Een blos van schaamte steeg naar haar wangen. Wat vreselijk dat een dochter zoiets dacht. Toen haar vader anderhalf jaar geleden een groep over een mountainbikepad had geleid, was hij voorover over zijn stuur geklapt en in het ravijn getuimeld. Terwijl de gasten vol afschuw hadden toegekeken, was hij op een stretcher aan boord van een helikopter getakeld. Zijn schedel was gebarsten. Hij had twee gebroken nekwervels. Zijn rug was gebroken. Hij zou zonder meer in een rolstoel belanden. De zenuwen in zijn rechterarm waren beschadigd. Met een beetje geluk zou hij nog enige controle over zijn linkerhand hebben. Hij kon nog zelfstandig ademen, maar de eerste paar dagen hadden de artsen over hem gesproken alsof hij al dood was.

Mercy had geen tijd voor verdriet gehad. De Lodge had nog gasten. De weken erop werden er meer verwacht. Roosters moesten worden opgesteld. Gidsen moesten worden ingedeeld. Voorraden moesten worden besteld. Rekeningen moesten worden betaald.

Fish was de oudste, maar hij had zich nooit voor de leiding over het bedrijf geïnteresseerd. Het liefst ging hij met gasten het water op. Jon was te jong, en bovendien vond hij het hier vreselijk. Van Dave kon je niet op aan. Delilah was geen optie. Bitty week uiteraard niet van Pa's zijde. Bij gebrek aan beter was de taak naar Mercy gegaan. Dat ze het uitstekend bleek te doen had de familie met trots moeten vervullen. Dat de wijzigingen die ze had aangebracht al in het eerste jaar tot grote winst hadden geleid en dat ze nu bezig was die te verdubbelen zou reden voor een feestje moeten zijn.

Maar vanaf het moment waarop haar vader uit de revalidatiekliniek was ontslagen, was hij ziedend geweest. Niet vanwege het ongeluk. Niet vanwege het verlies van zijn atletische vermogen. Zelfs niet vanwege het verlies van zijn vrijheid. Om de een of andere duistere reden richtte hij al zijn woede, al zijn vijandigheid rechtstreeks op Mercy.

Elke dag reed Bitty Pa het terrein rond. Elke dag had hij wel iets aan te merken op alles wat Mercy deed. De bedden waren niet goed opgemaakt. De handdoeken waren niet goed opgevouwen. Er werd niet goed met de gasten omgegaan. De maaltijden werden niet goed opgediend. Uiteraard was er maar één goede manier: de zijne.

Aanvankelijk had Mercy haar uiterste best gedaan om het hem naar de zin te maken. Ze had zijn ego gestreeld, gedaan alsof ze het zonder hem niet redde, hem gesmeekt om advies en erkenning. Niets hielp. Zijn woede etterde maar door. Al had ze goudstaven gescheten, dan nog zou hij ze stuk voor stuk hebben afgekeurd. Ze had altijd geweten dat Pa een veeleisende bullebak kon zijn. Ze had niet beseft dat hij al even kleingeestig als wreed was.

'Wacht eens even,' zei Fish zachtjes, alsof ze een stel kinderen waren die stiekem naar het meer wegglipten. 'Hoe pakken we dit aan, mensen?'

'Zoals we dat altijd doen,' zei Dave. 'Jij kijkt naar de vloer zonder een woord te zeggen. Ik jaag iedereen in de gordijnen. Mercy weet van geen wijken en gaat de strijd aan.'

Dat leverde hem in elk geval een lachje op. Na een kneepje in zijn arm deed Mercy de voordeur open.

Zoals gewoonlijk werd ze door duisternis begroet. Donkere, verweerde muren. Twee smalle raampjes. Geen zonlicht. Vlak na de Burgeroorlog was wat nu de hal van het woonhuis was het oorspronkelijke huis geweest. Destijds was het niet veel meer dan een vishut. In de planken van de lambrisering waren de sporen nog te zien van de bijlen waarmee bomen op het terrein waren gekapt.

Door toeval en uit nood was het huis in de loop van de jaren uitgebouwd. Er was een tweede ingang gemaakt aan de kant van de veranda zodat wandelaars aan het eind van de route iets uitnodigenders zagen dan de oorspronkelijke ingang. Er waren privékamers gebouwd voor rijkere gasten, waardoor er aan de achterkant een trap naar boven moest worden gebouwd. Er kwamen een salon en een eetzaal voor weekendjagers, die in drommen het nieuwe nationale woud wilden verkennen. Toen houtfornuizen uit de mode raakten, kwam er een verbinding tussen de keuken en het huis. De veranda, die om het huis heen liep, was een concessie aan de verzengende hitte in de zomer. Op zeker moment sliepen er twaalf McAlpinebroers op stapelbedden op de bovenverdieping. De ene helft kon niet met de andere overweg, wat had geleid tot de bouw van de drie vrijgezellenhuisjes bij het meer.

Tijdens de crisis van de jaren dertig hadden ze hun biezen gepakt, op een eenzame, wrokkige McAlpine na, die het maar net redde. Hij bewaarde de hun as op een plank in de kelder nadat ze na hun dood een voor een naar huis waren teruggekeerd. Deze overgrootvader van Mercy en Fish had met ijzeren hand over het door hem opgerichte familiefonds geheerst, en zijn verbittering jegens zijn broers droop van elke paragraaf in de akte.

Ook was het aan hem te danken dat het terrein niet jaren geleden al was opgedeeld en verkocht. Het kampterrein bevond zich grotendeels in een beschermd natuurgebied waarop niet gebouwd mocht worden. Voor het overige deel golden overeenkomsten die beperkingen oplegden aan het gebruik van het land. Voor grote beslissingen schreef het fonds een consensus voor, wat in de loop van de jaren steeds tot strijd had geleid tussen hufterige McAlpines, die elkaar uit wrok geen consensus gunden. Dat haar vader de grootste in een lange rij hufters was, mocht geen verrassing heten.

En nu was het weer zover.

Mercy rechtte haar schouders toen ze door de lange gang naar achteren liep. Haar ogen traanden van het plotselinge zonlicht dat eerst door de openslaande ramen viel, toen door de vensters en ten slotte door de gladde vouwdeuren die naar de achterste veranda voerden. Elke kamer was als een verzameling boomringen. Je kon het verstrijken van de tijd aflezen aan het pleisterwerk met paardenhaar, de popcornplafonds en de avocadogroene apparaten in de keuken, die pasten bij de gloednieuwe Wolf-kookplaat met zes branders.

Hier trof ze haar ouders aan. Pa's rolstoel was onder de ronde tafel met tulpvoet geschoven die Dave na het ongeluk had gemaakt. Bitty zat naast hem, kaarsrecht, met getuite lippen en haar hand op een stapel roosters. Uiterlijk had ze iets tijdloos. Amper een rimpel doorgroefde haar gezicht. Ze had altijd al eerder een oudere zus van Mercy geleken dan haar moeder. Afgezien van haar afkeurende houding. Zoals gewoonlijk kon er pas een lachje af toen ze Dave zag, en haar gezicht begon te stralen alsof Elvis in eigen persoon Jezus Christus naar binnen had gedragen.

Mercy nam er amper notitie van. Delilah was nergens te bekennen, en weer begon het te malen in haar hoofd. Waar hield ze zich schuil? Waarom was ze hier? Wat wilde ze? Was ze op de smalle weg Jon tegengekomen?

'Is het zo moeilijk om op tijd te komen?' Pa keek nadrukkelijk op de keukenklok. Hij droeg een horloge, maar het kostte hem moeite om zijn linkerpols om te draaien. 'Ga zitten.'

Dave negeerde het bevel en boog zich voorover om Bitty op haar wang te kussen. 'Alles goed, Bitty Mama?'

'Ja hoor, lieverd.' Bitty reikte naar boven en gaf hem een klopje op zijn gezicht. 'Ga maar zitten.'

Haar lichte aanraking wist heel even de zorgelijke rimpel van Daves voorhoofd te strijken. Met een knipoog naar Mercy trok hij zijn stoel naar achteren. *Moederskindje.* Fish ging op zijn vaste plek links van haar zitten, uiteraard met zijn blik op de vloer gericht en zijn handen op schoot.

Mercy keek naar haar vader. Tegenwoordig had hij meer littekens in zijn gezicht dan zij, ook diepe rimpels die vanuit zijn ooghoeken uitwaaierden, en twee scherpe groeven die zijn holle wangen doorsneden. Hij was dat jaar achtenzestig geworden, maar hij leek negentig. Hij was altijd een energiek buitenmens geweest. Vóór het fietsongeluk had Mercy hem nooit langer zien stilzitten dan de tijd die nodig was om een maaltijd naar binnen te schoffelen. De bergen waren zijn thuis. Hij kende elk pad tot op de centimeter. De naam van elke vogel. Van elke bloem. Gasten aanbaden hem. De mannen wilden ook zo'n leven. De vrouwen wilden zijn doelgerichtheid. Ze noemden hem hun favoriete gids, hun inspiratiebron, hun vertrouweling.

Maar hij was hun vader niet.

'Goed, kinderen.' Bitty opende de familievergadering altijd met dezelfde woorden, alsof ze nog steeds peuters waren. Ze kwam half uit haar stoel overeind om de roosters uit te delen. Een kleine, tengere vrouw, amper één meter vijftig, met een zachte stem en een engelachtig gezicht. 'Vandaag verwachten we vijf stellen. Donderdag nog vijf.'

'Weer volle bak,' zei Dave. 'Goed gedaan, Mercy Mac.'

Pa sloeg de vingers van zijn linkerhand om de armleuning van zijn stoel. 'Dan hebben we dit weekend extra gidsen nodig.'

Het duurde even voor Mercy haar stem onder controle had. Zaten ze hier echt te vergaderen alsof Delilah zich niet ergens in de schaduwen ophield? Pa voerde duidelijk iets in zijn schild. Er zat niets anders op dan het spel mee te spelen.

'Ik heb Xavier en Gil al ingeroosterd,' vertelde ze hem. 'En Jedediah staat stand-by.'

'Stand-by?' herhaalde Pa cynisch. 'Wat mag dat nou weer betekenen?'

Net op tijd slikte Mercy haar aanbod in om het woord voor hem te googelen. Ze hadden strenge regels voor de gast-gidsverhouding – niet alleen om veiligheidsredenen, maar ook omdat de excursies die ze organiseerden een smak geld binnenbrachten. 'Voor het geval een gast zich op het laatste moment voor de voettocht inschrijft.'

'Dan zeg je maar dat het te laat is. We laten gidsen niet duimendraaien. Ze werken voor geld, niet voor toezeggingen.'

'Dat is voor Jed geen probleem, Pa. Hij zei dat hij zou komen als hij kon.'

'En als hij niet beschikbaar is?'

Mercy klemde haar kiezen op elkaar. Altijd weer veranderde hij de spelregels. 'Dan neem ik de gasten zelf mee.'

'En wie moet er dan op de toko passen als jij in de bergen ronddartelt?'

'Dezelfde mensen die er vroeger op pasten toen jij het nog deed.'

Pa's neusvleugels trilden van woede. Bitty keek diep teleurgesteld. De vergadering was nog geen minuut aan de gang en ze zaten alweer in een impasse. Dit ging Mercy nooit winnen. Hoe hard of hoe langzaam ze ook liep, het was een gevecht tegen drijfzand.

'Goed,' zei Pa. 'Jij gaat toch gewoon je eigen gang.'

Zonder zich gewonnen te geven had hij weer het laatste woord door te zeggen dat ze het mis had. Mercy wilde reageren, maar Dave stootte haar onder de tafel aan. Ze moest de zaak laten rusten.

Pa was alweer van onderwerp veranderd. Nu nam hij Fish op de korrel. 'Christopher, je moet je beste beentje voorzetten met die investeerders. Ze heten Sydney en Max, een vrouw en een man, maar zij heeft de broek aan. Neem ze mee naar de waterval zodat ze gegarandeerd iets moois vangen. En val ze niet lastig met dat ecologische gezwets van je.'

'Komt in orde. Begrepen.' Fish had aan de University of Georgia Natural Resource Management gestudeerd, met als specialisatie visgronden en waterwetenschap. Hij wist de gasten doorgaans zeer te boeien met zijn passie. 'Ik dacht dat ze het misschien leuk zouden vinden –'

'Dave,' zei Pa. 'Hoe zit dat met de vrijgezellenhuisjes? Betaal ik je soms per spijker?'

De hele tafel voelde de passieve agressie die Dave uitstraalde terwijl hij er alle tijd voor nam om te reageren. Langzaam bracht hij zijn hand naar zijn gezicht. Hij krabde afwezig aan zijn kin. Ten slotte zei hij: 'Ik heb wat houtrot gevonden in het derde huisje. Ik moest de achterwand uitbreken en opnieuw beginnen. Het zou in de fundering kunnen zitten. Wie zal het zeggen?'

Weer trilden Pa's neusvleugels. Hij kon Daves uitspraak onmogelijk natrekken. Dat deel van het bedrijf was onbereikbaar voor hem, zelfs als hij in een terreinwagen werd vastgesnoerd.

'Ik wil foto's,' zei Pa. 'Leg de schade vast. En zorg dat je al je troep opruimt. Er is slecht weer op komst. Ik tel niet weer geld neer voor een tafelzaagmachine omdat jij zo stom bent alles in de regen te laten staan.'

Dave peuterde vuil onder een vingernagel vandaan. 'Komt voor mekaar, Pa.'

Mercy zag haar vader de stoelleuning nog steviger vastklemmen. Twee jaar geleden zou hij over de tafel zijn gedoken. Nu moest hij elk flintertje energie bewaren om alleen al zijn gat te kunnen krabben.

'Wanneer zal ik met de investeerders gaan praten?' vroeg ze.

Pa snoof. 'Waarom zou jij met ze gaan praten?'

'Omdat ik de manager ben. Omdat ik alle spreadsheets en de winst- en verliesrekening heb. Omdat ik een McAlpine ben. Omdat we allemaal een even groot aandeel in het fonds hebben. Omdat ik er recht op heb.'

'Jij hebt één recht: je bek houden, of anders sla ik hem dicht.' Pa wendde zich tot Fish. 'Waarom loopt Chuck hier weer rond? We zijn geen daklozenopvang.'

Mercy wisselde een blik met Dave. Hij zag er het teken in om zijn bom te laten afgaan. 'Ga je ons nog vertellen waarom Delilah hier is?'

Bitty ging wat zenuwachtig verzitten.

Pa glimlachte, wat op zich al angstwekkend was. Zijn wreedheid liet altijd sporen na. 'Waarom denk je dat ze hier is?'

'Ik denk...' Dave begon met zijn vinger op tafel te trommelen. 'Ik denk dat die investeerders helemaal niet willen investeren. Ze willen kopen.'

Fish' mond viel open. 'Wát?'

Het was alsof alle lucht uit Mercy's longen was geslagen. 'D-Dat kun je niet maken. Het fonds bepaalt –'

'Het is al geregeld,' zei Pa. 'We moeten hier weg voor jij deze hele tent de vernieling in helpt.'

'De vernieling in?' Mercy geloofde haar oren niet. 'Wat zit je me nou te fucken?'

'Mercy!' siste haar moeder. 'Let op je taal.'

'We zijn het hele seizoen volgeboekt!' Ze schreeuwde het uit. 'We maken dertig procent meer winst dan vorig jaar!'

'En die heb je vergooid aan marmeren badkamers en chique lakens.'

'En dat hebben we weer terugverdiend doordat gasten opnieuw reserveren.'

'Hoelang denk je dat dat doorgaat?'

'Zolang jij je er niet mee bemoeit!' Mercy hoorde haar snerpende stem door de keuken weergalmen. Ze werd overspoeld door schuldgevoel. Zo had ze nog nooit tegen haar vader gepraat. Dat had niemand ooit gedaan.

Daarvoor waren ze altijd te bang geweest.

'Mercy,' zei Bitty, 'ga eens zitten, kind. Toon eens wat respect.'

Langzaam liet Mercy zich op haar stoel zakken. Tranen stroomden over haar gezicht. Ze voelde zich zo verraden. Ze was een McAlpine. Van de zevende generatie nog wel. Ze had alles – werkelijk alles – opgegeven om hier te blijven.

'Mercy,' herhaalde Bitty. 'Bied je vader je excuses aan.'

Mercy schudde haar hoofd. Ze probeerde de splinters in haar keel door te slikken.

'Nou moet je eens goed naar me luisteren, juffie Dertig Procent.' Pa's toon was als een scheermes dat haar vel afstroopte. 'Elke jandoedel heeft weleens een goed jaar. Het gaat om de magere jaren waar je niet mee kunt dealen. De druk zal nog eens je ondergang worden.'

Ze veegde langs haar ogen. 'Dat weet je helemaal niet.'

Pa lachte snuivend. 'Hoe vaak heb ik niet moeten dokken om je uit de bak te krijgen? Om je te laten afkicken? Voor je advocaten? Je voorwaardelijke vrijlating? Hoe vaak heb ik de sheriff niet wat geld toegeschoven zodat hij een oogje dichtkneep? Voor je zoon gezorgd omdat je zo bezopen was dat je jezelf onderzeek?'

Mercy keek over zijn schouder naar het fornuis. Dit was het diepste deel van het drijfzand, het verleden waaraan ze nooit, maar dan ook nooit zou ontsnappen.

'Delilah is gekomen om te kunnen stemmen, hè?' vroeg Dave.

Pa zweeg.

'Het familiefonds bepaalt dat je zestig procent van de stemmen moet hebben om het commerciële deel van het eigendom te kunnen verkopen. Je hebt me aan het werk gezet in die huisjes om dat stuk land in het commerciële deel op te nemen, klopt dat?'

Zijn woorden drongen nauwelijks tot Mercy door. Het familiefonds was buitengewoon gecompliceerd. Ze had de tekst nooit goed bestudeerd, want dat had nooit relevant geleken. Generatie op generatie hadden mensen de plek zo gehaat dat ze vertrokken, en als ze dat niet hadden gedaan, hadden ze zich slechts met tegenzin voor het gemeenschappelijk belang ingezet.

'We zijn met z'n zevenen,' zei Dave. 'Dus je hebt vier stemmen nodig om te kunnen verkopen.'

'Ha!' lachte Mercy verbaasd. 'Maar die heb je niet. Ik ben gevolmachtigd voor Jon tot hij achttien wordt. We zijn allebei tegen. Dave is tegen. Fish is tegen. Je hebt niet voldoende stemmen. Ook niet als je Delilah meetelt.'

'Christopher?' Pa richtte zijn laserstraal op Fish. 'Is dat waar?'

'Ik...' Fish bleef naar de vloer kijken. Hij hield van dit land, kende elke rimpel in het terrein, elke goede visstek en elk stil plekje. Maar dat veranderde niets aan hoe hij in elkaar zat. 'Ik ga me hier niet mee bemoeien. Ik trek me terug. Of onthou me van stemming. Hoe je het ook noemt. Ik doe niet mee.'

Het verbaasde Mercy niet eens dat hij zich terugtrok. 'Dan zitten we elk op vijftig procent,' zei ze tegen haar vader. 'Vijftig procent is geen zestig.'

'Ik heb een getal voor je,' zei Pa. 'Twaalf miljoen dollar.'

Mercy hoorde Dave slikken. Als er geld in het spel was, veranderde hij op slag. Het was de toverdrank van Dr Jekyll, die een monster van hem maakte.

'De helft gaat naar de belasting,' zei Mercy. 'Zes miljoen gedeeld door zeven, oké? Pa en Bitty krijgen elk een deel. Fish krijgt ook een deel, of hij nou stemt of niet.'

'Net als Jon,' zei Dave.

'Alsjeblieft, Dave.' Ze wachtte tot hij haar aankeek. Maar hij zag alleen de dollartekens, dacht aan alle spullen die hij ging kopen, de mensen die hij ging imponeren. Mercy zat in een volle kamer, omringd door haar familie, maar zoals altijd was ze helemaal alleen.

'Bedenk eens wat jullie met dat geld kunnen doen, kinderen,' zei Bitty. 'Reizen. Een eigen bedrijf beginnen. Misschien weer gaan studeren?'

Mercy wist maar al te goed wat ze gingen doen. Jon zou zijn deel niet vast kunnen houden. Dave zou het opsnuiven en opzuipen en nooit genoeg hebben. Fish zou het doneren aan een of andere rivierbeschermingsclub. Zelf zou ze op elke cent moeten passen want ze was een veroordeelde crimineel met twee aanklachten wegens rijden onder invloed, die haar middelbare school niet had afgemaakt omdat ze een kind kreeg. God mocht weten of ze met dat geld haar oude dag zou halen. Vooropgesteld dat ze zo oud werd.

Haar ouders hoefden zich daarentegen geen zorgen te maken. Die hadden een jaarlijkse uitkering van vierhonderdduizend dollar. De ongevallenverzekering had Pa's ziekenhuisrekeningen en revalidatie betaald. Ze hadden allebei een ziektekostenverzekering, kregen allebei een uitkering en streken dividend van het bedrijf op. Ze hadden het geld niet nodig. Ze hadden alles wat hun hart begeerde.

Behalve tijd.

'Hoelang denk je dat je nog hebt?' vroeg ze aan haar vader.

Pa knipperde met zijn ogen. Heel even viel hij uit zijn rol. 'Waar heb je het over?'

'Je bent gestopt met fysiotherapie. Je weigert je ademhalingsoefeningen te doen. Je gaat alleen de deur uit om mij te controleren.' Mercy haalde haar schouders op. 'Covid, een luchtweginfectie of een zware griep en je bent er volgende week geweest.'

'Merce,' mompelde Dave. 'Doe niet zo vals.'

Mercy droogde haar tranen. 'Vals' dekte de lading niet. Ze wilde hen even zwaar raken als zij haar altijd raakten. 'En jij, mam? Hoelang voor de kanker terugkomt?'

'Jezus,' zei Dave. 'Dit gaat te ver.'

'En het stelen van mijn geboorterecht niet?'

'Je geboorterecht,' zei Pa. 'Stom kreng. Wil je weten wat er met je geboorterecht is gebeurd? Kijk eens in de spiegel naar die lelijke rotkop van je.'

Er ging een rilling door Mercy heen. Spanning. Misselijkmakende angst.

Pa had zich niet verroerd, maar het was alsof ze weer een tiener was en hij zijn handen om haar hals sloeg. Haar bij de haren greep als ze ervandoor wilde gaan. Zo hard aan haar arm rukte dat er een pees scheurde. Ze kwam weer te laat op school, op haar werk, ze had haar huiswerk niet gemaakt, of het afgeraffeld. Altijd had hij het op haar voorzien. Dan stompte hij tegen haar arm, kneusde haar been, sloeg haar met zijn riem, bewerkte haar met een stuk touw in de schuur. Hij had haar in haar buik geschopt toen ze zwanger was. Haar gezicht in haar bord geduwd toen ze te misselijk was om te eten. Een slot op de buitenkant van haar slaapkamerdeur gezet zodat ze niet naar Dave toe kon. Voor een rechter getuigd dat ze in de gevangenis thuishoorde. Tegen een andere rechter gezegd dat ze geestelijk gestoord was. Tegen een derde dat ze ongeschikt was als moeder.

Plotseling zag ze hem schrikwekkend scherp.

Pa was niet kwaad om wat het fietsongeluk hem had ontnomen.

Hij was kwaad om wat zij had gewonnen.

'Stomme ouwe vent.' De stem die uit haar mond kwam klonk bezeten. 'Ik heb zowat mijn hele leven aan dit stuk klotegrond vergooid. Denk je dat ik je praatjes en je gefluister en je telefoontjes en bekentenissen laat op de avond niet gehoord heb?'

Pa's hoofd vloog naar achteren. 'Waag het niet –'

'Bek houden!' snauwde Mercy. 'Jullie allemaal. Niemand uitgezonderd. Fish. Dave. Bitty. En ook Delilah, waar die zich ook verstopt heeft. Ik kan jullie leven in één klap kapotmaken. Eén telefoontje. Eén brief. Minstens twee van jullie gaan dan rechtstreeks de bak in, stelletje klootzakken. De rest zou nooit zijn gezicht meer kunnen laten zien. Er is op de hele wereld niet genoeg geld om jullie leven terug te kopen. Het wordt jullie ondergang.'

Hun angst gaf Mercy een gevoel van macht zoals ze nog nooit had gekend. Ze zag hen nadenken over de dreigementen, zag dat ze hun kansen afwogen. Ze wisten dat ze niet blufte. Ze kon hen allemaal afbranden zonder een lucifer aan te steken.

'Mercy,' zei Dave.

'Wat nou, Dave? Zeg je gewoon mijn naam of laat je het zoals altijd weer afweten?'

Hij keek naar beneden. 'Ik zeg alleen dat je moet uitkijken.'

'Hoezo uitkijken?' vroeg ze. 'Je weet als geen ander dat ik klappen kan incasseren. En al mijn ellende ligt toch al op straat. Die staat op mijn lelijke rotkop geschreven. Die staat op een grafsteen op die begraafplaats in Atlanta gebeiteld. Het enige wat ik te verliezen heb is deze plek, en als het erop aankomt, zweer ik op de almachtige God dat ik jullie allemaal meeneem de ondergang in.'

Daar hadden ze niet van terug. Gedurende één zalig moment hield iedereen zijn mond. In de stilte hoorde Mercy banden knerpen over het grind van de oprijlaan. De oude pick-up was hard aan een nieuwe uitlaat toe, maar ze was blij met de waarschuwing. Jon was terug uit de stad.

'Na het eten praten we verder,' zei ze. 'We verwachten gasten. Dave, jij repareert het toilet in huisje 3. Fish, maak de kano's schoon. Bitty, zeg tegen de keuken dat Chuck allergisch is voor pinda's. En jij, Pa. Ik weet dat je niet veel kunt, maar hou in elk geval die klotezus van je uit de buurt van mijn zoon.'

Mercy liep de keuken uit. Ze passeerde de vouwdeuren, de Venetiaanse vensters en de openslaande ramen. In de donkere hal sloeg ze haar hand om de deurknop, maar ze wachtte even voor ze opendeed. Jon probeerde de pick-up achteruit in te parkeren. Ze hoorde de slippende koppeling knarsen.

Ze haalde diep adem en liet de lucht langzaam ontsnappen.

De donkere ruimte was vol geschiedenis. Zweet en gezwoeg en land dat meer dan honderdzestig jaar lang was doorgegeven. De muren hingen vol foto's, allemaal met belangrijke mijlpalen. Een daguerreotype van de vishut. Sepiakleurige afbeeldingen van uiteenlopende McAlpines aan het werk op het terrein. Het slaan van de eerste put. De aanleg van de eerste elekriciteitskabel. De uitbreiding met Camp Awinita. Scouts zingend rond een kampvuur. Gasten die marshmallows roosterden bij het meer. De eerste kleurenfoto toonde de nieuwe binnenleidingen. De vrijgezellenhuisjes. De drijvende steiger. Het botenhuis met de waterfietsen. De familieportretten. De generaties McAlpines: de huwelijken en begrafenissen en baby's en het leven.

Mercy had geen foto's nodig. Ze had haar eigen geschiedenis vastgelegd. Dagboeken uit haar jeugd. In het kantoor verborgen grootboeken die ze had gevonden en achter in een oude keukenkast had verstopt. De schriften die ze zelf was gaan bijhouden. Er stonden geheimen in die tot Daves ondergang zouden leiden. Onthullingen die geen spaan van Fish heel zouden laten. Misdaden waardoor Bitty de gevangenis in kon draaien. En het pure kwaad dat Pa had begaan om deze plek in zijn gewelddadige, hebberige handen te kunnen houden.

Geen van hen pakte de Lodge van Mercy af.

Dan moesten ze haar eerst doden.

2

TIEN UUR VOOR DE MOORD

Will had al snel door dat acht kilometer per dag hardlopen in het geplaveide Atlanta niet te vergelijken was met een berg op wandelen. Misschien was het niet zo'n goed idee geweest om vrijwel zijn hele leven voor maar één doel zijn beenspieren te trainen. Dat Sara als een gazelle de bergpas op huppelde, maakte het er niet beter op. Hij keek altijd met veel plezier toe als ze 's ochtends haar yogaritueel afwerkte, zonder te beseffen dat ze zich stiekem op de Ironman aan het voorbereiden was.

Om even te kunnen pauzeren nam hij zijn waterfles uit zijn rugzak. 'We moeten wel voldoende drinken, hoor.'

Met een plagerig lachje gaf ze aan dat ze hem maar al te goed doorhad. Ze draaide zich om en keek in de verte. 'Wat is het hier mooi. Ik was vergeten hoe heerlijk het is om bomen om je heen te hebben.'

'In Atlanta hebben we ook bomen.'

'Niet zoals deze.'

Dat moest Will toegeven. Het uitzicht over de bergketen was verbluffend, zolang je niet het gevoel had dat reuzenhorzels het op je kuiten hadden voorzien.

'Bedankt dat je me hier mee naartoe hebt genomen.' Ze liet haar handen op zijn schouders rusten. 'Wat een perfect begin van onze huwelijksreis.'

'Gisteravond was anders ook fantastisch.'

'En vanochtend.' Ze gaf hem een lome kus. 'Hoe laat moeten we op het vliegveld zijn?'

Hij lachte. Sara had de hele bruiloft geregeld. Will was verantwoordelijk voor de huwelijksreis, en hij had zijn uiterste best gedaan om alles geheim te houden, tot en met het verzoek aan haar zus om Sara's spullen in te pakken. Hun koffers waren al vooruitgestuurd naar de Lodge. Hij had tegen Sara gezegd dat ze een dag gingen wandelen, ergens rustig zouden picknicken en dan terug zouden rijden naar Atlanta om het vliegtuig naar hun bestemming te pakken.

'Hoe laat wil je op het vliegveld zijn?' vroeg Will.

'Is het een nachtvlucht?'

'Zou het?'

'Wordt het een lange zit? Wilde je daarom eerst wat lichaamsbeweging?'

'Denk je?'

'Stop nou maar met dat spelletje.' Ze gaf een speels rukje aan zijn oor. 'Tessa heeft me alles verteld.'

Will stonk er bijna in. Sara was ongelooflijk hecht met haar zus, maar het was ondenkbaar dat Tessa hem zou verraden. 'Leuk geprobeerd.'

'Ik moet wel weten wat ik moet inpakken,' zei ze, en dat was al even logisch als sneaky. 'Moet ik een badpak meenemen of een dikke jas?'

'Gaan we naar het strand of naar het poolgebied, bedoel je dat?'

'Laat je me echt tot vanavond wachten?'

Will had zich al afgevraagd wat het juiste moment was om haar met hun bestemming te verrassen. Moest hij wachten tot ze bij de Lodge waren? Of zou hij het vertellen voor ze daar aankwamen? Zou ze blij zijn met zijn keuze? Ze had het over een nachtvlucht gehad. Dacht ze dat ze naar een of andere romantische bestemming gingen? Parijs bijvoorbeeld? Misschien had hij haar mee moeten nemen naar Parijs. Als hij genoeg bloed doneerde, zat er waarschijnlijk net een hostel in.

'Liefje.' Ze streek met haar duim over zijn voorhoofd. 'Waar we ook terechtkomen, ik ben alleen al gelukkig omdat ik bij jou ben.'

Weer kuste ze hem, en Will besloot het niet langer uit te stellen. Als ze teleurgesteld was, zou er in elk geval geen publiek bij zijn.

'Laten we even gaan zitten,' zei hij.

Hij hielp haar met haar rugzak. Toen die de grond raakte, rammelden de plastic borden tegen het tinnen bestek. Ze hadden al een lunchpauze gehouden, met uitzicht op een wei vol grazende paarden. Will had luxebroodjes gekocht bij de Franse banketbakker in Atlanta, wat hem weer had bevestigd in zijn overtuiging dat hij geen luxebroodjesman was.

Maar Sara was opgetogen geweest, en dat was het enige wat telde.

Voorzichtig pakte Will haar hand toen ze tegenover elkaar op de grond zaten. Zijn duim ging als vanzelf naar haar ringvinger. Hij speelde met de dunne trouwring die een plek had gevonden naast de ring die van zijn moeder was geweest. Hij dacht aan de plechtigheid, aan het euforische gevoel dat hij nog steeds niet had kunnen afschudden. Faith, zijn partner bij het GBI, had hem bijgestaan. Hij had met zijn chef, Amanda, gedanst, want ze was een soort moeder voor hem, maar dan wel een moeder van het type dat een kogel door je been joeg zodat de boeven jou als eerste pakten en ze er zelf vandoor kon.

'Will?' vroeg Sara.

Hij lachte wat opgelaten. Opeens was hij nerveus. Hij wilde haar niet teleurstellen. En haar ook niet te veel onder druk zetten. Misschien was die Lodge wel een heel slecht idee geweest en zou ze het er vreselijk vinden.

'Vertel eens wat je het mooiste vond aan de bruiloft,' zei Sara.

Will lachte weer wat meer ontspannen. 'Je jurk, die was prachtig.'

'Wat lief,' zei ze. 'Weet je wat ik het mooiste vond? Toen iedereen weg was en je me tegen de muur neukte.'

Hij liet een bulderende lach horen. 'Mag ik mijn antwoord nog veranderen?'

Zachtjes raakte ze de zijkant van zijn gezicht aan. 'Vertel.'

Will ademde diep in en dwong zichzelf zijn schroom te laten varen. 'Toen ik klein was, had je een kerkgroep die zomeractiviteiten organiseerde voor het kindertehuis. Ze namen ons mee naar Six Flags of we gingen naar een Varsity-restaurant om hotdogs te eten, of naar een film of zoiets.'

Sara lachte vertederd. Ze wist dat hij het niet gemakkelijk had gehad in het kindertehuis.

'Ook brachten ze geld bijeen zodat kinderen op zomerkamp konden. Twee weken in de bergen. Ik ben nooit geweest, maar de kinderen die wel gingen, hadden het de rest van het jaar nergens anders over. Kanoën, vissen en wandeltochten. Dat soort dingen.'

Sara perste haar lippen op elkaar. Ze maakte een rekensommetje. Will had achttien jaar in het jeugdzorgsysteem doorgebracht. Dat hij niet één keer op kamp was geweest, was statistisch gezien onwaarschijnlijk.

'Je moest stukken uit de Bijbel uit je hoofd leren,' legde Will uit. 'Die moest je dan voor de hele kerk opzeggen. Als je het goed deed, mocht je mee.'

Hij zag haar slikken.

'Shit, sorry.' Echt weer iets voor hem om Sara op hun huwelijksreis aan het huilen te maken. 'Het was mijn eigen keuze, het kwam niet door mijn dyslexie. Ik kon die verzen heel goed uit mijn hoofd leren, maar ik wilde mijn mond niet opendoen met al die mensen erbij. Het was hun manier om ons uit onze schulp te lokken, vermoed ik. Door ons bijvoorbeeld te leren praten tegen onbekenden of een presentatie te laten geven of –'

Ze pakte zijn hand.

'Goed.' Hij mocht er niet te lang bij stilstaan. 'Aan het eind van de zomer hoorde ik altijd verhalen over dat kamp – de anderen raakten er niet over uitgepraat – dus dacht ik dat het leuk zou zijn om daarnaartoe te gaan. Niet om te kamperen, hoor, want ik weet dat je de pest hebt aan kamperen.'

'Echt wel.'

'Maar er is daar een soort ecolodge, waar je naartoe kunt lopen. Met de auto gaat niet. Die lodge is al jaren in het bezit van dezelfde familie. Ze hebben gidsen met wie je kunt mountainbiken, vissen, peddelen en –'

Ze onderbrak hem met een kus. 'Dat klinkt allemaal geweldig.'

'Zeker weten?' vroeg Will. 'Want het gaat niet alleen om mij. Ik heb je ingeschreven voor een massage, en bij zonsopkomst is er yoga aan het meer. Bovendien is er geen wifi, tv of mobiele ontvangst.'

'Holy shit.' Ze keek oprecht verbaasd. 'Wat ga jij dan doen?'

'Jou neuken tegen elke muur in het huisje.'

'Hebben we een eigen huisje?'

'Hallo!'

Ze draaiden zich allebei om. Zo'n twintig meter lager op het pad zagen ze een man en een vrouw. Ze droegen buitenkleding en rugzakken die zo nieuw waren dat Will zich afvroeg of ze de prijskaartjes er pas in de auto hadden afgehaald.

'Gaan jullie ook naar de Lodge?' riep de man. 'We zijn verdwaald.'

'We zijn niet verdwaald,' mompelde de vrouw. Ze droegen trouwringen, maar door de scherpe blik die ze haar man toewierp, kon Will zich niet aan de indruk onttrekken dat het huwelijk aan discussie onderhevig was. 'Er is toch maar één pad daarnaartoe?'

Sara keek Will aan. Hij was vooropgegaan, en er was inderdaad maar één pad, maar hij had geen zin zich ergens in te mengen.

'Ik ben Sara,' zei ze. 'Dit is mijn man, Will.'

Will kuchte en stond op. Ze had hem nog nooit haar man genoemd.

De echtgenoot keek naar hem op. 'Wauw, hoe groot ben je wel niet, één vijfentachtig? Eén negentig?'

Will antwoordde niet, maar dat leek de man niet te deren.

'Ik ben Frank. Dit is Monica. Kunnen we ons bij jullie aansluiten?'

'Tuurlijk.' Sara pakte haar rugzak. Met een blik liet ze Will op niet mis te verstane wijze weten dat er verschil bestond tussen een ongemakkelijke stilte en botte onbeleefdheid.

'Eh...' zei hij. 'Mooie dag, hè? Prima weertje.'

'Ik heb gehoord dat er noodweer op komst is,' zei Frank.

Monica mompelde iets.

'Deze kant op, toch?' Frank nam de leiding en liep voor Sara uit. Het pad was smal, en Will was noodgedwongen de hekkensluiter, achter Monica. Naar haar gesnuif te oordelen vond de vrouw de tocht geen lolletje. Ze was er ook niet op voorbereid. Haar Skechers-instappers gleden steeds weg op de rotsen.

'...het idee om hiernaartoe te gaan,' zei Frank. 'Ik hou van het buitenleven, maar het is altijd vreselijk druk op het werk.'

Weer snoof Monica. Will keek over haar heen naar Frank. De man had iets op de kale plek op zijn hoofd gespoten om het felroze van zijn schedel te verhullen. Zweet had de verf uitgespoeld over zijn boord, en daar zat nu een donkere kring.

'...en toen zei Monica: "Als je belooft dat je erover ophoudt, ga ik mee."' Franks stem had inmiddels het ritme van een klopboor. 'En dus moest ik vrije dagen regelen, wat bepaald niet makkelijk is. Ik heb een team van acht man onder me.'

Uit zijn manier van spreken trok Will de conclusie dat hij minder verdiende dan zijn vrouw. En dat het hem dwarszat. Hij keek op zijn horloge. Volgens de website van de Lodge deden gasten meestal twee uur over de wandeling. Sara en hij hadden een lunchpauze ingelast, dus ze hadden nog zo'n tien à vijftien minuten te gaan. Of twintig, want Franks tempo liet te wensen over.

Sara keek even achterom naar Will. Ze was niet van plan al het vuile werk op te knappen. Will zou ook wat meer zijn mond open moeten doen.

'Hoe hebben jullie deze plek gevonden?' vroeg hij aan Frank.

'Google,' zei Frank.

'En bedankt, Google,' mompelde Monica.

'Wat doen jullie voor de kost?' vroeg Frank.

Will zag Sara haar schouders rechten. Een paar weken eerder waren ze overeengekomen dat het gemakkelijker zou zijn om over hun werk te liegen, ongeacht waar ze naartoe gingen. Will had geen zin om vanwege zijn penning positief of negatief beoordeeld te worden. Sara wilde niet naar bizarre medische complicaties of waanzinnig gevaarlijke vaccinatietheorieën luisteren.

Voor ze kon aarzelen, zei hij: 'Ik ben monteur. Mijn vrouw is docent scheikunde op een middelbare school.'

Hij zag Sara glimlachen. Het was voor het eerst dat hij haar zijn vrouw had genoemd.

'O, ik was waardeloos in exacte vakken,' zei Frank. 'Monica is tandarts. Had jij scheikunde in je pakket, Monica?'

Bij wijze van antwoord bromde ze iets. Will mocht haar wel.

'Ik doe IT-werk voor de Afmeten Insurance Group,' vervolgde Frank. 'Geen zorgen, bijna niemand heeft ervan gehoord. Onze klanten zijn vooral particulieren met een hoge nettowaarde en institutionele beleggers.'

'O, kijk,' zei Sara, 'nog meer wandelaars.'

Will kreeg een knoop in zijn maag bij de gedachte aan nog meer mensen. Het waren een man en een vrouw, die langs Sara en Will moesten zijn geglipt toen ze aan het lunchen waren. Het was een ouder stel, halverwege de vijftig, maar resoluter en beter toegerust voor de tocht.

Glimlachend wachtten ze tot het groepje hen had ingehaald.

'Jullie zijn vast op weg naar de McAlpine Lodge,' zei de man. 'Ik ben Drew, en dit is mijn partner, Keisha.'

Terwijl Will wachtte op zijn beurt om hun de hand te schudden, probeerde hij niet terug te denken aan zijn heerlijke momenten alleen met Sara. Afbeeldingen van de website van de McAlpine Lodge schoten door zijn hoofd. Door een chef bereide maaltijden. Wandeltochten met gids. Vliegvisexcursies. Op elke foto zag je twee of drie stellen die de tijd van hun leven hadden. Het drong nu pas tot Will door dat die stellen elkaar waarschijnlijk pas hadden leren kennen toen ze bij de Lodge aankwamen.

Uiteindelijk zou hij moeten peddelen met Frank.

'Jullie hebben Landry en Gordon net gemist,' zei Keisha. 'Die zijn alvast vooruitgegaan naar de Lodge. Het is hun eerste keer. Het zijn appontwikkelaars.'

'O, echt?' zei Frank. 'Zeiden ze ook wat voor apps?'

'We waren allemaal zo verrukt van het uitzicht dat we het nergens anders over gehad hebben.' Drew legde zijn hand op Keisha's heup. 'We hebben elkaar beloofd dat we het de hele week niet over werk zouden hebben. Doen jullie mee?'

'Uiteraard,' zei Sara. 'Zullen we gaan?'

Will had nog nooit zoveel van haar gehouden.

Zwijgend volgden ze het slingerende pad bergopwaarts. Het bladerdek boven hun hoofd werd steeds dichter, en het pad werd nog smaller zodat ze nog steeds gedwongen waren achter elkaar te lopen. Over een snelstromend riviertje lag een goed onderhouden houten voetbrug. Will keek naar beneden, naar het kolkende water. Hij vroeg zich af hoe vaak het riviertje buiten zijn oevers trad, maar hij liet de vraag schieten toen Frank hardop begon na te denken over het verschil tussen een beek en een rivier. Sara wierp Will over haar schouder een gekwelde blik toe terwijl Frank haar als een keffende dwergpoedel op de hielen zat. Will was op de een-na-achterste plek beland. Drew liep voor hem. Monica was de hekkensluiter. Ze liep met gebogen hoofd en gleed uit over de rotsen. Will hoopte voor haar dat ze een paar wandelschoenen naar de Lodge had gestuurd. Zelf droeg hij stevige HAIX-wandelschoenen, waarmee hij de buitenmuur van een gebouw zou kunnen beklimmen als zijn kuiten niet op springen stonden.

Frank hield eindelijk zijn mond toen ze over een rotsachtig gedeelte moesten klauteren. Gelukkig bleef het ook stil toen het pad breder werd en het lopen gemakkelijker ging. Sara wist achter Frank te glippen zodat ze met Keisha kon praten. Algauw liepen de twee vrouwen samen te lachen. Will bewonderde Sara's ontspannen houding. Met bijna iedereen vond ze wel iets gemeenschappelijks. Will miste dat talent, maar hij was zich ervan bewust dat ze de volgende zes dagen met deze mensen zouden moeten optrekken. Ook dacht hij aan de blik die Sara hem had toegeworpen. Ze vond dat hij zich niet aan het gesprek mocht onttrekken. Will was alleen goed in koetjes en kalfjes als hij een verdachte tegenover zich in de verhoorkamer had.

Hij dacht aan zijn vier medegasten en fantaseerde over het soort misdadiger dat ze zouden kunnen zijn. Aangezien de Lodge bepaald niet goedkoop was, ging hij ervan uit dat minstens drie van hen naar witteboordencriminaliteit zouden neigen. Frank zou zonder meer in crypto verwikkeld zijn. Keisha had de sluwe, competente uitstraling van een oplichter. Drew deed Will denken aan een man die hij ooit had opgepakt wegens ponzifraude met voedingssupplementen. En dan had je nog Monica, die onmiskenbaar van plan was Frank te vermoorden. Zij was de enige van de groep die er volgens Will mee zou wegkomen. Ze zou een alibi hebben. Ze zou een advocaat hebben. Hij zou haar in geen geval aan de verhoortafel krijgen.

En het zou hem heel wat moeite kosten om de misdaad op haar te schuiven.

'Will,' zei Drew. Zo begon je namelijk een gesprek als je niet heimelijk aan het uitvogelen was wie er allemaal boeven waren. 'Komen jullie hier voor het eerst?'

'Ja.' In navolging van Drew praatte Will zachtjes. 'En jullie?'

'Voor de derde keer. We vinden het hier geweldig.' Hij stak zijn duimen door de schouderbanden van zijn rugzak. 'Keisha en ik hebben een cateringzaak in de West Side. Moeilijk om ertussenuit te gaan. De eerste keer moest ze me hier met geweld naartoe slepen. Ik kon gewoon niet geloven dat er geen telefoon of internet was. Ik was bang dat ik tegen het einde van de dag in shock zou zijn. Maar toen...' Hij strekte zijn armen en zoog de zuiverende lucht op. 'In de natuur wordt je hele systeem gereset. Snap je wat ik bedoel?'

Will knikte, maar er zaten hem een paar dingen dwars. 'Wordt alles daar in groepen gedaan?'

'Maaltijden zijn gezamenlijk. De excursies zijn beperkt tot vier gasten per gids.'

Dat leek Will behoorlijk riskant. 'Hoe wordt dat ingedeeld?'

'Je kunt een voorkeursstel opgeven,' zei Drew. 'Waarom denk je dat ik ben achtergebleven om met jou te kunnen praten?'

Het antwoord lag voor de hand, vond Will. 'Is er echt geen internet? Geen ontvangst?'

'Niet voor ons.' Drew grijnsde. 'Ze hebben een vaste verbinding voor noodgevallen. Het personeel heeft toegang tot de wifi, maar ze mogen het wachtwoord niet geven. Echt, de eerste keer bleef ik ze maar aan de kop zeuren, maar Pa heeft de wind er flink onder.'

'Pa?'

'Wauw!' riep Frank uit.

Will zag een hert over het pad stuiven. Honderd meter verderop was een grote open plek. Zonlicht viel door het gat in het bladerdak. Hij zag een regenboog die de blauwe hemel overspande. Het had iets filmisch. Alleen een zingende non ontbrak eraan. Hij voelde zijn hart vertragen en een zekere rust over zich komen. Sara keek weer naar hem, met een brede lach op haar gezicht. Hij liet de adem ontsnappen die hij onwillekeurig had ingehouden.

Ze was gelukkig.

'Kijk.' Drew reikte hem een plattegrond aan. 'Het is een oude, maar je kunt er wel je positie mee bepalen.'

Met oud was niets te veel gezegd. De plattegrond zag eruit als iets uit de jaren zeventig, met opgestreken letters en lijntekeningen die allerlei interessante plekken markeerden. Een onregelmatige lus slingerde zich om het bovenste kwadrant, met streepjes die kleinere paden aangaven. Will zag de voetbrug over het riviertje dat ze waren overgestoken. De schaal klopte niet. Ze hadden er minstens twintig minuten over gedaan om hier te komen. Aan het McAlpine-stempel onderaan kon hij zien dat de eigenaren zich niet om nauwkeurigheid hadden bekommerd.

Onder het lopen bestudeerde hij de afbeeldingen. Het nogal vormeloze huis onderaan de lasso leek het centrale punt op het terrein. Hij ging ervan uit dat de kleinere gebouwtjes de gastenhuisjes waren. Ze waren genummerd van een tot en met tien. Te oordelen naar het bord en het bestek die ernaast waren getekend diende een achthoekig gebouw als eetzaal. Een ander pad voerde naar een waterval, met groepjes vissen die de lucht in sprongen. Bij een derde pad was een materiaalschuur met kano's afgebeeld, en weer een ander pad slingerde naar een botenhuis. Het meer had de vorm van een sneeuwpop die tegen een muur leunde. De kop was blijkbaar het zwemgedeelte. Ook was er een drijvende steiger. Op een uitkijkpunt stond een bank vanwaar je in de verte kon kijken.

Het viel Will op dat er maar één toegangsweg was, die uitkwam bij het woonhuis. Hij ging ervan uit dat de weg in de buurt van de voetbrug het riviertje kruiste en vandaar naar het stadje kronkelde. De familie sjouwde de voorraden vast niet op hun rug naar boven. Een bedrijf van deze grootte deed aan bulkbestellingen. Bovendien moest het personeel er ook kunnen komen. Verder moesten er water en elektriciteit naartoe. Hij vermoedde dat de telefoonlijn ondergronds was aangelegd. Niemand wilde in een verhaal van Agatha Christie vast komen te zitten.

'God,' zei Drew. 'Het gaat nooit vervelen.'

Will keek op. Ze hadden de open plek bereikt. Het woonhuis was een allegaartje aan slechte architectuur. De eerste verdieping was er nogal lukraak op gezet. De begane grond had aan de ene kant een bakstenen muur en was aan de andere kant gepotdekseld. Er leken twee hoofdingangen te zijn, een aan de voorkant en een aan de zijkant. Aan de achterkant zag hij naast een rolstoelhelling een derde, kleinere trap. Een ruime veranda, die rond het hele huis liep, moest wat architectonische eenheid aan het gebouw verlenen, maar voor de slecht bij elkaar passende ramen was geen verklaring. Er waren wat smallere vensters, die Will deden denken aan de politiecellen van Fulton County.

Onderaan de verandatrap aan de zijkant stond een vrouw, een duidelijk buitenmens, met haar blonde haar in een strakke staart. Ze droeg een cargoshort en een witte blouse boven lavendelkleurige Nikes. Op de tafel naast haar stonden snacks, bekers met water en glazen champagne. Will keek achterom, benieuwd of Monica er nog was. Bij het zien van de tafel was ze tot leven gekomen. Op het laatste stuk haalde ze Will in, griste een champagneglas mee en sloeg de drank in één teug achterover.

'Ik ben Mercy McAlpine, de manager van de McAlpine Family Lodge,' zei de buitenvrouw. 'Op dit terrein wonen drie generaties McAlpine. We heten jullie van harte welkom op onze thuisbasis. Als ik jullie aandacht even mag, zal ik een paar regels en wat veiligheidsinformatie met jullie doornemen, en daarna komt het leuke gedeelte.'

Zoals te verwachten viel stond Sara met haar neus vooraan aandachtig te luisteren, beeldschone nerd die ze was. Frank week niet van haar zijde. Keisha en Drew stonden samen met Will wat achteraf, als een stel tegendraadse leerlingen. Monica pakte nog een champagneglas en ging op de onderste traptrede zitten. Een stevige kat wreef langs haar been. Will zag een tweede kat, die zich op de grond liet vallen en op zijn rug rolde. Hij vermoedde dat de appontwikkelaars, Landry en Gordon, het oriënteringspraatje al achter de rug hadden en nu heerlijk alleen waren.

'In het onwaarschijnlijke geval van een noodsituatie – brand of onveilig weer – luiden we deze bel.' Mercy wees naar een grote bel, die aan een paal hing. 'Als jullie de bel horen, worden jullie verzocht je op het parkeerterrein te verzamelen, aan de andere kant van het huis.'

Terwijl Mercy het evacuatieplan doornam, nam Will af en toe een hap brownie, afgewisseld met chips. Zodra het te veel op een werkbriefing begon te lijken, haakte hij af en keek om zich heen. Het terrein deed hem denken aan universiteitscampussen die hij op tv had gezien. Aardewerken potten boordevol bloemen. Er stonden parkbankjes, en er waren gazons en bestrate stukken waarop hij in zijn verbeelding de katten al van de zon zag genieten.

Acht huisjes met elk een eigen tuintje stonden rond het woonhuis gegroepeerd. Will vermoedde dat de overige twee aan de achterkant van de lasso stonden. Wat betekende dat de familie waarschijnlijk in het grote huis woonde. Gezien de afmetingen had de bovenverdieping minstens zes slaapkamers. Hij kon zich niet voorstellen hoe het moest zijn om boven op elkaar te wonen. Anderzijds: de woning van Sara's zus lag één verdieping lager dan Sara's appartement, dus misschien dacht hij te veel aan het kindertehuis in Atlanta in plaats van aan de Waltons.

'En nu,' zei Mercy, 'komt het leuke gedeelte.'

Ze verdeelde mappen onder de drie stellen. Gretig sloeg Sara de hare open. Ze was dol op informatiepakketten, maar Wills aandacht ging weer naar Mercy, die uitleg gaf over de activiteiten, over waar ze geacht werden zich te verzamelen en over wat er aan uitrusting voorradig was. Het enige opvallende aan haar gezicht was het lange litteken dat van haar voorhoofd over haar ooglid langs de zijkant van haar neus in een scherpe hoek naar haar kaak liep.

Over littekens die het gevolg waren van geweld hoefde je Will niets te vertellen. Dit litteken was te netjes voor een vuist of een schoen. Het lemmet van een mes was niet zo recht. Een honkbalknuppel kon een rechtlijnige wond veroorzaken, maar dan zag je meestal een rimpelig litteken op het dieptepunt van de klap. Als Will moest raden, was het letsel afkomstig van een scherp stuk metaal of glas. Dat betekende een bedrijfsongeval of iets met een auto.

'De verdeling van de huisjes.' Mercy keek op haar klembord. 'Sara en Will zitten aan het eind van het pad in nummer tien. Jon, mijn zoon, wijst jullie de weg.'

Haar gezicht kreeg iets zachts toen ze zich met een warme glimlach naar het huis toekeerde. Al die genegenheid was duidelijk niet besteed aan de jongen die langzaam de verandatrap afdaalde. Hij leek een jaar of zestien, met het tanige spierwerk dat puberjongens verwierven door alleen maar te bestaan. Will zag de keurende blik waarmee hij Sara opnam. Toen streek hij zijn krullen naar achteren en toonde haar zijn rechte, witte tanden.

'Hoi, allemaal.' Jon liep Frank voorbij en richtte al zijn charme op Sara. 'Was het een fijne wandeling hiernaartoe?'

'Jazeker.' Sara had altijd goed met jongeren overweg gekund, maar ze had niet door dat deze jongen haar met een volwassen blik bekeek. 'Ben je ook een McAlpine?'

'Helaas, ja. Derde generatie hier op de berg.' Weer streek hij met zijn vingers door zijn haar. Misschien had hij geen kam. 'Zeg maar Jon. Hopelijk ga je genieten van je verblijf hier.'

'Jon.' Will ging voor Frank staan. 'Ik ben Will. Sara's man.'

De jongen moest zijn hals strekken om Will aan te kijken, maar de boodschap kwam goed over. 'Deze kant op, sir.'

Will gaf de handgetekende plattegrond weer aan Drew, die erkentelijk knikte. Niet slecht om zo de week te beginnen, dacht Will. Hij was getrouwd met een beeldschone vrouw. Hij had een berg beklommen. Hij had Sara gelukkig gemaakt. Hij had een gretige puber op zijn nummer gezet.

Jon nam hen mee over het hoofdterrein. Hij had een wat mal loopje, alsof hij nog moest leren hoe zijn lichaam werkte. Will wist nog goed hoe dat voelde, dat je van dag tot dag niet wist of je met een snor wakker zou worden of met een stem die oversloeg als die van een tienermeisje. Naar die tijd wilde hij nooit meer terug, voor al het geld in de wereld niet.

Tussen huisjes 5 en 6 namen ze het lassovormige pad. De grond was bedekt met steenslag. Een van de katten stoof de struiken in, waarschijnlijk achter een aardeekhoorn aan. Tot Wills opluchting was er laagspanningsverlichting zodat ze in het donker de weg zouden kunnen vinden. Het donker in het bos was iets anders dan het donker in de stad. Het bladergewelf sloot zich boven hun hoofden. Hij voelde de temperatuur dalen toen Jon hun voorging over het pad. Het terrein begon geleidelijk af te lopen. De kruipers en takken langs het pad waren gesnoeid, maar Will had het gevoel dat ze diep het bos in gingen.

'Dit hier heet de Loop Trail, omdat het pad rondom loopt.' Sara had de map opengeslagen bij de plattegrond. 'Het is een kleine twee kilometer lang. We zijn nu op het bovenste gedeelte. We kunnen de onderste helft verkennen wanneer we gaan eten. Ik schat dat het tien minuten à een kwartier lopen is naar de eetzaal.'

Wills maag begon al te rammelen.

Sara sloeg de bladzij om naar het programma. Verbaasd keek ze Will aan. 'Je hebt ons allebei ingeschreven voor ochtendyoga.'

'Ik moest het maar eens proberen, dacht ik zo.' Hij dacht ook dat hij een modderfiguur zou slaan. 'Volgens je zus hou je van vissen.'

'Dat klopt. Maar sinds ik naar Atlanta ben verhuisd, heb ik het niet meer gedaan.' Ze liep met haar vinger de dagen langs. 'Wildwaterkanoën. Mountainbiken. Ik zie niet waar je je hebt opgegeven voor een wedstrijdje ver pissen met een puber.'

Will bedwong een grijns. 'Volgens mij is de eerste keer gratis.'

'Mooi. Het zou vreselijk zijn als je voor de tweede keer moest betalen.'

Will begreep de boodschap. Om het goed te maken stak Sara haar arm door de zijne. Onder het lopen legde ze haar hoofd tegen zijn schouder. Er viel een aangename stilte. Will merkte de geleidelijke stijging van het pad niet echt op, maar zijn kuiten herinnerden hem eraan dat ze dit werk niet gewend waren. Het was geen kort wandelingetje. Hij schatte dat er vijf minuten verstreken waren toen het terrein steiler werd. De bomen weken terug. Boven hun hoofden opende zich de hemel. Als een eindeloos magisch tapijt zag hij de bergen verdwijnen in de verte. Hij wist niet of het kwam doordat ze steeds hoger gingen of doordat de zon van positie veranderde, maar telkens als hij het uitzicht bewonderde, zag het er weer anders uit. De kleuren waren een explosie van groentinten. De lucht was zo zuiver dat zijn longen ervan trilden.

Jon was blijven staan, Hij wees naar een tweesprong, twintig meter verderop. 'Het meer is die kant op. Na zonsondergang mag er niet meer gezwommen worden. Huisje 10 ligt het verst van het woonhuis, maar als je bij de tweesprong naar links gaat, loopt het pad met een lus terug naar de eetzaal.'

'Er was hier vroeger toch een kampterrein?' vroeg Will.

'Camp Awinita,' zei Jon.

'Is *awinita* een inheems woord?' vroeg Sara.

'Het is Cherokee voor reekalf, maar een tijdje terug hoorde ik van een gast dat het eigenlijk twee woorden zijn en dat het wordt geschreven met een d: *ahwi anida*.

'Weet je waar het kamp is?' vroeg Will.

'Het werd gesloten toen ik nog klein was.' Schouderophalend liep Jon door. 'Als je in dat soort dingen geïnteresseerd bent, moet je bij mijn oma Bitty zijn. Die zien jullie bij het avondeten. Niemand weet zoveel over de omgeving als zij.'

Will zag Jon achter een bocht verdwijnen. Hij liet Sara voorgaan. Van achteren was het uitzicht nog beter. Hij keek naar haar benen. Naar de welving van haar kont. De stevige spieren van haar blote schouders. Ze had haar haar in een paardenstaart. Haar nek was licht bezweet van de wandeling. Will was zelf ook bezweet. Vóór het avondeten moesten ze maar eens lekker lang samen onder de douche.

'O, wauw.' Sara volgde met haar ogen een pad dat zich afsplitste van de Loop Trail.

Will volgde haar blik. Ze zagen Jon een stenen trap beklimmen die eruitzag alsof hij voor Glorfindel in de heuvel was uitgehakt. Varens verdrongen zich langs de randen. De stenen ernaast waren bedekt met mos. Bovenaan stond een huisje met een rustieke gevelbekleding van hout en latten. Voor de ramen stonden bakken met uitbundig bloeiende bloemen in allerlei kleuren. Op de veranda zwaaide een hangmat zachtjes heen en weer. Al deed Will er tien jaar over, zoiets prachtigs zou hij nooit kunnen bouwen.

'Het lijkt wel een sprookje.' Sara's stem had iets sprankelends. Wanneer ze lachte, was ze op haar mooist. 'Ik vind het hier prachtig.'

'Vanaf deze bergkam kun je drie staten zien,' zei Jon.

Sara klikte het kompas van haar rugzak. Ze sloeg de map open en pakte de plattegrond. 'Volgens mij ligt daar Tennessee, toch?' vroeg ze, wijzend in de verte.

'Ja.' Jon kwam de trap weer af en begon nu zelf te wijzen. 'Dat daar is de oostelijke helling van Lookout Mountain. Bij het pad langs het meer staat een bank die we de uitzichtbank noemen, waar je alles beter kunt zien. We zijn op het Cumberland Plateau.'

'Dan moet Alabama daar liggen.' Sara wees naar een punt achter Will. 'En North Carolina ligt dan helemaal daar.'

Will draaide zich om. Het enige wat hij zag, waren miljoenen bomen, golvend over de bergketen. Na weer een draai zag hij de felle gloed waarmee de middagzon een deel van het meer in een spiegel veranderde. Van bovenaf leek de watervlakte eerder op een gigantische amoebe die in de glooiing van de aarde verdween dan op een sneeuwpop.

'Dat daar heet de Shallows,' zei Jon. 'Het water komt van de bergtoppen, dus het is nog wat koud rond deze tijd van het jaar.'

Sara had de map als een boek opengeslagen. 'Lake McAlpine beslaat honderdzestig hectare en is op sommige plekken wel twintig meter diep,' las ze hardop voor. 'De Shallows, in het noordelijkste gedeelte aan het einde van de Lake Trail, is nog geen vijf meter diep en daardoor ideaal zwemwater. In het meer zitten kleinbekbaarzen, breedbekbaarzen, zonnebaarzen en gele baarzen. Tachtig procent van het meer is beschermd natuurgebied en mag nooit ontwikkeld worden. Het terrein van de Lodge grenst in het westen aan het Muscogee State Forest van ruim driehonderdduizend hectare en in het oosten aan het Cherokee National Forest van ruim driehonderdtwintigduizend hectare.'

'Cherokee en Muscogee zijn genoemd naar twee van de stammen die in dit gebied leefden,' zei Jon. 'De Lodge is van vlak na de Burgeroorlog, zeven generaties McAlpine geleden.'

Will ging ervan uit dat het land simpelweg gestolen was. De oorspronkelijke bewoners waren verdreven en gedwongen naar het westen af te marcheren. De meesten hadden de tocht niet overleefd.

Sara keek op de plattegrond. 'En hoe zit het met dit stuk langs het riviertje, de Lost Widow Trail?'

'Dan moet je eerst een heel stuk over een steile helling naar beneden, helemaal onderaan het meer,' zei Jon. 'Het verhaal gaat dat de eerste Cecil McAlpine, die dit alles stichtte, door een stel schurken werd gekeeld. Zijn vrouw dacht dat hij dood was. Ze verdween terwijl ze dat pad volgde. Alleen bleek hij niet dood te zijn, maar dat wist ze niet. Hij zocht dagenlang, maar hij vond haar nooit meer terug.'

'Wat weet je veel over dit gebied,' zei Sara.

'Toen ik klein was, heeft mijn oma het er dag in, dag uit bij me ingestampt. Ze is verknocht aan dit land.' Jon haalde zijn schouders op, maar Will zag de blos van trots op zijn gezicht. 'Klaar?' Hij wachtte het antwoord niet af, maar liep de trap op en opende met een zwaai de voordeur van het huisje. Een sleutel ontbrak. Alle ramen stonden open om het huis te luchten.

Weer glimlachte Sara. 'Het is prachtig, Will. Dank je.'

'De koffers staan al in jullie kamer.' Jon draaide een duidelijk ingestudeerd verhaaltje af. 'Het koffiezetapparaat staat hier. De cupjes zitten in die doos daar. Bekers hangen aan de haken. Onder het aanrecht is een kleine koelkast met alle spullen waarom jullie gevraagd hebben.'

Will keek om zich heen terwijl Jon alles ten overvloede aanwees. Hij had het driekamerhuisje geboekt omdat het het mooiste uitzicht zou hebben. De bijkomende kosten betekenden dat hij een jaar lang zijn eigen lunch zou moeten meenemen, maar aan Sara's reactie te zien was het dat dubbel en dwars waard.

Hij was zelf ook behoorlijk ingenomen met zijn keuze. Het zitgedeelte van het huisje was ruim genoeg voor een bank en twee fauteuils. De leren bekleding zag er wat versleten maar behaaglijk uit. Het geknoopte kleed op de vloer was zacht en verend. De lampen waren van halverwege de vorige eeuw. Alles was met aandacht en oog voor kwaliteit ingericht. Als je iets met veel moeite een berg op sleepte, bedacht Will, moest het zijn tijd ook uitdienen.

Hij volgde Jon en Sara naar de grootste slaapkamer. Hun koffers lagen op het hoge bed, dat met een deken van donkerblauw fluweel was opgemaakt. Ook hier lag een zacht kleed. Er waren bijpassende lampen. En in de hoek stond een derde leren fauteuil, met een wandtafel ernaast.

Will stak zijn hoofd om de deur van de badkamer en was verrast door de eigentijdse uitstraling. Wit marmer, modern, industrieel sanitair. Voor een enorm raam dat uitkeek over de vallei stond een grote badkuip. Omdat het Will ontbrak aan woorden om het adembenemende panorama te beschrijven, richtte hij zijn aandacht op het vooruitzicht om samen met Sara in bad te zitten, en dat was een jaar van brood met pindakaas dubbel en dwars waard.

Jon zei: 'Een van ons loopt om acht uur 's ochtends een rondje over het terrein. Hetzelfde doen we om tien uur 's avonds. Als je iets nodig hebt, leg je een briefje onder de steen op de verandatrap of je wacht tot je ons langs ziet lopen. Anders moet je helemaal terug naar de Lodge. We hebben de spullen die jullie besteld hebben in de koelkast gelegd. Kan ik verder nog iets voor jullie betekenen?'

'Alles is in orde, bedankt.' Will reikte naar zijn portefeuille.

'We mogen geen fooien aannemen,' zei Jon.

'En als ik die vapepen nu eens van je koop die in je achterzak zit?' stelde Sara voor.

Will was al even verbaasd als Jon. Als kinderarts moest Sara niets van vapen hebben. Ze had te veel jongeren gezien die hun longen naar de knoppen hadden gerookt.

'Niet tegen mijn moeder zeggen,' klonk het wanhopig. Door zijn nerveus overslaande stem leek hij opeens vijf jaar jonger. 'Ik heb hem vandaag in de stad gekocht.'

'Ik geef je er twintig dollar voor,' zei ze.

'Echt?' Jon haalde de metalen pen al tevoorschijn. Die was lichtblauw met een zilveren punt, hooguit tien dollar in de supermarkt. 'Er zit nog wat red zeppelin in. Wil je nog meer patronen?'

'Nee, bedankt.' Sara knikte naar Will, die zijn portefeuille moest trekken.

Het had meer in Wills lijn gelegen om een tabaksproduct van een minderjarige in beslag te nemen, maar dat leek hem niet iets wat een monteur zou doen. Met enige aarzeling overhandigde hij het geld.

'Bedankt.' Jon vouwde het bankbiljet zorgvuldig op. Will kon de radertjes in zijn hoofd bijna zien draaien terwijl hij bedacht hoe hij nog meer los kon krijgen. 'Eigenlijk mogen we het niet, maar als jullie, eh... Ik bedoel, als jullie het nodig hebben, ik heb het wifiwachtwoord. Hier heb je geen bereik, maar wel in de eetzaal en –'

'Nee, dank je,' zei Sara.

Will deed de deur open om de jongen het huisje uit te loodsen. Op weg naar buiten salueerde Jon. Will was bijna achter hem aan gegaan. Het wifiwachtwoord was geen slecht idee.

'Je zit toch niet aan dat wachtwoord te denken, hè?' vroeg Sara.

Will sloot de deur, alsof hij helemaal niet nieuwsgierig was naar de stand tussen Atlanta United en FC Cincinnati. Hij zag Sara een ziplockzakje uit haar rugzak pakken. Ze stopte de vapepen erin, sloot het zakje en borg het weer in het voorvak op.

'Ik wil niet dat Jon hem later uit de vuilnis vist,' legde ze uit.
'Je weet toch dat hij gewoon een nieuwe koopt?'
'Waarschijnlijk wel,' zei ze. 'Maar vanavond niet.'
Will boeide het verder niet wat Jon ging doen. 'Vind je het hier leuk?'
'Het is prachtig. Bedankt dat je me hebt meegenomen naar zo'n bijzondere plek.' Met een knikje nodigde ze hem mee terug naar de slaapkamer. Voor hij al te hoge verwachtingen kreeg, begon ze aan de combinatiecode van haar kofferslot te draaien. 'Wat kom ik hierin allemaal tegen?'
'Ik heb Tessa voor je laten pakken.'
'Sneaky, zeg.' Sara trok aan de rits bovenaan de koffer. Na hem te hebben geopend sloot ze hem meteen weer. 'Wat gaan we eerst doen? Even naar het meer? Het terrein verkennen? Met de andere gasten kennismaken?'
'Vóór het eten moeten we eerst douchen.'
Sara keek op haar horloge. 'We kunnen ook lekker lang in bad gaan liggen en daarna het bed uitproberen.'
'Uitstekend plan.'
'Denk je dat je op deze kussens kunt slapen?'
Will voelde eraan. Het schuimrubber was stevig als een betonplaat. Hij had liever een pannenkoek.
'Je luisterde net niet, maar Jon zei dat er in het woonhuis andere soorten kussens zijn.' Weer lachte ze. 'Als ik nou eens uitpak en het bad laat vollopen, dan kun jij je kussens gaan halen.'
Will kuste haar en vertrok.
Het zonlicht danste op de Shallows toen hij de stenen trap afdaalde. Hij hield zijn hand boven zijn ogen tegen het felle licht tot hij op het pad was. In plaats van de Loop Trail te volgen naar het hoofdterrein liep hij in de richting van het meer om wat wegwijs te worden. Het landschap veranderde naarmate hij het water dichter naderde. De lucht werd vochtiger. Hij hoorde het zachte gekabbel van golven. De zon hing nu lager aan de hemel. Hij passeerde de uitzichtbank, vanwaar je uitzicht had, zoals de naam al zei. Weer voelde hij zich door rust omhuld. Drew had gelijk gehad toen hij zei dat je in de natuur gereset werd. En Sara had gelijk wat de bomen betrof. Alles voelde hier anders. Langzamer. Minder gestrest. Het zou nog moeilijk worden om aan het eind van de week weg te gaan.
Starend in de verte nam Will een paar minuten om zijn hoofd leeg te maken en van het moment te genieten. Hij merkte pas hoeveel spanning hij in zijn lijf had opgeslagen toen die weggevloeid was. Hij keek naar de ring

aan zijn vinger. Afgezien van de Timex aan zijn pols was hij geen sieradenman, maar de donkere afwerking van de titaniumring die Sara voor hem had uitgezocht vond hij prachtig. Ze hadden elkaar min of meer tegelijkertijd ten huwelijk gevraagd. Will had ergens gelezen dat je drie maanden salaris aan een ring hoorde te spenderen. Dankzij Sara's artsenhonorarium was hij er het best van afgekomen.

Eigenlijk zou hij nu manieren moeten bedenken om haar ervoor te bedanken in plaats van wat sullig in de verte te staren. Hij draaide zich om en liep terug. Hij kon ook vanuit de badkuip samen met Sara kijken hoe de zon naar de horizon zakte. Het was duidelijk dat ze hem een paar minuten uit het huisje had willen hebben. Hij probeerde zijn rechercheursbrein uit te schakelen toen hij langs de stenen trap liep. Sara wist best dat ze die nieuwe kussens beter na het eten konden halen. Waarschijnlijk wilde ze hem verrassen met iets leuks. Met een brede glimlach nam Will een scherpe bocht in het pad.

'Hé, Vullisbak.'

Will keek op. Op zo'n zeven meter afstand zag hij een man staan. De rook van zijn sigaret verpestte de schone lucht. Het was lang geleden dat Will de scheldnaam voor het laatst had gehoord. Die had hij in het kindertehuis gekregen. Er ging niets ingewikkelds achter schuil. De politie had hem als baby in een vuilnisbak gevonden.

'Kom op, Vullis,' zei de man. 'Herken je me niet?'

Will keek eens goed naar de onbekende. Hij droeg een schildersbroek en een wit T-shirt vol vlekken. Hij was kleiner dan Will. Dikker. Te oordelen naar zijn gelige ogen en het spinnenweb aan gebarsten adertjes kampte hij al heel lang met verslaving. Maar daarmee was zijn identiteit nog niet vastgesteld. De meeste jongeren met wie Will was opgegroeid hadden geworsteld met verslaving. Het was moeilijk om van de troep te blijven.

'Hou je me nou voor de gek?' De man stootte een rookpluim uit en liep langzaam op Will af. 'Herken je me echt niet?'

Will werd door afgrijzen bekropen. Die weloverwogen traagheid maakte een herinnering bij hem los. Het ene moment stond hij op een bergpad met een onbekende tegenover zich, het volgende moment zat hij in de woonkamer van het kindertehuis waar hij de jongen die ze allemaal 'de Jakhals' noemden langzaam de trap zag afdalen. Eén tree. Toen de volgende. Zijn vinger die als een sikkel over de leuning gleed.

In adoptiekringen was het algemeen bekend dat mensen liever geen kind wilden dat ouder dan zes was. Dan waren ze al te ver heen. Te beschadigd. Will had het tientallen keren verkeerd zien gaan met oudere kinderen die naar pleeggezinnen gingen, of in een enkel geval geadopteerd werden. Degenen die terugkwamen hadden altijd een bepaalde blik in hun ogen. Soms vertelden ze je hun verhalen. Bij anderen kon je aan de littekens op hun lichaam aflezen wat er gebeurd was. Uitgedrukte sigaretten. De onmiskenbare haak van een kleerhanger. Het rimpelige litteken van een honkbalknuppel. Het verband om hun polsen als ze op hun eigen voorwaarden aan alle ellende een eind hadden willen maken.

Allemaal probeerden ze de aangerichte schade te herstellen, op verschillende manieren. Vreetbuien en kotsen. Nachtelijke angsten. Naar anderen uithalen. Sommigen bleven zichzelf maar snijden. Sommigen verloren zich in een pijp of een fles. Sommigen konden hun woede niet bedwingen. Anderen hadden pijnlijke stilte tot kunst verheven.

Een enkeling leerde de pijn om te smeden tot een wapen tegen anderen. Ze kregen bijnamen zoals de Jakhals omdat ze sluwe, agressieve roofdieren waren geworden. Ze sloten geen vriendschappen, maar strategische verbonden die ze moeiteloos weer verbraken zodra zich een betere kans voordeed. Ze logen tegen je. Ze jatten je spullen. Ze verspreidden akelige geruchten over je. Ze braken in het hoofdkantoor in en lazen je dossier. Ze ontdekten wat er met je gebeurd was, dingen die je zelf niet eens wist. Dan bedachten ze een bijnaam voor je. Zoals Vullisbak. En die bleef de rest van je leven aan je kleven.

'Zie je wel?' zei de Jakhals. 'Nu weet je weer wie ik ben.'

Will voelde alle spanning in zijn lijf terugstromen. 'Wat moet je, Dave?'

3

Mercy wees naar het keukentje in huisje 3. 'Het koffiezetapparaat staat daar. Cupjes zitten in die doos. Bekers hangen –'

'We snappen het,' zei Keisha met een begrijpend lachje. Ze runde een cateringbedrijf in Atlanta en wist hoe het was om elke dag hetzelfde verhaal te moeten afdraaien. 'Bedankt, Mercy. We zijn heel blij om weer terug te zijn.'

'Superblij.' Drew stond bij de openslaande deuren van de woonkamer. Alle tweekamerhuisjes boden uitzicht op de Cherokee Ridge. 'Ik voel mijn bloeddruk nu al dalen.'

'Nog wel je pillen slikken, *mister*.' Keisha wendde zich tot Mercy. 'Hoe is het met je vader?'

'Gaat z'n gangetje,' antwoordde Mercy, nog net niet met opeengeklemde kaken. Ze had niemand van de familie meer gezien sinds ze had gedreigd hun levens te verwoesten. 'Het is alweer de derde keer voor jullie. We zijn allemaal heel blij dat jullie terug zijn gekomen.'

'Zeg maar tegen Bitty dat we er nog steeds met haar over willen praten,' zei Keisha.

Haar scherpe toon ontging Mercy niet, maar ze had voorlopig genoeg op haar bord en geen enkele behoefte om alles nog erger te maken. 'Doe ik.'

'Zo te zien hebben jullie deze keer een fijne groep,' zei Drew. 'Op een paar uitzonderingen na.'

De glimlach week niet van Mercy's gezicht. Ze had al kennisgemaakt met de tandarts en haar irritante echtgenoot. Het had haar niet verbaasd toen Monica haar creditcard had overhandigd met de mededeling dat Mercy de drank moest laten vloeien.

'Ik vond die docente, Sara, heel aardig,' zei Keisha. 'We hebben kennisgemaakt tijdens de wandeling hiernaartoe.'

'Die man van haar leek ook een prima kerel,' zei Drew. 'Vind je het goed als we met hen een team vormen?'

'Geen probleem.' Mercy hield haar toon luchtig, ook al moest ze na het diner het hele programma omgooien. 'Fishtopher heeft een paar fantastische plekken voor jullie uitgezocht. Daar gaan jullie echt heel tevreden mee zijn.'

'Dat ben ik nu al.' Drew keek Keisha aan. 'En jij?'

'O, schat, ik ben altijd tevreden.'

Voor Mercy was dat het teken om op te stappen. Ze was de deur nog niet uit of ze waren elkaar al aan het omhelzen. Eigenlijk had ze onder de indruk moeten zijn, want hoewel ze twintig jaar ouder waren dan zij, hadden ze er nog steeds zin in. Maar in plaats daarvan was ze jaloers, en ook geïrriteerd. Ze had in de badkamer het toilet horen lopen, wat betekende dat Dave te beroerd was geweest om het te repareren.

Onderweg naar huisje 5 maakte Mercy een aantekening op haar blocnote. Ze voelde Pa's misprijzende blik toen hij haar nakeek vanaf de veranda. Bitty zat naast hem iets te breien wat niemand ooit zou dragen. De katten lagen aan haar voeten. Mercy's ouders deden allebei alsof de familiebijeenkomst zoals gewoonlijk was verlopen. Nog steeds geen teken van Delilah. Dave was nergens te bekennen. Fish was snel naar de materiaalschuur verdwenen. Waarschijnlijk was hij de enige die ook echt deed wat Mercy hem had opgedragen. Waarschijnlijk maakte hij zich ook de meeste zorgen.

Eigenlijk moest ze haar broer opzoeken en haar excuus aanbieden. Ze zou moeten zeggen dat alles in orde zou komen. Ook moest ze een manier zien te vinden om Dave over te halen tegen de verkoop te stemmen. Dat betekende dat ze wat geld bijeen zou moeten schrapen om hem om te kopen. Dave pakte liever vandaag honderd dollar dan vijfhonderd over een week. En vervolgens zou hij de rest van zijn ellendige leven janken om de vierhonderd dollar die hij was misgelopen.

'Mercy Mac!' brulde Chuck van de andere kant van het erf. Zoals altijd sleepte hij zijn enorme waterfles met zich mee, alsof hij een topatleet was die dringend vocht nodig had. Bij het lopen gooide hij zijn ene voet voor de andere. 'Zoals die gast met zijn poten smijt lijken het net sloophamers,' had Dave ooit opgemerkt. Mercy wist niet eens wat Chucks achternaam was. Wel wist ze dat hij smoorverliefd op haar was en dat hij haar altijd de rillingen bezorgde.

'Fish wacht op je in de materiaalschuur,' loog ze.

'O.' Zijn ogen knipperden achter zijn dikke brillenglazen. 'Bedankt. Maar ik was eigenlijk op zoek naar jou. Om te checken of je weet dat ik –'

'Een pinda-allergie heb,' maakte Mercy zijn zin af. Ze was al zeven jaar bekend met zijn allergie, maar hij bleef haar eraan herinneren. 'Ik heb tegen Bitty gezegd dat ze het aan de keuken moest doorgeven. Vraag maar aan haar.'

'Oké.' Hij keek achterom naar Bitty, maar bleef nog even hangen. 'Kan ik je ergens mee helpen? Ik ben sterker dan ik lijk.'

Mercy keek toe terwijl hij een in vet verpakte spierbundel spande. Ze beet op haar lip, want ze flapte er bijna uit dat hij moest oprotten en snel een beetje. Hij was de beste vriend van haar broer. Eerlijk gezegd zijn enige vriend. Het minste wat ze kon doen was de enge smeerlap tolereren. 'Ga nou maar met Bitty praten. Een ambulance doet er minstens een uur over voor hij hier is. Ik wil je niet zien doodgaan aan pindavergiftiging.'

Ze keerde zich van hem af om de teleurstelling op zijn marshmallowkop niet te hoeven zien. Mercy's hele leven was gevuld met Chucks. Goedbedoelende halvegaren met goede banen en een redelijke persoonlijke hygiene. Met sommigen had ze gedatet. Ze had hun moeders ontmoet. Ze was zelfs weleens mee naar de kerk geweest. En dan verknalde ze het altijd weer door naar Dave terug te keren.

Misschien had Pa ergens gelijk als hij zei dat het tragische aan Mercy was dat ze slim genoeg was om te beseffen hoe dom ze was. Niets in haar verleden wees op het tegendeel. Het enige goede dat ze ooit had gedaan was ervoor zorgen dat ze haar zoon terugkreeg. Doorgaans was Jon het met haar eens. Ze vroeg zich af hoe hij zich zou voelen als hij ontdekte dat zij de verkoop tegenhield. Maar dat zag ze dan wel weer.

Mercy liep de verandatrap op naar huisje 5. Ze klopte harder aan dan de bedoeling was geweest.

'Ja?' De deur werd geopend door Landry Peterson. Ze hadden bij de intake al kennisgemaakt, maar nu droeg hij alleen een badhanddoek rond zijn middel. Het was een knappe man. In zijn rechtertepel had hij een piercing. Boven zijn hart zat een tattoo, met allemaal kleurige bloemen en een vlinder rond krullend schuinschrift. GABBIE stond er.

Mercy's ogen begonnen te branden toen ze naar de naam keek. Haar mond werd droog. Met moeite maakte ze haar blik los van de tattoo. Ze keek op naar Landry.

Zijn glimlach was zonder meer vriendelijk. Toen zei hij: 'Wat heb je daar een lelijk litteken.'

'Ik...' Mercy sloeg haar hand voor haar gezicht, maar die bedekte niet alles.

'Sorry dat ik me ermee bemoei, maar in een eerder leven was ik chirurg – mond, kaak en aangezicht.' Met zijn hoofd schuin bekeek Landry haar, alsof ze een specimen onder glas was. 'Dat is mooi gedaan. Wel met de nodige hechtingen. Hoelang heeft de operatie geduurd?'

Eindelijk kon Mercy weer slikken. Ze draaide de McAlpine-knop in haar hoofd om en deed alsof er niets aan de hand was. 'Weet ik niet meer. Het is al zo lang geleden. Maar, eh... ik wilde even checken of alles in orde is. Hebben jullie nog iets nodig?'

'Voorlopig zijn we tevreden.' Hij keek over haar schouder, eerst naar links, toen naar rechts. 'Jullie hebben het hier goed voor elkaar. Dat brengt vast veel geld in het laatje. De hele familie kan ervan leven, toch?'

Mercy wist niet hoe ze het had. Misschien had deze man banden met de investeerders. Ze probeerde het gesprek weer om te buigen naar bekend terrein. 'Het programma zit in jullie map. Het diner is om –'

'Schat?' riep Gordon Wylie van ergens binnen in het huisje. Mercy herkende zijn diepe bariton. 'Kom je nog?'

Mercy wilde al vertrekken. 'Ik hoop dat jullie genieten van jullie verblijf hier.'

'Momentje,' zei Landry. 'Wat zei je over het diner?'

'Cocktails om zes uur. Om halfzeven wordt de maaltijd opgediend.'

Mercy pakte haar blocnote en deed alsof ze een aantekening maakte terwijl ze de trap af liep. Ze hoorde de deur niet dichtgaan. Landry keek haar na, waarschijnlijk net zo afkeurend als Pa eerder. Het was alsof haar rug in brand stond toen ze in de richting van de Loop Trail liep.

Gedroeg Landry zich vreemd? Haalde ze zich vreemde dingen in het hoofd? Gabbie kon van alles betekenen. Een lied, een plek, een vrouw. Veel homo's experimenteerden met vrouwen voor ze uit de kast kwamen. Of misschien was Landry bi. Misschien flirtte hij met haar. Dat was haar vaker overkomen. Of misschien was ze aan het flippen omdat ze door die stomme tattoo het gevoel had gekregen dat haar hart elk moment als een lawine van de berg kon donderen.

Gabbie.

Mercy raakte het litteken op haar gezicht aan. Een beter voorbeeld van een ervoor- en erna-afbeelding bestond er niet. Ervoor was Mercy slechts een teleurstellende loser geweest. Erna had ze het enige goede vernietigd wat haar ooit was overkomen. Niet alleen dat ene goede, maar ook haar enige kans op geluk. Op rust. Op een toekomst waarin ze niet wanhopig graag terug wilde naar het verleden om het te veranderen.

Op pure wilskracht zette ze de McAlpine-knop weer om en keerde terug naar geen-vuiltje-aan-de-luchtland. Ze had al genoeg stress, daar kon niets meer bij. Ze keek op haar lijstje. Ze moest nog bij de huwelijksreizigers langs, en ook moest ze langs de keuken, want Bitty had vast niks over Chucks allergie gezegd. Eigenlijk moest ze Fish opzoeken en het weer goedmaken. Dat toilet kon ze maar het beste zelf repareren. Op zeker moment kwamen de investeerders. Omdat die zich vast te goed voelden om te lopen, zouden ze via de toegangsweg hiernaartoe rijden. Mercy had er niet echt bij stilgestaan wat voor houding ze tegenover hen moest aannemen. Ze twijfelde tussen kille beleefdheid en hun ogen uitkrabben.

Gabbie.

De knop liet haar in de steek. Ze liep van het pad af en zocht een boom om tegenaan te leunen. Zweet sijpelde over haar rug. Haar maag speelde op. Ze boog zich voorover en hoestte gal op. Door het gespetter bogen de bladeren van het venushaar naar de grond. Zelf voelde ze zich al net zo: alsof ze constant door hevige misselijkheid werd neergedrukt.

'Mercy Mac?'

Fucking Dave.

'Waarom verstop je je hier tussen de bomen?' Dave drong het struikgewas in. Hij stonk naar goedkoop bier en sigaretten.

'Ik heb vapepatronen op Jons kamer gevonden. Dat is jouw pakkie-an,' zei ze.

'Wat?' Hij trok zijn beledigde gezicht. 'Jezus, mens, je moet me wel hebben vandaag, hè?'

'Wat wil je, Dave? Ik heb werk te doen.'

'Toe nou,' zei hij. 'Ik wilde je iets grappigs vertellen, maar volgens mij ben je niet in de stemming.'

Mercy leunde weer tegen de boom. Ze wist dat hij haar niet met rust zou laten. 'Wat dan?'

'Niet als je zo doet.'

Ze kon hem wel slaan. Drie uur geleden had hij als een amechtige walvis boven op haar liggen bonken. Twee uur geleden had ze gedreigd zijn leven kapot te zullen maken. En nu wilde hij haar een grappig verhaaltje vertellen.

Ze bond wat in. 'Sorry. Waar gaat het over?'

'Weet je het zeker?' Maar hij had geen aanmoediging meer nodig. 'Herinner je je nog dat joch uit het tehuis over wie ik je verteld heb?'

Hij had zoveel verhalen verteld over jongens uit het kindertehuis. 'Over wie gaat het?'

'Vullisbak,' zei hij. 'Dat is die lange die vandaag arriveerde. Will Trent. Die gast met de roodharige vrouw.'

Mercy kon het niet helpen, maar ze moest het vragen. 'Is dat die meid die je je eerste pijpbeurt gaf?'

'Nee, dat was een andere griet, Angie. Die zal die sukkel uiteindelijk wel gedumpt hebben. Of ze ligt ergens dood in een greppel. Ik had nooit gedacht dat die kneus iets met een normaal iemand zou krijgen.'

'Normaal' was Daves woord voor mensen die niet door hun rotjeugd verpest waren. Mercy had zelden iemand ontmoet die tot die categorie behoorde, maar Sara Linton leek een van de schaarse gelukkigen te zijn. Ze had iets wat alleen door andere vrouwen werd opgepikt. Ze had haar zaakjes op orde.

Mercy veegde met de rug van haar hand over haar mond. Haar kots lag als kapotte legosteentjes over de grond verspreid.

'Raar om hem hier te zien,' zei Dave. 'Ik heb je toch verteld dat hij niet goed kan lezen? Hij kon de Bijbelverzen ook niet onthouden. Het heeft iets zieligs dat hij na jaren bij het kampterrein opduikt. Je hebt je kans gehad, gast. Tijd om verder te gaan met je leven.'

Mercy leunde nog steeds tegen de boom. Ze bleef maar zweten. De ondergekotste varen stond op nog geen dertig centimeter van Daves voet. Zoals gewoonlijk was hij te zeer met zichzelf bezig om het te zien. Zoals gewoonlijk moest ze belangstelling veinzen. Of misschien was 'veinzen' niet het juiste woord, want ze was wel degelijk geïnteresseerd. Dave had haar talloze verhalen over het kindertehuis verteld. Vullisbak was altijd prominent aanwezig geweest in Daves verhalen over zijn tragische jeugd. De stuntelende jongen was de clou van bijna elke grap.

Het zou echter niet voor het eerst zijn dat hij iemand fout had ingeschat. Mercy had geen woord met Will Trent gewisseld, maar zijn vrouw was niet het type dat met een vleesgeworden grap gezien wilde worden. Dat was eerder Mercy's ding.

'En wat is het echte verhaal?' vroeg ze. 'Je deed nogal vreemd toen je hem zag op de camera aan het begin van het pad.'

Dave haalde zijn schouders op. 'Oud zeer. Als het aan mij lag, zou ik tegen hem zeggen dat hij mocht oprotten naar waar hij vandaan kwam.'

Mercy moest haar lachen inhouden bij zijn idiote gebral. 'Wat heeft hij je aangedaan?'

'Niks. Het gaat om wat hij dénkt dat ik hem heb aangedaan.' Dave slaakte een overdreven, rochelende zucht. 'Die vent was kwaad op me omdat hij dacht dat hij die scheldnaam aan mij te danken had.'

Achteloos stak hij zijn handen op, alsof hij mensen geen stomme bijnamen gaf, zoals Bitty Mama, Mercy Mac of Fishtopher.

'Weet je,' zei hij. 'Wat er destijds in het kindertehuis ook gebeurd is, vandaag heb ik me als de verstandigste opgesteld. Wat een sukkel, die vent.'

'Heb je met hem gepraat?'

'Ik liep het pad op om dat toilet te repareren. En toen kwam ik hem tegen.'

Mercy vroeg zich af hoe dom Dave dacht dat ze was. Huisje 10 bevond zich helemaal aan het achterste gedeelte van de Loop Trail. Het lekkende toilet was in huisje 3, recht achter haar.

Toch drong ze aan. 'En?'

Weer haalde hij zijn schouders op. 'Ik heb geprobeerd het goed aan te pakken. Wat er met hem is gebeurd was niet mijn schuld, maar ik dacht dat hij het trauma misschien beter kon verwerken als ik sorry zei. Was iemand maar zo aardig tegen mij.'

Mercy was zelf de ontvanger geweest van Daves halfbakken verontschuldigingen. 'Aardig' was niet het juiste woord om ze mee te omschrijven. 'Wat heb je precies gezegd?'

'Weet ik het. Zoiets als "wat geweest is, is geweest".' Weer haalde Dave zijn schouders op. 'Ik wilde grootmoedig zijn.'

Mercy beet op haar lip. Dat was een heel groot woord voor Dave. 'En wat zei hij?'

'Hij begon van tien terug te tellen.' Dave haakte zijn duimen in zijn broekzakken. 'Alsof ik me bedreigd moest voelen. Ik zei toch dat hij niet al te slim is?'

Mercy sloeg haar blik neer om haar reactie te verbergen. Will Trent was een stuk groter dan Dave en gespierder dan Jon. Ze durfde er haar aandeel in de Lodge onder te verwedden dat Dave ervandoor was gegaan voor Will bij vijf was aangekomen. Anders zou hij in een lijkzak de berg af zijn gedragen.

'Wat heb je gedaan?' vroeg ze.

'Ik ben weggelopen. Wat moest ik anders?' Dave krabde over zijn buik, een van de vele tekenen dat hij loog. 'Ik zei toch dat het een sneu type is? Die vent was altijd heel stil. Hij wist niet hoe hij met anderen moest praten. En nu is hij hier, bij het kampterrein, na hoeveel jaar? Sommige jongens komen nooit los van wat ze hebben meegemaakt. Het is niet mijn schuld dat hij nog steeds verknipt is.'

Mercy wist het een en ander over mensen die niet tot loslaten in staat waren.

'Goed.' Dave sprak het woord kreunend uit. 'Wat je zei tijdens de familiebijeenkomst. Dat was toch gewoon bullshit?'

Mercy verstijfde. 'Nee, dat was niet gewoon bullshit, Dave. Ik laat Pa deze zaak niet onder mijn kont vandaan verkopen. Of onder die van Jon.'

'Dus je pakt je eigen zoon bijna een miljoen dollar af?'

'Ik pak hem niks af,' zei Mercy. 'Kijk eens om je heen, Dave. Kijk eens naar deze plek. De Lodge levert Jon genoeg op voor de rest van zijn leven. Hij kan het bedrijf doorgeven aan zijn kinderen en kleinkinderen. Zíjn naam staat ook op het bord aan de weg. Hij hoeft alleen maar te werken. Ik ben het hem verschuldigd.'

'Een keuze, dat ben je hem verschuldigd,' zei Dave. 'Vraag Jon eens wat hij zelf wil. Hij is bijna een man. Hij hoort hier ook over te beslissen.'

Nog voor hij was uitgepraat, schudde Mercy haar hoofd al. 'Jezus. Nee.'

'Dacht ik het niet.' Dave snoof van teleurstelling. 'Je vraagt het niet aan Jon omdat je te laf bent om zijn antwoord te horen.'

'Ik vraag het niet aan Jon omdat hij nog zo jong is,' zei Mercy. 'Dat soort druk ga ik niet op hem uitoefenen. Dan weet Jon dat jij wilt verkopen. En dat ik het niet wil. Dan is het alsof hij tussen ons moet kiezen. Wil je hem dat echt aandoen?'

'Hij zou kunnen gaan studeren.'

Mercy wist niet wat ze hoorde. Niet omdat ze Jon geen opleiding gunde, maar omdat Dave de jongen jarenlang had ingepeperd dat studeren zonde van zijn tijd was. Hij had hetzelfde met haar gedaan toen ze naar de avondschool ging voor haar middelbareschooldiploma. Niemand mocht het verder schoppen dan hijzelf.

'Merce,' zei Dave. 'Bedenk eens wat je opgeeft. Zo lang als ik je ken, wil je al van deze berg af.'

'Ik wilde samen met jóú van deze berg af, Dave. En ik was vijftien toen ik dat tegen je zei. Ik ben geen kind meer. Ik vind het leuk om dit bedrijf te runnen. Je zei zelf dat ik er goed in was.'

'Dat was alleen maar...' Met een handgebaar ontkrachtte hij het compliment dat haar zo allemachtig trots had gestemd. 'Wees nou eens verstandig. We hebben het over geld dat levens kan veranderen.'

'Niet op de goede manier,' zei ze. 'Ik zal maar niet zeggen wat ik denk, maar we weten allebei hoe onaangenaam je wordt als er geld in het spel is.'

'Nou moet je uitkijken.'

'Ik hoef niet uit te kijken. Het doet er niet toe. We kunnen net zo goed over de prijs van heteluchtballonnen praten. Ik laat deze plek niet door jou van me afpakken. Niet nu ik er mijn ziel en zaligheid in heb gestopt. Niet na alles wat ik heb meegemaakt.'

'Wat heb jij eigenlijk meegemaakt?' vroeg Dave. 'Ik weet dat het niet gemakkelijk was, maar je hebt altijd een dak boven je hoofd gehad. Je hebt altijd eten op je bord gehad. Je hebt nooit buiten in de stromende regen geslapen. En nooit heeft een of andere viezerik je gezicht tegen de grond geduwd.'

Mercy staarde in de verte. De eerste keer dat Dave haar had verteld dat hij als kind seksueel was misbruikt, was ze er kapot van geweest. De tweede en derde keer had ze even hard gehuild als hij. En de vierde, de vijfde tot en met de honderdste keer had ze gedaan wat hij vroeg om hem uit die duisternis te halen, of het nu koken of schoonmaken was of iets in de slaapkamer. Iets wat pijn deed. Iets waardoor ze zich smerig en klein voelde. Zolang hij zich maar beter voelde.

En toen had Mercy beseft dat het er niet toe deed wat Dave als kind was overkomen. Het enige wat ertoe deed, was de hel die zij moest doorstaan nu hij volwassen was.

Zijn nood was het bodemloze gat in het drijfzand.

'Dit gesprek heeft geen enkele zin,' zei ze. 'Ik heb mijn besluit genomen.'

'Echt? Je wilt er niet eens over praten? Je laat je eigen kind gewoon in de stront zakken?'

'Ik laat hem niet in de stront zakken, Dave!' Het boeide Mercy niet dat gasten haar konden horen. 'Volgens mij doe jij dat.'

'Ik? Hoe zou ik dat in godsnaam moeten doen?'

'Door zijn geld af te pakken.'

'Wat een gelul.'

'Ik heb gezien wat er gebeurt als je wat geld op zak hebt. Die duizend dollar die je van Pa had gekregen, had je er binnen een dag al doorheen gejast.'

'Om materiaal te kopen, dat zei ik toch?'

'Wie zit er nou te lullen?' vroeg Mercy. 'Zelfs aan een miljoen dollar heb je niet genoeg. Die vergooi je aan auto's en footballwedstrijden en feestjes en rondjes aan de bar en overal de mooie meneer uithangen, maar denk maar niet dat je leven er een spat door verandert. Je wordt er geen beter mens van. Het neemt niet weg wat je als kind is overkomen. En je wilt steeds meer, want zo zit je nu eenmaal in elkaar, Dave. Je neemt en je neemt, en het interesseert je geen ruk dat je een ander helemaal leegzuigt.'

'Dat je zoiets kloterigs kunt zeggen.' Hij schudde zijn hoofd en wilde weglopen, maar toen draaide hij zich om en zei: 'Vertel op: heb ik die jongen ooit met een vinger aangeraakt?'

'Je hoeft hem niet eens te slaan. Je mat hem gewoon af. Je kunt het niet helpen. Zo zit je nu eenmaal in elkaar. Je doet het nog steeds met die arme man in huisje 10. Je hele leven kleineer je iedereen, want dat is de enige manier om jezelf een hele vent te voelen.'

'Hou je vuile rotbek!' Zijn handen schoten uit en klemden zich om haar keel. Ze werd met haar rug tegen de boom gedrukt. Alle lucht werd uit haar longen geslagen. Zo ging het altijd wanneer haar medelijden op was. Dan verzon Dave andere manieren om haar bij de les te houden.

'Nou moet je eens goed luisteren, lelijk kutwijf.'

Lang geleden had Mercy geleerd dat ze van zijn gezicht en handen moest afblijven. Ze klauwde naar zijn borst, sloeg haar nagels in het vlees, wanhopig vechtend om bevrijding.

'Luister je?' Zijn greep werd nog strakker. 'Jij denkt dat je zo slim bent, hè? Dat je me helemaal doorhebt.'

Mercy schopte naar hem. Ze zag letterlijk sterretjes.

'Bedenk maar eens wie Jons gemachtigde wordt als jij sterft,' zei Dave. 'Hoe wilde je die verkoop tegenhouden als je dood in je graf ligt?'

Mercy's longen stonden op barsten. Zijn woedende, opgezwollen gezicht zwom voor haar ogen. Nog even en ze raakte buiten bewustzijn. Misschien ging ze dood. Heel even verlangde ze ernaar. Het zou zo gemakkelijk zijn om zich er deze laatste keer aan over te geven. Zodat Dave zijn geld kon pakken. Zodat Jon zijn leven kon vernielen. Zodat Fish een manier vond om van de berg af te komen. Pa en Bitty zouden opgelucht zijn. Delilah zou opgetogen zijn. Niemand zou haar missen. Er zou niet eens een verbleekte foto aan de muur van het huis hangen.

'Klotewijf.' Dave ontspande zijn greep voor ze onderuitging. Zijn van walging doortrokken gezicht sprak boekdelen. Weer weet hij het aan Mercy dat het zo uit de hand was gelopen. 'Ik heb nog nooit iets gepikt van iemand van wie ik hou. Nooit. En fuck you dat je zoiets durft te zeggen.'

Mercy liet zich op de grond zakken terwijl hij stampend wegliep door het bos. Ze luisterde naar zijn woedende getier. Pas toen het wegstierf, durfde ze zich weer te verroeren. Ze veegde langs haar ogen, maar voelde geen tranen. Met haar hoofd tegen de stam keek ze op naar de bomen. Zonlicht streek door de bladeren.

Ooit, aan het begin, zei Dave nog weleens sorry als hij haar pijn had gedaan. Dan volgde er een stadium van halfbakken excuses, met wat obligaat gemompel, maar nooit trof hém blaam. Nu was hij er heilig van overtuigd dat Mercy de valsheid in hem naar boven bracht. Dave de Relaxte. Dave de Zorgeloze. Dave de Gangmaker. Niemand besefte dat de Dave die ze zagen slechts de buitenkant was. De echte Dave, de ware Dave, was degene die haar net had geprobeerd te wurgen.

En de echte Mercy was degene die dat wilde.

Ze betastte haar hals om te voelen waar het pijn deed. Dat werden gegarandeerd blauwe plekken. Allerlei smoezen kwamen bij haar op. Van het paard gevallen. Op het stuur van een fiets geknald. Uitgegleden toen ze uit een kano stapte. Verstrikt geraakt in visdraad. Ze had tientallen verklaringen paraat. Ze hoefde de volgende ochtend maar in de spiegel te kijken om de variant eruit te pikken die paste bij de felblauwe striemen.

Ze krabbelde overeind. Ze hoestte in haar hand. Haar handpalm zat vol bloedspatjes. Dave had haar goed te pakken gehad. Ze zocht haar weg terug naar het pad en liet ondertussen alle keren dat hij haar pijn had gedaan de revue passeren. De talloze klappen en stompen. Meestal was hij razendsnel. Hij haalde uit en trok zich terug. Hij stopte vrijwel altijd op tijd, gedroeg zich zelden als een bokser die deed alsof hij de bel niet hoorde. Het was maar twee keer gebeurd dat hij haar keel had dichtgeknepen tot ze bewusteloos raakte, beide keren binnen een maand, en beide keren vanwege de scheiding.

Ze had Dave betrapt op vreemdgaan. En toen nog eens. En nog eens, want als Dave ergens mee wegkwam, zag hij dat als een vrijbrief om het vaker te doen. Achteraf gezien geloofde Mercy niet eens dat hij verliefd was geweest op die vrouwen. Of zich ook maar tot hen aangetrokken had gevoeld. Vaak waren ze een stuk ouder dan hij en zagen er niet echt aantrekkelijk meer uit. Of ze hadden een stuk of vijf kinderen. Of het waren onuitstaanbare types. Eentje had zijn pick-up in de prak gereden. De pick-up die met Bitty's geld was gekocht. Een ander stal van hem. Weer een ander liep bij hem weg met een zakje wiet in haar hand toen de politie op de deur van zijn trailer klopte.

Bij vreemdgaan ging het Dave niet om de seks. Daarvoor liet zijn pikkie het te vaak afweten. Het ging hem om het bedrog zelf. Het rondsluipen. Het stiekem berichtjes tikken op zijn wegwerptelefoon. Het door dating-apps swipen. Het liegen over waar hij naartoe ging, wanneer hij terug zou komen, met wie hij had afgesproken. Het besef dat Mercy zich vernederd zou voelen. Het besef dat de vrouwen die hij had verleid zo dom waren om te geloven dat hij bij Mercy weg zou gaan en met hen zou trouwen. Het besef dat hij naar hartenlust kon rondklooien en dat iedereen het mocht weten.

Het besef dat Mercy hem ondanks alles terug zou nemen.

Ze liet hem ervoor boeten, dat wel, maar ook dat gaf Dave een kick. Dan deed hij alsof hij zijn leven had gebeterd. Hij vergoot krokodillentranen. Theatrale telefoontjes laat op de avond. Een stroom aan berichtjes. Of hij dook op met bloemen, een romantische playlist of een gedicht dat hij in de kroeg achter op een servetje had gekrabbeld. Hij smeekte en soebatte, kroop voor haar, kookte en boende, bemoeide zich opeens met Jons opvoeding en bakte zoete broodjes tot Mercy hem terugnam.

Een maand later sloeg hij haar weer bont en blauw omdat ze haar sleutels te hard op de keukentafel had laten vallen.

Een wurgpoging was een gigantisch waarschuwingsteken. Dat had Mercy tenminste online gelezen. Als een man zijn handen om de hals van een vrouw sloeg, had ze een zes keer grotere kans slachtoffer te worden van geweld of moord.

De eerste keer dat hij haar bijna had gewurgd, was ook de eerste keer geweest dat Mercy hem om een scheiding had gevraagd. Ze had het hem gevraagd, het niet aangekondigd, alsof ze zijn toestemming nodig had. Dave was razend geweest. Hij had haar keel zo hard dichtgeknepen dat ze het kraakbeen had voelen verschuiven. Ze had buiten westen in hun trailer gelegen tot ze in haar eigen urine wakker was geworden.

De tweede keer was toen ze hem had verteld dat ze een flatje in de stad had gevonden voor zichzelf en Jon. Mercy kon zich niet meer herinneren wat er daarna gebeurde, alleen dat ze ervan overtuigd was geweest te zullen sterven. De tijd was haar ontglipt. Ze wist niet waar ze was. Hoe ze daar was beland. Toen was het besef tot haar doorgedrongen dat ze in het flatje was. Jon lag in de aangrenzende kamer te snikken. Ze was naar zijn wieg gerend. Zijn gezichtje was rood en bedekt met snot. Zijn luier zat vol. Hij was doodsbang.

Soms voelde Mercy nog hoe hij zijn armpjes wanhopig om haar heen had geslagen. Hoe zijn lijfje had gebeefd van het huilen. Ze had hem getroost, hem de hele nacht bij zich gehouden, gezorgd dat alles weer goed was. Jons hulpeloosheid was de aanleiding geweest om zich eindelijk helemaal van Dave los te maken. De volgende ochtend had ze de scheiding aangevraagd. Ze was de flat uit gegaan en was weer op de Lodge gaan wonen. Dat had ze niet voor zichzelf gedaan. Ze was niet gezwicht omdat Dave haar voortdurend vernederde of omdat ze bang was voor gebroken botten of zelfs maar voor de dood, maar omdat ze eindelijk begreep dat Jon helemaal niemand zou hebben als ze doodging.

Deze keer moest Mercy het patroon definitief doorbreken. Ze zou de verkoop tegenhouden. Ze zou alles op alles zetten om te voorkomen dat Dave haar zoon benadeelde. Pa zou uiteindelijk sterven. Bitty maakte het hopelijk niet lang meer. Mercy zou Jon niet veroordelen tot een levenslange worsteling tegen drijfzand.

Uitgerekend op dat moment hoorde ze Jon met lange passen naderen over de Loop Trail. Hij hield zijn armen gespreid en zijn handen streken over de toppen van de struiken, als de vleugels van een vliegtuig. Ze stond op en keek stilzwijgend toe. Zo liep hij vaak toen hij nog klein was. Mercy wist nog hoe blij hij altijd was als hij haar zag op het pad. Dan wierp hij zich in haar armen en tilde ze hem hoog in de lucht. Nu mocht ze al blij zijn als hij haar zag staan.

Toen ze het pad op stapte, liet hij zijn armen zakken en zei: 'Ik ben naar de schuur gegaan om Fish te helpen met de kano's, maar hij zei dat hij alles al voor elkaar had. Huisje 10 is ingecheckt.'

Mercy wist meteen weer een andere taak voor hem, maar ze hield zich in. 'Wat zijn het voor mensen?'

'De vrouw is heel aardig,' zei Jon. 'Die vent heeft iets engs.'

'Misschien moet je niet met zijn vrouw flirten.'

Jon lachte wat onnozel. 'Ze had allerlei vragen over het terrein.'

'En die heb je allemaal beantwoord?'

'Yep.' Jon sloeg zijn armen over elkaar. 'Ik zei dat ze als ze nog meer wilde weten het bij het avondeten maar aan Bitty moest vragen.'

Mercy knikte. Er was veel veranderd sinds ze het beheer van Pa had overgenomen, maar één ding bleef hetzelfde: geen denken aan dat haar zoon niets kon vertellen over het land waarop ze stonden.

'Verder nog iets?' vroeg hij.

Mercy dacht weer aan Dave. Na ruzies volgde hij een bepaald patroon. Dan ging hij naar de bar en verdronk zijn woede. Waar ze zich zorgen over moest maken, was de volgende dag, want dan zou hij gegarandeerd Jon opzoeken en hem vertellen over de investeerders. Ongetwijfeld met Mercy als de schurk van zijn verhaal.

'Kom eens mee naar de uitzichtbank,' zei ze. 'Ik wil dat je even bij me komt zitten.'

'Moet je niet werken?'

'Wij allebei,' was haar reactie, maar ze liep het pad al af in de richting van de bank. Jon volgde op enige afstand. Mercy raakte haar hals even aan. Ze hoopte dat hij geen afdrukken kon zien. Ze vond het altijd vreselijk zoals Jon haar aankeek als Dave door het lint was gegaan. Deels met wrok, deels met medelijden. Bezorgdheid was al heel lang verdwenen. Ze vermoedde dat het was alsof je iemand tegen een muur op zag rennen, overeind zag krabbelen en weer tegen die muur op zag rennen.

En dat had hij dan goed gezien.

'Oké.' Mercy ging op de bank zitten. Ze klopte op de plek naast zich. 'Kom nou maar.'

Jon liet zich aan de andere kant van de bank neerploffen, met zijn handen diep in de zakken van zijn shorts. Hij was de vorige maand zestien geworden, en bijna van de ene dag op de andere had de puberteit toegeslagen. De plotselinge golf aan hormonen was als een soort pendule. Het ene moment nam hij een air aan en flirtte met de vrouw van een gast, het volgende moment gedroeg hij zich als een klein, ontdaan jongetje. Hij deed Mercy zo sterk aan Dave denken dat ze even niet wist wat ze moest zeggen.

Toen diende de bokkige tiener zich aan: 'Wat zit je nou raar naar me te kijken.'

Mercy opende haar mond al, maar ze deed hem meteen weer dicht. Ze had meer tijd nodig. Op dat moment heerste er tussen hen een ongemakkelijk soort vrede. In plaats van die te verpesten door Jon de les te lezen over vapen of over de beestenbende in zijn kamer of over alle andere dingen waarover ze gewoonlijk zanikte, nam ze het uitzicht in zich op. Het hele schouwspel aan groentinten, het wateroppervlak van de Shallows dat zachtjes rimpelde op de wind. Als je in de herfst op deze plek zat, kon je de bladeren van kleur zien veranderen, alle tinten vanaf de pieken naar beneden zien druipen. Ze moest deze plek veiligstellen voor Jon. Het ging niet alleen om zijn toekomst. Het ging om zijn leven.

'Soms vergeet ik hoe mooi dit allemaal is,' zei ze.

Jon hield zijn mening voor zich. Ze wisten allebei dat hij volmaakt gelukkig zou zijn in een raamloze doos in de stad. Net als Dave gaf hij anderen de schuld van het isolement dat hij ervoer. Beiden konden zich in een kamer vol mensen toch nog alleen voelen. Eerlijk gezegd had Mercy vaak hetzelfde gevoel.

'Tante Delilah is in het huis,' zei Mercy.

Hij keek naar haar, maar zei niets.

'Wat er ook is gebeurd toen je klein was, je mag nooit vergeten dat Delilah van je houdt. Daarom spande ze die rechtszaak aan. Ze wilde je zelf houden.'

Jon staarde in de verte. Mercy had nooit iets slechts over Delilah gezegd. De enige goede les die ze van Dave had geleerd, was dat iemand die voortdurend liep te zeuren en zich als een klootzak gedroeg zelden op sympathie kon rekenen. Dat was de reden waarom hij zijn monsterlijke kant alleen aan Mercy toonde.

'Is dat haar Subaru op de parkeerplaats?' vroeg Jon.

Wat voelde Mercy zich dom. Natuurlijk had Jon Delilahs auto gezien. Niets was hier geheim. 'Volgens mij hebben Pa en Bitty met haar gepraat. Daarom is ze hiernaartoe gekomen.'

'Ik ga niet bij haar wonen.' Jon wierp een vluchtige blik op Mercy en keek weer weg. 'Als ze daarvoor is gekomen... Ik ga hier niet weg. Niet voor haar in elk geval.'

Mercy had al heel lang geen tranen meer, maar ze voelde zich intens verdrietig toen ze hoorde hoe overtuigd hij klonk. Hij probeerde voor zijn moeder op te komen. Het zou voorlopig weleens de laatste keer kunnen zijn dat hij dat deed. Misschien de allerlaatste.

'Wat wil ze?' vroeg hij.

Mercy's keel deed pijn, alsof ze spijkers doorslikte. 'Zoek Pa maar op. Die vertelt je wel wat er speelt.'

'Waarom vertel jij het niet?'

'Omdat...' Mercy had moeite om het uit te leggen. Het was geen lafheid. Het zou zo gemakkelijk zijn om Jons mening om te kneden naar die van haarzelf. Maar als ze haar zoon manipuleerde, was ze al even slecht als Dave. Ze was ertoe in staat, absoluut. Ook op zijn zestiende was Jon zo onnozel als de hel. Hij zat barstensvol hormonen en naïviteit. Als ze wilde, zou ze hem van een rots kunnen laten springen. Dave zou niets van hem heel laten.

'Mam?' zei Jon. 'Waarom vertel je het me zelf niet?'

'Omdat je de andere kant van het verhaal moet horen van iemand die ermee akkoord gaat.'

'Wat praat je raar,' zei hij met een smalend lachje.

'Laat maar weten wanneer je mijn kant wilt horen, oké? Ik zal zo eerlijk mogelijk zijn. Maar je moet het eerst van Pa horen. Goed?'

Mercy wachtte op een knikje. Toen keek ze in zijn helderblauwe ogen en was het alsof iemand zijn handen in haar borstkas had gestoken en haar hart in tweeën had gescheurd.

Dat was Daves werk. Voor de zoveelste keer ging hij een stuk van haar afpakken, het dierbaarste wat ze bezat, en ze zou het nooit terugkrijgen.

Jon keek haar aan. 'Gaat het?'

'Ja hoor,' zei ze. 'Die vrouw in huisje 7 wil een fles whisky. Breng jij die even?'

'Tuurlijk.' Jon stond op. 'Welk merk?'

'Het duurste. En vraag of ze er morgen weer eentje wil.' Mercy stond ook op. 'Neem de rest van de avond maar vrij. Ik maak na het eten de boel wel schoon.'

Daar was die brede lach weer, waarmee haar kleine jongen weer terug was. 'Meen je dat?'

'Dat meen ik.' Mercy zoog zijn blijdschap op. Ze wilde het moment zo lang mogelijk rekken. 'Je bent hier heel goed bezig, schat. Ik ben trots op je.'

Geen drug die ze ooit had ingespoten kon tippen aan zijn lach. Ze moest hem vaker complimenteren, hem de kans geven meer een jongen te zijn. Ze stond op het punt haar hele familie kapot te maken. Tegelijkertijd moest ze die vreselijke McAlpine-cyclus doorbreken.

'Wat er ook gebeurt, schat, je mag nooit vergeten dat ik van je hou. Nooit. Je bent het beste wat me ooit is overkomen. Ik hou gewoon verdomd veel van je.'

'Mam,' zei hij kreunend.

Maar toen sloeg hij zijn armen om haar heen en was het alsof Mercy zweefde.

Het duurde ongeveer twee tellen voor Jon zich weer losmaakte. Ze keek hem na toen hij het pad op draafde en bedwong de neiging hem terug te roepen.

Voor hij uit het zicht verdween, draaide ze zich om. Ze moest zich heel even herpakken voor ze weer aan het werk ging. Bij de splitsing besloot ze de ronding van het meer te volgen. Ze rook de frisse geur van het water, met daaronder een schimmelige, houtachtige zweem.

Elke zaterdagavond, de laatste avond van de gasten, ontstaken ze bij de Shallows een kampvuur. Met geroosterde marshmallows en warme chocolademelk en Fish die op zijn mandoline tokkelde, want een gevoelige ziel zoals Fish speelde uiteraard mandoline. Gasten vonden het prachtig. En Mercy zelf eerlijk gezegd ook. Ze genoot van de stralende gezichten en van het besef dat zij aan hun blijdschap had bijgedragen. Als moeder van een puberzoon, als ex-vrouw van een gewelddadige alcoholicus, als dochter van een wrede klootzak en een kille, afstandelijke moeder moest ze het geluk pakken waar ze kon.

Mercy keek uit over het water. Ze vroeg zich af hoe Pa de investeerders aan Jon zou uitleggen. Zou hij haar in een kwaad daglicht stellen? Zou hij tekeergaan en haar zwartmaken? Had ze zich onbewust aan heimelijke manipulatie schuldig gemaakt? Iemand die zich als een klootzak gedroeg, kon zelden op sympathie rekenen. Jon zou haar willen beschermen, ook als hij het niet met haar eens was.

Voorlopig zat er niets anders op dan wachten tot hij haar opzocht.

Door te werken zou de tijd sneller voorbijgaan. Ze pakte haar blocnote. Op de terugweg zou ze even bij de huwelijksreizigers langsgaan. Dat toilet ging ze zelf repareren. Ze moest nog met de keuken praten. Achterin maakte ze een aantekening van de fles whisky die Jon bij huisje 7 zou bezorgen. Ze had de indruk dat de tandarts flink zou moeten dokken voor ze zondag uitcheckte. Ze zag geen reden om Monica met haar platinum Amex-card geen flessen van de bovenste plank te verkopen. Pa was geheelonthouder. Hij had de drankverkoop nooit gestimuleerd. De blended whisky's die Mercy het afgelopen jaar had geschonken, waren vrijwel in hun eentje verantwoordelijk voor de enorme winststijging.

Mercy schoof haar blocnote weer in haar zak en liep het terrasvormige pad op. Ze zag Fish bij de materiaalschuur. Hij was de kano's aan het schoonspuiten. Het waren er twaalf. Het was loeizwaar werk. Haar hart kromp ineen toen ze haar broer op zijn knieën zag zitten. Fish was zo serieus en oprecht. Hij was de oudste, maar Pa had hem altijd als een mislukking behandeld. Toen was Dave op het toneel verschenen en had Bitty maar al te duidelijk laten merken wie ze als haar echte zoon beschouwde. Geen wonder dat hij zich zo goed als onzichtbaar maakte.

Net toen ze hem wilde roepen, kwam Chuck de schuur uit. Hij droeg geen shirt. Zijn gezicht en borst waren rood, door de zon verbrand. In zijn ene hand had hij een stuk platgestreken aluminiumfolie, en in de andere een aansteker. De vlam vonkte. Rook walmde van de folie. Terwijl Mercy toekeek, hield hij die Fish voor. Fish wapperde de rook naar zijn gezicht en inhaleerde.

'Mercy?' zei Chuck.

'Sukkels,' siste ze, en ze draaide zich weer om.

'Mercy?' riep Fish. 'Alsjeblieft, Mercy, niet –'

Het geroffel van haar voeten over het pad overstemde de rest van zijn zin. Niet te geloven hoe dom haar broer was. Hier had ze hem tijdens de familiebijeenkomst voor gewaarschuwd. Hij deed niet eens meer moeite om het te verbergen. Stel dat ze een gast was geweest? Jon was net nog bij de schuur geweest. Stel dat hij het pad af was gelopen en die twee met drugs bezig had gezien? Hoe hadden ze dat in godsnaam willen goedpraten?

Mercy liep rechtdoor, langs de afslag naar de Loop Trail. Ze minderde pas vaart toen ze aan de andere kant van het botenhuis was. Ze wiste het zweet van haar gezicht, zich afvragend of het die dag nog erger kon worden. Ze keek op haar horloge. Nog een uur, dan moest ze helpen met de voorbereidingen voor het diner. Ze had het nog steeds niet met de keuken over Chucks stomme pinda-allergie gehad.

'Jezus,' fluisterde ze. Het was te veel. In plaats van de helling weer op te gaan liet ze zich op de rotsige oever zakken. Langzaam ademde ze uit. Haar zintuigen richtten zich op de natuur die haar van alle kanten omringde. De ruisende bladeren. De kabbelende golven. De geur van het kampvuur van de vorige avond. De warmte van de zon boven haar hoofd.

Weer liet ze haar adem zachtjes ontsnappen.

Hier vond ze rust. De Shallows was als een onzichtbaar anker dat haar aan het land bond. Ze kon dit niet opgeven. Niemand zou er ooit van houden zoals zij ervan hield.

Mercy keek naar de deinende drijvende steiger. Zo vaak had ze hier haar toevlucht gezocht. Pa had een hekel aan het water en had nooit willen leren zwemmen. Als hij weer eens tekeerging, zwom Mercy naar de steiger om aan hem te ontkomen. Soms viel ze onder de sterren in slaap. Soms hield Fish haar gezelschap. Later deed Dave dat ook, maar om andere redenen.

Mercy schudde haar hoofd. Ze wilde niet aan de nare dingen denken.

Haar broer had haar hier leren zwemmen. Hij had Dave leren watertrappelen, want Dave was te bang om zijn hoofd onder water te steken. Mercy had Jon de beste plek gewezen om van de steiger af te duiken, daar waar het water het diepst was en waar je stiekem kon wegglippen als er gasten kwamen. Toen Jon jonger was, gingen ze hier op zondagochtend vaak naartoe. Dan praatte hij met haar over school of meisjes of wat hij wilde met zijn leven.

Jammer genoeg was Jon tegenwoordig nooit meer zo open, maar hij was een goede knul. Op school was hij geen uitblinker, en hij hoorde zeker niet bij de populaire jongens, maar vergeleken met zijn ouders deed hij het voortreffelijk. Zolang hij maar gelukkig was.

Dat was haar grootste wens.

Uiteindelijk zou Jon zijn eigen mensen vinden. Het kon even duren, maar het zou wel gebeuren. Hij was vriendelijk. Mercy had geen idee van wie hij dat had. Weliswaar was hij opvliegend, net als Dave, en nam hij soms slechte beslissingen, net als Mercy. Maar hij was dol op zijn grootmoeder. Hij protesteerde niet al te veel als Mercy hem aan het werk zette. Natuurlijk verveelde hij zich hier. Elke jongere vond het hier saai. Dat Mercy op haar twaalfde stiekem van de drankflessen had gesnoept kwam niet omdat haar leven nu zo vreselijk opwindend was.

'Fuck,' fluisterde ze. Telkens keerde ze in gedachten terug naar de ellende in haar leven.

Ze zette de knop om en keek gedachteloos op naar de onmogelijk blauwe hemel, tot de zon naar de bergketen schoof. Ze sloot haar ogen tegen het brandende licht. De witte stip bleef nog lang op haar netvlies staan. Ze zag de kleur donkerder worden, bijna marineblauw. Toen krulde die zich tot een woord. Lusserig schuinschrift, dat met een boog over het hart van Landry Peterson liep.

Gabbie.

De gasten in huisje 5 hadden geboekt onder de naam Gordon Wylie. Een kopie van Gordons rijbewijs zat in het reserveringsbestand. Met Gordons creditcard was het voorschot betaald en de rekening gedekt. Op de Lexus aan het begin van het wandelpad zat Gordons kentekenplaat. Gordons adres stond op de labels van hun koffers.

Landry's naam verscheen maar één keer op de reservering, als tweede gast. Hij had dezelfde werkgever als Gordon: Wylie App Co. Achteraf gezien klonk het als iets uit Looney Tunes. Mercy vermoedde dat Landry een valse naam was. De Lodge trok alleen de persoon na die de rekening moest betalen. Ze gingen er in goed vertrouwen van uit dat mensen eerlijk waren over hun werk, hun interesses, hun ervaring met paarden, rotsklimmen en raften.

Wat betekende dat Landry Peterson iedereen kon zijn. Een heimelijke minnaar. Een oude friend with benefits. Een collega die iets meer wilde. Of hij zou verwant kunnen zijn aan de jonge vrouw die Mercy zeventien jaar geleden om het leven had gebracht.

Ze had Gabriella geheten, maar haar familie had haar Gabbie genoemd.

4

Sara zat op de rand van het bed en liet haar tranen de vrije loop. Overmand door emotie snikte ze het uit. Aan het huwelijk was zoveel stress voorafgegaan. Ze hadden de plechtigheid een maand moeten uitstellen, tot het gips van haar gebroken pols mocht. Ze had bestellingen moeten afzeggen, moeten schuiven met roosters, moeten goochelen met werkprojecten en zaken moeten uitstellen. Vervolgens kwam het gejongleer met neven, nichten, ooms en tantes en had ze ervoor moeten zorgen dat iedereen een hotelreservering had, een auto en eten dat ze lekker vonden. Ze had leuke plekken moeten bedenken die ze konden bezoeken, want sommigen waren de oceaan overgevlogen en hadden besloten een hele week te blijven, en nu wilden ze weten wat er te doen en te zien was, en kennelijk beschouwden ze Sara als hun persoonlijke Lonely Planet-gids.

Haar zus en haar moeder hadden geholpen, en Will had zijn schouders er ook onder gezet, maar toch was Sara enorm opgelucht geweest toen het voorbij was allemaal.

Ze keek naar de ringen aan haar vinger en haalde adem, diep en kalmerend. Eigenlijk verdiende ze een Oscar omdat ze die ochtend rustig was gebleven toen Will had gezegd dat ze voorafgaand aan hun huwelijksreis nog even een wandeling gingen maken. Op twee uur rijden afstand. In de bergen. Terwijl het vliegveld op twintig minuten van zijn huis lag.

Van hun huis.

Ze had geprobeerd er niet over in te zitten. Niet toen ze hun rugzakken inpakten. Niet toen ze in de auto stapten. Niet toen ze de stadsgrens passeerden. Niet toen ze aan het begin van de route parkeerden. Will was verantwoordelijk voor de huwelijksreis. Ze moest het aan hem overlaten. Maar toen ze bij een veld waren gestopt om te lunchen, had ze gezien dat de tijd door hun vingers glipte en had ze zich panisch afgevraagd of hij haar zou overvallen met een of andere kampeertoestand.

Sara had de pest aan kamperen. Ze vond het afgrijselijk. De enige reden waarom ze lid van scouting was gebleven, was omdat ze alle insignes had willen halen.

En dat was Sara's leven in een notendop. Ze was altijd tot het uiterste gegaan. Ze had een jaar eerder dan de anderen eindexamen gedaan. In een mum van tijd haar bachelor gehaald. Strijd geleverd tot ze de beste student geneeskunde van haar jaar was geworden. Als coassistent had ze zich uit de naad gewerkt. Daarna volgden haar praktijk als kinderarts en haar overstap naar haar baan als fulltime patholoog-anatoom. Ze had haar opleiding altijd gebruikt om anderen van dienst te kunnen zijn. Om voor kinderen te zorgen, eerst in een plattelandsgebied en toen in een openbaar ziekenhuis. Om familieleden van misdaadslachtoffers een zekere afsluiting te kunnen geven. En ondertussen had ze ook voor haar zusje klaargestaan. Had ze voor haar ouders gezorgd. Haar tante Bella gezelschap gehouden. Haar eerste man ondersteund. Gerouwd om zijn dood. Keihard gewerkt om iets zinvols met Will op te bouwen. De bemoeienissen van zijn vileine ex-vrouw overleefd. Geleerd om te gaan met de bizarre relatie die hij met zijn chef had. Dikke vriendinnen geworden met zijn partner. Verliefd geworden op zijn hond.

Als Sara terugkeek op haar leven, zag ze een vrouw die voortdurend doorging en er altijd voor zorgde dat iedereen zich goed voelde.

Tot nu.

Ze keek naar haar open koffer. Will had al haar boeken op haar iPad gedownload. Hij had de podcasts op haar telefoon geüpdatet. Haar zus had alles ingepakt wat ze nodig had, tot en met de juiste toiletartikelen en haarborstel. Haar vader had er een van zijn handgeknoopte stukken kunstaas en een lijst met uitermate slechte moppen aan toegevoegd. Haar tante had een grote strohoed gedoneerd om Sara's intens bleke huid tegen de zon te beschermen. Haar moeder had haar een zakbijbeltje meegegeven, wat Sara eerst wat aanmatigend had gevonden, tot ze had gezien dat één pagina was gemarkeerd. Met een licht potlood had haar moeder een deel uit Ruth 1:16 uitgelicht:

...waar u gaat, zal ik gaan, waar u slaapt, zal ik slapen; uw volk is mijn volk en uw God is mijn God.

Bij het lezen van die passage was Sara volgeschoten. Haar moeder had haar gevoelens voor Will perfect weten te peilen. Ze zou gaan waar hij haar voorging. Ze zou slapen waar hij sliep. Ze zou zijn zelfgekozen familie als de hare beschouwen. Als het erop aankwam, zou ze zelfs hebben gedaan alsof ze kamperen leuk vond. Ze was hem totaal en volledig toegewijd.

En zo was huilen overgegaan in janken, janken in snikken, en uiteindelijk was Sara als een aangeslagen Victoriaanse op het bed neergezegen. Ze kon het niet helpen. Het was allemaal te volmaakt. De prachtige huwelijksplechtigheid. Dit mooie terrein. De geschenken van haar familie. De aandacht waarmee Will alles had geregeld. Hij had zelfs gevraagd om haar lievelingsyoghurt, die nu in het koelkastje in de keuken stond. Nog nooit in haar leven had Sara zich zo door zorg omringd gevoeld.

'Kom op,' wees ze zichzelf terecht. Genoeg gesnotterd. Will kon elk moment terugkomen.

Ze vond de doos tissues op het plankje achter het toilet zodat ze haar neus kon snuiten. Naast de diepe badkuip stond een kleine selectie badzout. Om Will een plezier te doen koos ze de minst geparfumeerde, waarna ze de kraan opendraaide. Ze bekeek zichzelf in de spiegel. Haar huid was rood en vlekkerig. Haar neus gloeide bijna. Haar ogen waren bloeddoorlopen. Als Will straks terugkwam van het woonhuis, verwachtte hij dampende badkuipseks, maar in plaats daarvan zou hij iemand treffen die uit het gekkenhuis was ontsnapt.

Sara snoot haar neus. Ze deed haar haar los, want ze wist dat Will dat mooi vond. Toen liep ze naar de slaapkamer om de laatste kleren uit te pakken. Haar zusje had het niet kunnen laten en had voor de grap een seksspeeltje onder in de koffer gelegd. Net toen Sara het terugritste in de zak, hoorde ze een luide stem door het raam aan de voorkant.

'Paul!' riep een man. 'Jezus, wacht nou even.'

Sara liep de voorkamer in. De ramen stonden open. Ze bleef in de schaduw en zag twee mannen die aan het ruziën waren op het pad dat onderlangs het huisje liep. Ze waren wat ouder, leken heel fit en waren duidelijk opgefokt.

'Het boeit me niet wat jij denkt, Gordon,' zei Paul. 'Het is het enige juiste.'

'Het enige juiste?' herhaalde Gordon. 'Sinds wanneer maak jij je druk om wat juist is?'

'Sinds ik heb gezien wat een kloteleven ze hier leidt!' schreeuwde Paul. 'Dat klopt van geen kant!'

'Schat.' Gordon sloeg zijn handen om de armen van zijn vriend. 'Je moet het laten rusten.'

Paul maakte zich los uit zijn greep en ging op een drafje het pad af, naar het meer.

Gordon rende hem achterna. 'Paul!' riep hij.

Sara trok de vitrages voor de ramen. Dat was interessant. Onderweg hiernaartoe had Keisha gezegd dat de appjongens Gordon en Landry heetten. Ze vroeg zich af of Paul een gast was of iemand die voor de Lodge werkte. Toen riep ze haar gedachten een halt toe, want ze was hier niet om anderen te doorgronden. Ze was hier voor dampende badkuipseks met haar man.

Haar man.

Glimlachend liep ze terug naar de badkamer. Ze had de blik in Wills ogen gezien toen ze hem voor het eerst haar man had genoemd. Die had niet ondergedaan voor de totale verrukking die ze zelf had gevoeld toen hij haar voor het eerst zijn vrouw had genoemd.

Ze keek door het grote raam achter de badkuip. Gordon en Paul waren nergens te bekennen. Het huisje stond een stuk hoger dan het pad. Ze kon het meer niet eens zien. Het enige wat ze zag waren bomen en nog eens bomen. Ze controleerde de temperatuur van het water, die precies goed was. De badkuip vulde zich een stuk sneller dan ze had verwacht. Sara was een loodgietersdochter. Ze wist alles van water. Ze wist ook hoe haar man in elkaar stak. Als Will haar naakt en vol verwachting aantrof, slaagde ze er misschien in te verhullen dat ze gehuild had.

Vijf minuten later liep hij de badkamer binnen. Toen hij haar zag, liet hij het kussen uit zijn armen vallen. 'Wat is er?'

Sara ging achterover in de badkuip liggen. 'Kom erbij.'

Hij wierp een blik uit het raam. Hij was nogal beschroomd wat zijn lichaam betrof. Waar Sara tanige spieren en pezen, de contouren van een fantastische sixpack en prachtige, sterke armen zag, had Will alleen oog voor de littekens die hij aan zijn kindertijd had overgehouden. De rimpelige, ronde brandwonden van uitgedrukte sigaretten. De haak van een kleerhanger. De huidtransplantatie waar het gescheurde weefsel te beschadigd was geweest om nog te genezen.

Weer prikten Sara's ogen van de tranen. Kon ze maar teruggaan in de tijd en iedereen vermoorden die hem ooit pijn had gedaan.

'Alles goed?' vroeg Will.

Ze knikte. 'Ik zit van het uitzicht te genieten.'

Zonder te voelen hoe heet het water was, gleed Will tegenover haar de badkuip in. Ze pasten er nauwelijks in. Zijn knieën staken een heel eind boven de rand uit. Sara schoof rond zodat ze haar hoofd op zijn borst kon leggen. Will sloeg zijn armen om haar heen. Ze keken naar buiten, naar de boomtoppen. Nevel hing boven de bergketen. Ze vond het prettig om naar het geluid van de regen op het tinnen dak te luisteren.

'Ik moet iets bekennen,' zei ze.

Hij drukte zijn lippen op de bovenkant van haar hoofd.

'Ik raakte wat overdonderd door alles.'

'Vervelend overdonderd?'

'Heerlijk overdonderd.' Ze keek naar hem op. 'Overdonderd van geluk.'

Will knikte. Ze kuste hem zachtjes en legde haar hoofd weer op zijn borst. Ze merkte dat hij zich ook lichtelijk overdonderd had gevoeld, hoewel hij nog eerder vijftien kilometer een berg op zou rennen dan dat hij zich huilend op een bed liet zakken.

'Heeft je zus alles ingepakt wat je nodig hebt?' vroeg hij.

'Inclusief een felroze dildo van vijfentwintig centimeter.'

Will was even stil. 'Als je zin in iets kleiners hebt, kunnen we daar wel iets aan doen.'

Sara lachte toen hij haar tegen zich aan drukte. Het was heel stil in de marmeren badkamer. Er viel zelfs geen druppel uit de kraan. Sara luisterde naar het gestage ritme van Wills ademhaling. Ze sloot haar ogen. Ze bleef in zijn armen liggen tot het water begon af te koelen. Ze stapte uit bad. Hoewel ze niet van plan was geweest in slaap te vallen, was dat precies wat er gebeurde. Toen ze weer wakker werd, had de regennevel zich langzaam over de berg verplaatst.

Ze ademde diep in en weer uit. 'Gaan we nog iets doen?'

'Dat kan.' Langzaam streelde Will haar arm. Ze bedwong de neiging om te gaan spinnen als een kat. 'Ik moet ook iets bekennen.'

Sara wist niet of hij een grapje maakte. 'Wat dan?'

'Er is een vent hier op het terrein met wie ik in het kindertehuis heb gezeten.'

Het nieuws was zo onverwacht dat Sara het even moest verwerken. Will had het zelden over mensen uit het tehuis. Ze keek naar hem op. 'Wie dan?'

'Hij heet Dave,' zei Will. 'In het begin was hij oké. Toen gebeurde er iets waardoor hij veranderde. De jongens begonnen hem de Jakhals te noemen. Wie weet, misschien had hij die naam zelf verzonnen. Dave gaf altijd iedereen een bijnaam.'

Sara legde haar hoofd weer op zijn borst. Ze luisterde naar zijn langzame hartslag.

'We zijn een tijdje bevriend geweest,' vervolgde hij. 'We zaten bij elkaar in de klas. Zo'n remedialgedoe. Ik dacht dat we redelijk goed met elkaar overweg konden.'

Ze dacht dat Will alleen remedial teaching had gekregen vanwege zijn dyslexie. Pas tijdens zijn studie was de diagnose gesteld. Hij beschouwde het nog steeds als een beschamend geheim. 'Wat is er met hem gebeurd?'

'Hij werd bij een afschuwelijk pleeggezin ondergebracht. Die namen een loopje met het systeem. Ze verzonnen van alles wat er mis kon zijn met Dave, alleen om meer geld te vangen voor behandeling. En toen kreeg hij allerlei infecties. Dus...'

Sara hoorde Will aarzelen. Terugkerende urineweginfecties bij kinderen waren vaak een teken van seksueel misbruik.

'Dave werd daar weggehaald, maar toen hij terugkwam, was hij behoorlijk gestoord. Alleen had ik het eerst niet door. Hij deed nog steeds alsof we vrienden waren. Ik hoorde allerlei rottigheid over hem, maar iedereen vertelde altijd rotdingen over anderen. We waren allemaal verknipt.'

Sara voelde zijn borstkas rijzen en dalen.

'Hij begon me te pesten. Zocht ruzie. Een paar keer wilde ik hem op zijn bek slaan, maar dat zou niet eerlijk zijn geweest. Hij was kleiner en jonger dan ik. Ik had hem behoorlijk kunnen raken.' Will bleef haar arm strelen. 'Toen begon hij met Angie te klooien, wat... Weet je, ik ben niet gek. Niet dat hij haar het souterrain in sleurde. Ze ging met heel veel jongens om. Zo had ze het gevoel dat ze nog iets te zeggen had over haar leven. Volgens mij stak Dave net zo in elkaar. Maar het raakte me op een andere manier toen Angie het met hém deed. Zoals ik al zei, dacht ik dat we vrienden waren, tot hij zich tegen me keerde. En zij wist dat, maar bleef er toch mee doorgaan. Het was een rotsituatie.'

Sara kon zich geen voorstelling maken van de verwrongen dynamiek tussen Will en zijn ex. Het enige goede wat ze over de vrouw kon zeggen, was dat ze verdwenen was.

'Dave bleef maar met haar rommelen. Hij zorgde ervoor dat ik op de hoogte was en wreef het me steeds in. Alsof hij vroeg om een pak slaag. Alsof het iets zou bewijzen als hij me kon breken.' Het bleef een tijd stil. 'Dave is degene die me Vullisbak begon te noemen.'

Het werd Sara zwaar te moede. Hoe erg moest het voor Will zijn om vlak na zijn huwelijk die vreselijke man tegen het lijf te lopen, om elke slechte herinnering aan zijn jeugd weer naar boven te moeten halen? Alleen al die bijnaam moest als een trap in zijn gezicht zijn geweest. De afgelopen dagen had Will een paar terloopse grapjes gemaakt over zijn kant van de kerk, die leeg was gebleven, maar Sara had de waarheid in zijn ogen kunnen lezen. Hij miste zijn moeder. Het laatste wat ze uit liefde voor haar kind had gedaan, was hem in een vuilnisbak stoppen zodat hij veilig zou zijn. En vervolgens had die walgelijke klootzak juist dat gegeven gebruikt om hem te kwellen.

'Dave probeerde zijn excuses aan te bieden,' zei Will. 'Zonet op het pad.'

Ze keek hem verbaasd aan. 'Wat zei hij?'

'Het was geen echt excuus.' Will lachte schamper, hoewel de situatie niets grappigs had. 'Hij zei: "Kom op, Vullisbak. Kijk me niet zo aan. Ik bied mijn verontschuldigingen wel aan als je daarmee geholpen bent."'

'Wat een eikel,' fluisterde Sara. 'Wat heb je gezegd?'

'Ik begon vanaf tien terug te tellen.' Will haalde zijn schouders op. 'Ik weet eigenlijk niet of ik hem geslagen zou hebben, maar toen ik bij acht was aangekomen, ging hij er als een haas vandoor, dus dat zullen we nooit weten.'

Ze schudde haar hoofd. Ergens wilde ze dat hij die lul de modder in had geramd.

'Ik vind het heel vervelend,' zei Will. 'Ik beloof je dat ik er onze huwelijksreis niet door laat verpesten.'

'Dat gaat ook niet gebeuren.' Sara bedacht een aanvulling op haar moeders Bijbeltekst. Wills vijanden waren haar vijanden. Dave mocht hopen dat hij Sara deze week niet tegenkwam. 'Is hij een van de gasten?'

'Volgens mij werkt hij hier. Onderhoud, aan zijn kleren te zien.' Will bleef haar arm strelen. 'Het rare is dat Dave uit het tehuis wegliep een paar jaar voor ik vanwege mijn leeftijd weg moest. De politie ondervroeg ons allemaal, en ik zei dat hij waarschijnlijk hier te vinden was. Dave was dol op het kamp. Hij probeerde elk jaar mee te gaan. Ik hielp hem altijd met de Bijbelverzen. Hij las ze zo vaak hardop voor dat ik ze uit het hoofd leerde. Hij oefende met me in de bus, tijdens gym of het studie-uur. Als hij half zoveel energie in school had gestoken, zou hij niet bij de trage jongens zoals ik zijn ingedeeld.'

Sara legde haar vinger op zijn lippen. Hij was allesbehalve traag.

Will pakte haar hand en drukte een kus op de binnenkant. 'Zijn we klaar met bekentenissen?'

'Ik heb er nog eentje.'

Hij lachte. 'Oké.'

Ze ging rechtop zitten zodat ze elkaar konden aankijken. 'Op de kaart staat een route aangegeven die Little Deer heet. Die voert naar de overkant van het meer.'

'Little Deer... Jon heeft je verteld dat "awinita" in Cherokee reekalf betekent.'

'Denk je dat het pad bij het kampterrein uitkomt?'

'Kom, we gaan kijken.'

5

ZES UUR VOOR DE MOORD

Toen Mercy de keuken binnenliep, trof ze het gebruikelijke gekkenhuis aan, met personeel dat zich uit de naad werkte om het diner voor te bereiden. Ze schoot opzij en raakte bijna een stapel borden boven het hoofd van de afwasser. Ze ving Alejandro's blik. Met een knikje gaf hij aan dat alles goed verliep.

'Je hebt dat van de pinda-allergie doorgekregen?' vroeg ze voor de zekerheid.

Weer knikte hij, maar nu hief hij zijn kin ten teken dat ze weg moest.

Mercy vatte het niet persoonlijk op. Ze liet het werk graag aan hem over. Hun vorige kok was een handtastelijke oude gek geweest met een zware oxyverslaving, die de week na Pa's ongeluk was gearresteerd wegens drugshandel. Alejandro was een jonge Puerto Ricaanse chef, vers van de Atlanta Culinary School. Mercy had hem carte blanche over de keuken gegeven als hij meteen de volgende dag aan de slag kon. De gasten aanbaden hem. De twee lokale jongens die in de keuken werkten, leken ook al weg van hem. Ze wist alleen niet hoeveel langer hij genoegen zou nemen met het bereiden van slappe, ongepeperde wittemensenhap hier in de heuvels.

Ze duwde de deur naar de eetzaal open. Een plotselinge golf misselijkheid overspoelde haar. Ze zocht steun bij de deur. Hoe hard haar brein alle stress ook wegduwde, haar lichaam liet haar telkens weer weten dat het niet gelukt was. Met wijd open mond haalde ze adem, toen ging ze weer aan het werk.

Ze liep de tafel rond, legde hier een lepel en daar een mes recht. Het licht ving een watervlek op een van de glazen, die ze met de slip van haar blouse wegveegde. Ondertussen liet ze haar blik door de zaal gaan. Die werd door twee lange tafels doorsneden. Toen Pa hier nog de scepter zwaaide, waren er alleen banken om op te zitten, maar Mercy had niet bezuinigd op goede stoelen. Mensen dronken meer als ze lekker achterover konden leunen. Ze had ook in speakers geïnvesteerd, waaruit geregeld zachte muziek klonk, en in verlichting die gedimd kon worden om een bepaalde sfeer te creëren. Pa had voor geen van beide een goed woord overgehad, maar hij kon er weinig aan doen, want hij was niet in staat de knoppen te bedienen.

Ze zette het glas terug, legde weer een vork recht en verschoof een kandelaar naar het midden van de tafel. In gedachten telde ze de couverts. Frank en Monica, Sara en Will, Landry en Gordon, Drew en Keisha. Sydney en Max, de investeerders, zaten bij de familie. Chuck zat naast Fish zodat ze lekker samen konden mokken. Delilah had een plek aan het uiteinde gekregen, alsof ze er maar een beetje bij hing, wat niet meer dan terecht leek. Mercy wist dat Jon zijn gezicht niet zou laten zien. Niet alleen omdat hij het waarschijnlijk al met Pa over de investeerders had gehad, maar ook omdat Mercy zo dom was geweest hem een vrije avond te geven. Alejandro bemoeide zich niet met de afwas, en de lokale jongens wilden uiterlijk halfnegen van de berg af zijn. Mercy zou tot middernacht bezig zijn met de schoonmaak en de voorbereidingen voor het ontbijt.

Ze keek op haar horloge. Het cocktailuur zou zo beginnen. Ze liep de veranda op, de zoveelste verbetering na Pa's ongeluk. Ze had Dave het panoramaterras zo laten uitbouwen dat het hout over de rots kraagde. Hij had hulp nodig gehad bij het aanbrengen van de draagbalken. Hij en zijn maten hadden al bier drinkend aan touwen boven een twintig meter diep ravijn gebungeld. Hij had het project afgerond met een lichtsnoer dat hij over de reling had gevlochten. Er waren banken en randen om drankjes op te zetten. Eigenlijk was het volmaakt, zolang je niet wist dat hij het werk een halfjaar te laat had opgeleverd en er drie keer het bedrag van de offerte voor had gevraagd.

Ze liet haar blik langs de drankflessen op de bar gaan. Hun exotische etiketten kwamen goed uit in het vroege avondlicht. Onder Pa's regime werd er op de Lodge alleen huiswijn geschonken, met de smaak en de body van goedkope vruchtendrank. Nu schonken ze voor belachelijke bedragen whisky sours en gin-tonics. Mercy had altijd al het vermoeden gehad dat hun soort gast wilde betalen voor Tito's en Macallan. Wat ze niet had voorzien, was dat de Lodge bijna evenveel kon verdienen aan de verkoop van drank als aan de verhuur van de huisjes.

Penny, die ook uit het stadje kwam, stond achter de bar alles in gereedheid te brengen. Ze was ouder dan de rest van het personeel, nuchter en door de tijd getekend. Mercy kende haar al jaren, nog uit de tijd dat Penny was begonnen met het schoonmaken van lokalen op de middelbare school. Destijds hadden ze zich een ongeluk gefeest, en later waren ze allebei keihard afgekickt. Gelukkig hoefde Penny zelf niet te drinken om te weten wat lekker was. Gasten waren zo opgetogen over haar encyclopedische kennis van onbekende cocktails dat ze er almaar meer bestelden.

'Alles goed?' vroeg Mercy.

'Z'n gangetje.' Penny keek op van de citroenen die ze aan het snijden was toen ze stemmen hoorde weerklinken op het pad. Met een frons tussen haar wenkbrauwen wierp ze een blik op haar horloge.

Het verbaasde Mercy niet dat Monica en Frank als eersten verschenen voor de cocktails. Die tandarts kon in elk geval goed tegen drank. Monica was niet luidruchtig of vervelend, eerder akelig stil. Mercy had de nodige ervaring met dronkaards en wist dat de stillen er doorgaans het ergst aan toe waren. Niet omdat ze storend of onvoorspelbaar konden worden, maar omdat ze zich ten doel hadden gesteld zich dood te zuipen. Frank was irritant, maar Mercy zag in hem niet het type dat dronk tot hij erbij neerviel.

Hoewel… mensen dachten hetzelfde van Dave.

'Welkom!' Mercy plakte een glimlach op haar gezicht toen ze bij de veranda waren aangekomen. 'Alles in orde?'

Frank lachte terug. 'Het is fantastisch. We zijn zo blij dat we gekomen zijn.'

Monica was recht op de bar afgestapt. Ze tikte op een fles. 'Een dubbele, puur,' zei ze tegen Penny.

Het water liep Mercy in de mond toen Penny de fles WhistlePig Estate Oak opende. Ze maakte zichzelf wijs dat het plotselinge verlangen kwam doordat haar keel nog steeds rauw aanvoelde na Daves wurgpoging. Een slokje rye whisky zou de pijn verzachten. Dat was precies wat ze zichzelf had wijsgemaakt toen ze de laatste keer een terugval had gehad, alleen ging het toen om maiswhisky.

Monica griste het glas weg en sloeg de helft achterover. Je moest wel een erg geslaagd leven leiden, dacht Mercy, als je je kon bezatten à twintig dollar per glas. Na het tweede glas proefde je het niet eens meer.

Pa's komst werd aangekondigd door het geknerp van grind onder de banden van zijn rolstoel. Bitty duwde hem, met de gebruikelijke frons in haar voorhoofd. Aan weerszijden van de stoel liepen een man een vrouw. Dat moesten de investeerders zijn. Beiden waren ergens achter in de vijftig, maar ze waren rijk genoeg om tien jaar jonger te lijken. Max was gekleed in jeans en een zwart T-shirt, van een snit waar het geld van afdroop. Sydney droeg hetzelfde, alleen had hij HOKA's aan zijn voeten en zij een paar leren rijlaarzen die al langer dienst hadden gedaan. Haar geblondeerde haar zat in een hoge staart. Haar jukbeenderen waren scherp als glas. Ze had haar schouders naar achteren getrokken, haar borsten wezen naar voren, en haar kin stak omhoog.

Een echte paardenvrouw, zag Mercy. Zo'n houding kreeg je niet van rondslenteren in een winkelcentrum. Waarschijnlijk had de vrouw een stal vol warmbloedpaarden en een fulltimetrainer op haar landgoed in Buckhead. Als je iemand tienduizend per maand betaalde om een stel paardjes van tweehonderdduizend dollar per stuk een dansje te leren, maakte je je niet druk om twaalf miljoen voor een tweede of derde huis.

Bitty probeerde Mercy's blik te vangen. Het verwrongen gezicht van haar moeder was vervuld van afkeer. Bitty was nog steeds woedend over de vergadering. Van haar moest alles gladjes verlopen. Ze was altijd Pa's fixer geweest, en ze had hun allemaal een schuldgevoel aangepraat, met onderdanigheid en vaak vergevingsgezindheid als resultaat.

Mercy kon haar moeder er even niet bij hebben. Ze liep de eetzaal weer in. Opnieuw een golf van misselijkheid. Even liet ze een vleugje verdriet toe. Ze had half en half gehoopt dat Jon achter Pa's stoel zou lopen. Dat haar zoon haar naar haar beweegredenen zou vragen, dat ze die zouden bespreken, en dat Jon dan zou begrijpen dat zijn toekomst hier lag, in het familiebedrijf. Dat hij haar niet zou haten, of in elk geval bereid zou zijn fatsoenlijk met haar van mening te verschillen. Maar er was geen Jon. Er was alleen haar moeders minachtende blik.

Voor het einde van deze avond zou Mercy iedereen kwijt zijn. Jon was anders dan Dave. Bij hem broeide het voor het tot een uitbarsting kwam, maar als hij het er eenmaal uit had gegooid, duurde het dagen en soms weken voor hij weer normaal gedrag vertoonde. Of in elk geval een nieuw soort normaal gedrag, want Jon verzamelde zijn grieven alsof het ruilplaatjes waren.

Er klonk een bijna geruisloze klik. Mercy keek op. Bitty deed zachtjes de deur van de eetzaal dicht. Alles wat haar moeder deed ging met een weloverwogen stilte gepaard, of ze nu een ei kookte of door een kamer liep. Ze kon je als een geest besluipen. Of als de Dood, afhankelijk van haar stemming.

Haar stemming viel nu ondubbelzinnig in de tweede categorie. 'Pa is hier met de investeerders,' zei ze. 'Ik weet hoe je je voelt, maar je moet nu je beste kop opzetten.'

'Bedoel je mijn lelijke rotkop?' Mercy zag haar ineenkrimpen, maar ze citeerde alleen maar haar vader. 'Waarom zou ik aardig tegen ze zijn?'

'Omdat je al die dingen waarover je het had toch niet gaat doen. Geen denken aan.'

Mercy keek op haar moeder neer. Bitty had haar handen in haar smalle zij gezet. Haar wangen gloeiden. Als ze geen lange grijze haren had gehad, zou ze voor een theatraal kind kunnen doorgaan.

'Het is echt geen bluf, mam,' zei Mercy. 'Als jullie die verkoop erdoor drukken, maak ik jullie allemaal kapot.'

'Dat had je gedroomd.' Bitty stampte ongeduldig met haar voet, maar veel meer dan wat geschuifel was het niet. 'Stop eens met die dwaasheid.'

Mercy wilde haar al vierkant uitlachen toen er opeens een vraag bij haar opkwam. 'Wil jij dit bedrijf verkopen?'

'Je vader heeft je verteld –'

'Ik vraag wat jíj wilt, mam. Het gebeurt niet zo vaak dat jij je zegje mag doen.' Ze zweeg afwachtend, maar haar moeder antwoordde niet. Mercy herhaalde haar vraag. 'Wil jij deze plek verkopen?'

Bitty perste haar lippen tot een strakke streep.

'Dit is ons thuis,' zei Mercy, een beroep doend op haar gevoel voor rechtvaardigheid. 'Opa zei altijd dat we geen eigenaren, maar beheerders van het land zijn. Jij en Pa hebben je tijd gehad. Het is niet eerlijk om voor de volgende generatie beslissingen te nemen die niet meer van invloed zijn op jullie eigen leven.'

Bitty zweeg nog steeds, maar iets van de woede was uit haar blik verdwenen.

'We hebben ons leven aan deze plek gegeven.' Mercy wees naar de eetzaal. 'Op mijn tiende heb ik geholpen de spijkers in deze planken te slaan. Dave heeft die veranda gebouwd, waarop mensen nu zitten te drinken. Jon heeft op zijn knieën de keukenvloer geboend. Fish heeft een deel van het eten gevangen dat nu in de keuken bereid wordt. Ik heb zowat elke maaltijd van mijn leven op deze bergtop gegeten. Net als Jon. Net als Fish. Wil je dat van ons afpakken?'

'Christopher zei dat het hem niet uitmaakt.'

'Hij zei dat hij zich er niet in wil mengen,' verbeterde Mercy haar. 'Dat is iets anders dan dat het hem niet uitmaakt. Het is zelfs het tegenovergestelde.'

'Jon is er helemaal kapot van, door jou. Hij komt niet eens eten.'

Mercy's hand ging naar haar hart. 'Gaat het goed met hem?'

'Nee, helemaal niet,' zei Bitty. 'Die arme schat. Het enige wat ik kon doen was hem vasthouden terwijl hij huilde.'

Mercy's keel kneep dicht. De scherpe, plotselinge pijn die dat veroorzaakte, als gevolg van Daves handen, deed haar rug verstrakken. 'Ik ben Jons moeder. Ik weet wat het beste voor hem is.'

Bitty lachte vals. Tegenover Jon gedroeg ze zich altijd eerder als een vriendin dan als een oma. 'Hij praat niet met jou zoals hij met mij praat. Hij heeft zijn dromen. Hij wil iets doen met zijn leven.'

'Dat wilde ik ook,' zei Mercy. 'Je zei dat ik nooit meer terug hoefde te komen als ik wegging.'

'Je was zwanger. En vijftien jaar oud. Weet je wel hoe gênant dat was voor Pa en mij?'

'Weet je wel hoe moeilijk het was voor mij?'

'Dan had je je benen bij elkaar moeten houden,' snauwde Bitty. 'Je drijft het altijd op de spits, Mercy. Dat zei Dave ook al. Je gaat gewoon te ver.'

'Heb je met Dave gepraat?'

'Ja, ik heb met Dave gepraat. Ik had een huilende Jon op m'n ene schouder en een huilende Dave op de andere. Hij is er kapot van, Mercy. Hij heeft dat geld nodig. Hij heeft schulden.'

'Daar verandert geld niks aan,' zei Mercy. 'Dan maakt hij weer nieuwe schulden bij anderen.'

'Deze keer is het anders.' Bitty draaide al meer dan tien jaar hetzelfde riedeltje af. 'Dave wil veranderen. Dat geld biedt hem de kans zijn leven te beteren.'

Mercy schudde haar hoofd. Waar het Dave betrof was Bitty zo lichtgelovig als de pest. Er kwam geen eind aan het aantal bochten waarin hij zich kon wringen. Ondertussen had Mercy een heel jaar aan maandelijkse urinetesten moeten ondergaan voor ze van haar moeder zonder toezicht alleen mocht zijn met Jon.

'Dave wil dat we met z'n allen in een huis in het dal gaan wonen,' zei Bitty.

Mercy moest lachen. Die gluiperige lul van een Dave, die ook het aandeel in de verkoop van Bitty en Pa al vastlegde. Nog een jaar en hij zat met zijn vingers in hun pensioenpotjes.

'Hij zei dat we iets groots moesten zoeken, alles gelijkvloers zodat Pa niet in de eetzaal hoeft te slapen, met een zwembad voor Jon zodat hij zijn vrienden kan uitnodigen. Die jongen is eenzaam hierboven,' vervolgde Bitty. 'Dave kan ons en Jon een goed leven bezorgen. En jou ook, als je niet zo verdomd koppig was.'

Mercy wist niet wat ze hoorde. 'Waarom verbaast het me nog dat je Daves kant kiest? Ik ben al net zo lichtgelovig als jij.'

'Hij is nog altijd mijn kleine jongen, al heb jij daar nog zulke rare gedachten bij. Ik heb hem nooit anders behandeld dan jou en Christopher.'

'Afgezien van je eeuwige liefde en genegenheid.'

'Stop eens met dat zelfmedelijden.' Weer stampte Bitty zachtjes met haar voet. 'Pa wilde het vanavond tegen je zeggen, maar hoe het ook afloopt met die investeerders, jij bent ontslagen.'

Voor de tweede keer die dag was het alsof Mercy een mokerslag kreeg. 'Je kunt me niet ontslaan.'

'Je zet je af tegen de familie,' zei Bitty. 'Waar ga je wonen? Niet in mijn huis, geen denken aan.'

'Moeder.'

'Hou eens op met dat ge-moeder. Jon blijft, maar jij bent aan het eind van de week weg.'

'Denk maar niet dat je mijn zoon mag houden.'

'Hoe wilde je voor hem zorgen? Je hebt geen cent te makken.' Aanmatigend hief Bitty haar kin. 'Eens kijken hoever je het schopt als je met een moordaanklacht boven je hoofd naar werk zoekt.'

Mercy boog zich woedend naar haar toe. 'Eens kijken hoe snel jij met je gratenkont achter de tralies verdwijnt.'

Verbijsterd deinsde Bitty terug.

'Denk je dat ik niet weet wat je in je schild voert?' De angst in haar moeders ogen was zo intens bevredigend dat Mercy nog even doorging. 'Moet jij eens zien, oud kreng. Voor je het weet heb ik de politie gebeld.'

'Nou moet je eens goed luisteren, meisje.' Bitty priemde met haar vinger naar Mercy's gezicht. 'Als je doorgaat met dreigen, krijg je nog eens een mes in je rug.'

'Volgens mij heb ik dat net al gekregen. Van mijn moeder.'

'Als ik iets van iemand moet, kijk ik hem recht in de ogen.' Woedend nam ze Mercy op. 'Je krijgt tot zondag.'

Bitty maakte rechtsomkeert en verdween door de deur. Dat ze geruisloos vertrok was erger dan stampen en met deuren slaan. Sorry zeggen of haar woorden terugnemen was er niet bij. Het was haar menens.

Ze was ontslagen. Ze had een week om het huis te verlaten.

Het besef was als een dreun tegen haar hoofd. Ze liet zich op een stoel vallen. Ze was duizelig. Haar handen trilden en lieten zweterige vegen op de tafel achter. Konden ze haar echt ontslaan? Pa was bewindvoerder, maar over vrijwel al het andere moest gestemd worden. Op Dave kon ze niet rekenen. Fish zou zijn kop in het zand steken. Ze had geen bankrekening en geen geld, op de twee tiendollarbiljetten in haar zak na, en dat was wisselgeld.

'Zware dag?'

Mercy hoefde zich niet om te draaien om te weten wie de vraag had gesteld. In de afgelopen dertien jaar was de stem van haar tante geen spat veranderd. Met een wreed soort logica had Delilah dit moment uitgekozen om uit de schaduw te treden.

'Wat wil je, opgedroogde ouwe –'

'Kut?' Delilah ging tegenover haar zitten. 'Misschien heb ik de diepte wel, maar de warmte ontbreekt.'

Mercy keek haar tante aan. De tijd had geen vat gekregen op Pa's oudere zus. Ze zag er nog altijd hetzelfde uit: een oude hippie die zeep maakte in haar garage. Haar lange grijze haar hing in een vlecht op haar kont. Ze droeg een eenvoudig katoenen jurkje, dat van een meelzak gemaakt leek. Haar handen zaten vol eelt en littekens van de zeep die ze maakte. Er liep een diepe groef over een van haar biceps, die net een opgepropt stuk jute leek.

Ze had nog altijd een vriendelijk gezicht. Dat was het moeilijke. Mercy kon de Delilah uit haar jeugd, van wie ze had gehouden, niet verenigen met het monster dat ze uiteindelijk was gaan haten. Zo voelde ze zich nu met betrekking tot iedereen in haar leven.

Met uitzondering van Jon.

'Het is schokkend als je aan al die heldhaftige verhalen denkt die generaties lang over dit oude oord zijn doorgegeven,' zei Delilah. 'Alsof dit hele gebied niet het toneel is geweest van massamoord. Wist je dat het oorspronkelijke viskamp werd aangelegd door een geconfedereerde soldaat die deserteerde na de Slag bij Chickamauga?'

Dat van die gedroste soldaat wist Mercy niet, maar ze wist wel dat dit alles na de Burgeroorlog was gesticht. Volgens de familiegeschiedenis was de eerste Cecil McAlpine een gewetensbezwaarde geweest die met een ontsnapte kamenierster de bergen in was gevlucht.

'Vergeet die romantische kolder maar,' zei Delilah. 'Dat hele verhaal over de Lost Widow is één dampende hoop stront. Kapitein Cecil nam hier een slaafgemaakte vrouw mee naartoe. De gek dacht dat ze verliefd waren. Zij zag het eerder als ontvoering en verkrachting. Midden in de nacht zette ze een mes in zijn keel en verdween met al het familiezilver. Hij was er bijna geweest. Maar je weet dat McAlpines moeilijk zijn uit te roeien.'

Dat wist Mercy maar al te goed.

'Denk je echt dat ik door je verhalen over mijn walgelijke voorouders uit afschuw de zaak wil verkopen? Je weet dat ik mijn vader ken.'

'Zeker.' Delilah wees naar het ruwe stuk huid op haar biceps. 'Dit kwam niet door een ongeluk tijdens het paardrijden. Je vader haalde met een bijl naar me uit toen ik zei dat ik de Lodge wilde runnen. Ik sloeg zo hard tegen de grond dat ik mijn kaak brak.'

Mercy beet op haar lip om haar reactie binnen te houden. Ze kende dat verhaal maar al te goed. Ze had zich tijdens die aanval in de oude schuur achter de paddock verstopt. Ze had aan niemand verteld wat ze had gezien. Zelfs niet aan Dave.

'Cecil sloeg me voor een week het ziekenhuis in. Ik raakte een deel van mijn armspieren kwijt. Mijn kaak moest met ijzerdraad vastgemaakt worden. Hartshorne nam niet eens een verklaring af. Ik kon twee maanden lang niet praten.' Delilahs woorden waren hard, maar haar glimlach was zacht. 'Ga je gang en maak dat grapje maar, Mercy. Ik weet dat je het wilt.'

Mercy slikte de brok in haar keel door. 'Wat wil je met dit alles zeggen? Dat ik weg moet lopen, net als jij toen deed, voor me iets overkomt?'

Delilah glimlachte weer instemmend. 'Het is heel veel geld.'

Mercy proefde gal. Ze was zo moe van al dat vechten. 'Wat wil je, Dee?'

Delilah raakte de zijkant van haar eigen gezicht aan. 'Ik zie dat jouw litteken beter genezen is dan het mijne.'

Mercy wendde haar blik af. Haar eigen litteken was nog steeds een open wond. Het stond in haar ziel gegrift, net als de naam die op de grafsteen op dat kerkhof stond gebeiteld.

Gabriella.

'Waarom denk je dat je vader me heeft uitgesloten van de familievergadering?' vroeg Delilah.

Mercy was te moe voor raadsels. 'Geen idee.'

'Denk eens goed na, Mercy. Jij bent hier altijd de slimste geweest. Tenminste, nadat ik was vertrokken.'

Het was haar zangerige stem die Mercy raakte, zo troostend, zo vertrouwd. Ze waren heel hecht geweest voor alles naar de bliksem ging. Als kind logeerde Mercy 's zomers bij Delilah. Als ze op reis was, stuurde Delilah haar brieven en ansichtkaarten. Ze was de eerste aan wie Mercy had verteld dat ze zwanger was. Ze was de enige die bij de geboorte van Jon aanwezig was geweest. Omdat Mercy destijds onder arrest stond, had ze met handboeien aan het bed gekluisterd gelegen. Delilah had geholpen Jon op haar blote borst te leggen zodat ze hem kon voeden.

En toen had ze geprobeerd hem voor altijd van haar af te pakken.

'Je hebt mijn zoon van me willen stelen,' zei Mercy.'

'Ik ga geen sorry zeggen voor wat er is gebeurd. Ik deed wat volgens mij het beste was voor Jon.'

'Hem bij zijn moeder weghalen.'

'Je zat om de haverklap in de gevangenis, of in de afkickkliniek, en toen gebeurde dat verschrikkelijke met Gabbie. Je gezicht kon met veel moeite weer aan elkaar worden genaaid. Je had net zo goed zelf dood kunnen zijn.'

'Dave was –'

'Een waardeloze zak,' maakte Delilah haar zin af. 'Mercy, schatje, ik ben nooit je vijand geweest.'

Mercy lachte snuivend. Tegenwoordig had ze alleen nog maar vijanden.

'Terwijl Cecil de familievergadering voorzat, had ik me in de zitkamer verstopt.' Delilah hoefde niet te zeggen dat het huis dunne wanden had. Ze moest alles hebben gehoord, ook Mercy's dreigementen. 'Je speelt een gevaarlijk spel, meisje.'

'Het is het enige spel dat ik ken.'

'Zou je ze echt naar de gevangenis sturen? Ze vernederen? Ze kapotmaken?'

'Moet je zien wat ze met mij willen doen.'

'Dat is zo. Ze hebben het je nooit gemakkelijk gemaakt. Bitty verkiest Dave boven haar eigen twee kinderen.'

'Probeer je me nu op te vrolijken?'

'Ik probeer als een volwassene met je te praten.'

Mercy voelde een overweldigende drang om iets kinderachtigs te doen. Dat was haar domme kant, de kant die ervoor zorgde dat ze een brug in brand stak terwijl ze er zelf overheen rende.

'Ben je niet moe?' vroeg Delilah. 'Van de strijd tegen al die mensen. Mensen die je nooit zullen geven wat je nodig hebt.'

'Wat heb ik dan nodig?'

'Veiligheid.'

Mercy's borst verkrampte. Ze had die dag voldoende klappen geïncasseerd, maar dat woord raakte haar als een sloophamer. Veiligheid was het enige wat ze nooit had ervaren. Altijd was er de angst dat Pa zou ontploffen. Dat Bitty iets rottigs zou doen. Dat Fish haar in de steek zou laten. Dat Dave... Shit, het was de moeite niet om de gedachte af te maken, want Dave deed alles behalve haar een veilig gevoel bezorgen. Ook wat Jon betrof was ze niet gerust. Mercy was altijd bang dat hij zich tegen haar zou keren, net als de anderen. Dat ze hem zou verliezen. Dat ze altijd alleen zou zijn.

Haar hele leven had ze op de volgende klap zitten wachten.

'Liefje.' Zonder waarschuwing reikte Delilah over de tafel en pakte Mercy's hand. 'Praat met me.'

Mercy keek naar hun handen. Daar zag je bij Delilah de ouderdom toeslaan. Vlekken. Littekens van hete loog en olie. Eelt van het in- en uitpakken van houten mallen. Delilah was te scherp. Te slim. Bij haar ploeterde Mercy niet door drijfzand, maar door water dat aan de kook raakte.

Met haar armen over elkaar leunde ze achterover. Delilah was nog geen dag terug of Mercy voelde zich weer rauw en kwetsbaar. 'Waarom hield Pa je buiten de familievergadering?'

'Omdat ik zei dat mijn stem naar jou ging. Wat je ook doet, ik zal je steunen.'

Mercy schudde haar hoofd. Dit was een valstrik. Niemand steunde haar ooit, en Delilah al helemaal niet. 'Nu ben jij degene die spelletjes speelt.'

'Voor mij is dit geen spel, Mercy. De regels van het fonds schrijven voor dat ik nog steeds kopieën van de financiële verslagen toegestuurd krijg. Als ik afga op wat ik zie, heb jij dit bedrijf draaiende gehouden in zeer barre tijden. En je hebt je persoonlijke leven weer op de rit gekregen.' Delilah haalde haar schouders op. 'Op mijn leeftijd zou ik veel liever het geld pakken en verdwijnen, maar je hebt je leven gebeterd. Waarom zou ik je daarvoor straffen? Je hebt mijn steun. Ik stem tegen verkoop.'

Het woord 'steun' schuurde als een spijkerbed. Delilah was hier niet om haar steun aan te bieden. Ze had altijd heimelijke motieven. Mercy was te moe om die nu te doorzien, of misschien was ze gewoon totaal uitgeput door haar leugenachtige, vreselijke familie.

Ze zei het eerste wat bij haar opkwam. 'Ik heb jouw stomme steun niet nodig.'

'O nee?'

De geamuseerde blik in Delilahs ogen dreef Mercy tot razernij. 'Néé.' Ze gaf het woord een hard randje mee. Ze popelde om de zelfgenoegzame grijns van Delilahs gezicht te meppen. 'Die steun mag je in je reet stoppen.'

'Dat beruchte Mercy-temperament ben je nog niet kwijt.' Delilah keek nog steeds geamuseerd. 'Is dat wijs?'

'Weet je wat wijs is? Je niet met mijn zaken bemoeien.'

'Ik probeer je te helpen, Mercy. Waarom doe je zo?'

'Bedenk dat zelf maar, Dee. Jij bent hier de slimste.'

Het gaf haar een kick zoals ze door de kamer liep, als de dikste middelvinger ooit. Warme lucht omhulde haar toen ze de dubbele deuren openduwde. Ze liet haar blik over de aanwezigen gaan. Het was een gedrang van mensen op de veranda. Chuck stond dicht tegen Fish aan, die weigerde haar aan te kijken toen ze zijn blik probeerde te vangen. Pa was het middelpunt van een groep waaraan hij een of ander lulverhaal ophing over zeven generaties McAlpine, die zoveel van elkaar en van het land hielden. Jon was nog steeds nergens te bekennen. Die at waarschijnlijk een diepvriesmaaltijd op zijn kamer. Of hij dacht aan alle loze beloften die Dave uit zijn reet had getoverd, over een gigantisch huis in de stad met een zwembad en één grote, gelukkige familie, waar zijn kutmoeder geen deel van uitmaakte.

Opeens had ze het gevoel dat er iets ergs ging gebeuren. Ze klampte zich aan de reling vast. De werkelijkheid kwam binnen als een mokerslag tegen haar schedel. Waarom was ze in godsnaam de eetzaal uit gestormd? Als ze Delilahs stem had weten te winnen, had ze nog maar één iemand van Pa's kant in haar kamp moeten zien te krijgen. En nu had ze het zelf verkloot, alleen om heel even die voldoening te voelen. Weer had ze een slechte beslissing genomen, zoals ze ook telkens terugging naar Dave. Hoe vaak moest ze met haar kop tegen een muur lopen voor ze besefte dat ze zichzelf geen pijn meer moest doen?

Ze betastte haar gekneusde keel. Ze slikte het speeksel door dat zich in haar mond had verzameld. Negeerde het angstzweet dat over haar rug droop. Het beruchte Mercy-temperament. Of liever de beruchte Mercy-waanzin. Ze bedwong het trillen van haar handen. Ze moest dat gesprek uit haar hoofd zetten. Ze moest Delilah uit haar hoofd zetten. En Dave.

Haar hele familie. Op dit moment deden ze er niet toe. Zolang ze het einde van de maaltijd maar haalde.

Ze was hier nog steeds de manager. In elk geval tot zondag. Ze bestudeerde de gasten. Monica zat iets opzij met een glas in haar hand. Frank stond dicht bij Sara, die beleefd glimlachte om Pa's eindeloze verhaal over een verre McAlpine die met een beer had geworsteld. Keisha wees Drew op een watervlek op haar glas. Stomme cateraars. Benieuwd wat zij zouden doen met hard water en jongens uit de stad die stoned en altijd een halfuur te laat binnen kwamen sjokken.

Ze zocht naar de overige gasten. Haar maag maakte een salto toen ze Landry en Gordon het pad af zag lopen. Ze kwamen als laatsten, druk in gesprek en met hun hoofden naar elkaar toe gebogen. De investeerders keken uit over het ravijn en bespraken waarschijnlijk hoeveel timeshares ze konden verkopen. Mercy hoopte dat iemand ze over de reling smeet. Weer liet ze haar blik rondgaan, en nu zocht ze Will Trent. Eerst had ze hem over het hoofd gezien. Hij zat in een hoek op zijn knieën een van de katten te aaien. Hij maakte nog steeds een smoorverliefde indruk, wat betekende dat Dave zo ongeveer het laatste was waaraan hij dacht.

Dat zou Mercy ook wel willen.

'Hallo, Mercy Mac.' Chuck legde zijn hand op haar arm. 'Mag ik even –'

'Raak me niet aan!' Mercy besefte pas dat ze had geschreeuwd toen iedereen haar kant op keek. Hoofdschuddend en met een gemaakt lachje zei ze tegen Chuck: 'Sorry. Sorry. Je liet me schrikken, gek.'

Chuck keek beduusd toen Mercy over zijn arm wreef. Ze raakte hem nooit aan, vermeed het tot elke prijs.

'Niks mis met die spieren van jou, Chuck.' Aan de gasten vroeg ze: 'Wil iemand bijgeschonken worden?'

Monica stak een vinger op. Frank duwde haar hand weer naar beneden.

'Goed, dus die beer,' zei Pa. 'Het verhaal gaat dat hij een sigarenwinkel opende in North Carolina.'

Beleefd gegrinnik verbrak de spanning. Mercy maakte er gebruik van door stilletjes naar de bar te lopen. Hoewel die maar vijf meter verderop was, voelde het als anderhalve kilometer. Ze zette de flessen met hun verbleekte etiketten dezelfde kant op, heimelijk smachtend naar de smaak van al die drank achter in haar keel.

'Loopt het, meid?' fluisterde Penny.

'Voor geen meter,' fluisterde ze terug. 'Bij die ene dame mag je de zaak wel wat aanlengen. Straks stort ze aan tafel nog in.'

'Als ik er nog meer water bij doe, lijkt het net een urinemonster.'

Mercy keek even naar Monica. De vrouw had een lege blik in haar ogen. 'Dat heeft ze niet door.'

'Mercy!' riep Pa. 'Kom eens kennismaken met dit aardige stel uit Atlanta.'

Zijn joviale toon bezorgde haar de rillingen. Dit was de Pa die door iedereen aanbeden werd. Toen ze klein was, was ze dol geweest op deze versie van haar vader. Later begon ze zich af te vragen waarom hij bij zijn eigen gezin niet dezelfde vrolijke, charmante man kon zijn.

De kring week uiteen toen ze op Pa afstapte. De investeerders stonden aan weerszijden van zijn stoel. Bitty stond achter hem en raakte zo onopvallend mogelijk haar mondhoek aan om een lachje aan Mercy te ontlokken.

Gehoorzaam plakte Mercy een nepgrijns op haar gezicht. '*Hey, y'all.* Welkom op de berg. Hopelijk ontbreekt d'r niks aan.'

Pa's neusvleugels trilden toen hij haar boerse tongval hoorde, maar niettemin ging hij door met het voorstelrondje. 'Sydney Flynn en Max Brouwer, dit is Mercy. Ze heeft hier voorlopig de leiding, en ondertussen zoeken wij naar een geschikter iemand om haar plek in te nemen.'

Mercy voelde haar glimlach verflauwen. Hij had niet eens gezegd dat ze zijn dochter was. 'Dat klopt. Mijn pa heeft een lelijke smak van de berg gemaakt. Het kan hierboven superlink zijn.'

'Soms wint de natuur,' zei Sydney.

Mercy had kunnen weten dat een paardengek een doodswens had. 'Aan je laarzen te zien weet je de weg in een stal.'

Nu leefde Sydney op. 'Rij je zelf ook?'

'O, gossie, nee. Mijn opa zei altijd dat een paard of een moordenaar of een zelfmoordenaar is.' Mercy besefte dat de gasten zonder uitzondering een paardrijavontuur hadden geboekt. 'Tenzij ze goed ingereden zijn. Wij maken alleen gebruik van therapiepaarden. Die zijn gewend met kinderen te werken. Rij jij ook, Max?'

'God, nee zeg. Ik ben jurist. Ik rij geen paard.' Hij keek op van zijn telefoon. Pa's wifiverbod voor gasten kende blijkbaar uitzonderingen. 'Ik betaal alleen de rekeningen.'

Sydney liet het schelle lachje horen van een gepamperde vrouw. 'Je moet me een rondleiding geven over het terrein, Mercy. Ik wil dolgraag het land zien dat voor natuurbehoud is bestemd. We hebben wat luchtfoto's gezien van de weilanden, maar ik wil ze ook vanaf de grond bekijken.

Met mijn handen in de aarde. Je weet hoe het is. De grond moet tot je spreken.'

Mercy knikte en hield zich in. 'Volgens mij staan jullie morgenochtend bij mijn broer voor vliegvissen geboekt.'

'Vissen,' zei Max. 'Dat is meer mijn ding. Als je uit een boot valt, breek je tenminste je nek niet.'

'Toch wel.' Fish was uit het niets opgedoken. 'Toen ik nog studeerde –'

'Oké,' zei Pa. 'Kom, we gaan naar binnen, mensen. Zo te ruiken heeft de chef weer een van zijn verrukkelijke maaltijden klaargemaakt.'

Om haar kiezen te sparen probeerde Mercy haar kaak te ontspannen. Vanaf het moment waarop Alejandro voet had gezet in de keuken, had Pa alleen maar geklaagd over zijn kookkunsten.

Ze bleef achter toen de gasten Pa naar de eetzaal volgden. Ze ving een meelevend lachje op van Will, die de rij sloot. Ze vermoedde dat hij heel goed wist hoe het voelde om publiekelijk in de zeik te worden genomen. Ze wist niet wat voor hel Dave in het kindertehuis over hem had afgeroepen, maar ze was blij dat ten minste één iemand erin geslaagd was Daves verdorvenheid van zich af te schudden.

'Merce.' Fish leunde tegen de reling. Hij keek naar zijn glas, waarin hij de laatste restjes tonic liet rondwervelen. 'Waar ging dat over?'

De schok van haar botsing met Bitty en haar uitbarsting tegenover Delilah was wat afgenomen. Nu zette de paniek in. 'Ze hebben me ontslagen. Ik heb tot zondag om mijn biezen te pakken.'

Fish keek niet verbaasd, wat betekende dat hij op de hoogte was, en zijn zwijgen en hun gezamenlijke geschiedenis in ogenschouw genomen had hij haar met geen woord verdedigd.

'Enorm bedankt, broer,' zei Mercy.

'Misschien is het het beste. Ben je deze plek niet zat?'

'En jij?'

Hij haalde een schouder op. 'Max zegt dat ik mag blijven.'

Even sloot Mercy haar ogen. Vandaag was een opeenstapeling van verraad. Toen ze haar ogen weer opende, zat Fish op zijn knieën de kat te aaien.

'Zo kom ik er goed mee weg, Mercy.' Fish keek naar haar op terwijl hij de kat achter zijn oren krabde. 'Je weet dat mijn hoofd nooit naar zaken heeft gestaan. Ze gaan de Lodge sluiten. Er komt een familiecomplex. Met extra ruimte voor de paarden. Ik word terreinmanager. Heb ik eindelijk iets aan mijn diploma.'

Mercy werd overmand door verdriet. Hij praatte alsof alles al in kannen en kruiken was. 'Dus jij vindt het prima als een stel rijkelui al dit land voor zichzelf houdt? De riviertjes en beken tot privé-eigendom maakt? In feite de Shallows inpikt?'

Schouderophalend keek Fish weer naar de kat. 'Tegenwoordig wordt er toch alleen maar door rijken gebruik van gemaakt.'

Ze kon maar één manier bedenken om tot hem door te dringen. 'Alsjeblieft, Christopher. Je moet sterk zijn, voor Jon.'

'Jon redt zich wel.'

'Denk je dat echt?' vroeg ze. 'Alsof jij niet weet hoe Dave is met geld. Net een haai die bloed ruikt in het water. Hij heeft al een van de pot gerukte droom uitgewerkt waarin hij een huis gaat kopen waar Pa en Bitty kunnen wonen. En Jon ook.'

Fish wreef te hard over de buik van de kat en kreeg een haal. Hij kwam overeind, maar keek langs Mercy heen, want haar aankijken kon hij niet. 'Dat zou niet eens zo gek zijn. Dave is dol op Bitty. Hij zal altijd voor haar zorgen. En Jon heeft ook altijd een speciale band met haar gehad. Je weet dat ze hem aanbidt. Pa kan niemand iets doen vanuit die stoel. Als ze in één huis gaan wonen, zou dat weleens een verse start voor ze kunnen zijn. Dave heeft altijd naar familie verlangd. Zo kwam hij hier ook terecht; hij wilde ergens zijn waar hij thuishoorde.'

Mercy vroeg zich af waarom haar broer haar niet hetzelfde gunde. 'Dave kan het niet helpen. Kijk wat hij mij heeft aangedaan. Ik kan niet eens een eigen rekening openen. Hij pakt ze straks al hun geld af en dan gaat hij er met de buit vandoor.'

'Voor het zover is, zijn ze al dood.'

Uit de mond van haar zachtaardige broer klonk de waarheid nog killer dan die al was. 'En Jon dan?'

'Die is nog jong,' zei Fish, alsof dat het er gemakkelijker op maakte. 'En ik moet voor de verandering ook eens aan mezelf denken. Wat zou het fijn zijn om elke dag gewoon mijn werk te doen zonder dit hele familiedrama of de druk van het bedrijf. Bovendien kan ik zo eindelijk iets terugdoen. Misschien begin ik een liefdadigheidsstichting.'

Ze kon zijn blijmoedige waanideeën niet langer aanhoren. 'Ben je vergeten wat ik tijdens de familievergadering heb gezegd? Ik laat deze plek niet onder m'n reet wegstelen. Denk je dat ik geen aangifte doe van wat ik jou en Chuck vandaag bij de schuur zag uitvreten? Ik zorg dat je de FBI zo snel op je nek hebt dat je het pas doorhebt wanneer je in de cel zit.'

'Dat ga je echt niet doen.' Fish keek haar nu recht aan, en dat was het huiveringwekkendste wat haar die dag was overkomen. Zijn blik was vast, zijn mond stond strak. Ze had haar broer nog nooit zo zeker van zichzelf gezien. 'Je hebt tegen ons gezegd dat al je shit al op straat ligt. Dat je niks te verliezen hebt. We weten allebei dat er nog iets is wat ik van je kan afpakken.'

'Wat dan?'

'De rest van je leven.'

6

VIJF UUR VOOR DE MOORD

Sara ging tegen Will aan zitten toen hij zijn arm over de rugleuning van haar stoel legde. Ze keek op naar zijn knappe kop, en het scheelde niet veel of ze smolt als een smachtende tiener. Ze rook nog steeds de geur van badzout op zijn huid. Hij droeg een grijsblauw overhemd, met het bovenste knoopje open. De mouwen waren lang, en het was warm in de eetzaal. Ze zag een zweetdruppel in zijn suprasternale groeve. Het enige wat haar ervan weerhield zich als een complete nerd te gedragen door het kuiltje in zijn hals bij de anatomische naam te noemen, was haar verlangen het met haar tong te onderzoeken.

Hij streelde haar arm. Sara bedwong de neiging om haar ogen te sluiten. Ze was moe na de lange dag, en bovendien moesten ze de volgende ochtend vroeg op voor yoga. Daarna gingen ze een voettocht maken en ten slotte peddelen. Dat klonk allemaal heel leuk, maar de hele dag in bed blijven zou ook leuk zijn geweest.

Ze luisterde naar Drew, die Will vertelde wat ze tijdens de tocht konden verwachten, zoals de lunchpakketten en het panoramische uitzicht. Ze merkte dat Will nog steeds teleurgesteld was over het kampterrein, ook al wisten ze niet zeker of ze het inderdaad hadden gevonden. Geen van de McAlpines aan wie ze het tijdens het cocktailuur hadden gevraagd, had de locatie met zoveel woorden willen bevestigen of ontkennen. Christopher had zogenaamd van niets geweten. Cecil had het zoveelste sterke visverhaal afgestoken. Zelfs Bitty, die voor de familiehistoricus doorging, was snel van onderwerp veranderd.

De volgende middag zouden ze de Little Deer Trail nogmaals volgen.

Veel tijd om de omgeving te verkennen hadden ze die dag niet gehad, want ze hadden ruim een uur verspild aan alles wat Sara zo haatte aan kamperen, zoals je in het zweet werken, door dicht struikgewas ploeteren en elkaar vervolgens op teken controleren. Uiteindelijk waren ze op een overwoekerde open plek gestuit met een kring van stenen. Will had gegrapt dat ze een heksenkring hadden ontdekt. Afgaand op de bierblikjes en sigarettenpeuken vermoedde Sara dat het een hangplek voor tieners was.

Het leek waarschijnlijker dat dit ooit de plek van een kampvuur was geweest. Wat betekende dat het kampterrein vlakbij moest zijn. De jongens en meiden van het kindertehuis hadden het over slaapbarakken en een eetzaal gehad, en dat ze 's nachts naar de achterkant van de huisjes van de leiding slopen om naar binnen te gluren. Er waren jaren verstreken sinds Will die verhalen had gehoord, maar er moesten nog fundamenten of restanten van de gebouwen zijn. Wat ooit een berg op was gesleept, werd doorgaans niet weer naar beneden gesjouwd.

Sara concentreerde zich weer op het gesprek, juist op moment dat Will aan Drew vroeg: 'Wat hebben jullie tweeën vanmiddag gedaan?'

'O, je weet wel. Van alles en nog wat.' Drew stootte Keisha aan, die nogal nadrukkelijk de vlekken op haar waterglas bestudeerde. Hij schudde kort zijn hoofd om aan te geven dat ze het moest laten rusten. 'En bevalt de huwelijksreis?' vroeg hij aan Will.

'Uitstekend,' zei Will. 'In welk jaar hebben jullie elkaar ontmoet?'

Sara vouwde haar servet open op haar schoot en glimlachte heimelijk toen Drew niet alleen het jaar noemde, maar ook de exacte datum en locatie. Will probeerde over koetjes en kalfjes te praten, maar wat hij ook zei, hij klonk nog steeds als een smeris die een alibi aan iemand ontlokte.

'Ik nam haar mee naar de thuiswedstrijd tegen Tuskegee,' zei Drew.

'Dat stadion ligt toch aan een zijstraat van Joseph Lowery Boulevard?'

'Ken je de campus?' Drew leek verbaasd door de vraag die duidelijk slechts bedoeld was om feiten vast te stellen. 'Ze waren net met de bouw van RAYPAC begonnen.'

'Het concertgebouw?' vroeg Will. 'Hoe zag dat eruit?'

Sara sloot zich weer af en keek naar Gordon, die links van haar zat. Ze probeerde het gesprek te volgen dat hij met de man naast zich voerde. Helaas spraken ze te zacht. Van alle gasten vond Sara deze twee mannen het ondoorgrondelijkst. Tijdens het cocktailuur hadden ze zich voorgesteld als Gordon en Landry, maar Sara had het tweetal ook al horen praten op het pad en toen had ze heel duidelijk gehoord dat Gordon Landry met de naam Paul aansprak. Ze wist niet wat ze in hun schild voerden, maar Will zou het ongetwijfeld allemaal boven water krijgen zodra hij hen begon uit te horen en wilde weten of ze tussen vier uur en halfvijf 's middags in de buurt van huisje 10 waren geweest.

Ze richtte zich weer op zijn gesprek met de cateraars.

'Was er verder nog iemand bij?' vroeg Will aan Keisha, wat een volkomen normale vraag was over de eerste date van een stel.

Sara dwaalde weer af en keek nu naar Monica, die scheef naast Frank aan tafel hing. Sara had de drankjes opzettelijk niet geteld. In elk geval niet na het tweede. De vrouw had 'm flink geraakt. Frank moest haar met zijn arm overeind houden. Hij was een irritante man, maar hij leek wel begaan met zijn vrouw. Dat kon niet gezegd worden van de twee gasten die het laatst waren gearriveerd. Sydney en Max zaten dichter bij het hoofd van de tafel. De man was verdiept in zijn telefoon, wat gezien de wifibeperkingen interessant was. De vrouw zwiepte de hele tijd haar staart naar achteren, als een paard dat vliegen wegsloeg.

'Alles bij elkaar twaalf,' zei ze tegen een totaal ongeïnteresseerde Gordon. 'Vier Appaloosa's, een Nederlandse warmbloed, en de rest zijn Trakehners. Dat zijn de jongste, maar...'

Sara luisterde al niet meer. Ze hield van paarden, maar zonder haar hele persoonlijkheid eraan te ontlenen.

Will kneep even in haar schouder om contact te maken.

Ze boog zich naar hem toe en fluisterde in zijn oor: 'Heb je de moordenaar al gevonden?'

'Het was Chuck, in de eetzaal, met de soepstengel,' fluisterde hij terug.

Sara keek even naar Chuck, die een soepstengel naar binnen werkte. Naast hem op tafel stond een drieliterfles water, want tegenwoordig vertrouwde niemand zijn nieren meer. Links van hem zat Christopher, de visgids. Ze maakten allebei een ongelukkige indruk. Chuck had er waarschijnlijk een goede reden voor. Mercy had hem behoorlijk afgekat. Ze had geprobeerd het goed te maken, maar ze kreeg duidelijk de rillingen van hem. Zelfs Sara had zijn enge uitstraling opgepikt, en dat terwijl ze hooguit 'hallo' tegen de man had gezegd.

Christopher McAlpine, al even verlegen als onhandig, was moeilijker te peilen. Hij zat naast zijn merkwaardig kille moeder met haar misprijzend getuite lippen. Toen Bitty haar zoon naar een nieuw stuk brood zag reiken, sloeg ze zijn hand weg alsof hij nog een kind was. Hij legde zijn handen op zijn schoot en staarde naar de tafel. Het enige familielid dat van de maaltijd leek te genieten, was de man aan het hoofd van de tafel. Waarschijnlijk had hij de anderen gedwongen om aanwezig te zijn. Hij vond het zichtbaar heerlijk om het middelpunt van alle aandacht te zijn. De gasten hingen aan zijn lippen, maar Sara zag in hem het type zelfingenomen blaaskaak dat in staat was het schoolbal af te gelasten en dansen onwettig te verklaren.

Cecil McAlpine had een dikke bos grijs haar en een knappe, verweerde kop. Bijna iedereen noemde hem Pa. Aan de verse littekens op zijn gezicht en armen te zien had hij nog maar een paar jaar geleden een rampzalig ongeluk gehad. In de categorie ernstige ongelukken was hij er nog relatief goed afgekomen. De middenrifzenuw, die het diafragma aanstuurde, ontsprong aan de zenuwwortels C3, 4 en 5. Schade in dat gebied zou betekenen dat je de rest van je leven aan de beademing zat. Als je de eerste klap al had overleefd.

Ze zag dat hij zijn wijsvinger opstak, voor zijn vrouw het teken dat hij een slok water wilde. Hij had Will en Sara krachtig met rechts de hand geschud toen ze op het cocktailuur verschenen, maar dat had hem duidelijk uitgeput.

Toen Cecil klaar was met drinken, zei hij tegen Landry/Paul: 'De bron die het meer van water voorziet, ontspringt in de McAlpine-pas. Je volgt de Lost Widow Trail tot aan de breedste kant van het meer. Vanaf dat punt is het ongeveer een kwartier lopen naar het riviertje. Je volgt het een kleine twintig kilometer. Dat is een flinke tippel, tegen de berg op. Vanaf de uitzichtbank op de terugweg naar het meer kun je de top zien.'

'Keesh,' fluisterde Drew met hese stem. 'Laat nou.'

Sara zag dat ze onenigheid hadden over het glas met de watervlekken. Ze wendde zich beleefd af en ving aan de overkant van de tafel weer een ander gesprek op. Cecils zus, type ecohippie in een geknoopverfde jurk, zei tegen Frank: 'Mensen denken dat ik lesbisch ben omdat ik Birkenstocks draag, maar dan zeg ik altijd dat ik lesbisch ben omdat ik dol ben op seks met vrouwen.'

'Ik ook!' Frank barstte in lachen uit. Toostend hief hij zijn waterglas.

Sara wisselde een glimlach met Will. Ze zaten te ver weg. De tante leek de enige aan tafel met wie te lachen viel. De littekens op haar handen en onderarmen verrieden dat ze met chemicaliën werkte. Op haar biceps zat een veel groter litteken, alsof een bijl een stuk uit haar arm had gehakt. Waarschijnlijk werkte ze op een boerderij, met zware machines. In gedachten zag Sara haar al met een maiskolfpijp en een roedel herdershonden.

'Hé.' Weer dempte Will zijn stem. 'Wat is dat voor naam, Bitty?'

'Het is een bijnaam.' Sara wist dat Will door zijn dyslexie bepaalde woordspelingen moeilijk meekreeg. 'Waarschijnlijk afgeleid van *itty bitty*. Omdat ze zo klein is.'

Hij knikte. Ze wist dat hij nu aan Dave dacht, de leverancier van bijnamen. Ze waren allebei blij geweest dat die nare klootzak zich niet had laten zien op het cocktailuur. Sara wilde niet dat Dave hun avond ook kwam verzieken. Ze legde haar hand op Wills bovenbeen en voelde dat de spieren zich spanden. Ze hoopte dat de maaltijd niet eindeloos duurde. Ze wist lekkerdere dingen.

'Komt-ie!' Mercy liep de keuken uit met in elke hand een schotel. Twee puberjongens volgden haar met schalen en sauskommen. 'Het voorgerecht vanavond is een selectie van empanada's, *papas rellenas* en de befaamde *tostones* van de chef, gemaakt naar een recept dat zijn moeder in Puerto Rico vervolmaakt heeft.'

'O' en 'a' klonk het van alle kanten toen de gerechten langs het midden van de tafel werden opgesteld. Sara verwachtte dat Will nu in paniek zou raken, maar de man die honingmosterd al te exotisch vond, maakte een verbazend ontspannen indruk.

'Heb je weleens Puerto Ricaans eten geprobeerd?' vroeg ze.

'Nee, maar ik heb het menu op hun website opgezocht.' Hij wees naar de verschillende keuzes. 'Vlees in gefrituurd deeg. Vlees in gebakken aardappels. Groene bakbananen, theoretisch is het fruit, maar dat telt niet want ze worden dubbel gebakken.'

Sara moest lachen, maar stiekem was ze blij. Hij had deze plek echt ook voor haar uitgekozen.

Mercy liep de tafel rond om waterglazen te vullen. Tussen Chuck en haar broer boog ze zich voorover. Sara zag haar kaak verstrakken toen Chuck iets mompelde. Ze was de vleesgeworden afkeer. Hier zat een verhaal achter, dat kon niet anders.

Sara wendde zich af. Ze was vastbesloten niet verwikkeld te raken in de problemen van anderen.

'Mercy,' zei Keisha. 'Zou je ons nieuwe glazen willen geven?'

Drew keek geërgerd. 'Het maakt niet uit, echt niet.'

'Geen probleem.' Mercy's kaak stond zo mogelijk nog strakker, maar ze dwong haar lippen tot een glimlach. 'Ben zo terug.'

Water spatte op tafel toen ze de twee glazen oppakte en terugliep naar de keuken. Drew en Keisha wisselden een scherpe blik. Sara vermoedde dat het cateraars evenveel moeite kostte als pathologen en rechercheurs om hun nauwgezette brein uit te schakelen. Dat gold ook voor loodgietersdochters. De glazen waren schoon. De vlekken kwamen van de kalkafzetting in hard water.

'Monica,' zei Frank, maar heel zachtjes. Hij schepte haar bord vol gefrituurde kost in een poging iets in haar maag te krijgen. 'Kun je je die *sorrulitos* nog herinneren die we in San Juan hebben gegeten, in die rooftopbar met zicht op de haven?'

Monica's ogen leken te focussen toen ze Frank aankeek. 'We kregen ijs.'

'Inderdaad.' Hij bracht haar hand naar zijn mond voor een kus. 'En toen probeerden we de salsa te dansen.'

Monica's gezicht werd zachter terwijl ze haar man aankeek. 'Jij deed een poging. Ik bracht er niks van terecht.'

'Jij hebt nog nooit ergens niks van terechtgebracht.'

Sara kreeg een brok in haar keel toen ze elkaar in de ogen keken. Er hing iets schrijnends tussen hen in. Misschien had ze het stel verkeerd beoordeeld. Hoe dan ook, het voelde als een inbreuk om naar hen te kijken. Ze keek naar Will. Hij had het ook gezien. En verder wachtte hij tot zij begon met eten, zodat hij ook kon beginnen.

Sara pakte haar vork en reeg er een empanada aan. Haar maag rammelde, en ze besefte dat ze uitgehongerd was. Ze moest oppassen dat ze zich niet te barsten at, want ze was niet van plan op de eerste avond van haar huwelijksreis in een voedselcoma te raken.

'Mam!' Jon gooide de deuren open. 'Waar ben je?'

Alle hoofden hadden zich naar de herrie toegekeerd. Jon wankelde bijna de zaal door. Zijn gezicht was opgezwollen en bezweet. Sara gokte dat hij die avond bijna evenveel had gedronken als Monica.

'Mam!' brulde hij. 'Mam!'

'Jon?' Mercy haastte zich de keuken uit, met in elke hand een glas water. Ze zag hoe haar zoon eraan toe was, maar ze bleef kalm. 'Kom eens mee naar de keuken, schat.'

'Nee!' riep hij. 'En ik ben je schat niet! Vertel op, wat zijn je redenen? Nu!'

Hij slikte zijn woorden half in, waardoor Sara moeite had hem te verstaan. Ze zag Will zijn stoel al omdraaien voor het geval Jon zijn evenwicht verloor.

'Jon.' Waarschuwend schudde Mercy haar hoofd. 'Dat handelen we later wel af.'

'Had je gedroomd!' Met zijn vinger zwaaiend in de lucht stapte hij op zijn moeder af. 'Je wilt alles naar de klote helpen. Papa heeft het zo gepland dat we allemaal bij elkaar kunnen blijven. Zonder jou. Ik wil niet meer bij je zijn. Ik wil bij Bitty wonen in een huis met een zwembad.'

Tot Sara's ontzetting stootte Bitty een bijna triomfantelijk geluid uit.

Mercy had het ook gehoord. Ze keek even achterom naar haar moeder en zei toen tegen haar zoon: 'Jon, ik ben –'

'Waarom verpest je alles?' Hij greep haar bij haar armen en schudde haar zo hard heen en weer dat een van de glazen uit haar hand glipte en kapotsloeg op de plavuizen. 'Waarom ben je toch altijd zo'n bitch?'

'Hé.' Will was opgestaan toen Jon zijn moeder vastgreep. Hij stapte op de jongen af en zei: 'Kom even mee naar buiten.'

Met een ruk draaide Jon zich om. 'Fuck off, Vullisbak!'

Will keek verbijsterd. Ook Sara wist niet hoe ze het had. Waar had dat joch die vreselijke naam vandaan? En waarom riep hij die uitgerekend nu?

'Fuck off, zei ik!' Jon probeerde hem weg te duwen, maar Will kwam niet van zijn plaats. Jon deed een nieuwe poging. 'Fuck!'

'Jon.' Mercy's hand trilde zo hevig dat het water in het overgebleven glas klotste. 'Ik hou van je en ik –'

'Ik haat je,' zei Jon. Hij schreeuwde nu niet, wat nog schokkender was dan zijn eerdere uitbarstingen. 'Ik wilde dat je morsdood was.'

Hij liep naar buiten en sloeg de deur achter zich dicht. Het klonk als een supersonische knal. Niemand zei iets. Niemand verroerde zich. Mercy was verstijfd.

Toen zei Cecil: 'Kijk eens wat je gedaan hebt, Mercy.'

Mercy beet op haar lip. De vernedering was zo groot dat Sara's wangen van medeleven begonnen te gloeien.

'Tss,' zei Bitty. 'Jezus, Mercy, ruim dat glas eens op voor je nog meer mensen iets aandoet.'

Voor Mercy in actie kon komen, knielde Will al neer. Hij haalde zijn zakdoek uit zijn achterzak en verzamelde daarin de scherven. Bevend knielde Mercy naast hem. Het litteken op haar gezicht gloeide bijna van schaamte. Het was zo stil in de zaal dat Sara de glasscherven tegen elkaar kon horen klikken.

'Het spijt me zo,' zei Mercy tegen Will.

'Dat is niet nodig,' zei hij. 'Ik breek voortdurend dingen.'

Mercy's lach ging over in een snik.

'Nou nou.' Chuck zette een raar stemmetje op. 'De appel valt niet ver van de ouwe boom.'

Christopher zweeg. Hij pakte weer een soepstengel en nam een krakerige hap. Sara zou razend zijn geworden als iemand ook maar in de verste verte iets lelijks over haar zusje had gezegd, maar deze man kauwde gewoon door, waardeloze dwaas die hij was.

Iedereen keek nu naar Mercy, alsof ze een freak was in een oude kermistent.

Sara richtte zich tot de tafel. 'Laten we dit heerlijke voedsel maar eten voor het koud wordt.'

'Goed idee.' Waarschijnlijk was Frank het gewend om dronken uitbarstingen te negeren. 'Ik herinnerde Monica net aan een reisje dat we een paar jaar geleden naar Puerto Rico hebben gemaakt,' vervolgde hij. 'Ze dansen daar een soort salsa die nogal verschilt van de Braziliaanse samba.'

Sara speelde het spel mee. 'In welk opzicht?'

'Shit,' siste Mercy. Ze had haar duim opengehaald aan het glas. Bloed droop op de vloer.

Zelfs van een afstand zag Sara dat het een diepe wond was. Automatisch stond ze op om te helpen. 'Is er een eerstehulpkoffer in de keuken?' vroeg ze.

'Niet nodig, ik...' Mercy had haar andere hand voor haar mond geslagen. Ze moest overgeven.

'God nog aan toe,' mompelde Cecil.

Om het bloeden te stelpen wikkelde Sara haar katoenen servet stevig om Mercy's duim. Ze liet de rest van de scherven aan Will over en begeleidde Mercy naar de keuken.

Een van de jonge kelners keek op, maar richtte zich weer snel op de borden. De andere was zeer geconcentreerd de vaatwasser aan het inladen. De chef leek de enige te zijn die zich Mercy's toestand aantrok. Hij keek op van het fornuis en volgde haar met zijn blik door de keuken. Bezorgd fronste hij zijn voorhoofd, maar hij deed er het zwijgen toe.

'Komt goed,' zei Mercy tegen hem. Toen, met een knikje naar Sara: 'Het is hierachter.'

Sara volgde haar naar een toiletruimte, die dienst bleek te doen als een doorgang naar een krap kantoor. Op het metalen bureau stond een elektrische typemachine. Overal op de vloer lagen papierstapels. Een telefoon ontbrak. De enige concessie aan de moderne tijd was een gesloten laptop boven op een berg grootboeken.

'Sorry voor de troep.' Mercy reikte onder een rij haken met winterjassen. 'Ik wil je avond niet verpesten. Geef me die eerstehulpkoffer maar, dan kun je terug naar de eetzaal.'

Sara was niet van plan de arme vrouw bloedend op het toilet achter te laten. Ze wilde de koffer van de muur pakken toen ze Mercy hoorde kokhalzen. Het deksel van de wc ging omhoog. Mercy zat al op haar knieën toen een golf gal bovenkwam. Na nog wat gekuch ging ze op haar hurken zitten.

'Fuck.' Met de rug van haar goede hand veegde ze haar mond af. 'Sorry.'

'Mag ik je duim eens zien?' vroeg Sara.

'Het komt wel goed. Ga alsjeblieft terug en geniet van je maaltijd. Ik red me wel.'

Als om het te bewijzen pakte ze de eerstehulpkoffer en ging op de wc zitten. Sara keek toe terwijl Mercy met één hand de koffer probeerde te openen. Het was duidelijk dat ze alles altijd zelf opknapte. Het was ook duidelijk dat ze deze specifieke situatie niet in haar eentje afkon.

'Mag ik?' Pas toen Mercy weifelend had geknikt, pakte Sara de koffer en klikte die open op de vloer. Ze trof de gebruikelijke verzameling verband aan, naast wondvloeistof, drie hechtsets en twee sets om bloedingen te stelpen, met een tourniquet, wondgaas en hemostatisch verband. Er zat ook een flesje lidocaïne bij, wat eigenlijk niet was toegestaan voor een eerstehulpkoffer in een keuken, maar Sara kon zich voorstellen dat ze zo ver van de bewoonde wereld hun eigen triage toepasten.

'Laat me je duim eens zien,' zei ze.

Mercy verroerde zich niet. Ze keek wezenloos naar de eerstehulpspullen, alsof ze opging in een herinnering. 'Mijn vader bracht altijd hechtingen aan als het nodig was.'

Sara hoorde het verdriet in haar stem. De dagen dat Cecil McAlpine over de handigheid beschikte om iemand op te lappen waren voorbij. Toch kon ze maar moeilijk medelijden met de man opbrengen. Ze kon zich niet voorstellen dat haar eigen vader ooit zo'n toon tegen haar zou aanslaan als Cecil tegen Mercy had gedaan. Nog wel in het bijzijn van onbekenden. En haar moeder zou het hart uit het lijf hebben gerukt van iedereen die een kwaad woord over een van haar dochters sprak.

'Wat naar,' zei ze tegen Mercy.

'Jij kunt er niks aan doen.' Mercy klonk afgemeten. 'Zou je die rol verband voor me willen openmaken? Ik weet niet hoe het werkt, maar het stopt het bloeden.'

'Er zit een hemostatisch laagje op dat water uit bloed absorbeert en het stollen bevordert.'

'Ik was vergeten dat je scheikundedocent bent.'

'Eh… wat dat betreft…' Sara voelde dat ze rood werd. Ze vond het vreselijk om te bekennen dat ze gelogen had, maar ze ging bij Mercy geen noodverbandje aanleggen. 'Ik ben arts. Will en ik besloten om over ons beroep te zwijgen.'

Mercy leek niet van de leugen op te kijken. 'En wat is hij? Basketballer? *Tight end*?'

'Nee, hij is agent bij het Georgia Bureau of Investigation.' Sara waste haar handen bij de spoelbak terwijl Mercy het nieuws liet bezinken. 'Sorry dat we gelogen hebben. We wilden niet –'

'Zit daar maar niet over in,' zei Mercy. 'Na wat er zojuist is gebeurd, is het niet aan mij om te oordelen.'

Sara paste de temperatuur van het water aan. In het harde licht van de plafondlamp zag ze drie rode striemen aan de linkerkant van Mercy's hals. Ze waren nieuw, hooguit enkele uren oud. Over een paar dagen zou de kneuzing zichtbaarder zijn.

'We gaan eerst je wond spoelen voor het geval er nog glas in zit,' zei ze.

Mercy stak haar hand onder de kraan. Ze vertrok geen spier, ook al moest het flink pijn doen. Kennelijk was ze pijn gewend.

Sara maakte van de gelegenheid gebruik om de rode plekken op Mercy's keel wat beter te bekijken. Beide kanten vertoonden letsel. Als ze haar handen om de hals van de vrouw legde, bedacht Sara, zouden de afdrukken naadloos samenvallen met haar vingers. Ze had dit talloze keren gedaan met lichamen op haar autopsietafel. Verwurging kwam veel voor bij moord door huiselijk geweld.

'Hoor eens,' zei Mercy. 'Voor je me verder gaat helpen, moet je weten dat Dave mijn ex is. Hij is de vader van Jon. En ook de klootzak die tegen Jon heeft gezegd dat je man duizend jaar geleden Vullisbak werd genoemd. Dat soort misselijke dingen doet Dave voortdurend.'

Sara nam de informatie voor kennisgeving aan. 'Heeft Dave geprobeerd je te wurgen?'

Langzaam draaide Mercy de kraan dicht, maar ze zei niets.

'Dat kan je misselijkheid verklaren. Ben je flauwgevallen?'

Mercy schudde haar hoofd.

'Heb je moeite met ademen?' Mercy bleef haar hoofd schudden. 'Veranderingen in je gezichtsvermogen? Duizeligheid? Moeite je dingen te herinneren?'

'Kon ik me bepaalde dingen maar niet meer herinneren.'

'Mag ik je hals onderzoeken?' vroeg Sara.

Mercy ging op het toilet zitten en hief bij wijze van toestemming haar kin. Het kraakbeen zat op zijn plek. Het tongbeen was intact. De rode afdrukken waren gezwollen en duidelijk zichtbaar. De druk op haar halsslagaders in combinatie met het dichtknijpen van haar luchtpijp had gemakkelijk tot haar dood kunnen leiden. Alleen een wurggreep was nog gevaarlijker.

Sara vermoedde dat Mercy heel goed besefte dat ze op het randje van de dood had gebalanceerd, en ze wist dat ze toekomstig huiselijk geweld niet kon voorkomen door het slachtoffer een preek te geven. Het enige wat ze kon doen was haar laten voelen dat ze niet alleen was.

'Zo te zien is alles in orde,' zei ze. 'Je krijgt wel wat lelijke blauwe plekken. Zodra je voelt dat er iets mis is, moet je naar me toe komen. Dag of nacht, maakt niet uit, oké? Wat ik ook aan het doen ben. Dit kon weleens ernstig zijn.'

Mercy keek sceptisch. 'Heeft je man je het echte verhaal over Dave verteld?'

'Ja.'

'Hij heeft die bijnaam aan Dave te danken.'

'Dat weet ik.'

'Waarschijnlijk is er nog andere rottigheid die –'

'Dat boeit me echt niet,' zei Sara. 'Jij bent niet je ex.'

'Nee,' zei Mercy met neergeslagen blik. 'Maar ik ben wel de gek die hem hier telkens terug laat komen.'

Sara liet haar even tot zichzelf komen. Ze opende de hechtset. Legde het verbandgaas klaar, samen met de lidocaïne en een kleine injectiespuit. Toen ze naar Mercy opkeek, zag ze dat die er klaar voor was.

'Hou je hand boven de spoelbak,' zei ze.

Toen Sara jodium op de wond goot, vertrok Mercy weer geen spier. Het was een diepe snee. Mercy had voedsel aangeraakt. De glasscherf had op de vloer gelegen. Allemaal zaken die tot een infectie konden leiden. Normaal zou Sara haar een recept hebben gegeven voor antibiotica, gewoon voor de zekerheid, maar nu moest ze het met een waarschuwing afdoen. 'Als je je koortsig voelt of rode plekken ziet, of als je vreemde pijn voelt –'

'Ik weet het,' zei Mercy. 'In de stad zit een dokter bij wie ik terechtkan.'

Sara hoorde aan haar stem dat ze niet van plan was er gevolg aan te geven. Weer bespaarde ze de vrouw een preek. Eén ding had ze geleerd tijdens haar werk op de spoedeisende hulp van het enige openbare ziekenhuis in Atlanta: ook als je de zieke niet kon behandelen, kon je nog wel de wond verzorgen.

'Kom, dan maken we het af,' zei Mercy.

Zonder zich te verzetten liet ze Sara papieren handdoekjes over haar schoot uitspreiden. Eroverheen ging een doek uit de eerstehulpkoffer. Weer waste Sara haar handen. En toen nog eens, met de desinfecterende handzeep.

'Hij lijkt heel aardig,' zei Mercy. 'Je man.'

Sara schudde haar handen om ze te drogen. 'Dat is hij ook.'

'Voel je...' Mercy's stem stierf weg terwijl ze haar gedachten ordende. 'Geeft hij je een veilig gevoel?'

'Absoluut.' Sara keek Mercy aan. Ze leek niet het type dat haar emoties gemakkelijk toonde, maar de uitdrukking op haar gezicht was dieptriest.

'Wat fijn voor je.' Mercy klonk treurig. 'Ik heb me geloof ik nog nooit veilig gevoeld bij iemand anders.'

Sara wist niet hoe ze moest reageren, maar Mercy leek geen reactie te verwachten.

'Ben je met je vader getrouwd?'

Sara moest bijna lachen. De vraag klonk als neofreudiaanse kletskoek, maar ze wist waar die vandaan kwam. 'Ik weet nog dat ik tijdens mijn studietijd een keer woedend op mijn tante werd toen die zei dat meisjes altijd met hun vader trouwen.'

'Had ze gelijk?'

Sara dacht na terwijl ze de nitrilhandschoenen aantrok. Will en haar vader waren beiden groot, hoewel haar vader zijn slungeligheid had verloren. Ze waren allebei zuinig, als zuinig betekende dat je minutenlang de laatste grammetjes pindakaas uit de pot schraapte. Met typische vaderhumor hoefde je bij Will niet aan te komen, maar net als haar vader nam hij zichzelf ook graag op de hak. Hij zou eerder zelf een kapotte stoel repareren of een muur herstellen dan een klusjesman bellen. Hij was ook het type dat ging staan als iedereen verder bleef zitten.

'Ja,' moest Sara toegeven. 'Ik ben met mijn vader getrouwd.'

'Ik ook.'

Sara vermoedde dat Mercy niet aan de goede karaktertrekken van Cecil McAlpine dacht, maar dat kon ze onmogelijk verifiëren. Mercy zweeg en keek in gedachten verzonken naar haar gewonde duim. Sara trok lidocaïne in de spuit. Als Mercy de pijn van de injecties al voelde, liet ze het niet merken. Wanneer je voortdurend met kneuzingen en wurgpogingen moest leven, vermoedde Sara, was een naald in je huid slechts klein ongemak.

Zo snel mogelijk sloot ze de wond. Ze bracht vier hechtingen aan, dicht bij elkaar. Mercy had al een litteken in haar gezicht dat haar aan slechte tijden herinnerde. Sara wilde niet dat er een vergelijkbare herinnering bovenkwam telkens als ze naar haar duim keek.

Terwijl ze het verbandgaas aanbracht, somde ze de gebruikelijke voorzorgsmaatregelen op. 'Een week lang drooghouden. Tylenol naar behoefte tegen de pijn. Ik wil er graag nog even naar kijken voor ik uitcheck.'

'Ik denk niet dat ik hier dan nog ben. Mijn moeder heeft me net ontslagen.' Mercy liet opeens een verbaasd lachje horen. 'Ik heb zo lang een hekel aan deze plek gehad, maar nu kan ik er alleen nog maar van houden, weet je. Ik kan me niet voorstellen dat ik ergens anders zou wonen. Deze plek zit in mijn ziel.'

Sara hield zichzelf voor dat ze zich niet in hun privézaken mocht mengen. 'Ik weet dat het er nu slecht uitziet, maar meestal zijn dingen de volgende ochtend een stuk beter.'

'Ik betwijfel of ik morgenochtend nog haal.' Mercy glimlachte, maar er school niets grappigs in wat ze zei. 'Er is op dit moment bijna niemand hier op de berg die me niet wil vermoorden. Inclusief sommige gasten.'

7

EEN UUR VOOR DE MOORD

Toen Sara zich omdraaide in bed, bleek Wills kant leeg te zijn. Ze zocht naar de klok, maar op het nachtkastje lag alleen zijn telefoon. Ze waren allebei te aangeslagen geweest door wat er tijdens de maaltijd was voorgevallen om iets spannenders te doen dan in slaap vallen bij een podcast over Bigfoot in de bergen van North Georgia.

'Will?' Ze luisterde, maar het bleef stil. Het huisje voelde knus, maar ze wist dat hij niet binnen was.

Op de vloer lag het lichte katoenen jurkje dat ze naar het avondeten had gedragen. Ze liep de woonkamer in en stootte haar knie tegen de rand van de bank. Zachtjes vloekend liep ze in het donker naar het open raam en keek naar de veranda. De zacht zwaaiende hangmat was leeg. De temperatuur was gekelderd. Er hing regen in de lucht. Ze strekte haar hals om langs het pad naar het meer te kijken. In de zachte gloed van het maanlicht zag ze Will op een bank zitten die uitkeek over de bergketen. Hij had zijn armen over de rugleuning gelegd en staarde in de verte.

Ze schoot iets aan haar voeten en daalde voorzichtig de stenen trap af. Zo laat op de avond waren sandalen waarschijnlijk niet zo'n goed idee. Ze kon op iets giftigs stappen of haar enkel verzwikken. Toch keerde ze niet terug om haar wandelschoenen te pakken. Ze had het gevoel dat ze naar Will toe getrokken werd. Na het eten was hij zwijgzaam geweest, verdiept in zijn gedachten. Ze waren allebei nog lichtelijk in shock door de scène tussen Mercy en haar familie. Weer had Sara beseft hoezeer ze geboft had met haar eigen liefhebbende, hechte familie. Tijdens haar jeugd dacht ze dat dat de norm was, maar het leven had haar geleerd dat zij het winnende lot had getrokken.

Will keek op toen hij Sara op het pad hoorde.

'Wil je even alleen zijn?' vroeg ze.

'Nee.'

Hij sloeg zijn arm om haar heen toen ze ging zitten. Ze leunde tegen hem aan. Zijn lichaam voelde stevig en geruststellend. Ze dacht aan Mercy's vraag. *Geeft hij je een veilig gevoel?* Afgezien van haar vader was Sara nog nooit in haar leven zo zeker geweest van een man. Het zat haar dwars dat Mercy dat gevoel nooit had gekend. Wat Sara betrof, viel een gevoel van veiligheid onder de categorie menselijke basisbehoeften.

'Er is regen op komst,' zei Will.

'Wat moeten we met al die vrije tijd als we opgesloten zitten in ons huisje?'

Will lachte en kriebelde over haar arm. Maar zijn lach loste al snel op toen hij het donker in keek. 'Ik denk steeds aan mijn moeder.'

Sara ging rechtop zitten om hem aan te kijken. Will had zijn hoofd afgewend, maar aan zijn strakke kaak zag ze hoe moeilijk hij het ermee had.

'Vertel eens,' zei ze.

Hij nam een grote hap lucht, alsof hij op het punt stond zijn hoofd onder water te dompelen. 'Als jongen vroeg ik me vaak af hoe mijn leven eruit zou hebben gezien als ze geleefd had.'

Ze legde haar hand op zijn schouder.

'Ik had het idee dat we gelukkig zouden zijn geweest. Dat het leven makkelijker zou zijn geweest. School zou makkelijker zijn geweest. Vriendschappen. Vriendinnetjes. Alles.' Weer spande hij zijn kaak. 'Maar nu kijk ik terug en… Ze worstelde met haar verslavingen. Ze had haar eigen demonen. Ze had aan een overdosis kunnen sterven of in de gevangenis kunnen belanden. Ze zou een alleenstaande moeder zijn geweest met een gewelddadige ex. Dan was ik misschien sowieso in een overheidsinstelling terechtgekomen. Maar ik zou haar in elk geval gekend hebben.'

Sara vond het oneindig verdrietig dat hij nooit de kans had gekregen.

'Het was natuurlijk fijn dat Amanda en Faith bij het huwelijk waren,' zei hij, doelend op zijn chef en zijn partner, die voor hem zoiets als familie waren. 'Maar ik vraag het me gewoon af.'

Sara kon alleen maar knikken. Ze had geen referentiekader voor wat hij doormaakte. Ze kon slechts luisteren en hem laten weten dat ze er voor hem was.

'Ze houdt van hem,' zei Will. 'Mercy en Jon. Het is duidelijk dat ze van hem houdt.'

‘Zeker.’

‘Die lul van een Jakhals.’

‘Ben je er nooit achter gekomen wat er met hem gebeurde nadat hij uit het tehuis was weggelopen?’

‘Nee.’ Will schudde zijn hoofd. ‘Kennelijk kwam hij uiteindelijk hier terecht, wist hij te overleven, te trouwen en een kind te verwekken. Dat snap ik niet, weet je. Zo’n leven, als vader, met een vrouw en een kind, het soort leven waarnaar hij altijd heeft verlangd. Toen we nog jong waren, zei hij altijd dat al zijn problemen opgelost zouden worden als hij deel uitmaakte van een gezin. En nu heeft hij alles wat zijn hart begeerde en toch verkloot hij het. Zoals hij Mercy behandelt is schandalig, maar Jon heeft hem zonder meer nodig. Dave is nog altijd zijn vader.’

Sara had de man nooit ontmoet, maar ze dacht niet dat het een fijn type was. Ook wist ze niet of hij nog op het Lodge-terrein was. Normaal zou Sara het medische beroepsgeheim nooit schenden, maar Mercy was slachtoffer van huiselijk geweld, en Will was politieman. Dat Mercy met haar verhaal de indruk had gewekt dat haar leven in gevaar was, had Sara doen besluiten er melding van te maken. Ze had niet nagedacht over het effect dat die informatie op Will zou hebben. Daves gewelddadige neigingen gingen letterlijk ten koste van zijn slaap.

‘Eén ding maakt me pas echt razend,’ zei Will. ‘Wat Dave moest doorstaan… Dat was erg. Erger dan wat mij overkwam. De verschrikking, de niet-aflatende angst… De herinneringen daaraan leven voort in je lichaam, hoe goed je leven later ook wordt. En nu doet Dave op zijn beurt weer hetzelfde met de persoon van wie hij zou moeten houden.’

‘Patronen zijn moeilijk te doorbreken.’

‘Maar hij weet hoe het voelt. Om altijd bang te moeten zijn. Niet te weten wanneer je er weer aan moet geloven. Je kunt niet eten. Je kunt niet slapen. Je loopt de hele tijd rond met een steen in je maag. En het enige goede aan die ellende is dat je weet dat je een paar uur, misschien een paar dagen hebt voor ze je opnieuw weten te vinden.’

Sara’s ogen vulden zich met tranen.

‘Heb je het er moeilijk mee?’ vroeg hij.

Sara wilde weten wat zijn eigenlijke vraag was. ‘Waar heb ik het moeilijk mee?’

‘Dat ik geen familie heb.’

‘Liefje, ik ben je familie.’ Ze draaide zijn hoofd naar zich toe zodat hij haar moest aankijken. 'Waar jij gaat, ga ik. Waar jij blijft, blijf ik. Jouw mensen zijn mijn mensen, en mijn mensen zijn de jouwe.'

'Je hebt heel wat meer mensen dan ik.' Hij lachte wat ongemakkelijk. 'En sommigen zijn echt raar.'

Sara beantwoordde zijn lach. Ze had dit eerder meegemaakt. Op de zeldzame momenten dat hij het over zijn jeugd had, viel hij uit zelfbescherming altijd terug op humor. 'Wie vind je raar?'

'Die vrouw met de veren op haar hoed bijvoorbeeld.'

'Tante Clementine,' zei Sara. 'Ze heeft nog een aanhoudingsbevel uitstaan wegens kippendiefstal.'

Will grinnikte. 'Blij dat je dat niet tegen Amanda hebt gezegd. Wat zou die graag iemand aangehouden hebben op mijn bruiloft.'

Sara had de emotie op Amanda's gezicht gezien toen Will haar ten dans had gevraagd. Geen denken aan dat ze zijn grote dag verpest zou hebben. 'Ik heb je verteld dat de tweede man van mijn tante Bella zelfmoord heeft gepleegd. Hij schoot zichzelf door zijn hoofd. Twee keer.'

Zijn lach had niets ongemakkelijks meer. 'Ik weet dus niet of dat een grapje is.'

Sara keek hem in zijn ogen. Het maanlicht bracht de grijze vlekjes in het blauw naar boven. 'Ik moet iets bekennen.'

Hij glimlachte. 'Wat dan?'

'Dat ik zin heb in geile seks in het meer met jou.'

Hij stond op. 'Het meer is deze kant op.'

Terwijl ze hand in hand het pad af liepen, stopten ze telkens even voor een kus. Leunend tegen zijn schouder probeerde Sara met hem in de pas te lopen. Het was volkomen stil op de berg, wat haar het gevoel gaf dat ze de enige twee mensen op aarde waren. Zo had ze zich haar huwelijksreis voorgesteld. De volle maan stralend aan de hemel. De frisse lucht. Het veilige gevoel dat ze Will aan haar zijde had. Het heerlijke vooruitzicht op ongestoorde, ongehaaste tijd samen.

Nog voor ze er waren, hoorde ze het meer al, het zachte geklots van golven tegen de rotsige oever. Van dichtbij was de Shallows adembenemend. Het water kleurde bijna neonblauw. De bomen slingerden zich als een beschermende muur rond de bocht. Meters verderop zag ze een drijvende steiger, met een duikplank en een zonneplateau. Ze was aan een meer opgegroeid, en ze was altijd blij om in de buurt van water te zijn. Ze schopte haar sandalen uit en glipte uit haar jurk.

'O,' zei Will. 'Geen ondergoed?'

'Het is moeilijk, hoor, om met kleren aan geile seks in een meer te hebben.'

Will keek om zich heen. Openbare naaktheid was duidelijk niet zijn ding. 'Het lijkt me niet zo'n goed idee om midden in de nacht ergens in te springen wat je niet eens kunt zien, terwijl niemand weet waar je bent.'

'Kom, we wagen het erop.'

'Misschien is het beter –'

Sara stak haar haar handen als een kommetje tussen zijn benen en kuste hem vol overgave. Toen liep ze het water in. Door de plotselinge temperatuurdaling moest ze een huivering onderdrukken. Het was hoogzomer, maar de sneeuw in de Appalachen was pas laat gesmolten. De kou had iets verkwikkends toen ze naar de drijvende steiger zwom.

Ze draaide zich op haar rug om naar Will te kijken. 'Kom je er ook in?'

Hij antwoordde niet, maar rolde zijn sokken van zijn voeten. Toen begon hij zijn broek los te knopen.

'Wauw,' zei ze. 'Iets langzamer graag.'

Met veel vertoon schoof Will zijn broek naar beneden. Heupwiegend knoopte hij zijn overhemd los. Met een juichkreet spoorde Sara hem aan. Het water voelde opeens een stuk minder koud. Ze aanbad zijn lichaam. Zijn spieren leken uit een brok marmer gehakt. Het zou verboden moeten zijn om zulke sexy benen te hebben. Voor ze hem met haar ogen kon verslinden, volgde hij haar voorbeeld en liep rechtstreeks het water in. Aan zijn opeengeklemde kaken zag Sara dat de kou hem overviel. Ze zou aan de slag moeten om hem weer warm te krijgen. Ze trok hem naar zich toe en liet haar handen op zijn krachtige schouders rusten.

'Hé,' zei hij.

'Hé.' Sara streek zijn haar naar achteren. 'Heb je ooit eerder in een meer gezwommen?'

'Niet uit vrije wil. Weet je zeker dat het water veilig is?'

'Koperkoppen zijn doorgaans actiever in de schemering.' Ze zag hem zijn ogen opensperren van schrik. Hij was opgegroeid in Atlanta, waar de meeste slangen zich onder de koepel van het Capitool bevonden. 'En voor watermoccasinslangen zitten we waarschijnlijk te ver naar het noorden.'

Hij keek nerveus om zich heen, alsof hij een watermoccasin zou kunnen zien voor het te laat was.

'Ik moet iets opbiechten,' zei Sara. 'Ik heb tegen Mercy gezegd dat we hebben gelogen.'

'Dat dacht ik al. Komt het goed met haar?'

'Ik denk het.' Sara was nog steeds bang dat Mercy's duim ontstoken zou raken, maar daar kon ze niets aan doen. 'Die Jon lijkt me een aardige jongen. Tieners hebben het niet gemakkelijk.'

'Er valt iets voor te zeggen om in een weeshuis op te groeien.'

Ze legde haar vinger op zijn lippen en probeerde hem af te leiden. 'Kijk eens omhoog.'

Will keek omhoog. Sara keek naar hem. Op zijn hals tekenden de spieren zich af. Ze zag zijn suprasternale groeve en moest aan het diner denken. En helaas ook aan Mercy.

'Op dit soort plekken hoef je maar een kleine bovenlaag weg te krabben en er komen allerlei duistere zaken tevoorschijn.'

Will keek haar onderzoekend aan.

'Ik weet wat je gaat zeggen: dat is de reden waarom we logen.'

Will trok een wenkbrauw op, maar 'Heb ik het niet gezegd?' bleef uit.

'Hé,' zei ze, want ze hadden die avond lang genoeg over de McAlpines gepraat. 'Ik moet nog iets opbiechten.'

Opnieuw begon hij te lachen. 'Wat dan?'

'Ik krijg gewoon geen genoeg van je.' Sara likte het kuiltje onderaan zijn hals en kuste zich toen een weg naar boven. Ze liet haar tanden over zijn huid schrapen. Opeens was het koude water geen punt meer. Will stak zijn hand tussen haar benen. Ze kreunde toen ze hem voelde en deed hetzelfde bij hem.

Op dat moment weerklonk een bloedstollende kreet over het water.

'Will?' Intuïtief klemde Sara zich aan hem vast. 'Wat was dat?'

Hij pakte haar hand, en terwijl ze terugliepen naar de kant, speurde hij om zich heen.

Ze zeiden geen woord. Will reikte Sara haar jurk aan. Zoekend naar de onderkant draaide ze hem om. In haar hoofd hoorde ze nog steeds de echo van de kreet. Ze probeerde uit te vinden waar die vandaan kwam. Waarschijnlijk was Mercy de bron, maar ze was die avond niet de enige geweest die overstuur was geraakt.

Sara liep in haar hoofd de anderen langs, te beginnen bij de cateraars. 'Dat ruziënde stel tijdens het eten. De tandarts was straalbezopen. Die IT-man was –'

'En die vent alleen?' Will hees zijn broek omhoog. 'Die Mercy steeds zat te sarren?'

'Chuck.' Sara had de griezel naar Mercy zien loeren tijdens het eten. Hij leek te zwelgen in haar onbehagen. 'De jurist was irritant. Hoe kon hij op de wifi komen?'

'Iedereen ergerde zich aan dat paardenmens, die vrouw van hem.' Will schoof zijn voeten in zijn schoenen. 'Die liegende appjongens voeren iets in hun schild.'

Sara had hem over de vreemde naamsverwisseling van Landry en Paul verteld. 'En de Jakhals?'

Wills gezicht verstrakte.

Ze schoof haar sandalen aan. 'Schat? Ben je –'

'Klaar?'

Hij gaf haar geen tijd om te antwoorden, maar liep voor haar uit het pad op. Ze passeerden het huisje en gingen toen naar links, de Loop Trail op. Ze voelde dat hij met haar in de pas probeerde te lopen. Normaal zou Sara op een drafje zijn overgegaan, maar op sandalen was dat onmogelijk.

Ten slotte bleef hij staan en keerde zich naar haar toe. 'Vind je het goed als –'

'Ga maar. Ik haal je wel in.' Sara keek hem na toen hij het dichte bos in rende. Hij week af van de Loop Trail en koerste recht op het woonhuis af, wat niet vreemd was, want dat was de enige plek waar nog licht scheen.

Sara keerde terug naar het meer. Op de plattegrond had ze gezien dat het uit drie delen bestond, het ene steeds iets groter dan het andere, als een bruiloftstaart. Ze zou durven zweren dat de kreet uit het onderste gedeelte afkomstig was, aan de andere kant van de Shallows. Of misschien was het geen kreet. Misschien had een uil een konijn van de bosbodem geplukt. Of een poema was de strijd aangegaan met een wasbeer.

'Stop!' wees Sara zichzelf terecht.

Dit was waanzin. Ze waren zonder een plan weggestoven. Ze kon geen mensen wakker maken omdat ze misschien een kreet had gehoord. De Lodge had die avond al genoeg drama te verwerken gehad. Waarschijnlijk lag het probleem bij haar en Will. Ze waren geen van beiden in staat hun werkbrein uit te schakelen. Er zat niets anders op dan door te lopen naar het woonhuis. Daar zou ze op de verandatrap wachten tot Will zich bij haar voegde. Misschien dat een van de pluizige katten haar gezelschap wilde houden.

Sara was blij met de laagspanningslampen langs het donkere pad toen ze naar het huis liep. Ze wist niet of de afstand deze keer langer of korter leek. Er waren geen oriëntatiepunten. Ze had geen horloge. De tijd leek stil te staan. Ze luisterde naar de geluiden van het bos. Krekels tjirpten, dieren schoten alle kanten op. Haar jurk ritselde in de wind. Regen hing zwaar in de lucht. Ze zette de pas erin. Na een paar minuten zag ze de gloed van het verandalicht bij het woonhuis. Ze was er nog zo'n vijftig meter van verwijderd toen ze een gestalte de trap af zag komen. De maan had zich achter wolken verscholen. Het aardedonker bond de strijd aan met het zachte schijnsel van de lamp waardoor er een monsterlijke gestalte ontstond. Sara sprak zichzelf streng toe vanwege haar angst. Ze moest voor het slapengaan niet meer naar podcasts over Bigfoot luisteren. De gestalte was een man met een volle rugzak.

Net toen ze wilde roepen, begon hij te strompelen, liet zich op zijn knieën vallen en begon over te geven.

Een zurige alcohollucht verspreidde zich. Heel even overwoog Sara zich om te keren, Will op te zoeken en de draad van de avond weer op te pakken, maar ze kon zich er niet toe zetten de andere kant op te kijken. En al helemaal niet omdat ze het bange vermoeden had dat de monsterlijke gestalte in werkelijkheid een getroebleerde tiener was.

'Jon?' zei ze voorzichtig.

'Wat?' Hij krabbelde moeizaam overeind en greep zijn rugzak van de grond. 'Ga weg.'

'Gaat het wel?' Sara kon hem nauwelijks zien, maar het was duidelijk dat het helemaal niet goed met hem ging. Hij zwaaide als een windzak heen en weer. 'Zullen we even op de veranda gaan zitten?'

'Nee.' Hij deed een stap naar achteren. En nog een. 'Oprotten.'

'Zo meteen,' zei ze. 'Maar laten we eerst je moeder opzoeken. Ik weet zeker dat ze –'

'Hélp!'

Sara's hart stond stil. Ze keerde zich naar het geluid toe. Het kwam onmiskenbaar van het achterste gedeelte van het meer.

Weer een kreet. 'Alsjeblieft!'

Tegen de tijd dat ze zich weer naar Jon toekeerde, was de voordeur al dichtgeslagen. Sara kon zich niet langer druk maken om een dronken puber. Ze maakte zich meer zorgen om Will, want ze wist dat hij rechtstreeks naar de gillende vrouw zou gaan.

Er zat niets anders op dan haar sandalen uit te trekken. Ze hees haar jurk omhoog en rende het erf over. Haar brein werkte op volle toeren om de beste route te bepalen. Tijdens het cocktailuur had Cecil gezegd dat de Lost Widow Trail naar de verste kant van het meer voerde. Sara herinnerde zich vaag dat het pad op de plattegrond stond aangegeven. Ze rende over de Loop, voorbij het pad naar de eetzaal. Ze zag geen markeringen naar de Lost Widow. Het bos in, ze had geen keuze.

Dennennaalden drongen in haar blote voetzolen. Doornstruiken trokken aan haar jurk. Ze hield haar armen hoog om de ergste schade te beperken. Dit was geen sprint. Ze moest haar krachten sparen. Te oordelen naar de plattegrond was de verste kant van het meer een heel eind van het hoofdterrein verwijderd. Ze ging op een rustig drafje over en dacht ondertussen aan alles wat ze eerst had moeten doen. Een eerstehulpkoffer halen. Haar wandelschoenen aantrekken. De familie waarschuwen, want Jon was dronken en nog maar een jongen en waarschijnlijk lag hij uitgeteld in zijn kamer.

Arme Mercy. Haar familie zou haar niet te hulp schieten. Ze hadden haar tijdens het eten vreselijk behandeld. Zoals haar moeder haar had afgesnauwd. De walgende blik in haar vaders ogen. Het jammerlijke zwijgen van haar broer. Sara had langer met Mercy moeten praten. Ze had moeten ingaan op haar angst de ochtend niet te zullen halen.

'Sara!'

Wills stem was als een hand die haar borst samenkneep.

'Ga Jon halen! Snel!'

Sara kwam struikelend tot stilstand. Nog nooit had ze hem zo rauw horen klinken. Ze maakte rechtsomkeert. Ze had geen idee hoeveel tijd er was verstreken sinds ze bij het huis met Jon had gepraat. Ze wist dat Will vlakbij was. Ze wist ook dat Jon er niet bij gebaat was als ze domweg terugrende naar het hoofdterrein.

Er moest iets vreselijks met Mercy zijn gebeurd. Will kon niet meer helder denken. Als ze er slecht aan toe was, wilde Mercy vast niet dat haar zoon haar zag. Als Dave haar te pakken had gehad, als hij haar iets verschrikkelijks had aangedaan, zou Sara alles op alles zetten om te voorkomen dat die herinnering voor altijd in Jons brein stond gegrift.

'Sara!' riep Will weer.

De wanhopige klank van zijn stem dreef haar weer vooruit, deze keer een en al vastberadenheid. Ze rende op haar allerhardst, met haar armen tegen haar lichaam. Hoe dichter ze haar doel naderde, hoe meer de lucht zich vulde met rook. Het terrein liep steil af. Ze liet zich behoedzaam naar beneden glijden. Op het laatste moment verloor ze haar evenwicht, en bijna tuimelde ze over het laatste stuk pad naar beneden. Alle lucht werd uit haar geslagen, maar nu zag ze eindelijk een open plek. Ze duwde zichzelf overeind en begon weer te rennen. Ze zag het maanlicht over de bovenkant van een zaagbok strijken en het gereedschap omlijnen dat her en der op de grond lag: een generator, een tafelzaag, en toen zag ze eindelijk het meer.

De ruimte vlak voor haar was zwart van de rook. Ineengedoken rende Sara over het golvende, rotsachtige terrein. Ze zag drie landelijke huisjes. Het laatste stond in lichterlaaie, en ze voelde de hitte op haar huid. Rook krulde zich als een vlag op de veranderlijke wind. Ze kwam een stap dichterbij. De grond was vochtig. Nog voor ze besefte waar ze middenin stond, rook ze het bloed al. De kopergeur waarmee ze het grootste deel van haar leven vertrouwd was geweest.

'Alsjeblieft,' zei Will.

Sara draaide zich om. Een bloedspoor voerde naar het meer. Will zat op zijn knieën en boog zich over een lichaam dat languit in het water lag. Ze herkende Mercy aan haar lavendelkleurige schoenen.

'Mercy.' Will snikte.

Sara stapte op haar man af. Ze had hem nog nooit zo zien huilen. Hij was de radeloosheid voorbij. Hij was helemaal kapot.

Ze knielde aan de andere kant van het lichaam neer en legde haar vingers voorzichtig op Mercy's pols. Er was geen hartslag. Haar huid was ijskoud van het water. Sara keek naar Mercy's gezicht. Het litteken was niet meer dan een witte streep. De ogen van de vrouw staarden levenloos naar de sterrenmassa. Will had geprobeerd haar met zijn overhemd te bedekken, maar het geweld liet zich niet verhullen. Mercy had talloze steekwonden, waarvan sommige zo diep dat ze waarschijnlijk bot hadden verbrijzeld. Er was zoveel bloed dat Sara's jurk het rood in het water opzoog.

Ze kuchte voor ze kon praten. 'Will?'

Hij leek haar aanwezigheid niet op te merken.

'Mercy,' smeekte Will.

Hij sloeg zijn vingers in elkaar en legde zijn handpalmen op Mercy's borst. Sara kon het niet over haar hart verkrijgen om hem tegen te houden. In de loop van haar carrière had ze talloze keren een overlijdensverklaring ingevuld. Ze wist hoe de dood eruitzag. Ze wist het wanneer een patiënt al was heengegaan. Maar ze wist ook dat ze Will een poging moest gunnen.

Hij boog zich over Mercy heen en wierp zijn volle gewicht in de strijd.

Ze zag dat hij zijn handen naar beneden drukte.

Het gebeurde zo snel dat Sara eerst niet begreep wat ze zag. Toen besefte ze dat een stuk scherp metaal Wills hand had doorboord.

'Stop!' riep ze. Ze greep zijn handen en hield ze op hun plek. 'Niet bewegen. Dan snijd je de zenuwen door.'

Will keek op naar Sara, met een blik in zijn ogen alsof hij een vreemde voor zich had.

'Will.' Sara verstevigde haar greep. 'Het mes zit in haar borst. Je mag je hand niet bewegen, begrepen?'

'Jon... Komt hij eraan?'

'Hij is in het huis. Hij is oké.'

'Van Mercy moest ik tegen hem zeggen dat... dat ze van hem houdt. Dat ze hem die ruzie vergeeft.' Will beefde van verdriet. 'Ze wilde hem laten weten dat alles goed is, zei ze.'

'Zeg jij dat maar tegen hem.' Sara wilde zijn tranen wissen, maar ze was bang dat hij het mes uit zijn hand zou rukken als ze hem losliet. 'Eerst moeten we jou helpen, oké? Er zitten een paar belangrijke zenuwen in dat deel van je hand. Daarmee kun je dingen voelen. Een basketbal. Of een wapen. Of mij.'

Langzaam kwam hij weer bij zinnen. Hij keek naar het lange lemmet dat door het vlies tussen zijn duim en wijsvinger stak.

Zonder in paniek te raken zei hij: 'Zeg maar wat ik moet doen.'

Zachtjes slaakte Sara een zucht van opluchting. 'Ik trek nu mijn handen terug zodat ik de situatie kan beoordelen, is dat goed?'

Ze zag Will slikken, maar hij knikte.

Voorzichtig liet ze hem los, waarna ze de wond inspecteerde. Ze was blij met het maanlicht, maar het was niet voldoende. Schaduwen – van de overtrekkende rook, van de bomen, van Will, van het mes – vielen kriskras over de plek waar ze zich bevonden. Sara nam de punt van het lemmet tussen haar duim en wijsvinger. Ze voelde hoe stevig het vastzat in Mercy's lichaam. Te voelen aan de weerstand zat het ergens klem tussen de wervels of het borstbeen. Het kon alleen met kracht worden verwijderd.

Onder andere omstandigheden zou Sara Wills hand aan het lemmet hebben gestabiliseerd zodat een chirurg het in een steriele omgeving kon verwijderen. Die luxe hadden ze niet. Mercy lag gedeeltelijk in het water. Alleen door de druk die Will op haar lichaam uitoefende deinde het niet mee met de golven. God mocht weten hoe ver ze van een ziekenhuis of een ambulance verwijderd waren. Zelfs met alle hulp van de wereld zou het een slecht idee zijn te proberen Mercy's lichaam het bos uit te dragen, met Wills hand vastgepind aan haar borst. Will moest namelijk zo snel mogelijk losgekoppeld worden van het lijk om een door ontbindingsfactoren veroorzaakte levensbedreigende infectie te voorkomen.

Dus zou ze het hier moeten doen.

Will zat links van Mercy. Het mes stak uit de rechterkant van haar borstkas, anders zou het in haar hart hebben gezeten, wat een poging tot reanimatie zou hebben uitgesloten. Wills vingers waren nog steeds verstrengeld, maar de schade was beperkt tot zijn rechterhand. De schuine punt van het mes was door het vlies tussen zijn duim en wijsvinger gedrongen. Zo'n zeven centimeter van het gekartelde blad was zichtbaar. Ze schatte het op anderhalve centimeter breed, en het was vlijmscherp. Waarschijnlijk had de moordenaar het uit de familiekeuken of uit de eetzaal meegenomen. Ze hoopte dat de belangrijke weefsels in Wills hand grotendeels gespaard waren gebleven – het vlies was niet echt van wezenlijk belang – maar ze nam geen enkel risico.

Ze benoemde de anatomie, voor zichzelf maar ook voor Will. 'De spieren van de duimmuis worden geïnnerveerd door de mediane zenuw, hier. De radiale zenuw zorgt dat er gevoel is in de rug van de hand, van de duim tot aan de middelvinger, hier en hier. Ik wil kijken of die nog intact zijn.'

'Oké.' Zijn gezicht stond gelaten. Hij wilde dit zo snel mogelijk achter de rug hebben. 'Hoe doe je dat?'

'Ik ga je vingers rond de buitenkant aanraken, en dan moet jij zeggen of het normaal voelt of afwijkend.'

Ze zag zijn bezorgde blik toen hij knikte.

Voorzichtig streek ze met haar vinger langs de buitenranden van zijn duim. Toen deed ze hetzelfde met zijn wijsvinger. Will reageerde niet. Zijn zwijgen was om gek van te worden. 'Will?'

'Het voelt normaal. Denk ik.'

Sara's bezorgdheid nam enigszins af. 'Ik krijg het mes niet uit het lichaam. Ik til je hand straks van het lemmet, maar dan moet jij de spieren in je armen ontspannen, je ellebogen losjes houden en mij al het werk laten doen. Niet proberen te helpen, oké?'

Hij knikte. 'Oké.'

Sara hield zijn duim op zijn plaats terwijl ze haar vingertoppen onder zijn handpalm schoof. Zo langzaam mogelijk begon ze de hand op te tillen.

Will siste tussen zijn opeengeklemde tanden door.

Ze bleef tillen tot de hand eindelijk losraakte van het lemmet.

Will slaakte een diepe zucht. Ook al was hij bevrijd, toch hield hij zijn hand in dezelfde positie, met de vingers gespreid in de lucht boven het lichaam. Hij keek naar zijn handpalm. De eerste shock was uitgewerkt. Hij voelde nu alles en besefte wat er gebeurd was. Hij bewoog zijn duim. Boog en strekte zijn vingers. Bloed droop uit de wond, maar het sijpelde in plaats van eruit te spuiten, wat erop wees dat de slagaders waarschijnlijk intact waren.

'Godzijdank,' zei Sara. 'Eigenlijk moeten we naar het ziekenhuis om ernaar te laten kijken. Misschien is er schade die we niet zien. Je bent tegen DTP gevaccineerd, maar de wond moet grondig worden gereinigd. We vragen iemand om ons naar het begin van de toegangsweg te brengen en dan rijden we terug naar Atlanta.'

'Nee,' zei Will. 'Daar heb ik geen tijd voor. Mercy werd niet zomaar neergestoken. Ze werd afgeslacht. Degene die dat op zijn geweten heeft, was bezeten, razend, buiten zinnen. Dat soort haat voel je alleen voor iemand die je kent.'

'Je moet naar het ziekenhuis, Will.'

'Ik moet Dave zien te vinden.'

8

Will liep achter Sara de eetzaal in. Er brandde geen licht, maar de muziek stond nog aan. Voor ze de keuken in kon lopen, hield hij haar met gestrekte arm tegen. Dave kon zich hier schuilhouden. Hij zou een tweede mes kunnen hebben.

Will ging als eerste naar binnen. Hij hoopte dat Dave een mes had. Hij kon die vuile moordenaar met één hand aan. In het kindertehuis had hij zich bijna tien jaar ingehouden, maar ze waren geen kinderen meer. Hij schopte de keukendeur open en deed de plafondlampen aan. Hij kon tot in de toiletruimte en het kantoortje erachter kijken.

Leeg.

Hij liet zijn blik over de messen aan de muur en in het messenblok gaan. 'Zo te zien ontbreekt er niets.'

Sara leek zich niet voor het moordwapen te interesseren. Ze liep naar de toiletruimte.

'Is er een telefoon in het kantoor?' vroeg Will.

'Nee.' Ze trok de eerstehulpkoffer van de muur. 'Ga naar de spoelbak en was je handen. Je zit onder het bloed.'

Will bekeek zichzelf. Hij was vergeten dat hij Mercy met zijn overhemd had bedekt. Zijn blote borst was helemaal rood. Bloedrood water uit het meer was in zijn marineblauwe cargobroek gedrongen, die nu onder de donkere vlekken zat, als bij een dalmatiër. Hij draaide de keukenkraan open. 'We moeten de plaatselijke politie bellen,' zei hij, 'en een zoekteam samenstellen. Lopend kan Dave nu halverwege de berg zijn. We verdoen onze tijd.'

‘We gaan pas iets doen als ik het bloeden heb gestelpt.’ Sara legde de eerstehulpkoffer op het keukenblad en opende hem. Nadat ze een flinke straal afwasmiddel op haar handen had gespoten, boende ze zijn onderarmen schoon. ‘Waarom weet je zo zeker dat Dave Mercy vermoord heeft?’

De vraag kwam onverwacht, want het leek Will duidelijk dat Dave zo schuldig als de hel was. ‘Je zei dat hij vandaag al had geprobeerd Mercy te wurgen.’

‘Maar hij was niet bij het diner. We hebben hem ook niet in het bos of op een van de paden gezien.’ Sara pakte een droogdoek en begon het bloed van zijn buik te vegen. ‘Nog geen twee uur geleden zei Mercy letterlijk tegen me: “Er is op dit moment bijna niemand hier op de berg die me niet wil vermoorden.”’

‘Je zei ook dat ze dat weer terugnam. Dat ze deed alsof het een grapje was.’

‘En toen werd ze vermoord,’ zei Sara. ‘Het is duidelijk waarom je je op Dave richt, maar het kan net zo goed iemand anders zijn geweest.’

‘Wie dan?’

‘Wat dacht je van de vent die zich als Landry voorstelde, maar die door zijn partner Paul werd genoemd?’

‘Wat heeft dat met Mercy te maken?’

In plaats van te antwoorden zei ze: ‘Dit gaat pijn doen.’

Will klemde zijn kiezen op elkaar toen ze ontsmettingsmiddel in zijn open wond goot.

‘De pijn wordt eerst erger voordat hij afneemt,’ waarschuwde ze. ‘En Chuck? Het was duidelijk dat Mercy niks van hem wilde weten. Ook nadat ze met zoveel woorden had gezegd dat hij moest oprotten, bleef hij als een stalker naar haar loeren.’

Net toen Will wilde reageren, kneep ze wat gaas rond het vlies tussen zijn duim en wijsvinger. Het voelde alsof ze een brandende lucifer bij een vat buskruit hield. ‘Jezus, wat is dat?’

‘QuikClot,’ zei ze. ‘Het kan brandwonden veroorzaken, maar het stelpt de bloeding. Ik moet de druk er een paar minuten op houden. Het moet er zo’n vierentwintig uur op blijven zitten. Of je gaat naar het ziekenhuis en laat de wond naar behoren behandelen.’

Will hoorde aan haar afgemeten toon welke keuze haar voorkeur had. ‘Je weet dat ik hier niet van weg kan lopen, Sara,’ zei hij.

‘Dat weet ik.’

Ze bleef druk op het verband houden. Ze zwegen allebei, verdiept in hun eigen gedachten. Zij ging ongetwijfeld alle manieren na waarop zijn hand ontstoken kon raken of zijn zenuwen beschadigd konden zijn, of ze zat over een ander medisch risico in. Hij was in gedachten zo met Dave bezig dat hij niet eens voelde dat zijn hand van binnenuit op ontploffen leek te staan.

'Nog een minuut.' Sara hield de secondewijzer op de muurklok in de gaten.

Will keek naar haar om de tijd te doden. Ze zag er al even bezweet en warrig uit als hijzelf. Hij plukte een twijgje uit haar haar. Ze was op blote voeten. Mercy's bloed in het water had van Sara's grijsgroene katoenen jurk een variant gemaakt van de geknoopverfde jurk die Mercy's tante tijdens het diner had gedragen.

De gedachte aan de tante bracht Will op de rest van Mercy's familie. Hij was met zijn hoofd bij de jacht op Dave geweest en had niet nagedacht over wat er eerst moest gebeuren. In feite had hij niets te zeggen over het onderzoek. In het gunstigste geval was hij getuige, in het ongunstigste geval slechts een invaller tot de komst van de plaatselijke sheriff.

Het kon nog wel even duren voor de man bij de Lodge was gearriveerd. Will zou de familie op de hoogte moeten stellen van Mercy's dood. Jon moest verteld worden dat zijn moeder was vermoord. Waarschijnlijk wilde de jongen haar lichaam zien. Omdat Will en Sara Mercy niet drijvend in het water hadden kunnen achterlaten, hadden ze haar het tweede huisje in gedragen. Will had de deur gebarricadeerd met timmerhout dat her en der op het terrein lag. Er mochten geen dieren bij het lichaam komen. Elk moment kon het gaan regenen, en dan zou er van de plaats delict niets meer overblijven.

'Door zijn handicap kan Cecil wel van de lijst worden geschrapt.' Sara zocht nog steeds naar andere verdachten. 'Jon was bij mij.'

'Waarom was Jon bij jou?'

'Hij was nog dronken. Volgens mij wilde hij weglopen.' Terwijl ze het verband op zijn hand hield gedrukt, opende Sara een nieuw pak gaas. 'Er was duidelijk spanning tussen Mercy en haar broer. En haar moeder. God, wat deden ze tijdens het eten allemaal rot tegen haar.'

Will wist dat ze probeerde te helpen, maar dit was geen ingewikkelde zaak. 'Het huisje is in brand gestoken, vermoedelijk om de plaats delict te vernietigen. Haar jeans was naar beneden getrokken, vermoedelijk omdat ze was verkracht. Ze werd naar het water gesleept, vermoedelijk opdat ze zou verdrinken. Bonuspunten voor het wegspoelen van DNA-sporen. Het ging er razend aan toe bij die aanval. De moordenaar was woedend, buiten zinnen, gewelddadig. Soms ligt het voor de hand waarom iets voor de hand ligt.'

'En soms ontwikkelt een rechercheur aan het begin van een zaak tunnelvisie, met als gevolg dat hij het in de verkeerde richting zoekt.'

'Ik weet dat je mijn talenten niet ter discussie stelt.'

'Ik sta altijd aan jouw kant,' zei ze. 'Maar ik zeg alleen hoe het ervoor staat. Je hebt een hekel aan Dave, dat is begrijpelijk.'

'Leg dan eens uit waarom hij niet de hoofdverdachte is.'

Sara had niet meteen een antwoord paraat. 'Kijk ons eens. Kijk eens naar onze kleren. Degene die Mercy vermoord heeft, moet onder het bloed hebben gezeten.'

'Daarom tikt de klok,' zei Will. 'Aan de plaats delict hebben we in wezen niks. We hebben het lemmet in Mercy's borst, maar we weten niet waar het afgebroken handvat is. Ik gun Dave geen seconde extra om het bewijs te vernietigen, maar ik moet wel wachten tot de sheriff hier is. Die moet een klopjacht organiseren en het onderzoek officieel van start laten gaan. Ik heb trouwens geen idee hoe ik hier wegkom. Ik mis de wettelijke bevoegdheid om een voertuig te confisqueren.'

Sara begon een drukverband om zijn hand te wikkelen. 'We moeten een telefoon zien te vinden. Of het wifiwachtwoord.'

'We moeten meer dan dat. Ik heb een sos-functie op mijn telefoon. We hoeven alleen maar een helder signaal te vinden. Het systeem stuurt via satellieten tekst en locatie naar hulpdiensten en specifieke contacten.'

'Amanda.'

'Die weet zich het onderzoek wel in te praten,' zei Will. Het GBI mocht een zaak niet overnemen, maar moest door de lokale politie gevraagd worden of er door de gouverneur op afgestuurd worden. 'We zitten in Dillon County. De sheriff heeft in zijn hele carrière waarschijnlijk maar met één moord te maken gehad. We hebben branddeskundigen nodig, de forensische dienst, een volledige autopsie. Als die klopjacht tot morgen voortduurt, moeten we het met de federale politie coördineren voor het geval Dave staatsgrenzen passeert. Daarvoor heeft de sheriff geen budget. Hij zal blij zijn als hij Amanda ziet.'

'Ik haal je telefoon uit het huisje en verstuur het bericht.' Sara knoopte het verband af. 'Luid jij de bel maar bij het woonhuis. Dan komt iedereen wel naar buiten.'

'Behalve als het Dave niet is,' moest hij toegeven. 'Dan weten we snel genoeg of we iemand anders moeten hebben. Die zit dan onder het bloed of laat zich niet zien. Of hij heeft het afgebroken handvat ergens verstopt. We moeten alle huisjes en het woonhuis doorzoeken.'

'Mag je dat doen?'

'Dringende omstandigheden. De moordenaar is ervandoor gegaan. Misschien zijn er nog meer slachtoffers. Ben je zover?'

'Momentje.' Sara liep het toilet weer in en kwam terug met een wit jasje dat waarschijnlijk van de kok was. 'Trek dit maar aan. Ik haal iets uit het huisje, zodat je je kunt omkleden.'

Ze hielp hem in het jasje. Het spande zo strak om zijn schouders dat ze de knopen bijna niet dicht kreeg. Aan de onderkant gaapte de dikke stof open, maar daar viel nu niets aan te doen. Ze knielde om de veter van zijn schoen te strikken. Will bedacht dat ze nog steeds blootsvoets was. Hij haalde zijn sokken uit zijn zak en reikte haar die aan.

'Dank je.' Sara bleef hem aankijken terwijl ze ze aantrok. 'Beloof me dat je voorzichtig zult zijn.'

Will zat niet over zichzelf in. Wel bedacht hij dat hij zijn vrouw naar hun huisje stuurde, het huisje dat het verst van het woonhuis af stond, en nog wel midden in de nacht terwijl er ergens een moordenaar rondliep. 'Zal ik anders met je meegaan?'

'Nee. Doe jij je werk nou maar.' Iets langer dan gewoonlijk drukte ze haar lippen op zijn wang. 'De familie wil vast niet dat Mercy de hele nacht alleen is. Zeg maar dat ik een tijdje bij haar blijf.'

Will bracht zijn hand naar haar gezicht. Haar meelevendheid was een van de vele redenen waarom hij van haar hield.

'Kom, we gaan,' zei hij.

Waar de Chow Trail op de Loop Trail uitkwam, gingen ze uit elkaar. De wolken die met de naderende regen waren meegekomen, onttrokken de volle maan aan het zicht. Al Wills zintuigen stonden op scherp. Het was zo donker dat Dave drie meter van hem af had kunnen staan zonder dat hij het doorhad. Zonder acht te slaan op zijn verzwikte enkel versnelde hij zijn pas en liep op een drafje naar het huis. De brandende pijn in zijn hand zakte op zijn lijst van zaken waarover hij zich zorgen moest maken.

Sara had gelijk dat ze over andere mogelijke verdachten moesten nadenken, maar niet om de reden die zij had genoemd. Ooit zou Will ten overstaan van een jury over deze nacht moeten getuigen. Hij ging ervoor zorgen dat hij in alle oprechtheid kon zeggen dat hij andere verdachten had overwogen. In dit onderzoek zouden geen fouten worden gemaakt waarmee een advocaat een veroordeling onderuit kon halen. Dat was Will aan Mercy verplicht.

Hij was het vooral aan Jon verplicht.

De houten paal met de antieke bel erbovenop stond een paar meter van het woonhuis. Will zag drie auto's op het parkeerterrein: een oude pick-up, een Subaru en een Mercedes SUV. Het leek een eeuwigheid geleden dat hij bij de verandatrap had gestaan en brownies en chips had gegeten. De dag trok in een flits aan hem voorbij, maar in plaats van de dingen die hij had verwacht zich te zullen herinneren van zijn huwelijksreis – Sara's glimlach, de wandeling naar de Lodge, dat hij haar in zijn armen hield terwijl ze in de badkuip in slaap viel – herinnerde hij zich alle spanning die Mercy McAlpine had uitgestraald op de dag dat ze op beestachtige wijze was vermoord.

Dave had geprobeerd haar te wurgen. Chuck had haar tot razernij gedreven. Keisha had op haar zenuwen gewerkt met die waterglazen. Jon had haar in het openbaar vernederd. Cecil was ronduit wreed geweest. Bitty was ijzig geweest, en Christopher laf. Het paardenmens had Mercy op stang gejaagd met haar verzoek om een rondleiding langs de weilanden. De kok was in de keuken gebleven toen Jon een scène had geschopt. Misschien hielden de liegende appjongens iets voor Mercy verborgen. Misschien de tandarts of de IT-man of de barkeeper of –

Voor 'misschien' had Will geen tijd. Hij pakte het touw en trok eraan. Het geluid van de bel leek meer op klingelen dan op luiden. Hij gaf nog een paar keer een ruk aan het touw. In de stilte had het lawaai iets obsceens, maar wat Mercy bij het meer was overkomen, was ronduit kwaadaardig.

Net toen hij het touw weer wilde pakken, ging hier en daar licht aan. Eerst in het woonhuis. Achter een van de ramen op de bovenverdieping zag hij een gordijn bewegen. Bitty stond in haar kamerjas met een nijdig gezicht naar beneden te kijken. Weer ging er een licht aan op de eerste verdieping, nu in de verste hoek achteraan. Met een plofje floepten de schijnwerpers langs de rand van het erf aan. De lampen in de bomen waren Will bij daglicht niet opgevallen, maar nu was hij er blij mee, want zo kon hij het hele terrein overzien.

In twee van de huisjes gloeiden de ramen, alsof alle lampen brandden. Hij zag Gordon zijn veranda op lopen. De man was slechts gekleed in een zwarte tangaslip. Landry/Paul was nergens te bekennen. Drie huisjes verderop strompelde Chuck het trapje af in een gele kamerjas met badeendjespatroon. Hij knoopte de badstof dicht, maar Will zag nog net dat hij er niets onder droeg.

In een ander huisje gingen de lampen ook aan. Will verwachtte Keisha en Drew te zullen zien, maar Frank opende de deur, gekleed in een wit hemd en boxershort. Hij zette zijn bril recht. Bij het zien van Will keek hij geschrokken. 'Alles in orde?' vroeg hij.

Will stond op het punt hem te antwoorden toen de deur van het woonhuis openknerpte.

'Wie is daar?' Cecil McAlpines stoel rolde de veranda op. Hij droeg geen shirt. Over zijn borst liepen kriskras diepe littekens. Het waren kaarsrechte japen, alsof hij op stukken scherp metaal had gelegen. 'Bitty? Wie heeft de bel geluid?'

'Geen idee.' Bitty stond achter haar man. Met een van angst verwrongen gezicht trok ze de riem van haar donkerrode kamerjas strak. 'Wat is er in godsnaam aan de hand?' vroeg ze aan Will.

Will verhief zijn stem. 'Ik wil dat iedereen naar buiten komt.'

'Hoezo?' wilde Cecil weten. 'Alsof jij ons kunt vertellen wat we moeten doen.'

'Ik ben special agent bij het Georgia Bureau of Investigation,' verkondigde Will. 'Ik wil dat iedereen naar buiten komt. Nu.'

'Special agent, hè?' Gordon wierp een blik in zijn huisje voor hij nonchalant de trap af kwam.

Nog steeds geen Landry.

'Sorry.' Frank was op de veranda blijven staan. 'Monica is van de wereld. Die heeft iets te veel gedronken en –'

'Breng haar naar buiten.' Will stapte op Gordons huisje af. 'Waar is Paul?'

'Onder de douche.' Gordon zei niets over de naam. 'Wat ga je –'

Will duwde de deur open. Het huisje was kleiner dan dat van Sara en hem, maar had grotendeels dezelfde indeling. Will hoorde dat de douchekraan werd dichtgedraaid. 'Paul?' riep hij.

'Ja?' zei een stem.

Meer bevestiging dat de twee mannen hadden gelogen over Pauls naam had Will niet nodig. Hij liep de badkamer in. Paul reikte naar een handdoek. Hij keek even naar Will en keek toen nog eens, waarschijnlijk vanwege het krappe koksjasje. Zijn mond plooide zich tot een grijns. 'Kreeg je genoeg van je saaie vrouwtje?'

Will keek op zijn horloge. 1.06 uur. Geen normaal tijdstip voor een douche. Hij zag Pauls kleren op een hoop op de vloer liggen. Met de punt van zijn schoen schoof hij ze uit elkaar. Geen bloed. Geen afgebroken handvat van een mes.

'Is er een reden waarom je mijn badkamer binnenkomt alsof je net terug bent van een Taylor Swift-concert?' Paul droogde zijn haar. Will zag een tattoo op zijn borst, een barok ontwerp met bloemen rond schuinschrift. Paul zag hem kijken en sloeg de handdoek over zijn schouder om het woord te bedekken. 'Meestal val ik niet op krachtige, zwijgzame types, maar ik zou een uitzondering kunnen maken.'

'Aankleden en mee naar buiten.'

Wills negatieve gevoel bij Paul werd alleen maar sterker. Op weg naar buiten keek hij de slaapkamer rond en vervolgens de woonkamer. Geen bebloede kleren. Geen afgebroken handvat.

Terwijl hij in het huisje was, hadden zich buiten meer mensen verzameld. Hij stak het erf over en zag Cecils rolstoel bovenaan de hoofdtrap staan. Christopher stond naast Chuck, eveneens in een gele badjas met figuurtjes, maar dan vissen. Ze volgden Will allemaal met hun blik en zagen de donkere vlekken op zijn cargobroek, het strakke koksjasje.

Niemand stelde vragen. Het enige geluid was afkomstig van Frank, die met een afkeurend gemompel Monica op de onderste traptrede liet plaatsnemen. Ze droeg iets wat op een zwartzijden onderjurk leek, en ze was zo dronken dat haar hoofd telkens opzijknakte. Sydney, de paardendame, stond naast haar man, Max. Ze droegen nog steeds de matchende jeans en T-shirts die ze ook tijdens het diner aan hadden gehad, maar Sydney had haar rijlaarzen verruild voor slippers. Van alle aanwezigen maakte het rijke stel de meest gespannen indruk. Will wist niet of het schuldgevoel of een gevoel van verhevenheid was dat hen achterdochtig stemde nu ze midden in de nacht uit bed waren gehaald.

'Ga je nog iets uitleggen?' Gordon leunde tegen de paal met de bel, nog steeds met alleen zijn slip aan. Paul stak langzaam het terrein over. Hij had een boxershort en een wit T-shirt aangetrokken. De grijns was van zijn gezicht verdwenen. Hij keek bezorgd.

Will draaide zich om toen hij voetstappen hoorde op de veranda van het woonhuis. Van Jons eerdere lef was niets over toen hij de trap af liep. Zijn haar was nat. Weer iemand die 's nachts een douche nam, waarschijnlijk om nuchter te worden. De jongen was in pyjama, zonder schoenen. Zijn gezicht was opgezwollen. Zijn ogen stonden glazig.

'Waar zijn Keisha en Drew?' vroeg Will.

'Die zitten in huisje 3.' Chuck wees naar het huisje dat op één lijn stond met de hoek van de veranda. De ramen waren gesloten, de gordijnen zaten dicht. Er brandde geen licht.

'Is er een telefoon in het huis?' vroeg Will aan Chuck.

'Ja, in de keuken.'

'Ga naar binnen en bel de sheriff. Zeg dat een agent van het GBI je gevraagd heeft een code één-tweeëntwintig door te geven en dat onmiddellijke assistentie geboden is.'

Will gaf geen nadere uitleg, maar liep op een drafje naar huisje 3. Bij elke stap groeide zijn ontzetting. Weer dacht hij aan zijn gesprek met Sara in de keuken. Leed hij inmiddels aan tunnelvisie? Was de aanval op Mercy een lukrake actie geweest? De Lodge bevond zich in de uitlopers van de Appalachian Trail, die zich over zo'n tweeëndertighonderd kilometer langs de oostelijke kustlijn uitstrekte, van Georgia tot Maine. Er hadden op de route minstens tien moorden plaatsgevonden sinds ze waren begonnen ze te registreren. Verkrachting en overige misdrijven waren zeldzaam, maar niet uitzonderlijk. Voor zover Will wist, hadden minstens twee seriemoordenaars hun slachtoffers gestalkt op deze route. De Olympic Bomber had zich vier jaar in deze bossen schuilgehouden. Het was precies zoals Sara had gezegd: je hoefde maar een klein bovenlaagje weg te krabben en er kwamen allerlei duistere zaken tevoorschijn.

Will liet zijn voeten zwaar neerkomen op de trap naar huisje 3. Net als bij de andere huisjes zat er geen slot op de deur, die hij zo hard opengooide dat hij tegen de muur sloeg.

'Jezus christus!' riep Keisha uit. Ze ging rechtop in bed zitten, tastte blindelings naar haar man en schoof het roze oogmasker omhoog. 'Will! What the fuck?'

Drew kreunde. Hij zat vastgepind onder de octopus van een slaapapneumasker. Het apparaat maakte een luid mechanisch geluid dat de strijd had aangebonden met de draaiende boxventilator naast het bed. Hij duwde het masker weg en vroeg: 'Wat is er?'

'Allebei naar buiten. Nu.'

Will vertrok weer en maakte in gedachten een optelsommetje om te zien wie er ontbrak. De groep stond nog steeds bij de trap. Chuck was binnen om de politie te bellen. Sara kwam hopelijk weer snel over het pad deze kant op. 'Waar is het keukenpersoneel?' vroeg hij aan Christopher.

'Die gaan 's avonds naar huis. Tegen negenen zijn ze meestal van de berg af.'

'Heb je ze zien vertrekken?'

'Wat doet dat ertoe?'

Will tuurde naar het parkeerterrein. Drie auto's. 'Wie is de bestuurder van de –'

'Genoeg gevraagd,' zei Bitty. 'Waarom heb je niet gezegd dat je van de politie bent? Op je aanmeldformulier staat dat je monteur bent. Welke van de twee beroepen is het?'

Zonder op haar vraag in te gaan vroeg Will aan Christopher: 'Waar is Delilah?'

'Hierboven.' Ze leunde uit een raam op de eerste verdieping. 'Moet ik echt naar beneden komen?'

'Jezus, man.' Vol agressie stapte Drew op Will af. Keisha en hij droegen bij elkaar passende blauwe pyjama's. Het voorheen zo vriendelijke gezicht van de man was nu een en al ingehouden woede. 'Waar haal je het recht vandaan mijn vrouw de stuipen op het lijf te jagen?'

'Wacht even,' zei Keisha. 'Waar is Sara? Is alles in orde met haar?'

'Met haar is niks aan de hand,' zei Will. 'Er is een –'

'Ik heb de sheriff gebeld.' Chuck draafde de trap af. 'Hij zei dat hij er over vijftien à twintig minuten is. Ik kon hem geen bijzonderheden vertellen. Ik zei dat jij een smeris bent, gaf hem de code en zei dat hij moest opschieten.'

'Ben jij een smeris?' Drew werd zo mogelijk nog woedender. 'Je zei dat je autowerk deed, man. Wat is hier aan de hand?'

Voor Will kon antwoorden, liep Delilah de veranda op en stelde de enige vraag die er op dat moment toe deed. 'Waar is Mercy?'

Will zocht Jon. Hij zat op de trap, een paar treden hoger dan Monica. Bitty stond naast hem. Ze was zo klein dat zijn schouder tot aan haar middel reikte. Met haar arm klemde ze zijn hoofd beschermend tegen haar heup. Zijn krullen waren glad naar achteren gekamd, waardoor hij heel jong en kwetsbaar leek, eerder een jongen dan een man. Will had hem het liefst apart genomen om voorzichtig aan hem uit te leggen wat er was gebeurd en hem te verzekeren dat hij het monster zou vinden dat hem van zijn moeder had beroofd.

Maar hoe moest hij dit kind vertellen dat het monster hoogstwaarschijnlijk zijn eigen vader was?

'Alsjeblieft,' zei Delilah. 'Waar is Mercy?'

Will verdrong zijn emoties. Zijn taak uitvoeren, dat was het beste wat hij op dat moment voor Jon kon doen. 'Het valt me niet gemakkelijk om dit te zeggen.'

'O nee!' Delilah sloeg haar hand voor haar mond. Ze wist het al. 'Nee-nee-nee.'

'Wat?' drong Cecil aan. 'Jezus man, voor de draad ermee!'

'Mercy is dood.' Will negeerde de geschokte kreten van de gasten. Hij keek naar Jon toen hij het nieuws bracht. Het gezicht van de jongen was ontdaan van alle emotie. Hij bevond zich ergens tussen shock en ongeloof. Hoe dan ook was het nog niet tot hem doorgedrongen. Over een paar jaar zou Jon misschien aan dit moment terugdenken en zich afvragen waarom hij als verlamd was blijven zitten, met zijn hoofd tegen de heup van zijn grootmoeder gedrukt. Zelfverwijt zou hem overspoelen – hij had antwoorden moeten eisen en moeten schreeuwen en brullen om zijn verlies.

Voorlopig had Will hem alleen details te bieden. 'Ik heb Mercy beneden bij het water gevonden. Er zijn daar drie gebouwtjes –'

'De vrijgezellenhuisjes.' Christopher keek in de richting van het meer. 'Wat is dat voor stank? Staat er iets in brand? Is ze verbrand?'

'Nee,' zei Will. 'Er was wel brand, maar de vlammen zijn vanzelf gedoofd.'

'Is ze verdronken?' Christophers toon was moeilijk te duiden. Hij sprak met een merkwaardige afstandelijkheid. 'Mercy kan goed zwemmen. Toen ze vier was, heb ik het haar geleerd, in de Shallows.'

'Ze is niet verdronken,' zei Will. 'Ze heeft wel heel veel wonden.'

'Wonden?' Christophers stem klonk nog steeds heel vlak. 'Wat voor wonden?'

'Sst,' zei Bitty. 'Laat die man uitpraten.'

Will vroeg zich af hoeveel hij zou prijsgeven waar alle gasten bij waren, maar de familie had het recht het te weten. 'Ik heb steekwonden gezien. Haar dood zal als moord worden bestempeld.'

'Steekwonden?' Delilah klemde de reling vast om overeind te blijven. 'O god. Arme Mercy.'

'Moord?' herhaalde Chuck. 'Bedoel je dat ze vermoord is?'

'Ja, idioot,' zei Cecil. 'Je wordt niet per ongeluk meermaals gestoken.'

'Arme schat.' Bitty had het niet over Mercy. Ze trok Jon dichter tegen zich aan en drukte haar lippen op zijn hoofd. Vol smart klemde hij haar vast. Zijn gezicht verdween in de stof van haar kamerjas, maar Will hoorde zijn gesmoorde snikken. 'Alles komt goed, lieve jongen. Ik ben bij je.'

Will bleef zich tot de familie richten. 'We hebben haar lichaam veiliggesteld in een van de huisjes. Sara heeft aangeboden bij haar te blijven tot ze kan worden opgehaald.'

'Wat vreselijk.' Keisha was in tranen uitgebarsten. 'Waarom zou iemand Mercy iets willen aandoen?'

Drew trok haar tegen zich aan, maar nog steeds keek hij naar Will met ongebreidelde haat in zijn ogen.

Will sloot zich voor hem af. Hij was vooral in de familie geïnteresseerd. Hij had een collectieve uitbarsting van verdriet verwacht, maar toen hij de gezichten een voor een langsging, vond hij daar niets wat ook maar in de buurt kwam. Christopher had zijn hoofd laten hangen, maar de afstandelijkheid straalde er nog steeds van af. Cecil keek als een man voor wie dit alles ongelooflijk slecht uitkwam. Delilah had Will haar rug toegekeerd, waardoor hij geen idee had wat er in haar omging. Bitty was uiteraard volledig op Jon gericht, maar ze had geen traan gelaten om haar dochter, ook al zat haar kleinzoon bevend van verdriet naast haar.

Wat Will het meest opviel, was dat geen van hen vragen had. Hij had talloze keren een dood moeten melden. Families wilden van alles weten. *Wie heeft het gedaan? Hoe is het gebeurd? Heeft ze geleden? Wanneer mochten ze haar lichaam zien? Wist hij zeker dat zij het was? Was het geen vergissing? Wist hij het echt zeker? Had hij de moordenaar gepakt? Waarom zat hij niet achter de moordenaar aan? Wat ging er nu gebeuren? Hoelang zou het duren? Zou de doodstraf worden geëist? Wanneer kon ze begraven worden? Waarom was dit gebeurd? In godsnaam, waarom?*

'Stelletje klootzakken.' Delilahs sloffen bonkten over het hout toen ze langzaam de trap af liep. Ze had het tegen haar familie. 'Wie van jullie heeft dit gedaan?'

Will zag haar stilstaan bij Bitty. Woede spatte van haar af. Haar onderlip trilde. Tranen stroomden over haar wangen.

'Jij.' Ze priemde met haar vinger naar Bitty's gezicht. 'Heb jij het gedaan? Voor het eten heb ik je Mercy horen bedreigen.'

Chuck stootte een nerveuze lach uit.

Delilah richtte zich tot hem. 'Hou die smerige bek van je, walgelijke viespeuk. We hebben allemaal gezien hoe je naar Mercy stond te klauwen. Wat moest dat voorstellen? En jij, lamlendig mietje.'

Christopher keek niet op, maar hij wist maar al te goed dat Delilah het tegen hem had.

'Denk maar niet dat ik je niet doorheb, Físhtopher,' zei ze.

'Verdomme, Dee,' zei Cecil, 'stop met die bullshit. We weten allemaal wie het gedaan heeft.'

'Waag het niet.' Bitty klonk zacht, maar haar stem was vol gewicht. 'Dat weten we helemaal niet.'

'God nog aan toe.' Met haar handen in haar zij torende Delilah boven Bitty uit. 'Waarom neem je dat waardeloze stuk stront altijd in bescherming? Heb je die man niet gehoord? Je dochter is vermoord! Ze is neergestoken! Je eigen vlees en bloed! Geef je daar niet om?'

'Geef je zelf wel ergens om?' wilde Bitty weten. 'Je hebt dertien jaar lang je gezicht niet laten zien, maar opeens weet je er alles van?'

'Ik ken jou, jij vuile –'

'Zo is het genoeg.' Will moest tussenbeide komen voor ze elkaar aan stukken reten. 'Jullie gaan allemaal terug naar je slaapkamer. De gasten gaan terug naar hun huisjes.'

'En wie zegt dat jij de leiding hebt?' vroeg Cecil.

'De staat Georgia. Ik vervang de sheriff tot hij hier is.' Will richtte zich tot de hele groep. 'Ik wil van ieder van jullie een verklaring.'

'Vergeet het maar.' Drew richtte zich tot Bitty. 'Gecondoleerd met je verlies, maar zodra de zon opkomt, zijn wij vertrokken. Je kunt onze bagage naar ons huis sturen. Zet het maar op onze creditcard. En laat die andere zaak maar zitten. Gaan jullie hier je gang maar. Ons maakt het niet uit.'

'Drew,' zei Will. 'Ik wil een getuigenverklaring. Dat is alles.'

'Echt niet,' zei Drew. 'Ik hoef jouw vragen niet te beantwoorden. Ik ken mijn rechten. En van nu af aan geen woord tegen mij of mijn vrouw, meneer de politieagent. Denk je dat ik nooit naar *Dateline* heb gekeken? Het zijn altijd mensen zoals wij die gepakt worden voor shit waar ze niets mee te maken hebben gehad.'

Nog voor Will kon bedenken hoe hij ze moest tegenhouden, trok Drew Keisha mee naar hun huisje. De deur werd zo hard dichtgeslagen dat het klonk alsof er een geweer afging.

Niemand zei een woord. Will keek over het pad dat naar huisje 10 voerde. Het lag er verlaten bij in het zachte licht. Hij had Sara niet in haar eentje moeten laten weggaan. Dit duurde te lang.

'Agent?' Max, de rijke jurist uit Buckhead, vroeg om Wills aandacht. 'Hoewel Syd en ik vierkant achter de politie staan, weigeren ook wij om verhoord te worden.'

Dit moest stoppen. 'Jullie zijn allemaal getuigen,' zei Will. 'Niemand is nog als verdachte aangemerkt. Ik heb verklaringen nodig over wat er tijdens het eten is gebeurd, en ik wil weten waar iedereen was na het eten.'

‘Wat bedoel je met “waar iedereen was”?’ De vraag kwam van Paul. Hij keek even naar Gordon. ‘Wil je alibi’s van ons?’

Will probeerde uit alle macht te voorkomen dat ze ervandoor gingen. ‘Jon zei dat er altijd iemand om acht uur ’s ochtends en om tien uur ’s avonds een rondje over het terrein maakt. Misschien heeft diegene iets gezien.’

‘Dat was Mercy,’ zei Christopher. ‘Zij stond deze week om tien uur ingeroosterd. Ik om acht uur.’

Will herinnerde zich dat Jon hem de bijzonderheden had verteld, maar hij wilde hen aan de praat houden. ‘Hoe gaat dat in zijn werk? Kloppen jullie aan?’

‘Nee,’ zei Christopher. ‘Mensen roepen ons als ze iets nodig hebben. Of ze leggen een briefje op de trap. Bij elk huisje is een steen die je op het briefje kunt leggen zodat het niet wegwaait.’

‘Kijk.’ Monica kwam heel even tot leven. Ze wees naar hun huisje. ‘We hebben rond negen uur een briefje onder de steen op onze veranda gelegd. Dat is nu weg.’

Dus toen leefde ze nog, concludeerde Will. ‘Heeft Mercy gebracht waarom jullie vroegen?’

‘Nee.’ Frank keek even naar Monica.

Uit zijn blik concludeerde Will dat het een verzoek om meer alcohol was geweest. ‘Heeft iemand Mercy na tien uur nog gezien?’

Niemand antwoordde.

‘Heeft iemand geschreeuw of hulpkreten gehoord?’

Opnieuw bleef het stil.

‘Sorry dat ik weer onderbreek,’ zei Max, hoewel hij niemand onderbrak. ‘Maar Syd en ik moeten echt naar huis.’

‘De paarden moeten voer en water,’ zei Sydney.

Will had een betere smoes verwacht, maar het had geen zin om met hen in discussie te gaan. Volgens de wet hoefden ze niet te praten, en ze hoefden al helemaal niet te blijven.

‘Cecil, Bitty.’ Max richtte zich tot de familie McAlpine. ‘We vinden het allebei verschrikkelijk wat er met jullie dochter is gebeurd. Een mooie avond is verstoord door een tragedie waar geen woorden voor zijn. We begrijpen dat de familie tijd nodig heeft om te rouwen.’

Cecil maakte niet de indruk dat hij voor wat dan ook tijd nodig had. ‘We gaan nog steeds door. Nu meer dan ooit.’

‘Zeker,’ zei Max, die verre van zeker klonk.

‘We zullen aan je familie denken en voor jullie bidden,’ voegde Sydney eraan toe.

Schouder aan schouder liep het stel weg. Will vroeg zich af waar Cecil mee door wilde gaan. Het paar uit Buckhead had al vanaf het begin een speciale behandeling gekregen. Het wifiwachtwoord was nog het minste van alles. Will ging ervan uit dat de Mercedes Benz G550 à honderdvijftigduizend dollar, die tussen een oeroude Chevy en een vuile Subaru geparkeerd stond, betekende dat ze van de wandeling naar de Lodge waren vrijgesteld.

‘Fuck,’ zei Gordon. ‘Ik ben hard aan een borrel toe.’

Hij liep terug naar zijn huisje. Paul voegde zich bij hem, maar niet na een blik op Will. Die blik signaleerde iets. In de badkamer had Paul het bloed op Wills broek duidelijk gezien, maar hij was er niet van geschrokken. Nu was hij zichtbaar nerveus. Het nieuws over Mercy’s dood had zijn hele houding veranderd. Het waarom zou moeten wachten tot Will zeker wist dat het terrein veilig was.

Zes van de huisjes waren bezet, dan bleven er vier lege over. Dave kon zich in elk ervan schuilhouden. Will vroeg zich af of hij ze moest doorzoeken, maar dan kreeg de familie de gelegenheid om zich te hergroeperen. Zijn intuïtie zei dat hij op zijn plek moest blijven. Hun gedrag klopte van geen kant. Paul was niet de enige die zijn achterdocht wekte. Misschien had Sara gelijk wat die tunnelvisie betrof.

‘Eh… Will?’ Frank en Monica waren de enige overgebleven gasten. ‘Ik vind het niet erg dat je hebt gelogen en dat je van de politie bent. We mogen blij zijn dat je hier was. En Monica en ik hebben niets te verbergen. Wat wil je weten?’

Will ging niet met Frank en Monica beginnen. ‘Zouden jullie terug willen gaan naar je huisje? Ik moet eerst met de familie praten. Er zijn wat persoonlijke details die we willen weten.’

‘O, oké.’ Frank hielp Monica overeind. De vrouw kon nauwelijks zelfstandig lopen. ‘Klop maar aan als je zover bent. We zullen alles doen om te helpen.’

Will zag dat geen van de McAlpines zich had verroerd. Niemand keek hem aan. Niemand kwam met vragen. Behalve Delilah had niemand ook maar een zweem van verdriet getoond. De lucht gonsde van berekening.

‘Will?’

Sara had zich eindelijk bij hen gevoegd. Will was blij dat ze veilig was, maar ook dat hij nu wat hulp had. Hij liep snel naar haar toe, weg van de

McAlpines, zodat hij haar onder vier ogen kon spreken. Ze had een T-shirt en spijkerbroek aangetrokken. Onder haar arm had ze een van zijn overhemden.

Ze gaf hem zijn telefoon en reikte hem toen het overhemd aan. 'Het duurde even voor ik een signaal te pakken had, maar ik heb het bericht verstuurd en een bevestiging ontvangen. Iedereen is nu op de hoogte. Hoe is het met je hand?'

Zijn hand voelde alsof-ie in een berenklem had gezeten. 'Wil jij de familie mee naar binnen nemen en een oogje op ze houden terwijl ik de andere huisjes doorzoek? Ze mogen hun verhalen niet op elkaar afstemmen. De sheriff kan elk moment hier zijn. Kijk eens of er in de keuken een mes ontbreekt. Als je de kans krijgt: Paul heeft een tattoo op zijn borst. Ik wil weten wat erop staat.'

'Begrepen.' Sara liep voor hem uit naar het huis. Op zakelijke toon richtte ze zich tot de familie. 'Ik vind het heel erg voor jullie. Ik weet dat dit voor jullie allemaal een traumatisch moment is. Laten we naar binnen gaan. Misschien kan ik sommige van jullie vragen beantwoorden.'

Bitty was de eerste die haar mond opendeed. 'Ben jij ook een smeris?'

'Ik ben arts en patholoog-anatoom bij het Georgia Bureau of Investigation.'

'Jullie zijn een stel leugenaars, dat zijn jullie.' Bitty leek er zelfs nog meer dan Drew over in te zitten dat ze alle twee de wet vertegenwoordigden. Will zag dat ze Jon bij zijn arm pakte om hem mee naar binnen te trekken. Christopher duwde nu Cecils rolstoel. Chuck ging er snel achteraan. Alleen Delilah bleef achter. Ze moest ook naar binnen, vond Will. Dave kon zich in een van de lege huisjes ophouden, misschien gewapend met een mes of een pistool. Delilah mocht niet in de vuurlinie terechtkomen. Of gegijzeld worden.

Hij legde zijn overhemd op de trap en schoof zijn telefoon in zijn zak. Om de pijn te verlichten bracht hij zijn hand naar zijn borst. Delilah keek hem onderzoekend aan.

'Wilde je me soms iets vertellen?' vroeg Will.

Hoewel ze hem duidelijk heel veel te vertellen had, trok ze om tijd te rekken een tissue uit haar zak, haalde haar neus op en veegde langs haar ogen. Hij dacht niet dat het voor de show was. Mercy's dood had haar zeer aangegrepen. Tenzij je Meryl Streep heette, kon je dat soort wanhoop niet veinzen.

'Heeft ze geleden?' vroeg ze ten slotte.

Will gaf een neutraal antwoord: 'Ik was er pas aan het eind bij.'

'Weet je zeker...' Haar stem stokte. 'Weet je zeker dat ze er niet meer is?'

Will knikte. 'Sara heeft ter plekke haar dood vastgesteld.'

Delilah depte haar ogen met de tissue. 'Ik ben al ruim tien jaar niet meer op deze godvergeten plek geweest, en ik ben nog niet terug of ik zit tot aan mijn nek in hun strontzooi.'

Will had het gevoel dat ze op meer dan de moord doelde. Hij drukte twee keer op de zijknop van zijn iPhone om de opnameapp te activeren. 'Wat voor strontzooi bedoel je?'

'Er is meer dan waar je wijsbegeerte van durft dromen, Horatio.'

'Laat Shakespeare maar zitten,' zei Will. 'Ik ben rechercheur. Ik wil feiten.'

'Dan komt hier het eerste,' zei ze. 'Iedereen die nu in dat huis is, gaat tegen je liegen. Ik ben de enige van wie je de waarheid te horen krijgt.'

De ervaring had Will geleerd dat de minst betrouwbare mensen vaak het hardst beweerden dat ze betrouwbaar waren, maar hij wilde heel graag van de tante weten wat haar kant van het verhaal was. 'Laat maar eens horen, Delilah. Wie heeft een motief?'

'Wie heeft geen motief?' antwoordde Delilah. 'Die rijke stinkerds uit Atlanta zijn hier om de Lodge te kopen. De familie moet over de verkoop stemmen. Twaalf miljoen dollar gedeeld door zeven. Mercy heeft twee stemmen, die van haarzelf en die van Jon, omdat hij nog minderjarig is. Ze heeft de familie keihard te verstaan gegeven dat ze de verkoop zal tegenhouden.'

Will voelde dat hij sommige inschattingen iets moest bijstellen. 'Wanneer was dat?'

'Vandaag rond de middag, tijdens de familievergadering. Ik had me in de zitkamer verstopt om voor luistervink te spelen, want ik ben nieuwsgierig en bovendien dol op drama. En nu dient het ook nog ergens voor.' Delilah nam weer een tissue uit haar zak om haar neus te snuiten. 'Cecil probeerde Mercy te dwingen om voor de verkoop te stemmen, maar ze ging recht tegen hem in. Tegen het hele zootje. Mercy zei dat ze de Lodge niet van zich liet afpakken. En ook niet van Jon. Als het erop aankwam, zou ze hen een voor een kapotmaken. Als ze deze plek kwijtraakte, zou ze iedereen meesleuren in haar val, zei ze. En ze meende het. Ik hoorde aan haar toon dat ze het meende.'

Will maakte een nieuwe inschatting. Bij de meeste misdaden was geld het motief. Twaalf miljoen dollar was een motief van heb ik jou daar. 'Waar dreigde ze mee?'

'Dat ze hun geheimen bekend ging maken.'

'Ken je hun geheimen?'

'Als dat zo was, zou ik ze allemaal met je delen. Mijn broer is een gewelddadige klootzak, dat kan ik je wel vertellen, maar tegenwoordig kan hij niemand meer pijn doen. Niet fysiek, in elk geval.' Delilah keek achterom naar het huis. 'Mercy had ze echt bij de strot met haar gedreig, snap je. Ze zei dat sommigen van dat stel in de gevangenis konden belanden. Anderen zouden voor altijd hun reputatie kwijt zijn. Kon ik me de bijzonderheden maar beter herinneren. Op mijn leeftijd mag ik al blij zijn als ik de weg naar huis weet, maar die twee dingen zijn wel blijven hangen.'

Will dacht aan iets wat ze eerder had gezegd. 'Je zei tegen Bitty dat je haar vóór het eten Mercy had horen bedreigen.'

'Bitty ontsloeg haar, zo zat het.' Boos schudde Delilah haar hoofd. 'Toen zei ze tegen Mercy dat als ze niet voor verkoop van de Lodge stemde, ze op een mes in haar rug kon rekenen.'

Het was een opmerkelijk toeval. Maar Bitty was klein. Zij kon Mercy niet naar het meer hebben gesleept. Niet zonder hulp in elk geval. 'En Dave?'

'Inhalige klootzak.' Vol walging vertrok ze haar mond. 'Hij stemde ook voor de verkoop.'

Daar had Will niet naar gevraagd, maar nu wilde hij meer weten. 'Waarom heeft Dave ook een stem?'

'Zo'n twintig jaar geleden hebben Cecil en Bitty hem officieel geadopteerd, wat helaas betekent dat hij ook deel heeft aan het familiefonds. Als je in het fonds zit, heb je een stem.'

Weer moest Will zich even herpakken, maar nu om persoonlijke redenen. Dave had niet simpelweg één gezin gekregen, maar twee. 'Hoe kwam die adoptie tot stand?'

'Hij sloop als een wilde kat bij het kampterrein rond. Cecil wilde hem al aan de sheriff overdragen, maar Bitty viel voor hem. Gewoonlijk is ze een koele kikker, maar ze heeft een buitengewoon ongezonde relatie met die jongen. Mercy moet het zwaar ontgelden. Christopher behandelt ze als een stuk vuil, maar Dave kan geen kwaad doen. Met Jon is het vast hetzelfde verhaal, waarschijnlijk omdat hij sprekend op zijn vader lijkt. Trouwens, ze doen allemaal alsof dit volkomen normaal is.'

Will wees er maar niet op dat Dave dus een soort stiefoom was van zijn eigen zoon. Als geen ander begreep hij wat voor vreemde relaties er soms uit het pleegsysteem voortvloeiden.

Wel vroeg hij: 'Hoe zit het eigenlijk met Christopher? Je noemde hem bij een andere naam.'

'Fishtopher. Een bijnaam die Dave hem ooit heeft gegeven. Dat ik zijn bijnaam gebruikte, was lullig van me, want vroeger kon hij die niet uitstaan, maar hij zal er inmiddels wel aan gewend zijn. Zo gaat dat met Dave. Hij zit je net zolang op je nek tot je hem gewoon maar zijn gang laat gaan.'

Will probeerde het gesprek een draai te geven, weg van Dave. 'Zou Christopher in staat zijn Mercy iets aan te doen?'

'Wie weet,' zei ze. 'Hij is altijd wat teruggetrokken geweest. Niet zonderling teruggetrokken, eerder het type damesslipjes-verzamelende-seriemoordende-kluizenaar. En Chuck... Het zijn twee handen op één buik zoals die twee in het bos rondhangen en God mag weten wat uitspoken.'

'Je zei dat je hier al meer dan tien jaar niet meer geweest bent. Hoe weet je dan dat ze in het bos rondhangen?'

'Toen ik vanochtend naar het huis reed, zag ik ze bij de houtstapel staan smoezen. Met hun koppen vlak bij elkaar, en met van die stiekeme blikken. Toen ze mijn auto zagen, ging Chuck er als een geschrokken eekhoorn vandoor terwijl Christopher in elkaar dook, alsof hij onzichtbaar was in het hoge gras. Ze voerden absoluut iets in hun schild.' Opnieuw haalde ze haar neus op. 'En na de familievergadering zag ik ze weer op dezelfde plek, weer met hun koppen bij elkaar.'

Will bedacht dat hij de houtstapel ook op zijn lijst met te doorzoeken plekken moest zetten. 'Hebben ze een relatie?'

'Bedoel je zoals die twee exhibitionisten in huisje 5?' Ze liet een holle lach horen. 'Dat mocht Christopher willen. Hij heeft vreselijk veel pech gehad met vrouwen. Zijn vriendinnetje op de middelbare school raakte zwanger van een andere jongen. En toen kwam die tragedie met Gabbie.'

'Wie is Gabbie?'

'Weer een meisje dat hij kwijtraakte. Dat is lang geleden. Daarna heeft hij nooit meer echt gedatet. Tenminste, niet voor zover ik weet. Maar het is ook weer niet zo dat ze mij op de hoogte houden.'

Will voelde een druppel op zijn hoofd. Het ging regenen, maar hij bleef buiten staan wachten tot ze verderging.

'Volgens mij kun je het beste op Dave inzetten,' zei ze. 'Ze hadden allemaal een reden om haar dood te wensen, maar Dave heeft Mercy altijd al in elkaar geslagen. Gebroken botten. Blauwe plekken. Niemand die ooit iets zei of deed om het tegen te houden. Behalve ik, en wat heeft dat opgeleverd? Je kunt mensen niet veranderen door te zeggen dat ze zich vergissen. Dat moeten ze zelf ontdekken. En nu... nu zal het er nooit meer van komen.'

Will zag haar slikken. Verse tranen vulden haar ogen. 'En jij? Had jij een reden om Mercy dood te wensen?' vroeg hij.

'Vraag je naar een motief?' Ze zuchtte eens diep. 'Ik was blij dat Mercy eindelijk haar leven op de rit had. Ik heb zelfs mijn hulp aangeboden om de verkoop van de Lodge tegen te houden, maar Mercy is trots. Ze wás trots. Jezus, ze was nog zo jong. En wat moet ik nu tegen Jon zeggen? Hij heeft nooit een vader gehad, en dat hij zijn moeder nu op deze manier moet verliezen...'

Will stelde haar eerlijkheid op de proef. 'Wat gaan die lui daarbinnen me vertellen als ik vraag of jij een motief hebt?'

'O, die gaan me zonder meer aan de haaien voeren.' Delilah stopte de opgevouwen tissue weer in haar zak. 'Ze zeggen vast dat ik op wraak uit was omdat Mercy Jon van me had afgepakt. Ik heb voor hem gezorgd vanaf de dag van zijn geboorte tot hij drie, bijna vier was. In januari 2011 spande Mercy een rechtszaak aan om de permanente voogdij terug te krijgen. Dat was een jaar na het auto-ongeluk.'

'Heeft ze daar dat litteken in haar gezicht aan overgehouden?' vroeg Will.

Delilah knikte. 'Ik denk dat ze toen pas echt is geschrokken. Ze overzag haar leven en besloot zo langzamerhand volwassen te worden. Ik had mijn twijfels. Heroïne is de hel, daar ga je aan onderdoor. Ze was clean, maar ik moest het nog zien. Die strijd om de voogdij was net een straatgevecht. Het sleepte zich een halfjaar voort. We lieten geen spaan van elkaar heel. Ik was kapot toen ze won. Op de trap van het gerechtsgebouw zei ik tegen haar dat ik hoopte dat ze doodging. Ze bande me compleet uit Jons leven. Ik schreef brieven, probeerde te bellen. Telkens kwam Bitty ertussen, maar ik weet zeker dat Mercy wist dat ze dat deed. Dus dat is mijn motief. Wel vreemd natuurlijk dat ik dan pas na dertien jaar geknapt ben.'

'Waar was Dave in dit hele verhaal?'

'Mercy was bij hem. En dan weer niet. En dan weer wel. Dan lag ze in het ziekenhuis en was het uit. En dan werd ze ontslagen en was het weer aan.' Geërgerd rolde Delilah met haar ogen. 'Bezoek onder toezicht was mogelijk, maar Dave kwam nooit. Te dronken of te stoned, dacht ik dan. Of veel te bang voor mij. En terecht. Als Dave op dit moment dood bij het meer zou liggen, zou je me zo bovenaan je lijst kunnen zetten.'

'Wat gaat er nu met Jon gebeuren?'

'Geen idee. Hij kent me eigenlijk niet meer. Volgens mij kan hij maar het beste bij Cecil en Bitty blijven. Het minste van vele kwaden. Hij heeft geen moeder meer. En als er nog enige gerechtigheid bestaat, heeft hij straks ook geen vader meer. Voor Jon moet alles zo vertrouwd mogelijk blijven. Misschien kan ik op een dag weer een band met hem opbouwen, maar dan gaat het om wat ik wil. Nu gaat het om wat Jon nodig heeft.'

Will vroeg zich af of dat een oprecht antwoord was of dat ze een goede indruk wilde maken. 'Waar was je vanavond tussen tien uur en middernacht?'

Ze trok een wenkbrauw op, maar gaf wel antwoord. 'Ik heb tot een uur of halftien, tien uur op mijn kamer zitten lezen. Ik heb geen alibi. Ik lag te slapen toen de bel begon te luiden. Op mijn leeftijd is vocht de vijand. Ik heb een blaas als een vergiet.'

Will hoorde een auto naderen. De sheriff was er eindelijk. De bruine wagen reed het parkeerterrein op net toen Sydney en Max met hun rolkoffers naar de Mercedes liepen. Als ze de sheriff al zagen, lieten ze dat niet merken. Ze wilden zo snel mogelijk weg. Will vond het tekenend voor het stel dat ze niemand een lift naar de stad hadden aangeboden.

Delilah kreunde van walging toen de sheriff uitstapte. Beiden keken ze toe terwijl hij een grote paraplu van de achterbank pakte.

'Geen gevaar, Biscuits is daar.'

'Biscuits?'

'Zijn bijnaam.' Ze keek Will aan. 'Agent weet-ik-veel-hoe-je-heet, ik heb geen idee wie je bent, maar ik zou die man voor geen cent vertrouwen. En ik weet alles van centen.'

Will voelde nog meer regendruppels op zijn hoofd neerkomen toen hij de sheriff over het erf zag lopen. De man was zo'n één meter vijfenzeventig en tamelijk gedrongen. Het bruine sheriffuniform was al niet flatteus, maar de sheriff maakte daarnaast ook nog eens een zeer ongemakkelijke indruk in de strakke broek en met die stijve boord. Haast had hij niet. Toen het harder ging regenen, bleef hij staan om zijn paraplu open te klappen. Will pakte zijn opgevouwen overhemd en rende de trap op. Hij legde het op een schommelstoel en wachtte samen met Delilah in de beschutting van de veranda.

Op zijn dooie gemak beklom de sheriff de trap. Bovenaan bleef hij staan en keek om zich heen terwijl hij zijn paraplu uitschudde. Nadat hij die naast de voordeur had gezet, keek hij op naar Will.

'Sheriff!' riep Will om het geruis van de regen op het metalen dak te overstemmen. 'Ik ben Will Trent van het GBI.'

'Douglas Hartshorne.' In plaats van Will om een verslag te vragen, keek hij met gefronst voorhoofd naar Delilah. 'Je komt na dertien jaar opdagen, uitgerekend op de avond dat Mercy wordt doodgestoken. Hoe zit dat?'

Will was Delilah voor. 'Hoe weet je dat ze is doodgestoken?'

Zijn glimlach had iets arrogants. 'Onderweg werd ik door Bitty gebeld.'

'Verbaast me niks' zei Delilah. 'Ze wordt Bitty genoemd omdat ze dwazen zoals hij om haar nietige pinkje windt.'

De sheriff negeerde haar. 'Waar is het lijk?' vroeg hij aan Will.

'In een van de vrijgezellenhuisjes,' zei Delilah.

'Heb ik jou iets gevraagd?'

'Jezus, Biscuits, alsof je een grondig onderzoek gaat doen.'

'En noem me geen Biscuits!' riep hij uit. 'Als ik jou was, Delilah, zou ik mijn grote mond maar houden. Je bent de enige hier die weleens iemand heeft neergestoken.'

'Dat was goddomme met een vork.' Tegen Will zei ze: 'Het was nog voor Jon werd geboren. Mercy woonde in mijn garage. Ik betrapte haar toen ze mijn auto wilde stelen.'

'Dat zeg jij,' reageerde de sheriff.

Met opeengeklemde kaken hoorde Will het gekibbel aan. Deze onzin kostte tijd die ze niet hadden. De sheriff leek eerder geïnteresseerd in het scoren van punten dan in het feit dat hij met een moord te maken had. Will keek op zijn horloge. Zelfs als Amanda het bericht direct las zodra ze wakker was, duurde het nog minstens twee uur voor ze vanuit Atlanta hier kon zijn.

'Rot toch op!' Zonder zich iets van de stromende regen aan te trekken daalde Delilah de trap af. 'Ik ga bij mijn nichtje zitten.'

'Niks aanraken!' riep de sheriff haar na.

Bij wijze van reactie stak ze een middelvinger op.

'Sommige dingen worden er met het klimmen der jaren niet beter op,' zei de sheriff tegen Will.

Het werd tijd dat de man zich op de hoofdzaak concentreerde, vond Will. 'Hoe moet ik je noemen, sheriff of –'

'Iedereen noemt me Biscuits.'

Weer klemde Will zijn kaken op elkaar. Het leek wel of niemand hier bij zijn echte naam werd genoemd.

Niettemin vatte hij de afgelopen twee uur samen voor de sheriff. 'Rond middernacht was ik met mijn vrouw bij het meer. We hoorden drie kreten. De eerste keer zo'n tien minuten voor de andere twee, die sneller na elkaar kwamen. Ik rende het bos door, naar het terrein met de drie vrijgezellenhuisjes. Het achterste huisje stond in brand. Mercy bevond zich bij de oever. Haar bovenlichaam lag in het water, maar haar voeten lagen op het droge. Ik zag dat ze meerdere steekwonden had. Ze had veel bloed verloren. Ze was aanspreekbaar, maar haar enige zorg was Jon, haar zoon. Het lukte me niet informatie over haar belager uit haar te krijgen. Ik probeerde haar te reanimeren, maar het lemmet van het mes zat nog in haar borstkas. Het drong door mijn hand. Het handvat moet tijdens de aanval zijn afgebroken. Ik heb het daar in de buurt niet kunnen terugvinden. In de restaurantkeuken lijken geen messen te ontbreken. We moeten de familiekeuken en alle huisjes nalopen. Zodra de zon op is, kunnen we de omgeving doorzoeken. Het lijkt me het beste om bij het hoofdterrein te beginnen en dan in de richting van de plaats delict te gaan. Heb je nog vragen?'

'Nee, je hebt alles wel zo'n beetje gezegd. Dat was een verdomd goeie briefing. Dat zul je ook nog een keer voor de lijkschouwer moeten samenvatten. Het zal hooguit een halfuur duren.' Biscuits keek naar Wills verbonden hand. 'Ik vroeg me al af wat er was gebeurd.'

Het liefst had Will de man door elkaar gerammeld om hem van de urgentie van de zaak te doordringen. Mercy was dood. In het huis zat haar rouwende zoon. 'Zal ik je het lichaam laten zien?'

'Ze is nog steeds dood wanneer de regen is weggetrokken en de zon opkomt.' Biscuits liet zijn blik weer over het erf gaan. 'Delilah heeft gelijk als ze zegt dat er niks te onderzoeken valt. Mercy heeft een ex. Dave McAlpine. Lang verhaal hoe ze allemaal aan dezelfde achternaam komen, maar die twee zitten elkaar al in de haren sinds ze tieners waren. Mijn zusje zag op school al hoe ze elkaar te lijf gingen. Deze keer is het te ver gegaan, en nu is ze dood.'

Will ademde langzaam in voor hij reageerde. Het klonk alsof de sheriff Mercy verweet dat ze vermoord was. 'Mijn chef –'

'Wagner? Zo heet ze toch?' Hij wachtte niet op bevestiging. 'Ze bood aan een stel van haar agenten te sturen om de zaak over te nemen, maar ik zei dat ze best wat mocht dimmen. Dave duikt uiteindelijk wel weer op.'

Dimmen stond niet in Amanda's woordenboek. 'We moeten Mercy's kamer doorzoeken.'

'En wie bedoel je met "we", jongen?' Biscuits glimlachte, maar niet van harte. 'Mijn district, mijn zaak.'

Will wist dat hij gelijk had. 'Dan wil ik graag als vrijwilliger helpen met het zoeken naar Dave.'

'Zonde van je tijd. Ik heb mijn hulpsheriff al naar zijn trailer gestuurd en langs alle bars waar hij meestal uithangt. Hij is nergens te vinden. Die zal wel ergens in een greppel zijn roes uitslapen.'

Will gaf er een nieuwe draai aan. 'Of hij heeft hij zich in een van de lege huisjes verstopt. Ik heb mijn wapen niet bij me, maar ik kan je back-up geven tijdens de zoektocht.'

'Doe geen moeite,' zei Biscuits. 'Na zessen mag Dave hier niet meer komen. Een tijd terug heeft Pa hem van het terrein verbannen. De enige reden waarom hij hier de afgelopen maand heeft rondgehangen is dat hij aan de vrijgezellenhuisjes werkt.'

Will vroeg zich af of de man wel snapte wat hij zelf zei. Dave was een moordverdachte. Die hield zich niet aan een avondklok. Hij probeerde het vanuit een andere hoek en vroeg: 'In wat voor auto rijdt hij?'

'Hij mag niet autorijden. Zat dronken achter het stuur. Volgens mij wordt-ie door een vrouw de berg op en af gereden. Dave weet als geen ander mensen voor zijn karretje te spannen.'

Will verwachtte nu een voorstel om met die vrouw te gaan praten, of andere mogelijke plekken te doorzoeken, of een opmerking over de mogelijkheid dat Dave ook zonder rijbewijs achter het stuur van een auto was gekropen, maar Biscuits leek alles best te vinden en stond naar de regen te kijken.

'Tsja.' De man richtte zich weer tot Will. 'Dan ga ik maar eens bij Bitty langs. Dat arme mensje heeft het de laatste jaren niet makkelijk gehad.'

Will hield zijn mond en besloot de situatie te accepteren. De sheriff was te hecht met de familie. Hij deelde hun achteloosheid wat Mercy's leven betrof. Hij vertoonde geen enkele neiging om de hoofdverdachte op te sporen, bewijsmateriaal te verzamelen of ook maar met getuigen te gaan praten.

Niet dat ze van de mogelijke getuigen veel konden verwachten. Twee van hen waren al in hun Mercedes weggereden. Twee anderen hadden geweigerd ondervraagd te worden. Twee gedroegen zich verdacht en liepen in hun ondergoed rond. Twee van de minst belangrijken wilden graag helpen. Een was een raadsel verpakt in een badeendjeskamerjas. De directe familie van het slachtoffer gedroeg zich alsof er een onbekende was gestorven. Daar kwam nog bij dat een deel van het moordwapen ontbrak, hun hoofdverdachte spoorloos was, het lichaam gedeeltelijk in het water had gelegen, het huisje tot aan de grond afgebrand was en de rest van de plaats delict op dat moment werd weggespoeld.

Misschien had Biscuits gelijk en dook Dave uiteindelijk wel weer op. De sheriff ging ervan uit dat een lokale jury politieagenten als de goodguys beschouwde, die mensen alleen aanhielden als ze schuldig waren, maar Dave was geen typische verdachte. Hij wist ongetwijfeld hoe hij de jury moest bespelen. Hij zou een ijzersterke verdediging voeren. Will stond niet toe dat een man met de bijnaam Biscuits de reden was dat Dave met moord wegkwam. En hij ging ook niet duimendraaiend staan wachten tot de volgende ramp zich voltrok.

'Will?' Sara had de voordeur geopend. 'Jon heeft een briefje op zijn bed achtergelaten. Hij is ervandoor.'

16 januari 2011

Lieve Jon,
Het zal wel heel dom zijn om je een brief te schrijven waarvan ik niet eens zeker weet of je die ooit zult lezen, maar ik doe het toch. Bij de AA zeggen ze dat het goed is om je gedachten op papier te zetten. Daar begon ik mee toen ik twaalf was, maar ik stopte ermee nadat Dave mijn dagboek te pakken kreeg en er grapjes over maakte. Ik had dat niet van me moeten laten afpakken, maar er wordt al mijn hele leven van alles van me afgepakt. Dat ik weer ben gaan schrijven is omdat ik een soort document wil hebben voor het geval me ooit iets ergs overkomt. Laat ik je allereerst het volgende vertellen. Vandaag heb ik een verzoek bij de rechtbank ingediend om je terug te krijgen, zodat ik kan worden wat ik vanaf het allereerste moment had moeten zijn: je mama.

Delilah heeft niet veel geld, maar ze heeft recht in mijn gezicht gezegd dat ze het tot de laatste stuiver zou uitgeven om jou te kunnen houden. Daar heeft ze haar redenen voor, maar daar ga ik niet op in. Op een dag zul je het verhaal achter mijn lelijke gezicht horen en dan zul je begrijpen waarom ze zo'n hekel aan me heeft. Iedereen eigenlijk. En je hebt het nu zwart-op-wit dat ik nooit heb gezegd dat het zonder reden was.

Ik heb zo'n beetje elke dag van mijn achttien jaar op deze planeet verkloot, op eentje na, en dat is de dag dat ik jou kreeg. En nu probeer ik mijn verklote leven te beteren door jou terug te krijgen. Sorry voor mijn woorden. Je oma Bitty zou me ervanlangs geven als ze het las, maar ik praat tegen je als tegen een man, want zolang je nog een jongen bent, krijg je dit niet te lezen.

Ik heb je weggegeven. Zo is het en niet anders. Ik was aan het afkicken en lag vastgebonden aan een ziekenhuisbed omdat ik weer eens onder arrest stond voor rijden onder invloed. Delilah was erbij, en ik geef gratis en voor niks toe dat ik blij was haar te zien. De dokter wilde me niks tegen de pijn geven omdat ik een junk was. De smeris wilde de handboeien niet losmaken, klootzak die hij was. Alsof ik ervandoor had kunnen gaan terwijl er een baby uit mijn buik kroop, maar zo is de wereld waarin je geboren bent.

Je zou kunnen zeggen dat het een wereld is die ik zelf heb geschapen, en dan zou je er niet ver naast zitten. Daarom gaf ik je die dag aan

Delilah. Ik dacht niet aan jou of aan hoe eenzaam ik zou zijn zonder jou. Het enige waar ik aan dacht, was waar ik drank kon krijgen of een paar pillen om me erdoorheen te helpen tot ik weer kon scoren, en dat is de zuivere waarheid. Toen ik jong was, begon ik te drinken om mijn demonen te verzuipen, maar daarmee bouwde ik een gevangenis om mezelf heen, waar ik samen met de demonen in vastzat.

Maar dat ligt nu allemaal achter me. Ik heb al een halfjaar niks gebruikt, en dat is een feit. Ik ga niet meer naar feestjes en ik volg zelfs avondlessen om mijn diploma te halen, dus als je op school zit, kun je daar niet mee kappen met de smoes dat ik m'n school ook niet heb afgemaakt. Je vader maakt me het leven zuur omdat ik de hele tijd aan het leren ben, terwijl ik voor hem zou moeten zorgen, maar ik probeer mijn leven te veranderen. Ik probeer alles beter te maken voor jou want je bent het waard. Dat gaat hij nog wel inzien. Hij kent je niet zoals ik je ken.

Als je dit leest, zul je wel denken dat ik keihard ben voor je vader. Ik ga niks slechts over hem zeggen, op één ding na. Ik voel gewoon dat hij geld van Delilah gaat aannemen om zich tegen me te keren in de voogdijzaak. Zo is hij nu eenmaal, want al het geld en alle liefde in de wereld zullen nooit genoeg voor hem zijn. En ik weet vrijwel zeker dat de rest van de familie zich ook tegen me zal keren, niet vanwege geld, maar alleen om het zichzelf gemakkelijk te maken. Niet dat ze echt de pest aan me hebben. Dat denk ik niet tenminste. Alleen zijn ze meestal nergens te bekennen wanneer dingen moeilijk worden, net konijnen die zich diep een hol in graven. Het is om te overleven, niet uit kwaadaardigheid. Daar hou ik me tenminste aan vast, want als ik het persoonlijk opvatte, zou ik geloof ik 's ochtends niet eens meer mijn bed uit komen.

Dat doe ik nu wel. Elke ochtend mijn bed uit komen. Me melden bij het motel in het dal om kamers schoon te maken. Hetzelfde wat ik op de Lodge heb gedaan zolang ik me kan herinneren, maar met dit verschil dat ik nu niet op m'n flikker krijg als ik te langzaam ben. En niemand die zegt dat ik voor al dat harde werk slechts een dak boven m'n hoofd en eten op mijn bord krijg.

Het motel betaalt niet veel, maar als ik kan blijven sparen, is het op een dag genoeg om een appartementje voor ons tweeën te huren. Ik ga je niet grootbrengen in je vaders trailer ergens achteraf, waar de halve wereld elke avond langskomt om te feesten. Wij tweeën gaan in de stad wonen en je gaat de wereld zien. In elk geval meer van de wereld dan ik heb gezien.

Ik heb voor het eerst in mijn leven geld op zak dat ook echt van mij is. Ik moest Pa of Bitty altijd om wat cash smeken om een pakje kauwgum te kopen of naar een film te gaan. En daarna moest ik je vader erom smeken. Maar nu hoef ik niemand te smeken. Ik werk gewoon in het motel en word ervoor betaald, en dat is eerlijk verdiend geld. Zelfs je vader kan het niet van me afpakken. Al probeert hij het wel. Als hij wist hoeveel ik echt verdien, zou ik geen stuiver overhouden.

Zoals ik al zei wil ik niet beweren dat je vader een slecht mens is, maar één ding moet je weten: ook al is hij geen bloedverwant, toch is hij door en door een McAlpine. Misschien nog erger, want hij kan allemaal verschillende gezichten opzetten afhankelijk van wat hij van iemand wil. Wanneer je volwassen bent, moet je zelf maar zien of dat een probleem voor je is. Jij bent ook een McAlpine, dus wie weet. Misschien word je wel precies zoals de rest.

Maar als dat zo is, schat, dan hou ik nog steeds van je. Wat je ook doet – en ook als Delilah wint en ik moet accepteren dat er niks meer in zit dan om het andere weekend twee uur met jou in het wijkcentrum – ik zal er altijd zijn. Het maakt me niet eens uit als je de ergste McAlpine van het hele stel blijkt te zijn. Nog erger dan ikzelf, iemand met bloed aan haar handen. Ik zal je altijd vergeven, en ik zal altijd voor je opkomen. Ik zal me nooit als een konijn in een hol verschuilen, tenminste niet als het om jou gaat. Achter de buitenkant die je ziet, ook achter de lelijke stukken, misschien vooral de lelijke stukken, gaat iets belangrijks schuil: namelijk mijn hart.

Ik hou van je, voor altijd,
mama

9

Sara las het briefje dat Jon op zijn bed had achtergelaten hardop voor: '"Ik heb tijd nodig. Ga me niet zoeken."'

'Verdomd,' zei de sheriff. 'Misschien vindt hij Dave en bespaart hij ons de moeite.'

Van opzij zag ze Wills kaak als een glasscherf naar voren steken. Ze vermoedde dat hij op de veranda een al even bizar onderhoud met de sheriff had gehad als zij binnenshuis met Mercy's kille, berekenende familie. Geen van hen leek geraakt door Mercy's dood. Het enige waarover ze hadden gepraat, geschreeuwd en gescholden was geld.

'Denk je dat Jon bij Mercy is gaan kijken?' vroeg ze aan de sheriff.

'Stond niet in zijn briefje,' zei de man, alsof je van een zestienjarige kon verwachten dat hij zijn plannen aan papier toevertrouwde. 'Die ouwe pick-up staat er nog. Als Jon was gaan lopen, had hij hierlangs moeten komen. Het pad naar de vrijgezellenhuisjes is die kant op.'

'Heeft hij een vriendinnetje?' drong Sara aan. 'Iemand in de stad die –'

'Die jongen is ongeveer zo populair als een slang in een slaapzak. We horen het snel genoeg als hij in de stad wordt gezien. Lopend kost het hem een paar uur, maar dan moet eerst de regen stoppen. En hij pakt echt geen fiets met dit weer. Dan dondert hij net als Pa van een rots af.'

Niets van wat hij zei schonk Sara ook maar enige verlichting. Ze had het gevoel dat ze net zo goed tegen de regen zou kunnen roepen als dat ze van de sheriff kon verwachten dat hij zich om een vermist kind zou bekommeren.

'Als hij naar Mercy is gegaan, treft hij daar Delilah,' zei Will. 'Ze wilde bij het lichaam waken.'

Tranen prikten achter Sara's ogen. Er was tenminste nog iemand met gevoel.

'Ik ben trouwens Douglas Hartshorne, *ma'am.*' De sheriff stak haar zijn hand toe. 'Maar noem me maar Biscuits.'

'Sara Linton.' Ze schudde zijn slappe, klamme hand. Ze wierp een blik op Will, die keek alsof hij de man het liefst over de reling zou gooien. Het klopte van geen kant dat er twee overheidsdienaren op de veranda stonden te praten terwijl Mercy afgeslacht beneden bij het meer lag. Ze moesten Dave zoeken, getuigenverklaringen afnemen, iets regelen voor Mercy's lichaam. Aan Wills gebalde linkervuist zag ze dat het gebrek aan initiatief hem meer pijn deed dan de wond in zijn rechterhand.

Ze mocht niet opgeven. 'Zou Jon misschien wraak willen nemen op Dave?' vroeg ze aan de sheriff.

Biscuits haalde zijn schouders op. 'Staat niks over wraak in dat briefje.'

Sara deed een nieuwe poging. 'Hij is wel een minderjarige van wie de moeder op beestachtige wijze is vermoord. We moeten hem zoeken.'

'Ik help wel,' zei Will.

'Nee, die jongen is hier in de bossen opgegroeid. Die redt zich wel. Evengoed bedankt voor het aanbod. Vanaf hier neem ik het over.' Biscuits wilde al naar de deur lopen, maar opeens bedacht hij zich. Hij keek naar Sara en tikte zijn hoed aan. 'Ma'am.'

Will en Sara waren sprakeloos toen Biscuits de deur zachtjes achter zich dichttrok. Met een knikje vroeg Will Sara mee naar een hoek van de veranda. Ze keken elkaar alleen maar aan, niet in staat hun gevoelens onder woorden te brengen.

'Kom eens hier,' zei Will ten slotte.

Sara drukte haar gezicht tegen zijn borst toen hij zijn armen om haar heen sloeg. Ze voelde iets wegvloeien van de pijn die ze had meegedragen sinds ze bij het meer waren weggegaan. Ze wilde huilen voor Mercy, tekeergaan tegen de familie, Dave zoeken, Jon terugbrengen, het gevoel hebben dat ze ook werkelijk iets had gedaan voor de dode vrouw die nu in een verlaten, oud huisje lag.

'Het spijt me,' zei Will. 'Dit is niet echt een ideale huwelijksreis voor je.'

'Voor ons allebei niet,' zei ze, want het had ook een bijzondere week voor hem moeten zijn. 'Wat kunnen we nu doen? Zeg eens hoe ik kan helpen.'

Will leek haar slechts met moeite los te kunnen laten. Sara ging tegen een van de stijlen staan. Opeens sloeg de vermoeidheid toe. Weer keken ze elkaar aan. Het enige geluid kwam van de regen die van het dak stroomde en tegen de harde grond sloeg.

'Hoe ging het binnen?' vroeg Will.

'Ik bood aan koffie te zetten zodat ik de keuken kon doorzoeken. Als er al een mes ontbreekt, is het me niet opgevallen. Het lijkt wel alsof ze sinds de opening van de Lodge bestek hebben verzameld. We moeten het afgebroken handvat vinden om te zien of het een bij het ander past.'

'Daar maakt Biscuits wel werk van.' Hij legde zijn gewonde hand op zijn borst. Nu de adrenaline was opgebrand, stak de pijn waarschijnlijk de kop op.

'Wanneer heeft Bitty met de sheriff gepraat?' vroeg hij.

Sara keek verbaasd op. 'Ik heb haar niet aan de telefoon gezien. Ik zal wel in de keuken zijn geweest.'

'Je had er toch niks aan kunnen veranderen.' Will schoof zijn hand iets hoger, alsof hij op die manier aan het brandende gevoel kon ontsnappen. 'Ik moet Dave vinden. Hij is misschien nog op het terrein.'

Bij de gedachte aan Will die gewond en zonder back-up achter Dave aan ging, trok er een rilling over Sara's rug. 'Misschien heeft hij een tweede wapen.'

'Als hij hier nog steeds rondhangt, wil hij gepakt worden.'

'Niet door jou.'

'Wat zeg jij nou ook alweer altijd? Het leven laat je betalen voor je persoonlijkheid?'

Sara's keel kneep dicht. 'De sheriff –'

'Gaat niet helpen,' zei Will. 'Hij zei dat de lijkschouwer er over een halfuur kon zijn. Misschien dat die de urgentie inziet. Heb je eigenlijk nog iets uit de familie losgekregen?'

'Ze maakten zich druk om de vertrekkende gasten en om de nieuwe die donderdag worden verwacht. Of ze de aanbetalingen mogen houden. Of mensen blijven komen. Wie moest nu het eten bestellen, het personeel aansturen en de gidsen inhuren?' Sara kon er nog steeds niet bij dat niemand iets over Mercy had gezegd. 'De gemoederen liepen pas echt hoog op toen ze over de investeerders begonnen.'

'Je hebt dus over de verkoop gehoord?'

'De bijzonderheden werden me duidelijk door al het geschreeuw over de vraag wie namens Jon mocht stemmen, vooral als Dave wordt gearresteerd.' Ze sloeg haar armen over elkaar en ervoer een vreemd soort plaatsvervangende kwetsbaarheid. 'Ergens halverwege de discussie ging Jon naar boven. Ik wilde achter hem aan gaan, maar Bitty zei dat ik hem wat tijd moest gunnen.'

'Dat stond ook in zijn briefje, dat hij tijd nodig had.'

'O, en ik zit op de wifi,' bedacht Sara opeens hardop. 'Open je telefoon, dan kan ik de verbinding aan je doorgeven.'

Will tikte met zijn duim de code in. Gelukkig was hij links en kon hij zich met die hand goed redden. Toen Sara had vastgesteld dat hij op het netwerk zat, pakte ze zijn overhemd van de schommelstoel. Ze begon het idioot strakke koksjasje open te knopen.

'Dat kan ik zelf ook wel,' zei Will.

'Weet ik.' Sara hielp hem uit het jasje. Toen ze hem de mouwen van het overhemd voorhield, liet hij duidelijk merken dat hij alleen meewerkte om haar een plezier te doen. Haar handen wisten niet goed raad met de knopen. Ze was aangeslagen na de gebeurtenissen van die nacht. Nadat ze het laatste knoopje had dichtgemaakt, legde ze haar hand op zijn hart. Op dat moment had ze allerlei dingen kunnen zeggen om hem tegen te houden, maar ze wist vooral dat Will aan de slag wilde.

En dat wilde ze zelf ook.

Tijdens Mercy's leven hadden maar weinigen om haar gegeven. Nu ze dood was, waren er in elk geval twee mensen die zich om haar bekommerden.

'Neem deze mee.' Ze haalde zijn oordopjes uit haar broekzak en stopte ze in de zijne. Will kon lezen, maar niet snel. De tekst-naar-spraakapp op zijn telefoon ging hem gemakkelijker af. 'Ik heb je de namen van het keukenpersoneel gestuurd, met hun telefoonnummers. Die heb ik van een lijst naast de keukendeur gehaald. Ze komen binnen zodra je berichten worden geladen.'

Will keek uit over het parkeerterrein. Hij was er klaar voor. 'Ik begin bij de huisjes en dan ga ik bij die houtstapel kijken. Delilah zei dat Chuck en Christopher daar eerder op de dag rondhingen. Misschien is daar een schuilplek.'

'Ik wil wel met Gordon en Landry gaan praten, dan probeer ik erachter te komen wat die tattoo betekent.'

'Landry reageert op de naam Paul, dus spreek hem maar met die naam aan tot hij een betere verklaring heeft.' Will wees naar een van de huisjes. De lampen brandden. 'De jongens zitten daar. Drew en Keisha zijn verderop, maar die weigeren te praten. Niet dat ze volgens mij veel te vertellen hebben. Ik betwijfel of ze vanuit hun huisje iets gehoord hebben. Het leek wel een soort windtunnel. Ze zijn kwaad omdat we gelogen hebben over wie we zijn.'

Het deed Sara pijn dat ze hun mooie week nu konden vergeten. Ze wist dat Will Drew sympathiek had gevonden, en zelf had ze zich erop verheugd tijd met Keisha door te brengen.

Will zei: 'Ik hoorde Drew iets vreemds tegen Bitty zeggen voor ze ervandoor gingen. Zoiets als "Laat die andere zaak maar zitten. Gaan jullie hier je gang maar."'

'Hadden ze misschien een klacht over hun huisje?'

'Zou kunnen.' Hij ging door met zijn opsomming. 'Monica en Frank zitten daar. Chuck kwam uit dat huisje daarginds. Max en Sydney zaten daar. Die zijn al vertrokken.'

'Fantastisch,' zei Sara. De plaats delict was weggespoeld en ook de getuigen waren aan het verdwijnen. 'Wat een zootje. Is er eigenlijk wel iemand die het erg vindt dat Mercy dood is?'

'Delilah. Tenminste, dat denk ik.' Will keek op zijn scherm. Zijn berichten werden geladen. 'Volgens haar heeft Christopher een paar mislukte relaties gehad. Eén vrouw werd zwanger van een ander en liet hem zitten, en een tweede vrouw verdween. Ik weet niet of ze daarmee bedoelde dat ze stierf of dat ze wegging, en of het er eigenlijk wel toe doet. Mensen hebben er zo hun redenen voor om dingen achter te houden.'

Opeens ging er een licht bij Sara op, maar het had niets te maken met Christophers liefdesleven. 'Die ruzie tussen de appjongens op het pad bij ons huisje.'

'Wat is daarmee?'

'Paul zei: "Het boeit me niet wat jij denkt. Het is het enige juiste." En toen zei Gordon: "Sinds wanneer maak jij je druk om wat juist is?" Waarop Paul zei: "Sinds ik heb gezien wat een kloteleven ze hier leidt!"'

Nu had ze Wills volle aandacht. 'En met die "ze" bedoelde hij Mercy?'

'Er wonen hier maar twee vrouwen, en de andere is Bitty.'

Will krabde aan zijn kaak. 'Hoe reageerde Gordon?'

In een poging alles weer boven te halen sloot Sara haar ogen. De twee mannen hadden hooguit vijftien seconden staan ruziën voor het huisje, waarna ze hun weg hadden vervolgd. 'Volgens mij zei Gordon: "Je moet het laten rusten." Toen liep Paul in de richting van het meer en kon ik niks meer horen.'

'Waarom zou Paul zich druk maken om Mercy's leven?'

'Het klonk alsof het hem dwarszat.'

Het scherm van Wills telefoon lichtte op. Hij keek. 'Faith gaf me een halfuur geleden haar locatie door. Ze zit op de vijfenzeventig, nog even en ze neemt de vijfvijfenzeventig.'

Sara voelde geen enkele connectie meer tussen de blije huwelijksreizigster die de vorige dag dezelfde route had afgelegd en de vrouw die nu bij een moordonderzoek was betrokken. 'Nog een uur of twee voor ze hier is.'

'Tegen die tijd wil ik Dave in hechtenis hebben genomen zodat zij hem een verhoor kan afnemen.'

'Denk je nog steeds dat hij het is?'

'We kunnen erover doorgaan wie het anders kan zijn, maar ik kan ook op zoek gaan naar Dave en de zaak definitief afronden.'

Sara had de indruk dat Will meer dingen wilde afronden dan hij prijsgaf. 'En de sheriff? Die gaf duidelijk aan dat hij niet op onze hulp zit te wachten.'

'Amanda zou Faith er niet op afsturen als ze geen plan had.' Wills telefoon verdween weer in zijn zak. 'Ga jij maar naar het woonhuis terwijl ik de lege huisjes doorzoek.'

Sara wilde het deprimerende huis niet meer in. 'Ik ga wel met Gordon en Paul praten. Misschien kom ik erachter wat daar speelt. Wat weet je nog van die tattoo?'

'Heel veel bloemen, een vlinder, krullerige letters, duidelijk een woord. In een boog over zijn borst, hier.' Hij legde zijn hand op zijn hart. 'Voor hij naar buiten kwam, trok hij een T-shirt aan. Ik weet niet of hij dat deed omdat niemand het mocht zien of omdat het nou eenmaal heel gewoon is om een shirt aan te trekken wanneer je onder de douche vandaan komt.'

Dat was het frustrerende van een onderzoek. Mensen logen. Ze verborgen dingen. Ze gaven hun geheimen niet prijs. Andere geheimen deelden ze wel met je. En soms had niets van dat alles iets te maken met de misdaad die je probeerde op te lossen.

'Ik zie wel wat ik eruit krijg,' zei Sara.

Will knikte, maar hij verroerde zich niet. Hij zou wachten tot ze veilig binnen was in huisje 5.

Sara leende de grote paraplu die tegen de zijkant van het huis stond. Haar wandelschoenen waren waterdicht, maar dat voorkwam niet dat de regen tegen haar benen spatte. Tegen de tijd dat ze op de kleine, overdekte veranda stond, was haar broek tot aan de knieën drijfnat. Tot zover het waterdichte materiaal. Ze klapte de paraplu in en klopte op de deur.

Door het gekletter van de regen hoorde Sara geen geluiden in het huisje. Gelukkig hoefde ze niet lang te wachten tot Gordon opendeed. Hij droeg een zwarte onderbroek en pluizige slippers.

In plaats van te vragen wat Sara kwam doen of wat ze wilde, wierp hij de deur open. 'Gedeelde smart is halve smart,' zei hij.

'Welkom op ons treurige feestje!' riep Paul vanaf de bank. Hij droeg een boxershort en een wit T-shirt. Zijn blote voeten lagen op de salontafel. 'We zitten ons in ons ondergoed te bezatten.'

Sara probeerde het spelletje mee te spelen. 'Doet me aan mijn studententijd denken.'

Lachend liep Gordon naar de keuken. 'Pak een stoel.'

Sara koos een van de diepe fauteuils. Het huisje was kleiner dan dat van haar en Will, maar de meubels waren in dezelfde stijl. Ze kon tot in de slaapkamer kijken. Op het bed lagen geen koffers, een teken dat ze niet van plan waren te vertrekken. Of misschien hadden ze andere prioriteiten. Op de salontafel stond een open fles whisky, met ernaast twee lege glazen. De fles was halfvol.

Gordon zette een derde glas op tafel. 'Wat een klotenacht. Ochtend. Fuck, nog even en de zon komt op.'

Sara voelde Pauls blik.

'Dus je bent met een smeris getrouwd, hè?' zei hij.

'Ja.' Sara was klaar met liegen. 'Zelf werk ik ook voor de overheid. Ik ben patholoog-anatoom.'

'Ik zou dat niet kunnen, een lijk aanraken.' Gordon griste de whiskyfles van de salontafel. 'Dat spul smaakt naar terpentijn, maar dat zie je niet af aan de prijs.'

Sara herkende het dure etiket. Ze kon zich niet herinneren wanneer ze voor het laatst sterkedrank had gehad. Wills hekel aan alcohol was terug te voeren op zijn jeugd. Sara was van de weeromstuit ook geheelonthouder geworden.

'Het komt door de hoogte,' zei Paul. 'Dan veranderen je smaakpapillen.'

'Schat, dat gebeurt in een vliegtuig.' Gordon schonk morsend drie dubbele whisky's in. 'We zitten hier echt niet op tienduizend meter.'

'Hoe hoog zitten we hier dan?' wilde Paul weten.

Omdat hij Sara aankeek toen hij de vraag stelde, antwoordde ze: 'Ongeveer zevenhonderd meter boven de zeespiegel.'

'Godzijdank knalt er dus geen vliegtuig tegen ons aan. Dat zou de kers op de taart van deze shitdag zijn.' Gordon reikte haar een glas aan. 'Wat doet een patholoog-anatoom zoal? Zoiets als hoe-heet-ze-ook-alweer in die serie?'

'Welke serie?' vroeg Paul.

'Die met dat haar. We hebben haar ook gehoord op *Mountain Stage*. En later zat ze in *Madam Secretary*.'

Paul knipte met zijn vingers. '*Crossing Jordan*.'

'Die was het.' Gordon sloeg zijn halve glas achterover. 'Daarin speelde Kathryn Hahn. We zijn dol op haar.'

Sara vermoedde dat hun oorspronkelijke vraag alweer vergeten was. Ze nam een slokje whisky en probeerde niet wit weg te trekken. Dat het naar terpentijn smaakte was nog een compliment.

'Heb ik gelijk?' Paul had haar reactie gezien. 'In je mond houden tot je niet meer kokhalst.'

Gordon lachte snuivend om de vunzige toespeling. 'Ik ben bang dat dat er voor de huwelijksreizigers niet in zit vannacht.'

'Wat voert Agent McSexy in zijn schild?' wilde Paul weten. 'Zo te zien staat niemand te trappelen om een verklaring af te leggen.'

Sara kreeg het warm toen ze aan Will dacht, die in zijn eentje op zoek was naar Dave. 'Heeft een van jullie Mercy nog gezien na het eten?'

'O, nu wordt het een verhoor,' zei Gordon. 'Moet je ons niet eerst op onze rechten wijzen?'

Sara hoefde hun helemaal nergens op te wijzen. 'Ik ben geen politieagent. Ik kan jullie niet arresteren.' Ze verzweeg dat ze wel als getuige een verklaring kon afleggen over alles wat ze zeiden.

'Paul heeft haar gezien,' liet Gordon weten.

Sara vermoedde dat de Landry-list daarmee uit de wereld was. 'Waar was ze?'

'Vlak bij ons huisje. Het was ongeveer halfelf. Toevallig keek ik net uit het raam.' Paul hield het glas bij zijn mond, maar dronk niet. 'Mercy kuierde nog een eindje door en ging toen de trap op naar het huisje van Frank en Monica.'

'Monica wilde waarschijnlijk meer drank,' zei Gordon. 'Volgens Frank had ze een briefje op de veranda gelegd.'

'Verbaast me dat ze nog een pen kon vasthouden,' zei Paul. 'Die zat diep in de olie.'

'Op Monica's lever.' Toostend hief Gordon zijn glas.

Sara deed alsof ze weer een slokje nam. Ze vond het interessant dat Paul wist waar Mercy naartoe was gegaan. Vanuit hun huisje kon je dat van

Frank en Monica niet zien. Daarvoor moest je de veranda op lopen, wat betekende dat hij Mercy's gangen had willen volgen.

'En?' zei Gordon. 'Hoe zag ze eruit?'

Sara schudde haar hoofd. 'Wie?'

'Mercy,' zei hij. 'Ze is toch doodgestoken?'

'Wat gruwelijk,' zei Paul. 'Die moet doodsbang zijn geweest.'

Sara keek naar haar glas. De twee mannen deden alsof dit een realityshow was.

'Weet jij of die voettocht morgen nog doorgaat?' vroeg Paul.

'Schat,' zei Gordon. 'Wel een beetje hard, hè?'

'Maar ook redelijk. We hebben een smak geld betaald om hier te kunnen zijn.' Hij keek Sara aan. 'Enig idee?'

'Dat moet je aan de familie vragen.' Sara kon de schijn niet meer ophouden. Ze zette haar glas weer op tafel. 'Paul, Will zei dat hij een tattoo op je borst heeft gezien.'

Pauls lach klonk geforceerd. 'Rustig maar, schat. Hij is smoor op jou.'

Daarover maakte Sara zich geen zorgen. 'In mijn werk heb ik geleerd dat er achter elke tattoo een verhaal schuilt. Wat is jouw verhaal?'

'O, heel stom,' zei hij. 'Iets te veel tequila. Iets te zwaarmoedig.'

Sara keek Gordon aan. Hij haalde zijn schouders op. 'Ik heb niks met tattoos. Ik haat naalden. En jij? Heb jij *tramp stamps* waarover je wilt vertellen?'

'Nee.' Ze probeerde het vanuit een andere hoek te benaderen. 'Zijn jullie hier al eens eerder geweest?'

'Dit is onze eerste keer,' zei Gordon. 'Ik weet niet of we nog eens terugkomen.'

'Zou ik niet zo snel zeggen, lieverd. Waarschijnlijk krijgen we korting als we nu boeken.' Paul ging rechtop zitten en reikte naar de whisky. Hij schonk zichzelf weer een dubbele in. 'Jij ook?' vroeg hij aan Sara.

'Ze heeft het eerste glas nauwelijks aangeraakt.' Gordon stak zijn hand uit. 'Mag ik?'

Sara keek toe terwijl hij haar glas leegschonk in het zijne.

'Nu even over Mercy,' zei ze.

Langzaam liet Paul zich achteroverzakken.

'Wat is er met haar?' vroeg Gordon.

'Je leek haar te kennen. Of in elk geval van haar gehoord te hebben.' Dit was aan Paul gericht. 'En je leek niet al te gelukkig te zijn met het leven dat ze hier op de Lodge leidde.'

Sara ving een schittering op in Pauls ogen, maar ze wist niet of het woede of angst was.

'Het was een rare chick, vind je niet?' vroeg Gordon. 'Met een rauw randje.'

'En dan dat litteken op haar gezicht,' zei Paul. 'Daar gaat vast ook een heel verhaal achter schuil.'

'Ik hoef het niet te horen,' merkte Gordon op. 'Die hele familie is een beetje verdacht als je het mij vraagt. De moeder doet me denken aan die meid uit die film, maar die had donker haar, niet van die grijze plukken, net heksenschaamhaar.'

'Samara uit *The Ring*?' opperde Paul.

'Ja, maar dan met de stem van een boosaardig kind.' Gordon keek Sara aan. 'Heb je die film gezien?'

Sara liet zich niet afleiden. 'Dus voordat jullie incheckten, hadden jullie Mercy nog nooit ontmoet?'

'Ik kan in alle eerlijkheid zeggen dat ik die arme vrouw vandaag voor het eerst heb gezien,' antwoordde Gordon.

'Je bedoelt gisteren,' zei Paul. 'Het is al de volgende ochtend.'

Sara hield de druk erop. 'Waarom heb je gelogen over je naam?'

'Dat was gewoon voor de grap,' zei Gordon. 'Net als jij en Will, toch? Jullie hebben ook gelogen.'

Daar kon Sara niets tegen inbrengen. Het was een van de vele redenen waarom ze een hekel aan liegen had.

'Kom, laten we proosten.' Paul hief zijn glas. 'Op alle leugenaars op de bergtop. Dat hen niet allemaal hetzelfde lot treft.'

Sara wist dat het zinloos was om te vragen of Mercy ook deel uitmaakte van hun leugenaarsclub. Ze zag Paul slikken toen hij zijn volle glas achteroversloeg. Voor de goede orde zette hij het met een klap op tafel. Het geluid weergalmde in de stille kamer. Niemand zei iets. Buiten hoorde Sara iets druppen. De regen was voorlopig weggetrokken. Ze hoopte dat Will zijn verband droog had kunnen houden. Ze hoopte dat hij niet ergens op zijn rug lag met een mes in zijn borst.

Net toen ze wilde vertrekken verbrak Gordon met een luide gaap de spanning.

'Ik ga maar naar bed voor ik in een pompoen verander,' zei hij.

Sara kwam overeind. 'Bedankt voor het drankje.'

Een vriendelijk afscheid zat er niet in, alleen een nadrukkelijke stilte toen Sara het huisje verliet. Ze keek op naar de lucht. De volle maan was naar de bergketen gezakt. Er waren nog maar een paar wolken overgebleven. Sara liet de paraplu op de veranda staan en liep de trap af. Op zoek naar Will liet ze haar blik over het terrein gaan. De schijnwerpers brandden nog even fel, maar hun bereik was beperkt.

Op het parkeerterrein zag ze iets bewegen. Deze keer was het geen valse Bigfoot-waarneming. Ze herkende Will aan zijn gestalte. Hij stond met zijn rug naar haar toe. Zijn beide handen hingen langs zijn zij. Zijn verband zou inmiddels wel drijfnat zijn. Van Dave was geen spoor te bekennen, en hoewel ze niet opgelucht hoorde te zijn, was ze dat wel. Ze vermoedde dat Will bij de houtstapel had gekeken waarover Delilah het had gehad. Op dat moment brak een stel koplampen door het donker.

Sara hield haar hand voor haar ogen tegen het licht. Het was geen personenauto, maar een donkere bestelbus. Dat moest de lijkschouwer zijn. Ze hoopte dat de man blij zou zijn met de aanwezigheid van een patholoog-anatoom in dienst van de staat, maar gezien de onverwachte reacties waarvan ze die nacht getuige was geweest, hield ze overal rekening mee. In elk geval hoopte ze dat de lijkschouwer zich bewust was van de beperkingen van zijn vak.

De rol van patholoog-anatoom werd vaak verward met die van een districtslijkschouwer. Alleen voor de eerste functie moest je arts zijn. Voor de tweede was dat niet nodig, en meestal was dat ook niet het geval. Wat jammer was, want districtslijkschouwers waren de poortwachters van de dood. Ze hadden de leiding over het verzamelen van bewijs en beslisten of een sterfgeval verdacht genoeg was om de staatspatholoog-anatoom te verzoeken om autopsie te plegen.

De staat Georgia was de eerste staat die in 1777 de functie van lijkschouwer opnam in de grondwet. Het was een gekozen positie, en er waren maar een paar vereisten om ervoor in aanmerking te komen: kandidaten moesten minstens vijfentwintig zijn, als stemgerechtigde geregistreerd staan in het district waarin ze zich verkiesbaar stelden, een blanco strafblad hebben en in het bezit zijn van een middelbareschooldiploma.

Van alle honderdvierenvijftig districten in de staat had er maar één een arts als lijkschouwer. De rest bestond uit begrafenisondernemers, boeren, gepensioneerden, dominees, en in één geval een monteur van motorboten. De functie leverde je twaalfhonderd dollar per jaar op, en daarvoor moest je dag en nacht beschikbaar zijn. Soms was het resultaat ernaar. Dan werd een zelfmoord als moord aangemerkt en een geval van huiselijk geweld als een valpartij geregistreerd.

Sara's wandelschoenen zakten in de modder toen ze naar het parkeerterrein liep. Het linkerportier van de bus ging open. Tot haar verbazing zag ze een vrouw uitstappen. Haar verbazing groeide toen ze zag dat de vrouw een overall droeg en een truckerpet ophad. Vanwege de bus had ze een begrafenisondernemer verwacht. Het licht van de schijnwerpers viel op het logo op het achterpaneel. Moushey Heating and Air. Sara's maag spande zich tot een strakke bal.

'Ja,' zei de vrouw tegen Will. 'Biscuits zei al dat jullie je de zaak probeerden in te wurmen.'

Sara beet op haar lip om maar niets te zeggen.

'Geen zorgen,' zei de vrouw toen ze haar blik zag. 'Allemaal steekwonden, hè? Dat moet dan wel moord zijn, zou ik zeggen. Uiteindelijk komt het lijk bij de staat terecht. Maar laat ik maar met jou hier beginnen. Ik ben Nadine Moushey, lijkschouwer van Dillon County. En jij bent dokter Linton?'

'Sara.' De vrouw had een akelig sterke greep. 'Wat hebben ze je verteld?'

'Mercy is doodgestoken, waarschijnlijk door Dave. Ik hoorde dat het nog wel jullie huwelijksreis is.'

Wills verbazing was tastbaar. Hij wist nog steeds niet hoe het er in een klein stadje aan toeging. Waarschijnlijk was iedereen binnen een straal van tachtig kilometer inmiddels al van de moord op de hoogte.

'Dat is vet klote,' zei Nadine. 'Hoewel... Als ik terugkijk op mijn eigen huwelijksreis, zou het zo gek nog niet zijn geweest als iemand die hufter had omgebracht.'

'Blijkbaar ken je het slachtoffer en de hoofdverdachte,' zei Will.

'Mijn broertje heeft met Mercy op school gezeten. En ik ken Dave van de Tastee Freeze, waar we vroeger rondhingen. Het is altijd al een gewelddadige klootzak geweest. Mercy had zo haar problemen, maar het was geen verkeerde meid. Niet vals zoals de rest. En dat zal haar wel hebben opgebroken. Je wilt alleen in de slangenkuil terechtkomen als jouw tanden het giftigst zijn.'

'Is er behalve Dave nog iemand die Mercy graag dood zou zien?' vroeg Will.

'Daar heb ik de hele rit aan zitten denken,' antwoordde Nadine. 'Sinds dat ongeluk van Pa anderhalf jaar geleden ben ik Mercy niet meer tegengekomen, en toen heb ik haar maar één keer gezien, in het ziekenhuis. Het stadje is geen fijne plek voor haar. Ze blijft meestal op de berg. Het is hier heel afgelegen. Er valt niet veel over je te roddelen als je niet af en toe voor de gezelligheid naar de stad gaat.'

'Hoe zit het met dat litteken in haar gezicht?' vroeg Sara.

'Een auto-ongeluk. Ze zat dronken achter het stuur en raakte van de weg. Ze ging dwars door de voorruit, waarbij zowat één kant van haar gezicht werd weggesneden. Dat is een heel lang en treurig verhaal, maar hoe het precies zit moet je maar aan Biscuits vragen. Zijn pa, sheriff Hartshorne, heeft die zaak afgehandeld, maar Biscuits heeft er ook aan meegewerkt. Die twee families zijn altijd heel hecht geweest.'

Dat verbaasde Sara niet. Het verklaarde voor een deel waarom Biscuits geen enkele haast had.

'De sheriff zei dat Daves rijbewijs is ingetrokken wegens rijden onder invloed,' zei Will. 'Hij zei ook dat Dave zich door een vrouw van en naar de Lodge laat rijden zodat hij daar kan werken.'

Nadine lachte bulderend. 'Die vrouw moet dan Bitty zijn. Dave heeft zo ongeveer iedere vrouw hier en in de aangrenzende twee districten afgewerkt. Echt niemand komt voor hem haar bed uit. Of duikt erin, als je het mij vraagt. Ikzelf heb al twee jongens grootgebracht en zit niet op een derde te wachten. Wat is er met je hand gebeurd, als ik vragen mag?'

Will keek naar zijn verbonden hand. 'Heb je nog niet over het moordwapen gehoord?'

'Will probeerde haar te reanimeren,' legde Sara uit. 'Hij had niet door dat het lemmet van het mes was afgebroken en nog in Mercy's borst zat.'

'Dat handvat vinden zou bovenaan de lijst moeten staan,' zei Will. 'Toen ik in de huisjes naar Dave zocht, heb ik niks rond zien slingeren, maar het loont om alles wat grondiger te doorzoeken.'

'Kolere, dat klinkt niet fijn. Kom, dan praten we onder het lopen verder.' Nadine dook in haar busje en haalde er een zaklantaarn en een gereedschapskist uit. 'Over een uur of drie wordt het pas licht. Halverwege de ochtend is er meer regen voorspeld, maar ik ga haar niet voor zonsopkomst verplaatsen. Laten we eerst maar eens zien hoe de zaak erbij ligt.'

Nadine ging voorop met de zaklantaarn. Ze hield de lichtbundel op de grond gericht zodat er telkens een paar meter beschenen werd. Pas toen ze onderaan de Loop Trail waren aangekomen, begon Will de lijkschouwer bij te praten over de gebeurtenissen van die avond. De ruzie tijdens het eten. De kreten midden in de nacht. Mercy die zich bij de oever van het meer aan de laatste seconden van haar leven had vastgeklampt.

Toen Sara het verhaal hardop hoorde, werd ze weer teruggevoerd naar dat moment. In gedachten voegde ze er haar eigen gezichtspunt aan toe. Hoe ze door het bos had gerend. Wanhopig naar Will had gezocht, die ze knielend bij Mercy had aangetroffen. Zijn gekwelde gezicht. Hoe hij overmand door verdriet Sara niet eens had gezien, en ook het lemmet niet dat uit zijn rechterhand had gestoken.

De herinnering bracht de tranen bijna weer boven. Toen ze samen op de veranda van de McAlpines hadden gestaan, was ze ongelooflijk opgelucht geweest om zijn armen om haar heen te voelen, maar nu besefte ze dat Will ook behoefte aan troost had gehad.

Sara reikte naar zijn linkerhand toen ze een slingerend pad insloegen. Ze had de Lost Widow Trail op de plattegrond zien staan, maar de rationele kant van haar brein had haar in de steek gelaten toen ze het bos in was gestormd, blootsvoets en panisch bij het horen van Wills hulpkreten.

Het terrein begon steil af te lopen. Spiraalsgewijs daalden ze af over het slingerende pad. Het was minder goed onderhouden dan de Loop. Nadine vloekte binnensmonds toen een laaghangende tak haar pet naar achteren sloeg. Ze richtte de zaklantaarn wat hoger om een tweede keer te voorkomen. Ze zigzagden achter elkaar het ravijn onder de eetzaal in. De lampjes rond de reling waren uit. Sara vermoedde dat de gasten kort na het diner het gebouw hadden verlaten. Ze probeerde de gedachte te verdringen aan hoe ze met Will op het panoramaterras had gestaan. Het voelde als een heel leven geleden.

Toen het pad zich verbreedde, hield Will zijn pas in. Ook Sara bleef iets achter. Ze wist dat hij wilde weten hoe het bij de appjongens was gegaan. Als het al appjongens waren. Beide mannen hadden zich als volleerde leugenaars laten kennen.

Maar dat gold ook voor Sara en Will.

Op gedempte toon zei ze: 'Paul zag Mercy rond halfelf naar de veranda van Frank en Monica lopen.'

'Had hij dat niet eerder kunnen zeggen?'

'Er zijn wel meer dingen die hij niet heeft gezegd,' zei Sara. 'Ik heb niks over de tattoo uit hem los kunnen krijgen en weet nog steeds niet waarom hij een valse naam opgaf, of ze Mercy ergens van kenden of waar die ruzie op het pad over ging. Ik denk niet dat het alleen de drank was. Op mij kwamen ze ontzettend blasé over.'

'Past goed bij het thema van de avond.' Will sloeg zijn hand om haar elleboog toen ze een wel erg steil stuk af liepen. 'Ik heb niks in de houtstapel gevonden. Geen spoor van Dave in de huisjes. Geen afgebroken handvat. Geen bebloede kleren. We zijn alweer drie uur verder. Waarschijnlijk zit Dave al in een andere staat.'

'Heb je Amanda gesproken?'

'Die nam niet op.'

Sara keek hem aan. Amanda nam altijd op wanneer Will belde. 'En Faith?'

'Die zat achter een kettingbotsing op de snelweg. Het gaat nog minstens een uur duren voor de weg weer is vrijgegeven.'

Sara beet zo hard op haar lip dat ze bloed proefde. Nu zou ze Will al helemaal niet kunnen overhalen om op Faith te wachten. Zodra ze Mercy's lichaam aan Nadine hadden overgedragen, zou hij proberen een auto te vinden en de berg af rijden om Dave te zoeken.

'Nadine!' riep Sara. Ze kon Will niet op andere gedachten brengen, maar ze kon wel haar werk doen. 'Hoelang ben je hier al lijkschouwer?'

'Drie jaar,' antwoordde Nadine. 'Vroeger deed mijn pa het, maar die kreeg last van oudemannenkwalen. Congestief hartfalen, nierfalen, COPD.'

Sara was maar al te bekend met het trio aanverwante ziektes. 'Wat naar.'

'Valt wel mee. De prijs die hij voor alle lol in zijn leven heeft moeten betalen.' Nadine bleef staan en keek hen aan. 'In Atlanta is je leven best wel anoniem, maar besef dat hier iedereen alles van elkaar weet.'

Zowel Will als Sara verzweeg dat minstens een van hen maar al te goed wist hoe het er in een klein stadje aan toeging.

'Weet je, het is hier retesaai, en als je jong bent, doe je weleens wat.' Nadine leunde met haar hand tegen een boom. Ze had hier tijdens de afdaling duidelijk over nagedacht. 'Wat Mercy betreft, die was wilder dan wij allemaal bij elkaar. Zoop als een slootgraver. Slikte pillen. Spoot erop los. Pikte uit de winkel. Sloeg autoruiten in. Verpakte huizen in wc-papier. Gooide eieren naar de school. Je kunt geen delict bedenken of zij had er wat mee te maken.'

Sara probeerde de gekwelde vrouw met wie ze op het keukentoilet had gesproken te rijmen met het woeste beeld dat Nadine schetste. Het was niet moeilijk om een verband te zien.

'Je weet toch dat ouders altijd zeggen dat er niks mis is met hun kind, dat het gewoon met de verkeerde types omgaat? Dat was Mercy. Zij was het verkeerde type voor iedere jongere in de stad.' Nadine haalde haar schouders op. 'Misschien klopte dat toen, maar tegenwoordig is het anders. Weet je wat het is met stadjes? Je wordt min of meer in een lijmpot geboren. De reputatie die je als jongere krijgt, raak je de rest van je leven niet meer kwijt. Dus ook al nam Mercy zichzelf onder handen, werd ze een goede moeder voor Jon en knapte ze dit bedrijf op toen haar pa van een rots tuimelde, ze zat nog steeds vast in die lijm. Volg je het nog?'

Sara knikte. Ze begreep het maar al te goed. Haar eigen zusje, Tessa, had er op de middelbare school een bloeiend seksleven op na gehouden dat haar nog steeds scheve blikken opleverde, ook nadat ze was getrouwd, een beeldschoon dochtertje had gebaard en als zendeling in het buitenland had gewerkt.

'Goed, dat wat betreft de vraag die jullie wilden stellen over waarom mensen er niet echt kapot van zijn dat ze vermoord is,' rondde Nadine haar verhaal af. 'Ze vinden dat Mercy het verdiend heeft.'

'Dat is precies wat ik van de sheriff heb begrepen,' zei Will.

'Tja, je zou toch zeggen dat een man die al bijna twintig jaar van zijn ellendige leven Biscuits wordt genoemd, moet begrijpen dat mensen kunnen veranderen.' Zo te horen was Nadine geen fan van de sheriff. 'Dave gaf hem die bijnaam toen ze nog op school zaten. Die arme sukkel was toen een echte vetzak. Dave zei dat zijn buik als een blik biscuits over zijn broek hing.'

Nadine vervolgde haar weg over het pad. Sara zag het licht van haar zaklantaarn over de bomen dansen. Zwijgend liepen ze door tot ze na vijf minuten bij een terrasvormig terrein kwamen. Nadine ging als eerste, draaide zich toen om en scheen bij.

'Voorzichtig, het is hier lastig lopen,' zei ze.

Sara voelde Wills hand op haar onderrug toen ze voorzichtig afdaalde. De wind was gedraaid en voerde een rokerige geur van het uitgebrande huisje mee. Ze voelde nevel op haar huid. Door de regen was de temperatuur gedaald. De koelere lucht trok condens van het meeroppervlak.

'Ik heb gehoord dat Dave de oude huisjes aan het opknappen was,' zei Nadine. 'Zo te zien weer even piekfijn als altijd.'

Sara zag het licht van Nadines zaklamp over de zaagbokken en het rondslingerende gereedschap strijken, over de lege bierblikjes, opgerookte joints en sigarettenpeuken. Nu ze het een en ander wist over Dave McAlpine, verbaasde het haar niet dat hij zijn werkplek in een vuilnisbelt had veranderd. Dat soort mannen kon alleen maar nemen en stond nooit stil bij wat ze voor anderen achterlieten.

'Hallo?' klonk het gespannen. 'Wie is daar?'

'Delilah,' zei Will. 'Ik ben het, agent Trent. 'Ik ben hier met de lijkschouwer en –'

'Nadine.' Delilah zat op het trapje dat naar het tweede huisje voerde.

Toen ze dichterbij kwamen, stond ze op en sloeg het zand van de achterkant van haar pyjamabroek. 'Je hebt het van de ouwe overgenomen.'

'Ik ben toch al dag en nacht kapotte compressors aan het repareren,' zei Nadine. 'Wat vreselijk wat er met Mercy is gebeurd.'

'Ja hè?' Delilah depte haar neus met een tissue. 'Heb je Dave gevonden?' vroeg ze aan Will.

'Ik heb de lege huisjes doorzocht. Daar is hij niet.' Will keek om zich heen. 'Heb je Jon gezien? Die is ervandoor.'

'O god,' verzuchtte Delilah. 'Kan het nog erger? Waarom is hij ervandoor? Heeft hij een briefje achtergelaten?'

'Ja,' zei Sara. 'Hij schreef dat hij tijd nodig had en dat we hem niet moesten zoeken.'

Delilah schudde haar hoofd. 'Ik heb geen idee waar hij kan uithangen. Woont Dave nog altijd in datzelfde trailerpark?'

'Yep,' antwoordde Nadine. 'Mijn oma woont tegenover hem. Ik heb gezegd dat ze naar Dave moest uitkijken. Die zit nu vast en zeker op haar stoel bij het raam. Die houdt die plek in de gaten alsof ze naar een van haar tv-programma's kijkt. Ook als ze Jon ziet, belt ze me.'

'Bedankt.' Delilahs vingers speelden met de kraag van haar pyjamajasje. 'Ik hoopte eigenlijk dat Dave zich hier zou vertonen. Ik zou hem met alle liefde verzuipen.'

'Daar zou niet veel aan verloren zijn, maar waarschijnlijk krijg je de kans niet,' zei Nadine. 'Als zo'n driftkikker zijn vrouw vermoordt, maakt hij zichzelf meestal ook van kant. Of niet, dokter?'

Sara kon niet zeggen dat ze het helemaal bij het verkeerde eind had. 'Soms.'

Will leek niet gelukkig met de mogelijkheid dat Dave zich van het leven had beroofd. Hij wilde hem in de boeien slaan en wegslepen, dat was duidelijk. Misschien had hij gelijk. Iedereen vond het een uitgemaakte zaak dat Dave Mercy had vermoord.

'Tja,' zei Nadine. 'Misschien niet zo'n goed idee om in het bijzijn van een smeris rond te tetteren dat je iemand wilt vermoorden die even later dood blijkt te zijn. Zullen we eens beginnen?'

Will nam haar mee naar de oever. Sara bleef bij Delilah, want ze hadden geen behoefte aan nog meer voetafdrukken op de toch al verstoorde plaats delict. Ze probeerde zich te herinneren hoe het terrein erbij had gelegen toen ze hier de eerste keer was. De maan was gedeeltelijk achter wolken schuilgegaan, maar had nog wel een sprankje licht gegeven.

Onderaan de trap had een grote plas bloed gelegen. Ook had zich bloed in de sleepsporen verzameld die in een rechte lijn naar de oever liepen. Bloed had het water rood gekleurd terwijl Mercy's leven uit haar was weggevloeid. Haar slip en jeans waren naar beneden getrokken. Waarschijnlijk was ze verkracht voor ze werd neergestoken. Ze had ontelbaar veel wonden.

Sara bereidde zich mentaal voor op de autopsie. Dave had eerder die dag Mercy's keel dichtgeknepen. Tijdens het diner had ze haar duim opengehaald aan een glasscherf. Sara vermoedde dat ze talloze recente en oude verwondingen zou aantreffen. Mercy had tegen haar gezegd dat ze met haar vader was getrouwd, dus Sara ging ervan uit dat Dave niet de eerste man was die haar had mishandeld.

Ze draaide zich om en keek naar de dichte deur van het huisje. Het lichaam was al aan het ontbinden. Ze rook de vertrouwde lucht van bacteriën die weefsel afbraken. De deur was nog steeds gebarricadeerd met de paal die Will van een stapel timmerhout op de werkplek had gepakt. Ze hadden Mercy's lichaam midden in de kamer neergelegd. Ze hadden alleen Wills bebloede overhemd gehad om haar mee te bedekken. Sara had de neiging bedwongen om haar wat toonbaarder te maken. Haar warrige, natte haren glad te strijken. Haar oogleden te sluiten. Haar kleren recht te trekken. Haar gescheurde slip en jeans omhoog te hijsen. Mercy McAlpine was een gecompliceerde, getroebleerde maar levenslustige vrouw geweest. Ze verdiende respect, al was het in de dood. Maar elke vierkante centimeter van haar lichaam getuigde van wat haar moordenaar haar had aangedaan.

'Ik had beter mijn best moeten doen om deel van haar leven te blijven,' zei Delilah.

Sara keerde zich naar haar toe.

Delilah klemde de tissue in haar hand en liet haar tranen de vrije loop. 'Nadat ik de voogdij over Jon was kwijtgeraakt, maakte ik mezelf wijs dat ik was weggegaan omdat hij stabiliteit nodig had. Ik wilde niet dat hij zich verscheurd voelde tussen Mercy en mij.' Ze keek uit over het meer. 'In werkelijkheid was het mijn trots. De strijd om de voogdij werd iets zeer persoonlijks. Het ging niet meer om Jon, maar om winnen. Mijn ego kon het verlies niet accepteren, kon niet verkroppen dat ik van Mercy had verloren. Ik zag haar als een waardeloze junkie. Had ik haar maar de tijd gegeven om te bewijzen dat ze meer was dan dat, dan had ik een veilige haven kunnen zijn. Die had Mercy nodig. Die heeft ze altijd nodig gehad.'

‘Wat erg dat het zo is gelopen.’ Sara koos haar woorden met zorg om de wond niet nog verder open te rijten. ‘Het is niet niks om de zorg voor het kind van een ander op je te nemen. Je moet heel hecht met Mercy zijn geweest toen Jon werd geboren.’

‘Ik was de eerste die hem in de armen hield,’ zei ze. ‘De dag nadat hij was geboren, werd Mercy afgevoerd naar de gevangenis. De verpleegkundige legde hem in mijn armen en ik… ik had geen idee wat ik doen moest.’

Sara hoorde niets bitters in haar droge lach.

‘Op weg naar huis ging ik bij de Walmart langs. Ik had een baby op mijn ene arm en een winkelwagen aan de andere. Godzijdank zag een vrouw hoe vertwijfeld ik keek, en die hielp me uitzoeken wat ik nodig had. Ik heb die hele eerste nacht op internetforums zitten lezen hoe je een baby moest verzorgen. Een kind opvoeden zat nooit in mijn planning. Dat wilde ik niet. Jon was… Hij is een geschenk. Ik heb van niemand zoveel gehouden als van die jongen. Nog steeds trouwens. Ik heb hem al dertien jaar niet gezien, maar ik heb een enorm gat in mijn hart waar hij hoort te zitten.’

Sara zag hoe zwaar het verlies op Delilah drukte, maar ze had nog steeds vragen. ‘Wilden Jons grootouders hem niet hebben?’

Delilah lachte schril. ‘Bitty zei dat ik hem maar bij de brandweerkazerne moest dumpen. Wat nogal een uitspraak is, aangezien Dave door zijn eigen moeder bij een brandweerkazerne was achtergelaten.’

Sara had gezien hoe kil Bitty zich tegenover haar eigen dochter opstelde, maar het was ronduit gewetenloos om zoiets over een baby te zeggen.

‘Vreemd, vind je niet?’ zei Delilah. ‘Je hoort iedereen altijd over het heilige moederschap, maar Bitty heeft altijd een hekel aan baby’s gehad. Vooral aan die van haarzelf. Ze liet Mercy en Christopher urenlang in hun eigen vuil zitten. Ik probeerde me erin te mengen, maar Cecil liet er geen misverstand over bestaan dat ik me er niet mee mocht bemoeien.’

Sara had niet gedacht dat haar afkeer van Mercy’s familie nog groter kon worden. ‘Woonde je hier toen Christopher en Mercy klein waren?’

‘Tot Cecil me wegjoeg,’ zei Delilah. ‘Een van de vele dingen waarvan ik spijt heb is dat ik Mercy niet heb meegenomen toen ik de kans kreeg. Bitty zou haar met alle plezier hebben weggegeven. Ze is zo’n type dat beweert dat ze beter met mannen kan opschieten omdat ze niet van andere vrouwen houdt, maar in werkelijkheid kunnen andere vrouwen háár niet uitstaan.’

Sara kende dat soort types maar al te goed. ‘Je lijkt overtuigd van Daves schuld.’

‘Wat zei Drew ook alweer? Denk je dat ik nooit naar *Dateline* heb gekeken? Het is altijd de echtgenoot. Of de ex. Of het vriendje. En wat Dave betreft: het enige wat me verbaast is dat hij er zo lang over gedaan heeft om dit punt te bereiken. Hij is altijd al een kwaad, gewelddadig etterbakje geweest. Hij gaf Mercy de schuld van alle narigheid in zijn leven, terwijl ze het enige goede was dat hij had.' Ze vouwde de tissue dubbel en snoot weer haar neus. 'Trouwens, wie kan het anders zijn?'

Sara had geen idee, maar ze moest het wel vragen: 'Zijn er onder de gasten mensen die je bekend voorkomen?'

'Nee, maar ik ben hier dan ook al heel lang niet meer geweest,' zei Delilah. 'Als je het mij vraagt, waren die cateraars aardige lui, maar ze hadden wel wat relaxter kunnen zijn. Met die twee appkerels heb ik niet echt gepraat. Die zijn niet mijn soort gay. De investeerders, tja, ik moet niks van dat soort hebben. Monica en Frank waren daarentegen heel aardig. We hebben het over reizen en muziek en wijn gehad.'

Sara moest verbaasd hebben opgekeken, want Delilah lachte.

'Je moet Monica maar vergeven dat ze zo zwaar aan de drank is. Ze hebben vorig jaar een kind verloren.'

Sara voelde een steek van wroeging om haar negatieve gedachten. 'Wat vreselijk.'

'Ja, het is hartverscheurend om een kind te verliezen,' zei Delilah. 'Het was anders toen ik Jon kwijtraakte, maar als iets wat zo dierbaar is van je wordt afgenomen...'

Sara hoorde haar stem wegsterven. Ze zag Will met Nadine naar het afgebrande huisje lopen. Ze waren diep in gesprek. Tot Sara's opluchting nam de lijkschouwer het onderzoek zo te zien wel serieus.

Delilah vervolgde haar verhaal: 'Als een stel een kind verliest, raken ze elkaar kwijt of het brengt hen dichter bij elkaar. Ik maakte een relatie van zesentwintig jaar kapot toen Jon van me werd afgepakt. Ze was de liefde van mijn leven. Het was mijn eigen stomme schuld. Ik zou echt elke kans grijpen om alles terug te draaien en dingen anders te doen.'

'Sara?' Will wenkte haar. 'Kom eens kijken.'

Sara wist niet hoe ze moest voorkomen dat Delilah haar volgde, maar ze bewaarde tenminste afstand. Nadine scheen met haar zaklamp op de verkoolde resten van het derde huisje. Eén muur stond nog overeind, maar het dak was zo goed als verdwenen. Rook steeg op van de brokken verbrand hout die door de restanten van de vloer waren gevallen. Ondanks de recente stortbui voelde Sara nog steeds hitte van het puin afkomen.

Will wees naar een hoop troep in een hoek achterin. 'Zie je dat?'

Sara zag het.

Er waren allerlei rugzakken in de handel, van het soort dat elk kind meedroeg naar school tot de spullen die voor echte trekkers ontworpen waren. De tweede categorie had vaak kenmerken die nuttig waren voor gebruik in de openlucht. Sommige waren extra lichtgewicht en bestemd voor dagtochten of klimpartijen. Andere hadden een binnenframe dat ze geschikt maakte voor zwaardere lasten. En weer andere hadden een extern metalen frame dat verlengd kon worden als er grote spullen meegedragen moesten worden, zoals een tent en een slaapzak.

Ze waren allemaal gemaakt van nylon, materiaal dat werd ingedeeld naar denier, een eenheid die de dichtheid aangaf, gebaseerd op lengte en gewicht van de vezel. Het leek nog het meest op de draadtelling bij lakens. Hoe hoger de denier, hoe duurzamer het materiaal. Daarbij kwamen dan nog de verschillende lagen die het weerbestendig, waterdicht en soms, met een mix van siliconen en glasvezel, vuurbestendig moesten maken.

Dat laatste was blijkbaar het geval met de rugzak in de hoek van het uitgebrande huisje.

10

Met de camera van zijn telefoon legde Will de positie en het model van de rugzak vast. Die zag er functioneel en duur uit, van het soort dat je een echte wandelaar zag dragen. Hij had drie ritsen, allemaal dicht: een voor het hoofdgedeelte, een voor een kleiner vak aan de voorkant en eentje voor een zakje aan de onderkant. Het materiaal was tot het uiterste opgerekt. Hij zag twee scherpe punten die tegen het nylon drukten en op een doos of een dik boek wezen. De regen had het roet van de brand gedeeltelijk weggespoeld. Het nylon was lavendelkleurig, bijna identiek aan de kleur van Mercy's Nikes.

Delilah kwam dichterbij. 'Ik heb diezelfde rugzak eerder vandaag in het huis gezien.'

'Waar precies?' vroeg Will.

'Boven,' antwoordde ze. 'De deur van Mercy's slaapkamer stond open. Ik zag hem tegen de ladekast staan. Maar toen leek hij nog niet zo vol. Alle ritsen stonden open.'

Will keek Sara aan. Ze wisten wat er gedaan hoorde te worden. De rugzak was een waardevol bewijsstuk, maar hij bevond zich tussen ander waardevol bewijs. De forensische brandonderzoeker zou foto's willen maken, het puin willen uitkammen, monsters verzamelen, testjes uitvoeren, naar een brandversneller zoeken, want er was duidelijk een middel gebruikt om het huisje vlam te laten vatten. Will was binnen geweest toen het in lichterlaaie stond. Vuur kon zich niet uit zichzelf zo snel verspreiden.

Nadine stak Will haar zaklamp toe. 'Wil je deze even vasthouden?'

Hij richtte naar beneden terwijl zij de zware gereedschapskist opende die ze naar de plaats delict had meegesjouwd. Ze pakte een paar handschoenen. Uit de achterzak van haar overall haalde ze een punttang.

Hij volgde haar met de lichtbundel van de lamp. Gelukkig banjerde ze niet dwars door de smeulende restanten van de brand, maar liep met een bocht naar de achterkant. Ze reikte naar de lavendelkleurige rugzak. Uiterst precies pakte ze met de punttang de metalen sluiter vast en trok er zachtjes aan. De rugzak ging ongeveer vijf centimeter open voordat de tanden bleven steken.

Will hield de lamp schuin zodat ze er beter in kon kijken.

'Zo te zien zit er een aantekenboek in, verder wat kleren, damestoiletartikelen,' zei Nadine. 'Ze wilde ergens naartoe.'

'Wat is het voor aantekenboek?' vroeg Sara.

'Zo een voor opstellen die leerlingen op school gebruiken.' Ze draaide haar hoofd om het vanuit een andere hoek te bekijken. 'Het omslag lijkt van plastic. Gesmolten door de hitte. De bodem zit vol water. De regen moet via de rits zijn binnengedrongen. De bladzijden zijn doorweekt en samengeplakt.'

'Kun je er iets van lezen?' vroeg Will.

'Nee. En dat ga ik niet proberen ook. Iemand die een stuk slimmer is dan ik moet dat ding pakken zonder de pagina's te vernielen.'

Will had dat soort bewijs eerder bij de hand gehad. Het zou het lab dagen kosten om het aantekenboek te verwerken. Wat het er niet beter op maakte, was dat er in het licht van de zaklamp naast de rugzak een verbrand frame van plastic en metaal te zien was.

Nadine zag het ook. 'Lijkt wel een ouder model iPhone. Niks meer van over. Schijn er eens onder.'

Will richtte op de plek die ze aanwees. Hij zag de restanten van een verbrand metalen benzineblik. Waarschijnlijk had Dave dat gebruikt om de generator bij te vullen en later, nadat hij zijn vrouw had vermoord, om de plaats delict in de hens te steken.

'Heeft Mercy iets gezegd over weggaan?' vroeg Sara aan Delilah.

'Bitty had haar tot zondag gegeven om van de berg te verdwijnen. Ik heb geen idee waar ze naartoe had kunnen gaan, zeker niet midden in de nacht. Mercy is een ervaren wandelaar. In deze tijd van het jaar zijn jonge zwarte mannetjesberen op zoek naar een eigen territorium. Die wil je niet per ongeluk tegenkomen.'

'Niet verkeerd bedoeld, Dee,' zei Nadine, 'maar logisch nadenken was niet Mercy's sterkste kant. De helft van de keren dat ze in de problemen belandde, kwam doordat ze over de rooie ging en iets stoms deed.'

'Mercy was niet boos na die ruzie met Jon,' bracht Sara ertegen in. 'Ze was bezorgd. Volgens Paul deed ze om tien uur haar ronde en pikte rond halfelf Monica's bestelling van haar veranda op. Hij zei niet dat ze zich vreemd gedroeg. En buiten dat geloof ik ook niet dat ze de nacht in zou lopen zonder dat ze het had uitgepraat met Jon.'

'Nee,' zei Delilah. 'Dat geloof ik ook niet. Maar waarom ging ze hiernaartoe? Er is hier geen sanitair of elektriciteit. Dan kon ze net zo goed thuisblijven. Je weet niet half hoe goed die lui erin zijn om woest en zwijgend naar elkaar te gluren.'

Ze keken allemaal naar de rugzak, alsof die een verklaring kon bieden.

Nadine kwam met de zinnigste opmerking: 'Dit is een hotel, mensen. Als Mercy haar familie zat was, zou ze in een van de gastenhuisjes hebben geslapen.'

'Sommige bedden waren onopgemaakt toen ik de lege huisjes doorzocht,' zei Will. 'Ik dacht dat ze nog niet waren schoongemaakt na de vorige gasten.'

'Penny maakt hier schoon. Ze is ook de barkeeper. Je zou het haar eens kunnen vragen.' Nadine keek Will aan. 'Heb je in de huisjes naar Dave gezocht?'

'Ik had je kunnen vertellen dat het zonde van je tijd was,' zei Delilah. 'Dave zou veel te bang zijn geweest om in een huisje te gaan zitten. Mijn broer zou hem helemaal gesloopt hebben.'

Will wees er maar niet op dat haar broer niet zonder hulp het huis uit kon. 'Als Dave hier zo snel mogelijk ongezien weg wilde komen, zou hij vast niet teruggaan naar het hoofdterrein. Hij zou het riviertje kunnen volgen en uiteindelijk op de McAlpine Trail uitkomen, toch?'

'Theoretisch wel, ja,' zei Delilah. 'Lost Widow Creek is te diep om bij het meer over te steken. Je moet voorbij de grote waterval, en dan is het nog steeds zwaar werk. Als je tweehonderd meter verderop gaat, kun je de stenen voetbrug bij de miniwaterval oversteken. Niet echt de Niagara-watervallen, eerder een wild stuk water. Vandaar ga je rechtdoor het bos in tot je bij de McAlpine Trail komt. In een uur of drie, vier ben je dan onderaan de berg. Tenzij je een beer tegenkomt.'

'Ik weet het niet,' zei Nadine. 'De pick-up van de familie staat bij het huis. Dave is niet het type om dan te gaan lopen. Hij heeft weleens vaker een auto gestolen als het hem zo uitkwam.'

Will wist als geen ander wat voor jongen Dave was geweest, maar het was niet bij hem opgekomen om naar zijn strafblad als volwassene te vragen. 'Heeft hij weleens gezeten?'

'Vaker wel dan niet,' zei Nadine. 'Hij floept de cel in en uit voor rijden onder invloed, stelen en dat soort zaken, maar voor zover ik weet, heeft hij nog nooit tussen de grote jongens gezeten.'

Will had wel een vermoeden waarom Dave nooit tot een staatsgevangenis was veroordeeld, maar hij hield zich op de vlakte. 'De McAlpines zijn hecht met het gezin van de sheriff.'

'Bingo,' zei Nadine. 'Als je wilt weten waar je je zorgen om moet maken: Daves specialiteit is kroeggevechten. Hij bezuipt zich en begint dan mensen te treiteren, en wanneer het tot een uitbarsting komt, staat hij klaar met een stiletto.'

'Een stiletto?' Sara's stem ging van schrik de hoogte in. 'Heeft hij al eens eerder iemand neergestoken?'

'Ooit iemand in zijn been gestoken, en een paar keer heeft hij in een arm gesneden. Van één vent heeft hij de borstkas tot op het bot opengehaald,' zei Nadine. 'De mensen hier kijken niet op van een kroeggevecht. Dave heeft de nodige klappen geïncasseerd. En uitgedeeld. Ze kunnen het nog allemaal navertellen. Niemand heeft ooit een aanklacht ingediend. Dat heb je op zaterdagavond.'

'Ik dacht dat Dave het alleen op vrouwen had voorzien,' zei Delilah.

'Je ziet hem nog steeds als dat zwervertje op zoek naar een thuis,' zei Nadine. 'Dave is er niet braver op geworden. Al die demonen die hij uit Atlanta mee hiernaartoe heeft genomen, zijn ouder en valser geworden. Geen idee hoe hij zich hieronderuit wurmt, als dat een troost is. Moord is moord. Daar staat levenslang op. Eigenlijk zou het de doodstraf moeten zijn, maar hij weet als geen ander de arme, mishandelde wees te spelen.'

'Ik geloof het pas als hij achter de tralies zit,' zei Delilah. 'Hij is altijd al zo glad als een aal geweest. Vanaf het moment dat hij de berg op kwam glibberen. Cecil had hem moeten laten wegrotten op dat oude kampterrein.'

Hoewel Will wist dat alles waar was wat ze over Dave zeiden, raakte het hem toch toen hij hen hoorde zeggen dat een joch van dertien het beste aan zijn lot overgelaten had kunnen worden. Hij probeerde Sara's blik te vangen, maar ze was de rugzak aan het bestuderen.

'Mijn god, daar verschuilt hij zich!' riep Delilah uit. 'Camp Awinita.

Daar ging Dave altijd slapen als het er thuis te hard aan toeging. Ik weet zeker dat hij daar nu is.'

Will kon zichzelf wel voor de kop slaan omdat hij niet eerder aan het kampterrein had gedacht. 'Hoelang doe je erover om daar te komen?'

'Je lijkt me nogal sterk. Vijftig minuten, hooguit een uur. Je loopt langs de Shallows, dan met een bocht naar de overkant van het midden van het meer. Het kamp ligt op ongeveer vijfenveertig graden van het duikplatform.'

'Voor het eten zijn we daar in de buurt geweest,' zei Will. 'We zagen een stenenkring, als van een oud kampvuur.'

'Dat is de kralenkring van de Kampvuurmeisjes. Die ligt op zo'n vierhonderd meter van het kampterrein. Er glipten 's nachts te veel jongensscouts naartoe, dus werd-ie een eind verplaatst. Je moet die hoek van vijfenveertig graden vanaf het duikplatform aanhouden. Dan kom je bij een stel slaapbarakken die er al staan vanaf de jaren twintig van de vorige eeuw. Ik weet zeker dat ze er nog steeds staan. Dave zit vast in een ervan.' Delilah zette haar handen in haar zij. 'Als je even wacht tot ik me heb omgekleed, breng ik jullie ernaartoe.'

'Daar komt niks van in,' zei Will.

'Mee eens,' viel Nadine hem bij. 'We hebben al één doodgestoken vrouw.'

'Trouwens,' zei Delilah, 'nu ik erover nadenk: met een kano gaat het sneller.'

Het leek Will geen slecht idee om Dave vanaf het water te overrompelen. 'Er loopt toch een pad naar de materiaalschuur?'

'Je pakt de Old Bachelor Trail, net voorbij de zaagbokken. Dan links over de Loop Trail en bij de splitsing weer naar beneden, richting het meer. De schuur staat achter een groepje dennen.'

'Ik ga met je mee,' zei Sara.

Hij wilde haar al de mond snoeren toen hij bedacht dat hij maar één goede hand had. 'Dan moet je wel in de boot blijven.'

'Akkoord.'

Ze wilden vertrekken, maar opeens versperde Nadine hun de weg.

'Even wachten, grote vent. Ik heb jullie tweetjes met alle plezier mee op sleeptouw genomen, maar Biscuits liet er geen misverstand over bestaan dat hij het onderzoek niet uit handen geeft. Jullie mogen het lijk hebben, maar het GBI is niet gemachtigd om in Dillon County op een moordverdachte te jagen.'

'Je hebt gelijk,' zei Will. 'Zeg maar tegen de sheriff dat mijn vrouw en ik bereid zijn een verklaring af te leggen zodra hij er de tijd voor heeft. Dan gaan we nu terug naar ons huisje.'

Nadine wist maar al te goed dat hij een lulverhaal ophing, maar ze was zo verstandig hem niet langer de doorgang te versperren. Met een diepe zucht deed ze een stap opzij.

'Succes,' zei Delilah.

Will volgde Sara. Ze gebruikte de zaklamp ter aanvulling op het veranderlijke maanlicht. In plaats van dat ze Delilahs aanwijzingen naar het pad volgde, hield ze de oever aan, een route die rechtstreeks naar de materiaalschuur voerde. Ondertussen probeerde Will te bedenken hoe ze de kano moesten bedienen. Als hij de muis van zijn gewonde hand als draaipunt gebruikte, kon hij met zijn goede hand de peddel naar achteren trekken, wat betekende dat het meeste werk op zijn biceps en schouders neerkwam. Hij voelde aan zijn verbonden hand. Als hij de kloppende pijn negeerde, kon hij zijn vingers bewegen.

'Wil je weten wat ik ervan vind?' vroeg Sara.

Het was niet bij Will opgekomen dat ze er anders over zou denken dan hij. 'Wat is er mis?'

'Er is niks mis,' zei ze op een toon die aangaf dat er een heleboel mis was. 'Maar mocht het je interesseren, ik vind dat je op Faith moet wachten.'

Will had lang genoeg gewacht. 'Ik zei toch dat ze in een file staat. Als Dave op het kampterrein zit –'

'Je bent ongewapend. Je bent gewond. Je bent drijfnat van de regen. Je verband is smerig. Waarschijnlijk raakt de zaak al ontstoken. Je hebt duidelijk heel veel pijn. Je bent hiertoe niet gemachtigd en je hebt nog nooit van je leven een peddel in je handen gehad.'

Will haalde het makkelijkste argument meteen onderuit. 'Ik kom er wel achter hoe ik moet kanoën.'

Sara scheen met de lamp op zoek naar een route voorbij de rotsige oever. Hij zag de verbeten uitdrukking op haar gezicht. Ze was kwader dan hij had gedacht.

'Wat wil je nou van me, Sara?'

Hoofdschuddend plonsde ze door het ondiepe water. 'Niks.'

Tegen 'niks' kon Will niets inbrengen. Wel wist hij dat Sara altijd onverminderd en ongelooflijk logisch nadacht. Ze was nooit zonder reden boos. In gedachten nam hij het gesprek op de plaats delict nog eens door.

Sara had gezwegen toen Nadine had gezegd dat Dave een stiletto bij zich droeg. En dat hij die tegen anderen had gebruikt.

Hij keek naar haar stugge rug toen ze zich een weg baande over een rotsige helling. Ze bewoog zich schokkerig, alsof de spanning zich uit haar lichaam probeerde te beuken.

'Sara,' zei hij.

'Je hebt in een kano beide handen nodig voor een voorwaartse slag,' onderwees ze hem. 'Je dominante hand is de controlehand. Die ligt bovenaan de peddel, bij de handgreep. Je andere hand leg je om de steel. Als je de kano recht wilt houden, moet je de peddel door het water laten gaan waarbij je die met de controlehand naar beneden duwt en draait. Kun je de zaak met beide handen bedienen?'

'Ik heb liever dat jij het doet.'

Met een ruk draaide Sara zich naar hem toe. 'Ikzelf ook, schat. Kom, dan keren we terug naar het huisje en gaan daar aan de slag.'

Hij grijnsde. 'Probeer je me nou te verleiden?'

Binnensmonds vloekend liep ze weer door.

Will was niet het type dat een lange stilte verbrak. Evenmin ging hij met haar in discussie. Hij hield zijn mond stijf dicht terwijl ze zich een weg baanden door dicht struikgewas. Sara's plotselinge woede-uitbarsting was niet het enige wat hun tocht zwaar maakte. Hij zweette. De blaar op zijn voet begon op te spelen. Zijn hand klopte nog steeds mee op elke hartslag. Hij probeerde het verband strakker te trekken. Water droop van het gaas.

'Je moet echt naar me luisteren,' zei Sara.

'Ik luister ook, maar ik weet niet wat je probeert te zeggen.'

'Wat ik wil zeggen is dat ík de boot naar de overkant van het meer zal moeten peddelen om te voorkomen dat we de rest van ons leven rondjes blijven draaien.'

'We zouden in elk geval wel samen rondjes draaien.'

Ze stopte weer en keerde zich naar hem toe. Er kon geen lachje af. 'Hij heeft een stiletto. Ooit heeft hij iemands borst tot op het bot opengehaald. Wil je weten welke organen er allemaal in je borstkas zitten?'

Deze keer was hij zo verstandig om geen grapje te maken. 'Nee.'

'Nu denk je nog dat Dave een sneue figuur is, een echte loser. En dat zal ook allemaal wel. Maar hij is ook een gewelddadige crimineel. Die wil echt niet weer de cel in. Volgens jou en verder iedereen hier heeft hij al een moord op zijn geweten. Die schrikt echt niet terug voor een tweede.'

Will hoorde de rauwe angst in haar stem. Nu snapte hij het. Haar eerste echtgenoot was ook politieman geweest. Hij had een verdachte onderschat, en dat was zijn dood geworden. Will miste de woorden om haar te vertellen dat hem niet hetzelfde zou overkomen. Hij zat anders in elkaar. De eerste achttien jaar van zijn leven had hij niets dan wreedheid en geweld van mensen verwacht, en de daaropvolgende jaren had hij alles gedaan om hen ervan te weerhouden.

Ze reikte naar zijn goede hand en hield die zo stevig vast dat hij de botten tegen elkaar voelde schuiven.

'Liefste,' zei ze. 'Ik weet wat voor werk je doet, dat je bijna elke dag keuzes op leven en dood maakt, maar je moet begrijpen dat het niet langer alleen jouw leven is, en niet langer alleen jouw dood. Het is ook míjn leven. Het is ook míjn dood.'

Will streek met zijn duim over haar trouwring. Er moest een manier zijn waarmee ze allebei vrede hadden. 'Sara –'

'Ik probeer je niet te veranderen. Ik zeg alleen dat ik bang ben.'

Will probeerde het midden te vinden. 'Wat vind je hiervan: zodra ik Dave in hechtenis heb genomen, ga ik met je mee naar het ziekenhuis. Eentje hier in de buurt, niet in Atlanta. En dan verzorg jij mijn hand, Faith dwingt Dave tot een bekentenis, en daarmee is de kous af.'

'En als we dat alles gedaan hebben, help jij me dan om Jon te vinden?'

'Klinkt redelijk.' Will ging zonder meer akkoord. Hij was zijn belofte aan Mercy niet vergeten. Er waren dingen die Jon moest horen. 'En nu?'

Sara keek uit over het water. Will volgde haar blik. Ze waren in de buurt van de materiaalschuur. De duikplank op de drijvende steiger baadde in het maanlicht.

'Ik weet niet hoelang ik erover doe om naar de overkant te varen. Twintig minuten? Een halfuur? Ik heb sinds de Girl Scouts niet meer gekanood.'

Will vermoedde dat ze destijds niet het volle gewicht had hoeven vervoeren van een volwassen man die niet eens een peddel kon vasthouden. Als het meezat, zouden ze op de terugtocht met twee volwassen mannen zijn. Wat weer nieuwe problemen met zich meebracht. In gedachten had Will Dave vanaf het water overrompeld, maar verder ging zijn fantasietje niet. Hij zou de moordenaar te voet van het kampterrein moeten afvoeren in plaats van over het water. Geen denken aan dat hij Sara samen met Dave in één boot wilde hebben.

'Ik ga even in de schuur kijken om te zien of er touw is.'

Sara vroeg niet waar hij het touw voor nodig had. Ze zweeg weer toen ze hun tocht hervatten, wat erger was dan als ze tegen hem tekeer was gegaan.

Will probeerde iets te bedenken om een deel van haar zorgen weg te nemen, maar bittere ervaring had hem geleerd dat het niet hielp als je tegen vrouwen zei dat ze een bepaald gevoel moesten onderdrukken. Dan werden ze boven op het oorspronkelijke gevoel ook nog eens woedend.

Gelukkig was het einde van de tocht in zicht. Het licht van Sara's zaklamp bescheen eerst de kano's, die allemaal ondersteboven op een rek lagen. De materiaalschuur was ongeveer zo groot als een dubbele garage. Het was een afgelegen plek en er zat een stevig slot op de dubbele deuren. De dertig centimeter lange staartgrendel met veer moest gedraaid worden om de pal te ontsluiten. De deur was gezekerd met een overslag die met een hasp was bevestigd.

Bij wijze van verklaring zei Sara: 'Beren kunnen ook deuren openmaken.'

Will liet haar de hasp ontgrendelen, nam het van haar over en duwde. Het mechanisme klemde. Hij moest zijn schouder in de strijd werpen, maar uiteindelijk zwaaiden de deuren open. Hij rook een vreemde mengeling van houtrook en vis.

Sara moest hoesten van de stank en liep wapperend met haar hand voor haar gezicht de schuur in, waar ze de schakelaar aan de muur snel had gevonden. De tl-lampen onthulden een keurig geordende werkplaats. Gereedschap hing met blauwe tape omlijnd aan een gatenbord. Hengels zaten aan haken. Een hele wand ging schuil achter netten en manden. Ook was er een stenen aanrecht met een wasbak en een veelgebruikte snijplank. Aan een magnetische strip hingen twee scharen en vier messen van uiteenlopende lengte. Op een na hadden ze allemaal een dun, niet-gekarteld lemmet.

Will was van de vuurwapens, niet van de messen. 'Ontbreekt er iets?' vroeg hij.

'Niet voor zover ik kan zien. Het is een standaardset voor het schoonmaken van vis.' Sara ging ze van klein tot groot langs. 'Aasmes. Uitbeenmes. Fileermes. Blokmes. Verbandschaar. Lijnschaar.'

Will zag nergens touw. Hij begon laden open te trekken. Alles was in vakken verdeeld. Er slingerde niets rond. Hij herkende bepaalde bevestigingen uit zijn eigen garage, maar vermoedde dat ze niet voor auto's werden gebruikt. In de laatste la vond hij wat hij zocht. Degene die het beheer over deze schuur had, was te gedegen om het zonder de basisspullen te stellen: een rol ducttape en stevige kabelbinders.

De kabelbinders waren netjes met een elastisch koord samengebonden. Will kon ze met zijn ene hand niet opnieuw samenbinden. Hij vond het vervelend om ze los in de la achter te laten, maar hij had nu belangrijkere dingen aan zijn hoofd. Hij stopte zes van de grotere in zijn achterzak. De tape verdween in een diepere zak aan een van de pijpen van zijn cargo-broek.

Net toen hij de la dichtschoof, dacht hij aan de messen aan de muur. Hij pakte het kleinste, het aasmes, en schoof het in de zijkant van zijn hoge wandelschoen. Hij wist niet hoe scherp het lemmet was, maar alles kon een long doorboren, als je het maar hard genoeg in iemands borstkas ramde.

'Wat is dat?' vroeg Sara. Met haar handen als een kommetje om haar ogen probeerde ze door de latten van de achterwand te kijken. 'Het ziet er mechanisch uit. Een generator misschien?'

'Dat vragen we de familie.' Onder een paar metalen manden aan de muur vond Will een hangslot. Hij trok aan de behuizing maar die zat stevig bevestigd. 'Beren?'

'Waarschijnlijk gasten. Er is geen internet of tv. Ik stel me zo voor dat er vaak tot diep in de nacht gedronken wordt. Help eens.' Sara had de peddels gevonden. Ze hingen hoog tegen het plafond, als geweren op een rek. 'Die blauwe lijkt me de goede maat.'

Will verbaasde zich over het geringe gewicht toen hij de peddel van de haak tilde.

'Neem er maar twee mee voor het geval er eentje in het water valt. Dan pak ik de reddingsvesten.'

Will vond het niet zo'n goed idee om gehuld in feloranje naar het kampterrein te varen, maar die strijd ging hij niet aan.

Weer buiten assisteerde hij Sara zo goed en zo kwaad als het ging bij het van het rek tillen van een van de kano's. Hij kon alleen maar toekijken toen ze de peddels in de romp schoof en de reddingsvesten erin gooide. Ze wees hem op de draaghendels rond het dolboord, zei waar hij moest hij gaan staan en hoe hij moest tillen. Ze zweeg weer toen ze de kano naar het meer droegen. Will probeerde haar spanning niet over te nemen. Hij moest zich nu op één doel richten: Dave voor het gerecht brengen.

Sara probeerde het plonzen tot een minimum te beperken toen ze het ondiepe water in liep. Op haar commando liet Will de boot zakken. Ze trok de achterkant iets op zodat de boot vastzat in de modder. Net toen hij wilde instappen, hield Sara hem tegen.

'Wacht.' Ze hielp hem in een van de reddingsvesten en controleerde of de gespen goed vastzaten. Vervolgens boog ze zich voorover en hield de boot recht zodat hij kon instappen.

Will vond dat ze zich overdreven druk maakte, maar met één hand in de boot klimmen was moeilijker dan hij had voorzien. Hij ging op het bankje achterin zitten. Door zijn gewicht ging de boeg omhoog. Toen Sara erin klom, bracht haar gewicht de boeg maar een klein stukje naar beneden. Ze ging niet op het andere bankje zitten, maar knielde neer en duwde af met de peddel. Ze begon met lichte slagen tot ze op enige afstand van de oever waren.

Tegen de tijd dat ze op open water waren, had Sara een vast ritme te pakken. Toen ze de Shallows verlieten en het grotere deel van het meer op voeren, verplaatste ze haar gewicht van de ene kant van de kano naar de andere om de draai te kunnen maken. Will probeerde de positie van het duikplatform te onthouden terwijl de boot over het wateroppervlak gleed. De materiaalschuur verdween uit het zicht. Vervolgens de oever. Algauw zag hij alleen nog duisternis en hoorde hij alleen nog de peddel in het water en het geluid van Sara's ademhaling.

De maan gluurde rond de wolken toen ze het midden van het meer bereikten. Will maakte van de gelegenheid gebruik om het verband om zijn hand te controleren. Sara had gelijk: het was smerig. En het zou ook wel kloppen wat ze over de infectie had gezegd. Als iemand Will had verteld dat er een brok gloeiendhete kool in het vlies tussen zijn vinger en duim zat, zou hij het geloofd hebben. Het branderige gevoel werd iets minder als hij zijn hand op borsthoogte bracht en op de rand van het zwemvest liet rusten.

Hij reikte naar zijn schoen om te voelen of het aasmes er nog zat. Het handvat was zo dik dat het lemmet niet langs zijn enkel naar beneden gleed. Bij wijze van test trok hij het mes eruit. Hij hoopte vurig dat Dave hen niet zag op het water. Als de zaak uit de hand liep, moest het mes een verrassing zijn. Het was alsof de neonkleurige reddingsvesten een gloed afgaven. Met zijn blik tastte hij de horizon af, op zoek naar de oever. Langzaam kwam die in zicht. Eerst wat lichtere vlekken tussen het zwart, toen zag hij rotsen en uiteindelijk iets wat op een zandstrand leek.

Sara keek even achterom. Ze hoefde het niet hardop te zeggen. Een zandstrand betekende dat ze bij het kampterrein waren aangekomen. Het was er slecht aan toe. Will zag de restanten van een verrotte steiger en een gedeeltelijk ondergelopen botenhelling. Een touw bungelde aan een enorme eik, maar de houten zitting van de oorspronkelijke schommel was lang geleden in het water gevallen. De plek had iets spookachtigs. Will geloofde niet in geesten, maar had altijd op zijn intuïtie vertrouwd, en die fluisterde hem nu in dat het niet pluis was wat hier was gebeurd.

De kano verloor vaart. Toen ze het strand naderden, maakte Sara achterwaartse slagen. Van dichtbij zag hij dat er onkruid door het zand heen groeide. Er lagen kapotte flessen. Sigarettenpeuken. De bodem van de boot liep knerpend vast op de oever. Will klikte zijn reddingsvest los en liet het vallen. Weer dacht hij aan het aasmes in zijn schoen, maar nu omdat hij Sara onbeschermd ging achterlaten. Het beste was om haar terug te sturen naar de schuur. Dan ging hij wel lopend naar de Lodge, met of zonder Dave.

'Nee.' Een van haar slechte gewoontes was dat ze zijn gedachten kon lezen. 'Ik blijf tien meter van de kant op je wachten.'

Will stapte snel uit voor ze hem kon vertellen dat zij de leiding over het onderzoek nam. Dat uitstappen was niet bepaald sierlijk te noemen. Hij probeerde het geplons tot een minimum te beperken toen hij vaste grond voelde en rechtop ging staan. Met een flinke duw van de stalen neus van zijn schoen stuurde hij Sara weer het water op.

Hij wachtte tot ze de peddel in het water stak voor hij zijn blik langs de bosrand liet gaan. Het eerste licht liet nog op zich wachten, maar hij kon alles nu beter zien dan toen ze bij de materiaalschuur waren weggegaan. Hij keerde zich weer om en keek naar Sara. Ze peddelde achterwaarts, met haar blik op hem gericht. Hij zag weer voor zich hoe ze nog maar een paar uur eerder naar de drijvende steiger was gezwommen. Hoe ze de rugslag deed en hem had gevraagd ook in het water te komen. Van pure vervoering was zijn hart in een vlinder veranderd.

En verder naar beneden aan de oever van datzelfde meer was Dave de moeder van zijn kind aan het verkrachten en doodsteken.

Will draaide zich om en liep het bos in. Hij probeerde zich te oriënteren, maar herkende niets van hun eerdere zoektocht naar het kampterrein. Het was niet alleen het gebrek aan licht. De eerste keer waren ze de plek genaderd vanaf de andere kant van de Shallows. Ze waren gestopt bij de stenenkring. Hij nam zijn telefoon uit zijn zak, opende de kompasapp en koos de naar hij hoopte juiste richting.

Het bos was dichtbegroeid en overwoekerd, nog meer dan het ruige terrein rond de Lodge. Als hij de zaklamp opende, kon hij net zo goed meteen een lichtbaken aansteken. Hij dimde de helderheid van zijn schermpje en richtte zich op het kompas. Na een tijdje besefte hij dat hij het niet nodig had. Hij ving een muffe rooklucht op. Nog vers, als van een brandend kampvuur, maar met een smerige zweem van sigaret.

Dave.

Will ging niet meteen op zijn doelwit af. Hij bleef doodstil staan om zijn ademhaling en geest tot rust te laten komen. Zorgen om Sara, de pijn in zijn hand en zelfs Dave werden naar de achtergrond verdrongen. Hij dacht alleen nog aan de persoon om wie het allemaal ging.

Mercy McAlpine.

Nog maar enkele uren geleden had ze zich aan de laatste seconden van haar leven vastgeklampt. Ze had geweten dat haar einde nabij was. Will had geen hulp mogen halen. Op zijn knieën in het water had hij haar gesmeekt hem te vertellen wie er achter de aanval zat, maar ze had haar hoofd geschud alsof het er niet toe deed. En het deed er ook niet toe. In die laatste seconden deed niets er eigenlijk meer toe. De enige die nog belangrijk voor haar was, was het kind dat ze op de wereld had gezet.

In gedachten herhaalde Will de boodschap die hij aan Jon zou doorgeven.

Je moeder wil dat je hier weggaat. Je kunt hier niet blijven, zei ze. Ik moest zeggen dat alles goed is. Dat ze zielsveel van je houdt. Dat ze je die ruzie vergeeft. Alles komt goed, dat beloof ik.

Behoedzaam zette Will zich weer in beweging, alert op gevallen takken of bladerhopen die zijn aanwezigheid zouden kunnen verraden. Toen hij dichterbij kwam, werd de stilte van het bos verbroken door de zachte beat van '1979' van The Smashing Pumpkins. De muziek stond zacht, maar bood Will genoeg dekking om wat minder behoedzaam op de bron af te stappen.

Hij veranderde van richting en benaderde Dave van opzij. Hij zag de contouren van een paar slaaphutten. Allemaal bestaande uit één verdieping, ruw opgetrokken en een halve meter van de grond op iets wat veel weg had van telefoonpalen. Vier hutten stonden in een halve cirkel bij elkaar. Will tuurde door de ramen naar binnen om zichzelf ervan te verzekeren dat Dave alleen was. In de laatste hut zag hij een slaapzak, een paar pakken cornflakes, sloffen sigaretten en bierkratten. Dave had zich op een wat langer verblijf voorbereid. Will vroeg zich af of hij het daarmee op voorbedachten rade kon gooien. Er was verschil tussen een moord die in een opwelling was gepleegd en een moord waarbij je van tevoren je vlucht zorgvuldig had voorbereid.

Ineengedoken sloop Will op zijn doelwit af. Het kampvuur dat Dave had aangelegd laaide niet hoog op, maar was nog fel genoeg om de onmiddellijke omgeving te verlichten. Ook had hij het Will gemakkelijk gemaakt door een Coleman-lamp mee te brengen die minstens achthonderd lumen afgaf, te vergelijken met een gloeilamp van zestig watt.

Dave was altijd al bang voor het donker geweest.

De grote, ronde open plek was minder overwoekerd dan de rest van het terrein. Enorme keien omringden een vuurplaats. Boomstronken dienden als zitplaatsen. Boven de vuurplaats hing een rooster. Will wist dat er her en der op het terrein meer groepjes slaaphutten waren, meer vuurplaatsen. In het kindertehuis had hij verhalen gehoord over marshmallows roosteren in het donker, geïmproviseerde samenzang en enge verhalen. Die dagen waren lang vervlogen. Er hing een griezelige sfeer rond de kring, die eerder aan een offerplaats deed denken dan aan een plek om plezier te hebben.

Will hurkte neer achter een grote watereik. Dave leunde tegen een houtblok van ruim een meter hoog en zo'n halve meter in doorsnee. Will beraadde zich over de juiste strategie. Zou hij hem van achteren verrassen? Hem bespringen voor Dave wist wat hem overkwam? Hij had meer informatie nodig.

Behoedzaam sloop hij naar voren, zijn knieën gebogen en zijn spieren gespannen voor het geval Dave zich omdraaide. De rooklucht verdichtte zich. Door de recente regen was het hout gaan smeulen. Toen Will dichterbij kwam, ving hij een vertrouwd metalig geklik op. Een duim die snel een wieltje liet ronddraaien voor een vonk die het butaangas moest laten ontbranden, en dat moest dan weer het vlammetje voeden dat het uiteinde van een sigaret van vuur voorzag.

Weer hoorde hij het metalige geklik, toen nog eens en nog eens.

Typisch Dave om telkens weer te proberen een aansteker aan de praat te krijgen die duidelijk leeg was. Hij bleef maar aan het wieltje draaien in de hoop op nog één laatste vonk.

Uiteindelijk gaf hij het op en mompelde: 'Fuck, man.'

Het feit dat er op een halve meter afstand een vuurbron was, bracht Dave niet op een idee. Zelfs niet nadat hij de plastic aansteker in het vuur had gegooid. Om zichzelf tegen de oplaaiende vlammen te beschermen bracht hij zijn handen naar zijn gezicht. Die kans benutte Will om de afstand tussen hen te verkleinen. Dave sloeg het gesmolten plastic van zijn onderarmen. Hij leek de pijn niet eens te voelen. Je hoefde geen Sherlock Holmes te zijn om te bedenken waarom.

De grond lag bezaaid met geplette bierblikjes. Na tien stopte Will met tellen. Hij deed geen moeite de joints en sigarettenpeuken te inventariseren, die allemaal tot op het filter waren opgerookt. Een hengel lag over een omgevallen boomstam. De grill was van het vuur af gedraaid. Hier en daar plakten stukjes verkoold vlees aan het rooster. Dave had op een boomstronk vis bereid. Afgehakte koppen, staarten en graten lagen te rotten in een plas donker bloed. Naast een sixpack bier lag een lang, smal uitbeenmes.

Will zag dat het gebogen lemmet van zo'n vijfentwintig centimeter voor Dave binnen handbereik was. Als die een twijg hoorde breken of bladeren hoorde ritselen of zelfs maar het gevoel had dat hij van achteren werd beslopen, hoefde hij alleen maar naar de boomstronk te reiken en hij had een dodelijk wapen in handen.

Will vroeg zich af of hij hem met zijn eigen mes tegemoet zou treden. Hij had het verrassingselement aan zijn kant. Hij was niet dronken of stoned. Normaal zou hij er alle vertrouwen in hebben gehad dat hij Dave tegen de grond had geworsteld voor die kon reageren.

Normaal had Will twee functionerende handen.

'1979' ging over in het donderende gitaarwerk van 'Tales of a Scorched Earth'. Dat bood Will de gelegenheid om van positie te veranderen. Hij ging Dave niet besluipen. Hij ging hem van voren benaderen, alsof hij het pad vanaf de Shallows had gevolgd en hier was uitgekomen. Hopelijk was Dave te ver heen om te beseffen dat het geen toevallige ontmoeting was.

Hij was klaar met het gesluip. Will zag een gevallen tak op de grond liggen. Hij tilde zijn voet op en ging erop staan. Door de stalen punt van zijn schoen klonk het als een aluminium honkbalknuppel die een kalebas openbrak. Voor de goede orde liet hij er een harde vloek op volgen. Met een tik op zijn telefoon opende hij de zaklamp.

Tegen de tijd dat Will opkeek, had Dave het uitbeenmes al in zijn hand. Hij tikte de muziek op zijn telefoon op pauze, kwam langzaam overeind en keek met samengeknepen ogen het bos in.

Will zette weer een paar luidruchtige stappen en zwaaide met zijn telefoon alsof hij een holbewoner was die niet wist hoe licht werkte.

'Wie is daar?' Dave zwaaide met het mes. Hij had zich omgekleed sinds Will hem op de Loop Trail had gezien. Zijn gescheurde jeans zat vol bleekvlekken. Hij had met een bebloede hand over zijn gele T-shirt geveegd. Hij liet het scherpe mes door de lucht zwiepen. 'Kom tevoorschijn!' gebood hij.

'Shit.' Wills stem was een en al walging. 'Wat voer jij hier uit, Dave?'

Dave grijnsde, maar hij bleef het mes in de aanslag houden. 'Wat doe jíj hier, Vullisbak?'

‘Ik ben op zoek naar dat kampterrein. Niet dat het jou ook maar een flikker aangaat.’

Dave lachte snuivend, maar uiteindelijk liet hij het mes zakken. ‘Wat ben je toch een sneue zak, man.’

Will stapte de open plek op zodat Dave hem kon zien. ‘Zeg nou maar hoe ik hier wegkom, dan ben je weer van me af.’

‘Over het pad waarlangs je gekomen bent, sukkel.’

‘Dacht je dat ik dat niet geprobeerd heb?’ Will kwam steeds dichterbij. ‘Ik loop al ruim een uur rond in deze fucking bossen.’

‘Zelf zou ik dat lekkere rooie ding niet alleen laten.’ Er speelde een zelfgenoegzaam lachje rond Daves vochtige lippen. ‘Hoe heette ze ook alweer?’

‘Als ik je ooit haar naam hoor noemen, ram ik hem via je achterhoofd je kop uit.’

‘Shit,’ zei Dave, maar hij bond snel in. ‘Linksaf naar de stenenkring, dan met een bocht naar rechts om het meer heen, en dan weer links de Loop Trail op.’

Een seconde te laat bedacht Will dat Dave helemaal niet had ingebonden. Tegen een dyslecticus zeggen dat hij eerst naar links en dan naar rechts moest stond gelijk aan een heel dikke middelvinger.

Grinnikend ging Dave weer voor het kampvuur zitten. Hij leunde tegen de omgevallen stam en legde het uitbeenmes terug op de boomstronk. Voor hem was het afgedaan, zag Will. Dave had het al een leven lang bij het verkeerde eind. Nu was het de vraag wanneer hij tegen hem ging zeggen dat hij agent bij het GBI was. Zolang hij dat niet bekend had gemaakt, kon theoretisch niets van wat Dave zei, zelfs geen openlijke bekentenis dat hij Mercy had vermoord, in de rechtszaal tegen hem worden gebruikt. Als Will het op de goede manier wilde aanpakken, moest hij eerst een band opbouwen en Dave dan geleidelijk aan de waarheid vertellen.

‘Heb je nog wat bier over?’ vroeg hij.

Dave trok verbaasd een wenkbrauw op. De Will die hij uit zijn jeugd kende dronk geen druppel. ‘Sinds wanneer heb jij haar op je ballen?’

Will wist hoe hij het spel moest meespelen. ‘Sinds je moeder ze droog heeft gezogen.’

Lachend reikte Dave naar achteren om een biertje uit het sixpack te draaien. ‘Pak een stoel.’

Will hield liever wat afstand. In plaats van naast Dave bij het vuur te gaan zitten, leunde hij tegen een grote kei. Hij legde zijn telefoon naast zijn gewonde hand en trok zijn knie op om het aasmes in zijn schoen binnen het bereik van zijn goede hand te hebben. Als het tot een gevecht kwam, moest hij er klaar voor zijn.

Dave maakte niet de indruk op een vechtpartij uit te zijn. Hij had het te druk met bedenken hoe hij de klootzak kon uithangen. In plaats van Will het bierblikje gewoon toe te werpen liet hij het als een football door de lucht spiralen.

Will ving het met één hand op. Hij opende het ook met één hand, en wel zo dat het bier met een straal in het vuur spoot.

Dave knikte, duidelijk onder de indruk. 'Wat is er met je hand gebeurd? Ging het er iets te heftig aan toe met je dame? Die lijkt me nogal bijtgraag.'

Will onderdrukte zijn reactie. Hij moest nu alles terzijde schuiven: het gevoel van verraad en woede dat sinds hun jeugd nog steeds dooretterde, de walging vanwege het soort man dat Dave was geworden, de beestachtige wijze waarop hij zijn vrouw had vermoord en het feit dat hij zijn zoon in zijn eentje de brokstukken liet oprapen.

In plaats daarvan stak Will zijn verbonden hand omhoog en zei: 'Gesneden aan een glasscherf tijdens het avondeten.'

'Wie heeft je opgelapt, Pa misschien?' Dave genoot zichtbaar van zijn harde grap. Grijnzend keek hij in het vuur. Hij stak zijn hand onder zijn shirt om over zijn buik te krabben. Will zag diepe schrammen, alsof iemand hem had gekrabd. Ook op de zijkant van zijn hals zat een schram. Alles wees erop dat hij zeer recent bij een gewelddadige ruzie betrokken was geweest.

Will zette het bierblikje op de grond, bij zijn schoen. Hij legde zijn hand ernaast, zodat hij het aasmes kon grijpen. In het gunstigste geval bleef het in zijn sok zitten. Veel politiemensen meenden dat je geweld het best met geweld kon beantwoorden. Will was een andere mening toegedaan. Hij was hier niet om Dave te straffen. Hij ging iets veel ergers doen. Hij wilde hem arresteren. Hem achter de tralies zetten. Hem de spanning en hulpeloosheid laten voelen die een verdachte voelde als hij voor de rechter stond. De grenzeloze hoop dat hij er misschien mee wegkwam. Hij wilde de verpletterde blik in zijn ogen zien wanneer hij besefte dat het hem niet gelukt was. Dat hij de rest van zijn leven elke dag zou moeten knokken en klauwen, want binnen de muren van een gevangenis bungelden mannen als Dave altijd onderaan de pikorde.

En dan liet hij de doodstraf nog buiten beschouwing.

Dave slaakte een klaaglijke zucht om de stilte te doorbreken. Hij pakte een tak en porde in het vuur. Telkens keek hij even naar Will, in afwachting van wat die ging zeggen.

Will was niet van plan iets te zeggen.

Na amper een minuut slaakte Dave weer een gekwelde zucht. 'Heb je nog contact met mensen van vroeger?'

Will schudde zijn hoofd, al wist hij dat veel van hun vroegere huisgenoten in de gevangenis of onder de grond waren beland.

'Wat is er van Angie geworden?'

'Geen idee.' Het liefst had Will zijn vuisten gebald, maar hij hield beide handen op de grond. 'We zijn een paar jaar getrouwd geweest. Dat was geen succes.'

'Heeft ze je belazerd?'

Will wist dat Dave het antwoord al kende. 'En jij en Mercy?'

'Shit.' Dave porde in het vuur tot het vonkte. 'Die is nooit vreemdgegaan. Had het thuis te goed.'

Will lachte wat moeizaam. 'Vast.'

'Geloof maar wat je wilt, Vullisbak. Ik heb haar zelf laten zitten. Ik werd haar gezeik zat. Die zit de hele tijd over deze plek te zaniken, maar als ze de kans krijgt weg te gaan...'

Will wachtte op meer, maar Dave liet de tak los en pakte een vers biertje. Hij zei pas weer iets toen het blik leeg en geplet op de grond lag.

'Dit terrein hier werd gesloten. Te veel leiders die niet van de kleintjes konden afblijven.'

Het zou Will niet moeten verbazen. Het was niet voor het eerst dat een omgeving die hij zich als kind idyllisch had voorgesteld door een monster was verpest.

'Wat kom je hier eigenlijk doen, Vullisbak?' vroeg Dave. 'Toen we jong waren, wilde je nooit naar het kamp. Terwijl je die Bijbelversjes beter kon onthouden dan ik.'

Will haalde zijn schouders op. Zonder Dave de waarheid te vertellen moest hij wel met een geloofwaardig verhaal komen. Hij dacht aan wat Delilah had gezegd over de stenenkring. 'Mijn vrouw kwam hier vroeger toen ze bij de Kampvuurmeisjes zat. Ze wilde het weer zien.'

'Ben je met een Kampvuurmeisje getrouwd? Heeft ze het uniform nog?' Hij proestte het uit. 'Jezus christus, hoe is het mogelijk dat die lul van een Vullisbak in een pornofilm is beland terwijl ik blij mag zijn met een gleuf die niet opgerekt is als een stuk klapkauwgom.'

Will bracht het gesprek weer op Mercy. 'Je hebt anders wel een zoon bij je ex. Dat is niet niks.'

Dave trok weer een biertje open.

'Die Jon lijkt me een aardige jongen,' zei Will. 'Mercy heeft hem goed opgevoed.'

'Dat is niet alleen haar verdienste.' Dave slurpte schuim van de bovenkant van het blik. Ditmaal sloeg hij het niet in één keer achterover. Hij probeerde maat te houden. 'Jon weet me altijd te vinden. Dat wordt op een dag een prima kerel. Een knappe vent bovendien. Die zal ook wel andermans liefjes inpikken, net als zijn pa op die leeftijd.'

Will ging niet op de sarcastische steek in, die duidelijk naar Angie verwees. 'Had je ooit gedacht dat je zou trouwen?

'Echt niet.' Daves lach had iets bitters. 'Eerlijk gezegd ging ik ervan uit dat ik op deze leeftijd al dood zou zijn. Het is stom geluk dat ik niet door een of andere viezerik ben opgepikt en naar Florida ben verhandeld nadat ik uit Atlanta vertrok.'

Nu zat hij op te scheppen over het feit dat hij was weggelopen. 'Ging je liften?'

'Tuurlijk.'

'Geen verkeerde plek om je schuil te houden.' Will keek nogal nadrukkelijk om zich heen. 'Toen je verdwenen was, zei ik tegen hen dat je hiernaartoe was gegaan.'

'Tja, nou.' Dave schoof zijn elleboog over de boomstam naar achteren.

Will probeerde niet te reageren. Dave had zijn hand dichter naar het mes gebracht. Of dat met opzet was, viel te bezien.

'Ik wist wie ik was toen ik hier de eerste keer in die kerkbus arriveerde, snap je?' zei Dave. 'Ik kon vissen en jagen en mezelf in leven houden. Ik had niemand nodig om voor me te zorgen. Ik was niet gemaakt voor een leven in de stad. Daar was ik een rat. Hier ben ik een poema. Ik doe wat ik wil. Ik zeg wat ik wil. Ik rook wat ik wil. Drink wat ik wil. Niemand hier die me in de maling neemt.'

Het klonk fantastisch, tot je besefte dat zijn vrijheid een prijs had die Mercy had betaald. 'Je hebt geboft dat de McAlpines je in huis namen.'

'Er waren goede en slechte dagen,' zei Dave, die overal wel iets negatiefs uit wist te peuren. 'Bitty is een engel. Maar Pa? Shit, wat een valse rotzak. Die sloeg me vroeger bont en blauw met zijn leren riem.'

Het verbaasde Will niet dat Cecil McAlpine een gewelddadige man was geweest.

'Maakte hem niet uit als de riem weggleed en ik een pets met de gesp kreeg. Ik had van die grote striemen op mijn kont en op mijn benen. Ik kon geen short aan, want ik wilde niet dat de leraren het zagen. Ik zou zo weer worden teruggesleept naar Atlanta.'

'Ze hadden je ook hier in de buurt kunnen plaatsen.'

'Wilde ik niet,' zei hij. 'Bitty had het geld van de staat nodig om eten op tafel te kunnen zetten. Ik kon haar niet laten stikken, zeker niet met hem in de buurt.'

Will kende de behoefte van een mishandeld kind om iedereen te helpen behalve zichzelf.

'Maar goed.' Dave haalde iets te ingestudeerd zijn schouder op. 'En jij, Vullis? Hoe is het jou vergaan toen ik je daar liet zitten?'

'Ik moest weg vanwege mijn leeftijd. Op mijn achttiende kreeg ik honderd dollar en een kaartje voor de bus. Ik belandde bij het Leger des Heils.'

Dave siste tussen zijn tanden door. Waarschijnlijk meende hij te weten hoe erg het kon worden voor een onbegeleide tiener die in een daklozentehuis sliep.

Hij wist nog niet de helft.

'En toen?' vroeg Dave.

Will verzweeg de waarheid, namelijk dat hij uiteindelijk op straat had geslapen, en vervolgens in een politiecel. 'Ik heb me eruit gered. Ben gaan studeren en heb werk gevonden.'

'Studeren?' Hij lachte smalend. 'Hoe kreeg je dat voor elkaar? Je kon amper lezen.'

'Door hard te werken,' zei Will. 'Het is pompen of verzuipen, toch?'

'Wat je zegt. Al die ellende die we als kleintjes moesten doorstaan, daar hebben we van leren overleven.'

Zijn toon van gedeelde kameraadschap stond Will niet aan, maar Dave was een moordverdachte. Hij mocht elke toon aanslaan, zolang hij uiteindelijk maar bekende. 'Hadden de McAlpines er geen bezwaar tegen dat je met Mercy ging?'

'Reken maar van wel. Pa sloeg me met een fucking ketting toen ze zwanger bleek te zijn. Hij schopte me van de berg af. En haar ook.' Zijn schorre lach ging over in gehoest. 'Maar ik zorgde voor Mercy. Ik zorgde ervoor dat ze clean was toen Jon werd geboren. Ik hielp Delilah toen ze hem in huis nam. En ik gaf haar al het geld dat ik kon missen.'

Will wist dat hij loog. 'Wilde je hem niet zelf grootbrengen?'

'Shit. Wat weet ik nou van baby's?'

Als je mans genoeg was om een baby te maken, vond Will, moest je ook mans genoeg zijn om te bedenken hoe je ervoor moest zorgen.

'Heb jij kinderen?' vroeg Dave.

'Nee.' Sara kon ze niet krijgen, en Will wist te veel vreselijke dingen die een kind konden overkomen. 'Blijkbaar zit er nog veel oud zeer tussen Mercy en haar familie.'

'O ja?' Dave sloeg de rest van zijn bier achterover. Hij plette het blik en gooide het bij de andere. 'Het is zwaar hier op de berg. Afgelegen. D'r is niet veel te doen. En dan heb je al die rijke kaklui die verwachten dat je hun magere reet afveegt. Pa die je achter de vodden zit. Die je meeneemt naar de schuur om je helemaal verrot te slaan omdat je de handdoeken niet op de goeie plek hebt gelegd.'

Will wist dat Dave niet alleen zijn hart luchtte. Hij viste naar een gouden olympische medaille voor Mishandelde Kinderen. 'Klinkt klote.'

'En dat was het ook,' zei Dave. 'Jij en ik hebben op de harde manier geleerd dat je gewoon de minuten moet tellen tot het voorbij is, waar of niet? Uiteindelijk worden ze moe.'

Will keek in het vuur. Dave kwam hem nu iets te dicht op de huid.

'Daarom liegen we altijd,' zei Dave. 'Als je deze shit aan normale mensen vertelt, kunnen ze het niet aan.'

Will hield zijn blik op de vlammen gericht. Het ontbrak hem aan woorden om van onderwerp te veranderen.

'Heb je je vrouw over alle ellende verteld die je hebt meegemaakt?'

Will schudde zijn hoofd, maar het was maar gedeeltelijk waar. Bepaalde dingen had hij wel aan Sara verteld, maar hij zou haar nooit alles vertellen.

'Hoe is dat eigenlijk?' Dave wachtte tot Will opkeek. 'Ze is normaal, hè, je vrouw? Hoe is dat?'

Dit was niet het moment om over Sara te praten.

'Ik denk niet dat ik iets met een normale vrouw zou kunnen hebben,' bekende Dave. 'Mercy was al beschadigd toen ik iets met haar kreeg. Daar kon ik mee overweg. Maar fuck, een Kampvuurgrietje? En nog wel een lerares? Hoe red je dat in godsnaam?'

Weer schudde Will zijn hoofd, maar in het begin was het inderdaad niet gemakkelijk geweest met Sara. Hij had de hele tijd op de spelletjes gewacht, op de emotionele chantage. Hij kon maar niet accepteren dat ze naar hem luisterde en probeerde hem beter te begrijpen in plaats van dat ze zijn geheimen verzamelde als scheermessen waarmee ze hem later open kon snijden.

'En wat een geil ding, man. Dat moet ik je nageven. Maar ik zou echt nooit met zo'n perfect iemand kunnen gaan. Laat ze eigenlijk wel scheten?'

Will kon een lach niet inhouden, maar hij antwoordde niet.

'Je moet altijd een heer zijn bij haar, hè?' Dave reikte naar zijn pakje sigaretten. 'Ook daar zou ik me geen raad mee weten. Ik moet een wijf dat lekker schreeuwt wanneer ik haar bij de haren pak.'

Will deed alsof hij een slok uit zijn blikje nam. Daves woorden hadden hem teruggevoerd naar de oever van het meer bij de vrijgezellenhuisjes. Mercy's haar, dat uitwaaierde in het water. Bloed dat als verf rond haar lichaam had gekringeld. Ze had Will bij zijn boord gegrepen en hem naast zich gehouden in plaats van hem hulp te laten zoeken.

Jon.

Will plaatste beide handen weer op de grond om zichzelf te verankeren. 'Waarom zocht je me gisteren op daar op dat pad?'

Schouderophalend zocht Dave in zijn zak naar een nieuwe aansteker. 'Ik weet het niet, man. Ik doe dingen, en als ik dan terugkijk, zou ik niet kunnen zeggen waarom.'

'Je vroeg of ik nog steeds kwaad op je was.'

'En?'

'In alle eerlijkheid heb ik nooit meer aan je gedacht nadat je was weggelopen.'

'Mooi, Vullis, want ik heb ook nooit meer aan jou gedacht.'

'Eerlijk gezegd zou ik je na deze week weer snel helemaal vergeten zijn.' Will peilde hoever hij kon gaan. 'Afgezien van wat je Mercy hebt aangedaan.'

Eerst reageerde Dave niet. Hij schudde de aansteker heen en weer. Er verscheen een vlam. Die hield hij bij het uiteinde van zijn sigaret en toen blies hij een stoot rook in Wills richting.

'Ben je me gevolgd?' vroeg hij.

Vóór Mercy's dood had Will Dave maar één keer gezien. Hij had Will opgewacht op de Loop Trail. Will had hem tien tellen gegeven om op te rotten. 'Bedoel je of ik je volgde nadat je met je staart tussen je benen was weggerend?'

'Ik rende niet weg, stomme lul. Ik liep weg, uit vrije wil.'

Will zweeg, maar het leek hem logisch dat Dave zich voor hem uit de voeten had gemaakt en toen Mercy had opgezocht om zijn woede op te koelen.

‘Ik weet gewoon dat je me gevolgd bent, sneue zak,’ zei Dave. ‘En ik weet zo zeker als wat dat Mercy het tegen niemand gezegd heeft. Je kunt alles over haar beweren, maar een klikspaan is ze niet.’

Het viel Will op dat hij nog steeds in de tegenwoordige tijd over haar sprak. ‘Weet je dat zeker?’

‘Ja, tuurlijk weet ik dat zeker.’ Dave nam een trek. Hij was zenuwachtig. ‘Wat denk je dat je gezien hebt?’

Will vermoedde dat hij nu aan de wurgpoging dacht. ‘Ik zag dat je haar keel dichtkneep.’

‘Ze was niet buiten westen,’ zei Dave, alsof dat hem vrijpleitte. ‘Ze viel tegen de boom en toen smakte ze op de grond. Dat was niet mijn schuld. Haar benen begaven het. Dat is alles.’

Will keek hem vol ongeloof aan.

‘Hoor eens, gast, wat je ook gezien denkt te hebben, dat is iets tussen mij en haar.’ Dave zwaaide met zijn hand en legde die toen op zijn schoot. Hij tikte de as van zijn sigaret. ‘Waarom vraag je dat eigenlijk? Je lijkt wel een smeris.’

Dit leek Will het juiste moment om hem het nieuws te vertellen. ‘Dat ben ik ook.’

‘Jij bent wát?’

‘Ik ben special agent bij het Georgia Bureau of Investigation.’

Rook wolkte zijn mond uit toen hij lachte. Maar opeens lachte hij niet meer. ‘Echt waar?’

‘Yep,’ zei Will. ‘Dat heeft me door mijn studie geholpen. Ik wilde mensen helpen. Kinderen zoals wij. Vrouwen zoals Mercy.’

‘Wat een bullshit.’ Dave richtte zijn sigaret op hem. ‘Er is nog nooit een smeris geweest die kinderen zoals wij heeft geholpen. Kijk wat je nu aan het doen bent. Je vraagt me naar privézaken die een uur of drie geleden zijn gebeurd. Mercy heeft echt geen aangifte gedaan. Jullie bemoeien je alleen met mijn zaken omdat jullie dat nou eenmaal doen, stelletje klootzakken.’

Will schoof zijn gewonde hand langzaam over de grond tot hij de rand van zijn telefoon raakte. ‘Je hebt gelijk. Mercy heeft geen aangifte gedaan. Dus ik kan je niet arresteren voor je poging haar te wurgen.’

‘Als je dat maar weet.’

‘Maar als je wilt toegeven dat je je vrouw hebt mishandeld, wil ik je bekentenis met alle plezier aanhoren.’

Dave lachte. ‘Tuurlijk, man, doe je best maar.’

Om de dictafoonapp te activeren drukte Will met enige moeite twee keer met zijn duim op de zijknop van zijn telefoon. 'Dave McAlpine, je hebt het recht om te zwijgen. Alles wat je zegt of doet kan in een rechtszaal tegen je worden gebruikt.'

Weer lachte Dave. 'Ja hoor, ik zwijg wel.'

'Je hebt recht op een advocaat.'

'Kan ik niet betalen.'

'Als je geen advocaat kunt betalen, zal het hof je er een toewijzen.'

'Het hof kan m'n dikke reet likken.'

'Ben je bereid om met deze rechten in gedachten met me te praten?'

'Tuurlijk, man, laten we het over het weer hebben. De regen is al snel weer weggetrokken, maar we krijgen meer. Of laten we het over de goeie ouwe tijd in het kindertehuis hebben. Of over dat lekker strakke kutje dat je daar in je huisje hebt zitten. Waarom zit je hier met je ouwe vriend Dave te zeikstralen terwijl je hem nu ook in dat zuigbekje kunt rammen?'

'Ik weet dat je Mercy vandaag op het pad probeerde te wurgen.'

'En wat dan nog? Mercy vindt het lekker als het er af en toe even ruig aan toegaat. Die zal me daar nooit voor verlinken.' Dave was een en al zelfvoldaanheid. 'En bemoei je niet met mijn zaken of je merkt snel genoeg wat voor man ik geworden ben.'

Dave had bekend geweld te hebben gepleegd, maar dat was niet genoeg voor Will. Hij wilde meer. 'Vertel eens wat er vannacht is gebeurd.'

'Wat is er met vannacht?'

'Waar was je?'

Dave nam weer een hijs van zijn sigaret, maar er was iets veranderd. Hij had vaak genoeg met de politie gepraat om te weten wanneer ze een alibi van hem wilden.

'Waar was je, Dave?' vroeg Will.

'Hoezo? Wat is er vannacht gebeurd?'

'Vertel het maar.'

'Shit.' Hij zoog aan zijn sigaret. 'Er is iets ergs gebeurd, hè? Je liep hier niet zomaar een beetje rond te kloten. Waar gaat het over? Zwaar misdrijf? Drugshandel die in de soep liep? Heb je wat zwarthandelaars op de korrel?'

Will zweeg.

'Daarom zit jij hier in plaats van die eikel van een Biscuits.' Dave zoog door tot op het filter. 'Wat een klotezooi, man.'

Will zweeg nog steeds.

'En nu?' vroeg Dave. 'Dacht je dat je me op kon pakken, klerelijer? Met je ene hand en je lulpraatjes dat je me mijn vrouw hebt zien wurgen?'

'Mercy is je vrouw niet meer.'

'Ze is van mij, klootzak. Mercy is van mij. Ik kan met haar doen wat ik wil.'

'Wat heb je met haar gedaan, Dave?'

'Dat gaat je geen reet aan. Wat een bullshit.' Hij schoot zijn sigaret in het vuur. Deze keer rukte hij geen nieuw bierblikje uit het pak. Hij legde zijn hand niet op zijn schoot. Hij leunde weer achterover, met zijn elleboog op de boomstam, zodat het uitbeenmes binnen handbereik was.

Deze keer deed hij het welbewust.

Dave probeerde het te verbloemen. 'Oprotten met die bullshit van je.'

'En als je nou eens met me meekomt?'

Weer snoof Dave. Hij veegde met zijn arm langs zijn neus, maar het was niet meer dan een excuus om nog dichter bij het uitbeenmes te komen.

Will negeerde de brandende pijn in zijn gewonde hand toen hij die tot een vuist balde. Met zijn goede hand schoof hij zijn broekspijp omhoog zodat het handvat van het aasmes zichtbaar werd.

Dave zei niets. Hij likte alleen over zijn lippen, klaar voor de strijd. Hier had hij op gewacht vanaf het moment waarop hij Will op de Loop Trail had gezien. En misschien had Will hier ook wel op gewacht.

Ze stonden tegelijkertijd op.

De eerste fout die mensen begingen bij een messengevecht, was dat ze zich te druk maakten om het mes. Wat begrijpelijk was. Gestoken worden was pijnlijk als de hel. Buikwonden konden leiden tot een langzame dood. Een voltreffer recht in het hart ging sneller.

De tweede fout bij een messengevecht was de fout die mensen bij allerlei gevechten begingen. Ze gingen ervan uit dat het een eerlijk gevecht zou worden. Of dat de ander het in elk geval eerlijk zou spelen.

Dave had de nodige messengevechten meegemaakt. Hij moest de twee fouten kennen. Hij hield het uitbeenmes recht voor zich uit terwijl hij naar een ander mes in zijn achterzak reikte. Het was een slim plan. Zo leidde hij Will af met het ene mes terwijl hij toesloeg met het andere.

Gelukkig had Wil zijn eigen slimme plan. Hij wist dat Dave zich vooral zorgen maakte om het aasmes. Hij dacht niet aan Wills gewonde hand en had niet gezien dat Will een handvol aarde had gepakt. En daarom was hij heel verbaasd toen Will die in zijn gezicht smeet.

'Fuck!' Dave wankelde naar achteren. Hij liet het uitbeenmes vallen, maar zijn spiergeheugen hield zijn dominante hand in het spel.

Nadine had zich vergist. Dave had geen stiletto, waarbij met een druk op een knop het lemmet tevoorschijn sprong, maar een vlindermes, een dodelijk wapen dat ook als afleidingsmiddel fungeerde. Twee metalen handvatten vouwden zich als een schelp om het scherpe, smalle lemmet. Het werd met een snelle draaibeweging van de pols geopend. Met de *safe handle* tussen duim en vingers flipte je de *bite handle* over je knokkels. Vervolgens draaide je de safe handle rond, liet de bite handle weer over je knokkels zwaaien, waarna je die terugflipte, en dan had je een mes van vijfentwintig centimeter in je hand.

Dat hele mes boeide Will niet.

Hij zwaaide zijn been naar achteren en ramde de stalen neus van zijn schoen recht in Daves kloten.

16 januari 2014

Lieve Jon,
Ik heb je nu alweer drie jaar bij me, wat betekent dat we meer jaren samen zullen hebben dan dat we gescheiden zijn geweest. Ik weet dat het lang geleden is dat ik je geschreven heb. Misschien is het makkelijker als ik tegen mezelf zeg dat het maar één keer per jaar hoeft, vooral omdat januari blijkbaar de maand is waarin mijn leven altijd overhoop wordt gehaald. Ik heb voor 16 januari gekozen omdat ik die datum beschouw als je thuiskomdag. Ik zeg er eerlijk bij dat ik die uitdrukking van tante Delilah heb. Ze heeft een hele troep honden en niemand weet wanneer hun echte verjaardag is, maar de dag dat ze bij haar kwamen wonen, noemt ze hun thuiskomdag. Dus drie jaar geleden was jouw thuiskomdag, de dag dat ik je mee terug nam de berg op, dat je bij me kwam wonen en ik je fulltime moeder werd.

Niet dat je een zwerfhond bent, hoor, maar ik moest er gewoon aan denken omdat ik haar vanochtend miste. Ik weet hoe stom dat klinkt, want Delilah heeft je van me afgepakt, en ik moest vechten als een gek om je terug te krijgen, maar als dingen fout liepen, kon ik altijd bij Delilah terecht. En op dit moment lopen dingen behoorlijk fout.

De waarheid is dat er geen dag voorbijgaat dat ik niet aan drank en drugs denk, maar dan denk ik aan jou en aan ons leven samen en zie ik ervan af. Eerlijk gezegd ging het tijdens de feestdagen goed mis met je vader. Voor ik het doorhad, stond ik in de drankwinkel en kocht een fles Jack. Ik kon niet wachten tot ik thuis was. Op het parkeerterrein trok ik de kurk eruit en dronk achter elkaar zowat de hele fles leeg. Vreemd genoeg proef je het na een tijdje niet eens meer. Je voelt het alleen branden en dan begint je hoofd te draaien. Zonder me te schamen beken ik dat ik alweer zo lang niet had gedronken dat ik alles meteen weer uitkotste.

Ooit was er een tijd dat het zo slecht met me ging dat ik daarna op de een of andere manier wel weer alcohol te pakken kreeg, maar deze keer niet. Ik heb de fles in de vuilnisbak gegooid. Toen ben ik heel lang in de auto blijven zitten om na te denken over waarom ik daar terecht was gekomen.

Je vader had me bijna vermoord, simpel gezegd. Het was oudejaarsavond. Hij was flink aan het feesten geslagen en had een heleboel meth gerookt, wat hij weleens vaker doet maar deze keer moet het een slech-

te partij zijn geweest. Hij leek door de duivel bezeten en ik was als de dood. Hij liep als een idioot de hele trailer te verbouwen en ik maar tegen hem schreeuwen, wat ik beter niet had kunnen doen, maar, schat, ik ben zo onwijs moe.

Je vader is geen slecht mens, maar hij doet soms slechte dingen. Als hij geld op zak heeft, vergokt hij het allemaal of hij slaat de hele week aan het feesten, tot het op is. Dan krijg ik de schuld omdat ik hem niet heb tegengehouden bij het erdoorheen jassen van al dat geld. En dan zeurt hij me aan m'n kop tot ik hem al het geld geef dat ik verstopt heb, ook al kunnen we dan geen boodschappen doen en is er geen stroom, en dat is niet eens het ergste, want daarnaast gaat hij ook nog eens vreemd.

Hij is wel vaker vreemdgegaan, maar deze keer koos hij een meid met wie ik samenwerk. Van wie ik dacht dat ze mijn vriendin was. Niet een vriendin zoals Gabbie, maar gewoon een vriendin met wie ik kon praten en met wie ik het gezellig had. Ze vonden zichzelf allebei verdomd slim omdat ze pal onder mijn neus met elkaar aan het rotzooien waren, maar ik wist gewoon dat er iets speelde. Toch hield ik mijn mond want je vader deed het alleen om me pijn te doen, en God weet dat we dit vaker bij de hand hadden gehad, maar ik had geen zin om die hele toestand opnieuw door te maken, dat hij me bedondert, me dan smeekt om terug te komen en me dan opnieuw bedondert zodra ik terug ben.

Deze keer had hij het zo geregeld dat hij haar neukte in een van de motelkamers die ik moest schoonmaken. Het rooster zit op onze koelkast, dus telkens wanneer hij een biertje pakt, ziet hij het. Zo weet ik dat hij het wist. Zij wist het ook, want haar naam staat ook op dat kutrooster. En daar lagen ze zich in die kamer helemaal suf te bonken toen ik met een stapel handdoeken en lakens in mijn armen binnenkwam. Ik weet dat je vader had verwacht dat ik finaal door het lint zou gaan, maar dat deed ik niet. Ik kreeg er gewoon geen woord uit. Ik heb hem nog nooit zo geschokt gezien als toen ik die kamer weer uit liep en de deur achter me dichtdeed alsof het niks voorstelde.

En eerlijk gezegd stelde het ook niks voor.

Ik zei al dat het vaker gebeurd was, dat vreemdgaan, maar deze keer wist ik dat er iets was veranderd. En met 'veranderd' bedoel ik in mijn binnenste. Bij het ouder worden zul je zien dat je soms als je terugkijkt een bepaald patroon ontdekt. Jouw vaders patroon was dat hij me bedondert, ik kom erachter, we krijgen bonje, er vallen klappen, en dan doet hij weer poeslief want stel dat ik weg wil. Deze keer sloegen we de bonje en de klappen over en was je vader meteen poeslief. Hij bracht de vuilnis naar buiten, raapte zijn kleren van de vloer en startte 's ochtends zelfs mijn auto zodat hij lekker warm zou zijn als ik instapte. Op een dag hoorde ik hem tegen je zingen, heel mooi, maar ik was de kamer nog niet uit of hij stopte ermee.

Ik reageerde dus niet zoals hij verwacht had, snap je, ik smeekte hem niet op mijn knieën om te blijven. Ik weet niet wat dat is met je vader, waarom hij vanbinnen zo kapot is, en het is moeilijk uit te leggen, maar wat hij het allerliefste wil is dat anderen zo wanhopig zijn dat ze zich alleen nog maar aan hem kunnen vastklampen.

En als ze zich dan vastklampen, haat hij ze juist daarom.

Deze keer hield ik mezelf overeind met de belofte dat jij en ik eind januari weg zouden zijn uit die godvergeten trailer. Maar ik ging het niet stiekem doen. Stiekem is je vaders ding. Ik dacht er veel over na en had me voorgenomen dat het het beste was als ik hem vertelde dat we vertrokken in plaats van dat ik onze spullen pakte en 'm smeerde zodra hij weg was. Hoewel ik natuurlijk niet echt bij hem weg kon gaan, want we wonen in hetzelfde stadje. En jij bent er ook nog. Ik verdraag hem niet meer om me heen, maar Dave is nog altijd je vader, en ik zal je niet van hem afpakken, hoe verschrikkelijk hij me ook behandelt.

Goed, hij zal wel tegen je zeggen dat ik een bitch ben omdat ik bij hem weg ben gegaan, maar je moet weten dat het niet mijn bedoeling was de bitch uit te hangen. Ik wilde het netjes houden. Dus ik bracht hem een biertje, zei dat hij op de bank moest gaan zitten en dat hij goed naar me moest luisteren, want ik had iets belangrijks te vertellen.

Hij zei geen woord tot ik over het flatje in de stad begon. Ik denk dat het toen pas echt tot hem doordrong, en achteraf gezien denk ik ook dat hij toen pas besefte dat ik hem niet over al het geld had verteld. Hij vroeg hoe hoog de borgsom was, of de flat gemeubileerd was, waar ik mijn auto moest parkeren, of jij een eigen kamer kreeg, dat soort dingen. En ik was op dat moment dom genoeg om te denken dat hij zeker wilde weten dat het een veilige plek was voor jou en mij. Ik zei nadrukkelijk dat hij altijd langs kon komen om jou te zien. Ik heb wel een keer of drie gezegd hoe belangrijk hij is voor jou, dat ik wil dat je altijd een vader hebt in je leven. En dat is waar, want dat schrijf ik in deze brief nu ook aan jou.

Toen wilde hij weten hoe het zat met alimentatie en dat soort zaken, waarover ik in alle eerlijkheid niet eens had nagedacht. De rechter die geld van Dave los weet te krijgen moet nog geboren worden. Hij gaat nog liever de bak of zijn graf in dan dat hij ook maar een cent afstaat, zelfs niet aan iemand van wie hij houdt. Zelfs niet als jij die iemand bent. Goed, hij bleef er heel rustig onder, zat maar een beetje te roken en te knikken en te drinken. Het enige wat eruit kwam, waren die vragen, maar toen ik stil werd, vroeg hij of ik was uitgepraat. Ja, zei ik. Hij drukte zijn sigaret uit. En toen ging hij helemaal los.

Ik zal niet liegen. Ik had een afstraffing verwacht, dus ik was voorbereid op de klappen die zouden volgen. Je vader is niet erg creatief als hij me aftuigt, maar er zijn een paar dingen die hij vóór die avond nog nooit had gedaan. Allereerst trok hij zijn mes. En hij probeerde me te wurgen.

Als ik dit teruglees, is het net alsof hij me met zijn mes te lijf wilde gaan. Dat klopt niet. Hij ging het tegen zichzelf gebruiken. En hoewel ik nooit van mijn leven meer met je vader getrouwd wil zijn, wil ik ook niet dat hij doodgaat, en al helemaal niet dat hij zichzelf van kant maakt. De Heer heeft me lang geleden de rug toegekeerd, maar ik weet zo zeker als wat dat hij mensen niet vergeeft die zichzelf van het leven beroven, en de eeuwige hel is het laatste wat ik je vader toewens.

Daarom had ik het niet meer toen ik die bloederige snee in zijn hals zag. Knielend op de vloer smeekte ik hem het niet te doen. Hij bleef maar zeggen dat hij van me hield, dat ik de enige op de hele wereld was die hem het gevoel gaf ergens thuis te horen, dat hij in het kindertehuis zoveel was kwijtgeraakt en dat ik de enige was die het weer goed kon maken.

Ik weet niet of dat alles waar is, maar ik weet wel dat we allebei jankten als gekken tegen de tijd dat hij het mes eindelijk op de salontafel legde. Het enige wat we konden doen, was elkaar vasthouden, heel lang. Ik zou alles hebben gezegd om te voorkomen dat hij zichzelf van kant maakte. Ik bleef maar zeggen dat ik van hem hield, dat ik nooit bij hem weg zou gaan, dat we altijd een gezin zouden blijven.

Toen dat voorbij was, zaten we allebei op de bank naar de muur te staren, totaal uitgeput van al onze emoties, maar toen zei hij tegen me: 'Ik ben blij dat je niet weggaat.' En dat trok ik niet, want na die emotionele toestand wist ik pas echt zeker dat ik weg moest. Ik zei dat ik er altijd voor hem zou zijn. Dat ik altijd van hem zou houden, en dat ik alleen maar wilde dat hij gelukkig was.

De fout die ik toen maakte, was dat ik het daarbij had moeten laten, maar ik moest mijn stomme mond natuurlijk weer opendoen en zeggen dat ik gelukkig wilde zijn en dat we geen van beiden ooit echt gelukkig konden zijn zolang we nog samen waren.

Ik heb je vader nog nooit zo snel in actie zien komen. Hij sloeg beide handen om mijn hals. Het griezelige was dat hij niet eens schreeuwde. Ik heb hem nog nooit zo stil meegemaakt. Hij keek me alleen maar aan terwijl hij me met uitpuilende ogen probeerde te wurgen. Ik voelde dat hij me wilde doden. En misschien dacht hij ook dat hij me doodde. Ik wil er niet zweverig over doen, want ik geloof niet in paranormale dingen of zo, maar ik durf te zweren op een stapel bijbels dat ik zelfs nadat ik buiten westen was geraakt, nog steeds wist wat er gebeurde.

Ik kan het niet anders beschrijven dan dat het was alsof ik vlak onder het plafond zweefde, naar beneden keek en mezelf op dat lelijke groene tapijt zag liggen dat ik nooit goed schoon kon krijgen. Ik weet nog dat ik me doodschaamde want mijn broek was nat omdat ik mezelf had ondergepist, wat al heel lang niet gebeurd was, niet sinds ik gestopt was met drank en drugs. Hoe dan ook, je vader was me nog steeds aan het wurgen terwijl ik vanaf het plafond toekeek. Toen gaf hij me een laatste duw en stond op. In plaats van de deur uit te gaan stond hij op me neer te kijken.

En hij keek maar. En hij keek maar.

Het was de blik in zijn ogen die me het meest raakte, want die blik was helemaal leeg. Een paar minuten eerder had hij het nog uitgesnikt en vol emotie gedreigd zich van kant te zullen maken, en toen was er opeens niks. Helemaal niks. Ik bedacht dat het misschien de eerste keer was dat ik hem zag zoals hij echt was. Dat de jankende Dave of de lachende Dave of de drugs-Dave of de kwade Dave of zelfs de Dave die doet alsof hij van me houdt niet de echte Dave is.

De echte Dave is leeg vanbinnen.

Ik weet niet wat al die pleegouders van hem hebben afgepakt, of de gymleraar die hem misbruikte, maar die hebben zijn ziel zo diep uitgegraven dat er niks meer is overgebleven. En al helemaal niks voor mij. Eerlijk gezegd weet ik niet eens of er nog iets voor jou in zit.

Ik zeg het je eerlijk: het raakte me toen ik hem zo zag. Erger nog dan toen ik geen adem meer kreeg, iets waarvoor ik sinds ik klein was doodsbang ben. En daardoor vroeg ik me af wat Dave nog meer heeft verborgen.

Het is een feit dat hij gek is op je oma Bitty, maar heeft hij ooit echt van mij gehouden? Om mij gegeven? Op zijn eigen manier heeft hij me tijd gegeven om erachter te komen. Hij zit nu in de cel vanwege het zoveelste kroeggevecht nadat hij klaar was met mij. En dat verdient hij, maar toch maak ik me zorgen om hem. De cel is een keiharde plek voor mannen zoals je vader. Hij weet mensen altijd weer op stang te jagen. En als je het wilt weten: ik zie heel erg op tegen het moment dat hij weer op straat staat. Ik ben doodsbang voor die lege man die op me neerkeek als op een vlieg waarvan hij net de vleugels had uitgerukt.

En daardoor maak ik me ook zorgen om jou, schat. Je weet dat ik je alles zal vergeven wat je doet, maar word alsjeblieft niet zoals je vader. Die man is niet gelukkig. Hij is zo leeg dat hij zich alleen kan voeden met emoties van anderen. Soms is dat mooi als hij rondjes weggeeft en de grote meneer uithangt. Soms is het slecht als hij meth rookt en zijn trailer aan gort slaat. En soms is het heel slecht als hij mijn keel zo hard dichtknijpt dat ik denk dat ik doodga. En dan kijk ik naar zijn gezicht en zie dat hij zijn hele leven alleen maar plezier heeft beleefd aan het afschuiven van zijn eigen ellende op anderen.

God, wat een duister verhaal. Misschien dat je die kant van hem nooit te zien zult krijgen. Dat hoop ik, want het is alsof je in de muil van de hel kijkt. Met mij mag je vader doen wat hij wil, maar hij mag nooit maar dan ook nooit een vinger naar jou uitsteken. Toch wil ik niet het soort ex-vrouw zijn dat haar kind tegen zijn vader opzet. Als je hem uiteindelijk een slecht mens vindt, dan is dat omdat je het met eigen ogen hebt gezien.

Dus ik eindig deze brief door je drie goede dingen over je vader te vertellen.

Het eerste is dat je vader als familie voor me is. Ik weet dat het walgelijk is en ik heb vanaf het begin gezegd dat het niet waar is, maar toch voelt het zo. Niet dat hij als een broer voor me is, zoals je oom Fish, maar het komt in de buurt, en tegenover jou ga ik het zeker niet ontkennen.

Het tweede is dat hij me nog steeds aan het lachen kan maken. Dat klinkt misschien niet erg belangrijk, maar ik heb in mijn leven niet veel lol gehad, en daarom vind ik het zo moeilijk om hem los te laten. In het begin was het nog niet zo slecht tussen Dave en mij. Er was een tijd dat je vader alles voor me betekende. Ik ging altijd naar hem toe als Pa me moest hebben. Ik nam hem in vertrouwen. Ik wilde het hem naar de zin maken. Hij was een stuk ouder dan ik en had zoveel ellende meegemaakt dat ik het gevoel had dat hij me begreep. Eigenlijk wilde ik hem niet eens. Ik wilde dat hij mij wilde. Maar heb maar geen medelijden met je vader. Hij wist hoe het zat en vond het prima. Hij was er zelfs gelukkig mee. Ik hoop niet dat je zoiets ooit zelf zult voelen, dat je in een situatie terechtkomt waarbij je liever hebt dat mensen je dulden dan dat ze van je houden.

Maar goed, genoeg hierover.

Het derde is dat je vader mijn leven heeft gered na dat auto-ongeluk. Ik weet dat het dramatisch klinkt, maar hij heeft me echt gered. Hij bezocht me in het ziekenhuis. Hield mijn hand vast. Zei dat ik nog steeds mooi was terwijl we allebei wisten dat dat nooit meer het geval zou zijn. Hij zei dat het niet mijn schuld was terwijl we allebei wisten dat dat evenmin waar was. Er is maar één iemand tegen wie ik hem ook zo lief heb zien doen, en dat is Bitty. Eerlijk gezegd denk ik dat ik sindsdien altijd op zoek ben geweest naar die versie van Dave. Ik wil niet te diep in dat deel van mijn ellende graven, maar laten we het erop houden dat je vader voor me opkwam.

Dat zijn de dingen die je over hem moet weten, vooral het derde. En dat is waarschijnlijk ook de reden waarom ik ergens altijd van hem zal houden, ook al weet ik bijna zeker dat hij me op een dag gaat vermoorden.

Ik hou van je, voor altijd en eeuwig,
mama

11

Faith Mitchell keek op de klok aan de muur.

5.54 uur.

Uitputting had als een uitslaande brand in een tank bezit genomen van haar lichaam. Aangedreven door een gevoel van urgentie had ze zich een weg door het afgrijselijke verkeer gevochten om hier te komen, maar alles was gierend tot stilstand gekomen in de wachtkamer van de sheriff van Dillon County.

De voordeur had niet op slot gezeten, maar er zat niemand achter de balie. Niemand had gereageerd toen ze op de gesloten glazen afscheiding had geklopt en er was ook niemand gekomen toen ze op de bel had gedrukt. Op het lege parkeerterrein stonden geen patrouillewagens. Niemand nam de telefoon op.

Voor de duizendste keer keek Faith op haar horloge, dat tweeëntwintig seconden voorliep op de klok aan de muur. Ze ging op de stoel staan om de secondewijzer iets naar voren te schuiven. Ze hoopte dat iemand haar zag op de beveiligingscamera in de hoek en dan de politie zou bellen.

Het mocht niet zo zijn.

Douglas 'Biscuits' Hartshorne had gezegd dat ze elkaar op het bureau zouden treffen, maar dat was alweer drieëntwintig minuten geleden. Hij had haar talloze telefoontjes en berichten niet beantwoord. Wills telefoon had geen bereik of zijn batterij was leeg. Die van Sara ging meteen op voicemail. In de McAlpine Family Lodge nam niemand op. Volgens de website kon je er alleen komen door een berg op te lopen, wat klonk als het soort straf dat de Von Trapp-kinderen kregen voor Maria verscheen met haar gitaar.

Er zat voor Faith niets anders op dan door het vertrek te ijsberen. Eigenlijk wist ze op dat moment niet eens wat haar taak was. Haar enige telefoontje met Will had door de stortbui vol ruis gezeten, maar uit de informatie die hij haar had gegeven had ze opgemaakt dat er iets ergs was gebeurd vanwege een foute vent. Tijdens haar eindeloze rit de bergen in had ze naar de audiobestanden geluisterd die hij haar had gestuurd, en voor zover ze het begreep, had Will de zaak zo goed als afgewikkeld.

De eerste opname leek net een achtergrondverhaal voor zo ongeveer de allerergste aflevering van *Full House*. Delilah had een overzicht gegeven van Mercy McAlpines giftige relaties, met haar gewelddadige vader, haar kille moeder, haar eigenaardige broer en met de nog vreemdere vriend van haar broer. Verder waren er de smerige verhalen die de ronde deden over Dave en Mercy, niet echt incest maar ergens ook weer wel. Na de reclame was sheriff Biscuits op het toneel verschenen, die het geen zak leek uit te maken dat een vrouw op beestachtige wijze was vermoord en dat haar puberzoon werd vermist. De enige relevante informatie die Faith uit het hele gesprek had gedestilleerd, kwam van Wills zeer grondige verslag over hoe hij het lichaam van Mercy McAlpine had aangetroffen. En hoe hij uiteindelijk voor al zijn moeite werd beloond met een mes door zijn hand.

De tweede opname was net een aflevering van *24*, met dit verschil dat Jack Bauer zich ditmaal ook daadwerkelijk aan de grondwet moest houden die hij had gezworen te zullen beschermen. Het begon met Will die Dave McAlpine op zijn rechten wees, gevolgd door Dave die bekende dat hij eerder die dag een poging had gedaan om zijn vrouw te wurgen, waarna een impasse tot een handgemeen had geleid, waarbij Will – als Faith haar partner een beetje kende – Dave zo hard in zijn ballen had getrapt dat de man was gaan projectielbraken.

Een waarschuwing bij dat laatste zou fijn zijn geweest. Faith had het in Dolby Digital surround beluisterd via de speakers van haar Mini. Ze had in het aardedonker en in de stromende regen in een of andere uithoek vastgezeten in het verkeer en had het portier geopend om te kokhalzen boven het wegdek.

Ze keek weer op de klok.

5.55 uur.

Weer een minuut voorbij. Veel meer konden het niet worden. Ze wroette in haar tas op zoek naar studentenhaver. Ze had hoofdpijn als bij een milde kater, wat wel kon kloppen aangezien ze nog maar een paar uur geleden het zalige bestaan had geleid van een vrouw van wie even niets volwassens werd verwacht.

Wat er in feite op neerkwam dat ze onder de douche een koud biertje had staan drinken toen haar telefoon een raar geluid had gemaakt. Door de drie tjirptonen leek het alsof er een vogel op de wastafel in haar badkamer was neergestreken. Haar eerste gedachte was dat haar zoon van tweeentwintig te oud was om met haar beltonen te rotzooien. Bij haar tweede gedachte brak het zweet haar uit, ook al stond ze onder een waterstraal. Haar dochter van twee had uitgevonden hoe ze de telefooninstellingen moest veranderen. Faiths digitale leven zou nooit meer veilig zijn. Een virtuele schaamtegang trok aan haar ogen voorbij: de selfies, de sexting, de willekeurige dickpics waar ze absoluut om gevraagd had. Faith had haar douchebiertje bijna laten vallen toen ze achter het gordijn vandaan stormde.

Het bericht was zo vreemd dat ze een tijdje naar het schermpje had getuurd alsof ze nog nooit woorden had gezien.

NOOD SOS RAPPORT
Misdaad
INFORMATIE VERSTUURD
Noodvragenlijst
Huidige locatie

Het vaste rijtje mogelijkheden diende zich aan. Allereerst dacht ze aan Jeremy, die een onbezonnen tripje naar Washington DC maakte, 'onbezonnen' in de zin dat zijn moeder ertegen was. Vervolgens dacht ze aan Emma, die voor het eerst bij een van haar beste vriendinnetjes logeerde. Daarom klopte het hart haar in de keel toen ze het volgende bericht las. Van alles wat ze had verwacht, van een massaschietpartij tot een rampzalig ongeluk tot een terroristische aanval, was wat ze las zo onverwacht dat ze zich afvroeg of het een of andere phishingzwendel was.

Special GBI-agent Will Trent verzoekt om onmiddellijke assistentie bij een moordonderzoek.

Ze had nota bene in de spiegel gekeken om te zien of ze weer eens een knettergekke werkdroom had. Twee dagen eerder had ze zich de benen uit het lijf gedanst op de bruiloft van Will en Sara. Die zouden nu op huwelijksreis zijn. Er kon geen sprake van moord zijn, laat staan van een onderzoek, laat staan van een satellietbericht waarin om assistentie werd verzocht. Ze was zo uit het veld geslagen dat ze letterlijk opsprong toen haar telefoon overging. Vervolgens raakte ze in de war omdat het volgens de nummermelder haar chef was, uitgerekend degene met wie je wilde praten als je 's nachts om kwart over een met een biertje in je hand naar je naakte persoontje in je badkamerspiegel stond te kijken.

Een 'Sorry dat ik je stoor tijdens je vrije week' was er wat Amanda betrof niet bij, iets wat je van een normaal mens dat om anderen gaf wel zou verwachten. Het enige wat Faith te horen had gekregen was een bevel: 'Over tien minuten ben je buiten.'

Faith had haar mond geopend om te antwoorden, maar Amanda had de verbinding al verbroken. Er zat niets anders op dan de zeep van haar lichaam te spoelen en als een gek op zoek te gaan naar werkkleren in de Mount Everest aan vuile was die zich rond haar wasmachine had opgehoopt.

En nu was het vijf uur later en deed ze geen fuck.

Faith keek weer op de klok. Ze had de zoveelste minuut eraf geschaafd.

Ze dacht aan alle dingen die ze nu zou kunnen doen. De was, bijvoorbeeld, want haar overhemd meurde. Nog een douchebiertje drinken. Haar kruidenkastje opnieuw inrichten terwijl ze lekker hard *NSYNC draaide. *Grand Theft Auto* spelen zonder dat ze hoefde uit te leggen waarom ze lukraak mensen doodde. Er niet over inzitten dat Emma het misschien eng vond om in een ander bed te slapen. Er niet over inzitten dat Emma het heerlijk zou vinden om in een ander bed te slapen. Er niet over inzitten dat Jeremy een roadtrip naar Quantico maakte in de hoop dat hij bij de FBI werd aangenomen. Er niet over inzitten dat de FBI-agent die hem ernaartoe reed toevallig ook de man was met wie Faith naar bed ging, dat ze er al acht maanden flink tegenaan waren gegaan maar dat ze het nog steeds niet opbracht om hem anders aan te duiden dan als de man met wie ze naar bed ging.

En dat waren alleen nog maar de problemen van het hier en nu. Faith was van plan geweest om haar vakantie van een week te gebruiken om haar onvolprezen moeder te ontlasten van haar oppastaak. En om haar dochter eraan te herinneren dat ze ook nog een moeder had. Ze had haar agenda overbeladen. Zo had ze bij de Four Seasons een afternoontea gereserveerd en zich ingeschreven voor een schminkworkshop en een workshop aardewerk schilderen. Ze had kaartjes gekocht voor het poppenspelcentrum, een kinderaudiotour door de botanische tuinen gedownload, zich verdiept in trapezelessen en een poging gedaan om –

Haar telefoon ging.

'Godzijdank!' riep ze door de lege ruimte. Dit was niet het moment om vast te lopen in haar eigen gedachten. 'Mitchell.'

'Waarom zit je op het politiebureau?' vroeg Amanda.

Faith onderdrukte een vloek. Ze vond het maar niks dat Amanda haar telefoon kon traceren. 'De sheriff zei dat we elkaar hier zouden treffen.'

'Hij is in het ziekenhuis, met de verdachte.' Amanda's toon suggereerde dat dit algemeen bekend was. 'Dat is aan de overkant van de straat. Waarom loop je te lanterfanten?'

Faith deed haar mond al open, maar Amanda verbrak de verbinding. Ze griste haar tas mee en liep de benauwde wachtkamer uit. Roze wolken kleurden de lucht. Het begon eindelijk dag te worden. De straatlantaarns gingen uit. Ze zoog de ochtendlucht op terwijl ze het spoor overstak dat het kleine centrum in tweeën verdeelde. Ridgeville was een stadje van niks. Een rij winkels van één verdieping, jarenvijftigstijl, besloeg één blok. Het waren hoofdzakelijk toeristenfuiken, zoals antiekzaakjes en kaarsenwinkels.

Ridgeville Medical bestond uit twee verdiepingen van glas en betonblokken. Het was het hoogste gebouw zo ver ze kon zien. Het parkeerterrein stond vol pick-ups en auto's die ouder waren dan Faiths zoon. Ze zag de patrouillewagen van de sheriff bij de voordeur staan.

'Faith.'

'Fuck!' Faith schrok zo dat ze haar tas bijna liet vallen. Uit het niets dook Amanda op.

'Let een beetje op je taal,' zei Amanda. 'Het is niet professioneel.'

Dit werd het verhaal van haar leven, vermoedde ze, want ze zou 'fuck' blijven zeggen.

'Waar bleef je al die tijd?'

'Ik heb twee uur in de file gestaan vanwege een ongeluk. Hoe ben jij erlangs gekomen?'

'Waarom is het jou niet gelukt?'

Amanda's telefoon zoemde. Met gebogen hoofd keek ze op het scherm. Haar volmaakt gekapte peper-en-zoutkleurige haar was zoals gewoonlijk tot een helm gedraaid. In haar rok en bijpassende blazer zat geen kreukeltje. Haar duimen bewogen vliegensvlug over het scherm terwijl ze een van de duizenden berichten beantwoordde die ze die dag zou ontvangen. Amanda was adjunct-directeur van het GBI, verantwoordelijk voor honderden werknemers, vijftien regionale bureaus, zes afdelingen voor drugshandhaving en een stuk of vijf gespecialiseerde eenheden die actief waren in alle honderdnegenenvijftig districten in Georgia.

Wat aan Faith de volgende vraag ontlokte: 'Wat doe jij hier? Je weet dat ík dit kan afhandelen.'

Amanda's telefoon verdween weer in haar jaszak. 'De sheriff heet Douglas Hartshorne. Nadat zijn vader die functie vijftig jaar had bekleed, dwong een beroerte hem vier jaar geleden met pensioen te gaan. Junior werd unaniem tot zijn opvolger gekozen. Hij schijnt zijn vaders afkeer van het GBI te hebben geërfd. Ik kreeg een keihard nee toen ik aanbood de zaak over te nemen.'

'Hij wordt Biscuits genoemd,' zei Faith. 'Zal ik uitleggen waarom?'

'Zie ik eruit als iemand die dat wil weten?'

Amanda zag eruit als iemand die een ziekenhuis binnenliep. Faith volgde haar naar de wachtkamer boordevol ellende. Alle stoelen waren bezet. Mensen leunden tegen de muren, vurig hopend dat hun naam zou worden omgeroepen. Faith kreeg een déjà vu van haar eigen vroegeochtenduitstapjes naar de spoedafdeling met haar kinderen. Jeremy was het soort baby geweest dat krijsend zijn koorts opdreef. Gelukkig was Emma op het toneel verschenen rond de tijd dat Will Sara had ontmoet. Er viel iets voor te zeggen om goed bevriend te zijn met een kinderarts.

Dat deed haar aan iets denken. 'Waar is Sara eigenlijk?'

'Zij aan zij met Will, zoals gewoonlijk.'

Niet echt een antwoord, maar Faith had afgeleerd om op antwoorden aan te dringen. Bovendien opende Amanda al een deur die naar achteren voerde, ondanks een bordje met de tekst ALLEEN PERSONEEL.

Ze werden met nog meer ellende geconfronteerd. Langs de hele gang lagen patiënten op brancards, maar Faith zag nergens een arts of een verpleegkundige. Die bevonden zich waarschijnlijk achter de gesloten gordijnen van ruimtes die voor kamers moesten doorgaan. Boven het staccato van hartmonitoren en ademhalingsapparaten uit hoorde ze Amanda's lage hakjes tegen de gelamineerde tegels klakken. In gedachten probeerde ze te bedenken waarom Amanda in het holst van de nacht een rit van twee uur had gemaakt naar een boerengat vanwege een al opgeloste moordzaak waar iemand met haar functie niet naar zou moeten omkijken. Jezus, zelfs iemand met Faiths functie niet. Het GBI mengde zich alleen in een onderzoek als er iets mis was gegaan, en zelfs dan alleen op verzoek. Biscuits had duidelijk te kennen gegeven dat hij niet van hulp gediend was.

Amanda stopte bij de verlaten verpleegpost en tikte op de bel. Het gerinkel kwam nauwelijks boven het gekreun en het geluid van de apparaten uit.

'Waarom ben je hier eigenlijk?' vroeg Faith.

Amanda was alweer aan het bellen. 'Will wordt verondersteld op huwelijksreis te zijn. Ik wil niet dat deze klus alle leven uit hem zuigt.'

Faith wist op tijd een jankerig 'En ik dan?' te onderdrukken. Amanda had altijd al een heimelijke band met Will gehad. Tijdens een surveillancedienst bij het Atlanta Police Department had ze de kleine Will in een vuilnisbak gevonden. Tot zeer recent had hij geen idee gehad dat Amanda's onzichtbare hand hem zijn hele leven al had gestuurd. Faith zou er alles voor overhebben om de details te weten te komen, maar geen van beiden was geneigd diepe, duistere geheimen te delen, en Sara was tot op het irritante af loyaal aan haar man.

Amanda keek op van haar telefoon. 'Denk je dat die Dave de moord heeft gepleegd?'

Faith had daar niet over nagedacht, want het leek voor de hand te liggen. 'Hij heeft bekend dat hij had geprobeerd Mercy te wurgen. Een alibi heeft hij niet. Volgens de tante heeft hij een lange geschiedenis van huiselijk geweld. Hij verschool zich in het bos. Hij verzette zich tegen zijn arrestatie. Als je tien seconden stoerdoenerij en een halve minuut kotsen verzet mag noemen.'

'Vreemd genoeg lijkt de familie niet echt geraakt door het verlies.'

Faith concludeerde dat Amanda ook naar Wills audiobestanden had geluisterd. Zelf had ze ze in de auto zo lang afgedraaid dat ze sommige opmerkingen van Delilah praktisch uit haar hoofd kende. 'Volgens de tante is geld een belangrijk motief. Ze beschreef Mercy's broer als het type damesslipjes-verzamelende-seriemoordende-kluizenaar. Ze noemde haar eigen broer een gewelddadige klootzak. Ze zei dat haar schoonzus een kouwe kikker was. En dat Bitty had gedreigd Mercy een mes in de rug te steken, een paar uur voor ze inderdaad een afgebroken mes in haar rug had.'

'Delilah zei ook iets over de exhibitionisten in huisje 5.'

Daarover had Faith ook meer willen weten, maar alleen omdat ze al even nieuwsgierig was als Delilah. 'Die Chuck lijkt me een interessante figuur om mee te praten. Hij is heel close met de broer. Misschien kent hij bepaalde geheimen. En dan heb je nog die rijke hufters die eropuit waren de Lodge te kopen.'

'Die krijgen we nooit te pakken. Die hebben kasten vol advocaten,' zei Amanda. 'Hoeveel gasten verblijven er op de Lodge?'

'Weet ik niet. Volgens de website hebben ze nooit meer dan twintig gasten tegelijk. Als je van het buitenleven en lekker zweten houdt, is het een fantastische plek. Ik kon niet ontdekken hoeveel het allemaal kost, maar ik ga uit van een fortuin. Will moet er een heel jaarsalaris aan gespendeerd hebben.'

'Reden temeer om hem erbuiten te houden,' zei Amanda. 'Jij moet het verhoor van Dave doen. Hij is hier per ambulance naartoe gebracht. Sara wilde testiculaire torsie uitsluiten.'

Faith wist dat het niet grappig was, maar eigenlijk was het dat wel een beetje, vond ze. 'Welke code moet ik daarvoor gebruiken in mijn rapport? Achtentachtig?'

Opeens liep Amanda weg. Aan het eind van de gang had ze Sara gezien. Weer kostte het Faith moeite om haar bij te houden. Sara droeg een T-shirt met korte mouwen en een spijkerbroek en had haar haar opgestoken. Ze maakte een uitgeputte indruk toen ze Faith in haar arm kneep.

'Faith, wat erg dat jij er ook bij betrokken bent. Ik weet dat je je hele week had vol gepland met Emma.'

'Die vermaakt zich wel,' zei Amanda, want peuters konden als geen ander met onverwachte veranderingen overweg. 'Waar is Will?'

'Zich aan het wassen op het toilet. Ik heb hem zijn hand laten weken in verdunde Betadine voor hij gehecht werd. Het mes heeft de zenuwen gemist, maar ik ben nog wel bang voor infectie.'

'En Dave?' wilde Amanda weten.

'Zijn epididymis heeft de grootste klap opgevangen. Dat is een soort kronkelend buisje aan de achterkant van de testikels waar het sperma doorheen gaat tijdens het ejaculatieproces.'

Amanda keek geërgerd. Ze haatte medisch taalgebruik. 'Dokter Linton, in gewone woorden graag.'

'Zijn ballen zijn gekneusd aan de achterkant. Hij zal moeten rusten, de zaak omhoog moeten houden en ijskompressen moeten gebruiken, maar over een week is alles dan normaal gesproken weer in orde.'

Aangezien Faith Dave ging verhoren, vroeg ze: 'Krijgt hij iets tegen de pijn?'

'Zijn arts heeft hem tylenol gegeven. Het is niet mijn zaak, maar ik zou tramadol hebben voorgeschreven, wat ibuprofen tegen de zwelling en iets tegen de misselijkheid. Het spermakoord loopt met een lus vanaf de testikels door het lieskanaal naar de onderbuik, dan weer terug achter de blaas langs. Het hecht zich bij de prostaatklier aan de plasbuis, en de plasbuis loopt vervolgens weer naar de penis. En dat is een heel verhaal waarmee ik alleen maar wil zeggen dat Dave een afschuwelijk trauma heeft doorstaan. Aan de andere kant...' Ze haalde haar schouders op. 'Dat heeft hij verdiend. Had hij Will maar niet met een vlindermes moeten bedreigen.'

Faith rook een nieuwe aanklacht. 'Waar is dat mes?'

'Dat heeft Will aan de sheriff gegeven.' Sara kon haar gedachten wel raden. 'Het lemmet is nog geen vijfentwintig centimeter lang, het is dus legaal.'

'Niet als hij het verborgen bij zich droeg met de bedoeling er een misdrijf mee te plegen,' zei Amanda.

'Dat is alleen maar een overtreding,' sprak Faith haar tegen. 'Maar als we het aan de moord kunnen koppelen –'

Amanda onderbrak haar. 'Dokter Linton. Waar is Dave nu?'

'Hij is vannacht ter observatie opgenomen. De sheriff zit bij hem in de kamer. Voor ik het vergeet: Dave droeg een T-shirt met een bloederige handafdruk aan de voorkant. De sheriff registreert de kleren en persoonlijke bezittingen als bewijsmateriaal. Hij moet eigenlijk ook foto's maken van de schrammen op Daves romp en hals. De plaatselijke lijkschouwer heet Nadine Moushey. Ze heeft al een officieel verzoek ingediend of het GBI Mercy's autopsie wil verrichten.' Sara keek op haar horloge. 'Nadine haalt rond deze tijd Mercy's lichaam uit het huisje. Ik heb om acht uur met haar afgesproken, beneden in het mortuarium.'

'Ik heb de hoofdcommissaris van district 8 al laten weten dat ze toezicht moet houden op het transport van het lichaam naar het hoofdkwartier,' zei Amanda.

'Wil je daarmee zeggen dat ik een stap terug moet doen?'

'Is jouw betrokkenheid eigenlijk wel nodig?'

'Bedoel je of een gekwalificeerde patholoog-anatoom, die het slachtoffer ter plaatse heeft gezien, eigenlijk wel haar deskundige mening moet geven tijdens een voorbereidend lichamelijk onderzoek?'

'Je hebt de gewoonte ontwikkeld om vragen te stellen in plaats van ze te beantwoorden.'

'O ja?'

Amanda's blik was ondoorgrondelijk. In theorie was ze Sara's baas, maar Sara had haar altijd eerder als een collega behandeld. En vanwege Will was Amanda ergens ook haar schoonmoeder, en ergens ook weer niet.

Faith doorbrak de impasse. 'Is er verder nog iets wat we moeten weten?'

'Op de plaats delict lag een rugzak,' zei Sara. 'Delilah stelde vast dat die van Mercy was. Gelukkig zat er een brandwerend middel op het nylon. De inhoud kan weleens interessant zijn. Mercy had wat toiletspullen en kleren ingepakt, plus een aantekenboek.'

Nu was Faith weer helemaal bij de les. 'Wat voor aantekenboek?'

'Voor opstellen, iets wat iedere leerling bij zich heeft op school.'

'Heb je het gelezen?'

'De pagina's waren doorweekt, dus het moet door het lab worden verwerkt. Ik vind het interessanter om te weten waar Mercy naartoe wilde. Het was midden in de nacht. Eerder die avond had ze ruzie gehad met haar zoon, waar iedereen bij was. Waarom ging ze weg? Waar ging ze naartoe? Hoe kwam ze in het meer terecht? Nadine wees erop dat er genoeg lege huisjes waren, als Mercy haar familie een tijdje niet had willen zien.'

'Hoeveel precies?' vroeg Faith.

'Het aantal doet er niet toe,' zei Amanda. 'Probeer nu maar een bekentenis uit die Dave te krijgen. Dan kunnen we hier snel een punt achter zetten. Toch, dokter Linton?'

'Wel wat Dave betreft.' Sara keek weer op haar horloge. 'Delilah zal wel buiten staan te wachten. We gaan op zoek naar Jon.'

'Lijkt je dat een goede bezigheid tijdens je huwelijksreis?'

'Ja.'

Amanda hield Sara's blik nog even vast, voor ze zich omdraaide en wegliep. 'Faith?'

Faith begreep dat dit het sein voor vertrek was. Uit solidariteit met Sara stak ze haar vuist in de lucht, waarna ze op een drafje achter Amanda aan ging. Ze zei: 'Denk maar niet dat Sara een tiener die net zijn moeder is verloren zomaar uit beeld laat verdwijnen.'

'Jeremy kon zichzelf op zijn zestiende al redden.'

Jeremy had op zijn zestiende zoveel kaas gegeten dat Faith medische hulp had moeten inschakelen. 'Puberjongens zijn minder weerbaar dan je denkt.'

Amanda liet de liften links liggen en nam de trap. Haar mond was een strakke streep. Faith vroeg zich af of ze dacht aan Will op die leeftijd, maar toen besefte ze weer dat het zinloos was om te proberen in Amanda's hoofd te kijken. In plaats daarvan concentreerde ze zich op het verhoor van Dave.

Tijdens de twee uur dat ze op de snelweg had vastgezeten, had ze zich verdiept in het strafblad van David Harold McAlpine. Zijn jeugdstrafblad was verzegeld, maar als volwassene had hij talloze aanklachten op zijn naam staan, allemaal van het soort dat je kon verwachten van een verslaafde die zijn vrouw sloeg. Dave had voor allerlei misdrijven achter de tralies gezeten, van kroeggevechten, autodiefstal, diefstal van flesvoeding en rijden onder invloed tot huiselijk geweld. Slechts een enkele aanklacht had tot een veroordeling geleid, wat merkwaardig maar niet verrassend was.

Evenals Amanda en haar eigen moeder was Faith haar loopbaan begonnen als straatagent bij het Atlanta Police Department. Ze kon tussen de regels van een strafblad door lezen. De verklaring achter het herhaaldelijk stuklopen van de aanklachten wegens huiselijk geweld was duidelijk: Mercy had niet willen getuigen. Dat de andere misdrijven merkwaardig genoeg zonder gevolg waren gebleven, wees op een man die zonder aanziens des persoons zijn medegevangenen verlinkte om zelf de cel uit te komen of om ervoor te zorgen dat hij niet bij de zware jongens werd opgesloten.

Verrassend was het niet. Veel mannen die hun vrouw sloegen waren buitengewoon bekrompen lafaards.

Bovenaan de trap duwde Amanda de deur open. Een paar tellen later voegde Faith zich bij haar. Het was schemerig op de gang. Er zat niemand op de verpleegpost tegenover de lift. Faith zag een bord aan de muur met patiëntennamen en verpleegtaken. Er waren tien kamers, alle bezet, maar er was slechts één verpleegkundige.

'Dave McAlpine,' las Faith. 'Kamer 8. Gaan we ervoor?'

Ze draaiden zich allebei om toen de liftdeuren opengingen. Will droeg een geruit overhemd en een operatiebroek die te kort was voor zijn lange benen. Faith zag zijn zwarte sokken boven zijn wandelschoenen uitsteken. Hij hield zijn verbonden rechterhand tegen zijn borst. Op zijn hals en gezicht zaten schrammetjes.

Zoals gewoonlijk was Amanda een en al hartelijkheid. 'Waarom lijk je net een chirurg in een ska-band?'

'Dave heeft mijn broek ondergekotst,' zei Will.

'Zo!' Faith bewaarde de high five voor later. 'Sara zei dat je zijn ballen in zijn blaas hebt geramd.'

Amanda slaakte een korte zucht. 'Ik zal de sheriff laten weten dat hij vast heel blij gaat zijn met onze assistentie bij dit onderzoek.'

'Succes,' zei Will. 'Hij wil koste wat kost de zaak houden.'

'Ik stel me zo voor dat hij ook koste wat kost wil voorkomen dat elk bedrijf in zijn district wordt doorgelicht op niet-geregistreerde werknemers en schendingen van de wet op kinderarbeid.'

Amanda liep weg en Faith keek haar na, een terugkerend thema die ochtend. Tegen Will zei ze: 'Ik doe het verhoor. Moet ik nog iets weten?'

'Ik heb hem gearresteerd wegens geweldpleging en verzet. Biscuits ging ermee akkoord niets over de moord te zeggen, dus voor zover ik weet, weet hij niet dat we het lijk hebben gevonden. Zijn grootste zorg is dat hij denkt dat ik hem gisteren op het pad heb gezien toen hij Mercy probeerde te wurgen.'

'Denkt die gast nou echt dat je gewoon zou toekijken terwijl hij een vrouw wurgde?' Faith lustte een domme verdachte rauw. 'Zo te horen kon ik weleens op tijd thuis zijn om Emma naar Clown Camp te brengen.'

'Zou ik niet op rekenen,' zei Will. 'Je moet Dave niet onderschatten. Hij doet alsof hij een domme boer is, maar hij is manipulatief, sluw en wreed.'

Het kostte Faith moeite erachter te komen wat Will haar probeerde te vertellen. 'Zijn strafblad staat vol idiote misdrijven. De ergste veroordeling die hij ooit heeft gehad was tweeënhalf jaar in de districtsgevangenis wegens autodiefstal. En van de rechter mocht hij nog werken ook.'

'Hij is een verklikker.'

'Precies. Verklikkers zijn doorgaans geen criminele hoogvliegers, en voor iemand die jij sluw noemt is hij wel heel vaak opgepakt. Wat zie ik over het hoofd?'

'Dat ik hem ken.' Will keek naar zijn verbonden hand. 'Dave zat samen met mij in het kindertehuis. Op zijn dertiende liep hij weg. Hij belandde hier. Er is hier een oud kampterrein. Lang verhaal, maar Dave gaat waarschijnlijk vertellen dat we elkaar van vroeger kennen, dus daar kun je maar beter op voorbereid zijn.'

Faith had het gevoel dat haar wenkbrauwen in haar schedel verdwenen. Nu klopte het verhaal. 'En wat nog meer?'

'Vroeger pestte hij me,' zei Will. 'Niks fysieks, maar het was gewoon een klootzak. We noemden hem de Jakhals.'

Faith kon zich niet voorstellen dat Will gepest werd. Niet alleen was hij een reus, maar hij was ook een stuk ouder. 'Dave is vier jaar jonger dan jij. Hoe kreeg hij dat voor elkaar?'

'Hij is geen vier jaar jonger dan ik. Hoe kom je daarbij?'

'Zijn strafblad. Overal staat zijn geboortedatum op.'

Met iets van weerzin schudde Will zijn hoofd. 'Hij is twee jaar jonger dan ik. De McAlpines zullen wel een lagere leeftijd hebben opgegeven.'

'Hoezo?'

'Tegenwoordig gaat dat niet meer zo gemakkelijk, want alles is gedigitaliseerd, maar destijds had niet elk kind een geldig geboortebewijs. Pleegouders konden een verzoek bij de rechtbank indienen om de leeftijd van een kind te wijzigen. Als het een rotkind was, lieten ze het voor ouder doorgaan zodat het eerder uit het systeem werd verwijderd. Als het een makkelijk kind was, of als het voor een bijzondere uitkering in aanmerking kwam, lieten ze het voor jonger doorgaan zodat het geld bleef binnenstromen.'

Faith werd er bijna misselijk van. 'Wat is dat precies, een bijzondere uitkering?'

'Hoe meer problemen, hoe meer geld. Het kind kan emotionele problemen hebben, of het is het slachtoffer geweest van seksueel misbruik en moet in therapie, wat betekent dat je hem naar afspraken moet rijden, en misschien heb je thuis je handen vol aan hem, dan geeft de staat je meer geld voor alle moeite die je doet.'

'Jezus christus.' Faiths stem haperde. Ze had geen idee of iets dergelijks ook voor Will had gegolden. Alleen al de gedachte stemde haar dieptreurig. 'Dus Dave was een probleemkind?'

'Op de basisschool werd hij seksueel misbruikt door een gymleraar. Dat ging een paar jaar door.' Will haalde zijn schouders op, maar het was een afschuwelijk vergrijp. 'Dat gaat hij vast gebruiken om medelijden op te wekken. Laat hem maar praten, maar besef wel dat hij weet wat het is om hulpeloos te zijn, en hou voortdurend in gedachten dat hij het soort man is geworden dat jarenlang zijn vrouw sloeg en haar uiteindelijk verkrachtte en vermoordde.'

Faith voelde de woede in zijn stem. De haat spatte er af. 'Weet Amanda dat jij Dave kent?'

Will klemde zijn kaken op elkaar, zijn manier van ja zeggen. Het verklaarde ook meteen waarom Amanda de rit van twee uur hiernaartoe had gemaakt. En waarom ze Will per se van deze zaak wilde halen.

Ze had meer vragen. 'Dave is inmiddels een volwassen man. Waarom is hij bij de McAlpines gebleven als ze zijn moeilijke jeugd misbruikten om geld te vangen?'

Weer haalde Will zijn schouders op. 'Voor hij wegliep, had Dave een zelfmoordpoging gedaan waardoor hij in een psychiatrische inrichting belandde. Als je daar eenmaal zit, kom je er niet zo makkelijk meer uit. Wat de inrichting betreft, die krijgt geld om zo'n jongere in behandeling te houden. En zo'n jongen is woedend en suïcidaal omdat hij op een psychiatrische afdeling is opgesloten, wat het er alleen maar erger op maakt. Dave zat een halfjaar achter slot en grendel. Hij was nog geen week terug in het tehuis toen hij ervandoor ging. De McAlpines hadden zo hun problemen, maar ik denk dat hij op de een of andere manier het gevoel had dat ze hem hadden gered. Zonder die adoptie zou hij zonder meer zijn teruggestuurd naar Atlanta.'

Faith sloeg dat alles diep in haar hart op om er later om te kunnen huilen. 'Een jongen van dertien weet zelf heel goed dat hij geen elf meer is. De rechter had het aan hem kunnen vragen.'

'Ik zei toch dat het een gluiperd is,' zei Will. 'Dave loog altijd over de stomste dingen. Hij pikte spullen van anderen of maakte ze kapot, alleen omdat hij het niet kon uitstaan dat jij iets had en hij niet. Zo'n jongen die altijd de stand bijhield. Jij kreeg bijvoorbeeld een extra schep aardappelkoekjes bij de lunch, maar dan moest hij wat extra's bij het avondeten.'

Faith kende het type. Ze wist ook hoe moeilijk Will het vond om over zijn jeugd te praten. 'Aardappelkoekjes zijn heerlijk.'

'Ik barst van de honger.'

Faith rommelde in haar tas op zoek naar een reep. 'Je wilt zeker iets met nootjes, hè?'

Grijnzend nam Will de Snickers in ontvangst. 'Trouwens, Sara is er niet helemaal zeker van dat Dave de moordenaar is.'

Dat was nieuwe informatie. 'Oké. Maar jij wel?'

'Absoluut. Maar op Sara's intuïtie valt meestal niets af te dingen. Dus...' Met zijn tanden scheurde Will de wikkel open. 'De laatste getuige die Mercy vóór haar dood heeft gezien, zei dat ze rond halfelf 's avonds bij huisje 7 was.'

Faith pakte haar notitieboekje en pen. 'Neem het tijdpad eens met me door.'

Will had de helft van de Snickers al in zijn mond gepropt. Na twee keer kauwen slikte hij de brok door en zei: 'Sara en ik waren bij het meer. Ik keek op mijn horloge voor ik het water in ging. Het was zes over elf. Ik schat dat we rond halftwaalf de eerste kreet hoorden.'

'Een harde kreet?'

'Ja,' zei Will. 'We konden niet goed zeggen uit welke richting het kwam, maar we dachten uit de buurt van het hoofdterrein. Daar staan het woonhuis en de meeste vakantiehuisjes. Sara en ik liepen eerst samen op, maar toen gingen we uiteen zodat ik een rechtstreekse route kon nemen. Ik rende het bos door. Maar toen bleef ik staan, want eigenlijk was dat stom, toch? Dat we een kreet hoorden ergens in de bergen en het bos in renden. Ik besloot Sara te gaan zoeken. Op dat moment hoorde ik de tweede gil. Ik schat de tijd tussen de eerste en de tweede gil op een minuut of tien.'

Faith begon weer te schrijven. 'Mercy schreeuwde een woord: "Help."'

'Klopt. En toen schreeuwde ze: "Alsjeblieft." Tussen de tweede en derde gil zat veel minder tijd, misschien een seconde of twee. Maar het kwam duidelijk uit de richting van de vrijgezellenhuisjes in de buurt van het meer.'

'Vrijgezellenhuisjes.' Faith noteerde het woord. 'Waren jullie daar aan het zwemmen?'

'Nee, verder naar boven. Het heet daar de Shallows. Het meer is heel groot. Je moet er de plattegrond bij pakken. De Shallows is aan de bovenkant en de vrijgezellenhuisjes staan aan de onderkant. Het hoofdterrein ligt daar hoog boven, dus in feite ging ik eerst heuvelopwaarts en toen langs de andere kant naar beneden.'

Faith had de plattegrond hard nodig. 'Hoelang deed je erover om bij Mercy te komen, na de tweede en derde kreet?'

Will schudde zijn hoofd en zei schouderophalend: 'Moeilijk te zeggen. Ik was behoorlijk opgefokt, midden in de nacht met allemaal bomen om me heen, bang om op mijn bek te gaan. Ik lette niet op de tijd. Nog eens tien minuten?'

'Hoelang doe je erover om van het hoofdterrein bij de vrijgezellenhuisjes te komen?'

'We namen samen met de lijkschouwer een van de paden naar beneden om haar de plaats delict te wijzen. Dat duurde ongeveer twintig minuten, maar we liepen in een groepje en bleven op het pad.' Weer haalde hij zijn schouders op. 'Tien minuten?'

'Ga je steeds zeggen dat het tien minuten duurde?'

Voor de derde keer haalde Will zijn schouders op. 'Sara keek op mijn horloge toen ze Mercy dood verklaarde. Het was precies middernacht.'

Faith schreef het op. 'Dus pak 'm beet twintig minuten tussen de kreet op het hoofdterrein en het moment dat jullie Mercy in het water aantroffen, maar tussen Mercy's eerste en laatste kreet voor ze stierf zaten tien minuten.'

'Tien minuten is tijd zat om een vrouw te vermoorden en dan een huisje in de fik te steken. Al helemaal als je het van tevoren allemaal gepland hebt,' zei Will. 'Dan kuier je terug naar het kampterrein en wacht tot de plaatselijke sheriff het onderzoek naar de knoppen helpt.'

'Weet je zeker dat de eerste en laatste twee kreten van een en dezelfde persoon waren?'

Will dacht even na. 'Ja. Zelfde toon. En wie zou het anders moeten zijn?'

'Straks rennen we nog met stopwatches het hele terrein rond.'

'Precies.'

Het vooruitzicht leek hem stukken vrolijker te stemmen dan Faith. 'Waarom denkt Sara dat we Dave niet moeten hebben?' vroeg ze.

'De laatste keer dat ik Dave zag, was om een uur of drie 's middags. Zo'n vier uur later sprak Sara met Mercy. Ze zag kneuzingen op Mercy's hals. Mercy zei dat Dave had geprobeerd haar te wurgen. Maar ze maakte zich meer zorgen om haar familie, die het op haar had gemunt, vermoedelijk omdat ze de verkoop van de Lodge tegenhield. Mercy was niet bang voor Dave. Ze zei zelfs dat iedereen op de berg haar het liefst dood zag.'

'Inclusief de gasten?'

Will haalde zijn schouders op.

'Ik bedoel...' Faith probeerde niet te hard van stapel te lopen. Ze had altijd al een *locked-room*-mysterie willen oplossen. 'We hebben een beperkt aantal verdachten op een afgelegen locatie. Dat vraagt om Scooby Doo.'

'Aan tafel zaten zes familieleden: Pa en Bitty, Mercy en Christopher, Delilah, en laten we Chuck er ook maar bij doen. Jon verscheen voor de eerste gang, straalbezopen, en ging vreselijk tegen Mercy tekeer. En dan waren er de gasten. Sara en ik, Landry en Gordon, Drew en Keisha, Frank en Monica. En de investeerders: Sydney en Max. We zaten allemaal bij elkaar aan een lange eettafel.'

Face keek op van haar notitieboek. 'Stonden er kandelaars op tafel?'

'Er waren ook nog een kok en een barkeeper en twee man in de bediening.' Will schoof het laatste stuk Snickers zijn mond in. 'Attentie!'

Amanda kwam weer op hen afstappen, met de sheriff in haar kielzog. Biscuits zag er precies zo uit als Faith zich had voorgesteld toen ze de opname met zijn stem had gehoord. Wat gezet, minstens tien jaar ouder dan zij en met een flink lager IQ. Aan zijn pafferige gezicht kon ze zien dat hij in het derde stadium zat van zijn onderhandelingen met Amanda, namelijk dat hij woede en berusting had overgeslagen en rechtstreeks naar chagrijn was gegaan.

'Special agent Faith Mitchell.' Amanda stelde hen aan elkaar voor. 'Dit is sheriff Douglas Hartshorne. Hij was zo vriendelijk het onderzoek door ons te laten overnemen.'

Biscuits keek verre van vriendelijk. Eerder pissig. Tegen Faith zei hij: 'Ik ben erbij wanneer je met Dave gaat praten.'

Faith had geen behoefte aan zijn gezelschap, maar uit Amanda's zwijgen maakte ze op dat ze geen keuze had. 'Heeft de verdachte iets over de misdaad gezegd, sheriff?'

Biscuits schudde zijn hoofd. 'Hij praat niet.'

'Heeft hij om een advocaat gevraagd?'

'Nee, en je krijgt er niks uit, maar dat hebben we ook niet nodig. We hebben genoeg bewijs om hem op te sluiten. Bloed op zijn shirt. Schrammen. Gewelddadige voorgeschiedenis. Dave werkt graag met messen. Heeft er altijd eentje in zijn achterzak.'

'Heeft hij behalve dat vlindermes doorgaans ook iets anders bij zich?'

De vraag stond Biscuits kennelijk niet aan. 'Dit is een lokale kwestie, en die hoort lokaal te worden afgehandeld.'

Faith glimlachte. 'Ga je mee naar kamer 8?'

Biscuits maakte een breed armgebaar, zo van 'na jou'. Op de gang liep hij zo dicht op Faiths hielen dat ze zijn zweet en aftershave kon ruiken.

'Hoor eens, schat,' zei hij, 'ik weet dat je gewoon orders opvolgt, maar je moet één ding begrijpen.'

Faith bleef staan en keerde zich naar hem toe. 'En dat is?'

'Jullie GBI-agentjes gaan van het klaslokaal rechtstreeks naar het vergaderlokaal. Jullie hebben geen idee hoe het is om straatwerk te doen. Voor een echte smeris is dit soort moord appeltje-eitje. Ik had je twintig jaar geleden al kunnen vertellen dat een van die twee het met de dood zou bekopen en dat de ander op de achterbank van een patrouillewagen zou belanden.'

Faith zei maar niet dat ze tien jaar van haar leven op straat had gepatrouilleerd voordat ze gepromoveerd was naar de moordbrigade van Atlanta. 'Laat eens horen.'

'Die McAlpines, daar is niks mis mee, maar Mercy is altijd een dwarsligger geweest. Altijd in de problemen. Drank en drugs. Met iedereen het bed in. Op haar vijftiende was die meid al zwanger.'

'Wauw,' zei Faith, die zelf ook op haar vijftiende zwanger was geraakt.

'Wauw, wat je zegt. Die heeft Daves leven zo goed als kapotgemaakt,' zei Biscuits. 'Nadat Jon was geboren, is het met die arme vent nooit meer goed gekomen. De cel in en uit. Had het altijd met iedereen aan de stok. Nog voor hij Mercy met jong had geschopt, vocht Dave al tegen zijn eigen demonen. De pleegzorg heeft hem geen goed gedaan. Hij werd door een leraar misbruikt. Het mag een wonder heten dat hij nog geen kogel door zijn eigen kop heeft gejaagd.'

'Inderdaad,' zei Faith. 'Zullen we nu met hem over de moord gaan praten?'

Ze wachtte zijn antwoord niet af, maar opende de deur naar een klein portaal. Rechts zag ze een toilet. Links een wasbak en een kast. Het licht was gedimd. Ze hoorde het zachte gemurmel van een tv. Er hing de muffe lucht van een gewoonteroker. Een hoop kleren vulde de wasbak. Op het werkblad lag een lege papieren zak met het woord BEWIJS. De sheriff had er wel een paar latex handschoenen uit gehaald, maar hij had de persoonlijke eigendommen van de verdachte niet ingepakt en gelabeld: een pakje sigaretten, een uitpuilende portefeuille met klittenband, een tube lippenbalsem en een Android-telefoon.

Dave McAlpine drukte het geluid van de tv uit toen Faith de lampen feller zette. Het leek hem niet te deren dat hij onder arrest stond of dat er twee agenten in zijn ziekenhuiskamer verschenen. Hij lag achterover in zijn bed met één arm over zijn hoofd. Zijn linkerhand zat aan de bedstang geketend. Zijn ziekenhuisjasje was van zijn schouder gegleden. Zijn onderlichaam was bedekt met een laken.

Terwijl Biscuits precies beantwoordde aan het beeld dat ze zich aan de hand van Wills opname van hem had gevormd, was Dave McAlpine het tegenovergestelde. In gedachten had Faith zich hem op de een of andere manier voorgesteld als een kruising tussen Moriarty van Sherlock Holmes en Wyle E. Coyote. In werkelijkheid was Dave knap om te zien, maar wel als een sjofele, afgetakelde koning-van-het-schoolbal. Waarschijnlijk had hij met de helft van de vrouwen uit het stadje het bed gedeeld en had hij voor zo'n twintigduizend dollar aan game-apparatuur in zijn huurtrailer staan. Oftewel: helemaal Faiths type.

'En wie is dit?' vroeg hij aan Biscuits.

'Special agent Faith Mitchell.' Faith klapte haar portefeuille open om hem haar ID te tonen. 'Ik werk voor het Georgia Bureau of Investigation. Ik ben hier om –'

'In het echt ben je knapper.' Hij knikte naar Faiths foto. 'Lang haar staat je beter.'

'Dat klopt.' Biscuits strekte zijn hals om de foto te bekijken.

Faith klapte de portefeuille weer dicht en bedwong de neiging om ter plekke haar hoofd kaal te scheren. 'McAlpine, ik weet dat mijn partner je al op je rechten heeft gewezen.'

'Shit, heeft Vullisbak ook gezegd dat we elkaar van vroeger kennen?'

Faith beet bijna het puntje van haar tong af. Ze had Wills bijnaam eerder gehoord. Herhaling maakte het niet minder vals.

Ze zei: 'Special agent Will Trent heeft me verteld dat jullie samen in het kindertehuis hebben gezeten.'

Dave keek haar laatdunkend aan. 'Waarom bemoeit het GBI zich er eigenlijk mee?'

Faith kaatste de vraag terug. 'Waarmee?'

Hij stootte een hees rokerslachje uit. 'Heb je al met Mercy gepraat? Want die gaat me nooit van d'r leven verlinken.'

Faith liet hem de loop van het gesprek bepalen. 'Je hebt toegegeven dat je haar probeerde te wurgen.'

'Bewijs het maar eens,' zei hij. 'Vullis is een getuige van niks. Die heeft het altijd al op mij voorzien. Wacht maar tot mijn advocaat hem onder handen neemt.'

Faith leunde tegen de muur. 'Vertel eens over Mercy.'

'Wat valt er te vertellen?'

'Ze was vijftien toen ze zwanger raakte. Hoe oud was jij?'

Daves blik schoot naar Biscuits, toen weer naar Faith. 'Achttien. Kijk maar op mijn geboortebewijs.'

'Welk?' vroeg Faith, want het sommetje klopte niet. Dave was twintig geweest toen hij een meisje van vijftien zwanger had gemaakt, wat betekende dat hij haar volgens de wet seksueel misbruikt had. 'Je weet dat tegenwoordig alles gedigitaliseerd is, hè? Alle oude documenten staan nu in de cloud.'

Nerveus krabde Dave over zijn borst. Het jasje zakte nog verder van zijn schouder. Faith zag diepe schrammen waar iemand hem gekrabd had.

'Biscuits,' zei Dave, 'ga die zuster eens halen. Zeg maar dat ik pijnstillers moet hebben. Mijn kloten staan in brand.'

Biscuits keek verward. 'Ik dacht dat je me erbij wilde hebben.'

'Nu niet meer dus.'

Met een geërgerde zucht verliet Biscuits de kamer.

Faith wachtte tot de deur dicht was. 'Is vast handig om de plaatselijke sheriff in je zak te hebben.'

'Reken maar.' Dave stak zijn hand onder het laken. Sissend haalde hij een ijskompres tevoorschijn en dumpte het op het nachtkastje. 'Waar ben je naar op zoek, schat?'

'Dat wil ik graag van jou horen.'

'Ik heb geen idee wat er gisteravond gebeurd is.' Hij schoof het jasje weer over zijn schouder. 'Als ik hier weg mag, zal ik eens rondvragen. Ik ken heel veel mensen. Wat er ook gebeurd is, als het GBI om de hoek komt kijken... moet mijn informatie toch wel iets waard zijn.'

'Wat zou die waard moeten zijn?'

'Nou, allereerst haal je die kloteboei van m'n pols.' Hij liet de ketting tegen de bedstang rammelen. 'En verder zou ik graag geld willen zien. Een duizendje om mee te beginnen. En meer als het je een vette arrestatie oplevert.'

'Hoe zit het met Mercy?' vroeg Faith.

'Shit, Mercy heeft geen idee wat er buiten de Lodge allemaal gebeurt, en die gaat trouwens toch niet met je praten.'

Het viel Faith op dat zijn taalgebruik iets verbeterd was en dat hij niet langer de domme boer speelde. 'Het is moeilijk praten voor een vrouw als ze bijna gewurgd is.'

'Gaat het daarover?' vroeg hij. 'Ligt Mercy in het ziekenhuis?'

'Hoezo?'

Hij zoog lucht tussen zijn tanden door. 'Ben je daarom hier? Omdat Vullisbak over de zeik ging nadat hij mij op het pad had gezien? Want wat er gebeurde, was dat ik Mercy precies achterliet waar ze was neergekomen. Dat was rond een uur of drie 's middags. Vraag maar aan Vullisbak. Die kan het bevestigen.'

'Wat gebeurde er nadat je Mercy bijna had gewurgd?'

'Niks,' zei hij. 'Ze was oké. Ze zei zelfs dat ik kon oprotten. Zo praat ze tegen me. Haalt altijd het bloed onder mijn nagels vandaan. Maar ik liet haar met rust. Ik ging niet terug. Dus wat er daarna ook met Mercy is gebeurd, dat heeft ze aan zichzelf te danken.'

'Wat denk je dat er met haar gebeurd is?'

'Jezus, moet ik dat weten? Misschien is ze gevallen toen ze terugliep naar het pad. Dat is eerder gebeurd. Ze struikelde in het bos en viel met haar snufferd op de grond. Ze kwam met haar hals op een boomstronk terecht en kneusde haar slokdarm. Pas na een paar uur begon het op te zwellen, maar uiteindelijk is ze zelf naar de eerste hulp gereden met het verhaal dat ze geen lucht kreeg. Vraag de artsen maar. Die houden dat bij.'

Het enige waarover Faith zich verbaasde, was dat hij geen beter verhaal kon verzinnen. 'Wanneer was dat?'

'Een hele tijd terug. Jon was nog klein. Dat was vlak voor ik van haar ging scheiden. Mercy zal je zelf wel vertellen dat ze overdreef. Ze kon best wel ademen. Het was gewoon een en al paniek. De dokters zeiden dat haar keel wat was opgezwollen. Ze kwam keihard op die stronk terecht, zoals ik al zei. Het was een ongeluk. Met mij had het niks te maken.' Dave haalde zijn schouders op. 'Als het nu weer is gebeurd, heeft Mercy het aan zichzelf te wijten. Ga maar met haar praten. Ik weet zeker dat zij je hetzelfde vertelt.'

Nu wist Faith het niet meer. Will had haar gewaarschuwd dat ze Dave niet moest onderschatten, maar dit was sluw noch slim. 'Vertel eens waar je naartoe bent gegaan nadat je Mercy op dat pad had achtergelaten.'

'Bitty had geen tijd om me weer naar de stad te rijden. Ik ben naar het oude kampterrein gelopen en daar ben ik gaan zitten drinken.'

In gedachten woog Faith haar opties. Zo schoten ze niks op. Ze moest haar tactiek wijzigen. 'Mercy is dood.'

'Shit.' Hij lachte. 'Echt niet.'

'Ik lieg niet,' verzekerde Faith hem. 'Ze is dood.'

Hij keek haar secondelang aan voor hij zijn blik afwendde. Zijn ogen vulden zich met tranen. Hij bracht zijn hand naar zijn mond.

'Dave?'

'Wa...' Het woord bleef steken in zijn keel. 'Wanneer?'

'Rond middernacht.'

'Is ze...' Hij slikte. 'Is ze gestikt?'

Faith bestudeerde zijn profiel. Nu kwam het sluwe gedeelte. Hier was hij heel goed in.

'Was ze zich ervan bewust?' vroeg Dave. 'Dat ze doodging?'

'Ja,' zei Faith. 'Wat heb je met haar gedaan, Dave?'

'Ik...' Zijn stem stokte. 'Ik heb haar keel dichtgeknepen. Het was mijn schuld. Ik heb te hard geknepen. Ze was het bewustzijn aan het verliezen, en ik dacht dat ik op tijd losliet maar... jezus. O, jezus.'

Faith trok een paar tissues uit de doos en reikte ze hem aan.

Dave snoot zijn neus. 'Heeft ze... Heeft ze geleden?'

Faith had haar armen nog steeds over elkaar. 'Ze wist wat er gebeurde.'

'O, fuck! Fuck! Wat is er mis met me?' Dave nam zijn hoofd in zijn hand. De handboei rammelde tegen de stang toen hij in huilen uitbarstte. 'Mercy Mac. Wat heb ik met je gedaan? Ze was altijd doodsbang om te stikken. Als klein kind had ze al van die dromen waarin ze geen adem kreeg.'

Faith probeerde te bedenken hoe ze het verder moest aanpakken. Ze was gewend aan lange onderhandelingen met verdachten bij wie de waarheid er stukje bij beetje uit kwam. Soms zeiden ze in de buurt van de plaats delict te zijn geweest, maar niet op de plek zelf, of ze bekenden een deel van het misdrijf, maar niet alles.

Dit had ze nog niet eerder meegemaakt.

'Jon.' Dave keek Faith aan. 'Weet hij wat ik gedaan heb?'

Faith knikte.

'Fuck. Die vergeeft me nooit.' Dave nam zijn hoofd weer in zijn hand. 'Ze probeerde me te bellen. Ik zag het niet want ik had geen bereik daar op de berg. Ik had haar kunnen redden. Weet Bitty het? Ik moet Bitty spreken. Ik moet uitleggen –'

'Wacht,' zei Faith. 'Ga eens terug. Wanneer belde Mercy je precies?'

'Dat weet ik niet. Ik zag de berichten toen Biscuits mijn telefoon afpakte. Die moeten geladen zijn toen we de berg af gingen.'

Faith zag Daves Android bij de wasbak naast de deur liggen. Met de rand van haar notitieboekje stootte ze het scherm tot leven. Er waren zeven berichten, alle met tijdstempel, en op een na alle met dezelfde tekst:

Gemist gesprek 22.47 – Mercy Mac

Gemist gesprek 23.10 – Mercy Mac

Gemist gesprek 23.12 – Mercy Mac

Gemist gesprek 23.14 – Mercy Mac

Gemist gesprek 23.19 – Mercy Mac

Gemist gesprek 23.22 – Mercy Mac

Faith scrolde naar de laatste.

Voicemail 23.28 – Mercy Mac

Faith sloeg haar boekje open. Ze keek naar het tijdpad.

Volgens Wills raming had Mercy het uitgeschreeuwd om 23.30 uur, twee minuten nadat ze een voicemail had ingesproken op Daves telefoon. Faith schoof het boekje weer in haar zak. Ze trok de handschoenen van de sheriff aan, pakte Daves telefoon en liep weer naar zijn bed.

'Dus je had geen bereik, maar Mercy wel?' vroeg ze.

'Er is wifi rond het woonhuis en in de eetzaal, maar je hebt pas halverwege de berg weer bereik.' Hij veegde langs zijn ogen. 'Mag ik eens horen? Ik wil haar stem horen.'

Faith was ervan uitgegaan dat ze een machtiging moest aanvragen om de telefoon te kunnen hacken. 'Wat is je wachtwoord?'

'Mijn thuiskomdag. Nul-vier-nul-acht-tweeënnegentig.'

Faith tikte de cijfers in het vergrendelingsscherm. De telefoon werd geopend. Ze liet haar akelig bibberende vinger boven het voicemailicoontje hangen. Voor ze het bericht aanzette, haalde ze haar eigen telefoon tevoorschijn om de boodschap te kunnen vastleggen. Haar hand zweette in de handschoen toen ze uiteindelijk het voicemailbericht afspeelde.

'Dave!' riep Mercy, op het randje van hysterisch. 'Dave! O god, waar ben je? Bel me terug, alsjeblieft, alsjeblieft. Ik kan niet geloven... O god, ik kan niet... Bel me alsjeblieft. Alsjeblieft. Ik heb je nodig. Ik weet dat je er nooit voor me geweest bent, maar ik heb je nu nodig, echt. Je moet me helpen, liefje. Alsjeblieft b-bel...'

Er klonk een gedempt geluid, alsof Mercy de telefoon tegen haar borst had gedrukt. Haar stem was hartverscheurend. Faith kreeg een brok in haar keel. De vrouw klonk wanhopig eenzaam.

'Ik heb haar in de steek gelaten,' fluisterde Dave. 'Ze had me nodig, maar ik liet haar in de steek.'

Faith keek naar de tijdbalk onder het bericht. Er waren nog zeven seconden over. Ze luisterde naar Mercy's zachte gehuil terwijl de balk steeds korter werd.

'Wat doe jij hier?'

Mercy's stem klonk nu anders – kwaad, bang.

'Niet doen!' riep ze uit. 'Dave komt zo. Ik heb hem verteld wat er gebeurd is. Hij is onder–'

Dat was alles. Het einde van de tijdbalk was bereikt.

'Wat gebeurde er?' vroeg Dave. 'Heeft Mercy gezegd wat er gebeurde? Is er nog een voicemail? Een bericht?'

Faith keek naar de telefoon. Er was geen andere voicemail. Er was geen ander bericht. Er waren alleen de meldingen met hun tijdstempel en de opname van Mercy's laatst bekende woorden.

'Alsjeblieft,' smeekte Dave. 'Zeg wat dit betekent.'

Faith dacht aan wat Delilah tegen Will had gezegd. Over het geldmotief. Haar lul van een broer. Haar valse schoonzus. Mercy's broer met de uitstraling van een massamoordenaar. Zijn enge vriend. De gasten. De kok. De barkeeper. De twee kelners. Het locked-room-mysterie.

'Het betekent,' zei ze tegen Dave, 'dat jij haar niet vermoord hebt.'

12

Sara stond op de rand van het laadperron in de krochten van het ziekenhuis en keek naar de stromende regen. De zoektocht naar Jon had niets opgeleverd. Ze hadden gezocht bij zijn school, in het trailerpark waar Dave woonde, en op een paar hangplekken die Delilah zich nog herinnerde uit haar eigen tienertijd. Net toen ze de berg weer op waren gereden om de Lodge te controleren en de oude slaaphutten te doorzoeken, hadden donkere wolken zich samengepakt. Sara hoopte dat Jon vóór de wolkbreuk een warme, droge schuilplek had gevonden. Delilah en zij hadden van geen ophouden willen weten, maar toen was het zicht een stuk slechter geworden, had de donder de lucht doen trillen en hadden ze besloten naar het stadje terug te keren, want Jon zou er niets mee opschieten als een van hen door de bliksem werd gedood.

De weerapp op Sara's telefoon voorspelde dat het nog minstens twee uur bleef regenen. De stortbui was meedogenloos, liet het riviertje buiten zijn oevers treden, goten overstromen en veranderde het stadscentrum in een rivier. Delilah was naar huis gegaan om haar dieren te voeren, maar het was de vraag of het haar zou lukken terug te keren.

Sara keek op haar horloge. Nog even en Mercy zou gereed zijn voor onderzoek. De röntgenlaborant van het ziekenhuis had gezegd dat het minstens een uur zou duren voor hij de achterstand van levende patiënten had weggewerkt. Nadine was bij een kapotte airconditioner geroepen terwijl Biscuits bij het lichaam bleef. Sara was opgelucht geweest toen de sheriff had bedankt voor haar aanbod om hem af te lossen. Ze had tijd nodig om zich mentaal op het onderzoek voor te bereiden. De gedachte aan Mercy McAlpine die op een tafel lag, vervulde haar met een maar al te vertrouwde vrees.

In haar vorige leven was Sara districtslijkschouwer in haar geboortestadje geweest. Het mortuarium had zich in het souterrain van het plaatselijke ziekenhuis bevonden, net als de ruimte die de lijkschouwer van Dillon County gebruikte. In Sara's lijkschouwersdagen waren de slachtoffers mensen geweest die ze van gezicht of persoonlijk kende. Zo ging het in kleine stadjes. Iedereen kende elkaar of kende iemand die weer iemand anders kende. De taak van de lijkschouwer bracht een grote verantwoordelijkheid met zich mee, maar vaak ook immens verdriet. Nu ze voor de staat werkte, wist Sara niet goed meer hoe het voelde om een persoonlijke band met een slachtoffer te hebben.

Enkele uren geleden had Sara Mercy's gewonde duim gehecht, in een toiletruimte achter de keuken. De vrouw had een uitgebluste, verslagen indruk gemaakt. Ze had over de ruzie met haar zoon ingezeten. Ze had zich zorgen gemaakt over wat er in haar familie speelde. Haar ex was wel de laatste aan wie ze had gedacht. Wat niet vreemd was, in aanmerking genomen wat Faith had ontdekt. Sara vroeg zich af wat Mercy ervan zou hebben gevonden als ze had geweten dat ze met een van haar laatste daden hier op aarde haar gewelddadige ex een alibi had verschaft.

'Je had gelijk.'

'Inderdaad.' Sara keerde zich naar Will toe. Ze zag aan zijn gezicht dat hij al vol zelfverwijt was vanwege zijn vergissing. Ze ging het hem niet nog eens inwrijven. 'Het zou niets uitgemaakt hebben. Je moest Dave nog steeds vinden. Hij was de meest voor de hand liggende verdachte. Hij had de meeste vinkjes.'

'Je bent stukken milder dan Amanda was,' zei hij. 'De toegangsweg naar de Lodge is weggespoeld. We krijgen er geen auto's in of uit tot het riviertje weer binnen zijn oevers treedt. Eigenlijk moeten we een terreinwagen hebben die door de modder kan.'

Sara hoorde de irritatie in zijn stem. Doelloos wachten was niets voor Will. Hij klemde zijn kiezen op elkaar, waarbij zijn kaak een stukje naar voren stak. Hij schoof zijn opnieuw verbonden hand naar zijn borst. Als hij die boven zijn hart hield, stopte het geklop, maar de pijn zou aan hem blijven knagen, want Will weigerde alles wat sterker was dan tylenol.

'Hoe is het met je hand?' vroeg Sara.

'Beter,' antwoordde hij, hoewel zijn gespannen schouders een ander verhaal vertelden. 'Faith heeft me een Snickers gegeven.'

Sara haakte haar arm door de zijne. Haar hand streek langs het pistool onder zijn shirt. Hij was weer helemaal in functie. Ze wist wat er nu ging komen. 'Hoe ga je terug naar de Lodge?'

'We wachten tot het districtsbureau een paar UTV's brengt. Anders kunnen we niet naar boven.'

Sara probeerde niet te denken aan alle patiënten met traumatisch hersenletsel die ze had gezien nadat ze met hun UTV waren gekanteld. 'Werken de telefoons en het internet van de Lodge nog?'

'Voorlopig wel,' zei hij. 'Voor alle zekerheid krijgen we ook satelliettelefoons. Wel mooi dat iedereen daar nu vastzit. Niemand weet dat Dave een alibi heeft. Degene die Mercy heeft vermoord, denkt nu dat-ie ermee weg is gekomen.'

'Wie zijn er nog allemaal op de Lodge?'

'In elk geval Frank. Ik weet niet waarom, maar hij heeft het op zich genomen om de hoofdtelefoon in de bedrijfskeuken te beantwoorden. Drew en Keisha slaagden er niet in weg te komen voor het noodweer losbrak. Kennelijk zijn ze daar niet zo blij mee. De appjongens maken geen aanstalten om te vertrekken. Monica lijkt haar roes uit te slapen. Chuck en de familie zijn er nog. Behalve Delilah. De kok en de twee kelners arriveerden vanochtend om vijf uur, hun gebruikelijke tijd. De barkeeper komt pas om twaalf uur. Ze maakt ook schoon, dus ik wil haar spreken over die onopgemaakte bedden in de lege huisjes. Faith is naar haar op zoek gegaan terwijl wij op de UTV's wachten. Ze woont aan de rand van het stadje.'

Het verbaasde Sara niet dat Faith ertussenuit was geknepen. Ze haatte autopsieën. 'Waarom ging je niet met haar mee?'

'Van Amanda moest ik hier blijven en achtergrondonderzoek doen.'

'Wat vind je daarvan?'

'Wat dacht je?' Hoewel hij zijn schouders ophaalde, was hij duidelijk geïrriteerd. Will hield niet van rondlummelen terwijl anderen het werk deden. 'Hoe zit het met het forensisch onderzoek op Dave?'

'De test op de vlek aan de voorkant van zijn shirt wees uit dat die vermoedelijk niet van een mens afkomstig is. Afgaande op de geur denk ik dat Dave zijn hand aan zijn shirt heeft afgeveegd toen hij vis schoonmaakte. De schrammen op zijn borst kunnen het gevolg zijn van zijn eerdere aanval op Mercy. Hij gaf toe dat hij heeft geprobeerd haar te wurgen. Ze heeft ongetwijfeld teruggevochten. Hij beweert dat hij die schram op zijn hals zelf heeft toegebracht. Een muggenbeet. Onmogelijk te zeggen of hij liegt, dus de muggenschram wint. Kun je hem ergens voor vasthouden?'

'Ik kan hem aanklagen wegens verzet bij arrestatie en omdat hij me met een mes heeft bedreigd. Hij kan mij ervan beschuldigen dat ik buitensporig geweld heb toegepast en het op hem had voorzien vanwege ons verleden. Wederzijdse vernietiging gegarandeerd. Het staat hem vrij te vertrekken wanneer hij wil.' Will haalde zijn schouders op, maar ze zag dat hij niet gelukkig was met de situatie. 'De zoveelste stronthoop waar hij ongeschonden doorheen weet te walsen.'

'Mocht het een troost zijn, lopen gaat hem op dit moment buitengewoon moeilijk af.'

Will zag er verre van getroost uit. Hij keek de regen in. Het duurde niet lang voor hij haar vertelde wat hem echt dwarszat. 'Amanda is niet blij dat we hierbij betrokken zijn.'

'Ik ook niet,' moest Sara toegeven. 'Maar veel keuze hadden we niet.'

'We zouden naar huis kunnen gaan.'

Ze voelde Will naar haar kijken, speurend naar de geringste aarzeling.

'Jon wordt nog steeds vermist,' zei ze, 'en je hebt Mercy beloofd dat je tegen haar zoon zou zeggen dat ze hem vergeeft.'

'Dat is zo, maar de kans is groot dat Jon uiteindelijk weer boven water komt, en Faith heeft zich al in deze zaak vastgebeten.'

'Die heeft altijd al een locked-room-mysterie willen oplossen.'

Will knikte, maar hij deed er verder het zwijgen toe. Hij wachtte tot Sara een besluit nam.

Ze voelde tot in haar botten dat dit een beslissend moment in hun huwelijk was. Haar man gaf haar enorm veel macht in handen. Ze wilde niet het soort vrouw zijn dat daar misbruik van maakte. 'Laten we deze dag zien door te komen, en daarna besluiten we samen wat we morgen gaan doen.'

Hij knikte. 'Zeg eens waarom je dacht dat het Dave niet was.'

Sara wist niet zeker of het om één ding ging. 'Toen ik zag hoe Mercy's familie haar behandelde tijdens het eten... Ik weet het niet. Achteraf gezien is het alsof ze het allemaal op haar hadden gemunt. Ze maakten totaal geen aangeslagen indruk toen ze hoorden dat ze vermoord was. En laten we niet vergeten dat Mercy heeft gezegd dat sommige gasten het misschien ook op haar hadden voorzien.'

'Op welke gasten doelde ze volgens jou?'

'Het is raar dat Landry een valse naam opgaf, maar we weten niet of hij daar een duistere reden voor had. Wij hebben ook allebei gelogen over ons beroep. Soms liegen mensen gewoon omdat ze het leuk vinden.'

'Je weet toevallig niet wat Chucks achternaam is?'

Ze schudde haar hoofd. Ze was Chuck zoveel mogelijk uit de weg gegaan.

'Er was iets wat Drew zei voor Keisha en hij over advocaten begonnen,' zei Will. 'Hij was met Bitty en Cecil in gesprek en zei zoiets als: "En laat die andere zaak maar zitten. Gaan jullie hier je gang maar."'

'Welke andere zaak?'

'Geen idee, en hij wilde duidelijk niet met me praten.'

Sara zag Keisha of Drew nog niet zo snel iemand vermoorden. Maar dat was het punt met moordenaars. Die schreeuwden het doorgaans niet van de daken. 'Mercy is niet één keer gestoken, maar had overal wonden. Haar lichaam is een klassiek voorbeeld van overkill. De aanvaller moet haar heel goed hebben gekend.'

'Drew en Keisha zijn al twee keer eerder op de Lodge geweest.' Will haalde zijn schouders op. 'Mercy werd pissig toen Keisha aan tafel om een nieuw glas vroeg.'

'Dat lijkt me niet iets waarom je een moord pleegt,' zei Sara. 'Aan de andere kant stikt het van de misdaaddocumentaires over vrouwen bij wie er opeens iets knapt.'

'Dat zie ik dan maar als waarschuwing.' Will maakte een grapje, maar werd meteen weer serieus. 'Dave leek het meest logisch. Maar er moet iets zijn geweest waardoor jij het in een andere hoek zocht.'

'Ik kan het niet anders uitleggen dan dat het intuïtie was. In mijn ervaring weet iemand die misbruikt is, hoelang of hoe kort ook, wanneer zijn of haar leven het meest gevaar loopt. Tijdens mijn gesprek met Mercy kwam Dave nauwelijks in het verhaal voor.'

'Zijn kredietcheck bevatte niet veel verrassingen. Op zijn bankrekening staat hij zestig dollar rood, op twee creditcards is beslag gelegd, zijn pick-up is in de gedwongen verkoop gegaan, en hij komt om in de medische schulden.'

'Ik weet zeker dat iedereen hier medische schulden heeft.'

'Mercy niet,' zei hij. 'Voor zover ik weet, heeft ze nooit een creditcard, een auto op afbetaling of een bankrekening gehad. Nergens vind ik terug dat ze ooit belastingaangifte heeft gedaan. Ze heeft geen rijbewijs. Ze heeft nooit gestemd. Ze heeft geen mobiel abonnement of een telefoonnummer op haar naam. Geen Facebook, insta, Tiktok of andere sociale media. Ze staat niet eens op de website van de Lodge. Ik heb vaker bizarre achtergrondchecks gezien, maar nog nooit zoiets als deze. Ze is een digitaal spook.'

'Delilah zei dat ze een ernstig auto-ongeluk heeft gehad. Zo komt ze aan dat litteken.'

'Ze heeft geen strafblad. Het heeft vast zo zijn voordelen om bevriend te zijn met de plaatselijke sheriff,' zei Will. 'En dat brengt ons op Mercy's ouders. Cecil en Imogene McAlpine. Na Cecils ongeluk kregen ze een enorme smak verzekeringsgeld. Ze hebben allebei een uitkering. Ze hebben ongeveer een miljoen in een particulier pensioenfonds, een half miljoen in een geldmarktfonds en een kwart miljoen in een indexfonds. Creditcarduitgaven worden elke maand afgelost. Geen uitstaande schulden. De broer zit er ook warmpjes bij. Christopher heeft een jaar geleden zijn studieschuld afbetaald. Hij heeft een visvergunning, een rijbewijs, twee creditcards en een bankrekening met tweehonderdduizend dollar erop.'

'Lieve hemel. Hij is maar een paar jaar ouder dan Mercy.'

'Het is niet moeilijk om geld over te houden als je geen kost en inwoning hoeft te betalen, maar dat geldt ook voor Mercy. Waarom heeft zij niks?'

'Het ruikt naar opzet. Misschien gebruikten ze geld als machtsmiddel.' Sara kon de gedachte aan Mercy's hulpeloosheid nauwelijks verdragen. 'Zat er geld in haar rugzak?'

'Alleen kleren en het aantekenboek,' zei Will. 'De rugzak wordt door forensisch brandonderzoek onderzocht op bewijs, en dan gaat hij naar het lab. Het plastic omslag van het aantekenboek is gesmolten en de blaadjes zijn doorweekt van de regen. Als ze niet voorzichtig zijn, gaat het hele ding verloren. We moeten wachten, maar ik wil heel graag weten wat Mercy heeft geschreven.'

Sara was al even benieuwd. Mercy had het aantekenboek niet zonder reden ingepakt. 'En haar telefoon?'

'Die is in de brand verloren gegaan, maar we hebben het nummer achterhaald via Daves nummermelder. Ze gebruikte een VOIP-provider. We wachten op toestemming om bij het account te kunnen komen. Waarschijnlijk heeft ze betaald met een prepaid creditcard. Als we het nummer van die kaart hebben, kunnen we achterhalen of ze die ook gebruikte voor andere zaken.'

Met elk nieuw detail over Mercy's claustrofobische leven kreeg Sara het benauwder. 'Heb je nog iets over Delilah ontdekt?'

'Ze heeft een eigen huis. Haar grootste inkomstenbron is een zeepmakerij met webshop, aangevuld met wat ze uit het familiefonds ontvangt. Haar kredietscore ziet er redelijk uit. Haar auto is bijna afbetaald. Ze heeft ongeveer dertigduizend op een spaarrekening, wat niet slecht is, maar ze is niet rijk, zoals de rest van de familie.'

'Ze staat er beter voor dan Mercy.'

'Ja.' Wrijvend over zijn kaak keek Will naar een auto die langzaam door een vijf centimeter diepe plas reed. Zijn hele lijf stond strak als een veer. Als de UTV niet snel kwam, ging hij waarschijnlijk zelf het bergpad weer op. 'De kok is brandschoon. De kelners zijn tieners.'

'Hoe ziet het plan eruit?' vroeg Sara.

'We moeten dat afgebroken handvat zien te vinden, maar dat is zoeken naar een speld in een hooiberg. Of in een heel bos in dit geval. Ik wil iedere man spreken die gisteravond in of bij de Lodge was. Mercy werd verkracht voor ze werd vermoord.'

'We weten niet zeker of ze verkracht is. Haar slip kan tijdens de worsteling naar beneden zijn gerukt.' Ook Sara stond een taak te wachten. Haar leidraad was de wetenschap. 'Ik zal alle tekenen van seksueel trauma noteren en uitstrijkjes maken, en degene die de autopsie uitvoert zal het vaginale kanaal nauwkeurig onderzoeken, maar je weet dat verkrachting post mortem niet altijd aantoonbaar is.'

'Zeg dat maar niet tegen Amanda. Die haat het als je praat als een dokter.'

'Waarom denk je dat ik dat doe?' Ze wist dat ze daarmee een glimlach uitlokte.

Helaas was ook die van korte duur.

'Waar blijft die gast?' Will keek op zijn horloge. 'Ik moet weer naar de Lodge, mensen ondervragen. Ze hebben te veel tijd gehad om hun verhalen op elkaar af te stemmen. En Faith moet ze bij elkaar uit de buurt houden. Ook wil ik de gastenlijst zien om de namen na te trekken.'

'Denk je dat de McAlpines een huiszoekingsbevel willen zien?'

Er verscheen een sluw lachje op zijn gezicht. 'Ik heb tegen Frank gezegd dat het niet verkeerd zou zijn als hij eens in het kantoor rondsnuffelde.'

'Die wil vast een aspirant-politiepenning voor dit alles voorbij is,' zei Sara. 'Arme Mercy. Eigenlijk zat ze daar gevangen. Geen auto. Geen geld. Geen ondersteuning. Helemaal alleen.'

'De kok staat absoluut bovenaan mijn lijst. Hij had nog het meeste contact met Mercy.'

Het was Sara opgevallen hoe de kok Mercy met zijn blik had gevolgd toen ze door de keuken liep. 'Denk je dat ze toch niet zo alleen was?'

'Wie zal het zeggen,' zei Will. 'Ik ga eerst met de bediening praten, eens kijken of zij iets hebben gezien. De barkeeper heeft vier veroordelingen wegens rijden onder invloed op haar naam, maar die stammen uit de jaren negentig. Wat is dat toch met al die dronken automobilisten hier?'

'Het is een klein stadje. Niet veel meer te doen dan dronken worden en herrie schoppen.'

'Je bent zelf in een klein stadje opgegroeid.'

'Zeker.'

Wills aandacht ging weer naar het parkeerterrein. Deze keer keek hij opgelucht.

De grommende dieselmotor van een Ford F350 klonk boven de regen uit. De pick-up vervoerde twee Kawasaki Mule *side-by-sides* met terreinbanden en het GBI-logo. Bij de gedachte aan Will die de berg weer op ging, kreeg Sara kramp in haar maag. Iemand bij de Lodge had Mercy McAlpine afgeslacht. Waarschijnlijk voelde de moordenaar zich nu veilig. Will ging daar verandering in brengen.

Om haar zorgen te verdringen moest ze iets gaan doen. Ze ging op haar tenen staan en kuste hem op zijn wang. 'Ik ga naar binnen. Nadine staat waarschijnlijk al klaar.'

'Bel maar als je iets vindt.'

Ze keek Will na toen hij van het laadperron sprong en dwars door de regenvlagen naar de pick-up liep. Zijn gewonde hand bungelde langs zijn zij. En zijn verband werd weer nat.

Terwijl ze het gebouw binnenliep, bedacht Sara dat ze wat antibiotica moest opscharrelen. De zware metalen deur sloot het noodweer buiten. Haar oren galmden, zo stil was het opeens. Ze liep de lange gang door die naar het mortuarium voerde. De plafondlampen flakkerden. Water was onder de gelamineerde vloertegels gesijpeld. Langs de muren van de gang stond apparatuur uit de onlangs gesloten afdeling Verloskunde.

Ze vermoedde dat het ziekenhuis een van de vele plattelandsklinieken was die voor het einde van het jaar zouden sluiten. Er was gebrek aan personeel. De hele spoedeisende hulp had maar één arts en twee verpleegkundigen. Het dubbele aantal zou nog te weinig zijn geweest. Na haar studie had het Sara met trots vervuld dat ze haar eigen gemeenschap van dienst kon zijn. Tegenwoordig konden plattelandsklinieken geen personeel vinden, laat staan houden. Te veel politiek en te weinig gezond verstand zorgden ervoor dat de mensen bij bosjes wegliepen.

'Dokter Linton?' Amanda stond haar bij de dichte deur naar het mortuarium op te wachten. Ze had haar telefoon in haar hand en een frons in haar voorhoofd. 'We moeten praten.'

Sara zette zich schrap voor de zoveelste strijd. 'Als je op zoek bent naar een medestander om ervoor te zorgen dat Will van deze zaak wordt gehaald, dan is dat zonde van je tijd.'

'Evenwichtigheid gaat slecht samen met misnoegdheid.'

Bij wijze van antwoord zweeg Sara.

'Goed,' zei Amanda. 'Neem het slachtoffer eens met me door.'

Het duurde even voor Sara op haar werkbrein was overgeschakeld. 'Mercy McAlpine, tweeëndertigjarige witte vrouw. Aangetroffen op het familieterrein met een groot aantal steekwonden in borst, rug, armen en hals. Haar slip was naar beneden getrokken, wat kan duiden op aanranding. Het moordwapen was boven in haar romp afgebroken. Ze leefde nog toen ze werd gevonden, maar gaf geen informatie waarmee haar moordenaar geïdentificeerd kon worden. Ze stierf rond middernacht.'

'Had ze dezelfde kleren aan die je haar tijdens het eten had zien dragen?'

'Ja,' antwoordde Sara, hoewel ze er nu pas bij stilstond.

'En de anderen? Hoe waren die gekleed toen je hen zag nadat je Mercy had gevonden?'

Het ging Sara te snel. Het was duidelijk dat Amanda haar als getuige ondervroeg. 'Cecil droeg geen shirt, alleen een boxershort. Bitty had een donkerrode badstoffen kamerjas aan. Christopher droeg een badjas met vissen erop. Chuck droeg iets vergelijkbaars, maar dan met badeendjes. Delilah had een groene pyjama aan: een broek en een jasje met knopen. Frank droeg een boxershort en een onderhemd. Monica was in een zwarte negligé, die tot op haar knieën viel. Ik heb Drew en Keisha of Sydney en Max niet gezien. De appjongens waren allebei in hun ondergoed. Will zag Paul uit de douche komen.'

'Is Paul degene die 's nachts om één uur stond te douchen?'

'Ja,' zei Sara. 'Voor zover het iets uitmaakt, ik denk niet dat het van die vroeg-onder-de-woltypes zijn.'

'Er viel je niets verdachts op? Niemand die eruit sprong?'

'Niet dat ik de reactie van de familie normaal vond, maar nee.'

‘Neem het eens met me door.’

‘Kil is het eerste woord dat bij me opkomt, maar ik kan niet zeggen dat ik een gunstig beeld van hen had voor ze over Mercy’s dood hoorden.’ Sara probeerde zich de maaltijd weer voor de geest te halen. ‘De moeder is heel tenger en schikt zich naar haar man. Ze deed er nog een schepje bovenop toen haar dochter in het openbaar vernederd werd. De broer is vreemd, zoals sommige mannen vreemd zijn zonder dat ze het kunnen helpen. De vader gaf duidelijk een show weg voor de gasten, maar ik stel me zo voor dat hij me heel anders behandeld zou hebben als hij had geweten dat ik arts ben in plaats van scheikundedocent. Hij komt over als het type dat alleen van vrouwen in een traditionele rol houdt, zoals in de vorige eeuw.’

‘Mijn vader was ook zo,’ zei Amanda. ‘Hij was heel trots op me toen ik bij de politie ging, maar zodra ik hem in rang passeerde, begon hij me te kleineren.’

Als Sara Amanda op dat moment niet had aangekeken, zou ze het vleugje verdriet gemist hebben. ‘Wat naar. Wat zal dat moeilijk zijn geweest.’

‘Tja, hij is nu dood,’ zei Amanda. ‘Ik wil al je waarnemingen vastgelegd hebben en per mail verzonden. Wat ben je van plan met het lichaam?’

‘Eh...’ Van Will was Sara dat soort abrupte overgangen gewend, maar Amanda was er pas echt een meester in. ‘Nadine assisteert me bij het lichamelijk onderzoek. We verzamelen vuil vanonder de vingernagels, vezels of haren, bloed, urine en eventueel sperma. Dat alles gaat naar het lab en wordt meteen geanalyseerd. De volledige autopsie vindt morgenmiddag plaats op het hoofdbureau. Het tijdstip werd vervroegd toen ik doorgaf dat we niet langer een verdachte in hechtenis hebben.’

‘Zorg voor bewijs, dokter Linton, zodat we daar verandering in kunnen brengen.’ Amanda opende de deur.

Sara’s ogen prikten in het felle licht van de tl-lampen. Het mortuarium verschilde niet van alle andere mortuaria in plattelandsziekenhuizen die na de Tweede Wereldoorlog gebouwd waren. Lage plafonds. Gele en bruine tegels op vloeren en muren. Lichtbakken aan de muur. Verstelbare onderzoekslampen boven de porseleinen autopsietafel. Een roestvrijstalen wasbak met een lang werkblad. Een computer en toetsenbord op een houten schoolbureau. Een verrijdbare stoel en een overzettafel met uiteenlopende instrumenten voor het lichamelijk onderzoek. Een koelkamer met twaalf koelcellen, vier in de breedte en drie in de hoogte. Sara controleerde of ze alles had voor het onderzoek: veiligheidsspullen, camera, reageerbuisjes, verzamelzakken, nagelschrapers, pincetten, scharen, ontleedmessen, objectglaasjes, verkrachtingskit.

'Nog steeds geen teken van de zoon?' vroeg Amanda.

Sara schudde haar hoofd. 'Jon zal wel een kater hebben en zijn roes uitslapen. Na het onderzoek ga ik samen met de tante weer terug om naar hem te zoeken.'

'Zeg tegen hem dat hij op zeker moment een verklaring moet afleggen. Hij zou weleens belangrijk kunnen zijn bij het vaststellen van de tijdlijn en het achterhalen wie Mercy als laatste levend heeft gezien,' zei Amanda. 'Jon was toch bij je toen je de tweede en derde schreeuw hoorde?'

'Klopt,' zei Sara. 'Ik zag hem uit het huis komen, met een rugzak. Ik vermoed dat hij van plan was weg te lopen. Die ruzie met Mercy tijdens het diner was heel heftig.'

'Kijk maar wat je tijdens het zoeken uit die tante kunt krijgen,' zei Amanda. 'Delilah weet iets.'

'Over de moord?'

'Over de familie,' zei Amanda. 'Je bent niet de enige in dit team met intuïtie.'

Voor Sara kon doorvragen, begon het mechanisme van de vrachtlift onheilspellend te knarsen. Water sijpelde onder de schuifdeuren door.

'Als je nu moest raden, wie zou dan je hoofdverdachte zijn?' vroeg Amanda.

Daar hoefde Sara niet over na te denken. 'Iemand van de familie. Mercy ging voor het grote geld van de verkoop liggen.'

'Je klinkt al net als Will,' zei Amanda. 'Die is dol op een geldmotief.'

'En niet zonder reden. Buiten de familie gok ik op Chuck. Hij bezorgt me een heel akelig gevoel. Die broer ook trouwens.'

Amanda knikte en boog zich over haar telefoon.

Sara besefte dat ze weer eens traag van begrip was geweest. Nu pas drong het tot haar door hoe vreemd het was dat de adjunct-directeur aanwezig wilde zijn bij een voorlopig uitwendig onderzoek. De volledige autopsie, waarbij het lichaam voor onderzoek werd geopend, zou plaatsvinden op het hoofdbureau en door een ander teamlid worden uitgevoerd. Het externe onderzoek dat Sara ging uitvoeren zou waarschijnlijk geen bewijsmateriaal opleveren. Ze deed het alleen om alvast bloed, urine en sporen te verzamelen, die naar het lab werden verstuurd voor verdere verwerking. Mercy's lichaam was gedeeltelijk onder water aangetroffen. De kans dat Sara deze ochtend informatie zou vinden die om onmiddellijke actie vroeg was nihil.

Dus wat deed de chef hier?

Voor ze tijd had om de vraag te stellen, gingen de liftdeuren kreunend open. Er stroomde nog meer water naar buiten. Nadine stond aan de ene kant van een brancard, Biscuits aan de andere. Sara's blik viel op de lijkzak. Wit vinyl, gesealde randen, versterkte ritssluiting met dikke plastic tanden. De contouren van Mercy's lichaam tekenden zich nauwelijks af, alsof ze er dood in geslaagd was te doen wat anderen kennelijk haar hele leven hadden geprobeerd: haar laten verdwijnen.

Sara liet al het andere even vervagen. Ze dacht aan de laatste keer dat ze Mercy levend had gezien. Hoewel Mercy zich geschaamd had, was ze ook trots geweest. Ze was het gewend om alles zelf te doen. Toch had ze Sara haar gewonde duim laten verzorgen. Nu zou Sara voor haar lichaam helpen zorgen.

'Sheriff Hartshorne,' zei Amanda. 'Fijn dat u erbij bent.'

Haar gespeeld minzame toon slaagde er niet helemaal in hem te ontwapenen. 'Ik heb het recht erbij te zijn.'

'En maakt u daar vooral gebruik van.'

Sara negeerde de verblufte uitdrukking op het gezicht van de sheriff. Ze ging aan de achterkant van de brancard staan en hielp Nadine met het binnenrijden van het lichaam. Zwijgend verplaatsten ze de lijkzak naar de porseleinen tafel en reden de brancard weg. Vervolgens trokken ze allebei een operatiejas aan, deden een masker en een gezichtsscherm voor, zetten een veiligheidsbril op en trokken onderzoekshandschoenen aan. Niet omdat Sara een volledige autopsie ging uitvoeren, maar omdat Mercy urenlang in een warme, vochtige omgeving had gelegen waardoor haar lichaam een giftig mengsel van ziektekiemen was.

'Misschien moeten wij ook maar een masker opzetten,' zei Biscuits. 'Al dat fentanyl hier. Mercy heeft een lange verslavingsgeschiedenis. Alleen al de dampen kunnen onze dood worden.'

Sara keek hem aan. 'Zo werkt fentanyl niet.'

Hij kneep zijn ogen samen. 'Ik heb volwassen mannen zien doodgaan aan die troep.'

'Ik heb verpleegkundigen dat spul per ongeluk op hun handen zien morsen, en die lachten erbij.' Sara keek Nadine aan. 'Ben je zover?'

Na een knik trok Nadine aan de rits.

Aan het begin van Sara's carrière als lijkschouwer leken lijkzakken nog veel op slaapzakken, met een inzetstuk aan de onderkant. Ze waren altijd van zwart plastic en de rits was van metaal. Tegenwoordig waren de zakken wit en verschilden ze van materiaal en vorm, afhankelijk van de toepassing. Anders dan bij de oude versie sloten de industriële ritsen de zaak helemaal af. Het verbeterde product was de extra prijs meer dan waard. De witte kleur droeg bij aan de visuele identificatie van bewijsmateriaal. Doordat de zak waterdicht was, konden er geen vloeistoffen vrijkomen. Wat het lijk van Mercy McAlpine betrof waren beide aspecten belangrijk. Ze had meerdere steekwonden. Haar ingewanden waren doorboord. Sommige van haar holle organen lagen open. Het lichaam had een staat van ontbinding bereikt waarbij vocht uit elke opening begon te lekken.

'Fuck!' Biscuits sloeg beide handen voor zijn neus en mond tegen de stank. 'Jezus christus.'

Sara hielp Nadine met de bovenste helft van de zak. Biscuits opende de deur en ging op de drempel staan. Amanda had zich niet verroerd, maar begon op haar telefoon te tikken.

Sara herpakte zich en richtte haar aandacht op het lichaam.

Voor de röntgenfoto's was Mercy volledig gekleed in de zak blijven liggen. Het aanraken van een lijk kon riskant zijn. Kleren konden wapens, naalden en andere scherpe voorwerpen verbergen. Of, in Mercy's geval, een mes in haar borstkas.

Wills shirt lag nog steeds over haar bovenlichaam. De stof zat opgepropt rond de punt van het afgebroken lemmet, dat als een haaienvin uit Mercy's borst stak. Bloed en pezen waren draderig opgedroogd rond de kartelrand. Sara vermoedde dat de röntgenfoto's zouden uitwijzen dat het lemmet schuin tussen het borstbeen en het schouderblad zat. Waarschijnlijk was de moordenaar rechtshandig geweest. Hopelijk werden er vingerafdrukken aangetroffen op het ontbrekende handvat.

Sara liet haar blik over het lichaam gaan. Mercy's ogen stonden op kiertjes, en het hoornvlies was dof. Haar mond stond wijd open. Haar bleke huid was vlekkerig van opgedroogd bloed en rommel. Oppervlakkige steken hadden het vlees van haar hals opengelegd. Het wit van haar rechtersleutelbeen lag bloot doordat het mes de huid had afgestroopt. Uit de wonden op haar onderrug en de bovenkant van haar dijen droop vocht in de lijkzak. Elke vierkante centimeter van haar blote huid getuigde van de wreedheid waarmee ze gedood was.

'God hebbe haar ziel,' fluisterde Nadine. 'Niemand verdient dit.'

'Nee, niemand.' Sara weigerde zichzelf aan machteloosheid over te geven. 'Neem je het op of maak je aantekeningen?' vroeg ze aan Nadine.

'Het voelt altijd zo raar om in een opnameapparaat te praten,' zei Nadine. 'Meestal schrijf ik dingen gewoon op.'

Sara nam het meestal op, maar ze besefte dat ze zich op Nadines terrein bevond. 'Zou jij dan aantekeningen willen maken?'

'Geen probleem.' Nadine pakte schrift en pen. Ze wachtte niet op een teken van Sara, maar begon alvast. Sara kon haar blokletters ondersteboven meelezen. Nadine had de datum, het tijdstip en de locatie genoteerd en er vervolgens Sara's naam, die van Hartshorne en van zichzelf aan toegevoegd. 'Sorry, schat,' zei ze tegen Amanda, 'maar wil je nog even zeggen hoe je heet?'

Amanda's reactie drong nauwelijks tot Sara door toen ze neerkeek op Mercy's verwoeste lichaam. Haar jeans hing nog op haar enkels, maar haar donkerpaarse bikinislip was rond haar heupen getrokken. De tailleband zal vol aangekoekt vuil. Over haar benen liepen vegen, en ook op haar jeans zat vastgekoekte modder. Op haar linkerbovenbeen had ze een verzameling ronde littekens. Van uitgedrukte sigaretten, wist Sara. Will had vergelijkbare littekens op zijn borst.

Ze moest even iets wegslikken toen ze aan haar man dacht. In een flits zag ze voor zich hoe ze met haar neus over zijn schouder had gewreven daar op de uitzichtbank. Op dat moment had ze gedacht dat Wills worsteling met de gedachten aan zijn overleden moeder de enige schaduw over haar huwelijksreis zou zijn.

Mercy was ook een verloren moeder. Ze had een zoon van zestien, die hoorde te weten wie haar van hem had weggenomen.

'Oké.' Nadine sloeg een lege bladzij in haar schrift op. 'Ik ben zover.'

Sara vervolgde het externe onderzoek en benoemde haar bevindingen. Mercy's lichaam was over de piek van de rigor mortis heen, maar haar ledematen waren nog stijf. Haar gezichtsspieren hadden zich samengetrokken, zodat ze de indruk wekte hevige pijn te hebben. Haar bovenlichaam had niet lang in het water gelegen, maar de huid van haar nek en schouders was los en vlekkerig van het water. Haar haar zat in de war. Er lag een roze waas over haar bleke huid van het bloed dat in het water had rondgekringeld.

Ze hoorde het geluid van een flitser. Nadine was foto's aan het maken. Sara hielp haar met het plaatsen van linialen om de schaal vast te stellen. Er zat vuil onder Mercy's vingernagels. Over de achterkant van haar rechterarm liep een lange schram. Haar rechterduim, waar Sara de snee van het kapotte glas had gehecht, was nog verbonden. Donkere bloedvlekken wezen erop dat de hechtingen waren losgetrokken, waarschijnlijk tijdens de aanval. De rode wurgstriemen die Sara in de toiletruimte op Mercy's hals had gezien, waren nu duidelijker zichtbaar, maar tot aan haar dood was er onvoldoende tijd verstreken voor het ontstaan van blauwe plekken.

Sara draaide Mercy's rechterarm om en bekeek de onderkant. Toen controleerde ze de linkerarm. De vingers en duimen waren gekromd, maar Sara kon de handpalmen zien. Geen messteken. Geen oedeem. Geen sneetjes. 'Zo te zien heeft ze geen afweerwonden.'

'Je ziet het alleen niet,' zei Nadine. 'Mercy was een vechtersbaas. Die heeft zich echt niet zonder slag of stoot overgegeven.'

Sara ging haar geen illusie afpakken. Je wist pas hoe je op een aanval zou reageren als je aangevallen werd. 'Haar schoenen vertellen iets van het verhaal. Tijdens een deel van de aanval stond ze rechtop. Die straal is van slagaderlijk bloed. De spatten zouden van een mes kunnen zijn dat het lichaam in en uit ging. Op de punten van de tenen zit aangekoekte aarde. We hebben sleepsporen gezien die van het huisje naar het meer liepen. Mercy lag op haar buik toen dat gebeurde. Er zit ook aarde aan de tailleband van haar slip, op haar knieën en in de kreukels van haar jeans.'

'Het lijkt dezelfde soort aarde als bij het meer,' zei Nadine. 'Ik zal er later naartoe gaan om monsters te verzamelen waarmee we het kunnen vergelijken.'

Sara knikte, en Nadine ging verder met het fotograferen van de bevindingen. Minutenlang waren de enige geluiden die Sara boven het gezoem van de koelcelcompressor uit kon horen het geluid van de cameraflitser en het getik van Amanda op haar telefoon.

Toen Nadine na een tijdje klaar was, hielp Sara haar met het uitspreiden van wit slagerspapier onder de tafel. Daarna nam ze het vergrootglas van het blad. Samen werkten ze elke vierkante centimeter van Mercy's kleren af op zoek naar sporen. Sara vond haren, aarde en stof en stopte alles in verzamelzakken. Nadine werkte rustig en efficiënt, voorzag elk bewijsstuk van een label en noteerde in het bewijsverslag waar het was aangetroffen.

De volgende stap was aanmerkelijk moeilijker. Ze moesten Mercy's kleren uittrekken. Nadine legde schoon papier op de vloer. Vervolgens legde ze papier op het lange werkblad bij de wastafel om de kleren nogmaals te doorzoeken nadat ze waren uitgetrokken.

Een lijk van kleren ontdoen was een tijdrovende en vervelende bezigheid, vooral als het lichaam nog stijf was. Een mens bezat ongeveer evenveel bacteriën als cellen. De meeste bacteriën zaten in de ingewanden om voedingsstoffen verder te verwerken. Tijdens het leven hield het immuunsysteem ze in toom. In een dood lichaam namen de bacteriën het over. Ze voedden zich met weefsel en gaven methaan en ammoniak af. Deze gassen lieten het lichaam opzwellen, waardoor de huid werd opgerekt.

De stof van Mercy's T-shirt zat zo strak dat er niets anders op zat dan het weg te knippen. De beugel van haar bh moest van haar ribbenkast worden losgewrikt en liet onder haar borsten een inkeping achter van ruim een halve centimeter diep. Sara knipte haar slip langs de naad los. De tailleband had een striem achtergelaten. De dunne stof moest losgepeuterd worden. Stukjes huid kwamen mee. Sara legde elk strookje voorzichtig op het slagerspapier, als stukjes van een puzzel.

Voor ze de jeans uittrokken, moesten eerst de schoenen van de voeten. Nadine maakte de veters los. Sara hielp haar de sneakers uit te trekken. De bovenkant van Mercy's katoenen sportsokken lubberde, waardoor die zich gemakkelijker lieten verwijderen. Wel bleef er een duidelijk kabelpatroon op de huid achter. Het uittrekken van de jeans was een veel moeilijker karwei. De stof was dik en stijf van het bloed en ander opgedroogd vocht. Voorzichtig knipte Sara eerst de ene en toen de andere pijp los, waarna ze ze als bij een oesterschelp opensloeg. Nadine legde de jeans op het werkblad. Ze wikkelde beide helften in papier om kruisbesmetting te voorkomen.

De anderen bleven zwijgend staan wachten terwijl Nadine bezig was. Ze keken niet naar het lichaam. Sara zag Amanda met een somber gezicht op haar telefoon turen. Biscuits stond nog steeds in de deuropening, maar met afgewend hoofd, alsof hij iets had gehoord aan het einde van de gang.

Met een brok in haar keel begon Sara het lichaam te bestuderen. Ze telde minstens twintig zichtbare steekwonden. De romp had het het zwaarst moeten ontgelden, maar er zat ook een jaap in haar linkerdij, en de buitenkant van haar rechterarm was opengehaald. Op sommige plekken was het lemmet tot aan het handvat in het lichaam verdwenen en was de afdruk van de vermiste greep nog zichtbaar op de huid.

De recente wonden waren niet de enige tekenen van schade.

Mercy's lichaam was een staalkaart van levenslange mishandeling. Het litteken in haar gezicht had alle kleur verloren, maar dat gold niet voor de overige littekens waarmee haar huid was bezaaid. Rond haar buik liepen diepe, donkere striemen waar ze ooit met iets zwaars en ruws was geslagen, waarschijnlijk een stuk touw. Sara herkende moeiteloos de afdruk van een riemgesp op Mercy's heup. Haar linkerdijbeen droeg het brandmerk van een strijkijzer. Rond de tepel van haar rechterborst waren talloze sigaretten uitgedrukt. Over haar linkerpols liep een dunne, rechte snee.

'Weet je of ze weleens een zelfmoordpoging heeft gedaan?' vroeg ze aan Nadine.

'Meer dan eens.' Het was Biscuits die antwoord gaf. 'Een paar keer heeft ze een overdosis genomen. Dat litteken waar je nu naar kijkt, is nog van de middelbare school. Ze had weer eens bonje met Dave gehad. Toen sneed ze haar pols open in de voorraadkast bij de gymzaal. Als de sportleraar haar niet had gevonden, was ze doodgebloed.'

Sara keek Nadine vragend aan. De vrouw had tranen in haar ogen. Ze knikte, pakte de camera en legde de schade vast.

Weer plaatste Sara de liniaal op één lijn met het lichaam om de schaal vast te stellen. Ze vroeg zich af hoelang je erover deed om een vrouw zoveel steekwonden toe te brengen. Twintig seconden? Dertig? Op de rug en de benen waren nog meer wonden. Degene die Mercy McAlpine had vermoord wilde haar morsdood hebben.

Dat hij daar niet helemaal in was geslaagd, dat Mercy nog had geleefd nadat het huisje in brand was gestoken, nadat Will het bos door was gerend om haar te vinden, getuigde van haar strijdlust.

Eindelijk legde Nadine de camera weg. Moed vattend haalde ze nog eens diep adem. Ze wist wat er nu kwam.

De verkrachtingskit.

Ze opende de kartonnen doos die alles bevatte wat nodig was om bewijs te verzamelen van een seksueel misdrijf: steriele bakjes, wattenstaafjes, injectiespuiten, objectglaasjes, zelfklevende enveloppen, nagelschrapers, etiketten, steriel water en zoutoplossing, een plastic eendenbek, een kam. Sara zag haar handen trillen toen ze elk voorwerp op het tafelblad legde. Met de rug van haar hand wiste Nadine de tranen onder haar veiligheidsbril weg. Sara had met de vrouw te doen. Zelf had ze talloze keren in Nadines schoenen gestaan.

'Zullen we even pauzeren?' vroeg ze.

Nadine schudde haar hoofd. 'Deze keer laat ik haar niet in de steek.'

Sara had haar eigen schuldgevoelens wat Mercy betrof. In gedachten keerde ze steeds terug naar dat moment in de toiletruimte achter de keuken. Mercy had haar verteld dat bijna iedereen op de berg haar het liefst dood zag. Sara had aangedrongen, maar toen Mercy niet thuis gaf, had ze het daarbij gelaten.

'Kom, dan beginnen we,' zei ze.

Omdat er nog steeds sprake was van lijkstijfheid, moesten ze haar dijbenen met kracht uit elkaar duwen. Sara pakte één been, Nadine het andere. Ze trokken tot de heupgewrichten met een akelige knal meegaven.

In de deuropening schraapte Biscuits zijn keel.

Sara hield een wit vierkant stuk karton onder Mercy's schaambeen. Eerst trok ze voorzichtig de kam door het schaamhaar. Losse haartjes, vuil en andere rommel vielen op het karton. Tot Sara's opluchting zag ze van sommige haartjes de wortels. Wortels betekenden DNA.

Ze gaf het stuk karton en de kam aan Nadine, die ze in een verzamelzak verzegelde.

Vervolgens maakte Sara met wattenstaafjes van verschillende lengte uitstrijkjes om de binnenkant van Mercy's dijen op sperma te controleren. In haar rectum. Op haar lippen. Nadine hielp met het openbreken van de mond. Weer klonk een luide plop toen het gewricht uiteenbrak. Sara verstelde de onderzoekslamp. Ze zag geen kneuzingen in de mond. Ze nam uitstrijkjes van de binnenkant van de wangen, de tong en de keel.

De plastic eendenbek zat in een verzegelde wikkel. Nadine pelde de randen los en reikte Sara het instrument aan. Weer verstelde Sara de lamp. Ze moest de eendenbek met kracht in het vaginale kanaal duwen. Nadine reikte haar de wattenstaafjes aan.

'Zo te zien zijn er sporen van spermavocht,' zei Sara.

Weer schraapte Biscuits zijn keel. 'Dus ze is verkracht.'

'Het vocht duidt op geslachtsgemeenschap. Ik zie geen oedeem of kneuzingen.'

Sara overhandigde Nadine de laatste wattenstaafjes. Terwijl ze wachtte, trok ze schone handschoenen aan. In gedachten liet ze alle mannen de revue passeren die de vorige avond op de Lodge waren geweest. De kok. De twee jonge kelners. Chuck. Frank. Drew. Gordon en Paul. Max, de investeerder. Zelfs Mercy's broer, Christopher. Sara had te midden van hen aan de eettafel gezeten. Stuk voor stuk konden ze de moordenaar zijn.

Nadine kwam weer naar de onderzoekstafel. Sara trok met een grote spuit bloed uit het hart. Ze gebruikte een naald van 25 gauge om urine uit de blaas te trekken. Vervolgens gaf ze de spuiten aan Nadine, die ze van een label voorzag. Ze hield een wit kartonnetje onder Mercy's vingers en haalde met de houten schraper het vuil onder de nagels vandaan.

'Dit zou weleens huid kunnen zijn,' zei ze. 'Misschien heeft ze haar aanvaller gekrabd.'

'Goed zo, Merce.' Nadine klonk opgelucht. 'Ik hoop dat-ie flink bloedde.'

Sara hoopte het ook. Dan was de kans groter dat er DNA aan kon worden onttrokken.

Net toen ze Nadine om hulp wilde vragen bij het draaien van het lichaam, klonk het gezoem van een telefoon.

'Dat ben ik,' zei Nadine. 'De röntgenfoto's zijn waarschijnlijk geüpload.'

Sara had het gevoel dat ze wel een pauze konden gebruiken. 'Laten we eens kijken.'

Nadine was zichtbaar opgelucht. Terwijl ze naar het bureau liep, haalde ze haar masker naar beneden en trok haar handschoenen uit. Toen ze had ingelogd op de computer, ging Sara achter haar staan. Met een paar klikken verschenen Mercy's röntgenfoto's op het scherm. Meer dan thumbnails waren het niet, maar weer was er overduidelijk sprake van een lange mishandelingsgeschiedenis.

De oude breuken verbaasden Sara niet, maar het waren er wel heel veel. Mercy's rechterdijbeen was op twee verschillende plekken gebroken geweest, maar niet gelijktijdig. Bij sommige botjes in haar linkerhand leek het of ze opzettelijk met een hamer doormidden waren geslagen. Op talloze plekken zaten schroeven en plaatjes. De bovenkant van haar schedel en de achterhoofdsbeenderen waren ooit gebroken. Haar neus. Haar bekken. Zelfs haar tongbeen vertoonde tekenen van oud letsel.

Vooral de laatste foto wekte Nadines belangstelling. Ze vergrootte het beeld. 'Een gebroken tongbeen is een teken van verwurging. Ik wist niet dat je daarmee kon leven.'

'Het is in potentie een levensbedreigende kwetsuur,' zei Sara. Het bot zat vast aan het strottenhoofd en was betrokken bij allerlei luchtwegfuncties, van geluid produceren tot hoesten en ademen. 'Dit lijkt me een geïsoleerde fractuur van de grote tongbeenhoorn. Misschien is ze ooit geïntubeerd.'

Amanda nam het woord. 'Toen Faith Dave verhoorde, zei hij dat Mercy na een eerdere wurgpoging zelf naar het ziekenhuis was gereden. Ze had moeite met ademen en werd opgenomen.'

'Ik heb toen het rapport opgemaakt!' riep Biscuits vanuit de deuropening. 'Dat was minstens tien jaar geleden. Mercy zei niks over dat wurgen. Ze zei dat ze was gestruikeld en met haar keel op een boomstronk was gevallen.'

Amanda keek Biscuits onderzoekend aan. 'Waarom moest u daar dan een rapport over opmaken?'

Biscuits zweeg.

Sara richtte zich weer op de foto's. 'Kun je me deze breuk laten zien?'

Nadine selecteerde de afbeelding met het dijbeenbot.

'Ik zou er het liefst een forensisch radioloog naar laten kijken, maar het lijkt van tientallen jaren geleden.' Ze wees naar een vage streep die het onderste gedeelte van het bot doorsneed. 'Een breuk bij een volwassene heeft doorgaans scherpe randen, maar bij een oudere breuk, zeg maar uit de kindertijd, remodelleert het bot zich en worden de randen weer glad.'

'Is dat ongebruikelijk?' wilde Amanda weten.

'Dijbeenfracturen bij kinderen zijn meestal schachtfracturen. Het dijbeenbot is het sterkste bot in het lichaam, dus er is een hoogenergetische klap voor nodig om het te breken.' Sara wees naar de foto. 'Mercy liep een distale metafysaire fractuur op. Men is er nog niet over uit of dat soort fractuur op mishandeling duidt, maar de vermoedens wijzen wel in die richting.'

'Wat wil dat zeggen?' vroeg Biscuits.

'Dat Cecil haar been heeft gebroken toen ze nog klein was,' zei Nadine.

'Hoho, ze heeft niet gezegd wie het gedaan had,' wierp Biscuits tegen. 'Flap er nou niet van alles uit wat je niet met feiten kunt onderbouwen.'

Met een diepe zucht klikte Nadine weer twee thumbnails open. 'Die metalen plaat in haar arm is van het auto-ongeluk waarover ik je vertelde. En deze... Zie je waar haar bekken gereconstrueerd moest worden? Ze mocht blij zijn dat ze Jon al had.'

Sara keek naar de foto van de onderbuik. Mercy's bekkenbeenderen tekenden zich felwit af tegen het zwart, met rugwervels die stapsgewijs in de ribbenkast verdwenen. De organen waren in schaduw gehuld. De vage contouren van de kleine en grote ingewanden. De lever. De milt. De maag. Het schimmige waas van een kleine massa, zo'n vijf centimeter lang, met de eerste tekenen van botvorming.

Sara kuchte even voor ze kon praten. 'Nadine, zou je me willen helpen met de afronding van het verkrachtingsonderzoek voor we haar omdraaien?'

Nadine keek verward, maar ze pakte een schoon stel handschoenen en ging bij Sara aan de tafel staan. 'Wat moet ik doen?'

Het enige wat Sara van haar verlangde, was haar troostrijke stilte. Op de gang stond een echoapparaat, maar Sara wilde er niet naar vragen waar Biscuits bij was. Op de Lost Widow Trail had Nadine haar een kort college gegeven over de lijm die het leven in een klein stadje bijeenhield, maar één heel belangrijke les was ze vergeten: dat er niet zoiets als een geheim bestond.

Sara zou een bekkenonderzoek moeten uitvoeren ter bevestiging van wat ze op de foto had gezien.

Mercy was zwanger.

13

'Fuckerdefuck.' Het kostte Faith moeite om niet met haar hoofd tegen het stuur van haar Mini te beuken. Het noodweer was eindelijk weggetrokken, maar de grindweg was in een modderige nachtmerrie veranderd. De hele tijd tikten er steentjes tegen de zijpanelen. Sturen was een glibberige aangelegenheid. Ze keek op naar de lucht. De zon was genadeloos, alsof die weer zoveel mogelijk water naar de wolken wilde opzuigen.

Ze had zichzelf een flink probleem op de hals gehaald toen ze had aangeboden Penny Danvers te ondervragen, de schoonmaakster en barkeeper van de Lodge, maar Faith haatte autopsieën. Ze woonde ze bij omdat het bij haar werk hoorde, maar ze vond het van begin tot eind walgelijk. Ze had nooit aan lijken kunnen wennen. En daarom reed ze nu over de afgelegen weggetjes van een boerengat in North Georgia in plaats van een ererondje te rennen vanwege haar uitmuntende recherchewerk tijdens het verhoor van Dave McAlpine.

Stilletjes gaf ze zichzelf ervanlangs. Had ze er maar een bekentenis uit gesleept of een gigantische aanwijzing waarmee de moordenaar werd gevonden, zodat Jon het kon afsluiten. Dit was geen spel van de goeden tegen de kwaden. Mercy was moeder geweest. Niet zomaar een moeder, maar een moeder zoals Faith. Ze hadden allebei een zoon gebaard toen ze zelf nog bijna kinderen waren. Faith had het geluk gehad dat haar familie haar had gesteund. Als die haar niet overeind had gehouden, had ze net zo kunnen eindigen als Mercy McAlpine. Of misschien had ze eveneens vastgezeten aan een weerzinwekkende geweldpleger zoals Dave. Waardeloze mannen waren net als ongesteldheid. Na de eerste keer werd je je leven lang verteerd door angst of paniek voor de volgende keer.

Faith wierp een blik op het open notitieboekje op de bijrijdersstoel. Voor ze uit het ziekenhuis was vertrokken, had ze samen met Will Mercy's telefoontjes naar Dave gekoppeld aan de tijdstippen waarop Will bij benadering iets had gehoord en uit welke richting het was gekomen. Ze waren erin geslaagd een zo nauwkeurig mogelijk beeld samen te stellen van de laatste anderhalf uur van Mercy McAlpines leven:

22.30: gezien tijdens haar ronde (Paul – getuige)

22.47; 23.10; 23.12; 23.14; 23.19; 23.22: gemiste telefoontjes naar Dave

23.28: voicemail naar Dave

23.30: eerste kreet vanaf hoofdterrein (gebrul)

23.40: tweede kreet vanaf vrijgezellenhuisjes (Help)

23.40: derde kreet vanaf vrijgezellenhuisjes (Alsjeblieft)

23.50: vondst lichaam

Middernacht: dood vastgesteld (Sara)

Faith was nog steeds niet tevreden met de veelvouden van tien. Ze moest dat terrein op en aan die plattegrond zien te komen. Allereerst wilde ze vaststellen waar de wifi nog werkte zodat ze kon uitvogelen waar Mercy was geweest toen ze Dave had gebeld. Vandaar kon ze alle mogelijke routes in kaart brengen waarlangs Mercy naar de vrijgezellenhuisjes was gelopen. Will kon er aan weerszijden met vijf minuten naast zitten, wat niet veel leek, maar wanneer je aan een moordzaak werkte, telde elke minuut.

In elk geval had Mercy hun een dienst bewezen door al die telefoontjes te plegen. De voicemail was al naar het lab gestuurd voor geluidsanalyse, maar het duurde minstens een week voor de uitslag binnen was. Faith pakte haar telefoon uit de bekerhouder. Ze tikte op de opname die ze had gemaakt van Mercy's laatste bericht aan Dave. De wanhopige stem van de vrouw weergalmde door de Mini.

Dave! Dave! O god, waar ben je? Bel me terug, alsjeblieft, alsjeblieft. Ik kan niet geloven... O god, ik kan niet... Bel me alsjeblieft. Alsjeblieft. Ik heb je nodig. Ik weet dat je er nooit voor me geweest bent, maar ik heb je nu nodig, echt. Je moet me helpen, liefje. Alsjeblieft b-bel...

Het was Faith niet eerder opgevallen, maar Mercy was in snikken uitgebarsten toen ze het geluid had gedempt. In de auto telde Faith in gedachten de zeven seconden waarin de zachte kreten van de vrouw hadden geklonken.

'Wat doe jij hier? Niet doen! Dave komt zo. Ik heb hem verteld wat er gebeurd is. Hij is onder–'

Faith keek weer naar haar tijdpad. Tweeëndertig minuten later werd Mercy's dood vastgesteld.

'Wat is er met je gebeurd, Mercy?' vroeg ze aan de lege auto. 'Wat kon je niet geloven?'

De vrouw had iets gezien of gehoord wat haar zo bang had gemaakt dat ze haar kleren en aantekenboek in de rugzak had gepropt om ervandoor te gaan. Ze had Jon niet meegenomen, wat betekende dat alleen zijzelf werd bedreigd door wat het ook was. Het was zo bedreigend geweest dat ze Dave nodig had gehad, hoewel hij er jarenlang niet voor haar was geweest. Zo bedreigend dat ze haar eigen familie niet eens om hulp had gevraagd.

Faith gokte dat het gevaar zich had voorgedaan tijdens het gat van drieëntwintig minuten tussen het eerste telefoontje naar Dave en de vijf wanhopige gemiste telefoontjes vanaf 23.10 uur. Mercy moest op enig moment in het huis zijn geweest om haar rugzak in te pakken. Faith wist niet wat ze zelf zou meenemen als ze haar huis voor altijd moest verlaten, maar het belangrijkste zou de brief zijn die haar vader aan haar had geschreven voor hij aan alvleesklierkanker was gestorven. Mercy had het aantekenboek alleen meegenomen omdat het van onschatbare waarde voor haar was geweest.

En het lab zou nooit binnen een week de analyse hebben afgerond.

Dave komt zo. Ik heb hem verteld wat er gebeurd is.

Faith dacht aan alle keren dat ze tegen een man had gezegd dat er iemand anders aan kwam. Dat gebeurde meestal wanneer ze in haar eentje een avondje uit was. Altijd schoof er wel een of andere vent naar haar toe om te flirten. Ze kwam dan alleen van hem af door te zeggen dat er al een ander tegen hetzelfde paaltje had gepist.

En dat bracht haar weer bij het locked-room-mysterie. Een van de uitgangspunten van het genre was dat de persoon van wie je dacht dat hij het niet had gedaan het toch had gedaan. Bij Dave lag het zo voor de hand dat er bij wijze van spreken een neonkleurige pijl naar zijn hoofd wees. Het gevaarlijkste moment voor een slachtoffer van huiselijk geweld was wanneer ze haar belager verliet. De wurgpoging was een schoolvoorbeeld van geweldsescalatie. Maar ook al was je nog zo'n walgelijke strontzak, dat maakte je nog geen moordenaar. En telkens keerde Faith terug naar de voicemail. Het was niet Dave tegen wie Mercy zei dat Dave onderweg was. Er was slechts een handjevol mannen op de Lodge tegen wie Mercy zijn naam zou hebben genoemd.

Chuck. Frank. Drew. Max, de investeerder. Alejandro, de kok. Gregg en Ezra, de twee kelners uit het stadje. Gordon en Paul, want je wist maar nooit. Christopher, want Mercy en hij waren zo ongeveer opgegroeid in een roman van V.C. Andrews, ergens in de bergen van North Georgia.

Faith slaakte een diepe zucht. Ze wilde meer informatie. Hopelijk was Penny Danvers, de barkeeper en schoonmaakster van de Lodge, even goed op de hoogte en spraakzaam als Delilah was geweest op de opname die Will had gemaakt. Hotelschoonmakers zagen je karakter in het onbarmhartigste licht, en in de loop van haar carrière had Faith aan de nodige nietsvermoedende barkeepers de waarheid weten te ontlokken. Maar in dat moeras hoefde ze zich voorlopig niet te wagen. In plaats daarvan concentreerde ze zich op de grindweg, waar maar geen einde aan kwam. Ze wierp een blik in de achteruitkijkspiegel. Toen keek ze weer op de weg. Toen door de zijraampjes. Alles zag er hetzelfde uit.

'Klotezooi.'

Ze was hopeloos verdwaald.

Ze minderde vaart en zocht naar tekenen van beschaving. Het enige wat ze het afgelopen kwartier had gezien, waren velden en koeien en af en toe een laagvliegende vogel. Volgens haar gps moest ze bij een splitsing naar links, maar ze begon te vermoeden dat het ding had gelogen. Ze keek op haar telefoon. Geen ontvangst. Faith keerde op de weg en reed terug in de richting waaruit ze was gekomen

Op de een of andere manier zagen de velden en koeien en de incidentele vogel er opeens anders uit. Ze opende beide raampjes en luisterde of ze auto's of een trekker hoorde, of een ander geluid dat aangaf dat ze niet de laatste vrouw op aarde was. Het enige wat ze opving was het gekras van een of andere stomme vogel. Ze draaide aan de radioknop in de verwachting de stemmen van aliens te horen of het agrarische nieuws, maar ze werd beloond met Dolly Parton die 'Purple Rain' zong.

'Godzijdank,' fluisterde Faith. In elk geval nog één ding dat klopte in de wereld. De wind waaide naar binnen en droogde iets van het zweet op haar rug. Ze hoorde haar telefoon pingen en keek op het scherm. Ze had weer ontvangst. Er waren twee berichten.

Ze tikte haar code in en maakte zichzelf wijs dat ze onder het rijden best kon appen, want de enige die ze eventueel doodde was zichzelf. En dat scheelde ook niet veel toen ze het bericht van haar zoon zag.

Hij was in Quantico. En hij vond het er geweldig.

Faith had stiekem gehoopt dat Jeremy het verschrikkelijk zou vinden.

Ze wilde niet dat haar zoon bij de politie ging. Ze wilde niet dat hij FBI-agent werd. Ze wilde niet dat hij GBI-agent werd. Ze wilde dat hij met zijn prachtdiploma van Georgia Tech op een kantoor ging werken, dat hij een pak zou dragen en bergen geld ging verdienen zodat zijn moeder, als ze haar auto total loss had gereden omdat ze had geappt tijdens het rijden, in een fijne kliniek terecht zou komen.

Het tweede bericht was niet veel beter. Haar moeder had een foto gestuurd van Emma met haar gezicht geschminkt als dat van Pennywise, de clown uit *It*. Faith zou er later over nadenken of het eerbetoon opzettelijk was. Ze antwoordde met een verzameling hartjes en liet de telefoon toen in de bekerhouder vallen.

'Fuck!' schreeuwde ze. Bijna was er een vogel tegen haar voorruit geknald. Faith gaf een ruk aan het stuur en hobbelde over de berm. Ze stuurde te veel bij, en de auto begon te slippen. Alles vertraagde. Ze wist dat je op ijs een schuiver kon maken, maar kon dat ook in modder? Moest je het stuur de andere kant op draaien of klapte je dan een greppel in?

Het antwoord liet niet lang op zich wachten. De Mini draaide als een kunstrijder een rondje van driehonderdzestig graden, ging op twee wielen omhoog en gleed over de weg tot hij in de tegenoverliggende greppel belandde.

Hevig schuddend kwam de auto tot stilstand. Faith had te weinig lucht om te vloeken, maar dat haalde ze wel in zodra haar aars zich had ontspannen, beloofde ze zichzelf. Veel slechter kon het die dag niet worden.

Toen stapte ze uit en zag dat haar achterwiel in vijf centimeter modder stak.

'Fuck...'

Faith bracht haar vuist naar haar mond. Hier kon ze mee overweg. Ze had straatdiensten gedraaid. Tijdens zo'n dienst had ze herhaaldelijk idioten geholpen hun wagens uit greppels te krijgen. Uit de achterbak haalde ze haar noodpakket, met dekens, eten, water, een noodradio, een zaklamp en een opvouwbare schep.

'Purple Rain' had zijn crescendo bereikt. Onwillekeurig dacht ze dat Dolly Parton het wel zou kunnen waarderen dat een getergde moeder van twee kinderen zichzelf midden in de rimboe uit de moddder groef terwijl ze luisterde naar een cover van Prince. Haar handen deden al direct pijn toen ze begon met graven. Er ging een compleet nummer van Nickelback overheen voor ze een pad had vrijgemaakt. Voor de goede orde greep ze handenvol grind en duwde die tegen de onderkant van de band. Tegen de tijd dat ze klaar was, zat ze onder de modder. Ze veegde haar handen af aan haar broek en stapte weer in de auto.

Smekend om grip drukte ze het gaspedaal in. De auto schoof een paar centimeter vooruit en hobbelde weer naar achteren. Ze gaf niet op. De auto schokte langzaam heen en weer tot de wielen grip kregen op het grind.

'Kanjer die je bent,' zei ze tegen zichzelf.

'Wat je zegt.'

'Fuck!' Faith schoot overeind en stootte haar hoofd tegen het schuifdak. Aan de andere kant van de greppel stond een vrouw. Ze had een afgetobd gezicht, getekend door de meedogenloze zon en een al even meedogenloos leven. Naast haar zat een Bluetick Hound. Over haar schouders hing een jachtgeweer, als bij een gevaarlijke vogelverschrikker. Ze had haar handen er aan weerszijden losjes omheen geslagen.

'Ik had niet gedacht dat je het voor elkaar zou krijgen,' zei de vrouw. 'Zo'n stadstype als jij heb ik nog nooit een deuk in een pakje boter zien slaan.'

Faith schakelde de radio uit en won zo wat tijd om te kalmeren. Ze vroeg zich af hoelang die onbenul daar al stond. In elk geval lang genoeg om het kenteken van Fulton County op de Mini te hebben gezien en te concluderen dat ze met een bewoner van Atlanta te maken had.

'Ik ben van het –'

'GBI,' zei de vrouw. 'Je hoort bij die lange. Will, heet-ie toch? Die met Sara is getrouwd.'

Nu wist Faith bijna zeker dat de vrouw een heks was. 'Ik heb je naam niet goed gehoord.'

'Die heb ik ook niet genoemd.' Uitdagend hief ze haar kin. 'Naar wie ben je op zoek?'

'Naar jou,' gokte Faith. 'Penny Danvers.'

Ze knikte. 'Je bent slimmer dan je eruitziet.'

Faith streek met haar tong langs de achterkant van haar tanden. 'Wil je een lift naar huis?'

'Kan de hond ook mee?'

Nog smeriger kon de auto niet worden, dacht Faith. Ze stak haar arm opzij en opende het portier. 'Ik hoop dat hij Cheerios lekker vindt. Mijn dochtertje smijt ze altijd naar mijn hoofd, vindt ze leuk.'

De hond wachtte tot Penny met haar tong had geklakt, sprong toen met zijn modderpoten tussen de twee voorste stoelen door en begon prompt de vloer schoon te lebberen, wat het enige positieve was wat die dag was voorgevallen. Penny ging voorin zitten. Het portier sloeg dicht. Ze zette het geweer klem tussen haar benen, met de loop naar het dak gericht. Ook dat was mooi. Ze had het evengoed op Faith kunnen richten.

'Het huis is drie kilometer verderop, links. Het wordt wat hobbelig, dus zet je schrap,' zei de vrouw met het geladen jachtgeweer en zonder gordel om. 'Eerst zie je de schuur, dan het huis.'

Faith zette de auto in *drive*. Beide raampjes stonden nog open. Ze reed niet harder dan vijftig om te voorkomen dat ze in het stof van de grindweg stikten. En omdat de hond naar hond stonk.

'En?' vroeg Faith. 'Aan het jagen of –'

'Een coyote heeft een van mijn kippen gepakt.' Penny knikte naar de radio. 'Heb je haar cover van "Stairway to Heaven" gehoord?'

Dolly Parton. De universele verbinder. En een overduidelijk bewijs dat Penny veel langer bij die greppel had gestaan dan Faith had beseft. Ze probeerde haar ongemak te verhullen met een vraag. 'Van *Halos and Horns* of van *Rockstar*?'

Penny grinnikte. 'Van welk album denk je?'

Faith had geen idee, en Penny had kennelijk geen zin om het te zeggen. Ze had wat bacon uit haar zak gehaald, die ze aan de hond gaf. Ze zag Faith kijken en bood haar ook wat aan.

'Nee, dank je,' zei Faith.

'Wat je wilt.' Penny nam een hap en staarde al kauwend voor zich uit.

Om het ijs te breken zocht Faith wanhopig naar wat losse weetjes over Dolly Parton, maar toen bedacht ze dat het soms beter was om je mond te houden. Ze liet de verlaten velden aan zich voorbijtrekken. De koeien. Af en toe een laagvliegende moordvogel.

Zoals voorspeld werd de weg hobbelig. Faith worstelde met het stuur om te voorkomen dat ze weer in de greppel belandden. In de stad had je gaten in het wegdek, maar dit waren eerder gletsjerspleten. Tot haar opluchting zag ze in de verte eindelijk de schuur. Het was een gigantisch, felrood bouwsel, en waarschijnlijk nog nieuw want ze had het niet op Google Earth gezien. Op de zijkant, naar de weg gekeerd, was een Amerikaanse vlag geschilderd. Twee paarden hieven het hoofd toen de Mini passeerde.

'We zijn hier patriotten,' zei Penny. 'Mijn vader heeft in Vietnam gediend.'

Hoewel Faith een broer bij de luchtmacht had, zei ze: 'Ik ben hem dankbaar voor zijn inzet.'

'We vinden het maar niks als jullie uit Atlanta je neus in onze zaken steken,' vervolgde Penny. 'We doen de dingen op onze eigen manier. Bemoei je niet met ons leven. We bemoeien ons ook niet met dat van jullie.'

Faith wist dat ze nu op de proef werd gesteld. Ze wist ook dat Georgia zonder het belastinggeld uit Atlanta een soort Mississippi zou worden. Iedereen romantiseerde het leven op het platteland tot ze internet en gezondheidszorg nodig hadden.

'Daar is het.' Penny wees naar de enige oprit in de wijde omgeving, alsof je die over het hoofd kon zien. 'Naar links.'

Faith minderde vaart om de lange oprit in te draaien. Toen ze de naam op de brievenbus zag, werd Penny's plattelandstrots opeens een stuk duidelijker. 'D. Hartshorne. Dat is toch niet de sheriff?'

'Vroeger,' zei ze. 'Dat is mijn vader. Hij woont achter, in de trailer. We hebben hem na zijn beroerte daarnaartoe verhuisd, want hij komt de trap niet meer op. Biscuits is mijn broer.'

Nu was voorzichtigheid geboden. 'Zijn jullie hecht?'

'Bedoel je of hij me verteld heeft dat Dave niet Mercy's moordenaar is?'

Faith vermoedde dat ze het antwoord al wist.

'Als je 't wilt weten, Biscuits heeft naar de Lodge gebeld om het ze te vertellen, maar hij kwam er niet door. De telefoon en het internet zijn d'r eindelijk mee gestopt.' Ze schonk Faith een veelzeggende blik. 'Hij helpt nu de verkeerspolitie in Ellijay met het overeind krijgen van een gekantelde vrachtwagen met kippen. Hij vroeg of ik het wilde vertellen wanneer ik weer aan het werk ga.'

'En doe je dat?'

'Weet ik niet.'

Faith had geen zeggenschap over wat Penny ging doen, maar ze kon wel proberen zoveel mogelijk informatie uit haar los te krijgen. 'Biscuits zei tegen mijn partner dat je Mercy en Dave elkaar finaal hebt zien afmaken op school.'

'Niet dat het een eerlijk gevecht was.' Penny had haar kaken zo klem gezet dat haar lippen nauwelijks bewogen toen ze sprak. 'Mercy kon wel wat hebben, moet ik zeggen.'

'Tot ze het niet meer kon.'

Penny klemde haar handen om het geweer, maar niet omdat ze het wilde gebruiken. Haar kin hing bijna op haar borst toen ze langzaam naar de boerderij reden. Voor het eerst sinds de vrouw zich op de weg kenbaar had gemaakt, maakte ze een kwetsbare indruk.

Was Will er maar, dacht Faith. Ze kende niemand die zo lang kon zwijgen. Zelf beet ze op haar lip om maar geen vraag te stellen. Tegen de tijd dat ze voor haar inspanningen beloond werd, waren ze al bijna bij het huis.

'Mercy was een goed mens,' zei Penny. 'Dat wordt vaak vergeten, maar het is wel zo.'

Faith parkeerde naast een roestige Chevy-pick-up. Het huis was al even verweerd als Penny: verf bladderde van uitgebleekt hout, van de verrotte veranda, van het ingezakte dak waaraan *shingles* ontbraken. Aan de zijkant van het huis stond een derde paard. Het was vastgebonden aan een paal. Het boog zijn hoofd naar de waterbak, maar hield zijn blik op de auto gericht. Faith onderdrukte een huivering. Ze was doodsbang voor paarden.

'Je moet niet vergeten,' zei Penny, 'dat meiden hier in de bergen al heel vroeg de boodschap meekrijgen dat je krijgt wat je verdient.'

Faith geloofde niet dat die boodschap tot een bepaald gebied was beperkt.

'Het was een groot schandaal toen Mercy zwanger raakte terwijl ze nog op school zat. Al die telefoontjes en vergaderingen. Zelfs de dominee ging zich ermee bemoeien. Begrijp me niet verkeerd, want al was ze geen goede leerling, ze had wel het recht om op school te blijven, maar dat mocht niet. Ze zeiden dat ze een slecht voorbeeld was. En misschien was dat ook zo, maar het was nog steeds niet goed hoe ze behandeld werd.'

Faith beet weer op haar lip. Niemand had haar tegengehouden toen ze naar de derde ging nadat ze Jeremy had gekregen, maar op school liet niemand er enig misverstand over bestaan dat ze niet gewenst was. Ze had haar lunch in de bibliotheek moeten opeten.

'Mercy is altijd een wilde geweest, maar zoals die tante haar baby van haar afpakte, was niet oké. Ze is lesbisch. Wist je dat?'

'Ja, dat weet ik.'

'Delilah is een boosaardig kreng. Heeft niks te maken met wat ze in de slaapkamer uitspookt. Ze is gewoon boosaardig.' Weer wurgde Penny het geweer. 'Ze liet Mercy door allerlei hoepels springen alleen om haar kind te mogen bezoeken. Het was fout. Niemand die het voor Mercy opnam. Iedereen dacht dat het haar niet zou lukken, maar ze liet de drank en de heroïne staan om Jon terug te krijgen. Daar is lef voor nodig. Alle bewondering voor hoe ze met die demonen heeft geworsteld. En al helemaal omdat ze van niemand hulp kreeg.'

'En Dave dan?'

'Shit,' mompelde Penny. 'Die werkte in de jeansfabriek. Dat was prima werk tot de hele handel naar Mexico werd verhuisd. Hij zwom in het geld, gaf rondjes in de bar, nam het ervan.'

'Wat deed Mercy ondertussen?'

'Kerels afzuigen op straathoeken zodat ze een advocaat kon betalen om de voogdij over Jon te krijgen.' Penny keek Faith aandachtig aan, nieuwsgierig naar haar reactie.

Die kreeg ze niet. Zelf zou Faith ook alles voor haar kinderen overhebben.

'Mercy kon alleen een baan in het motel krijgen, en dat was alleen omdat de eigenaar Pa wilde treiteren. Verder wilde niemand haar hebben. Ze liepen hier met een boog om haar heen. Daar zorgde Pa wel voor.'

'Bedoel je Cecil?'

'Ja, haar bloedeigen vader. Het enige wat ze van hem kreeg was straf, haar hele ellendige leven. Ik heb het zelf gezien. Al sinds mijn zestiende maak ik schoon op de Lodge. Ik zal je eens wat vertellen.' Penny richtte haar vinger op Faith alsof er nu iets heel belangrijks kwam. 'Nadat Pa dat fietsongeluk had gehad, nam Mercy de zaak over, oké? En ik weet niet anders dan dat ze alles maar net rondkregen voordat Mercy de baas werd. Zij neemt de tent over en opeens hebben ze een chique kok uit Atlanta in dienst en een tweede kelner uit het stadje, en vervolgens zegt Mercy dat ik fulltime aan de slag kan, want er is een barkeeper nodig voor het cocktailuur vóór het diner. Wat vind je daarvan?'

'Zeg het maar.'

'Pa snapte nooit dat mensen willen drinken wanneer ze op vakantie zijn. Hij schonk altijd één glas waardeloze moerbeiwijn per persoon, en als gasten meer wilden, moesten ze ter plekke vijf dollar cash neertellen.' Ze lachte snuivend. 'Mercy haalde de allerbeste drank in huis, begon reclame te maken voor speciale cocktails, en mensen mochten het op de rekening zetten. Op sommige van die bedrijfsuitjes wordt er met cash betaald omdat de baas niet mag weten dat ze in feite allemaal aan de drank zijn. Reken maar uit. Als het daar vol zit, hebben ze twintig volwassenen die elke avond genoeg zuipen om er een barkeeper van te kunnen betalen.'

Faith kon rekenen als de beste. Over het algemeen verdubbelden restaurants de winkelprijs van de drank, maar die kochten ze in voor een groothandelprijs. Twee cocktails per avond keer twintig mensen bracht op één dag tussen de vierhonderd en zeshonderd dollar op. Nog afgezien van de wijntjes en wat er werd meegenomen naar de huisjes.

'Mercy verhoogde het standaardtarief van de huisjes met twintig procent, maar niemand gaf een kik. Ze renoveerde de badkamers zodat je bij het douchen geen schimmel opliep. Ze haalde rijke gasten uit Atlanta binnen. Pa kon het niet uitstaan.' Penny keek achterom, naar het huis. 'Iedere vader zou trots zijn geweest, maar Pa kreeg alleen maar meer de pest aan haar.'

Faith vroeg zich af of Penny nog een verdachte zou aandragen. 'Cecil was toch zwaargewond na dat fietsongeluk?'

'Ja, hij kan geen poot meer verzetten, maar die rotbek van hem ratelt maar door.' Penny's woede was over het hoogtepunt heen. Ze zette het geweer tegen het dashboard. 'Ik zal je de waarheid vertellen, want waarschijnlijk heb je mijn strafblad al nagetrokken, maar ik ben voor altijd mijn rijbewijs kwijt.'

Faith wist wat ze eigenlijk wilde zeggen. Penny had zo vaak dronken achter het stuur gezeten dat een rechter haar een levenslang verbod had opgelegd.

'Ik weet wat je denkt. Logisch dat een ouwe zuiplap als ik achter de bar staat. Maar ik sta al twaalf jaar droog, dus laat dat oordeel maar zitten.'

'Ik oordeel helemaal niet,' zei Faith. 'Twaalf jaar geleden was je vader hier nog sheriff. Hij had heel veel macht. Het moet best moeilijk voor hem zijn geweest dat hij zijn invloed niet kon gebruiken om jou te helpen.'

'O, dacht je dat? Hij vond het geweldig. Zorgde ervoor dat ik zonder zijn toestemming nergens naartoe kon. Ik moest hem smeken me naar mijn werk te brengen. Naar de winkel. Of naar de dokter. Jezus, eigenlijk moet ik hem bedanken. Zo leerde ik paardrijden.'

Weer las Faith tussen de regels door. 'Het enige werk dat je kon krijgen was op de Lodge.'

'Precies,' zei Penny. 'Dat regelde mijn vader zodat hij me onder de duim kon houden.'

'Is hij bevriend met Cecil?'

'Die twee eikels zijn van hetzelfde laken een pak.' Ze klonk nu bitter. 'Het enige waar het bij Cecil en hem ooit om draaide, was dat zij de baas konden spelen over de hele klotezooi. Iedereen vindt ze geweldig. Steunpilaren van de gemeenschap. Maar neem maar van mij aan dat ze zodra ze je in hun klauwen hebben...'

Faith zweeg in afwachting van de rest.

'Als ze een vrouw met pit zien – misschien lust ze wel een glaasje, misschien wil ze wat lol af en toe – laten ze geen spaan van haar heel. Mijn vader nam mijn moeder zo te grazen dat het haar veel te vroege dood werd. Hij probeerde mij er ook onder te krijgen. Misschien is het hem gelukt. Ik ben hier nog steeds. Ik woon nog steeds in dit strontgat. Ik kook zijn eten en veeg zijn magere reet af.'

Faith zag de gekwelde blik waarmee Penny naar het huis keek. De hond ging verliggen op de achterbank en legde zijn snuit op de middenconsole.

Penny reikte naar achteren om hem te aaien. 'Wil je weten waarom de ouwe kerels hier in het stadje allemaal zo kwaad zijn?' vervolgde ze. 'Omdat ze vroeger alles voor het zeggen hadden. Wie met de benen wijd moest. Wie niet. Wie de mooie baantjes kreeg. Wie amper zijn brood kon verdienen. Wie in het goeie deel van de stad mocht wonen en wie vastzat in de achterbuurt. Wie zijn vrouw mocht slaan. Wie de cel in ging omdat hij dronken achter het stuur had gezeten en wie op de stoel van de burgemeester kon belanden.'

'En tegenwoordig?'

Ze lachte honend. 'Nu hebben ze alleen nog kookprogramma's op tv en dragen ze incontinentieluiers.'

Faith keek naar Penny's doorgroefde gezicht. Als je door alle stoerheid heen keek, zag je een deprimerende verslagenheid.

'Shit,' mompelde Penny. 'Wat ik ook deed, ik zou nooit verder komen dan dit. Zelfde verhaal met Mercy. Haar vader had de eerste bladzij van haar leven al geschreven voor ze ook maar over haar eigen verhaal kon nadenken.'

Faith liet haar tieren. Doorgaans was ze wel in voor een lekkere sessie 'wat zijn mannen toch klootzakken', maar nu moest ze een manier vinden om het gesprek weer naar het onderzoek om te buigen. Met Dave uit beeld bleef er op de Lodge maar een handjevol potentiële verkrachters en moordenaars van Mercy over.

Toen Penny weer wat was gekalmeerd, vroeg ze: 'Weet je of Mercy een relatie met iemand had?'

'Die ging bijna nooit de berg af. Kan me niet herinneren wanneer ze voor het laatst in de stad was. Ze mocht niet autorijden. En ze liet d'r gezicht liever niet zien, vooral niet na wat ze had moeten doen om Jon terug te krijgen. Die ouwe heks van de zeepwinkel spuugde haar ooit in haar gezicht en schold haar uit voor hoer. De mensen hier vergeten nooit iets.'

'Dus er was niemand in de stad met wie Mercy iets had?'

'Nee man, dat had de voorpagina van de krant gehaald. Je kunt hier echt niks geheimhouden. Iedereen steekt z'n neus in je zaken.'

'En het personeel van de Lodge? Was daar iemand bij met wie Mercy iets had?'

'Nooit schijten waar je eet. Alejandro is te netjes, en bij die twee kelners is het zoeken naar een schaamhaar.' Penny haalde haar schouders op. 'Misschien heeft ze hier en daar een gast een plezier gedaan.'

Faith kon haar verbazing niet onderdrukken.

Penny lachte. 'Veel van die stellen denken dat een tijdje in een afgelegen luxeresort hun huwelijk goed zal doen. Maar dan kijkt zo'n man je aan, zegt misschien iets, en weet je dat ze ergens voor in zijn.'

Faith dacht aan Frank en Drew. Van die twee mannen leek vooral Frank iemand voor een vluggertje op een bergtop. 'Waar doen ze dat?'

'Overal waar je vijf minuten alleen kunt zijn.' Ze lachte briesend. 'Tien, met een beetje geluk, en daarna schuiven ze weer bij hun vrouw in bed.'

Faith concludeerde dat ze uit eigen ervaring sprak. 'Was er iets tussen Mercy en Chuck?'

'Jezus, nee. Die sneue mafkees is al verliefd op Mercy sinds Fish hem tijdens een vakantie meebracht van de universiteit. Christopher wordt Fishtopher genoemd omdat hij bezeten is van vis,' legde ze uit. 'Chuck en hij zaten samen op de UGA. Hadden broers kunnen zijn. Het zijn allebei meganerds. Maar met de dames wil het niet lukken.'

'Ik heb gehoord dat Mercy gisteren tijdens het cocktailuur tegen Chuck tekeerging.'

'Ze was gestrest, meer niet. Merce heeft me niet verteld wat er speelde, maar ik merkte dat ze nogal opgefokt was door die hele familietoestand, meer dan anders. Chuck stond gewoon op het verkeerde moment in de weg. Dat is trouwens zijn specialiteit. Altijd anderen aan het besluipen, vooral vrouwen.' Penny gaf al antwoord op de onvermijdelijke vraag. 'Als Chuck een verkrachter was, had-ie Mercy allang verkracht. En dan zou ze hem gekeeld hebben. Dat zweer ik je.'

Faith was bij de nodige verkrachtingszaken betrokken geweest. Geen vrouw wist van tevoren hoe ze zou reageren. Naar haar mening stond het een slachtoffer vrij om alles te doen wat nodig was om te overleven.

'Ik zal je vertellen over wie Mercy inzat,' zei Penny. 'Die ene gast, Monica, die was al aardig ver heen toen ze opdook voor cocktails. Die dame gaf me twintig dollar fooi bij haar eerste glas. Ze zei dat ik moest blijven schenken, maar eerlijk gezegd heb ik het spul met water verdund. En toen zei Mercy dat ik er nog meer water bij moest doen.'

'Wat dronk ze?'

'Old Fashioned met Uncle Nearest. Tweeëntwintig dollar per glas.'

'Goeie genade.' Faith stelde haar rekensommetje bij over de winst op drank. Op sommige avonden harkte de Lodge misschien wel duizend dollar binnen. 'Was er verder nog iemand aan het zuipen?'

'Niet meer dan normaal. Die man van d'r nam geen slok.'

'Frank,' zei Faith. 'Maakte hij contact met Mercy?'

'Niet dat ik gezien heb. Geloof me, na alles wat er gebeurd is, zou ik het tegen Biscuits hebben gezegd als ik een vent iets had zien proberen.'

Faith besloot de kwestie Mercy en relaties te laten voor wat die was. Het volgende onderwerp probeerde ze voorzichtig aan te pakken. 'Heb je Fish het ooit met gasten zien aanleggen?'

Penny barstte in lachen uit. 'Het enige wat Fish ooit aanlegt is een boot.'

Faith pakte een detail uit Wills opname. 'En die akelige zaak tussen Christopher en Gabbie?'

'Gabbie? Wauw, dat is een duik in het verleden. En het lijkt nog maar gisteren. Ik was nog aan de drank toen ze doodging. Net als Mercy, de schat.'

Faith voelde dat haar nekharen overeind gingen staan. Delilah had het doen voorkomen als de zoveelste mislukte relatie van Christopher. 'Weet je Gabbies achternaam nog?'

'Jezus, dat is jaren geleden.' Peinzend blies Penny uit. 'Ik weet het niet meer, maar ze is een eersteklas voorbeeld van waar ik het net over had. Gabbie kwam uit Atlanta om die zomer op de Lodge te werken. Echt een stuk, een en al leven. Iedere man op de berg was verliefd op haar.'

'Ook Christopher?'

'Vooral Christopher.' Ze schudde haar hoofd. 'Wat was die jongen kapot toen ze stierf. Misschien is hij er nog steeds niet overheen. Hij kwam toen wekenlang zijn bed niet uit. Wilde niet eten. Kon niet slapen.'

Het liefst had Faith de ene vraag na de andere op haar afgevuurd, maar ze hield zich in.

'Het probleem was dat Gabbie hem zag staan,' zei Penny. 'Fish is vrijwel onzichtbaar, zijn hele leven al. Vooral voor vrouwen. En dan komt Gabbie, een en al glimlach en zogenaamd geïnteresseerd in watermanagement of weet ik waar hij aan de eettafel over zit te kakelen. Tenslotte is het niet zijn schuld dat hij mensen niet aanvoelt. Gabbie deed alleen maar aardig. Je weet dat sommige mannen denken dat je belangstelling hebt als je aardig doet.'

Faith wist het.

'Gabbie was vooral heel close met Mercy. Ze waren ongeveer even oud. Meteen dikke mik, zoals ik het noem. Binnen een dag nadat ze elkaar hadden ontmoet, waren ze onafscheidelijk. Ik moet toegeven dat ik jaloers was. Zelf ben ik nooit zo close met iemand geweest. En ze hadden allerlei plannen voor na de zomer. Gabbies vader had een restaurant in Buckhead. Mercy zou naar Atlanta verhuizen om in de bediening te gaan werken. Ze zouden samen een flat huren, veel geld verdienen en de bloemetjes buitenzetten.'

Faith hoorde nog steeds iets van jaloezie in Penny's stem.

'Ze knepen er bijna elke avond tussenuit met z'n tweeën. In die tijd had je nog raves in de oude groeve. De stomste plek in het hele district om ladderzat te worden. De weg ervandaan is zo kronkelig als een nonnenkut. Aan beide kanten gaat-ie steil naar beneden, geen vangrails behalve in de bocht. De laatste anderhalve kilometer wordt ook wel Devil's Bend genoemd, want je gaat daar de heuvel af en zwiert met een ruk de hoek in, als in een achtbaan. Ik feestte soms met ze mee, maar ik voelde tot in mijn merg dat het onze dood zou worden als we ermee doorgingen. Zo raakte ik van de drank af, vooral na wat er was gebeurd.'

'Wat is er gebeurd?'

Penny slaakte een diepe, sissende zucht. 'Mercy reed haar auto zo van Devil's Bend af. Zo'n tien meter recht het ravijn in. Ze werd door de voorruit geslingerd, haar halve gezicht werd afgesneden en ze brak zowat de helft van haar botten. Gabbie werd helemaal geplet. Mijn vader zei dat ze met haar voeten op het dashboard zat toen het gebeurde. Volgens de lijkschouwer hadden de botten in haar benen haar schedel verbrijzeld. Bij de autopsie moesten ze haar via haar gebitsgegevens identificeren. Alsof iemand met een sloophamer op haar gezicht was losgegaan.'

Faiths maag speelde op. Ze kende dat soort ongelukken van haar werk.

'Je kunt over Cecil zeggen wat je wilt, maar hij hield Mercy wel uit de gevangenis. Ze had minstens een aanklacht wegens doodslag moeten krijgen. Uit de bloedtest bleek dat ze vol dope zat toen het gebeurde. Mercy was nog steeds knetterstoned toen Biscuits met haar in de ambulance naar het ziekenhuis ging. De ambulancebroeders moesten haar in bedwang houden. Hij zei dat haar halve gezicht eraf hing en dat ze lachte als een hyena.'

'Lachte ze?'

'Ze lachte,' bevestigde Penny. 'Ze dacht dat Biscuits haar voor de gek hield. Ze dacht dat ze nog steeds op de Lodge was. Dat ze een overdosis had genomen en dat ze bij het huis geparkeerd stonden. Die broeders hoorden haar ook lachen, dus het ging als een lopend vuurtje rond. Je had geen mens hier in de stad in een jury kunnen zetten die haar niet schuldig zou verklaren. Maar er kwam geen proces. In feite ging Mercy vrijuit. En ook daarom wordt ze gehaat in de stad. Mensen zeggen dat ze met moord is weggekomen.'

Faith snapte niet hoe dat mogelijk was. 'Is ze een schikking overeengekomen?'

'Je luistert niet. Er viel niks te schikken. Mercy werd nergens voor aangeklaagd. Ze kreeg niet eens een bekeuring. Ze stond vrijwillig haar rijbewijs af. Voor zover ik weet, heeft ze nooit meer achter het stuur gezeten, maar dat was haar eigen keuze, niet omdat een rechter het had afgepakt.' Penny knikte, alsof ze meevoelde met Faiths geschokte reactie. 'Vroeg je naar machtsmisbruik? Die zette mijn vader in, om ervoor te zorgen dat Mercy voor de rest van haar leven bij Cecil onder de plak zat.'

Faith was verbijsterd. 'En dat was alles? Geen verdere gevolgen?'

'Haar gezicht was een gevolg, snap je? Telkens als ze in de spiegel keek, werd ze er door dat litteken aan herinnerd wat een slecht mens ze was, vertelde ze. Het achtervolgde haar. Ze heeft zichzelf nooit vergeven. Misschien had ze dat wel moeten doen.'

Faith begreep niet hoe het zo had kunnen lopen. Er moest op alle niveaus druk zijn uitgeoefend om te voorkomen dat Mercy vervolgd werd wegens doodslag in het verkeer. En dat betrof niet alleen de politie. Het district had een openbaar aanklager. Een districtsrechter. Een burgemeester. Een raad van politiecommissarissen.

Ze vermoedde dat Penny's tirade tegen de boze mannen die het vroeger voor het zeggen hadden in dit stadje toch ergens nuttig voor was. De reden waarom Mercy niet was gestraft, was dat ze met zijn allen hadden besloten dat ze niet gestraft zou worden.

'Het enige positieve dat dit alles heeft opgeleverd, was dat Mercy van de drank probeerde af te komen,' zei Penny. 'Het ging eerst met vallen en opstaan, maar zodra haar hoofd helder was, kon ze alleen nog maar aan Jon denken. Als hij er niet was geweest, zei ze, zou ze het meer in zijn gelopen om er nooit meer uit te komen.'

Faith snapte niet hoe Mercy het gered had. Dat ze verantwoordelijk was voor de dood van haar beste vriendin moest verpletterend zijn geweest.

'Eerlijk gezegd denk ik soms dat Mercy beter af zou zijn geweest als ze haar straf in de gevangenis had uitgezeten. Zoals Cecil en Bitty haar behandelden was erger dan wat haar in de bak had kunnen overkomen. Het is al erg genoeg als een vreemde je elke dag van je leven afbrandt, maar hoe vreselijk moet het zijn als je eigen vader en moeder dat doen?'

Faith werd verrast door haar eigen verdriet om Mercy McAlpine. Ze moest telkens aan iets denken wat Penny had gezegd. *Haar vader had de eerste bladzij van haar leven al geschreven voor ze ook maar over haar eigen verhaal kon nadenken.* Aan het schrijven van haar eigen verhaal was ze uiteindelijk niet toegekomen. Cecil mocht dan met de gewelddadige geschiedenis zijn begonnen, Dave had er vervolgens verder aan geschreven, en een derde persoon had het einde voor zijn rekening genomen. Faith geloofde niet in het lot, maar het klonk alsof de vrouw geen enkele kans had gehad.

Haar telefoon ging. De nummermelder gaf GBI SAT.

'Ik moet opnemen,' zei ze tegen Penny.

Penny knikte, maar ze stapte niet uit.

Faith duwde het portier open. De zool van haar laars zonk weg in de modder. Ze tikte op de telefoon. 'Mitchell.'

'Faith.' Wills stem klonk zwak over de satellietverbinding. 'Kun je vrijuit praten?'

'Momentje.' Faith zompte door de modder, weg van de auto. Penny keek haar openlijk na. Het paard hief zijn hoofd toen Faith langsliep. Als een seriemoordenaar volgde het haar met zijn blik. Ze sjokte nog een paar meter door en zei toen: 'Zeg het maar.'

'Mercy was zwanger.'

Bij het horen van dat nieuws werd het Faith nog zwaarder te moede. Ze kon alleen nog maar aan Mercy denken. De vrouw had geen moment rust gehad. Toen nam haar rechercheursbrein het over, want dit veranderde alles. Er was geen gevaarlijkere periode voor een vrouw dan wanneer ze zwanger was. Moord was de belangrijkste oorzaak van moedersterfte in de Verenigde Staten.

'Faith?'

Faith hoorde het autoportier dichtslaan. Penny was uitgestapt. De hond ging aan haar voeten zitten. Op gedempte toon vroeg Faith aan Will: 'Hoever was ze?'

'Sara schat twaalf weken.'

In de stilte die volgde luisterde Faith naar het geknetter van de telefoon. Ze ging met haar rug naar de auto staan. 'Heeft Mercy het geweten?'

'Niet duidelijk,' zei Will. 'Ze heeft het in elk geval niet tegen Sara gezegd.'

'Volgens Penny legde Mercy het weleens met gasten aan.'

Het bleef even stil aan de andere kant van de lijn. 'De weg is helemaal ondergelopen. We hebben een tweede UTV bij het ziekenhuis voor je achtergelaten. Zoek Sara en neem haar mee de berg op. Misschien krijgt zij Drew en Keisha aan de praat.'

'Denk je dat Drew –'

'Die zijn al twee keer eerder op de Lodge geweest,' benadrukte hij. 'Drew zei vanochtend iets merkwaardigs tegen Bitty. Sara kan je er meer over vertellen.'

'Ik ga nu terug naar het ziekenhuis.'

Faith verbrak de verbinding. Het paard snoof in haar richting, ook al liep ze er met een wijde boog omheen. Penny had het geweer opnieuw over haar schouder geslingerd. Ze keek naar beneden.

Faith volgde haar blik. De rechterachterband van de Mini was plat. 'Fuck.'

'Heb je een reserveband?'

'Die ligt in mijn garage. Mijn zoon heeft hem uit de auto gehaald toen hij de instrumenten van zijn band ging verhuizen.' Faith hoopte dat de FBI ook doorhad dat hij een debiel was. Ze knikte naar de Chevy pick-up. 'Kun je me naar het ziekenhuis brengen? Mijn partner heeft me nodig op de Lodge.'

'Ik rij niet en die pick-up doet het niet, maar Rascal heeft een volle tank.'

'Rascal?'

Penny knikte naar het paard.

14

Will speurde het bos af toen hij over de Loop Trail naar het woonhuis liep. Zijn gewonde hand klopte, ook al hield hij hem als bij een eed van eeuwige trouw tegen zijn borst geklemd. Het verband was weer nat geworden. Hij had zichzelf grondig schoongemaakt en een droge broek aangetrokken, en ondertussen verwerkte Kevin Rayman, de agent die het GBI-bureau in North Georgia aan hem had uitgeleend, bewijsmateriaal uit Mercy's slaapkamer.

Niet dat er veel te verwerken viel. Mercy had al even weinig bezittingen als geld gehad. Haar kleine kledingkast was gevuld met het hoogst noodzakelijke. Aan de hangers hing niets, en op de planken lagen alleen wat opgevouwen shirts, jeans en buitenkleding. Ze bezat twee paar afgesleten sneakers en een paar dure, maar oude wandelschoenen. Will werd bekropen door een vertrouwd gevoel. Elk kledingstuk dat hij als kind had gehad, was door iemand anders geschonken. Mercy's kleren waren verschoten en versleten, en de maten liepen uiteen. Hij durfde te wedden dat ze ze niet nieuw had gekocht.

Eigenlijk leek niets nieuw in de kamer. Aan de muren hingen verkleurde posters van O-Town, New Kids on the Block en de Jonas Brothers. Naast de deur waren wat kindertekeningen van Jon geplakt. Foto's gaven een overzicht van zijn zestien jaar hier op aarde. Schoolfoto's en wat spontane opnames: Jon die met Kerstmis een speelgoedgiraffe uitpakte, Jon met Dave naast een trailer, Jon die op de bank in slaap was gevallen met zijn telefoon tegen zijn kin.

Mercy's kamer was de enige met een boekenkast. Ze bezat een sneeuwbol uit Gatlinburg, Tennessee, en minstens vijftig beduimelde liefdesromans. Alles was afgestoft en netjes, wat haar schamele bezittingen op de een of andere manier nog schrijnender maakte. Er lagen geen geheime papieren onder haar matras. De la van haar nachtkastje bevatte typische vrouwenspullen. Haar kamer had geen badkamer. Mercy moest de badkamer aan het einde van de overloop delen met de rest van de familie. Ze had haar iPad laten liggen toen ze had ingepakt voor vertrek. Het scherm zat op slot. Het apparaat zou naar het lab moeten worden gestuurd om de code te breken.

Volgens Sara had Mercy geen spiraaltje. Ze konden niet achterhalen of ze zelfs maar had geweten dat ze zwanger was. Als ze anticonceptie gebruikte, zaten de pillen waarschijnlijk in haar rugzak. Een vrouw zou niet snel condooms meenemen als ze in allerijl vertrok. De grote vragen bleven onbeantwoord. Waarom was ze vertrokken? Waar had ze naartoe gewild? Waarom had ze Dave gebeld?

Will stond stil op het pad om zijn iPhone uit zijn zak te halen. Met de vingers van zijn gewonde hand tikte hij op het scherm en opende de opname van Mercy's voicemail aan Dave. Er was één gedeelte dat hij telkens weer beluisterde.

Ik kan niet geloven... O god, ik kan niet... Bel me alsjeblieft. Alsjeblieft. Ik heb je nodig.

In Mercy's stem ging hoop gepaard met wanhoop toen ze het zinnetje 'Ik heb je nodig' uitsprak, alsof ze vurig hoopte dat Dave haar deze ene keer niet teleurstelde.

Will stopte zijn telefoon weer in zijn zak en vervolgde zijn weg. Haar woorden bleven in zijn hoofd doorklinken. Hij begreep niet hoe Dave hier verzeild was geraakt. Ze hadden geen van beiden voor hun rottige jeugd gekozen, maar ze hadden wel geweten wat voor soort man ze wilden worden. Will veroordeelde Dave niet om het feit dat hij met zijn demonen worstelde. De alcohol en de drugs waren ergens begrijpelijk. Maar Dave had er zelf voor gekozen zijn vrouw te slaan, haar naar de keel te grijpen, haar te terroriseren, haar voortdurend in de steek te laten.

Dat kon hem absoluut aangerekend worden.

Will nam het zichzelf kwalijk dat hij zich op de verkeerde man had gericht. Hij moest de woede die hij voor Dave voelde loslaten. Mercy's loser van een ex was op een zijspoor van het onderzoek beland. De moordenaar identificeren, Jon vinden, dat waren de enige zaken waar hij zich op dat moment mee bezig moest houden.

De zon viel vol op zijn gezicht toen hij het hoofdterrein betrad. Hij verschoof de zware satelliettelefoon die achter aan zijn riem zat geklikt. Aan zijn zij droeg hij een holster. Amanda had hem haar reservewapen geleend, een vijfschots Smith & Wesson met korte loop, die ouder was dan hijzelf. Hij voelde zich net een bandiet die in een oude spaghettiwestern door een stadje liep. In het huisje van Drew en Keisha bewoog een gordijn. Vanaf zijn rolstoel op de veranda volgde Cecil hem met woedende blik. De twee katten staarden hem aan vanaf hun afzonderlijke plekjes op de trap. Paul lag in de hangmat bij zijn huisje. Er lag een boek plat op zijn borst, en op de tafel stond een fles drank. Toen hij Will zag, vertrok hij zijn mond tot een grijns. Hij reikte naar de fles en nam een slok.

Will liet hem nog iets langer in het ongewisse. Paul stond op zijn lijst van mensen met wie hij ging praten, maar niet bovenaan. Ondervragingen vielen doorgaans in twee categorieën uiteen: de confronterende en de informatieve. De twee kelners, Gregg en Ezra, waren tieners. Waarschijnlijk waren ze een goede informatiebron. Will wist niet waar hij Alejandro moest plaatsen. Mercy was twaalf weken zwanger geweest. Het was altijd een komen en gaan van gasten. Wills aandacht ging vooral uit naar de mannen die constant bij Mercy in de buurt waren geweest.

Dat wilde niet zeggen dat de overige mannen op het terrein niet aan de tand zouden worden gevoeld. De McAlpines hadden alle geplande activiteiten opgeschort, maar zodra het noodweer was weggetrokken, was Chuck met Christopher gaan vissen. Drew hield zich samen met Keisha schuil in huisje 3. Gordon vond het kennelijk best om zich samen met Paul door de dag heen te drinken. Frank speelde voor Columbo, maar dan volgens *The Hardy Boys.*

Will moest wachten tot Amanda het huiszoekingsbevel stuurde, waarna hij op zoek kon gaan naar bebloede kleren en het verdwenen handvat van het mes. In de kluis van de UTV bevond zich een thermische printer, waarvan hij hoopte dat die communiceerde met de satelliettelefoon, zodat hij het document kon printen en het papieren bevel kon overhandigen. De McAlpines hadden Will en Kevin toegang verleend tot Mercy's kamer, maar hij had het gevoel dat ze niet tot de rest van het huis zouden worden toegelaten, vooral omdat de familie de betalende gasten nog steeds probeerde te behouden.

Bitty had Will te verstaan gegeven dat zij en haar man te overmand waren door verdriet om vragen te kunnen beantwoorden. Wat begrijpelijk was, hoewel de vrouw vooral door woede overmand leek te zijn. Sara had de hele keuken al doorzocht naar het afgebroken handvat, dus het huis stond laag op zijn lijst. Op zeker moment zou er wellicht in het meer gedregd moeten worden. Dat besluit ging Wills bevoegdheid te boven. Voorlopig kon hij zijn tijd het best benutten door met mensen te praten en te achterhalen wie een motief had om Mercy te vermoorden.

Will liet zijn blik langs de bomen gaan om te bedenken welke kant hij op moest. De vorige avond waren ze naar de eetzaal gelopen door de onderste helft van de Loop te volgen. Sara had hen naar een ander pad geleid dat naar de eetzaal voerde, maar eerlijk gezegd was Will met zijn hoofd meer bij haar geweest dan bij de route.

Vanuit zijn ooghoek zag hij dat de deur naar Franks huisje iets openging. Een hand stak eruit en wenkte. Hij zag Frank gehuld in de schaduwen, wat onder andere omstandigheden grappig zou zijn geweest. Will bevond zich in het volle zicht. Iedereen kon hem het erf naar huisje 7 zien oversteken. Eigenlijk zou hij Frank net zo goed nu kunnen ondervragen. De vorige avond was Monica stomdronken geweest. Frank had moeiteloos naar buiten kunnen glippen voor een rendez-vous. En vervolgens had hij even moeiteloos onder de douche Mercy's bloed van zich af kunnen spoelen en ongemerkt bij zijn vrouw in bed kunnen kruipen.

Frank bleef in zijn spionnenrol toen Will de trap op liep. De deur ging iets verder open. Eenmaal binnen duurde het even voor Wills ogen zich aan het donker hadden aangepast. De gordijnen voor de ramen en de openslaande deuren aan de achterkant waren dichtgetrokken. De deur naar de slaapkamer was gesloten. Het stonk er naar braaksel.

'Ik heb de namen waarom je gevraagd hebt.' Frank overhandigde Will een opgevouwen vel papier. 'Ik vond de gastenlijst in een kantoortje achter de keuken.'

Will vouwde het papier open. Gelukkig had Frank alles in blokletters genoteerd, zodat hij het gemakkelijk kon lezen. Hij stopte het briefje in zijn overhemdzakje om het later te bestuderen. Voorlopig moest Frank eraan geloven. 'Bedankt voor je hulp. Hoe kwam je langs het personeel?'

'Ik speelde de geïrriteerde rijke witte stinkerd en zei dat ik de telefoon moest gebruiken. Niemand zei dat die het niet deed.' Hij klonk opgewonden. 'Verder nog iets van je dienst, baas?'

'Ja.' Will stond op het punt de man een toontje lager te laten zingen. 'Heb je gisteravond iets gehoord?'

'Niks, wat raar is, want met mijn oren is niks mis. Niet dat ik veel geslapen heb. Ik was de hele nacht met Monica in de weer. Als iemand hier in de buurt geschreeuwd had, zou ik het gehoord hebben.'

Wills volgende vraag werd afgebroken door kotsgeluiden achter de gesloten slaapkamerdeur. Will zag Frank gespannen luisteren. Het kokhalzen stopte. De wc werd doorgetrokken. De stilte keerde terug.

'Dat komt wel goed.' Franks stem had de geoefende toon van een man die zich wel vaker voor zijn drankzuchtige vrouw moest verontschuldigen. 'Ga zitten.'

Will was blij dat Frank het hem zo gemakkelijk maakte. Het meubilair was van dezelfde stijl als de bank en de fauteuils in het huisje van Sara en hemzelf, maar het zag er sleetser uit. Er zat een vlek op het tapijt, met daarop een stuk keukenpapier dat de donkere vloeistof opzoog. Dat was de bron van de stank. Hij koos de fauteuil die het verst weg stond.

'Wat een dag,' zei Frank, die zich wrijvend over zijn gezicht op de bank liet zakken. Hij keek opgelaten. En ook uitgeput. Hij had zich niet geschoren. Zijn haar niet gekamd. Het was duidelijk dat hij al een zware avond achter de rug had gehad voor Will alles en iedereen wakker had gemaakt. 'Hoe is het met je hand?'

Wills hand klopte mee op elke hartslag. 'Al een stuk beter.'

'Ik moet steeds aan Mercy denken zoals ze gisteravond aan tafel zat. Had ik haar maar geholpen, maar ik weet niet wat ik had kunnen doen.'

'Niemand had veel kunnen uitrichten.'

'Tja, hoewel?' zei Frank. 'Ik had bijvoorbeeld jouw voorbeeld kunnen volgen. De glasscherven helpen opruimen. In plaats daarvan begon ik over het eten te praten. Had ik dat maar niet gedaan, want toen dacht iedereen dat ze konden doen alsof er niets gebeurd was.'

De geoefende toon was verdwenen, maar zijn behoefte om alles glad te strijken was een terugkerend dilemma, concludeerde Will.

'Ik wil nu iets doen,' zei Frank. 'Mercy is dood, en het lijkt niemand te raken. Je had ze bij het ontbijt moeten zien. Gordon en Paul maakten de hele tijd zieke grappen. Drew en Keisha zeiden amper een woord. Christopher en Chuck hadden zich net zo goed in een verzegelde plexibox kunnen opsluiten. Ik probeerde een gesprek met Bitty en Cecil aan te knopen, maar... Krijg jij ook slechte vibes bij die twee?'

Will was niet van plan zijn vibes met de man te delen. Frank stond laag op zijn lijst van verdachten, maar hij stond er wel op. 'Zei je niet dat jullie al eerder op de Lodge zijn geweest?'

'Nee, dat waren Drew en Keisha. Drie keer. Niet te geloven, toch? Hoewel ik betwijfel of ze ooit nog terug zullen komen.'

'Monica en jij reizen veel. Waar zijn jullie het laatst geweest?'

'O, help, dat moet Italië zijn geweest. Drie maanden geleden zijn we in Florence geweest. Twee weken, en heel veel wijn. Misschien was dat fout van me, maar je wilt toch ook leven, hè?'

'Zeker.' Will nam zich voor het tijdpad na te trekken, maar als het klopte, had Frank niets met de zwangerschap te maken, de moord buiten beschouwing gelaten. 'Wat voor indruk maakte Mercy op je?'

Met een diepe zucht leunde Frank achterover op de bank. Even leek hij in gedachten verzonken. 'Mijn ouders waren allebei aan de drank. Ik weet niet hoe dat werkt bij mij, maar ik voel het aan wanneer iemand problemen heeft. Het is zoiets als een zesde zintuig.'

Will begreep het. Zelf was hij te midden van verslaafden opgegroeid. Zijn eerste vrouw kon nog steeds geen weerstand bieden aan drugs. Hij had het altijd meteen door als iemand vergelijkbaar gedrag vertoonde.

'Hoe dan ook, mijn Spidey-intuïtie fluisterde het me in. Dat Mercy problemen had.'

Ze hoorden Monica in de slaapkamer hoesten. Frank keek opzij en luisterde weer. Will had met de man te doen. Het was een leven vol stress. Will raakte nog steeds idioot gespannen als Sara's lippen ook maar een wijnglas aanraakten.

'Misschien dat ik daarom afstand hield,' zei Frank. 'Tot Mercy, bedoel ik. Ik wilde niet in haar ellende verstrikt raken. Ik heb al genoeg aan mijn hoofd. Weet je, toen onze zoon nog leefde, was Monica niet zo. Ze was grappig en ontspannen en verdroeg me, en dat wil wat zeggen. Ik weet dat ik niet de makkelijkste ben. Nicholas was de zonnestraal in ons leven. Maar toen kreeg de leukemie hem te pakken en... Volgens onze therapeut gaat iedereen op zijn eigen manier met verdriet om. Ik dacht echt dat we door hiernaartoe te gaan een nieuwe kans kregen, snap je? Geloof het of niet, maar voor de dood van Nicholas raakte Monica zelden een glas aan. Af en toe een margarita, dat vond ze wel lekker, maar ze wist van mijn ouders, en...'

Begaan als hij was, wist Will dat hij de man het best kon laten praten. Frank stond duidelijk alleen tegenover de verslaving van zijn vrouw. Maar dit was een moordonderzoek, geen therapeutische sessie. Hij had Frank wat karweitjes laten opknappen, maar daarmee was hij niet van Wills lijst met verdachten verdwenen.

'Sorry.' Franks Spidey-intuïtie had Wills ongeduld opgepikt. Hij stond op van de bank. 'Ik weet dat ik te veel praat. Bedankt voor het luisteren. Laat maar weten wat ik kan –'

Weer hoorden ze Monica hoesten in de andere kamer. Will zag de zorgelijke blik in Franks ogen. Uiteraard had hij vaker een kater meegemaakt, maar Will voelde dat het deze keer anders was.

'Wat is er aan de hand, Frank?'

Frank keek even naar de slaapkamerdeur en zei toen op gedempte toon: 'Misschien geloof je het niet, maar gisteravond was niet eens heel erg. Ze had het nodige op, maar minder dan gewoonlijk.'

'En?'

'Ik denk niet dat het een noodgeval is, maar...' Hij haalde zijn schouders op. 'Ze moet steeds overgeven. Ik heb de hele colavoorraad in de koelkast al aan haar gegeven. Ik heb geroosterd brood uit de keuken gehaald. Maar ze houdt niets binnen.'

Will had dit gesprek liever twintig minuten eerder gevoerd. Sara was al met de tweede UTV uit het ziekenhuis vertrokken. 'Mijn vrouw is arts. Ik zal zorgen dat ze even bij Monica komt kijken zodra ze hier is.'

'Dat zou fijn zijn.' Frank was te opgelucht om te vragen hoe Sara opeens van scheikundedocent in arts was veranderd. 'Zoals ik zei, volgens mij is het geen noodgeval.'

Dat hij het bagatelliseerde raakte iets bij Will. Hij legde zijn hand op Franks schouder. 'We zorgen dat ze hulp krijgt, Frank. Dat beloof ik.'

'Bedankt.' Frank glimlachte wat moeizaam. 'Ik weet dat het krankzinnig is, maar misschien begrijp je het. Ik denk dat je het begrijpt. Ik heb Sara en jou samen gezien, en dat deed me aan vroeger denken, snap je? Ze is het waard om voor te vechten. Ik hou echt heel veel van mijn vrouw.' Zijn ogen vulden zich met tranen.

Will zou iets meelevends moeten zeggen, maar het werd hem bespaard toen Monica weer hoestte. Haar voetstappen dreunden over de vloer toen ze naar het toilet rende.

'Neem me niet kwalijk.' Frank verdween in de slaapkamer.

Will vertrok niet. Hij keek om zich heen. De bank en de stoelen. De salontafel. Frank had opgeruimd. Alles leek op zijn plek te staan. Vlug doorzocht Will de kamer. Hij keek onder de kussens en inspecteerde de planken en laden in het keukentje, want Frank leek een aardige kerel, maar hij was ook een eenzame, door verdriet getekende echtgenoot die zijn huwelijk wilde redden – precies het soort gast met wie Mercy het waarschijnlijk eerder had aangelegd.

Frank had de slaapkamerdeur op een kier laten staan. Met de punt van zijn schoen duwde Will hem verder open. De kamer was verlaten. Frank was bij Monica in de badkamer. Will stapte naar binnen. Hun kleren lagen nog opgevouwen in hun koffers. Hij zag een stapel boeken, vooral thrillers. De gebruikelijke digitale apparatuur. Het bed was niet opgemaakt. Het hoeslaken was nat van het zweet. Op de vloer naast het bed stond een afvalemmer met inhoud.

Geen bebloede kleren. Geen handvat dat van het lemmet was gebroken.

Will trok zich terug uit de kamer. Hij keek op zijn horloge. Hij zou zich pas weer rustig voelen als Sara voor hem stond. Al schonk ze hem maar die blik om aan te geven dat hij een idioot was omdat hij geen pijnmedicatie voor zijn hand had genomen.

De blik zou terecht zijn, maar zou niets aan de situatie veranderen.

Cecil keek nog steeds woedend toen Will het huisje uit liep. Hij zag een pijl naast een afbeelding van een bord met bestek. Dat moest de Chow Trail zijn, die naar de eetzaal voerde Hij herkende de zigzagvorm van de afgelopen nacht. Het steengruis was in twee parallelle rijen geplet door de banden van Cecils rolstoel.

Will zorgde ervoor dat er een bocht tussen hem en het huis lag voor hij naar de gastenlijst keek die Frank hem had gegeven. Sommige namen kon hij moeiteloos lezen, maar dat kwam doordat hij ze al kende. De laatste namen waren een ander verhaal. Hij zocht een boomstronk en ging zitten, waarna hij het papier op zijn schoot legde en zijn oordopjes indeed. Met de camera van zijn telefoon scande hij de namen en vervolgens laadde hij de scan in zijn tekst-naar-spraakapp.

Frank en Monica Johnson
Drew Conklin en Keisha Murray
Gordon Wylie en Landry Peterson
Sydney Flynn en Max Brouwer

Will maakte een hotspot met de satelliettelefoon en stuurde de lijst naar Amanda zodat zij de achtergrond en eventuele strafbladen kon checken. Het uploaden duurde bijna een volle minuut. Hij wachtte tot ze een vinkje had gestuurd voor ontvangst. Toen wachtte hij nog even om te zien of ze iets anders zou sturen. Ergens was hij opgelucht toen de drie dansende stipjes verschenen.

Amanda was op dat moment razend op hem. Nog meer dan gewoonlijk, en dat wilde wat zeggen. Ze had Will van de zaak willen halen. Will had gezegd dat hij er hoe dan ook mee doorging. Het was een kwestie geworden. Nu was het wachten op het moment dat ze haar messcherpe klauwen door zijn strot zou duwen om zijn ingewanden eruit te scheuren.

Maar eerst moest hij een kok en twee kelners ondervragen. Hij vouwde het lijstje op en stak het weer in de zak van zijn overhemd. Zijn telefoon en oordopjes verdwenen in zijn broekzak. Hij klikte de satelliettelefoon aan zijn riem. Met zijn gewonde hand tegen zijn borst vervolgde hij zijn weg.

Met een tweede flauwe bocht zigzagde de Chow Trail terug naar de eetzaal. Het ontwerp van het pad was logisch, want Cecils rolstoel kon geen steile helling naar beneden aan, maar betekende wel dat Will tegen Faith moest zeggen dat haar tijdpad bijgesteld moest worden. Mercy had vast de bochten niet gevolgd, en al helemaal niet als ze had moeten rennen voor haar leven.

Pas toen Will op het uitkijkpunt stond, keek hij weer achterom naar het pad. Hij meende het dak van het woonhuis te zien. Hij liep naar de rand van het platform dat uitkeek over het meer. De boomtoppen ontnamen hem het zicht op de oever, maar de vrijgezellenhuisjes moesten ergens daaronder zijn. Leunend over de reling keek hij recht naar beneden. Het ging steil omlaag, maar hij vermoedde dat iemand die hier was opgegroeid wel zou weten hoe je snel beneden kwam. Will had zo'n gevoel dat het ermee zou eindigen dat hij degene zou zijn die zich van een rotswand liet glijden terwijl Faith de stopwatch bediende.

Hij liep langs de achterkant van het gebouw naar de keuken en keek onderweg even naar binnen. De kok stond bij een industriële mixer. De twee kelners droegen twee grote zwarte vuilniszakken via de achterdeur naar buiten.

Net toen Will naar binnen wilde gaan, trilde de satelliettelefoon aan zijn riem.

'Trent,' zei hij, nadat hij zich een paar stappen van het gebouw had verwijderd.

'Ga je er nog steeds mee door?' vroeg Amanda.

De waarschuwing in haar korzelige toon was overduidelijk. '*Yes, ma'am.*'

'Goed,' zei ze. 'Ik heb een districtsrechter hier in de buurt proberen te vinden die telefonisch bereikbaar was. Kennelijk heeft het noodweer de hoofdtransformatoren uitgeschakeld die het noordwesten van de staat van stroom voorzien, maar dat huiszoekingsbevel komt eraan. Het duikteam zoekt momenteel naar een lijk in Lake Rayburn. Laten we dat als laatste optie achter de hand houden. Zoals je weet is het heel duur om een meer te doorzoeken, vooral als het zo diep is als dit hier, dus zorg ervoor dat je dat handvat heel snel vindt, het liefst op het droge.'

'Begrepen.'

'Ik heb Gordon Wylies huwelijksakte weten op te duikelen. Hij is getrouwd met een man genaamd Paul Ponticello.'

'Hebben ze een strafblad?'

'Nee. Wylie heeft een bedrijf dat een effectenbeursapp heeft ontwikkeld. Ponticello is plastisch chirurg met een praktijk in Buckhead.'

Will vermoedde dat de mannen niet op zwart zaad zaten. 'En de anderen?'

'Monica Johnson werd een halfjaar geleden veroordeeld wegens rijden onder invloed.'

'Verbaast me niet. En Frank?'

'Ik heb een overlijdensverklaring gevonden voor hun zoon, twintig jaar oud. Leukemie. Financieel staan ze er allebei goed voor,' zei Amanda. 'Dat geldt ook voor de anderen. De meesten zijn vermogende, hoogopgeleide professionals. Drew Conklin is de uitzondering. Hij is vijftien jaar geleden aangeklaagd wegens zware mishandeling.'

Dat verbaasde Will. 'Weet je de bijzonderheden?'

'Ik ben nog op zoek naar het arrestatierapport voor de details. Conklin hoefde niet de bak in, dus er is een schikking getroffen.'

'Weet je of er een wapen in het spel was?'

'In elk geval geen vuurwapen,' zei Amanda. 'Dan zou hij onvoorwaardelijk hebben gekregen.'

'Kan dus een mes zijn geweest.'

'Zie je hem daarvoor aan?'

Will probeerde zijn persoonlijke gevoelens opzij te zetten, maar dat viel hem zwaar. Hij moest weten wat die 'zaak' was waarover Drew het met Bitty had gehad. 'Daarmee komt hij zonder meer bovenaan mijn lijst te staan, maar ik heb mijn twijfels.'

'Kevin Rayman is een zeer bekwaam agent met de nodige onderscheidingen.'

Nu had ze het over de lokale GBI-agent. 'Hij is hier goed bezig,' zei Will.

'Faith bijt zich altijd vast in een zaak.'

'Dat klinkt niet als een compliment.'

'Wilbur, je zou op huwelijksreis moeten zijn. Moordzaken zijn er altijd. Je kunt ze niet allemaal op je nemen. Dit werk mag je leven niet overnemen.'

Hij was doodmoe van telkens dezelfde preek. 'Het maakt niemand iets uit dat Mercy dood is, Amanda. Ze hebben haar allemaal laten stikken. Haar ouders hebben niet één vraag gesteld. Haar broer is gaan vissen.'

'Ze heeft een zoon die van haar houdt.'

'Die had mijn moeder ook.'

Hier had Amanda niet van terug, wat een wonder mocht heten.

In de stilte die volgde zag Will een van de kelners een kruiwagen vol vuilniszakken een pad op duwen. Hij vermoedde dat het een kortere weg naar het huis was. Faith zou echt een plattegrond nodig hebben. En haar hardloopschoenen. Wills passen waren twee keer zo lang als die van Mercy. Aan Faith de taak om het bos door te rennen.

'Oké,' zei Amanda ten slotte. 'Laten we dit zo snel mogelijk afronden, Wilbur. En reken niet op compensatiedagen. Je hebt duidelijk aangegeven dat je je vakantiedagen op deze manier wilt besteden.'

'Yes, ma'am.' Will verbrak de verbinding en klikte de telefoon weer aan zijn riem.

Opnieuw keek hij door het keukenraam. De kok stond nu bij het fornuis. Will liep om het achthoekige gebouw heen naar de achterkant. Het pad naar het huis liep ook naar beneden, naar het riviertje dat het meer voedde. Aan het eind van deze dag had Faith ongetwijfeld wat harde woorden voor hem in petto.

Onder een afdak aan de andere kant van het pad zag hij een losstaande vriezer. De deur naar de keuken was dicht. De tweede kelner was nog buiten. Hij stapelde blikjes in een papieren boodschappentas. Zijn haar was voor zijn ogen gevallen. Hij leek jonger dan Jon, een jaar of veertien.

'Shit!' De jongen liet de tas vallen toen hij Will zag. Blikjes rolden alle kanten op. Hij probeerde ze uit alle macht weer te pakken, met af en toe een steelse blik op Will, als een dief die zich betrapt weet, wat zonder meer het geval was. '*Mister*, ik ben niet –'

'Geeft niet.' Will hielp hem met de blikjes. Het joch had niet veel gepakt. Sperziebonen, gecondenseerde melk, mais, zwartoogbonen. Will wist maar al te goed hoe het voelde om wanhopig en hongerig te zijn. Hij zou nooit iemand tegenhouden die eten aan het stelen was.

'Gaat u me nu arresteren?' vroeg de jongen.

Will vroeg zich af van wie hij had gehoord dat Will een smeris was. Waarschijnlijk van iedereen. 'Nee, ik ga je niet arresteren.'

Het joch leek niet overtuigd, maar hij stopte de blikjes weer in de tas.

'Niet slecht wat je gepakt hebt.'

‘De melk is voor mijn kleine zusje,’ zei hij. ‘Die houdt van zoet.’

‘Ben jij Ezra of Gregg?’

‘Ik ben Gregg.’

‘Gregg.’ Will reikte hem het laatste blikje aan. ‘Heb jij Jon misschien gezien?’

‘Nee, sir. Hij is weggelopen, hoorde ik. Delilah heeft me al gevraagd waar hij zou kunnen uithangen. Ik heb het er met Ezra over gehad, maar we weten geen van beiden waar hij naartoe zou kunnen gaan. Ik zou het zeggen als we het wisten, echt. Jon is een goeie jongen. Die moet kapot zijn van wat er met zijn moeder is gebeurd.’

De jongen klemde de boodschappentas tegen zijn borst. Over de kans dat hij het eten kwijt zou raken maakte hij zich duidelijk meer zorgen dan over het feit dat hij met een politieman stond te praten.

‘Hou maar,’ zei Will. ‘Ik zal het tegen niemand zeggen.’

Het gezicht van de jongen was een en al opluchting. Hij liep om de vriezer heen en ging op zijn knieën zitten om de tas te verstoppen op wat ongetwijfeld zijn vaste plek was. Will zag een donkere olievlek, die zich over de houten vlonder had verspreid. Er was nergens een bak voor afgewerkte olie te bekennen, wat betekende dat het spul via de afvoer in de septic tank terechtkwam en vandaar in het grondwater kon komen, iets waar het milieuagentschap niet blij mee was. Will sloeg de informatie op in zijn achterhoofd voor het geval hij later druk zou moeten uitoefenen op Bitty en Cecil.

‘Bedankt, mister.’ Gregg veegde zijn handen af aan zijn schort toen hij opstond. ‘Ik moet weer aan het werk.’

‘Heel even nog.’

Opnieuw keek Gregg angstig. Zijn blik ging in de richting van het eten dat hij had verstopt.

‘Wees maar niet bang. Ik probeer me alleen een beeld te vormen van Mercy’s leven voor ze stierf. Kun je iets over haar vertellen?’

‘Zoals wat?’

‘Wat je maar te binnen schiet. Alles.’

‘Dat ze eerlijk was, bijvoorbeeld?’ vroeg hij voorzichtig. ‘Ze kon je soms vreselijk op je kloten geven, maar nooit zomaar. Je wist wat je aan haar had. Anders dan de rest van dat zootje.’

‘Vertel eens?’

‘Cecil is zo vals als een slang. Die neemt je om het minste te grazen. Nu is hij niet zo snel meer, maar vóór het ongeluk was-ie doodeng.’ Gregg leunde tegen de vriezer. 'En Fish, die praat niet zoveel. Het is geen kwaaie, maar hij is wel raar. Bitty, hoe die me gedist heeft, man. Ze deed alsof we vrienden waren, maar toen ik een keer niet snel genoeg iets deed wat ze me gevraagd had, moest ik eraan geloven.'

'Hoe dan?'

'Ze deed of ik lucht was,' zei hij. 'Soms helpt ze Ezra en mij. En als je aardig tegen haar doet, schuift ze je soms een briefje van tien of twintig toe. Maar als ik tegenwoordig langs haar loop, kijkt ze me niet eens aan. Nu Mercy er niet meer is, ga ik eerlijk gezegd maar op zoek naar werk in de stad. Ze hebben al gezegd dat ze ons loon gaan verlagen omdat ze niet weten wat er gaat gebeuren.'

Dat kwam overeen met wat Will had gehoord over de McAlpines en geld. 'Heb je Mercy ooit met een van de mannelijke gasten zien praten?'

Hij snoof. 'Rare vraag.'

'Wat vraag ik dan?'

Zijn gezicht werd rood.

'Rustig maar,' zei Will. 'Dit is tussen jou en mij. Heb je Mercy ooit met een van de gasten gezien?'

'Als ze met een gast praatte, was dat omdat iemand haar iets vroeg of een klacht had.' Hij haalde zijn schouders op. 'We komen hier 's morgens rond zes uur en gaan tegen negen uur 's avonds de berg weer af. Tussen de maaltijden door is er veel werk te doen. Afwassen, eten klaarmaken, schoonmaken. Dan heb je niet veel tijd om mensen in de gaten te houden.'

Will vroeg hem maar niet waar hij de tijd vandaan haalde om naar school te gaan. Waarschijnlijk hielp de jongen zijn familie onderhouden. 'Wanneer heb je Mercy voor het laatst gezien?'

'Rond halfnegen gisteravond, schat ik. We mochten vroeg weg. Ze zei dat zij de boel wel zou afmaken.'

'Was er iemand in de keuken toen je wegging?'

'Nee. Ze was alleen.'

'En de kok?'

'Alejandro vertrok gelijk met ons.'

Will had geen andere auto op het parkeerterrein gezien. 'Wat voor auto heeft hij?'

'We komen en gaan allemaal te paard. Verderop, voorbij het parkeerterrein, is een paddock. Ezra en ik gaan altijd samen op zijn paard. Alejandro ging de andere kant op, want hij woont aan de overkant van de bergketen.'

Will nam zich voor een kijkje bij de paddock te nemen. 'Wat vind je van Alejandro?'

'Hij is wel oké. Neemt zijn werk heel serieus. Niet iemand die de hele tijd grapjes maakt.' Weer haalde hij zijn schouders op. 'Beter dan die gast die hier eerst was. Die keek altijd zo raar naar ons.'

'Was Alejandro weleens met Mercy samen?'

'Zeker, ze moest een paar keer per dag dingen met hem doornemen want de gasten zijn heel kieskeurig wat het eten betreft.'

'Bespraken Mercy en Alejandro dingen waar jij bij was?'

Greggs wenkbrauwen schoten omhoog, alsof hij het opeens snapte. 'Ze gingen dan naar Mercy's kantoortje en deden de deur dicht. Ik heb nooit gedacht dat die twee iets hadden samen. Ik bedoel, Mercy was best oud.'

Will vermoedde dat tweeëndertig al bejaard was in de ogen van een veertienjarige.

'Sorry, mister,' zei de jongen, 'maar is dat alles? Ik moet de vaatwasser aanzetten, anders krijg ik op m'n donder.'

'Dat is alles. Bedankt.'

Pas toen de keukendeur dicht was, stapte Will op de vriezer af. Die was niet op slot. Hij keek erin. Alleen vlees. Toen hij eromheen liep, zag hij Greggs voorraadje tegen de wand van het afdak staan. De vuilnisbakken waren leeg. De grond eromheen was schoon.

Geen bebloede kleren. Geen afgebroken handvat.

Will zakte op zijn knieën en scheen met de lamp van zijn telefoon onder de vrieskist.

In het bos klonken stemmen. Will bleef achter de vriezer zitten, aan het zicht onttrokken door de latten aan de zijkant van het afdak. Christopher en Chuck kwamen aanlopen over het lagere deel van het pad dat achter de eetzaal langs liep. Ze hadden hengels en een kist met visgerei bij zich. Chuck droeg dezelfde drieliterfles die hij de vorige avond tijdens het eten bij zich had gehad. Hij dronk met zoveel lawaai uit de doorzichtige plastic fles dat Will het geklok op twintig meter afstand kon horen.

'Fuck,' zei Christopher. 'Ik ben die stomme visspeer vergeten.'

Chuck veegde met zijn mouw over zijn mond. 'Die heb je tegen de boom aan gezet.'

'Fuck.' Christopher keek op zijn horloge. 'We hebben zo een familievergadering. Zou jij –'

'Waarover gaat die vergadering?'

'Weet ik het. Waarschijnlijk over de verkoop.'

'Denk je dat die investeerders nog geïnteresseerd zijn?'

'Geef me je spullen maar.' Christopher klemde Chucks viskist en hengel naast zijn eigen gerei. 'En ook al zijn ze niet geïnteresseerd, het is einde verhaal. Ik kap ermee. Ik heb toch al nooit iets met die zaak gewild. En zonder Mercy werkt het gewoon niet. We hadden haar nodig.'

'Zo moet je niet praten, Fish. We vinden wel een oplossing. We kunnen dit niet opgeven.' Chuck spreidde zijn armen en wees om zich heen. 'Kom op, makker. Het loopt hier als een tierelier. Heel veel mensen zijn afhankelijk van ons.'

'Dan worden ze maar afhankelijk van iemand anders.' Christopher draaide zich om en liep het pad weer op. 'Mijn besluit staat vast.'

'Fish!'

Will dook weg om niet gezien te worden toen Christopher langsliep.

'Fishtopher McAlpine. Kom terug! Je kunt me nou niet in de steek laten.' Pas nadat het heel lang stil bleef, besefte Chuck dat Christopher niet terugkwam. 'Verdomme.'

Will hief zijn hoofd vanachter de vriezer. Hij zag Christopher naar het woonhuis lopen. Chuck ging weer terug naar het riviertje.

Nu moest hij beslissen.

Waarschijnlijk bleef Alejandro de rest van de dag in de keuken. Anders dan de rest van de mannen op het terrein was Chuck een volslagen raadsel. Zijn achternaam wisten ze niet. Ze hadden geen achtergrondonderzoek naar hem kunnen doen. Nog belangrijker was dat Mercy in aanwezigheid van anderen de man in zijn hemd had gezet. Ruwweg tachtig procent van de moorden die Will onderzocht werd gepleegd door mannen die woedend waren omdat ze geen macht over vrouwen hadden.

Hij liep het pad af. Als je het een pad kon noemen. De smalle doorgang naar het riviertje was niet bedekt met steengruis, zoals de overige paden. Will zag waarom het niet geschikt was voor gasten. Het liep gevaarlijk steil af en had tot rechtszaken kunnen leiden. Op het zwaarste stuk moest Will goed kijken waar hij zijn voeten zette. Chuck had het gemakkelijker. Zwaaiend met zijn waterfles slenterde hij door het bos. De man had een vreemd loopje, alsof hij met zijn naar binnen gekeerde voeten tegen denkbeeldige voetballen schopte. Hij deed aan een minder geslaagde Mr Bean denken. Hij had een holle rug. Hij droeg een vissershoedje en een visservest. Zijn bruine cargoshort hing tot over zijn knieën. Zwarte sokken slobberden rond zijn gele wandelschoenen.

Ondertussen werd het pad nog steiler. Will klampte zich aan een tak vast om niet op zijn gat te vallen. Daarna greep hij een touw dat als een reling aan een boom vastzat. Nog voor hij het riviertje zag, hoorde hij het gebruis van het stromende water. Het was een zacht geluid, eerder een soort ruis. Dat moest de plek zijn die Delilah met 'waterval' had aangeduid, hoewel het niet echt een waterval was. Over een afstand van zo'n tien meter liep het terrein ongeveer tweeënhalve meter af. Aan het begin van de miniwaterval waren bij wijze van voetbrug een paar platte stenen in het water gelegd.

Will herinnerde zich een foto van dit gebied, die hij op de website van de Lodge had gezien. Daarop stond Christopher McAlpine midden in het riviertje en gooide een vislijn uit. Het water kwam tot aan zijn middel. Will vermoedde dat het riviertje door de regen twee keer zo diep was geworden. De oever aan de overkant stond grotendeels onder water. Het bladerdak was daar dichter. Hij kon alles duidelijk zien, maar net iets minder scherp dan hij zou willen.

Chuck stond dat alles ook op te nemen, maar vanaf een lager punt. Terwijl hij naar de overkant keek, masseerde hij zijn rug met zijn vuist. Will inventariseerde alle manieren waarop Chuck hem kon verwonden als het tot een gevecht kwam. De haken en het lokaas aan het vest van de man zouden gemeen pijn doen, maar gelukkig had Will maar één hand die aan flarden gescheurd kon worden. Hij wist niet hoe een visspeer eruitzag, maar hij had wel gezien dat de meeste spullen die bij het vissen werden gebruikt moeiteloos in wapens veranderd konden worden. De plastic waterfles zat halfvol, maar als Chuck hem met voldoende kracht rondzwaaide, was het net een hamer.

'Chuck?' riep Will van enige afstand.

Geschrokken draaide Chuck zich om. Zijn bril was langs de randen beslagen, maar hij zag wel de revolver op Wills heup. 'Jij bent toch Will?' vroeg hij.

'Klopt.' Will daalde voorzichtig het laatste stuk pad af.

'Vochtig als de hel vandaag.' Chuck poetste zijn bril met de onderkant van zijn shirt. 'Het had niet veel gescheeld of we hadden weer zo'n bui gehad.'

Op zo'n drie meter afstand bleef Will staan. 'Jammer genoeg hebben we gisteravond tijdens het eten geen kans gehad om even te praten.'

Chuck duwde zijn bril weer naar boven. 'Weet je, als ik zo'n lekker ding als vrouw had, zou ik ook niet met anderen praten.'

'Bedankt.' Will lachte moeizaam. 'Ik heb je naam niet meegekregen.'

'Bryce Weller.' Hij stak zijn hand naar Will uit, maar toen hij het verband zag, zwaaide hij slechts. 'Iedereen noemt me Chuck.'

Will hield zich op de vlakte. 'Grappige bijnaam.'

'Ja, vraag Dave maar hoe hij daarbij kwam. Niemand die het nog weet.' Chuck glimlachte, maar hij maakte geen vrolijke indruk. 'Dertien jaar geleden klom ik als een Bryce de berg op en kwam ik als een Chuck weer beneden.'

Will hoorde de man opeens met een accent praten, maar hij ging er niet op in. 'Je moet weten dat ik hier in functie ben. Ik vroeg me af of je met mij over Dave wilt praten.'

'Heeft hij niet bekend?'

Will schudde zijn hoofd, blij dat het nieuws zich nog niet had verspreid.

'Verbaast me niks, inspecteur,' zei Chuck, weer op zo'n raar toontje. 'Het is een achterbakse rat. Hij mag er niet mee wegkomen. De elektrische stoel, die verdient-ie.'

Will zei maar niet dat de doodstraf werd voltrokken door middel van een injectie. 'Wat kun je me over Dave vertellen?'

Chuck gaf niet meteen antwoord. Hij nam de dop van de waterfles en klokte de helft van wat er nog in zat naar binnen. Smakkend met zijn lippen klikte hij de dop er weer op. Toen liet hij zo'n ranzige boer dat Will het op drie meter afstand bijna kon proeven.

'Dave is een typisch haantje.' De scherts was uit Chucks stem verdwenen. 'Vraag me niet waarom, maar vrouwen kunnen hem niet weerstaan. Hoe vreselijker zijn gedrag, hoe harder ze achter hem aan lopen. Hij heeft geen echte baan. Hij redt het met restjes die Bitty hem toewerpt. Hij rookt als een ketter. Hij is verslaafd. Hij liegt, bedriegt en steelt. Hij woont in een trailer. Heeft geen auto. Een vent uit duizenden, of niet dan? Ondertussen worden de aardige mannen naar het goedevriendenkamp verbannen.'

Het verbaasde Will niet dat Chuck een incel was, maar wel dat de man er zo open over sprak. 'Heeft Mercy je in het goedevriendenkamp geparkeerd?'

'Dat heb ik zelf gedaan, vriend.' Chuck leek het nog te geloven ook. 'Ik heb haar een paar keer op mijn schouder laten uithuilen, maar toen besefte ik dat er toch nooit iets zou veranderen. Hoeveel pijn Dave haar ook deed, ze ging altijd naar hem terug.'

'Wist je van het mishandelen?'

‘Dat wist iedereen.’ Chuck nam zijn hoedje af en veegde het zweet van zijn voorhoofd. ‘Dave deed geen moeite het te verbergen. Soms sloeg hij Mercy waar we bij stonden. Een klap met zijn open hand, nooit een stomp, maar we zagen het allemaal.’

Will hield zijn mening voor zich. ‘Lijkt me vreselijk om te zien.’

‘In het begin zei ik er iets van, maar Bitty nam me apart. Die dame gaf me te verstaan dat een gentleman zich niet bemoeit met het huwelijk van een andere gentleman.’ Het stomme stemmetje was terug. Chuck boog zich naar Will toe, alsof hij hem in vertrouwen nam. ‘Zelfs de grootste schurk kan geen “nee” zeggen tegen zo’n tenger, kwetsbaar vrouwtje.’

Eindelijk snapte Will wat Sara bedoelde toen ze zei dat Chuck raar was. ‘Mercy is ruim tien jaar geleden van hem gescheiden. Wat had Dave hier eigenlijk nog te zoeken?’

‘Bitty.’

In plaats van zich nader te verklaren nam Chuck nog een teug uit de fles. Will betwijfelde of er alleen water in zat. Nu dronk Chuck het hele ding leeg. Zijn keel maakte klokkende geluiden, als een trage wc.

Na weer een boer te hebben gelaten vervolgde Chuck zijn verhaal: ‘Het komt erop neer dat Bitty een soort moeder is voor Dave. Hij heeft het recht haar te ontmoeten. En natuurlijk heeft Bitty het recht om hem op alle feesten uit te nodigen. Kerst, Thanksgiving, Fourth of July, Moederdag, Kwanzaa. Geen feest waar hij niet bij is. Ze hoeft maar met haar vingers te knippen en hij springt.’

Will maakte daaruit op dat Chuck er ook altijd bij was. ‘Hoe vond Mercy het dat Dave bij elk familiefeest aanwezig was?’

Chuck zwaaide met de lege fles. ‘Soms was ze blij. Soms niet. Ik denk dat ze het gemakkelijk wilde maken voor Jon.’

‘Was ze een goede moeder?’

‘O ja.’ Chuck knikte even. ‘Ze was een goede moeder.’

Die laatste uitspraak leek hem te raken. Weer nam hij zijn hoedje af. Hij wierp het op de grond naast een soort hengel van zwart fiberglas, die tegen een boom stond.

En zo wist Will dat een visspeer een stok van ruim een meter was met een grote, akelige haak aan het uiteinde.

‘Het terrein is uitgestrekt,’ zei Chuck. ‘Mercy had Dave uit de weg kunnen gaan. Ze had zich in haar kamer kunnen verschuilen. Bij hem uit de buurt kunnen blijven. Maar dat deed ze niet. Bij elke maaltijd zat ze aan tafel. Bij elke familiebijeenkomst was ze aanwezig. En het kwam er altijd weer op neer dat Dave en zij tegen elkaar tekeergingen of elkaar sloegen. Eerlijk gezegd werd het saai na een tijdje.'

'Ongetwijfeld,' zei Will.

Chuck zette de lege fles naast zijn hoedje. Will kreeg opeens een déjà vu, dat hem terugvoerde naar Dave en het uitbeenmes. Maakte Chuck zijn handen vrij of was hij alleen maar moe van het gesjouw met al die spullen?

'Het ergste was dat je zag wat dat alles deed met Fishtopher.' Chuck begon zijn rug weer te masseren. 'Hij vond het vreselijk zoals Dave Mercy behandelde. Hij zei altijd dat hij er iets aan ging doen. Daves remleidingen doorknippen of hem in de Shallows gooien. Dave is een waardeloze zwemmer. Het is een wonder dat hij nooit verzopen is. Maar Fish deed helemaal niks, en nu is Mercy dood. Je ziet hoe zwaar hij het ermee heeft.'

Will zag helemaal niets. 'Christopher is moeilijk te doorgronden.'

'Hij is kapot,' zei Chuck. 'Hij hield van Mercy. Hij hield echt van haar.'

Dat had hij dan op een merkwaardige manier laten zien, vond Will. 'Ben je gisteravond na het eten teruggegaan naar je huisje?'

'Fish en ik hebben nog iets gedronken, en toen ben ik naar mijn huisje gegaan om wat te lezen.'

'Heb je tussen tien uur en middernacht nog iets gehoord?'

'Ik ben met mijn boek in slaap gevallen. Dat verklaart die knoop in mijn rug. Alsof ik een stomp in mijn nieren heb gehad.'

'Heb je geen geschreeuw of gehuil of iets dergelijks gehoord?'

Chuck schudde zijn hoofd.

'Wanneer heb je Mercy voor het laatst levend gezien?'

'Bij het diner.' De ergernis spatte van zijn stem. 'Je hebt gezien wat er tijdens het cocktailuur tussen ons gebeurde. Dat is een schoolvoorbeeld van hoe Mercy me behandelde. Ik wilde alleen weten of alles goed met haar was, maar ze krijste alsof ik haar had verkracht.'

Will zag zijn gezicht veranderen, alsof het hem speet dat hij het woord 'verkracht' had gebruikt. Voor Will erop door kon gaan, reikte Chuck naar zijn hoedje. Sissend ademde hij uit. 'Jezus, mijn rug.' Hij liet de hoed op de grond liggen en kwam langzaam overeind. 'Het lichaam geeft aan wanneer je moet pauzeren, of niet?'

'Zeker.' Will herinnerde zich dat Mercy helemaal geen afweerletsel had. Misschien had ze een paar flinke klappen uitgedeeld voor het mes haar had geveld. 'Zal ik er even naar kijken?'

'Naar mijn rug?' Chuck klonk geschrokken. 'Wat wilde je daar zien?'

Blauwe plekken. Bijtafdrukken. Krabsporen.

'Tijdens mijn studie heb ik als fysiotherapeut gewerkt,' loog Will. 'Ik zou –'

'Niks aan de hand,' zei Chuck. 'Sorry dat ik je verder niet kan helpen. Meer heb ik niet te vertellen.'

Chuck wilde hem weg hebben, merkte Will, maar zelf wilde hij helemaal niet meer weg. 'Als je nog iets te binnen schiet –'

'Dan ben jij de eerste die het hoort.' Chuck wees omhoog. 'Dat pad brengt je weer bij het woonhuis. Rechts langs de eetzaal.'

'Bedankt.' Maar Will ging niet. Hij was nog niet klaar met Chuck. 'Later komt mijn partner even een praatje met je maken.'

'Hoezo?'

'Je bent een getuige. We willen je verklaring zwart-op-wit.' Will zweeg even. 'Is er een reden waarom je dat niet zou willen?'

'Nee,' antwoordde hij. 'Totaal niet. Ik help met alle plezier. Hoewel ik niks gezien of gehoord heb.'

'Bedankt.' Will knikte in de richting van het pad. 'Ga je naar het huis?'

'Ik denk dat ik hier nog even blijf.' Chuck begon weer over zijn rug te wrijven, maar toen bedacht hij zich. 'Ik heb wat tijd nodig om het te laten bezinken. Ondanks mijn geclown besef ik opeens dat haar dood ook mij zwaar heeft geraakt.'

Will vroeg zich af of Chucks brein dat nieuws wel had doorgestuurd naar de rest van zijn lichaam, want hij maakte niet de indruk behoefte aan bezinning te hebben. Hij zag bleek en zweette als een otter.

'Weet je zeker dat je alleen wilt zijn? Ik kan heel goed luisteren.'

Chuck slikte. Zweet droop in zijn ogen maar hij veegde het niet weg. 'Nee, bedankt.'

'Oké. Fijn dat je met me gepraat hebt.'

Chuck klemde zijn kaken op elkaar.

Will treuzelde nog even. 'Als je me nodig hebt, ik ben in het woonhuis.'

Chuck zei niets, maar zijn hele lijf gaf aan dat hij Will zo snel mogelijk weg wilde hebben.

Will had geen keuze en liep het pad weer op. De eerste paar stappen waren lastig, niet omdat hij naar steun moest zoeken, maar omdat hij tegelijkertijd berekende hoe ver het bereik van de visspeer was. Vervolgens spitste hij zijn oren om het geluid van Chucks rennende voetstappen te kunnen opvangen. Ten slotte vroeg hij zich af of hij paranoïde was, wat statistisch gezien tot de mogelijkheden behoorde, maar niet erg voor de hand lag.

Will liet zijn ongeschonden hand losjes langs zijn zij bungelen, vlak bij het wapen op zijn heup. Twintig meter verderop zag hij een omgevallen boomstam. Het andere uiteinde van het touw dat hij eerder op weg naar beneden had vastgegrepen, zat vast aan een grote oogbout. Hij nam zich voor om zodra hij bij de boomstam was achterom te kijken om te zien wat Chuck uitspookte. Zijn oren tintelden toen hij iets anders probeerde op te pikken dan het geruis van water dat over rotsen stroomde. Naar boven klimmen was lastiger dan naar beneden. Zijn voet gleed weg. Vloekend ving hij zichzelf op met zijn gewonde hand. Hij duwde zichzelf overeind. Tegen de tijd dat hij de boomstam bereikte, zou Chuck wel verdwenen zijn.

Hij vergiste zich.

Chuck lag op zijn buik midden in het riviertje.

'Chuck!' Will zette het op een rennen. 'Chuck!'

Chucks hand zat vastgeklemd tussen twee rotsblokken. Water kolkte rond zijn lichaam. Hij deed geen poging zijn hoofd op te tillen. Hij bewoog niet eens. Will bleef rennen, klikte ondertussen zijn wapen en de satelliettelefoon los en maakte zijn zakken leeg, want hij zou het water in moeten. Zijn schoenen gleden weg in de modder. Hij glibbberde op zijn kont de helling af, maar hij was een seconde te laat.

De stroming wrikte Chucks hand tussen de rotsen uit. Zijn lichaam dreef tollend stroomafwaarts. Will had geen keuze. Met een ondiepe duik ging hij het water in. Toen hij bovenkwam, begon hij te crawlen. Het was zo koud dat hij het gevoel had zich door ijs te bewegen. Hij dwong zichzelf vooruit, maar hield de stroming nauwelijks bij. Hij zette nog meer kracht. Chuck was zo'n vijf meter verderop, toen drie, en uiteindelijk reikte Will naar zijn arm.

Hij greep mis.

De stroming was sterker geworden. Het water schuimde en ziedde rond een bocht in de rivier. Hij botste tegen Chucks lichaam, en zijn hoofd klapte naar achteren. Weer reikte Will naar hem, maar toen werden ze door de stroomversnelling alle kanten op gesmeten. Will speurde naar de oever, maar hij draaide te snel rond. Tevergeefs zocht hij houvast op de bodem. Hij hoorde luid gebulder. Hij sloeg om zich heen en probeerde zich op de horizon te richten, maar telkens ging hij kopje-onder. Hij stuwde zichzelf omhoog en een paar tellen lang raakte hij verlamd door wat hij zag. Vijftig meter verderop vervlakten het geschuim en gekolk en raakte het wateroppervlak de hemel.

Shit.

Dat was de echte waterval, die waarover Delilah het had gehad.

Nog veertig meter.

Dertig.

Will deed een laatste, wanhopige poging om Chuck vast te grijpen en haakte zijn vingers om het vissersvest. Schoppend met zijn voeten probeerde hij iets te vinden waartegen hij zich schrap kon zetten. De stroming kolkte om zijn benen, als een reuzeninktvis die hem stroomafwaarts sleurde. Zijn hoofd verdween onder water. Hij zou Chuck moeten loslaten. Hij probeerde zijn hand los te schudden, maar hij zat vastgehaakt aan het vest. Zijn longen smachtten naar lucht. Met moeite schopte hij zichzelf naar achteren.

Zijn voeten raakten iets hards.

Met elk grammetje kracht dat hij in zich had duwde Will zich af. Zwaaiend met zijn armen zwom hij dwars over de stroming en stak blindelings zijn hand uit. Nu raakten zijn vingers iets hards. Het voelde ruw en gaf niet mee. Hij was erin geslaagd zich aan de zijkant van een rotsblok vast te klampen. Pas na drie pogingen kon hij zichzelf omhoog hijsen. Hij sloeg zijn dijbenen om de rand om even op adem te komen. Zijn ogen brandden. Zijn longen stonden op ontploffen. Hij hoestte een golf gal en water op.

Chuck zat nog steeds met zijn vest aan zijn hand vastgeklonken, maar hij sleurde Will niet meer mee naar de waterval. De man dreef op zijn rug in een ondiepe geul, met zijn armen en benen gespreid, bijna loodrecht op zijn lichaam. Will keek naar Chucks gezicht. Ogen opengesperd. Water dat door zijn open mond stroomde. Morsdood.

Will krabbelde over het rotsblok naar boven. Met zijn hoofd tussen zijn knieën wachtte hij tot hij weer scherp kon zien. Tot zijn maag zich niet meer omdraaide. Minuten verstreken voor hij in staat was de schade op te nemen. Het vissersvest hing van Chucks schouder en zat met de andere kant strak om Wills pols en hand gedraaid. Om dezelfde hand die twaalf uur eerder gewond was geraakt. Dezelfde hand die nu klopte alsof er een tikkende bom in zat.

Doorgaan was de enige optie. Langzaam stroopte Will het zware, natte canvas af en wikkelde het als een kluwen uit elkaar. Dat kostte de nodige tijd. Haken waren vastgeraakt in het materiaal. Ze hadden allerlei vormen en groottes, met veelkleurige uiteinden die op insecten moesten lijken. Het duurde een eeuwigheid voor Will zich ervan had bevrijd.

Vol ongeloof keek hij naar zijn hand.

Het verband had hem gered. Zes haken hadden zich in het dikke gaas vastgeklauwd. Eén haak zat als een ring rond de onderkant van zijn wijsvinger. Het bloedde een beetje toen hij de haak lostrok, maar het was eerder een sneetje dan een amputatie. De laatste haak had zich in de manchet van zijn mouw vastgezet. Will had geen geduld met de weerhaak. Hij rukte hem los en hield zijn hand in het licht om te zien of hij werkelijk ongedeerd was. Geen bloed. Geen openliggend bot.

Will had geluk gehad, maar zijn opluchting was van korte duur.

Hij was de dag met één slachtoffer begonnen. Nu had hij er twee.

16 januari 2016

Lieve Jon,
Toen ik ervoor ging zitten om je te schrijven, bleef ik maar naar het lege papier staren, want ik dacht niet dat er veel te vertellen viel. De laatste tijd is het heel rustig, en daar ben ik blij om. Alles gaat mooi z'n gangetje. Ik maak je wakker, zorg ervoor dat je klaar bent voor school, en dan rijdt Fish je de berg af en beginnen wij allemaal aan het gastenwerk.

Ik weet dat je oom Fish het liefst in de rivier aan zijn dag zou beginnen, maar hij zit nou eenmaal zo in elkaar dat hij zijn ochtenden opoffert voor een kleine jongen. Zelfs Bitty helpt, want die haalt je 's middags van school. Volgens mij heeft ze meer met je nu je wat ouder bent. Ze heeft baby's nooit leuk gevonden. Jullie tweetjes worden steeds hechter. Wanneer ze koekjes bakt voor de gasten, mag je bij haar in de keuken komen. Soms mag je zelfs bij haar zitten wanneer ze op de bank aan het breien is. En voorlopig vind ik dat best. Zolang je maar onthoudt wat ik heb gezegd over hoe ze in één keer kan omslaan. Als je eenmaal in haar verdomhoekje zit, kom je er nooit meer uit, en geloof me nou maar, want ik kan het weten.

Goed, ik dacht weer eens aan vorig jaar en vroeg me af wat ik je moest vertellen, maar eigenlijk is het belangrijkste dat dingen al een tijdje goed gaan. Veel stelt het leven niet voor hier op de berg, maar het is een leven. Als ik hier rondloop en bedenk dat jij hier ooit de baas zult zijn, ben ik al tevreden.

Toch is er één ding dat ik me nog goed herinner, en dat is iets wat vorig voorjaar gebeurde. Misschien weet je het ook nog, want ik gaf je ervanlangs alsof het me in de kop was geslagen. Zo had ik je nog nooit behandeld, en dat zal ook nooit meer gebeuren. Ik weet dat ik driftig kan zijn en je vader zal de eerste zijn om je te vertellen dat ik iets van Bitty's kilheid heb geërfd, maar ik had me nog nooit op jou afgereageerd. Dus ik vond dat ik je moest vertellen waarom ik zo kwaad was.

Allereerst moet ik zeggen dat je oom Fish een goed mens is. Hij kan het niet helpen dat Pa hem zo in de hoek heeft getrapt. Ik weet dat hij mij als oudste en ook als man hoort te beschermen, maar het leven heeft de boel gewoon omgedraaid. En daar heb ik eerlijk gezegd geen probleem mee. Ik hou van mijn broer, zonder meer.

Wat ik je nu ga vertellen, moet altijd geheim blijven, want het is iets tussen jou en mij. Het ging zo: jij lag in bed te lezen in plaats van te slapen. Ik zei dat je het licht uit moest doen, toen ging ik terug naar mijn kamer en kroop in bed. Na een minuutje wilde ik weer even bij je kijken, maar ik moet in slaap zijn gevallen, want opeens werd ik wakker en lag Chuck boven op me.

Ik weet dat jij en ik altijd grapjes maken over Chuck, maar hij is wel een man en nog sterk ook. Ik geloof dat hij altijd al een oogje op me heeft gehad. Ik heb mijn best gedaan om nooit aanleiding te geven, maar misschien heb ik iets fout gedaan. Ik was gewoon blij dat Fish een vriend had. Die arme oom van je is hier zo eenzaam. Eerlijk gezegd denk ik dat Fish zich waarschijnlijk van de grote waterval zou gooien als Chuck er niet was om hem gezelschap te houden.

Geloof je me als ik zeg dat al die gedachten door mijn hoofd spookten? Met mijn verstand bedacht ik dat ik Fish keihard zou raken als ik het op een schreeuwen zette en het hele huis wakker maakte. Ondertussen was mijn lichaam verdwenen. Dat heb ik lang geleden geleerd en ik hoop dat je nooit ontdekt waarom. Maar je moet wel weten dat ik nooit het hart van mijn broer zou breken.

Maar dat alles deed er niet toe, want toen kwam Fish de kamer in. Ik zeg er meteen bij dat Fish in al die jaren nooit zomaar mijn slaapkamer binnen is gelopen. Hij heeft altijd eerst aangeklopt, en meestal bleef hij dan op de gang staan. Zo is hij nou eenmaal, respectvol. Maar misschien heeft hij me horen worstelen, want hij heeft de kamer naast de mijne. Ik weet niet waarom hij naar mijn kamer kwam. En ik ga hem er zeker niet naar vragen want we hebben het er nooit meer over gehad, en wat mij betreft houden we het zo. Maar dat was volgens mij de enige keer dat ik hem heb horen schreeuwen. Hij zal nooit zijn stem verheffen. Maar toen zei hij: ‘STOP!’

Chuck stopte meteen. Hij gleed zo snel van me af dat het voelde alsof het nooit gebeurd was. Hij rende de kamer uit. En Fish keek me alleen maar aan. Ik dacht dat hij me voor hoer ging uitschelden, maar hij vroeg: ‘Wil je dat ik hem wegstuur?’

Die vraag betekende heel veel, want ik begreep eruit dat Fish wist dat ik het niet had uitgelokt. Eerlijk gezegd was dat het belangrijkste. Mensen denken altijd het slechtste van me, maar Fish wist dat ik nooit op die manier in Chuck geïnteresseerd was. En hij was bereid zijn enige vriend op de wereld op te geven om het te bewijzen.

Ik zei dus dat Chuck kon blijven, maar dat het dan nooit meer mocht gebeuren. Fish knikte en liep weg. En ik moet zeggen dat Chuck sindsdien doet alsof er niks is gebeurd, wat een hele opluchting is. We negeren het allemaal. Alleen bleef het niet zonder gevolg, en daarom vertel ik je dit verhaal. Ik was behoorlijk geschokt toen Fish mijn deur dichtdeed. Er zaten scheuren in mijn kleren. En met het beetje geld dat ik heb, kan ik niet zomaar naar de stad gaan om nieuwe te kopen. Alles wat ik hier heb, komt van de kringloop.

Maar toen ik opstond, zakte ik door mijn knieën. Ik viel op de vloer. Ik was woest op mezelf. Waarom was ik zo overstuur? Er was eigenlijk niks gebeurd. Alleen maar bijna. En toen zag ik nog licht branden op jouw kamer.

Nu heb ik al mijn hele leven stront over me heen gekregen. Pa wordt kwaad en reageert het af op Bitty. Bitty reageert het af op mij. Of andersom, maar ík moet het altijd ontgelden. Die avond reageerde ik het op jou af, en dat spijt me. Dit is geen excuus, alleen een verklaring. En misschien wil ik het gewoon opschrijven zodat er iemand is die weet wat er gebeurde. Want als ik één ding weet over mannen zoals Chuck, dan is het dat als ze één keer met iets zijn weggekomen, ze het ook een tweede keer gaan proberen. Ik heb het zo vaak met je vader meegemaakt dat ik er mijn klok op gelijk kan zetten.

Goed, daar hou ik het bij.

Ik hou van je met heel mijn hart, en het spijt me dat ik tegen je heb geschreeuwd,

mama

15

Penny had niet gelogen toen ze zei dat Rascal nog een volle tank had. Het paard was op een wolk van winderigheid de berg op gestoven. Helaas had Faith zich het dichtst bij de bron bevonden. Ze had achter Penny gezeten, haar armen in doodsnood om het middel van de vrouw geklemd. Ze was zo bang geweest om te vallen en vertrapt te worden dat ze in een soort hysterische schemertoestand was geraakt. Ze had zichzelf betrapt op allerlei existentiële vragen zoals 'Wat voor planeet zouden mijn kinderen erven?' en 'Hoe kan het dat een hond als Scooby Doo niet het verschil ruikt tussen een geest en een mens?'

Penny klakte met haar tong. Faith had haar gezicht tegen haar schouder gedrukt. Toen ze opkeek, huilde ze bijna van opluchting. Ze zag een bord naast de weg. McAlpine Family Lodge. Ook zag ze een parkeerterrein met een doorgeroeste pick-up en een UTV van het GBI.

'Even wachten,' zei Penny. Waarschijnlijk had ze Faiths greep rond haar verbazend gespierde buik voelen verslappen. 'Momentje.'

Het momentje duurde eerder een halve minuut, en dat was te lang. Penny dreef Rascal met de flanken tegen de pick-up. Faith plaatste haar voet op de kast van het achterwiel. Half vallend, half struikelend tuimelde ze de laadbak in, waarbij ze zijwaarts op haar Glock terechtkwam. Het metaal klapte tegen haar heupbeen.

'Fuck!' riep ze uit.

Penny schonk haar een teleurgestelde blik. Na weer een klakje met haar tong stapte Rascal weg.

Faith keek op naar de bomen. Ze was bezweet, zat onder de muggenbeten en had het helemaal gehad met de natuur. Ze schoof van haar Glock, klom uit de pick-up, hees haar tas over haar schouder en liep naar de UTV. Ze legde haar hand op de kunststof boven de motor. Het voelde koud, wat betekende dat het voertuig er al enige tijd stond. De transportkoffer zat op slot. Hopelijk betekende het dat er bewijs was veiliggesteld. Ze keek op de achterbank. Er stonden een blauwe koelbox, een eerstehulpkit en een rugzak met het logo van het GBI. Faith trok de rits open en zag een satelliettelefoon.

Ze drukte op de zijknop, waardoor er een korteafstandswalkietalkie werd geactiveerd. 'Will?'

Faith liet de knop los en wachtte. Alleen maar ruis.

Ze deed een nieuwe poging. 'Dit is special agent Faith Mitchell van het GBI. Graag antwoord.'

Ze liet de knop weer los.

Ruis.

Faith probeerde het nog een paar keer, maar met hetzelfde resultaat. Ze stopte de telefoon in haar tas en liep naar het hoofdterrein. Ze keek alle kanten op. Geen mens te bekennen. Zelfs Penny en Rascal waren verdwenen. Ze probeerde de omgeving globaal in zich op te nemen. Rond een groot, rommelig woonhuis stonden in een halve cirkel acht vakantiehuisjes. Overal zag ze bomen. Je kon geen steen gooien zonder er een te raken. Het terrein lag vol plassen. De zon beukte als een hamer op haar schedel. Ze zag het begin van een paar paden, maar ze had geen idee waar die naartoe leidden, want ze had geen plattegrond.

Ze moest Will zien te vinden.

Faith draaide honderdtachtig graden de andere kant op en bestudeerde elk van de huisjes. Haar nekharen gingen overeind staan. Ze had het gevoel dat er naar haar werd gekeken. Waarom kwam er niemand naar buiten? Ze was niet bepaald ongemerkt het terrein op geslopen. Het paard had gesnoven en lawaai gemaakt. Ze was met een klap op de pick-up gesmakt, alsof er met een mallet op een gong was geslagen. Ook was ze in uniform: lichtbruine cargobroek en een marineblauw shirt met daarop in gigantische gele letters: GBI.

'Hallo?' riep ze luid.

Aan de overkant van het erf ging de deur van een huisje open. Een kalende, ongeschoren man in een gekreukeld T-shirt en wijde trainingsbroek kwam op haar aflopen. Tegen de tijd dat hij binnen gehoorsafstand was, was hij al buiten adem. 'Hoi, hoor je bij Will? Heb je Sara bij je? Zat zij op dat paard? Ze leek niet op Sara. Will zei dat ze arts is.'

'Frank?' vermoedde Faith.

'Ja, sorry. Frank Johnson. Ik ben met Monica getrouwd. We zijn bevriend met Will en Sara.'

Dat betwijfelde Faith. 'Heb je Will gezien?'

'Dat is alweer even geleden, maar zou je tegen hem willen zeggen dat Monica eindelijk opkrabbelt?'

Faiths politiebrein werd wakker. 'Wat was er mis met haar?'

'Ze heeft gisteravond iets te veel gedronken. Ze voelt zich nu beter, maar het ging er even heftig aan toe.' Hij lachte kort en was duidelijk opgelucht. 'Ze heeft eindelijk wat ginger ale binnen kunnen houden. Volgens mij was ze uitgedroogd. Maar het kan vast geen kwaad als Sara even bij haar komt kijken als ze tijd heeft, toch? Beter het zekere voor het onzekere. Zou ze dat vervelend vinden?'

'Ik denk het niet. Ze kan elk moment hier zijn.' Faith moest snel weg bij deze kletsmajoor. 'Is Will het woonhuis binnengegaan?'

'Sorry, maar dat weet ik niet. Ik heb niet gezien waar hij naartoe ging. Ik wil wel helpen zoeken als –'

'Blijf maar bij je vrouw, dat lijkt me het beste.'

'Ja, dat is zo. Misschien kan ik –'

'Bedankt verder.'

Faith beëindigde het gesprek door zich naar het woonhuis te keren. Ze hoorde Frank moeizaam terugsjokken naar waar hij vandaan was gekomen. Toen ze de open ruimte overstak, bekroop haar weer een gevoel van onbehagen. Met al die bloemen en banken en kinderkopjes zag het er schilderachtig uit allemaal, maar iemand was gewelddadig aan haar eind gekomen, en dat ze geen mens zag, stemde haar nerveus.

Waar was Will? En waar was Kevin Rayman trouwens? Omdat zijn baas op een congres was, was de agent nu verantwoordelijk voor het GBI-bureau in North Georgia. Faith hield zichzelf voor dat Kevin geen groentje uit de straatdienst was. Hij wist van wanten. Net als Will. Ook al had die maar één hand. Dus waarom brak het klamme zweet haar uit?

De plek werkte op haar zenuwen en deed haar aan dat Shirley Jacksonverhaal denken, vlak voor de namen bekend werden gemaakt. Ze ademde diep in en liet de lucht langzaam ontsnappen. Will en Kevin waren waarschijnlijk in de eetzaal. Het was altijd beter om mensen apart te nemen voor een ondervraging. Als ze Will een beetje kende, had hij Mercy's moordenaar al gevonden.

Op de trap naar de veranda versperde een bruine streepjeskat haar de weg. Hij had zich op zijn rug gedraaid, met zijn voor- en achterpoten alle kanten op en een zonnestraal recht op zijn buik. Faith boog zich voorover om hem te aaien. Meteen voelde ze de stress wat afnemen. In gedachten stelde ze een lijst op van dingen die gedaan moesten worden. Een plattegrond opscharrelen stond bovenaan. Ze moest uitvogelen waar Mercy's kreten vandaan waren gekomen en een wat scherper tijdpad opstellen. Vervolgens moest ze uitvinden wat de meest logische route naar de vrijgezellenhuisjes was die Mercy had genomen. En als ze geluk had, vond ze onderweg misschien het afgebroken handvat.

De voordeur ging open. Een oudere vrouw met lang grijs vlashaar liep de veranda op. Ze was tenger, net een pop. Faith vermoedde dat ze Mercy's moeder was.

Bitty keek van bovenaan de trap op haar neer. 'Ben jij van de politie?'

'Special agent Faith Mitchell.' In een poging tot contact zei ze: 'Ik was net aan het overleggen met rechercheur Spinnemans hier.'

'We geven de katten geen namen. Die zijn hier tegen het ongedierte.'

Faith probeerde een huivering te onderdrukken. De vrouw had een hoog stemmetje, als van een klein meisje. 'Is mijn partner binnen? Will Trent?'

'Geen idee waar die uithangt. En het staat me helemaal niet aan dat hij en zijn vrouw onder valse voorwendselen hebben ingecheckt.'

Faith was niet van plan daarop in te gaan. 'Ik vind het heel erg wat er met uw dochter is gebeurd, Mrs McAlpine. Hebt u nog vragen voor me?'

'Jazeker,' snauwde het mens. 'Wanneer mag ik met Dave praten?'

Bitty's prioriteiten kwamen later wel, vond Faith. Voorlopig moest ze behoedzaam te werk gaan. Ze wist niet of de verbinding met de Lodge weer hersteld was. Penny had beloofd dat ze Daves vrijlating geheim zou houden, maar ze was niet bepaald zuinig geweest met de familiegeheimen van de McAlpines.

'Dave is nog in het ziekenhuis,' zei Faith. 'Als u wilt, kunt u naar zijn kamer bellen.'

'De telefoon doet het niet. Het internet ook niet.' Bitty zette haar handen in haar knokige zij. 'Je maakt mij niet wijs dat Dave hier iets mee te maken heeft gehad. Die jongen heeft zijn problemen, maar hij zou Mercy nooit iets aandoen. Niet zoiets.'

'Wie kan er verder een motief hebben?' vroeg Faith.

'Een motief?' klonk het geschrokken. 'Ik weet niet eens wat dat is. We zijn een familiebedrijf. Onze gasten zijn hoogopgeleide, vermogende mensen. Niemand heeft een motief. Iemand kan hier zomaar vanuit de stad naartoe zijn gekomen. Hebben jullie daar al aan gedacht?'

Daar had Faith inderdaad aan gedacht, maar het leek haar heel onwaarschijnlijk. Mercy ging zelden naar de stad. Ze had tegen Sara gezegd dat al haar vijanden zich hier op de berg bevonden. Bovendien was ze hier gestorven.

Toch vroeg ze: 'Wie van de mensen in de stad zou haar willen vermoorden?'

'Valt niet te zeggen, want ze heeft met zoveel lui bonje gehad. De laatste tijd komen er allemaal vreemden naar de stad, kan ik je vertellen. De meesten hebben een strafblad in Mexico of in Guatemala. Er kan altijd een gestoorde bijlmoordenaar tussen zitten.'

Faith had geen zin in haar racistische praatjes. 'Mag ik u een paar vragen stellen over gisteravond?'

Bitty begon met haar hoofd te schudden, alsof het er niet toe deed. 'We hadden een meningsverschil. Niks bijzonders. Dat hebben we voortdurend. Mercy is een diepongelukkig mens. Ze kan van niemand houden omdat ze niet van zichzelf houdt.'

Faith vermoedde dat *Dr. Phil* ook hier werd gestreamd. 'Hebt u misschien iets verdachts gezien of gehoord?'

'Natuurlijk niet. Wat een vraag. Ik heb mijn man in bed geholpen. Toen ben ik gaan slapen. Er is me niks opgevallen.'

'Hebt u geen dier horen janken?'

'Je hoort hier voortdurend dierengejank. We zitten in de bergen.'

'En het terrein bij de vrijgezellenhuisjes, zoals jullie ze noemen. Kun je geluiden daarvandaan hier horen?'

'Hoe moet ik dat weten?'

Faith herkende een dood spoor als ze erover struikelde. Ze keek op naar het huis. Het was groot, met wel vijf of zes slaapkamers. Ze wilde weten waar iedereen sliep. 'Is dat daar Mercy's kamer?'

Bitty keek ook op. 'Daar slaapt Christopher. Mercy's kamer is in het midden, en achterin aan de andere kant slaapt Jon.'

Dat klonk nog steeds heel dicht bij elkaar. 'Hebt u Christopher gisteravond horen thuiskomen?'

'Ik had een slaappil genomen. Geloof het of niet, maar ik hou niet van ruzie. Ik was heel erg van streek vanwege Mercy's gedrag de laatste tijd. Die dacht altijd alleen maar aan zichzelf. Ze stond er nooit bij stil wat goed zou zijn voor de rest van de familie.'

Will had Faith voorbereid op de onverschillige houding van de familie, maar het was nog steeds enorm droevig en alarmerend. Zelf zou ze het niet overleven als een van haar kinderen was vermoord.

Bitty leek haar afkeuring te voelen. 'Heb je zelf kinderen?'

Faith was altijd zeer terughoudend met persoonlijke informatie. 'Ik heb een dochter.'

'Nou, dan heb ik met je te doen. Zonen zijn stukken makkelijker.' Eindelijk kwam Bitty de trap af. Van dichtbij leek ze nog kleiner. 'Christopher heeft nooit gezeurd. Hij kreeg nooit een driftbui en ging nooit zitten mokken als hij zijn zin niet kreeg. Dave was gewoonweg een engel. Ze hebben hem daar in Atlanta laten verwilderen, maar zodra hij hier een voet over de drempel had gezet, was hij de liefste jongen van de wereld. Hij is mijn hartenlap. Wanneer hij hier is, kom ik nooit iets tekort. Toen ik ziek was, zorgde hij voor me. Hij waste zelfs mijn haar. En tot op de dag van vandaag mag ik van hem geen vinger uitsteken.'

Dave wist in elk geval hoe hij iemand moest inpakken, dacht Faith. 'Maar Mercy was anders?'

'Ze was verschrikkelijk,' zei Bitty. 'Toen ze naar de middelbare school ging, zat ik om de week bij de rector op de kamer als Mercy de boel weer eens op stelten had gezet met de andere meiden. Roddelen en vechten en de clown uithangen. En de benen wijd voor iedereen die haar kant op keek. Hoe oud is jouw dochter?'

Faith loog om haar aan de praat te houden. 'Dertien.'

'Dan begint het al, zoals je weet. Ze raken in de puberteit en denken alleen nog maar aan jongens. En dan al die toestanden vanwege hun gevóélens. Er was er maar één die recht van klagen had, en dat was Dave. Wat hij daar in Atlanta heeft meegemaakt, is met geen pen te beschrijven. Zacht gezegd waren ze niet voorzichtig met hem. Maar hij heeft het nooit in zijn voordeel gebruikt. Jongens jammeren niet over hun gevoelens.'

Faiths zoon had wel degelijk gejammerd, maar alleen omdat zijn moeder alles op alles had gezet om hem een veilig gevoel te bezorgen. 'Wat voor indruk maakte Mercy de laatste tijd?'

'Indruk?' herhaalde ze. 'Niet anders dan anders. Een en al opstandigheid en kwaad op de hele wereld.'

Faith wist niet hoe ze de zwangerschap moest aankaarten. Iets weerhield haar. Ze betwijfelde of Mercy haar moeder ooit in vertrouwen had genomen. 'Dave was toch dertien toen u en uw man hem adopteerden?'

'Nee hoor, hij was nog maar elf.'

Faith had goed naar het gezicht van de vrouw gekeken toen ze antwoord gaf. Eén ding was zeker: Bitty was een rasechte leugenaar. 'Hoe reageerden Mercy en Christopher toen ze opeens een broertje van elf kregen?'

'Ze konden hun geluk niet op. Logisch toch? Christopher had een nieuw vriendje. Dave behandelde Mercy als een poppetje. Als het had gekund, had hij de hele tijd met haar in zijn armen rondgesjouwd. Haar voeten raakten toch al nauwelijks de grond.'

'Het kwam vast als een verrassing toen ze iets kregen samen.'

Bitty hief uitdagend haar kin. 'Zo kwam Jon in mijn leven, en meer zeg ik er niet over.'

'Is Jon inmiddels weer thuis?'

'Nee, en we gaan ook niet op zoek. Hij wil wat tijd voor zichzelf, en die gunnen we hem.' Ze klopte op haar borst. 'Jon is een zorgzame jongen. Vriendelijk en attent, net zijn vader. Dat wordt ook een hartenbreker. Je zou eens moeten zien hoe knap hij is. Alle gasten zijn weg van hem. Ik kijk altijd vanachter het raam als Jon de trap af komt. Hij maakt graag zijn entree. Die Sara van jullie keek alsof ze hem wel op kon vreten.'

Faith vermoedde dat Sara hem had gevraagd welke vakken hij leuk vond op school.

'Ach, mijn arme ventjes.' Bitty klopte weer zachtjes op haar borst. 'Ik heb alles gedaan om Dave bij Mercy weg te houden. Ik wist dat ze hem mee de afgrond in zou sleuren, en kijk waar hij nu is.'

Faith had moeite haar toon te matigen. 'Ik vind het heel erg voor u.'

'Nou, reken maar dat ik hem vrij krijg. Ik heb al contact opgenomen met een advocaat in Atlanta, dus als je hem in de bak wilt houden: succes!' Ze leek er zeer van overtuigd dat het rechtssysteem zijn werk zou doen. 'Is dat alles?'

'Hebt u misschien een plattegrond van het terrein die ik kan gebruiken?'

'Die zijn voor gasten.' Ze keek om naar het parkeerterrein. 'Jezusmina, wie is dat nou weer?'

Faith hoorde het geronk van een motor. Een tweede UTV was gearriveerd. Sara zat achter het stuur.

'Weer een leugenaar die leugens komt vertellen.' Met die woorden kapte Bitty het gesprek af. Ze liep de trap op en het huis in en deed de deur achter zich dicht.

'Jezus.' Faith hees haar tas over haar schouder en liep naar het parkeerterrein. Het was hier nog erger dan in *De loterij*. Het leek eerder op *The Children of the Corn*.

'Hoi.' Sara tilde een zware plunjezak uit het voertuig. Ze lachte naar Faith. 'Ben je gevallen?'

Faith was vergeten dat ze onder de modder en paardenscheten zat. 'Mijn auto werd door een vogel aangevallen en toen kwam ik in een greppel terecht.'

'O, wat akelig.' Sara leek niet onder de indruk. 'Ik zag je met Bitty praten. Wat denk je?'

'Volgens mij maakt ze zich drukker om Dave dan om haar vermoorde dochter.' Nog steeds kon Faith er met haar verstand niet bij. 'Wat is dat toch met al die moederskindjes? Ze klonk alsof ze de psychotische ex-vriendin van Dave was. En vraag me niet naar het gedeelte over Jon. Wat haat ik het als volwassen vrouwen met zo'n hijgend meisjesstemmetje praten. Net een heks in een Holly Hobbie-jurk.'

Sara moest lachen. 'Nog iets opgeschoten?'

'Niet aan mijn kant. Ik wilde net naar de eetzaal gaan om Will te zoeken.' Faith keek om zich heen om er zeker van te zijn dat ze alleen waren. 'Denk je dat Mercy wist dat ze zwanger was?'

Sara haalde haar schouders op. 'Moeilijk te zeggen. Gisteravond was ze misselijk, maar ik ging ervan uit dat het een gevolg was van die wurgpoging. Mercy kwam niet met een andere verklaring, maar het is nu ook weer niet het soort informatie dat je snel met een onbekende deelt.'

'Mijn menstruatie is zo onregelmatig dat het niet bij te houden is.' Faith vroeg zich af of Mercy een app op haar telefoon had gebruikt of het op een kalender had aangetekend. 'Aan wie heb je het verteld?'

'Alleen aan Amanda en Will. Ik denk dat Nadine, de lijkschouwer, het doorkreeg toen ik handmatig de baarmoeder onderzocht, maar ze zei geen woord. Ze weet dat Biscuits hecht is met de familie. Waarschijnlijk wilde ze niet dat het bekend werd.'

'Heeft Biscuits de röntgenfoto niet gezien?'

'Je moet wel weten waar je op let,' zei Sara. 'Normaal doe je tijdens de zwangerschap geen röntgenonderzoek. Het risico dat het kind wordt blootgesteld aan straling weegt zwaarder dan de diagnostische waarde. Bij twaalf weken is er nog niet veel te zien. De foetus is zo'n vijf centimeter, ongeveer zo groot als een AA-batterij. De botten zijn nog niet voldoende verkalkt om op een foto zichtbaar te zijn. Ik wist alleen waarnaar ik keek omdat ik het eerder heb gezien.'

Faith wilde niet weten hoe en waar ze het eerder had gezien. 'Ik weet niet meer hoe het voelde toen ik twaalf weken zwanger was.'

'Opgezwollen, misselijk, stemmingswisselingen, hoofdpijn. Sommige vrouwen zien het aan voor PMS. Sommigen krijgen een miskraam en denken dat ze gewoon zwaar ongesteld zijn. Acht van de tien miskramen gebeuren voor de twaalfwekentermijn.' Sara legde de plunjezak op de UTV. 'Als je zoekt naar mannen met wie Mercy contact had tijdens de conceptie, moet je weten dat het twaalf weken vanaf de laatste menstruatie is, niet twaalf weken vanaf de seksuele daad. De eisprong is twee weken nadat je ongesteld bent geweest, en dat brengt het tijdpad op ongeveer tien weken, dus we hebben het over twee tot tweeënhalve maand geleden, als we heel nauwkeurig willen zijn.'

'Nauwkeurig moeten we zeker zijn.' Nu kwam het moeilijke gedeelte. 'Heb je aan verkrachting gedacht?'

'Ik heb sporen van spermavocht gevonden, maar dat wijst er alleen op dat ze binnen achtenveertig uur voor haar dood seksueel contact heeft gehad met een man. Ik kan verkrachting niet uitsluiten, maar ook niet vaststellen.'

Amanda had zich vast doodgeërgerd aan al dat ongewisse, vermoedde Faith. 'Maar onder ons gezegd en gezwegen?'

'Onder ons: eerlijk, ik weet het niet,' zei Sara. 'Ze had geen afweerletsel. Misschien besloot ze dat ze zich beter niet kon verzetten. Er zijn duidelijke tekenen dat Mercy buitengewoon veel geweld heeft ondergaan. Botbreuken, brandwonden van uitgedrukte sigaretten. Ik ga ervan uit dat die voor een groot deel door Dave zijn toegebracht, maar sommig letsel dateert nog uit haar kindertijd. Als ze al enig verzet bood, dan deed ze dat weloverwogen.'

Faith werd heel treurig bij de gedachte aan Mercy's gekwelde leven. Penny had gelijk: ze had nooit een kans gehad. 'Nog iets over het moordwapen?'

'Daar kan ik je wel mee helpen,' zei Sara. 'Je weet dat bij een *full-tang* mes het metaal doorloopt van de punt van het lemmet tot aan de achterkant van het handvat.'

Faith wist dat niet, maar knikte toch.

'Het lemmet dat in Mercy stak, was een *half-tang* van vijfentwintig centimeter, een goedkopere, minder duurzame constructie, die je ziet bij steakmessen. Bij een half-tang zit er een *skeleton* in het handvat, eigenlijk een hoefijzervormig dun stuk metaal dat ervoor zorgt dat het handvat vast blijft zitten aan het lemmet. Volg je het nog?'

'Half-tang skeleton in het handvat. Ik snap het.'

'De moordenaar heeft het lemmet tot aan het handvat in haar gestoken. Uit de afdrukken op haar huid leidde ik af dat er geen bolster aan het mes zat. Dat is de metalen rand waar het lemmet overgaat in het handvat. Ik vond flintertjes plastic rond sommige diepere wonden. Onder de microscoop leken ze rood.'

Weer knikte Faith, maar deze keer omdat ze het inderdaad snapte. 'We zijn dus op zoek naar het rode handvat van een goedkoop steakmes waar een dunne metalen strip uitsteekt.'

'Klopt,' zei Sara. 'Elk huisje heeft een keuken, maar in onze keuken ontbraken messen. En ik kan me niet herinneren dat ik in de familiekeuken iets gezien heb wat in de buurt komt van een mes met een rood handvat. Met deze nieuwe informatie loont het om nog eens te zoeken. Ik schat dat het zo'n tien centimeter lang is en misschien een halve centimeter dik.'

'Oké, ik moet met Will bespreken hoe we dit aanpakken. Geef jij de details van het mes maar aan hem door.' Faith wilde gaan, maar bedacht zich. 'Ik liep Frank tegen het lijf. Hij maakt zich zorgen om zijn vrouw. Kennelijk heeft ze een zwaardere kater dan gewoonlijk.'

'Ik ga wel even bij haar kijken.' Sara klopte op de plunjezak. 'Ik heb uit het ziekenhuis wat medische voorraad meegebracht voor het geval we die nodig hebben. Cecil zit in een rolstoel, maar ik heb geen busje gezien.'

Het was Faith nog niet opgevallen. 'Hoe krijgen ze hem op die pick-up?'

'Genoeg mensen om te helpen,' zei Sara. 'Zie ik jullie in de eetzaal wanneer ik klaar ben?'

'Lijkt me prima.'

Faith volgde de houten pijl met het etensbord en het bestek. Ze hield haar blik op de grond gericht. Het pad was zonder obstakels, maar aan weerszijden woekerde groen, waarin zich slangen en hondsdolle eekhoorns konden ophouden. Of vogels. Faith keek omhoog. Takken hingen als vingers naar beneden. Een straffe wind ritselde door de bladeren. Ze wist zeker dat een uil zich op haar haren zou storten. Tot haar opluchting maakte het pad een bocht, maar daarna volgde alleen maar meer pad.

'Kutnatuur.'

Ze zette de afdaling voort. Beducht op mogelijk gevaar liet ze haar ogen van de grond naar de lucht gaan. Weer kwam er een bocht. De bomen weken iets terug. Ze rook de keuken nog voor ze hem zag. Emma's vader was tweede generatie Mexicaans-Amerikaans, met een boosaardige moeder wier liefde voor koken even groot was als haar afkeer van Faith, en dat wilde wat zeggen. Koriander. Komijn. Basilicum. Verse koriander. Tegen de tijd dat Faith het achthoekige gebouw had bereikt, rammelde haar maag. Ze liet het platform, dat vervaarlijk boven een kloof hing, links liggen en liep de deur door.

Verlaten.

De lampen waren uit. Er stonden twee lange tafels, waarvan een al gedekt was voor de lunch. Enorme ramen in de muur aan de andere kant boden zicht op nog meer bomen. Als ze hier eenmaal klaar was, zou ze geen groen meer kunnen zien.

'Will?' riep ze. 'Ben je hier?'

Ze wachtte even, maar er kwam geen antwoord. Het enige wat ze hoorde waren keukengeluiden achter de zwaaideur.

'Will?'

Nog steeds niets.

Faith haalde haar satelliettelefoon weer tevoorschijn. Ze drukte op de walkieknop. 'Dit is special agent Faith Mitchell van het Georgia Bureau of Investigation. Is daar iemand?'

In gedachten telde ze tot tien. Toen tot twintig. Toen begon ze zich zorgen te maken.

Ze liet de telefoon weer in haar tas glijden en stapte de keuken in. Ze werd bijna verblind door het plotselinge licht. Aan de lange roestvrijstalen tafel in het midden stonden twee jongens. De een was groenten aan het snijden. De ander was met een handmixer in een grote kom beslag aan het maken. De kok stond met zijn rug naar Faith toe bij het fornuis. Uit de radio klonk Bad Bunny, waarschijnlijk de verklaring waarom ze haar niet hadden gehoord.

'Kan ik u ergens mee helpen, ma'am?' vroeg een van de jongens.

Faith voelde haar hart krimpen toen ze hem zag. Het was nog maar een jochie.

'Wat zoek je, agent?' De kok had zich omgedraaid. Dat moest Alejandro zijn. Hij was ongelooflijk knap, maar hij leek ook ongelooflijk geïrriteerd bij het zien van Faith, wat haar eveneens aan Emma's vader deed denken. 'Sorry dat ik zo kortaf ben, maar we zijn de lunch aan het bereiden.'

Faith was dringend op zoek naar haar partner. 'Weet je waar agent Trent is?'

'Die is over de Fishtopher Trail verdwenen,' zei de jongen.

Ze slaakte een zucht van opluchting. 'Hoelang geleden?'

Met een overdreven gebaar haalde hij zijn schouders op, want hij was een kind en had geen benul van tijd.

'Ik heb hem ongeveer een uur geleden gezien toen ik uit het raam keek,' merkte Alejandro op. 'Ongeveer een halfuur later zag ik een tweede man in net zo'n uniform als dat van jou. Het pad loopt achter het gebouw langs. Ik laat het wel even zien.'

Iets van de spanning gleed van Faith af toen ze hoorde dat Will en Kevin gezien waren. Terwijl ze Alejandro naar achteren volgde, nam ze de keuken goed in zich op. De messen zagen er duur en professioneel uit. Geen rode kunststof handvatten. Ze zag een toiletruimte die toegang bood tot een kantoor. Ze zou de papieren wel willen doornemen, kijken of ze in de laptop kwam.

'Lunch is over een halfuur.' Alejandro opende de deur en liet Faith voorgaan. 'Meestal schoffelen ze het in twintig minuten naar binnen. Na afloop kan ik praten.'

Meteen was Faith een en al aandacht. 'Waarom denk je dat ik met je wil praten?'

'Omdat ik met Mercy naar bed ging.' Kennelijk had hij het idee dat het gesprek al was begonnen. Hij deed de deur achter zich dicht. 'We probeerden discreet te zijn, maar blijkbaar heeft iemand het aan jullie verteld.'

'Blijkbaar,' zei Faith. 'En?'

'Het was gewoon losse seks. Mercy was niet verliefd op me. Ik was niet verliefd op haar. Maar ze was heel aantrekkelijk. Het is eenzaam hierboven. Het lichaam heeft zo zijn verlangens.'

'Hoelang gingen jullie al met elkaar naar bed?'

'Vanaf het moment dat ik hier begon,' antwoordde hij schouderophalend. 'Het gebeurde af en toe, en de laatste tijd steeds minder. Ik weet niet waarom, maar zo ging het tussen ons, eb en vloed. Ze ervoer enorm veel druk van haar vader. Dat is een keiharde.'

'Was Dave op de hoogte?'

'Geen idee. Ik sprak hem zelden. Ook toen hij dat uitkijkpunt aan het uitbouwen was, hield ik afstand. Ik had de indruk dat hij Mercy pijn deed.'

'Waarom dacht je dat?'

'Dat soort blauwe plekken krijg je niet van een val.' Hij veegde zijn handen af aan zijn schort. 'Laten we het er maar op houden dat als Dave vermoord was, jullie om heel andere redenen met me stonden te praten.'

Dat hadden meer mensen gezegd, maar niemand had een hand uitgestoken toen Mercy nog leefde. 'Je zei dat je niet verliefd op haar was, maar je zou wel voor haar gemoord hebben?'

Hij lachte al zijn tanden bloot. 'Niet slecht, rechercheur, maar nee. Het is mijn plichtsgevoel.'

'Wat zei Mercy toen je die blauwe plekken zag?'

De lach was verdwenen. 'Ik heb het haar één keer gevraagd, en toen zei ze dat we erover konden praten, maar dan nooit meer seks zouden hebben, of dat we het bij seks konden houden.'

'Sorry, maar blijkbaar had je geen moeite met je keuze.'

Weer haalde hij zijn schouders op. 'Hierboven is het anders. Zoals mensen hier behandeld worden... Ze worden gewoon afgebeuld en afgedankt. Misschien heb ik hetzelfde met Mercy gedaan. Ik ben er niet trots op.'

'Was er nog iemand met wie ze omging?'

'Zou het?' zei hij. 'Denk je dat Dave jaloers was? Heeft hij haar daarom vermoord?'

'Misschien,' loog Faith. 'Waarom vermoed je dat Mercy misschien ook met iemand anders naar bed ging?'

'Om zoveel redenen eigenlijk. Zoals ik al zei, was het eb en vloed tussen ons. En bovendien...' Weer die opgehaalde schouders. 'Wie ben ik om te oordelen? Mercy was een alleenstaande moeder met een veeleisende functie, een moeilijke werkgever en maar heel weinig mogelijkheden voor ontspanning.'

Faith had zich nog nooit zo begrepen gevoeld. 'Had ze het weleens over een speciaal iemand?'

'Niet uit zichzelf en ik vroeg er niet naar. Zoals ik als zei, neukten we. Over ons leven hadden we het niet.'

Faith had zelf een paar van dat soort relaties gehad. 'Maar als je moest raden?'

Hij zuchtte even. 'Tja, dan zou het een van de gasten geweest moeten zijn, toch? De slager is ouder dan mijn opa. Mercy kan de groenteman niet uitstaan. Die komt uit het stadje en weet over haar verleden.'

'Wat valt er te weten over haar verleden?'

'In het begin was ze heel eerlijk tegen me,' zei hij. 'Ze had wat sekswerk gedaan toen ze begin twintig was.'

'Was het met jou ook sekswerk?'

Hij lachte. 'Nee, ik betaalde haar niet. Had gekund, als ze erom gevraagd had. Ze kon dingen erg goed gescheiden houden. Werk was werk en seks was seks.'

Faith snapte dat je dan waar voor je geld kreeg. 'Hoe was ze gisteren?'

'Gestrest,' zei hij. 'De gasten hier zijn veeleisend. De meeste van onze gesprekken gisteren gingen zo: "Niet vergeten dat Keisha niet van rauwe uien houdt en dat Sydney geen zuivel wil en dat Chuck een pinda-allergie heeft."'

Faith zag hem met zijn ogen rollen. 'Wat vind je van Chuck?'

'Die komt hier minstens één keer per maand, soms vaker. Eerst dacht ik dat hij familie was.'

'Mocht Mercy hem wel?'

'Ze verdroeg hem,' zei Alejandro. 'Het is geen makkelijke figuur, maar dat geldt ook voor Christopher.'

'Hebben Christopher en Chuck iets samen?'

'Als minnaars, bedoel je?' Hij schudde zijn hoofd. 'Nee, je zou eens moeten zien hoe ze naar vrouwen loeren.'

'Hoe loeren ze dan naar vrouwen?'

'Wanhopig?' Hij leek naar een beter woord te zoeken, maar schudde toen zijn hoofd. 'Het is moeilijk, want het probleem is dat ze allebei nogal onhandig zijn. Af en toe drink ik een biertje met Christopher, en hij is niet verkeerd, maar zijn hersens werken anders. Zodra er een vrouw bij komt, verstijft hij helemaal. Chuck heeft het tegenovergestelde probleem. Je zet hem binnen drie meter van een vrouw en hij begint net zolang teksten van Monty Python op te zeggen tot ze de kroeg uit rent.'

Helaas kende Faith dat type maar al te goed. 'Ik heb gehoord dat Mercy en Jon ruzie hadden.'

Alejandro vertrok zijn gezicht. 'Het is een aardige jongen, maar nog heel onvolwassen. Hij heeft niet veel vrienden in de stad. Ze weten wie zijn moeder is. En zijn vader. Het is niet goed, maar de schandvlek blijft.'

'Heb je hem weleens eerder zo dronken gezien?'

'Nooit,' zei Alejandro. 'Echt, ik had zoiets van: nee, laat die jongen niet ook het verslavingspad op gaan. Het zit in zijn bloed. Van beide kanten. Het is zo triest.'

Faith was het stilzwijgend met hem eens. Verslaving was een eenzame weg. 'Hoe laat ben je hier gisteravond weggegaan?'

'Uur of acht, halfnegen. Het laatste gesprek dat ik met Mercy had, ging over schoonmaken. Ze had Jon een vrije avond gegeven en deed het zelf. Ik bood mijn hulp niet aan. Ik was moe. Ik had een lange dag achter de rug. Dus ik zadelde Pepe op en reed naar mijn huis, ongeveer veertig minuten rijden, aan de andere kant van de berg. Daar ben ik de hele avond gebleven. Ik heb een fles wijn opengetrokken en heb naar een misdaadserie op Hulu gekeken.'

'Welke serie?'

'Over die rechercheur met de hond. Dat soort dingen zul je wel na kunnen trekken, toch?'

'Ja.' Faith vond het interessanter dat hij op al haar vragen was voorbereid. Het was bijna alsof hij voor een proefwerk had geblokt. 'Is er verder nog iets wat je me over Mercy en haar familie wilt vertellen?'

'Nee, maar ik laat het weten als me iets te binnen schiet.' Hij wees naar een steile helling. 'Dat is de Fishtopher Trail. Die is heel modderig, dus wees voorzichtig.'

Hij had de deur al geopend toen Faith met een laatste vraag kwam. 'Kun je via de Fishtopher Trail bij de vrijgezellenhuisjes komen?'

Hij keek verbaasd, alsof hij zich afvroeg waarom ze dat wilde weten. 'Wel als je het riviertje volgt langs de waterval en dan verder langs het meer, maar het gaat sneller over de Rope Trail. Die loopt langs de zijkant van de kloof. Hij wordt Rope Trail genoemd vanwege de touwen waaraan je je moet vasthouden om niet uit te glijden en je nek te breken. Alleen het personeel maakt er gebruik van. Hij staat niet op de plattegrond. Ik ben er maar één keer langs gegaan, want ik kreeg het retebenauwd. Ik heb het niet zo op hoogtes.'

'Hoelang deed je erover?'

'Vijf minuten?' giste hij. 'Sorry, maar ik moet echt weer aan het werk.'

'Bedankt,' zei Faith. 'Ik kom later wel voor een verklaring op schrift.'

'Je weet waar je me kunt vinden.'

Voor Faith nog iets kon zeggen, was Alejandro al in de keuken verdwenen. Ze keek naar de dichte deur en probeerde het gesprek te duiden. Uit eigen ervaring wist ze dat er vier manieren waren waarop een verdachte een verhoor inging. Hij kon zich defensief opstellen. Strijdlustig. Ongeïnteresseerd. Of hulpvaardig.

De kok zat ergens tussen de twee laatste categorieën in. Ze zou Will om zijn mening moeten vragen. Soms waren verdachten ongeïnteresseerd omdat het ze echt niet boeide. Soms waren ze behulpzaam om de schijn te wekken onschuldig te zijn.

Faith zette voet op de Fishtopher Trail. Wat de modder betrof had Alejandro niet gelogen. Het deed haar aan een waterglijbaan denken. De helling was behoorlijk steil. Ze zag grote afdrukken van schoenen met diepe profielen. Mannen die omhoogliepen. Mannen die afdaalden.

'Will?' riep ze op goed geluk.

Het enige wat ze hoorde, was een troep kwetterende vogels, die waarschijnlijk een aanval beraamden.

Zuchtend vervolgde ze haar weg naar beneden. Al na een paar tellen moest ze een laars uit de blubber trekken. Hiervoor was beton uitgevonden. Mensen waren niet voor dit soort buitenleven gemaakt. Meppend naar overhangende takken ging ze voetje voor voetje de steile helling af. Hoewel ze zich er al bij had neergelegd dat ze op zeker moment op haar kont zou belanden, werd ze toch kwaad toen het inderdaad gebeurde. Ze stond op, maar het pad was er niet minder steil door geworden. Ze moest het bos in om een wel heel erg glibberig stuk te omzeilen.

'Fuck!' Ze sprong weg toen ze een slang zag.

En weer vloekte ze, want het was geen slang, maar een touw dat op de grond lag. Het ene uiteinde was met een haak aan een rotsblok bevestigd. Het andere uiteinde verdween langs het pad naar beneden. Faith zou het waarschijnlijk hebben laten liggen als Alejandro haar niet over de andere touwen langs de Rope Trail had verteld. Ze gooide er nog een paar 'fucks' tegenaan, greep het touw vast en ging naar beneden. Tegen de tijd dat ze water over rotsen hoorde ruisen, zweette ze als een otter. Gelukkig werd het koeler naarmate ze verder afdaalde. Ze mepte een mug weg die om haar hoofd zoemde. Ze smachtte naar airco en een telefoonverbinding, maar allereerst moest ze haar partner vinden.

Ze deed een nieuwe poging. 'Will?' In plaats van te weergalmen moest haar stem het opnemen tegen al het kabaal in het bos. Insecten en vogels en gifslangen. 'Will?'

Op weg naar de oever greep Faith zich aan een tak vast toen haar ene voet dreigde weg te glijden. Maar vervolgens gleed haar andere voet weg en lag ze weer op haar kont.

'Jezus,' siste ze. Het hield niet op. Ze pakte haar satelliettelefoon van de grond en drukte op de walkieknop. 'Dit is ag–'

Ze liet de knop los toen een afgrijselijk gesnerp haar trommelvliezen dreigde te verscheuren. Ze schudde aan de telefoon en drukte weer op de knop. En weer klonk het gesnerp. Het kwam uit haar tas. Toen ze die opende, zag ze haar eigen satelliettelefoon.

Ze keek naar de telefoon in haar hand en toen naar het apparaat in haar tas.

Hoe kwam ze aan twee telefoons?

Faith stond op. Ze liep een paar passen naar beneden. Nu zag ze het riviertje. Het water kolkte langs grote rotsblokken. Weer zette ze een stap. Met de punt van haar laars raakte ze iets zwaars. Toen ze keek, zag ze een holster met een vijfschots Smith & Wesson met korte loop. Vreemd, het leek Amanda's wapen wel. Ze speurde de grond af. Oordopjes, nog in het doosje. Verderop lag een iPhone. Faith tikte hem tot leven. Het vergrendelscherm lichtte op: een foto van Sara met Wills hond in haar armen.

'Nee-nee-nee-nee...'

Ze had haar Glock al in haar handen voor haar hersens hadden verwerkt wat ze gezien had. Ze draaide in de rondte, keek in het wilde weg het bos in, doodsbang dat ze Wills lichaam zou zien. Het enige wat opviel, waren een lege drieliterfles en een staaf met een moordachtige haak aan het uiteinde. Ze rende naar de oever van het riviertje, keek rechts en links. Haar hart stond stil tot ze zeker wist dat zijn lichaam niet in het water dreef.

Will!'

Rennend volgde ze het riviertje. Het terrein liep af. Het water stroomde nu sneller. Na vijftig meter maakte het riviertje een scherpe bocht naar links en boog om een paar bomen heen. Ze zag meer rotsen, meer kolkend water. Iets kon zomaar meegesleurd worden in de wervelende stroming. Haar partner bijvoorbeeld. Ze zette het op een rennen, in de richting van de bocht.

'Will!' schreeuwde ze. 'Will!'

'Faith?'

Zijn stem klonk zwak. Ze zag hem niet. Ze stak haar Glock weer in de holster, sprong in het water en waadde naar de overkant. Het riviertje was dieper dan ze had ingeschat. Ze zakte door haar knieën. Haar hoofd verdween onder het oppervlak. Water wervelde rond haar gezicht. Ze stuwde zich naar boven en hapte naar lucht. Dankzij een portie geluk en een enorme boomwortel die uit de oever stak, werd voorkomen dat ze stroomafwaarts werd gesleurd.

'Gaat het?'

Will stond boven haar. Hij hield zijn verbonden hand tegen zijn borst. Zijn kleren waren doorweekt. Kevin Rayman stond achter hem, met een mannenlichaam in de brandweergreep over zijn schouder. Faith zag een paar harige benen, zwarte sokken en gele wandelschoenen.

Ze kreeg er geen woord uit. Ze hees zich aan de boomwortel op het droge. Will stak zijn hand uit en tilde haar de oever op. Ze weigerde hem los te laten. Ze was buiten adem en misselijk van opluchting. Ze was ervan overtuigd geweest dat ze hem ergens dood zou aantreffen. 'Wat is er gebeurd? Wie is dat?'

'Bryce Weller.' Will hielp Kevin bij het op de grond leggen van het lichaam. De man kwam met een plof op zijn rug terecht. Zijn huid was bleek. Zijn lippen waren blauw. Zijn mond hing open. 'Oftewel Chuck.'

'Oftewel retezwaar,' zei Kevin.

Faith richtte zich tot Will. 'Hoe haal je het in godsnaam in je kop om hiernaartoe te gaan zonder het mij te vertellen?'

'Ik wilde niet –'

'Bek dicht als je met mij praat.'

'Volgens mij is dat niet –'

'Hoe kan het dat ik Amanda's wapen en jouw telefoon op de grond heb gevonden? Weet je wel hoe vreselijk ik ben geschrokken? Ik dacht dat je vermoord was. Jezus, Kevin.'

Kevin stak zijn handen omhoog. 'Hoho!'

'Faith,' zei Will. 'Met mij is niks aan de hand.'

'Nou, met mij anders wel.' Haar hart klepperde als een koebel. 'Jezus christus.'

'Ik was met Chuck aan het praten,' zei Will. 'Hij zag bleek en zweette, maar ik dacht dat het misschien door schuldgevoel kwam. Ik liep het pad weer op. Na een meter of zes draaide ik me om en toen zag ik hem in het water liggen. Ik wierp mijn wapen en mijn telefoon af, want ik wist dat ik er ook in moest.'

Faith kon zijn kalme, redelijke toon niet uitstaan.

'De stroming sleurde ons allebei mee,' vervolgde hij zijn verhaal. 'Ik ging achter hem aan. We tuimelden bijna een waterval in, maar op de een of andere manier lukte het me om ons erbij weg te trekken. Omdat ik zijn lichaam daar niet kon achterlaten, begon ik hem naar de Lodge te dragen.'

'En toen verscheen ik,' zei Kevin. 'Ik was op zoek naar Will. En je snapt dat ik dat lijk een stuk verder heb gedragen dan hij.'

'Volgens mij vergis je je.'

'Daar gaan we niet over bakkeleien.'

'Ik heb in het water gelegen, jij niet.'

Faith had even geen zin in mannenhumor. Ze probeerde zich weer op de zaak te concentreren in plaats van druipnat in een bos over de rooie te gaan omdat ze haar partner dood had gewaand.

Ze keek naar het lijk. Bryce Wellers lippen waren donkerblauw. Zijn ogen leken net glazen knikkers. De stroming had aan zijn kleren getrokken. Zijn overhemd hing open. Zijn riem was losgeraakt. Het belangrijkste was dat er weer iemand dood was. Straks zochten ze naar een moordenaar met twee motieven in plaats van één. Of Chuck had Mercy vermoord en daarna zichzelf van kant gemaakt.

'Wat zei Chuck toen je met hem praatte?' vroeg ze aan Will.

'Hij praatte als een incel,' zei Will. 'Hij was op zijn hoede. Deed alsof hij niet verliefd op Mercy was, hoewel dat duidelijk het geval was. Tegen de tijd dat we waren uitgepraat, zag ik hem voor de moordenaar aan. Hij was heel erg op Dave gefixeerd. Openlijk jaloers omdat Mercy Dave niet wegstuurde. Hij bleef maar over zijn rug wrijven. Ik vroeg me af of hij een paar flinke klappen had gekregen.'

'We kunnen hem zo wel omdraaien om te kijken,' zei Kevin. 'Ik moet even op adem komen.'

'Het was bizar zoals Chuck die aanvaring met Mercy vóór het eten beschreef,' zei Will tegen Faith. 'Hij zei: "Ze krijste alsof ik haar had verkracht." En ik zag dat het hem speet dat hij het woord "verkracht" hardop had uitgesproken.'

'Zweette hij daarom zo?' vroeg Faith. 'Was hij nerveus?'

'Ik denk het niet. Dat zou dan een soort angstzweet geweest moeten zijn. Maar het droop werkelijk van zijn schedel. Zijn haar plakte aan zijn hoofd. Achteraf gezien denk ik dat hij zich niet goed voelde. Hij boerde alsof hij zijn maag stond uit te kotsen.'

'Zelfmoord?' opperde ze.

'Als hij zichzelf verdronken heeft, heeft hij dat snel gedaan. Zonder strijd. Zonder gespetter. Ik was ongeveer een minuut aan het klimmen. Tegen de tijd dat ik achteromkeek, dreef zijn lichaam al naar het midden van het riviertje.'

Faith keek naar Chucks gezicht. Ze had meer autopsieën bijgewoond dan haar lief was, maar ze had nog nooit een lijk met zulke blauwe lippen gezien. 'Zou hij iets gegeten hebben voor hij erin ging?'

'Hij dronk water uit een fles,' zei Will. 'Die was halfvol toen we begonnen te praten. Hij dronk de rest tijdens ons gesprek op. Wat denk je?'

'Alejandro zei dat Chuck allergisch was voor pinda's. Misschien had iemand stiekem pindapoeder bij zijn water gedaan.'

'Nee,' zei Sara.

Ze draaiden zich alle drie om. Sara stond aan de overkant van het riviertje.

'Het waren geen pinda's,' zei ze. 'Hij is vergiftigd.'

16

Sara was niet blij met de schuldige blik waarmee Will haar vanaf de overkant van het riviertje aankeek. Het was dezelfde blik die hij Amanda schonk als ze op het punt stond hem op zijn flikker te geven.

Sara was zijn chef niet.

'Dan vraag ik het wel,' zei Faith. 'Hoe weet je dat hij vergiftigd is?'

Later zou Sara met Will afrekenen. Ook al was Chuck bepaald niet haar favoriete persoon, hij was wel dood en verdiende respect. 'Anafylaxie is een plotselinge, ernstige allergische reactie waarbij het immuunsysteem chemicaliën afgeeft die het lichaam in shock brengen. Het is geen snelle dood. We hebben het over een kwartier tot twintig minuten. Als ik gelijk heb, heeft hij tekenen vertoond van benauwdheid op de borst. Hij moet hebben gehoest, was duizelig, had een blozend of rood aangelopen gezicht, had uitslag, was misselijk of moest braken en – het allerbelangrijkste – had ademhalingsproblemen. Heb je dat soort symptomen bij Chuck gezien, Will?'

Will schudde zijn hoofd. 'Hij ademde probleemloos. Het viel me alleen op dat hij zweette en bleek zag.'

'Kijk eens hoe blauw zijn nagels en lippen zijn.' Sara wees naar het lichaam. 'Dat wordt veroorzaakt door cyanose, een tekort aan zuurstof in het bloed, wat in dit geval wijst op chemische vergiftiging. Chuck dronk water voor hij stierf, dus we mogen ervan uitgaan dat dat de bron is. Het moet dan een kleurloze, reukloze en smaakloze substantie zijn geweest. Mensen met ernstige allergieën weten al heel snel of de allergie getriggerd is. Chuck heeft niet om hulp geroepen. Hij sloeg niet om zich heen. Hij hapte niet naar adem en greep niet naar zijn hals om lucht te krijgen. Ik zal de plek waar hij te water is gegaan moeten onderzoeken, maar mijn theorie is dat hij het bewustzijn verloor en in het riviertje rolde.'

'Geen hartaanval?' vroeg Faith.

'Dan zouden zijn lippen en nagels niet zo blauw zijn geweest,' antwoordde Sara. 'Niet elke hartaanval leidt tot hartstilstand. Een plotselinge hartstilstand is een elektrisch defect. Het hart slaat onregelmatig of stopt er simpelweg mee, het bloed bereikt de hersens niet meer, en iemand verliest het bewustzijn. In een stille omgeving als deze zou Will zelfs boven het geluid van het water uit iets hebben opgevangen voor Chuck het bewustzijn verloor. Hij zou hebben geschreeuwd, van pijn naar zijn arm hebben gegrepen, dat soort klassieke symptomen. Hij zou in elk geval met een harde plons in het water zijn gevallen.'

'Ik luisterde om te horen of hij misschien achter me aan kwam,' zei Will. 'Maar toen ik me omdraaide, zag ik hem drijven.'

'Van wat voor soort gif krijg je blauwe nagels en lippen?' vroeg Faith.

Sara had daar wel ideeën over, maar die ging ze nu niet opsommen. 'Het moet natuurlijk toxicologisch worden vastgesteld, maar ik kan wel wat opties noemen als ik hem van dichterbij heb bekeken.'

'We komen naar jou toe,' zei Will. 'Hij moet toch naar de overkant. Stroomopwaarts is een voetbrug, bij de miniwaterval. Redden jullie dat zonder mij?'

Hij wachtte niet tot Kevin of Faith antwoordde, maar sprong het riviertje in en stak het over. De stroming leek hem niet te deren. Hij klauterde de oever op en bleef met een berustende blik in zijn ogen voor Sara staan.

Ze overhandigde hem zijn iPhone en oordopjes. 'Hoe was het water?' wilde ze weten.

'Koud.'

Ze vroeg zich af of daar een dubbele betekenis achter schuilging. 'Ik ga je echt geen preek geven, liefje, alleen omdat je iemands leven probeerde te redden.'

Hij keek haar bevreemd aan. 'Je bent dus niet kwaad?'

'Ik was bezorgd,' zei ze. Ze vertelde er niet bij dat haar hart het bijna had begeven toen ze Faith panisch zijn naam had horen roepen. Pas toen ze had gezien dat er met Will niks aan de hand was, had ze weer normaal kunnen ademen. 'Eigenlijk moet ik het verband om je hand verwisselen. Het is drijfnat.'

Hij keek ernaar. 'Geloof het of niet, maar het heeft mijn leven gered.'

Sara wist niet of ze op dat moment de details aankon. 'Hoeveel water heb je binnengekregen?'

'Iets tussen een beetje en veel, maar het is er allemaal weer uit gekomen.'

'Water in de longen kan soms tot complicaties leiden.' Ze streek zijn natte haar naar achteren. 'Je moet het me meteen vertellen als je moeite krijgt met ademen.'

'Moeilijk te zeggen,' zei Will. 'Mijn vrouw beneemt me soms ook de adem.'

Sara kon een glimlach niet onderdrukken, maar ze was zich ervan bewust dat er belangrijkere zaken op haar wachtten. Inmiddels droegen Faith en Kevin Chuck naar de voetbrug.

Toen ze langs de oever liepen, vroeg Sara: 'Heeft Faith je over het mes verteld?'

Hij schudde zijn hoofd.

'Een handvat van rode kunststof. Ik vermoed een steakmes. Dat rood is niet gebruikelijk. Meestal heeft het een houtnerf, ook als het van kunststof is.'

'Amanda kan elk moment het huiszoekingsbevel binnenkrijgen,' zei hij. 'Ik wil het hele terrein overhoophalen. Hopelijk ligt dat handvat niet op de bodem van het meer.'

'Enig idee of Mercy wist dat ze zwanger was?'

Weer schudde hij zijn hoofd. 'En we kunnen het aan niemand vragen. Ze vertrouwde niemand hier.'

'Dat begrijp ik maar al te goed.' Sara dacht alweer aan de volgende stappen. 'Nu de weg hiernaartoe onbegaanbaar is, moeten we een plek vinden om het lichaam te bewaren tot Nadine het veilig kan ophalen.'

'Achter de keuken staat een losse vriezer. Er zit niet veel in. Binnen hebben ze nog een vriezer waarin ze die paar spullen waarschijnlijk wel kwijt kunnen.' Will had zijn hand over zijn hart gelegd. Het was duidelijk dat de pijn niet meer werd verdoofd door het koude water en de adrenaline. 'Trouwens, ik heb Frank beloofd dat ik jou zou vragen even bij Monica te gaan kijken.'

'Heb ik al gedaan,' zei Sara. 'Ik heb haar wat vocht gegeven, maar ik zou er geruster op zijn als ze wat dichter bij een medische voorziening zat. Ze moet weer drinken, anders krijgt ze onthoudingsverschijnselen. Te oordelen naar haar symptomen zat ze gisteravond op het randje van een alcoholvergiftiging.'

'Frank zei dat het hem verbaasde dat ze zo ziek werd van de hoeveelheid die ze had gedronken.'

'Frank lijkt me niet al te betrouwbaar. Hij zei dat hij tegen jou had gelogen.'

Will bleef staan.

'Gisteravond vulde Monica een bestelbriefje in voor een nieuwe fles sterkedrank. Frank liep de veranda op om het zogenaamd klaar te leggen voor Mercy, maar hij stak het in zijn zak.'

'En toen zei hij tegen mij dat Mercy het briefje had meegenomen, wat mij het tijdpad gaf waardoor we ons nu laten leiden.' Will keek terecht geërgerd. 'Waarom loog hij in godsnaam?'

'Ik denk dat hij heel vaak liegt om het drankgebruik van zijn vrouw te verhullen,' zei Sara. 'Paul zei dat hij Mercy rond een uur of halfelf had gezien.'

'Ik vertrouw die Paul nog minder dan Frank.' Will keek op zijn horloge. 'De lunch is voorbij. Zou jij Drew en Keisha voor je rekening willen nemen? Amanda heeft van alle gasten de achtergrond nagetrokken. Drew is twaalf jaar geleden aangeklaagd wegens geweldpleging.'

Sara's mond viel open van verbazing.

'Ja, dat was ook mijn reactie, maar misschien houdt dat verband met wat Drew bedoelde toen hij tegen Bitty zei dat ze die andere zaak maar moest laten zitten.'

'Welke andere zaak?' vroeg Faith.

Ze waren bij de miniwaterval aangekomen. Om haar evenwicht te bewaren liep Faith met haar armen gestrekt over het stenen pad. Will wachtte haar op aan de rand van het water. Sara luisterde niet meer naar hun gesprek. Geen van beiden had kennelijk zin om Kevin te helpen. Sara overwoog het, maar hij stak het riviertje al over met Chucks volle gewicht op zijn schouder. Will keek ook, maar eerder uit jaloezie dan uit bezorgdheid. Het liefst was *híj* degene geweest die negentig kilo op zijn schouder over een soort hindernisbaan torste.

'Zou Monica ook slachtoffer van vergiftiging kunnen zijn?' vroeg Faith.

Sara besefte dat de vraag aan haar was gericht. 'Als dat zo is, dan was het een ander gif via een andere route. Ik kan Monica vragen of we bloed mogen afnemen, maar dan moeten we wachten –'

'Op het toxicologisch rapport,' maakte Faith haar zin af. 'En zelfmoord?'

'Bedoel je Chuck?' Sara haalde haar schouders op. 'Tenzij hij een briefje heeft achtergelaten, zou ik het niet weten.'

'Afgezien van dat zweten gedroeg hij zich niet schuldbewust,' zei Will. 'Hij leek er redelijk van overtuigd dat Dave de moordenaar was.'

'Dat zou ik ook zijn,' zei Faith, 'zonder al het bewijs dat hij het niet is.'

'Chuck droeg toch een bril?' meende Sara zich te herinneren.

'Er staat daar een sterke stroming,' zei Will. 'Dan is die bril al een heel eind verderop.'

'En bedankt, jongens.' Kevin had de overkant bereikt. Hij liet zich op zijn knie zakken, rolde Chuck op de grond en leunde achterover om op adem te komen.

'Laten we uit de buurt van dat stuk oever blijven.' Sara wees naar het punt waar Chuck vermoedelijk te water was geraakt. 'We moeten de speer en de fles veiligstellen, en dan een lijst opstellen van alles wat we in zijn zakken aantreffen.'

'Ik haal de spullen wel.' Kevin duwde zichzelf overeind. 'Ik moet nodig wat water drinken.'

'Wel uit een verzegeld flesje.' Faith had haar tas van de grond gepakt. Ze haalde haar diabetesset tevoorschijn. 'Kunnen jullie het even zonder mij af? Ik moet mijn insulinedinges nog doen.'

Sara ving Wills blik toen Faith een paar meter het pad op liep en op een omgevallen boomstam ging zitten. Faith was heel goed in haar werk, maar van dode mensen kreeg ze altijd de rillingen.

'Klaar?' vroeg Sara aan Will.

Hij haalde zijn telefoon uit zijn zak. 'Het riviertje was uit zijn oevers getreden toen ik hier aankwam. We moeten het gebied waar Chuck te water raakte filmen voor het weg is.'

'Doen we.' Sara wachtte tot hij de opname had gestart en noemde toen datum, tijdstip en locatie. 'Ik ben dokter Sara Linton. Aanwezig zijn special agents Faith Mitchell en Will Trent. Deze opname legt de plek vast waar volgens ons het slachtoffer, Bryce Weller, oftewel Chuck, de Lost Widow Creek in ging en vervolgens stierf.'

Ze wachtte terwijl Will met de camera langzaam het gebied bestreek, te beginnen bij het einde van het pad, waarna hij in één brede beweging de oever filmde. Sara gebruikte de tijd om een theorie te ontwikkelen over wat er gebeurd was. Er waren drie verschillende paren voetafdrukken, waarvan een afkomstig van een paar sneakers. Ze keek naar de onderkant van Chucks wandelschoenen. De zolen waren naar buiten afgesleten omdat hij zijn voeten naar binnen draaide. Wills kenmerkende HAIX-profiel was haar al bekend. De elementen hadden tegengewerkt toen ze de plaats delict van Mercy wilden veiligstellen, maar hier had de modder in hun voordeel gewerkt. Chucks laatste ogenblikken hadden evengoed in steen gebeiteld kunnen zijn.

‘Oké,’ zei Will. ‘Als jij zover bent.’

Sara zei: ‘De schoenzolen van het slachtoffer passen bij het duidelijke w-vormige patroon in de modder. Je ziet waar het gewicht van het slachtoffer naar zijn tenen werd verplaatst, in de richting van het water. De afdruk van de hak is ondieper dan die van de punt. Deze twee plekken hier geven aan waar het slachtoffer op zijn knieën is gezakt. Ze zijn niet diep of onregelmatig, wat wijst op een bewuste handeling, niet op een plotselinge val. Aan weerszijden is een handafdruk, hier en hier, dus uiteindelijk heeft hij op handen en knieën gezeten.’

‘Het moet razendsnel zijn gegaan,’ zei Will. ‘Ik heb even niet gekeken, een minuut of zo. Ik heb hem niet om hulp horen roepen of horen hoesten of wat dan ook.’

‘Bij Chuck moet alles erop gericht zijn geweest bij bewustzijn te blijven. Hij was niet bezig met het vragen om hulp,’ zei Sara. ‘Volgens mijn theorie is zijn bloeddruk gezakt, waardoor hij letterlijk op zijn knieën werd gedwongen, en toen moest hij zijn handen op de grond zetten om zijn evenwicht te bewaren. De afdruk aan de rechterkant is dieper dan die aan de linkerkant. Zie je deze lange, ovale vorm? Waarschijnlijk heeft zijn rechterelleboog het begeven, toen is hij op zijn rechterschouder gevallen en op zijn rechterkant in elkaar gezakt. Vervolgens is hij vermoedelijk op zijn rug gerold, maar hij lag te dicht bij de oeverrand. De zwaartekracht nam het over en trok hem het water in. De stroming sleurde hem mee naar de rotsblokken.’

‘Toen ik hem zag, zat zijn hand ergens aan vast gehaakt,’ zei Will. ‘Tegen de tijd dat ik in het water sprong, dreef hij alweer stroomafwaarts.’

‘Heb je hem zien verkrampen of uit eigen wil een gebaar zien maken?’

‘Nee. Hij dreef. Met zijn armen en benen gestrekt. Niets wat op weerstand leek.’

‘Dan moet hij bewusteloos zijn geweest of al dood. Ik kan me vergissen, maar ik vermoed dat aan zijn longen te zien zal zijn dat hij verdronken is.’ Sara keek in het water. Een bril die haar bekend voorkwam was in de rivierbedding blijven steken. ‘Die is identiek aan de bril die Chuck droeg.’

Will liep om de voetafdrukken heen en boog zich over het water om met zijn telefoon de positie van de bril vast te leggen.

Sara keerde zich naar het lichaam toe. Chuck lag op zijn rug, met zijn gezicht naar boven. De vorige avond had ze hem nauwelijks een blik waardig gekeurd. Nu bestudeerde ze zijn gelaatstrekken. Hij was niet knap, maar evenmin onaantrekkelijk. Hij had zwart, golvend haar tot op zijn schouders, een lichtbruine huid en donkerbruine ogen.

'Toen je met Chuck sprak, had hij toen verwijde pupillen?' vroeg ze.

Will schudde zijn hoofd. 'Met al die bomen is hier weinig zonlicht. Ik was er vooral op gefocust dat hij die speer niet pakte en op me afkwam.'

'Is dat nu misschien nog te zien?' Faith stond op enige afstand op het pad, maar ze luisterde wel. 'Zouden zijn pupillen dan niet nog steeds verwijd zijn?'

'De iris is een spier,' zei Sara. 'Na de dood ontspannen spieren zich.'

Faith keek lichtelijk onpasselijk. 'Ik heb handschoenen in mijn tas.'

Sara had ze al snel gevonden en trok ze aan terwijl Will een overzichtsfoto maakte vanaf de bovenkant van Chucks hoofd tot de onderkant van zijn wandelschoenen. Hij gebruikte flitslicht. In het felle schijnsel zag Sara dat de blauwe kleur niet beperkt was tot Chucks lippen en nagels. Ook over zijn gezicht lag een blauw waas, vooral rond de ogen.

'Stel eens scherp op zijn onderste en bovenste oogleden en op de wenkbrauwen.'

Toen Will klaar was, knielde Sara naast het lichaam neer. Chuck droeg een shirt met korte mouwen. Op zijn armen en hals zag ze geen krassen of afweerwonden. Ze knoopte het shirt open. Hij had een harige borst en buik, maar er was geen schrammetje te bekennen. Ze keek nog eens goed naar zijn nagels. Ze bestudeerde zijn gezicht. Ondertussen probeerde ze zich te herinneren hoe Chuck er de vorige avond had uitgezien. Maar uiteraard had ze bijna uitsluitend aandacht voor Will gehad.

'Is jou gisteravond iets vreemds opgevallen aan Chuck?' vroeg ze.

Hij schudde zijn hoofd. 'Tijdens het cocktailuur heb ik niet echt opgelet, tot hij Mercy's arm vastpakte en ze tegen hem begon te schreeuwen. Daarna gingen we naar binnen om te eten. Er was niet veel licht. Ik kan me eerlijk gezegd niet herinneren dat ik nog eens naar hem heb gekeken.'

'Ik ook niet.' Sara had amper aandacht aan Chuck geschonken. 'We moeten iedereen spreken die bij het diner aanwezig was. Ik wil weten of iemand gisteravond heeft gezien of Chuck blauw zag. Of zelfs nog daarvoor.'

'Denk je dat Chuck al werd vergiftigd voor we bij de Lodge aankwamen?'

'Moeilijk te zeggen zonder de goede middelen. Hoeveel dronk hij toen je met hem stond te praten?'

'Aan het begin was de fles halfvol. Tijdens ons gesprek dronk hij hem helemaal leeg, wat neerkomt op zo'n anderhalve liter in ongeveer acht minuten.'

'Daar kun je toch dood aan gaan?' vroeg Faith. 'Als je heel veel water drinkt.'

'Alleen als je voldoende drinkt om het natrium in je bloed te verdunnen, maar met anderhalve liter gaat dat niet lukken. Een man van negentig kilo heeft minimaal drie liter per dag nodig. Er gaat drie liter in zo'n fles. In het ergste geval kots je alles weer uit als je de helft heel snel achter elkaar opdrinkt.'

'Zo te zien zit er onderin nog wat water,' zei Will.

Sara was benieuwd naar de analyse van de inhoud, maar daar zou ze weken op moeten wachten. 'Zat zijn riem al los toen je met hem praatte?' vroeg ze.

'Nee. Ik ben ervan uitgegaan dat die in het water is losgeraakt.'

Ten behoeve van de camera trok Sara de riem weg zodat zichtbaar werd dat de bovenste knoop van Chucks cargobroek los was en een deel van de rits openstond. Ze boog zich eroverheen om aan zijn kleren te ruiken. 'Wat maakte hij voor indruk tegen het einde van jullie gesprek?'

'Hij was heel bezweet,' zei Will. 'En hij wilde heel graag dat ik vertrok.'

'Misschien voelde hij diarree opkomen en wilde hij net zijn broek naar beneden trekken toen de andere symptomen toesloegen.'

'Dat verklaart waarom hij niet om hulp riep,' zei Faith. 'Je wilt niet dat een ander ziet dat je aan de schijt bent.'

'Zie je afweerletsel?' vroeg Will.

'Nee, maar ik wil zijn rug bekijken. Eerst even zijn voorzakken controleren voor ik hem omdraai.' Sara klopte zachtjes op de stof om te voelen of er iets scherps in zat en stak vervolgens haar vingers in de boven- en onderzakken van Chucks cargoshort. Ze somde op wat ze aantrof. 'Een tubetje Carmex-lippenbalsem. Een flesje met dertig milliliter oogdruppels van het merk Eads Clear. Een hakensteker. Een uitklapbare *multitool* voor vissers. Een *rollerclip*. En een zakmes.'

'Zijn al die spullen normaal als je gaat vissen?' vroeg Faith.

'De meeste wel.' Sara had met haar vader uren op het meer doorgebracht. Hij had zijn benodigdheden altijd aan zijn riem hangen, maar iedereen was anders. 'Klaar om hem om te draaien?'

Will deed een paar stappen terug en knikte.

Sara stabiliseerde haar handen op Chucks schouder en heup en keerde hem op zijn zij.

Will maakte een geluid toen hij de rug van zijn gewonde hand tegen zijn neus drukte. De geur bevestigde Sara's vermoeden omtrent de staat van Chucks darmen. Ze was blij dat de wind van Faith af stond.

Zelf kon ze alleen door haar mond ademen toen ze Chucks portefeuille uit zijn rechterachterzak haalde, hem plat op de grond legde en opende. Hij was van zwart, gepolijst leer. Ze legde een Visa-creditcard op de grond, een tweede van American Express, een rijbewijs en een verzekeringspasje, alle op naam van Bryce Bradley Weller. In het vak binnenin zat geen losgeld, alleen een condoom in een verschoten gouden verpakking. Magnum XL, geribbeld en met glijmiddel. Sara draaide de portefeuille om. Aan het ingesleten rondje kon ze zien dat het condoom er behoorlijk lang in had gezeten. Ze had niet het idee dat Chuck er elke avond eentje nodig had en dat vervolgens verving door een nieuwe.

'Dat spermavocht dat je bij Mercy hebt aangetroffen, kan dat glijmiddel zijn geweest?' vroeg Will.

'Nee. Op het objectglaasje waren onder de microscoop sporen van spermatozoïden te zien. En je moet bedenken dat dat niet bewijst dat ze verkracht is, alleen dat ze seks heeft gehad.' Ze trok de achterkant van Chucks shirt omhoog, maar zag geen krassen of tekenen van recent trauma. Het enige wat haar verbaasde was een tattoo. 'Er zit een grote tattoo op het linkerschouderblad, ongeveer tien bij zeven centimeter. Zo te zien is het een vierkant whiskyglas met een amberkleurige vloeistof die over de rand klotst. In plaats van ijs drijft er een menselijke schedel in.'

'Wauw,' zei Faith. 'Was hij flink aan de scotch?'

'Geen idee,' zei Sara, die loos geklets probeerde te vermijden. 'Will?'

Hij haalde zijn schouders op. 'Ik heb hem de hele avond alleen maar water zien drinken.'

'Als ik hem ging vergiftigen,' zei Faith, 'zou ik zonder meer iets in die fles doen.'

Voorzichtig draaide Sara Chuck op zijn rug. 'Dat zijn alle voorlopige bevindingen. Voor het volledige beeld is het wachten op de autopsie en het toxicologische rapport.'

Will stopte met filmen. 'Wat is je theorie?' vroeg hij aan Sara.

Met een knikje voerde ze hem weg bij het lichaam. Ze vond het niet prettig om in de nabijheid van slachtoffers over hen te praten, alsof het niet om mensen ging, maar om problemen die moesten worden opgelost.

Toen Faith zich bij hen had gevoegd, zei ze: 'Gezien de omgeving was mijn eerste gedachte iets natuurlijks, zoals atropine of solanine, die in de nachtschadefamilie worden aangetroffen. Ik ben het eerder tegengekomen. Solanine is ongelooflijk giftig, ook in kleine hoeveelheden. Verder heb je paardennetel, karmozijnbes, vogelkers en laurierkers.'

'Jezus, wat is de natuur slecht voor je,' merkte Faith op. 'En je tweede gedachte?'

'Ik dacht ook nog aan die oogdruppels. Er zit een ingrediënt in dat tetrahydrozoline heet, oftewel THZ, een A1-receptor die gebruikt wordt tegen rode ogen wanneer bloedvaten zich vernauwen. Bij oraal gebruik trekt het snel door het maag-darmstelstel en wordt opgenomen in de bloedstroom en in het centrale zenuwstelsel. Bij hogere concentraties veroorzaakt het misselijkheid, diarree, lage bloeddruk, verlaagde hartslag en bewusteloosheid.'

'Heb je het nu over het spul dat je gewoon in de winkel kunt kopen?' wilde Faith weten.

'De dosis bepaalt het gif. Als THZ de schuldige is, hebben we het algauw over enkele flesjes.'

'Alle vuilnis gaat de heuvel op,' zei Will. 'We kunnen de zakken doorzoeken op lege flesjes, maar alles wat we vinden zullen we naar het lab moeten sturen om op vingerafdrukken te laten onderzoeken.'

'Wacht eens,' zei Faith. 'Was er in Carolina geen zaak die hierover ging? Een vrouw die oogdruppels bij haar mans water had gedaan? Het duurde wel even voor hij dood was.'

Sara had ook over die zaak gelezen. 'De THZ kan hebben bijgedragen aan Chucks dood. De uiteindelijke aanleiding kan verdrinking zijn geweest.'

'Dus waarschijnlijk geen suïcide,' zei Will. 'Het klinkt niet als iets waarmee je jezelf van kant wilt maken.'

'Tenzij je je helemaal dood wilt schijten,' voegde Faith eraan toe. 'Was er geen film waarin de ene man het aan een andere man gaf zodat hij het meisje kreeg?'

'*Wedding Crashers*,' zei Will. 'Naar hoeveel personen zoeken we, één of twee? Wie heeft een motief om zowel Mercy als Chuck te vermoorden?'

'Wat weten we eigenlijk over die Chuck?' vroeg Faith zich af. 'Hij was raar. Hij was zo dol op whisky dat hij een tattoo nam. Hij viste. Hij liep met een waterfles rond.'

'Hij was Christophers beste vriend,' zei Will. 'Hij was bezeten van Mercy, maar zijn gevoelens werden niet beantwoord. Ook was hij een incel of iets wat erop leek.'

'Hij had een condoom in zijn portefeuille, dus hij had nog niet alle hoop opgegeven.' Faith slaakte een diepe zucht. 'Wie konden er allemaal bij die fles komen?'

Sara keek Will aan. 'Iedereen?'

Will knikte. 'Tijdens het cocktailuur op de veranda was Chuck er bepaald niet voorzichtig mee. Hij zette de fles een paar keer op de reling en liep weg.'

'Het moet een zwaar ding zijn geweest om de hele tijd mee te sjouwen,' zei Sara. 'Een volle drie liter weegt zo'n drie kilo.'

'Emma was bij haar geboorte bijna drie kilo,' zei Faith. 'Alsof ik een Xbox meezeulde.'

'Of drie pakken melk,' zei Will.

'Dus de verdachte kan nog steeds iedereen hier zijn,' vatte Faith het samen. 'En iedereen die aan Eads Clear-oogdruppels kan komen, die je in elke winkel vindt.'

'En die redelijk bekendstaat om zijn giftige eigenschappen,' voegde Sara eraan toe.

'Laten we Mercy er even buiten houden,' zei Faith. 'Wie zou er een motief hebben gehad om Chuck te vermoorden? Hij had niets te maken met de verkoop van de Lodge. Als iemand hem wilde vermoorden omdat hij eng en irritant was, zou dat lang geleden al gebeurd zijn.'

Will zei: 'Voor ik achter Chuck aan ging, hiernaartoe, hoorde ik hem met Christopher over de investeerders praten. Ze waren op het pad dat achter de keuken langs loopt. Christopher zei dat hij te laat op de familievergadering zou komen, die waarschijnlijk over de verkoop ging. Chuck vroeg of de investeerders nog geïnteresseerd waren. Christopher wist het niet, maar hij hield zich erbuiten. Hij had toch al nooit iets met die zaak gewild, en zonder Mercy ging het helemaal niet lukken. Hij zei dat ze niet zonder haar konden.'

'Dat is vreemd,' zei Sara. 'Bedoelde hij met de zaak de Lodge of iets anders?'

'Na Cecils fietsongeluk runde Mercy de tent,' merkte Faith op. 'Volgens Penny deed ze het fantastisch, maakte ze veel winst, die ze dan weer in het bedrijf investeerde.'

Will was niet overtuigd. 'Een van de laatste dingen die Chuck tegen Christopher zei was zoiets als: "Het loopt hier als een tierelier. Heel veel mensen zijn afhankelijk van ons."'

'Zou Chuck toch bij de Lodge betrokken zijn geweest?' vroeg Faith zich af. 'Als stille partner of zo?'

'Ik had niet de indruk dat ze het over de Lodge hadden,' zei Will.

Ze hoorden voetstappen naderen en verlegden hun aandacht naar het pad. Kevin was terug met bewijszakken en verzamelkits.

'Agent Ploeter is terug,' zei Faith.

Kevin kon het grapje niet waarderen, waarschijnlijk omdat het te dicht bij de waarheid kwam. 'Ik ben even bij de eetzaal langsgegaan,' zei hij. 'Ik heb de kok gevraagd of hij de buitenvriezer wil leeghalen, maar zonder te zeggen waarom.'

'Had hij dat niet door toen je zei dat hij ruimte ter grootte van een man moest vrijmaken?' vroeg Faith.

'Ik zei dat we bewijsmateriaal moesten opslaan, maar dat we het voedsel niet wilden besmetten.'

'Oké.' Faith klonk weer wat milder. 'Slim van je.'

'Wat doen we met Chuck?' vroeg Kevin. 'Vertellen we het aan de anderen? Houden we het geheim?'

'Ik moet Nadine van het sterfgeval op de hoogte brengen,' zei Sara. 'Maar ze kan het lichaam pas vervoeren als de weg weer toegankelijk is. Ik vertrouw erop dat ze het stilhoudt.'

'De kok en de kelners zien het als we het lichaam in de vriezer stoppen,' zei Will. 'Maar als zij in de eetzaal blijven en niemand uit het huis naar beneden komt, krijgt de rest het niet te horen.'

'Als de Lodge hetzelfde schema aanhoudt, komen de gasten pas om zes uur voor cocktails hun huisjes uit.'

'En dat Dave het niet gedaan heeft? Houden we dat ook nog steeds geheim?' wilde Kevin weten.

'Dat zal wel moeten,' zei Faith. 'Het is niet zo dat de familie schreeuwt om de naam van de moordenaar.'

'En Jon?' vroeg Sara. 'Uiteindelijk komt hij weer opdagen. Op dit moment denkt hij dat zijn vader zijn moeder heeft vermoord. Laten we hem in die waan?'

'Dat wordt een ingewikkeld gesprek,' zei Will. 'Je kunt hem niet vragen het geheim te houden, en hij zou de echte moordenaar kunnen waarschuwen. We moeten dat ontbrekende handvat echt zien te vinden. De moordenaar kan weleens slordig worden omdat hij denkt dat hij ermee is weggekomen.'

'Ik stel voor dat we alles geheimhouden, zowel wat Chuck als Dave betreft,' zei Kevin.

'Mee eens,' zeiden Will en Faith in koor, waarmee Sara's stem niet meer relevant was.

'Laten we een plan opstellen,' zei Faith. 'We kunnen de verhoren in een van de lege huisjes afnemen, zodat niemand op eigen terrein is. We beginnen met Monica en Frank en proberen erachter te komen waarover ze nog meer liegen. We moeten het tijdpad sluitend krijgen. Dan pakken we de appjongens. Ik wil weten waarom ze hebben gelogen over de naam van Paul Peterson.'

'Hij heet Ponticello,' zei Will. 'Amanda heeft een huwelijksakte gevonden. Paul Ponticello is getrouwd met Gordon Wylie.'

'Waarom zou je liegen als je getrouwd bent?' vroeg Faith zich af.

'Dat staat bovenaan de vragenlijst,' zei Will. 'Ik weet niet goed hoe we Christopher moeten aanpakken.'

'Omdat hij de laatste was die Chuck heeft gezien en omdat hij bij de waterfles kon komen?' Faith snoof laatdunkend. 'Kom op, zeg. Hij is verdachte *numero uno*.'

'Wat is zijn motief?'

'Al sla je me dood.' Faith slaakte een lange, moeizame zucht. 'We draaien alsmaar in kringetjes rond. Kom, we stoppen met praten en gaan aan de slag.'

'Je hebt gelijk,' zei Will. 'Kevin, ik help jou om Chuck naar de vriezer te brengen. Terwijl jij daarna hier alles verwerkt, doorzoek ik de vuilnis. Faith, jij vraagt of we een leeg huisje mogen gebruiken. En probeer Christopher eens te kietelen. Kijk eens of hij vraagt waar Chuck is. Sara, in de UTV ligt een tweede satelliettelefoon, daarmee kun je Nadine bellen. Hou die bij je, voor het geval ik je nodig heb. Amanda zou bellen wanneer het huiszoekingsbevel wordt verzonden, maar kijk toch maar even of er al iets binnen is. Kun jij vragen of Drew en Keisha willen praten?'

'Ik kan het proberen.' Sara maakte zich vooral zorgen om de hechtingen in Wills hand. Ze had voor de zekerheid antibiotica meegenomen. 'Ik heb de plunjezak met wat medische spullen in ons huisje achtergelaten. Ik wil je verband verwisselen.'

'Kun je beter mee wachten tot ik de vuilnis heb doorzocht.'

'Klinkt fantastisch.' Sara was niet van plan de infectiestrijd aan te gaan, zeker niet nu er publiek bij was. Er zat niets anders op dan het pad weer op te gaan, naar boven. Het telefoontje naar Nadine zou geen problemen opleveren, maar ze wist niet hoe ze Drew en Keisha moest benaderen. Ze leken zulke aardige mensen. Ze hadden het volste recht geen vragen te beantwoorden. Maar Sara zou liegen als ze zichzelf wijsmaakte dat Drews aanklacht wegens geweldpleging geen enorme alarmbel had doen rinkelen. Hij was al twee keer eerder op de Lodge geweest, de laatste keer nog maar een week of tien geleden.

'Sara?' Will was kennelijk tot dezelfde conclusie gekomen. 'Faith gaat met je mee. Ze wil een plattegrond van het terrein.'

Sara's glimlach was alleen voor hem bestemd. 'Die neem ik wel mee nadat ik met Drew en Keisha heb gesproken.'

Will glimlachte terug. 'Of je neemt Faith mee wanneer je met ze gaat praten.'

'Godsamme.' Faith sloeg haar tas als een voederzak om haar schouder en liep het pad op.

Sara ging voorop. Het enige wat Faith deed was klagen over de modder, de bomen, het kreupelhout en de natuur in het algemeen. Het pad was smal, en vanwege de modder kwamen ze maar moeizaam vooruit. In plaats van over Wills hand in te zitten richtte Sara haar aandacht op zaken waarbij ze zich nuttiger kon maken. Misschien had Nadine informatie over Chuck. Stadjes stonden erom bekend argwanend te zijn ten opzichte van vreemden. En afgezien daarvan viel een man als Chuck zonder meer op. Er moesten verhalen over hem de ronde doen.

'Jezus.' Faiths gevloek deed eerder aan een gebed denken toen ze eindelijk de Loop Trail bereikten. 'Geen idee waarom Will dit zo'n geweldige plek vond. Ik ben een en al zweet, modder en paard. Iets heeft me in mijn hals gestoken. Mijn hele lijf plakt. En het stikt van de vogels.'

Sara wist dat Faith de pest had aan vogels. 'Ik heb wel wat schone kleren voor je.'

'Ik weet niet of het je is opgevallen, maar mijn lichaamstype is eerder forse puberjongen dan lang en slank supermodel.'

Sara lachte. Lang was ze wel, en de twee negatieve kwalificaties waren wat overdreven. 'We vinden wel iets.'

Al mompelend volgde Faith de Loop. 'Heb je met Amanda gepraat?'

'Niet over dingen die zij wil bespreken.'

'Ik weet het niet, maar ergens klopt het wat ze zegt over Will die zijn neus overal in steekt. Hij is op huwelijksreis, en wat doet hij? Hij stormt een brandend huis in, krijgt een mes door zijn hand en nu kieperde hij bijna over de rand van een waterval.'

Sara slikte iets weg voor ze kon praten. Dat van de waterval wist ze nog niet. 'Ik ben niet met hem getrouwd om hem te veranderen.'

'Die gezonde interactie van jou kan soms heel irritant zijn.'

Weer lachte Sara. 'Hoe is het met Jeremy?'

'O, die staat te popelen om FBI-agent te worden en zichzelf op een vuile bom te storten.'

Sara keek even achterom. Doorgaans was Faith makkelijk te doorgronden, vooral omdat ze alles eruit gooide wat in haar hoofd opkwam, maar als het om haar kinderen ging, was ze extreem terughoudend. 'En?'

'En,' zei Faith. 'Ik weet niet wat ik doen moet. Het allerschokkendste wat hij tot nu toe tegen me gezegd heeft, was dat de Verenigde Staten een miljard kilo kaas hebben opgeslagen in een grot ergens in Missouri.'

Sara glimlachte. Ze was dol op Jeremy's losse weetjes. 'Heb je geprobeerd met hem te praten?'

'Eerst blijf ik nog een tijdje schreeuwen om te zien of dat helpt, misschien probeer ik dan de stille benadering, en daarna ga ik een tijd zitten mokken, wat ik dan als excuus gebruik om te veel ijs te eten.' Met haar armen over elkaar keek Faith naar de lucht. 'Het is hier eng, vind je niet?'

'Bedoel je met al die vogels?'

'Ja, maar ik moet steeds weer aan Mercy's moeder denken,' zei Faith. 'Zoals Bitty over haar eigen dochter sprak...'

Sara deelde haar afkeer. 'Ik kan me niet voorstellen wat voor mens je moet zijn om je eigen kind te haten. Wat een ellendig schepsel.'

'Kinderen leren je wie je bent,' zei Faith. 'Met Jeremy deed ik mijn stinkende best om volmaakt te zijn. Ik wilde aan mijn ouders bewijzen dat ik volwassen genoeg was om in mijn eentje voor hem te zorgen. Ik maakte roosters en spreadsheets en zorgde voor schone was, tot ik op een ochtend concludeerde dat van de vloer eten efficiënter is dan stofzuigen.'

Sara lachte. Ze had haar eigen zus dezelfde berekeningen zien maken.

'Door Emma leer ik wat een goede moeder mijn eigen moeder is. Had ik maar beter naar haar geluisterd. Niet dat ik nu naar haar ga luisteren, maar het is de gedachte die telt.' Faiths glimlach hield niet lang stand. 'Toen ik met Bitty sprak, bedacht ik steeds dat ze helemaal niks heeft geleerd. Ze had een prachtig dochtertje en had haar een prachtig leven kunnen schenken, maar dat deed ze niet. Erger nog, ze trok Dave voor boven Mercy en Christopher. En nu is Mercy dood, en ook daar heeft Bitty geen les uit getrokken. Ze schijt de hele tijd op haar eigen dochter. Ik maakte natuurlijk een grapje toen ik zei dat ze zich gedraagt als Daves jaloerse, psychotische ex, maar het voelt ziek.'

'Ik kan niet zeggen dat ze het met Christopher beter heeft gedaan,' zei Sara. 'Tijdens het cocktailuur negeerde ze hem grotendeels. Ik zag dat ze hem een tik op zijn hand gaf toen hij meer brood wilde pakken.'

'En Cecil?'

'Gisteravond heeft Mercy iets gezegd wat ik maar niet uit mijn hoofd krijg,' zei Sara. 'Ze vroeg of ik met mijn vader was getrouwd.'

Faith keek Sara aan. 'En, wat heb je gezegd?'

'Dat het klopte. Will lijkt heel veel op mijn vader. Ze hebben hetzelfde morele kompas.'

'Mijn vader was een heilige. Daar kan geen man tegenop, dus waarom zou ik het proberen?' Faith haalde haar schouders op, hoewel ze het in werkelijkheid nog niet helemaal had opgegeven. 'Waarom vroeg ze dat?'

'Ze zei dat Dave op haar vader lijkt. En dat kan wel kloppen als je de röntgenfoto's ziet. Als kind is ze gruwelijk mishandeld.' Sara vroeg zich af wat Will over Dave aan Faith had verteld. Ze wilde haar boekje niet te buiten gaan. 'Van wat ik gehoord heb, heeft Dave twee kanten. Net als Cecil zorgt hij voor leven in de brouwerij. Maar hij heeft ook een andere kant, en daarmee deed hij de moeder van zijn kind pijn.'

'Dat geldt voor de meeste geweldplegers. Ze groomen hun slachtoffer, laten niet meteen hun smerige kant zien. Dat pleit Bitty echter nog niet vrij,' zei Faith. 'Die kan haar kinderen ook fysiek mishandeld hebben.'

'Het zou me niet verbazen,' zei Sara. 'Maar in mijn ervaring kickt dat soort vrouwen meer op psychologische marteling.'

'Ik weet hoe moeilijk het voor Will was om Mercy aan te treffen, maar ik ben blij dat ze niet alleen was toen ze stierf.'

'Ze maakte zich zorgen om Jon,' zei Sara. 'Will moest Jon laten weten dat ze hem vergaf wat er tijdens het eten was gebeurd. Met haar laatste woorden, met haar laatste gedachten was ze bij Jon.'

Faith wreef over haar armen, alsof ze het koud had. 'Ik zou dubbel zijn gestorven bij de gedachte dat Jeremy dat soort schuld de rest van zijn leven met zich mee moest dragen.'

'Jeremy heeft heel veel mensen bij wie hij terechtkan. Daar heb jij wel voor gezorgd.'

Het was duidelijk dat Faith haar emoties in toom wilde houden. Ze keek naar het pad. 'Krijg nou wat, is dat jullie huisje?'

Er ging een steek van verdriet door Sara heen bij het zien van de prachtige bloembakken en de hangmat. Daar ging hun volmaakte week. 'Wat mooi, hè?'

'Mooi?' Faith klonk extatisch. 'Daar zou Bilbo Baggins kunnen wonen.'

Sara bleef iets achter toen Faith naar de trap stormde. Er hing een bekende, weeïg zoete geur die ze niet helemaal kon plaatsen. 'Ruik je dat?'

'Dat ben ik waarschijnlijk. Je wilt niet weten wat er allemaal uit die knol kwam.' Faith gaf een mep tegen de zijkant van haar hals. 'De zoveelste mug. Vind je het goed als ik me even snel was? Je weet niet half hoe ranzig ik me voel.'

'Ga maar naar binnen. In de ladekast liggen kleren. Ik wacht buiten op je. Het is hier te mooi om binnen te zitten.'

Zonder nog iets te vragen stoof Faith de trap op.

'Faith!' Opeens bonsde Sara's hart in haar keel. 'Niet in mijn koffer kijken, oké?'

'Oké,' zei Faith, die haar even bevreemd aankeek.

Sara keek haar na. Ze hoopte vurig dat Faith voor de verandering niet nieuwsgierig zou zijn. Will zou ontslag nemen en naar een onbewoond eiland verhuizen als ze de enorme roze dildo vond die Tessa in haar koffer had verstopt.

Zodra de deur weer dicht was, keek ze om zich heen. Haar lichaam was slap van uitputting. Will en zij hadden die nacht geen oog dichtgedaan. En niet om de gebruikelijke reden waarom mensen op huwelijksreis geen oog dichtdoen. Sara ademde diep in. De weeïg zoete geur hing er nog steeds.

Een bepaald gevoel dreef haar verder de Loop Trail op. De meeste gasten hadden een huisje in de buurt van het woonhuis, maar van de plattegrond herinnerde ze zich nog dat huisje 9 ergens stond weggestopt, tussen haar eigen huisje en de rest van het terrein.

Sara was nog maar twee keer over het bovenste gedeelte van de Loop Trail gelopen, één keer met Will en Jon, en de tweede keer in het donker. Geen van beide keren had ze het negende huisje gezien. Net toen ze zich afvroeg wat voor zin het had om te gaan kijken, zag ze een voetpad dat over een andere heuvel naar boven slingerde. De weeïge lucht werd sterker toen ze het pad verder op liep. Dankzij Jon wist ze dat de geur afkomstig was van een patroon red zeppelin. Ze wist ook dat hij gelogen had toen hij zei dat hij maar één vapepen had. De pen die hij nu bij zijn mond hield was zilverkleurig.

Jon zat op de schommelbank op de veranda en staarde het bos in. Zijn gezicht was opgezwollen, en zijn ogen waren bloeddoorlopen van verdriet om het verlies van zijn moeder. Hij was zo diep in gedachten verzonken dat hij Sara pas zag toen ze al op de veranda stond. Hij schrok niet. Hij keek haar alleen maar aan. Te oordelen naar zijn zware oogleden en de glazige blik in zijn ogen had hij die dag meer gerookt dan alleen red zeppelin.

'Fijne schuilplek,' zei ze.

Jon veegde snel zijn tranen weg toen hij de pen weer naar zijn mond bracht.

'Heb je genoeg eten?' vroeg ze.

Knikkend blies hij rook omhoog.

'Ik kom je niet vertellen dat je naar huis moet gaan, maar ik moet wel weten of je veilig bent.'

'Ja, ik ben...' Hij kuchte. 'Ik ben veilig.'

Ze zag hoeveel moeite deze uitspraak hem kostte. Zijn moeder was dood. Hij wist niet beter dan dat zijn vader de moordenaar was. Hij moest zich heel alleen voelen.

'Was jij zonet op het pad bij mijn huisje?' vroeg Sara.

Weer kuchte hij. 'De uitzichtbank was de laatste keer... ik bedoel, niet de laatste keer, maar de laatste plek...'

Sara zag een traan over zijn wang biggelen. Ze wilde hem niet met vragen overstelpen, maar ze voelde dat hij behoefte had aan een luisterend oor. 'Heb je samen met je moeder op die bank gezeten?'

Hij keek gepijnigd bij die herinnering. 'Ze wilde praten. Toen ik klein was, deden we dat vaak. Ik dacht dat ik ervanlangs zou krijgen, maar ze was helemaal niet kwaad. Wel was ze heel verdrietig.'

Sara leunde tegen de reling. 'Waarom was ze verdrietig?'

'Ze vertelde me dat tante Delilah was gekomen.' Jon legde de vapepen naast zich op de schommelbank. 'Ze zei dat ik Pa maar moest vragen wat er speelde. Het ging over de verkoop. Ze wilde dat ik het van Pa hoorde in plaats van van haar. Maar niet omdat ze laf was.'

Hij klonk zo beschermend dat Sara's hart ervan brak.

'Toch was ik woest op haar. Nadat ik met Pa had gepraat, bedoel ik. Want waarom wilde ze hier blijven? Wat had het voor zin? We zouden met zijn allen een huis in het stadje kunnen kopen en dan kon zij haar ding doen en ik kon... Weet ik het. Vrienden maken. Uitgaan met...' Weer stierf zijn stem weg.

'Het is een prachtige plek. En al generaties lang in je familie,' zei Sara.

'Het is hier zo saai als de pest.' Hij trok zijn kin in. 'Sorry, ma'am.'

'Ik kan me voorstellen dat er hier niet veel voor je te doen is,' zei ze.

'Alleen maar werk.' Met de onderkant van zijn shirt veegde Jon zijn neus af. 'Wel is Bitty me een paar jaar geleden gaan betalen. Van Pa hebben we nooit een cent gekregen. Ik had niet eens een telefoon tot Bitty me er stiekem een toestopte. Pa zei dat iedereen met wie ik moet praten hier op de berg zit.'

Sara keek toe terwijl hij met de vapepen speelde en hem telkens omdraaide. 'Toen je met je moeder op de bank zat, zei ze toen nog iets anders tegen je?'

'Ja, ze gaf me een vrije avond. Toen zei ze dat ik drank moest halen voor de dame in zeven. Alleen ben ik dat vergeten.'

Sara betwijfelde of hij het echt was vergeten. 'Heb je die zelf opgedronken?'

Jons blik sprak boekdelen.

'Ik vind het vreselijk dat ze er niet meer is,' zei Sara. 'Mercy leek zo aardig.'

Hij keek haar scherp aan. Ze zag dat hij niet goed wist of ze het meende. Kennelijk was hij het niet gewend dat anderen iets positiefs over Mercy zeiden.

'Ik heb maar weinig tijd met je moeder doorgebracht,' vervolgde Sara, 'maar we hebben wel wat gepraat. Eén ding was me duidelijk, namelijk dat ze heel veel van je hield. Ze was niet boos vanwege die ruzie. Zoals alle moeders wilde ze alleen maar dat je gelukkig was.'

Jon schraapte zijn keel. 'Ik heb vreselijke dingen tegen haar gezegd.'

'Dat doen kinderen nou eenmaal.' Sara haalde haar schouders op toen hij haar weer aankeek. 'Al die emoties die je gisteravond had, zijn volkomen normaal. Mercy begreep dat. Ik verzeker je dat ze je je woede niet verweet. Ze hield van je.'

Nu begonnen Jons tranen pas echt te stromen. Hij wilde de pen weer naar zijn mond brengen, maar bedacht zich. 'Ze vond het niet goed dat ik vapete.'

Sara vond dit niet het moment om over stoppen te gaan preken. 'Wanneer je eraan toe bent, wil ik graag dat je met Will gaat praten. Er zijn een paar dingen die hij je wil vertellen.'

Jon veegde langs zijn ogen. 'Is hij niet kwaad omdat ik hem voor Vullisbak heb uitgescholden?'

Dat was Sara al bijna vergeten. 'Totaal niet. Hij zou het heel fijn vinden om met je te praten.'

'Waar is mijn...' Zijn stem stokte. 'Waar is Dave?'

'In het ziekenhuis.' Sara koos haar woorden met zorg. Ze wist dat ze hem nu niet de waarheid kon vertellen, maar ze ging ook niet liegen. 'Je vader maakt het goed, maar hij is bij zijn arrestatie gewond geraakt.'

'Mooi. Ik hoop dat hij net zoveel pijn heeft als hij haar altijd heeft aangedaan.'

Sara hoorde zijn bittere toon. Hij had zijn vuist om de vapepen geklemd.

'Een tijd terug zei hij dat hij waarschijnlijk in de gevangenis zou sterven,' zei Jon. 'Hij was op medelijden uit, maar eigenlijk had hij gelijk, hè? Uiteindelijk zal het zo aflopen.'

'Laten we het over iets anders hebben,' zei Sara, zowel in haar eigen belang als in dat van Jon. 'Heb je nog vragen over wat er met je moeder gaat gebeuren?'

'Pa zei dat ze gecremeerd wordt, maar...' Zijn lip begon te trillen. Hij wendde zich af en staarde naar het bos. 'Hoe gaat dat?'

'Crematie?' Sara dacht na voor ze antwoordde. Ze praatte altijd op gelijke voet met kinderen, maar Jon was nu heel kwetsbaar. 'Je moeder wordt op dit moment naar het hoofdbureau van het GBI vervoerd. Zodra de autopsie is voltooid, wordt ze naar een crematorium gebracht. Daar hebben ze een speciaal ontworpen ruimte waar het lichaam door middel van verhitting en verdamping in as verandert.'

'Net als in een oven?'

'Meer als op een brandstapel. Weet je wat dat is?'

'Ja. Van Bitty mocht ik *Vikings* kijken op haar iPad.' Jon zette zijn ellebogen op zijn knieën en leunde naar voren. 'Een autopsie is toch niet nodig als ze al weten wie het gedaan heeft?'

'Toch zal het moeten. Het hoort bij de procedure. De wet schrijft voor dat we bewijsmateriaal verzamelen om de doodsoorzaak vast te stellen.'

Hij keek geschrokken. 'Kwam het dan niet doordat ze werd neergestoken?'

'Uiteindelijk wel, ja.' Sara sloeg het gedeelte over oorzaak versus wijze versus doodsmechanisme maar over. 'Onthou wat ik gezegd heb. Het maakt deel uit van een juridische procedure. Alles moet worden vastgelegd. Bewijs moet worden verzameld en geïdentificeerd. Het is een langdurig proces. Als je wilt, kan ik het stap voor stap met je doornemen. Dit is nog maar het begin.'

'Maar als mijn vader zou bekennen dat hij haar heeft vermoord, dan hoeven jullie dat alles niet te doen?'

Weer voelde Sara zich rot omdat ze Daves onschuld verzweeg. Wel hield ze zich strikt aan de waarheid. 'Sorry, Jon, maar zo werkt het niet. Er moet autopsie worden verricht.'

'Niet sorry zeggen.' Nu huilde hij pas echt. 'En als ik het niet wil? Ik ben haar zoon. Zeg maar tegen ze dat ik het niet wil.'

'Dan is het volgens de wet nog steeds verplicht.'

'Wat een bullshit!' riep hij uit. 'Ze is al doodgestoken, en nu gaan jullie haar ook nog verder opensnijden?'

'Jon –'

'Dat is toch niet eerlijk?' Hij stond op van de bank. 'Je zei dat je haar aardig vond, maar je bent al even erg als de rest. Heeft ze soms niet genoeg geleden?' Zonder het antwoord af te wachten liep hij het huisje in en sloeg de deur dicht.

Het liefst was Sara achter hem aan gegaan. Hij had het recht om de waarheid over Dave te horen. Maar hij was ook een jongen van zestien, vol woede en pijn. Uiteindelijk, als degene gevonden werd die verantwoordelijk was voor de dood van zijn moeder, zou hij een zekere mate van rust vinden. Voorlopig kon Sara er alleen voor zorgen dat aan de basisvoorwaarden werd voldaan. Hij had onderdak. Hij had eten. Hij had water. Hij was veilig. Al het andere lag buiten haar macht.

In plaats van terug te keren naar haar huisje besloot ze de satelliettelefoon uit de UTV te halen. Ze moest Chucks dood aan Nadine melden. Dat was in elk geval één taak die ze kon volbrengen. Ze probeerde Jons pijn voorlopig te parkeren. Ze riep de details van Chucks plaats delict op om haar verslag aan Nadine zo beknopt mogelijk te houden. De analyse van de inhoud van de waterfles was het belangrijkst. Motief zou ook een rol spelen bij het proces. Als Sara's theorie klopte, zouden de oogdruppels als doodsoorzaak worden genoteerd, maar het mechanisme zou verdrinking zijn, en de manier moord. Het vaststellen van verzachtende omstandigheden was aan de jury.

Ze ademde diep in om haar longen te zuiveren. Ze zag huisje 6 al. Ze passeerde de andere huisjes en liep door tot ze het erf had bereikt. Toen Will en zij hier pas waren aangekomen, had ze de open plek idyllisch gevonden, als een plaatje in een sprookjesboek. Nu ze het woonhuis naderde, voelde ze een zware last op haar schouders drukken. Cecil zat op de veranda, met Bitty naast zich. Hun gezichten stonden verbolgen. Geen wonder dat Jon niet naar huis had willen gaan.

'Sara?' Keisha stond in de deuropening van haar huisje. Ze had haar armen over elkaar geslagen. 'Wat is er in godsnaam aan de hand? Zorg dat we van deze berg af komen.'

Sara probeerde haar angst te verdringen toen ze op haar afstapte. Drew was een plausibele verdachte. Ze moest de leugen nog iets langer volhouden. 'Sorry, maar ik kan jullie niet helpen. Anders zou ik het echt doen.'

'Daar staan twee terreinwagens met elk vier zitplaatsen. Je zou ons er eentje kunnen lenen. Dan nemen we Monica en Frank mee. Die willen ook weg.'

'Daar ga ik niet over.'

'Wie gaat er dan wel over?' vroeg Keisha. 'Vanwege de modderstromen durven we niet naar beneden te lopen. God mag weten hoe de weg eraan toe is. We kunnen geen Uber bestellen. Er is geen internet of telefoon. Jullie hebben ons hier vastgezet.'

'Theoretisch gezien zitten jullie hier niet vast. Het staat jullie vrij om te vertrekken. Jullie hebben alleen geldige redenen om het niet te doen.'

'Godsamme, praatte je altijd al alsof je met een smeris bent getrouwd, of valt het me nu pas op?'

Sara ademde diep in. 'Ik ben patholoog-anatoom bij het Georgia Bureau of Investigation.'

Keisha keek verbaasd, en toen geïmponeerd. 'Serieus?'

'Serieus,' zei Sara. 'Wat kun je me vertellen over Mercy's familie?'

Keisha kneep haar ogen tot spleetjes. 'Hoezo?'

'Dit is jullie derde keer hier. Drew en jij kennen de McAlpines beter dan wij. Ze reageerden erg terughoudend op Mercy's dood.'

Nog steeds met haar armen over elkaar leunde Keisha tegen de deurpost. 'Waarom zou ik je moeten vertrouwen?'

'Dat hoef je niet,' zei Sara schouderophalend. 'Maar volgens mij gaf je wel om Mercy. De zaak tegen haar moordenaar moet kloppen als een bus. Ze verdient gerechtigheid.'

'Eén ding verdiende ze niet, en dat was Dave.'

Sara verdrong haar schuldgevoelens. Hier had ze niet van terug. En bovendien was ze geen rechercheur. Het was niet aan haar om deze zaak op te lossen. 'Ken je Dave goed?'

'Goed genoeg om de pest aan hem te hebben. Hij doet me denken aan mijn ex, en dat was een lui stuk stront.' Nu liet Keisha haar blik op het woonhuis rusten. Bitty en Cecil keken hun kant op, maar ze waren te ver weg om iets te kunnen horen. 'Die familie is altijd gesloten geweest, maar je hebt gelijk. Ze gedragen zich allemaal vreemd. De McAlpines hebben nogal wat geheimen. Die willen ze vast niet aan de grote klok hangen.'

'Wat voor geheimen?'

Weer kneep Keisha haar ogen samen. 'Als je patholoog bent, ben je dan ook van de politie? Want ik heb geen idee hoe dat werkt.'

'Ik kan getuigen over alles wat je zegt,' zei Sara in alle eerlijkheid.

Keisha kreunde. 'Van Drew mag ik me hier niet bij laten betrekken.'

'Waar is hij nu?'

'Op zoek naar Fishtopher ergens bij de materiaalschuur, want die moet dat stomme toilet van ons repareren. Dat heeft al kuren sinds we hier zijn aangekomen, en Drew weet niet eens het verschil tussen een kraan en zijn eigen reet.'

'Wat is er mis mee?'

'Het maakt een drupgeluid.'

Sara zag een kans om iets van haar vertrouwen terug te winnen. 'Mijn vader is loodgieter. Ik hielp hem 's zomers altijd. Zal ik even kijken?'

Keisha's blik schoot weer naar het woonhuis, voordat ze Sara aankeek. 'Volgens Drew mag de politie alleen iets doorzoeken met een huiszoekingsbevel.'

'Dat klopt niet helemaal,' zei Sara. 'Het bedrijf is van de McAlpines. Uiteindelijk zijn zij degenen die toestemming moeten geven. En als ik in jullie huisje een moordwapen zie rondslingeren, ga ik dat uiteraard aan Will melden.'

'Uiteraard.' Keisha dacht er even over na en wierp toen luid kreunend de deur open. 'Ik kan hier niet de hele tijd opgesloten zitten met dat gedrup in mijn oren. Let niet op de rommel.'

Sara vermoedde dat Keisha met rommel de twee glazen en het halflege pak crackers op de salontafel bedoelde. Huisje 3 was kleiner dan nummer 10, maar het was op dezelfde manier ingericht. Openslaande deuren naast de woonkamer boden een spectaculair weids uitzicht. Sara keek even door de openstaande slaapkamerdeur. Het bed was opgemaakt, in tegenstelling tot wat Faith in hun slaapkamer zou aantreffen. Bij de voordeur stonden twee koffers. De rugzakken waren in allerijl gepakt en zaten propvol. Tot haar grote opluchting zag ze in de afvalbak geen lege oogdruppelflesjes.

'Kom maar mee naar achteren.' Keisha liep naar de badkamer. Op de wastafel stonden twee rijen toiletspullen, maar ook hier zag Sara geen oogdruppels. 'Heb je de drank hier al geprobeerd?'

Nee.' Hoewel Sara er na de afgelopen twaalf uur naar snakte, zei ze: 'Will en ik drinken niet.'

'Dat zou ik dan maar zo houden. Monica heeft een heftige nacht achter de rug.' Keisha dempte haar stem, ook al was er verder niemand. 'Ik heb Mercy met de barkeeper zien praten. Ik weet zeker dat ze haar niks meer wilden schenken. Die troep is gevaarlijk. Als hierboven iemand doodziek wordt, moet-ie per helikopter naar Atlanta, en de verzekering keert niks uit als jij de drank hebt geschonken.'

Sara concludeerde dat Keisha vanwege haar cateringbedrijf goed op de hoogte was van de aansprakelijkheidsregels. 'Heb je gisteravond iets gehoord? Lawaai of een kreet?'

'Ik heb dat stomme toilet niet eens horen druppen.' Keisha klonk geërgerd. 'Dit had een romantisch uitstapje moeten zijn, maar we hebben het sexy punt in ons huwelijk bereikt waarop ik slaap met de ventilator aan om Drews apneuapparaat niet te horen.'

Om het wat luchtig te houden lachte Sara. 'Wanneer waren jullie hier voor het laatst?'

'Toen het blad aan de bomen kwam. Zo'n tweeënhalve maand geleden. Het is hier prachtig in dat jaargetijde. Alles staat dan in bloei. Het gaat me aan het hart dat we niet meer terugkomen.'

'Mij ook.' Onwillekeurige maakte Sara een rekensommetje. Drew paste naadloos in het tijdskader voor Mercy's zwangerschap. 'Hebben jullie ooit met Mercy opgetrokken?'

'Niet tijdens die laatste keer, want toen zat het hier vol,' zei ze. 'Maar toen we hier de eerste keer waren, hebben we een keer of drie, vier wat met Mercy gedronken na het eten. Ze dronk mineraalwater, maar zodra de spanning was weggevloeid, kon je echt met haar lachen. Ik weet hoe het voelt. Als je in de dienstverlening werkt, willen mensen altijd iets van je. De hele dag wordt er aan je getrokken. Mercy snapte hoe dat voelt. Bij ons kon ze zich laten gaan. Ik was blij dat we haar dat konden geven.'

'Dat heeft ze vast gewaardeerd,' zei Sara. 'Wat moet het hier eenzaam zijn geweest.'

'Ja hè? Ze had alleen haar broer en die mafkees. Drew noemt hem Chuckie.'

'Is je ooit iets opgevallen tussen Mercy en Chuck?'

'Hetzelfde als wat jij gisteravond hebt gezien,' zei Keisha. 'De eerste keer dat we hier kwamen, was Chuck er ook al. De tweede keer waren alle huisjes geloof ik bezet, want toen sliep hij in het woonhuis. Dat stond Pa totaal niet aan. Mercy ook niet, nu ik eraan terugdenk. Ze zei dat ze altijd een stoel tegen haar deur zette of iets dergelijks.'

'Vreemd.'

'Nu wel, maar dat zijn van die grapjes die je over dat soort dingen maakt, snap je.'

Dat snapte Sara. Veel vrouwen gebruikten grimmige humor als een soort talisman om hun angst voor aanranding te bezweren. 'Wat heeft Pa tegen Chuck?'

'Dat moet je hem vragen, maar ik betwijfel of het één bepaald iets is,' zei Keisha. 'Eerlijk gezegd heeft Pa geen neutraalstand. Hij mag je of hij haat je. Er zit niks tussenin. Ik zou het niet graag met hem aan de stok willen hebben. Het is een keiharde man.'

'Heb je ooit de kans gehad met Chuck te praten?'

'Waar zou ik het met hem over moeten hebben?'

Dat vroeg Sara zich ook af. 'En Christopher?'

'Dat is een schat, echt,' zei Keisha. 'Hij is verlegen, maar als je daardoorheen breekt, is hij makkelijk in de omgang. Niet om samen een drankje te doen, maar als gids, want hij weet waar hij het over heeft. Die jongen is gek op vissen. Hij kan je alles vertellen over het water, de vissen, de spullen, de techniek, het ecosysteem. Ik vond het dodelijk saai, maar Drew kan er geen genoeg van krijgen. Het is goed voor hem om af en toen even los van zichzelf te komen. Daarom doet het me ook verdriet dat deze plek nu verpest is voor ons. Ik betwijfel of ze het zonder Mercy kunnen bolwerken hier.'

'Kan Christopher het bedrijf niet overnemen?'

'Heb je die materiaalschuur van hem al eens gezien?' Toen Sara knikte, vervolgde ze: 'Drew noemt het het Vispaleis. Alles keurig netjes op de plek waar het hoort, en dat is mooi, want Fish wordt er blij van, maar zo kun je een zaak niet runnen, tenzij je de enige bent die er werkt. Mensen zijn onvoorspelbaar. Ze willen dingen op hun manier doen. Het is van minuut tot minuut een gekkenhuis. Je moet al die ballen in de lucht houden, piekert je suf of je de lonen wel kunt uitbetalen, hebt de hele dag zeurende gasten aan je kop, en dan gaat het busje ook nog eens kapot of begint het toilet te lekken. Daar moet je mee kunnen dealen, anders is het einde verhaal.'

Sara was vertrouwd met dat soort druk. In haar vorige leven had ze een praktijk als kinderarts gehad.

'Moet je horen… Op een keer ging Drew die schuur binnen om zijn hengel weer op het rek te leggen, want hij was zo aardig om een beetje te helpen, snap je? En toen kwam Fishtopher als een gek binnenstormen, want hij wilde zeker weten dat die hengel corréct was teruggelegd.' Ze schudde haar hoofd. 'Er zijn maar twee dingen waar hij goed in is: 's morgens vissen en 's avonds whisky drinken.'

Sara dacht weer aan Chucks tattoo. 'Is hij aan de whisky?'

'Ik weet niet waar die twee aan zijn, en dat boeit me ook niet. Zodra we van deze berg af zijn, kijk ik nooit meer achterom.'

Het viel Sara op dat Keisha er voor de goede orde ook Chuck bij had gehaald, hoewel ze alleen naar Christophers drankgebruik had gevraagd.

'Wat dacht je van mijn toilet?' vroeg Keisha. 'Weet je al waar dat gedrup vandaan komt?'

Sara had de conclusie getrokken dat Keisha meer wist dan ze prijsgaf. 'Waarschijnlijk is het de rubberen afdichting rond de spoelklep. Die slijt in de loop van de tijd en dan lekt er water doorheen. Als ze geen reserve hebben, kunnen jullie misschien naar een van de lege huisjes.'

'Ik heb al tegen Drew gezegd dat we eigenlijk moeten verkassen, maar hij wilde niet luisteren. Hij zei dat we hier blijven, in hetzelfde huisje als altijd. Je weet hoe mannen soms zijn.'

'Zeker.' Sara nam het deksel van het reservoir. Opeens snoerde haar keel dicht. Ze had gelijk wat de bron van het lek betrof, maar het lag niet aan een versleten afdichting.

Door een gekarteld stuk metaal kon het rubber de zaak niet afsluiten. Het zat bevestigd aan een stuk rode kunststof van ongeveer tien centimeter lang en bij benadering een halve centimeter dik.

Ze had het afgebroken handvat gevonden.

17

Will keek toe terwijl het thermische papier uit het draagbare apparaat schoof als een slak die uit een pastamachine werd geperst. Het huiszoekingsbevel voor het terrein was eindelijk binnengekomen.

'Oké.' Met de satelliettelefoon tegen zijn oor zei hij tegen Amanda: 'Het wordt geprint.'

'Mooi,' zei ze. 'Ik wil dat je dit binnen het uur afhandelt.'

Als ze de rest van zijn loopbaan niet tot een hel had kunnen maken, zou hij hebben gelachen. 'Faith is nog bij Sara, maar die kunnen elk moment terug zijn. Ik heb aan Penny, de schoonmaakster, gevraagd of ze huisje 4 gereed wil maken zodat we aan de ondervragingen kunnen beginnen. Kevin bergt het lichaam op in de vriezer. Waarschijnlijk heeft het keukenpersoneel gezien waar we mee bezig waren, maar die hebben het razend druk met het voorbereiden van de maaltijd. Ik denk dat we Chucks dood in elk geval tot aan het diner geheim kunnen houden.'

'Ik ben nog steeds bezig met het boven water krijgen van het dossier over die aanklacht wegens geweldpleging van Drew Conklin,' zei ze. 'Hoe zit het met de familie?'

'Die zijn binnenkort aan de beurt.' Will liep naar de houtstapel, die hij bij daglicht wilde bekijken. 'Zolang het huiszoekingsbevel er nog niet was, ben ik uit de buurt van de ouders gebleven. Ik weet niet waar Christopher uithangt. Zodra Kevin terug is, stuur ik hem eropaf. Jon is nog steeds weg. Sara gaat straks weer naar hem op zoek. De Subaru van de tante staat op het parkeerterrein, dus die is weer in het huis.'

'Uit die tante moet meer zijn los te krijgen.'

'Mee eens.' Will stond nu voor de enorme houtstapel. Er was genoeg gekloofd eikenhout om de winter mee door te komen. 'Ik heb eens in Chucks huisje rondgesnuffeld. Een enorme troep, maar niets interessants. Geen bebloede kleren. Geen afgebroken handvat. Zelfs geen oogdruppels. Wat me niet verbaast. Na de moord ben ik alle huisjes binnengegaan op zoek naar Dave. Aangezien ik toen niets heb gezien, is het de vraag of ik nu nog iets vind.'

'Zou het je verbazen als ik zeg dat Mr Weller tweehonderdduizend dollar op een geldmarktrekening heeft staan?'

'Christus.' Will had zijn noodfonds moeten aanboren om op huwelijksreis te kunnen. 'Ergens zou ik het nog snappen als Christopher op een berg geld zit. Hij hoeft geen rekeningen te betalen. Maar hoe zit het met Chuck?'

'Zijn verhaal lijkt veel op dat van Christopher. Een jaar geleden heeft hij zijn studielening afbetaald, vrijwel in dezelfde week als Christopher. Hij heeft een visvergunning, een rijbewijs, en twee creditcards die trouw worden afbetaald. Naaste familie is onvindbaar. En net als bij Christopher lijkt het om een recente meevaller te gaan. Ik ben wel tien jaar teruggegaan. Tot een jaar geleden zaten ze allebei nog tot over hun oren in de schulden.'

'We moeten hun belastingpapieren inzien.'

'Geef me een reden en ik geef jou een dagvaarding.'

'Aandelenmarkt? Krasloten?'

'Ik heb gekeken, maar helaas.'

'Het geld moet legaal zijn. Ze zouden het niet op de bank zetten als ze er geen belasting over hadden betaald.' Will liep langs de stapels hout. Een ervan was anders dan de andere. 'Wat deed Chuck voor de kost?'

'Daar heb ik niets over kunnen vinden. Uit zijn sociale media maak ik op dat hij vooral in stripclubs rondhing, waar hij geld uitgaf aan lapdances.'

Om zijn hand vrij te hebben bracht Will de telefoon naar zijn schouder. 'Nergens staat een werkgever vermeld?'

'Niets,' zei ze. 'Hij huurt een appartement in Buckhead. We zijn bezig met een huiszoekingsbevel. Misschien komen we zo een familielid op het spoor of vinden we papieren die wijzen op werk dat hij daar doet.'

'Zoek ook eens naar oogdruppels van Eads Clear.'

'De moordenaar kan een ander merk hebben gebruikt. Dat heb ik opengelaten in je huiszoekingsbevel.'

'Mooi.' Will raapte een stuk kastanjehout op. Het had een dichte nerf. Een dure keuze voor brandhout. 'Ik heb alle vuilniszakken al doorzocht, maar niks gevonden.'

'Hoe heb je dat met één hand voor elkaar gekregen?'

Will had zich net een peuter gevoeld toen hij Kevin had gevraagd hem te helpen met het aantrekken van de handschoen. 'Het ging.'

'Naar hoeveel flesjes zoek je?'

'Geen idee.' Will streek met zijn vingers over een stuk gevlamd esdoorn. Weer een dure keuze. 'Ik wil het er met Sara over hebben, maar ik meen me een zaak te herinneren van een vent die oogdruppels gebruikte als daterapedrug.'

'Als Mr Weller ze bij vrouwen gebruikte, waarom nam hij ze dan ook zelf?'

'Daar heb ik nu geen antwoord op.' Will klopte op een stuk acacia. Het was zacht en uitgedroogd door verwering, niet iets wat je in je haard wilde hebben. 'Wat weet jij over hout?'

'Meer dan me lief is. Ooit heb ik op een verkrachtingszaak tegen een timmerman gezeten.'

Will vroeg maar niet naar de bijzonderheden. 'Ik heb de indruk dat Christopher en Chuck een nevenklus hadden. Mercy speelde daarbij een belangrijke rol. De tante vertelde dat Christopher en Chuck zich bij de houtstapel ophielden toen ze aan kwam rijden.'

'Zoek het eens uit,' zei Amanda. 'De klok tikt.'

De verbinding werd verbroken. Will moest het haar nageven dat ze als geen ander een gesprek kon beëindigen.

Hij klikte de telefoon weer aan de achterkant van zijn broek en knielde neer voor de opgestapelde houtblokken. Op dit ene gedeelte na was alles eiken. Waarom sloegen ze buiten in weer en wind duur hout op? Wat was het voor zaak die zowel Christopher als Chuck tweehonderdduizend dollar opleverde? En waarom werd Mercy niet betaald?

'Will?' Sara klonk gespannen.

Hij kwam overeind. Faith was nergens te bekennen. 'Wat is er?'

'Ik heb het afgebroken handvat van het mes gevonden, in de spoelbak van Keisha en Drews toilet.'

Will keek haar verbluft aan. 'Wat?'

Keisha zei dat haar toilet lekte, en toen heb ik gekeken en –'

'Weet ze dat je het gezien hebt?'

'Nee. Ik heb het deksel er weer op gedaan en gezegd dat ze met Christopher moest gaan praten.'

'Waar is Drew?'

'Die is naar de materiaalschuur gegaan om Christopher te zoeken.'

'Heb je hem gezien? En waar hing Faith in godsnaam uit?' Het enige waaraan hij dacht, was dat hij zich tussen Sara en Drews huisje moest opstellen. 'Hoe kwam je erbij om daar in je eentje naar binnen te gaan?'

'Will,' zei ze. 'Kijk me eens aan. Met mij is niks aan de hand. Laten we hier later over praten.'

'Fuck.' Will klikte de telefoon los en drukte op de walkieknop. 'Faith, hoor je mij?'

Er klonk geruis, gevolgd door Faiths stem: 'Ik ben op weg naar het woonhuis. Waar is Sara?'

'Bij mij. Opschieten.' Hij drukte weer op de knop. 'Kevin, hoor je mij?'

'Ben er al.' Kevin kwam op hen aflopen. Hij zat onder de modder en andere troep van het sjouwen met Chucks lijk. 'Wat is er allemaal aan de hand?'

'Ga kijken waar Drew is. Hij zou bij de materiaalschuur zijn, met Christopher. Hou hem in de gaten. Je benadert hem niet. Hij kan gewapend zijn.'

'Begrepen.' Kevin zette de pas erin.

'Will,' zei Sara. 'Keisha zei dat ze hier tweeënhalve maand geleden voor het laatst zijn geweest.'

Dat zei hem genoeg. 'Rond de tijd dat Mercy zwanger raakte.'

'Wat gebeurt er?' Faith was Kevin tegengekomen toen ze het erf overstak. Ze droeg haar Glock en had een wijde zwarte broek aan. 'Waar was je opeens, Sara? Ik wilde de plattegrond bestuderen.'

'We moeten huisje 3 veiligstellen,' zei Will. 'Het afgebroken handvat zit in de spoelbak van Keisha en Drews toilet.'

Faith stelde geen vragen. Ze ging op een drafje naar het huisje, met haar Glock langs haar zij.

Will hield gelijke pas met haar. 'Aan de achterkant zijn tuindeuren.'

'Oké.' Faith ging eropaf.

Will bestudeerde de omgeving, controleerde ramen en deuren om er zeker van te zijn dat ze niet voor verrassingen kwamen te staan. Hij wist dat de voordeur niet op slot zat en liep zonder kloppen naar binnen.

'Shit!' Keisha sprong op van de bank. 'What the fuck, Will!'

Ze reageerde net als de eerste keer, maar nu wist Will waarnaar hij zocht. 'Hier blijven.'

'Hoezo hier blijven?' Keisha wilde hem volgen naar achteren, maar Faith hield haar tegen. 'En wie ben jij?'

'Ik ben special agent Faith Mitchell.'

Will trok een handschoen uit zijn zak en stapte op het toilet af. Met het nitril als barrière tussen zijn vingers en het porselein nam hij het deksel van de spoelbak.

Het afgebroken handvat van het mes zat op de plek die Sara had beschreven. Door een dun stuk metaal kon de afdichting de zaak niet afsluiten. Het klopte niet. Als Drew het handvat in de spoelbak had verstopt, waarom was hij dan op zoek naar Christopher om hem te vragen het lek te repareren?

Of zou Drew bang zijn dat de huisjes werden doorzocht en was hij zo slim geweest het toilet onklaar te maken zodat het leek alsof hij het handvat niet zelf had verstopt?

Het enige wat Will zeker wist, was dat de moordenaar van water hield. Hij had Mercy in het meer achtergelaten. Chuck was in het riviertje aan zijn einde gekomen.

'Will!' riep Keisha. 'Zeg verdomme eens wat er aan de hand is.'

Voorzichtig legde hij het deksel van de spoelbak op de mat bij de badkuip. Faith hield Keisha tegen toen hij de woonkamer weer binnenkwam. 'Stel het bewijs veilig,' gebood hij.

'Welk bewijs?' vroeg Keisha. 'Waarom doen jullie dit?'

'Je gaat met me mee naar het huisje hiernaast.'

'Ik ga helemaal niet met je mee,' zei Keisha. 'Waar is mijn man?'

'Keisha,' zei Will. 'Of je gaat vrijwillig mee, of ik zal je er onder dwang naartoe moeten brengen.'

Ze werd lijkbleek. 'Ik praat niet met je.'

'Dat begrijp ik,' zei hij. 'Maar je zult naar het andere huisje moeten zodat wij jullie spullen kunnen doorzoeken.'

Keisha klemde haar kiezen op elkaar. Ze keek boos en bang tegelijk, maar gelukkig liep ze de veranda op.

Sara stond midden op het erf. Will wist waarom ze daar was. Ze wilde Keisha recht in de ogen kijken, haar de kans geven tekeer te gaan tegen de persoon die hier verantwoordelijk voor was. Will boeide het niet dat Keisha zich verraden voelde. Hij wilde Sara zo snel mogelijk van deze berg af hebben.

'Deze kant op.' Will dirigeerde Keisha naar huisje 4. Voor ze de verandatrap op liep, keek ze nog even achterom naar Sara. Ze opende de deur. Huisje 4 was identiek aan huisje 3. Dezelfde indeling. Hetzelfde meubilair. Dezelfde ramen en deuren.

'Ga maar op de bank zitten,' zei Will.

Keisha nam plaats, met haar handen tussen haar knieën. De woede was weggeëbd. Ze was zichtbaar geschokt. 'Waar is Drew?'

'Mijn collega is naar hem op zoek.'

'Hij heeft niks gedaan. Hij werkt wel mee. We werken allebei mee en doen wat jullie zeggen. We schikken ons. Toch? Heb je dat gehoord, Sara? We schikken ons.'

Will kreeg een knoop in zijn maag toen hij naar Sara keek.

'Ik heb het gehoord,' zei Sara. 'Ik blijf bij je terwijl we dit uitzoeken.'

'Tja, nou, ik ben één keer in de fout gegaan door je te vertrouwen en moet je zien waar ik nu in beland ben.' Keisha bracht haar vuist naar haar mond. Tranen stroomden over haar wangen. 'Wat is er in godsnaam gebeurd? We zijn hier voor onze rust gekomen.'

Will keek toe terwijl Sara op een van de fauteuils plaatsnam. Ze keek naar hem, alsof ze van hem wilde horen wat ze moest doen, terwijl hij alleen maar had gewild dat ze buiten bleef.

Er klonk geruis en toen: 'Will, hoor je me?'

Will reikte naar zijn telefoon. Er zat niets anders op dan naar de veranda te gaan. Hij liet de deur openstaan zodat hij Keisha in de gaten kon houden. 'Wat is er?'

'De mannen zitten in een kano op het meer te vissen,' zei Kevin. 'Ze hebben me niet gezien.'

Will tikte met de telefoon tegen zijn kin. Hij dacht aan alle spullen die Drew op de boot tot zijn beschikking had, inclusief messen. 'Blijf op afstand, hou ze in de gaten en laat het me weten als er iets verandert.'

'Will?' Faith klom de veranda op. In haar hand had ze een bewijszak met het afgebroken handvat. 'Ik heb niks in hun koffers of rugzakken gevonden. Het huisje was schoon. Zal ik dit in de UTV opbergen?'

'Breng maar naar binnen.'

Keisha zat kaarsrecht op de bank toen Will de kamer weer binnenliep. Haar blik ging naar zijn wapen, toen naar dat van Faith. Haar handen trilden. Alsof ze doodsbang was dat ze haar mee naar binnen hadden genomen om haar uit het zicht van getuigen iets aan te doen.

Will pakte de bewijszak en gaf Faith met een handgebaar te kennen dat ze naar buiten moest gaan. Ze liet de deur op een kier staan zodat ze vanaf de veranda kon meeluisteren. Hij ging op de andere stoel zitten, niet uit vrije keuze maar omdat Sara het dichtst bij Keisha zat. Hij legde de plastic bewijszak op tafel.

Keisha staarde naar het handvat. 'Wat is dat?'

'Dat zat in de spoelbak van jullie toilet.'

'Is dat een speeltje of...' Ze leunde naar voren. 'Ik weet niet wat dat is.'

Will keek naar het handvat van rode kunststof met het afgebroken uiteinde waaruit een dun stuk verbogen metaal stak. Als je niet wist waarnaar je keek, zou je het kunnen aanzien voor keukengerei of een ouderwets stuk speelgoed.

'Wat denk je dat het is?' vroeg hij.

'Ik weet het niet!' Haar stem schoot van wanhoop de hoogte in. 'Waarom vraag je me ernaar? Jullie hebben de moordenaar. We weten allemaal dat jullie Dave hebben gearresteerd.'

Will achtte dit het juiste moment om met de waarheid op de proppen te komen. 'Dave heeft Mercy niet vermoord. Hij heeft een alibi.'

Keisha sloeg haar hand voor haar mond, alsof ze moest overgeven.

'Keisha...' zei Will.

'Jezus christus,' fluisterde ze. 'Drew zei al dat ik niet met jullie moest praten.'

'Je kunt ervoor kiezen om niet te praten,' zei Will. 'Dat is je recht.'

'Jullie gaan ons toch opsluiten. Godverdomme. Ik kan dit niet geloven. Sara, what the fuck?'

'Keisha,' zei Will, die niet wilde dat ze met Sara sprak. 'Laten we proberen dit op te helderen.'

'Wat nou!' riep ze uit. 'Weet je hoeveel sukkels er in de gevangenis wegrotten omdat de politie tegen ze zei dat er iets opgehelderd moest worden?'

Will zweeg. Tot zijn opluchting zweeg Sara eveneens.

'Jezus.' Keisha's hand ging weer naar haar mond. Ze keek naar de zak op tafel. Eindelijk drong het tot haar door. Ze besefte dat het een deel van het moordwapen was. 'Ik heb dat daar nog nooit gezien, oké? Ik niet, en Drew ook niet. Geen van beiden. Zeg nou maar hoe ik me hieruit moet redden. We hebben het niet gedaan. We hebben hier geen van beiden ook maar iets mee te maken.'

'Wanneer hoorde je het toilet voor het eerst druppen?' vroeg Will.

'Gisteren. We waren aan het uitpakken en toen hoorden we het gedrup, waarop Drew Mercy is gaan zoeken. Ze was kwaad, want Dave had het toilet moeten repareren voordat we incheckten.'

Will hoorde haar naar adem happen. Ze was doodsbang.

'Mercy zei dat we maar even een wandeling moesten maken, dan zou zij het regelen, en toen liepen we de Judge Cecil Trail op om over het dal uit te kijken. Toen we terugkwamen, was het toilet gemaakt.'

'Was Mercy er nog?'

'Nee. Die zagen we pas weer tijdens het cocktailuur.'

'Wanneer hoorden jullie het geluid van het toilet opnieuw?'

'Vanochtend,' zei ze. 'We gingen ontbijten en... toen moet het gebeurd zijn, toch? Iemand heeft dat ding in ons toilet gestopt. Ze proberen ons erbij te lappen.'

'Wie waren er nog meer bij het ontbijt?'

'Eh...' Ze greep naar haar hoofd in een poging om na te denken. 'Frank en Monica waren er. Hij probeerde haar iets te laten eten, maar ze kreeg het niet naar binnen. Ze gingen eerder weg dan wij. En de jongens... de appjongens. Wist je dat die ene Paul heet?'

'Dat wist ik.'

'Die lieten zich pas zien toen wij weggingen. Die zijn altijd laat. Ze kwamen gisteravond ook al laat op het cocktailuur. Weet je nog?'

'En de familie?'

'Die komt nooit naar het ontbijt. Ik heb ze er tenminste nooit gezien.' Ze richtte zich tot Sara. 'Wil je alsjeblieft naar me luisteren? De deuren zitten nooit op slot. Je weet dat we hier niks mee te maken hebben. Wat zou in hemelsnaam ons motief moeten zijn?'

'Mercy was twaalf weken zwanger,' zei Will.

Keisha's mond viel open. 'Wie was...'

Will hoorde haar kiezen op elkaar klappen toen ze haar mond weer dichtdeed. Haar ogen schoten vuur om het verraad toen ze Sara aankeek. 'Je hebt me erin geluisd.'

'Inderdaad,' zei Sara.

'Keisha.' Will eiste de aandacht weer op. 'Drew heeft een veroordeling wegens geweldpleging.'

'Dat was twaalf jaar geleden,' zei Keisha. 'Mijn ex, Vick, bleef me maar lastigvallen. Hij kwam naar mijn werk, stuurde me berichtjes. Ik zei dat hij daarmee moest stoppen, maar toen verscheen hij ladderzat bij ons huis. Hij wilde me bij mijn arm pakken. Drew duwde hem weg. Vick viel van de trap en stootte zijn hoofd. Er was niks met hem aan de hand, maar hij wilde per se naar het ziekenhuis en maakte er een heel drama van. Dat was alles. Zoek het maar op.'

Wil wreef over zijn kaak. Het verhaal klonk geloofwaardig, maar Keisha wilde wanhopig graag geloofd worden. 'Is Drew ooit alleen geweest met Mercy?'

'Nu wil je dat ik ja zeg, hè?' Haar stem klonk rauw van radeloosheid. 'En als ik zeg dat ik Dave gisteravond gezien heb? Hij liep over het pad, oké? Dat durf ik te zweren op een stapel bijbels.'

'Oké,' zei Will, die er niets van geloofde.

'Dave sloeg Mercy altijd. Dat weten jullie allebei. Wat voor alibi hij ook heeft, dat kan onderuit worden gehaald, toch? Dus als ik hem op het pad heb gezien voor ze werd vermoord...' Keisha stond op, en Will volgde haar voorbeeld. 'Jezus,' zei ze. 'Ik moet alleen even bewegen. Waar zou ik naartoe kunnen?'

Hij keek naar haar terwijl ze door de kleine kamer ijsbeerde, tot Sara zijn blik ving. Hij zag dat ze in tweestrijd verkeerde, en zelf liet hij zich door haar aanwezigheid afleiden. Keisha was boos en verward. Hij zou niet over Sara moeten inzitten. Al zijn aandacht moest nu uitgaan naar de mogelijke medeplichtige aan moord.

'Zeg maar wat ik moet zeggen,' smeekte Keisha. 'Laat maar horen, en dan zeg ik het.'

'Keisha.' Will wachtte tot ze hem aankeek. 'Denk eens aan het moment toen ik iedereen naar buiten liet komen om te vertellen dat Mercy dood was. Weet je nog wat er gebeurde?'

'Wat?' Ze keek perplex. 'Natuurlijk weet ik dat nog. Waar heb je het over?'

'Drew zei iets tegen Bitty.'

Ze keek hem strak aan, maar zonder iets te zeggen.

'Drew zei tegen Bitty: "Laat die andere zaak maar zitten. Gaan jullie hier je gang maar. Ons maakt het niet uit."'

Keisha sloeg haar armen over elkaar, als een schoolvoorbeeld van iemand die iets te verbergen had.

'Wat bedoelde Drew?' vroeg Will. 'Wat was die andere zaak?'

Ze antwoordde niet, maar zocht naar een uitweg. 'We sluiten een deal, oké? Zo werkt het toch?'

'Zo werkt wat?'

'Je zoekt iemand om dit op vast te pinnen. Waarom niet Chuck?' Ze meende het ook nog. 'Of een van de appjongens? Of Frank? Maar laat Drew met rust.'

'Zo werkt het niet, Keisha.'

'Zegt elke corrupte smeris.'

'Ik wil alleen maar weten wie Mercy heeft vermoord.'

'Chuck heeft het motief,' zei Keisha. 'Je zag hoe hij Mercy op de kast kreeg. We hebben het allemaal gezien. Wil je weten wie hier tweeënhalve maand geleden was? Chuck. Hij is hier altijd. En wat een griezel is het. Jij weet waarover ik het heb, Sara. Die gast straalt verkrachtersvibes uit. Vrouwen weten dat. Vraag het je partner maar. Of nog beter, zet haar vijf minuten in een kamer alleen met Chuck, en dan merkt ze het wel.'

Voorzichtig stuurde Will haar weg van Chuck. 'Wat is die deal?'

'Informatie,' zei ze. 'Iets wat een motief aantoont. Een motief voor Chuck.'

Will was niet van plan te vertellen wat er met Chuck was gebeurd, maar hij wist al heel lang dat mensen graag puzzels oplosten – ook al was de oplossing niet in hun voordeel. 'Chuck en Christopher hadden allebei een paar ton op hun bankrekening.'

'Dat meen je niet.' Keisha keek verbaasd. 'Jezus, die waren met iets bezig.'

'Waar waren ze mee bezig?'

'Nee.' Ze schudde haar hoofd. 'Ik zeg geen woord meer tot Drew hier naast me staat. Ongedeerd. Snap je?'

'Keisha –'

'Nee. Geen woord meer.'

Ze ging op de bank zitten, sloeg haar armen om haar middel en keek naar de deur, alsof ze vurig hoopte dat haar man naar binnen zou lopen.

Will deed een nieuwe poging. 'Keisha.'

'Als ik om een advocaat vraag, als ik daar een verzoek voor indien, mag je me geen vragen meer stellen, zo is het toch?'

'Zo is het.'

'Zorg dan dat ik niet om een advocaat hoef te vragen.'

Will bond in. 'Mijn partner komt zo bij je zitten.'

'Nee,' zei Keisha. 'Waar zou ik naartoe moeten, man? Als het kon, was ik toch allang van deze berg af? Ik hoef geen babysitter.'

'Als je een deal wilt, dan moet je wat ik je over Mercy's zwangerschap heb verteld voor je houden,' zei hij.

'En jij moet heel snel aan de kant gaan.'

Will opende de deur. Faith stond nog op de veranda. Ze keken Keisha na toen ze haar huisje in liep. 'Wat denk je?' vroeg Faith.

Hij schudde zijn hoofd. Hij wist niet wat hij moest denken. 'Christopher en Chuck hadden een of ander zaakje samen met Mercy. Drew wist ervan. Nu zijn Chuck en Mercy dood.'

'Dus je gaat met Christopher en Drew praten?' vroeg Faith.

Hij knikte. 'Kevin is al bij het meer. Ga je mee?'

'Ik wil deze plattegrond nog eens goed bekijken. Ergens klopt de timing niet.'

Will had al vaker gezien wat Faith kon doen met een tijdpad. 'Ik laat het je weten als ik je nodig heb.'

Hij hield de deur open voor Sara. Ze liep de veranda op. Met opeengeklemde kaken volgde hij haar naar de Loop Trail. Het was ongeveer tien minuten lopen naar hun huisje. Tijd die hij zou benutten door uit te leggen waarom ze op haar eigen terrein moest blijven. Ze was een stoorzender geweest toen hij Keisha ondervroeg. Dat ging niet weer gebeuren.

Sara was zich van geen kwaad bewust. Ze kuierde de Loop op en knikte naar huisje 5. Paul en Gordon lagen tegenover elkaar in de hangmat op hun veranda. Gordon zwaaide naar hen. Paul dronk alcohol rechtstreeks uit een fles.

De deur van huisje 7 ging knarsend open. Monica kwam naar buiten en kneep haar ogen samen tegen het zonlicht. Ze droeg een zwarte nachtpon en had een glas in haar hand, waarschijnlijk alcohol, want Sara had gelijk met haar opmerking dat hier niet veel anders te doen was dan drinken.

Sara veranderde van koers en stapte op Monica af. 'Hoe voel je je?' vroeg ze.

'Beter, dank je. 'Monica keek naar het glas in haar hand. 'Je had gelijk. Dit haalde de scherpe kantjes eraf.'

'Mag ik eens proeven?'

Monica keek al even verbaasd als Will zich voelde, maar niettemin gaf ze het glas aan Sara.

Hij keek toe terwijl ze een slok nam. Ze vertrok haar gezicht. 'Dat brandt.'

'Het went uiteindelijk.' Monica lachte treurig. 'Maar over drank moet je geen advies van mij aannemen. Ik moet jullie allebei mijn verontschuldigingen aanbieden voor mijn gedrag van gisteravond. En van vanochtend. En eigenlijk van de hele tijd.'

'Je hoeft je niet schuldig te voelen.' Sara reikte haar het glas weer aan. 'Tenminste niet wat ons betreft.'

Daar dacht Will iets anders over. 'Ik wil je wat vragen stellen over gisteravond, vlak voor middernacht,' zei hij.

'Of ik iets gehoord heb?' vroeg Monica. 'Ik lag uitgeteld in de badkuip toen de bel begon te luiden. Ik dacht dat het het brandalarm was. En ik kon Frank nergens vinden.'

Will voelde zijn kaken verstrakken. 'Waar was hij?'

'Ik denk dat hij op de achterveranda zat, om even te ontkomen aan mijn fratsen. Hij kwam in paniek door de tuindeuren naar binnen.' Bedroefd schudde ze haar hoofd. 'Ik snap echt niet waarom hij bij me blijft.'

Will maakte zich drukker om Franks alibi. Dit was al de tweede keer dat hij had gelogen. 'Waar is Frank nu?'

'Hij is naar de eetzaal gegaan om wat ginger ale te halen. Mijn maag is nog steeds van streek.'

Will vermoedde dat Frank met het nieuws over Chucks dood zou terugkomen, wat weer een nieuwe reeks problemen met zich meebracht. 'Zeg dat ik hem moet spreken.'

Monica knikte. Tegen Sara zei ze: 'Bedankt voor je hulp. Dat waardeer ik zeer.'

Sara gaf een kneepje in haar hand. 'Laat maar weten of je verder nog iets nodig hebt.'

Will volgde Sara weer de Loop Trail op. Hij was blij dat ze er nu de pas in zette. Dit was geen ontspannen wandelingetje. Ondertussen werkte hij een plan uit. Hij zou Sara in hun huisje achterlaten en dan naar het meer gaan. Eerst ging hij bij Kevin kijken en dan zou hij bedenken hoe hij Drew en Christopher moest benaderen, want wat Keisha ook zei, Drew ging niet helemaal vrijuit. Hij was duidelijk op de hoogte geweest van 'de zaak'. Het handvat was in zíjn wc aangetroffen. Het was niet meer dan logisch dat hij werd gewantrouwd.

Het beste was om Christopher en Drew uit elkaar te halen. Kevin kon Drew dan meenemen naar het botenhuis. Waarschijnlijk zou de man over een advocaat beginnen. Zelf zou hij Christopher in de schuur vasthouden. Mercy's broer was niet zo uitgekookt als Drew. Hij zou doodsbang zijn dat Drew ging praten. Will zou hem influisteren dat het loonde om als eerste zijn mond open te doen. Hopelijk raakte Christopher dan in paniek en besefte hij pas als het te laat was dat hij beter had kunnen zwijgen.

Will stak zijn hand in zijn zak. Hij keek naar Sara, die voor hem uit liep. Ze moest in het huisje blijven, wat betekende dat hij op een zeer ongemakkelijk gesprek kon rekenen.

'Je had niet bij mij en Keisha in de kamer moeten blijven. Ik was met een verhoor bezig en door jou raakte ik uit mijn concentratie.'

Sara keek naar hem op. 'Sorry. Daar heb ik niet bij stilgestaan. Je hebt gelijk. Laten we er in het huisje verder over praten.'

Will had niet verwacht dat het zo makkelijk zou gaan, maar hij greep zijn kans. 'Je moet je spullen inpakken. Ik wil je nog voor het donker van deze berg af hebben.'

'En ik wil niet dat je hand geïnfecteerd raakt, dus zeg het maar.'

Dat leek er meer op. 'Sara –'

'Ik heb wat antibiotica in het huisje. Dan praten we –'

'Met mijn hand is niks mis.' Hij verging van de pijn. 'Het gaat er niet alleen om dat je in die kamer was. Ik zei dat je bij Faith moest blijven, maar jij ging er in je eentje vandoor. Wat had je in je eentje bij Keisha te zoeken? Stel dat Drew was verschenen? En dan hebben we het nog niet eens over wat Mercy en Chuck is overkomen. Hij heeft geweldpleging op zijn strafblad.'

Midden op het pad bleef ze staan en keek hem aan. 'Verder nog iets?'

'Ja, waarom drink jij opeens midden op de dag? Ga je dat voortaan vaker doen?'

'Jezus,' fluisterde ze.

'Wat nou jezus?' Will ving een vleugje alcohol op. 'Je stinkt naar aanstekervloeistof.'

Sara perste haar lippen op elkaar. Ze zweeg afwachtend. Toen hij niets zei, vroeg ze: 'Was dat alles?'

Will haalde zijn schouders op. 'Wat valt er nog meer te zeggen?'

'Toen ik "er in mijn eentje vandoor ging", vond ik Jon. Hij zit in huisje 9, dat is daarginds. Ik wil niet dat hij hoort wat ik ga zeggen.'

Will keek over haar heen. Hij zag het schuine shingledak half tussen de bomen. 'Ik heb het vanochtend doorzocht toen ik op zoek was naar Dave. Dan is Jon naar binnen gegaan nadat ik was vertrokken.'

Sara deed er het zwijgen toe. Ze begon weer te lopen, en Will volgde haar opnieuw. Hij vroeg zich af of Jon nog steeds in het huisje zat, en hoeveel hij in dat geval had opgevangen. Will had alleen wat harder gepraat toen het over de alcohol ging. Hij wist dat hij te neurotisch was wat drank betrof. Toch was het vreemd dat Sara zomaar een slok uit Monica's glas had genomen. Waarop hij zich afvroeg wat ze had bedoeld toen ze zei dat Jon niet mocht horen wat ze te vertellen had.

Will hoefde niet veel langer te wachten. Op een paar meter afstand van hun huisje bleef Sara staan. Ze keek hem aan. 'Die zaak waarbij Mercy, Chuck en Christopher betrokken zijn. Heb jij daar theorieën over?'

Hij had zich nog niet in theorieën verdiept. 'Het terrein wordt begrensd door een staats- en een nationaal bos. Illegale houtkap misschien?'

'Hout?'

'Op de houtstapel liggen wat dure soorten – kastanje, ahorn, acacia.'

'Oké, daar zit iets in.' Sara knikte. 'De appjongens zeiden dat de bourbon naar terpentijn smaakte. Monica drinkt whisky van de bovenste plank, maar die smaakt en ruikt naar aanstekervloeistof. Gisteravond was ze op het randje van een alcoholvergiftiging, maar zowel zij als Frank was verbaasd, want meestal kan ze er veel beter tegen. En twintig minuten geleden vroeg Keisha of we de drank hadden geprobeerd. Ze zei dat ik er niet aan moest beginnen en stak een heel verhaal af over aansprakelijkheid als een gast per helikopter van de berg moest worden afgevoerd.'

Will kon zichzelf wel voor zijn kop slaan omdat hij het niet eerder door had gehad. 'Jij denkt dat die zaak waarover Chuck en Christopher het hadden de verkoop van zelfgestookte drank betreft.'

'Keisha en Drew hebben een cateringbedrijf. Die zouden het doorhebben als de alcohol niet zuiver was. Misschien hebben ze het aangekaart bij Cecil en Bitty. Sommige duurdere merken hebben een rokerige smaak. Eik, mesquite –'

'Kastanje, ahorn, acacia?'

'Ja.'

Will dacht weer aan het gesprek dat hij had opgevangen op het pad achter de eetzaal. 'Chuck zei tegen Christopher: "Heel veel mensen zijn afhankelijk van ons." Volgens Amanda staan de sociale media van Chuck bol van de stripclubs.'

'Waar je meestal minstens twee drankjes moet nemen.'

'Denk je dat Drew naar Bitty ging omdat ze op een aandeel uit waren?'

'Dat geloof ik niet,' zei Sara. 'Misschien gun ik ze te veel het voordeel van de twijfel, maar Keisha en Drew vonden het hier geweldig. Het lijkt me waarschijnlijker dat ze het probeerden te stoppen. Keisha stipte de aansprakelijkheid aan. Ze zei dat ik niets moest drinken. Ik zie haar nog niet ergens instappen waarvan ze weet dat mensen eraan dood kunnen gaan. En denk eens aan wat ze zei over die informatiedeal? Ze zou Drew nooit uitleveren. Ze wilde de illegale stokerij aangeven.'

'Hun kredietrapport was schoon, maar ze zitten niet op een berg geld.' Will wreef over zijn kaak. Hij zag nog steeds iets over het hoofd. 'Wat ik niet snap is waarom je Mercy en Chuck doodt als je ook Drew kunt doden.'

'Jij bent altijd verzot op een geldmotief,' zei Sara. 'Nu Mercy en Chuck uit de weg zijn geruimd, krijgt Christopher al het geld in de pot, en bovendien is de hele zaak nu van hem. Vervolgens zadelt hij Drew op met een moordaanklacht.'

Will pakte zijn telefoon en drukte op de walkieknop. 'Kevin, een update graag.'

'Alleen maar twee gasten die aan het meer biertjes zitten te drinken.'

Will zag Sara bezorgd kijken. Chucks water was met een of ander gif aangelengd, en nu had de man die het hechtst met hem was geweest een biertje gegeven aan Drew. 'Kevin, zorg dat ze niks meer drinken, maar ze mogen niet weten wat je aan het doen bent.'

'Komt in orde.'

Will zette zich in beweging, maar toen dacht hij aan Sara

'Ga maar,' zei ze. 'Ik blijf hier.'

Op weg naar het meer klikte Will de telefoon weer aan zijn riem. Hij passeerde de splitsing, de uitzichtbank. Van drank had hij geen verstand, maar hij wist alles over de staats- en federale wetten die productie, vervoer, distributie en verkoop van illegale alcohol aan banden legden. De vraag waarop hij het antwoord moest vinden was hoe ze het deden. Het testen van de flessen alcohol op het terrein kostte weken. Verwisselden ze kwaliteit voor goedkoop bocht, waardoor ze hun drankvergunning konden kwijtraken en bovendien een hoge boete zouden krijgen? Of stookten ze het spul zelf, waarmee ze ook allerlei staats- en federale wetten overtraden?

Will nam de scherpe bocht die naar de schuur leidde. Vóór zich zag hij het meer. Er stonden twee lege tuinstoelen, en naast elke stoel stond een bierblik in een plastic houder. Kevin lag op de grond en hield zijn been vast. Christopher en Drew stonden over hem heen gebogen. Will had het gevoel dat zijn hart in een vacuümslang was gezogen, maar toen besefte hij dat Kevin waarschijnlijk een list had bedacht om te voorkomen dat ze iets dronken.

Kevin pakte Wills hand en liet zich overeind hijsen. 'Sorry, mannen, maar ik heb soms vreselijke kramp in mijn benen.'

Drew keek sceptisch. 'Ik ga terug, Fish. Bedankt voor het biertje.'

Christopher tikte tegen zijn pet toen Drew naar het pad liep. Will knikte naar Kevin ten teken dat hij hem moest volgen. Drew zou vast niet blij zijn als hij van Keisha hoorde dat ze met Will had gepraat.

'En?' vroeg Christopher. 'Wat is er? Heeft Dave bekend?'

Will vermoedde dat het nieuws al rondging. 'Dave heeft je zus niet vermoord.'

'Oké.' Christophers blik bleef onveranderd. 'Ik wist dat hij zich er uiteindelijk uit zou weten te wurmen. Heeft Bitty hem een alibi verschaft?'

'Nee, dat heeft Mercy gedaan.' Will had minstens enige verbazing verwacht, maar Christopher liet niets merken. 'Je zus belde Dave voor ze stierf. Haar voicemail pleit hem vrij.'

Christopher keek uit over het meer. 'O, wat verrassend. Wat zei Mercy?'

'Dat Dave haar moest helpen.'

'Al even verrassend. Toen ze nog leefde, heeft Dave haar niet één keer geholpen.'

'Heb jij haar ooit geholpen?'

Christopher antwoordde niet. Met zijn armen over elkaar keek hij naar het water.

Will zweeg eveneens. Uit ervaring wist hij dat mensen slecht tegen stilte konden.

Kennelijk was Christopher immuun, want hij bleef met zijn armen over elkaar en zijn mond dicht naar het meer staren.

Om de man wakker te schudden moest Will het over een andere boeg gooien. Hij keek achterom, naar de materiaalschuur. De deuren stonden wijd open. De messen hingen nog op dezelfde plek, maar bij daglicht leken ze scherper. Ze vormden niet Wills enige zorg. Een peddel tegen het hoofd of een klap in de buik met het houten handvat van een net kon ook veel schade aanrichten. Om nog maar te zwijgen van het feit dat Christopher waarschijnlijk hetzelfde visgerei in zijn zakken had als Chuck: een hakensteker, een inklapbare multitool, een rollerclip, een zakmes.

Will had maar één hand. De andere voelde warm en klopte, want Sara had gelijk wat die infectie betrof. Aan de andere kant had de niet-geïnfecteerde hand een Smith & Wesson met korte loop voor het grijpen.

Hij liep de schuur in en begon met veel lawaai kasten en laden open te trekken.

Christopher stormde naar binnen, in alle staten. 'Wat ben je aan het doen? Weg daar!'

'Ik heb een huiszoekingsbevel voor het hele terrein.' Will rukte weer een lade open. 'Als je dat wilt lezen, ga je maar terug naar het hoofdterrein en vraag je mijn partner of ze je het wil laten zien.'

'Wacht!' Nu zat de schrik er bij Christopher in. Hij begon de laden weer dicht te schuiven. 'Ho eens even, waar ben je naar op zoek? Dan zeg ik waar je het kunt vinden.'

'Waar zou ik naar op zoek zijn?'

'Weet ik het,' zei hij. 'Maar dit is mijn schuur. Alles wat hier is, heb ik er zelf in gezet.'

Een seconde te laat leek hij te beseffen dat hij zich zojuist tot eigenaar had uitgeroepen van alles wat Will aantrof.

'Wat denk je dat ik zoek?' vroeg Will.

Christopher schudde zijn hoofd.

Will liep de schuur rond alsof hij die nog nooit eerder had gezien. Ondertussen was hij alert op elke onverhoedse beweging van Christopher. De man maakte een passieve indruk, maar dat kon zomaar veranderen. Het viel Will op dat alles in de schuur weer op zijn plek hing of lag. Die ochtend in alle vroegte was Will niet omzichtig te werk gegaan toen hij naar iets had gezocht om Dave mee vast te binden. Alle gereedschappen hingen weer op hun afgetekende plekken. De netten hingen op gelijke afstand langs de achterste muur. In het daglicht dat naar binnen viel, kon Will het haspslot op de deur naar de achterste ruimte goed zien. En ook het versleten hangslot.

'Hoor eens,' zei Christopher. 'Gasten mogen hier niet komen. Laten we weer naar buiten gaan.'

Will keerde zich naar hem toe. 'Wat heb je daar bij de toegangsweg interessante houtsoorten opgeslagen.'

Er kwam een klokkend geluid uit Christophers keel. Het zweet brak hem uit. Will hoopte vurig dat dit geen tweede oogdruppelkwestie was. Omdat hij er vaart achter wilde zetten, besloot hij een risico te nemen. 'Gisteravond, toen we allemaal naar binnen gingen om te eten, bleef jij buiten met Mercy.'

Christophers gezicht bleef onbewogen. 'En wat dan nog?' vroeg hij niettemin.

Will vermoedde dat het het risico waard was geweest. 'Waar hadden jullie het over?'

Christopher antwoordde niet. Hij sloeg zijn blik neer.

Will herhaalde zijn vraag. 'Waar had je het met Mercy over?'

Kort schudde hij zijn hoofd, voor hij zei: 'Over de verkoop natuurlijk. Daar heb je vast al over gehoord van Pa en Bitty.'

Will knikte, hoewel hij nog niet met de ouders had gepraat. 'Weet je wat ze me verder verteld hebben?'

'Dat is geen geheim. Dat Mercy de verkoop tegenhield. Ze hoopte dat ik aan haar kant zou staan, maar ik ben moe. Ik wil dit niet meer.'

'En dat heb je tegen Chuck gezegd, hè?' Het gesprek dat de twee mannen op het pad hadden gevoerd, stond in Wills brein gegrift. 'Je zei dat je het toch al nooit had gewild. Dat het niet ging werken zonder Mercy. Dat je haar nodig had.'

Nu keek Christopher verbaasd. 'Heeft hij je dat verteld?'

Will bestudeerde het gezicht van de man. Zijn verbazing leek oprecht, maar bittere ervaring had hem geleerd dat je een potentiële psychopaat nooit moest vertrouwen. 'Je hebt het geld van de verkoop niet echt nodig, hè?'

Christopher likte over zijn lippen. 'Wat bedoel je?'

'Je bent aardig binnen, toch?'

'Ik weet niet wat je daarmee wilt zeggen.'

'Je hebt een paar honderdduizend in een geldmarktfonds. Je hebt je studieschuld afgelost. Bij Chuck is het hetzelfde verhaal. Hoe is dat zo gekomen?'

Weer sloeg Christopher zijn blik neer. 'We hebben allebei wat slimme investeringen gedaan.'

'Maar er staan geen investerings- of brokerrekeningen op jullie naam. Jullie bekleden geen functies in ondernemingen. Je enige baan is visgids in jullie familiebedrijf. Dus waar kwam al dat geld vandaan?'

'Bitcoins.'

'Staat dat ook op jullie belastingaangifte?'

Christopher kuchte luid. 'Er zijn uitbetalingsstroken van het familiefonds. Van mijn aandeel in de winst.'

Will wist bijna zeker dat hij bewijs van witwassen zou vinden. En daar kwam Mercy waarschijnlijk in beeld. 'Dave zit toch ook in het familiefonds? Waar is zijn geld?'

'Ik ga niet over wie wat krijgt.'

'Wie gaat daar wel over?'

Weer kuchte Christopher.

'Mercy kreeg haar deel van de winst niet uitgekeerd. Ze heeft geen bankrekening. Ze heeft geen creditcards of rijbewijs. Ze had helemaal niks. Waarom was dat?'

Hij schudde zijn hoofd. 'Geen idee.'

'Wat zit hierachter?' Will klopte op de wand. De netten sloegen tegen het hout. 'Wat kom ik tegen als ik deze deur openbreek?'

'Niet openbreken, alsjeblieft.' Christopher keek nog steeds naar de vloer. 'Ik heb de sleutel in mijn zak.'

Will wist niet of hij meewerkte of dat dit een truc was. Nogal nadrukkelijk bracht hij zijn hand naar de kolf van de revolver. 'Maak je zakken leeg en leg alles op de werkbank.'

Christopher begon met zijn vissersvest en ging vandaar naar beneden, tot aan zijn cargoshort. Hij legde een hele verzameling visgerei op de werkbank, alle van hetzelfde merk en dezelfde kleur als wat Chuck in zijn zakken had gehad. Hij had zelfs een tubetje lippenbalsem bij zich. Het enige wat ontbrak was een flesje oogdruppels van het merk Eads Clear.

Het laatste wat Christopher op de werkbank legde, was een sleutelbos. Er hingen vier sleutels aan, wat vreemd was, want geen van de deuren van de Lodge had een slot. Will herkende de contactsleutel van een Ford. Een cilindersleutel, waarschijnlijk van een kluis. De twee overgebleven sleutels waren van kleinere hangsloten en hadden een hoesje van zwart plastic. Op de ene stond een gele stip, op de andere een groene.

Met zijn hand aan de revolver stapte Will bij de muur weg. 'Openmaken.'

Christopher keek nog steeds naar beneden. Will hield zijn handen goed in de gaten, want het gezicht van de man gaf niets prijs. Christopher pakte de sleutel met de gele stip, schoof die in het slot, trok het haspslot naar achteren en opende de deur.

Het eerste wat Will opviel was de muffe rookgeur. Toen zag hij de stukken folie waarop bij wijze van proef allerlei houtcombinaties waren verbrand. Er stonden eikenhouten vaten. Koperen tanks. Spiraalvormige buizen en slangen. Er werd geen goedkoop bocht in dure flessen gestopt. Ze stookten hun eigen drank.

'Er zijn twee sleutels,' zei Will. 'Waar is de andere stokerij?'

Christopher weigerde op te kijken.

Weer zou Will hem wakker moeten schudden. Er was niets waar een man zo van schrok als van het koude metaal van een stel handboeien die om zijn polsen werden geklikt. Will had geen handboeien, maar hij wist waar Christopher de tiewraps bewaarde. Hij reikte naar de lade en trok hem open.

Eerder die ochtend had Will zich schuldig gevoeld omdat hij de tiewraps los in de la had achtergelaten. Ergens tussen toen en nu had iemand ze weer samengebonden. Hij ging ervan uit dat het dezelfde man was die zes lege flesjes oogdruppels van het merk Eads Clear in de la had gelegd.

18

Het liefst ging Faith opnieuw onder de douche. En niet alleen omdat ze zich een ongeluk zweette. Keisha had haar met zoveel walging aangekeken dat ze zich de stand-in voelde van alle vuile smerissen overal ter wereld.

Daarom wilde ze niet dat haar zoon bij de FBI ging, bij het GBI of bij welke politieclub dan ook. Tegenwoordig vertrouwde niemand de politie meer. Sommigen hadden daar verdomd goede redenen voor. Anderen werden overspoeld met voorbeelden van corrupte smerissen. Het ging niet meer om één rotte appel. Hele afdelingen waren verrot. Als Faith alles had mogen overdoen, was ze bij de brandweer gegaan. Niemand werd kwaad op mensen die katten uit bomen redden.

Hoofdschuddend liep ze over het lage gedeelte van de Loop Trail. Genoeg gejammerd over dingen die ze toch niet kon veranderen. Voorlopig had ze twee moorden en één verdachte. Van Will moest ze het voortouw nemen bij het verhoor van Christopher. Hij vermoedde dat de man Chucks incelachtige overtuigingen deelde, wat betekende dat hij zich kapot zou ergeren als een vrouw het verhoor afnam. Faith was het met die strategie eens. Christopher klonk verdacht kalm. Ze moest een manier vinden om hem de stuipen op het lijf te jagen. Gelukkig had hij haar ruimschoots van munitie voorzien.

In de staat Georgia was het een misdrijf als je een stokerij had die iets anders produceerde dan water, essentiële oliën, azijn of iets dergelijks. Voeg daar distributie, transport en verkoop aan toe en Christopher kon een zware tijd in de staatsgevangenis tegemoetzien. Maar dat was nog maar een deel van zijn probleem. De federale overheid had recht op een deel van elke druppel alcohol die in het land verkocht werd.

Als hij niet voor de twee moorden levenslang de bak in draaide, dan wel wegens belastingontduiking.

'Hoi.' Sara wachtte haar onderaan de trap op. 'Will en Kevin zijn nog bij het meer. Christopher neemt ze mee naar de botensteiger om ze de tweede stokerij te laten zien.'

Faith grijnsde. Will sleepte Christopher als een hond aan een riem met zich mee zodat hij zich volkomen hulpeloos zou voelen tegen de tijd dat Faith met hem aan de slag ging. 'Goeie timing. Vlak voor ik wegging, dook Dave op bij het huis, dus nu weten ze allemaal dat hij Mercy niet vermoord heeft.'

'Hoe is hij hier gekomen?' vroeg Sara met gefronst voorhoofd.

'Op een crossmotor,' zei Faith. 'Reken maar dat die zere kloten heeft.'

'Waarschijnlijk heeft hij wat fentanyl gescoord zodra hij het ziekenhuis uit was,' zei Sara. 'Ik heb Nadine gebeld om haar over Chuck te vertellen. Het probleem is dat de Lodge door het sterfgeval is opgeschoven op de lijst met te repareren wegen, dus we zijn niet veel langer van de wereld afgesloten.'

'Nou, ik heb anders nog slechter nieuws. De telefoons en het internet doen het weer, dus dit plekje is niet langer ons kleine stukje Cabot Cove.'

Sara keek bezorgd. 'Jon heeft zich verschanst in het huisje hiernaast. Eigenlijk moet ik hem vertellen dat Dave er is. Waarschijnlijk zoekt hij een reden om weer naar huis te gaan.'

'Ik weet het niet, hoor. Bedenk eens wat hem thuis wacht.' Faith had een beter idee. Ze tikte op de zijkant van haar tas. 'Vanuit huisje 9 kan Jon in elk geval niet op internet. Zal ik je de plattegrond laten zien? Misschien kun je me helpen wat leemtes op te vullen tot Will me bijpraat over Christopher.'

'Tuurlijk.' Sara wenkte Faith mee de trap op.

Faith moest zich eerst fatsoeneren. Ze had een yogabroek van Sara geleend. Die was ongeveer dertig centimeter te lang en een paar centimeter te krap. Ze had de tailleband drie keer moeten omrollen om ervoor te zorgen dat het kruis niet op haar knieën bungelde. Vervolgens had ze de pijpen opgestroopt die nu als rimpelige monden om haar kuiten slobberden. Sexy was anders.

Het huisje was schoongemaakt sinds Faith er had gedoucht. Sara was duidelijk aan het redderen geweest. Of misschien was dat Penny's werk, want Faith rook een sinaasappelluchtje, en hoewel Sara netjes was, was ze ook weer niet zó netjes.

'Wat heb je allemaal?' vroeg Sara.

'Kleurstiften en wraakzucht.' Faith ging op de bank zitten en begon in haar tas te rommelen op zoek naar de plattegrond. Die legde ze op tafel. 'Ik ben met mijn telefoon het terrein rondgelopen om het wifisignaal te testen. De gele lijnen geven ongeveer het gebied met ontvangst aan. Mercy moet zich binnen die lijnen hebben bevonden toen ze Dave belde.'

Sara knikte. 'Dus dat beslaat huisjes 1 tot en met 5, plus 7 en 8, plus het woonhuis, plus de eetzaal.'

'De wifi-relaisschakelaar in de eetzaal beslaat het uitkijkplatform tot halverwege de Fishtopher Trail, waar Chuck is gestorven. Aan de andere kant reikt het signaal tot een deel van het gebied beneden het uitkijkplatform, maar ik wilde me niet te ver van de bewoonde wereld wagen zonder dat iemand wist dat ik daar beneden was. En bovendien stikte het er van de vogels.'

'Interessant dat beide lichamen in het water zijn gevonden,' zei Sara.

'Christopher is dol op water. Wist je dat er zoiets als FishTok bestaat?'

'Daar zit mijn vader op.'

'En Christopher ook. Hij is bezeten van regenboogforel. Laten we hier beginnen.' Faith wees naar het gebied waar Mercy werd gevonden. 'De Lost Widow Trail verbindt de vrijgezellenhuisjes met de eetzaal. Zo zijn jullie met Nadine naar Mercy's plaats delict gelopen. Will nam uiteindelijk dezelfde route toen hij naar de plek van de eerste en tweede kreet rende. Volg je het nog?'

Sara knikte.

'Je ziet dat het pad zo'n beetje om het ravijn heen slingert, waardoor je er zo'n tien minuten tot een kwartier over doet om beneden te komen. Maar er is een snellere route van de eetzaal naar de vrijgezellenhuisjes, en die staat niet op de plattegrond. Dat hoorde ik van Alejandro. Die wordt de Rope Trail genoemd. Ik heb de touwen gevonden. Het is een soort gereguleerde val langs de wand van het ravijn naar beneden. Als Mercy had moeten rennen voor haar leven, zou ze die route hebben genomen. Alejandro schat dat je op die manier in vijf minuten beneden bent. Will zal me moeten helpen met de timing. Die kunnen we dan gebruiken om een eventueel verhaal te staven waarmee Christopher komt aanzetten.'

'Dus volgens jou kwam de eerste kreet van de eetzaal en kwamen de laatste twee kreten uit de richting van de vrijgezellenhuisjes.' Sara keek op de plattegrond. 'Daar zit iets in, maar gisteravond, op het moment zelf, hoorde ik alleen dat de twee kreten uit ongeveer deze richting kwamen. Vanwege de hoogteverschillen verplaatst geluid zich wat vreemd. Het meer ligt in een krater.'

Faith keek op haar aantekeningen. 'Jij was met Jon op het hoofdterrein toen je de tweede hulpkreet hoorde?'

'Ja. We hadden een kort gesprek, toen hoorde ik de hulpkreet. Het bleef even stil, toen hoorde ik weer een kreet: "Alsjeblieft." Jon rende het huis weer in. Ik ging Will zoeken.'

'Het huis weer in,' herhaalde Faith. 'Dus de eerste keer dat je Jon zag, kwam hij uit het huis?'

'Eerst herkende ik hem niet, omdat het zo donker was. Hij liep met een rugzak om de trap af. Toen viel hij op zijn knieën en moest overgeven.'

'Waar ging het gesprek over?'

'Ik stelde voor om op de veranda te gaan zitten om te praten. Hij zei dat ik op moest rotten.'

'Klinkt als een dronken tiener,' zei Faith. 'Maar je zag hem voor je toen je die twee kreten hoorde, dus dat betekent dat Jon van de lijst af kan.'

Sara keek geschrokken. 'Heeft hij daar dan op gestaan?'

Faith haalde haar schouders op, maar wat haar betrof stond op Rascal na iedere man hier op de lijst.

'Amanda zei dat ze een verklaring van Jon wil hebben,' zei Sara. 'Hij zou kunnen helpen met het tijdpad. Na die ruzie tijdens het diner is Mercy vast bij hem gaan kijken.'

'Misschien ook niet,' zei Faith. 'Ze heeft hem misschien wat ruimte willen geven.'

'Hoe dan ook, ik kan me niet voorstellen dat we veel aan hem hebben. Waarschijnlijk was hij te dronken om zich iets te kunnen herinneren.' Sara wees naar de plattegrond. 'Ik kan je wel helpen de waarschijnlijke positie van de anderen vast te stellen. Sydney en Max, de investeerders, zaten in huisje 1. Chuck zat in 2. Keisha en Drew zitten in 3, Gordon en Paul in 5. Monica en Frank in 7. Daar was overal wifibereik, dus Mercy had Dave vanuit elk van die huisjes kunnen bellen. Volgens Paul bevond ze zich om 22.30 uur op het pad.'

'Paul Ponticello klinkt als Peppa Pigs maatje.' Faith bladerde terug door haar notitieboekje op zoek naar het tijdpad. 'Wat er ook gebeurd is, het moet rond 23.10 zijn geweest, toch? Mercy belde Dave vijf keer binnen twaalf minuten. Dat doe je alleen als je over je toeren bent, bang, boos of alle drie. Ze sprak om 23.28 uur een voicemail in, dus we weten dat ze tegen die tijd met de moordenaar sprak. Ze zei: "Dave komt zo. Ik heb hem verteld wat er gebeurd is."'

'Wat was er gebeurd?'

'Daar moet ik achter zien te komen,' zei Faith. 'Maar laten we ervan uitgaan dat Christopher de moordenaar is. Hij doodt Mercy, ruimt Chuck uit de weg, lapt Drew erbij, zodat Keisha haar mond houdt, en klaar is Kees.'

'Het ligt ingewikkeld,' zei Will.

Faith draaide zich om. Hij stond in de deuropening, met zijn gewonde hand op zijn hart. Ze wist dat Will het niet ironisch bedoelde. Alleen schurken in stripverhalen gingen ervan uit dat dominostenen in de goede volgorde omkletterden zodat de juiste mensen werden uitgeschakeld.

'Dave is in het woonhuis,' zei Faith tegen Will. 'Hij kwam op een crossmotor.'

Will reageerde niet. Sara was terug, met een glas water en twee pillen. Will deed zijn mond open. Nadat hij ze op zijn tong had laten vallen, gaf ze hem het glas. Hij dronk het leeg en gaf het terug, waarop Sara de keuken weer in liep. Faith vouwde de plattegrond op en deed alsof er helemaal niets raars aan de situatie was.

'Weet je al of de forensische jongens Mercy's aantekenboek hebben kunnen redden?' vroeg Faith.

Ze had de vraag aan Sara gesteld, maar die keek Will aan. Wat vreemd was, want forensisch onderzoek was Sara's afdeling.

Will schudde kort zijn hoofd. 'Nog niks over het aantekenboek.'

'Oké.' Faith probeerde de bizarre sfeer te negeren. 'En de zwangerschap? Ik weet dat het voorlopig onderzoek verkrachting niet heeft uitgesloten of bevestigd, maar zou Christopher de vader kunnen zijn?'

Sara keek ontzet, maar ze zei nog steeds niets.

Faith deed een nieuwe poging: 'Ik weet dat we uiteindelijk DNA van de foetus krijgen, maar Mercy legde het aan met andere mannen. Voor Christophers advocaat zou het een makkie zijn om aan te voeren dat een van haar scharrels ontdekte dat ze zwanger was, jaloers werd en Mercy doodstak.'

Weer schudde Will kort zijn hoofd, maar niet bij wijze van antwoord. 'Sara, zou jij nog eens met Jon willen praten? Je hebt goed contact met hem. Waarschijnlijk heeft hij hier van alles en nog wat gezien. Mensen hebben vaak de neiging te vergeten dat er kinderen in de buurt zijn.'

‘Weet je het zeker?’ vroeg Sara.

‘Ja,’ zei hij. ‘Je hoort ook bij dit team.’

Ze knikte. ‘Oké.’

Hij knikte terug. ‘Oké.’

Faith zag hen naar elkaar kijken, op die intieme manier die anderen buitensloot. Het was niet voor het eerst dat ze de hilarische sidekick in hun romcom was. Stiekem vond ze dat ze een onderscheiding had verdiend omdat ze niet in Sara’s koffer had geneusd toen ze de kans had.

‘Ben je zover?’ vroeg ze aan Will.

‘Ik ben zover.’

Hij deed een stap terug om Faith te laten voorgaan op de trap. Dat was galant, maar ook riskant, want nu had Faith niemand op wie ze kon vallen als ze struikelde. Ze mepte een mug van haar arm. De zon boorde als een laserstraal door haar netvliezen. Ze had het helemaal gehad met deze plek.

Will was ontspannener dan gewoonlijk toen ze het pad af liepen. Hij stak zijn linkerhand in zijn zak. Zijn rechterhand lag nog op zijn borst.

Omdat Faith niet wist hoe ze dit subtiel moest aanpakken, vroeg ze: ‘Vertel eens over Dave en jou, toen jullie jongens waren.’

Hij keek haar aan, zoekend naar een verklaring.

‘Dave liep weg uit het kindertehuis,’ zei ze. ‘Wat hij daar in Atlanta uitspookte, heeft hij waarschijnlijk ook hier met Christopher gedaan.’

Ondanks wat gebrom antwoordde Will wel. ‘Hij verzon stomme bijnamen. Pikte je spullen. Gaf jou de schuld van dingen die hij zelf had gedaan. Hij spuugde in je eten. Verzon van alles om jou in de problemen te helpen.’

‘Echt een topper, zo te horen.’ Faith had nog steeds geen tactvolle manier bedacht om dit te benaderen. ‘Maakte Dave zich ook schuldig aan seksueel misbruik?’

‘Hij had zonder meer seks, maar dat is niet ongebruikelijk. Jongeren die zelf seksueel zijn misbruikt zijn geneigd seks te gebruiken om contact te maken. En seks is lekker, dus willen ze meer.’

‘Jongens, meisjes, allebei?’

‘Meisjes.’

Wills kaak verstrakte, waaruit Faith concludeerde dat Dave ook seks had gehad met Wills ex-vrouw. Maar hij was niet de enige.

‘Als je als kind seksueel wordt misbruikt, wil dat nog niet zeggen dat je als volwassene zelf kinderen misbruikt,’ zei Will. ‘Anders zou de halve wereld uit pedo’s bestaan.’

'Dat is zo,' zei ze. 'Maar laten we Dave even buiten de cijfers houden. Hij kwam op zijn dertiende naar de Lodge, maar ze gaven op dat hij elf was. Als je dertien bent, maar door iedereen als een elfjarige wordt behandeld, is dat infantiliserend. Dave was vast kwaad en gefrustreerd, en hij voelde zich onmannelijk, verward. Maar tegelijkertijd was hij Mercy aan het groomen. Tegen de tijd dat ze vijftien was, had hij al seks met haar, terwijl hij zelf twintig was. Waar was Christopher toen Dave zijn kleine zusje verkrachtte?'

'Hij beschermde haar niet, bedoel je?'

'Wat ik bedoel is: Christopher was ook bang voor Dave.'

'Dat zou een geweldig motief zijn als Christopher Dave had vermoord.'

'Als we straks terugkomen op het erf, heeft hij misschien een bom om zijn borst gebonden die jij dan onschadelijk moet maken voor hij ontploft.'

Will keek haar even aan.

'Kom op, Superman. Je bent al een brandend gebouw binnengestormd en zowat over de rand van een waterval getuimeld.'

'Ik zou het waarderen als je dat niet letterlijk in je rapport vastlegt.'

Weer stuurde hij haar een steil pad af. Faith zag het meer als eerste. De zon stuiterde van het wateroppervlak, als een discobal uit de hel. Ze hield haar hand voor haar ogen tegen het verblindende licht. Kevin stond bij de materiaalschuur. Er lag een kano op de grond. Christopher zat in het midden. Zijn polsen waren met tiewraps aan de staaf vastgemaakt die dwars door de boot liep.

'Volgens Sara heet dat de dwarsstang,' zei Will. 'De bovenrand heet het dolboord.'

Het deed Faith denken aan de tijd dat Will Sara pas kende. Hij bedacht de stomste redenen om haar naam te kunnen noemen.

'Hoi.' Kevin kwam op een drafje op hen af. 'Heeft nog geen kik gegeven.'

'Heeft hij om een advocaat gevraagd?' wilde Faith weten.

'Nee. Ik heb het gefilmd toen ik hem op zijn rechten wees. Die gast keek in de camera en zei dat hij geen advocaat hoefde.'

'Goed gedaan, Kev,' zei Faith.

'Agent Ploeter tot uw dienst.' Hij nam een sleutelbos uit zijn zak. 'Jullie horen van me als ik de kluis heb gevonden.'

Will keek hem na. 'Is Kevin kwaad op je vanwege dat ploeter?'

'Geen idee.' Kevin was kwaad op haar omdat ze hem twee jaar geleden geghost had nadat ze kort iets hadden gehad. 'Als jij je nu eens dreigend op de achtergrond houdt terwijl ik met Christopher praat?'

Will knikte.

Faith bekeek Christopher eens goed toen ze naar de kano liep. Hij was met zijn rug naar het water gezet waardoor hij goed zicht had op de illegale stokerij achter in de schuur. Hij zag er onopvallend uit. Niet gespierd, maar ook niet dikkig. Onder zijn blauwe T-shirt had hij een buikje. Hij had donker haar, met van achteren een matje, net als Chuck.

Ze ademde diep in toen ze langs hem liep en haar blik over het water liet gaan. Muggen zwermden boven de drijvende steiger. Vogels cirkelden rond. Ze slaakte een zucht van gespeelde tevredenheid. 'God, wat is het hier schitterend. Het moet geweldig zijn om de natuur als kantoor te hebben.'

Christopher zweeg.

'Vraag je advocaat of hij werk wil maken van Coastal State Prison,' zei Faith. 'Die is in Savannah. Als de wind goed staat, kun je af en toe wat zeelucht opsnuiven boven de stank van ongezuiverd riool uit.'

Christopher zei nog steeds niets.

Faith liep om de boot heen. Will leunde intimiderend tegen de deurpost van de schuur. Ze knikte even naar hem voor ze zich weer naar Christopher toekeerde. De verdachte zat op een van de twee bankjes, voorovergebogen omdat zijn handen met tiewraps aan de stang waren bevestigd. Het tweede bankje was kleiner en bevond zich helemaal achterin.

Ze wees ernaar. 'Is dat de boeg of het stuurboord?' vroeg ze.

Hij keek haar aan alsof ze niet goed snik was. 'Stuurboord is de rechterkant. De boeg zit aan de voorkant. Je staat bij de achterplecht.'

Faith stapte in de kano. Het glasvezel zakte knerpend in de stenige oever.

'Stop!' zei Christopher. 'Zo gaat de romp eraan.'

'Rómp.' Faith liet de boot nog wat extra knerpen toen ze ging zitten. 'Echt, je wilt mij niet op het water zien. Ik weet het verschil niet tussen een dwarspaal en een drolboord.'

'Het is dwarsstang en dolboord.'

'O, mijn fout, sorry,' zei Faith, alsof ze nog nooit door een man was gecorrigeerd. Ze pakte een stuk touw dat aan een metalen ring vastzat. 'Hoe heet dit hier?'

'Een landvast.'

'Landvast,' herhaalde ze. 'Ik voel me net een matroos.'

Christopher slaakte een gekwelde zucht. Hij draaide zijn hoofd opzij en keek naar beneden.

'Hebben ze je wel eten gegeven? Heb je trek?' Faith opende haar tas en haalde er een van Wills Snickers uit. 'Lust je chocola?'

Nu keek hij op.

Faith vouwde de wikkel open. Met een verontschuldigende blik legde ze de reep in zijn open hand. Het leek hem niet te deren. Hij liet de wikkel op de bodem van de boot vallen en klemde de reep in de lengte in plaats van rechtop tussen zijn handen. Voorovergebogen begon hij hem op te eten alsof hij maiskorrels van een kolf knabbelde.

Ze liet hem even met rust terwijl ze een betere benadering probeerde te bedenken. Zoveel kano-onderdelen waarmee ze de mist in kon gaan waren er nu ook weer niet. Gewoonlijk wist Will met zijn broeierig zwijgen de waarheid uit verdachten los te krijgen, maar daar kwam je mee weg als je één meter achtentachtig was en van nature imponerend. Faiths talent school erin dat ze mannen een ongelooflijk onbehaaglijk gevoel kon bezorgen telkens wanneer ze haar mond opendeed. Ze wachtte met haar eerste vraag tot Christopher een grote hap van de Snickers had genomen.

'Neukte jij je zus, Christopher?'

Hij verslikte zich zo erg dat de boot ervan schudde. 'Ben je gestoord of zo?'

'Mercy was zwanger. Ben jij de vader?'

'Jezus, dat m-meen je toch niet?' stamelde hij. 'Hoe kun je zoiets nou vragen?'

'Het is een gewone vraag. Mercy was zwanger. Jij bent de enige man hier, op je vader en Jon na.'

'Dave.' Hij veegde zijn mond af aan zijn schouder. 'Dave hangt hier de hele tijd rond.'

'Je wilt toch niet zeggen dat Mercy met haar gewelddadige ex neukte?'

'Ja, dat wil ik wel zeggen. Ze waren gisteren nog bezig, voor de familievergadering. Ze rolden als een stel beesten over de vloer.'

'Welke vloer?'

'Huisje 4.'

'Hoe laat was die familievergadering?'

'Twaalf uur.' Hij schudde zijn hoofd, nog steeds beduusd door de suggestie van incest. 'Jezus. Niet te geloven dat je zoiets vraagt.'

'Heeft Dave ooit geprobeerd jou te neuken?'

Deze keer kwam de schok iets minder hard aan, maar hij was nog steeds een en al walging. 'Nee, natuurlijk niet. Hij was mijn broer.'

'Hij neukte zijn zus, maar bleef van zijn broer af?'

'Wat?'

'Je zei net dat Dave zijn zus neukte.'

'Wil je dat woord niet meer noemen?' zei hij. 'Zo praat een dame niet.'

Faith lachte. Als Amanda haar niet het schaamrood op de kaken kon jagen, maakte deze gast al helemaal geen kans. 'Oké, makker. Je zus is op zeer gewelddadige wijze verkracht en vermoord, maar jij valt over het woordje "neuken".'

'Wat heeft dat alles met whisky stoken te maken?' wilde hij weten. 'Je hebt me op heterdaad betrapt.'

'Dat zeker, eikel.'

Christopher ademde puffend uit, alsof hij zichzelf in de hand probeerde te houden. Hij keek naar Will. 'Kunnen we dit afronden, alsjeblieft? Ik neem de schuld op me. Het was mijn idee. Ik heb beide stokerijen gebouwd. Ik had de leiding over alles.'

'Hé, malloot.' Faith knipte met haar vingers. 'Niet met hem praten. Je praat met mij.'

Christophers wangen sloegen rood uit van woede.

Faith bond niet in. 'We weten al dat Chuck tot over zijn oren in jullie drankzaakje zat. Hij heeft zelfs een tattoo op zijn rug om het te bewijzen.'

Christophers neusvleugels trilden, maar hij gaf zich snel gewonnen. 'Oké, dan verlink ik Chuck. Is dat wat jullie willen?'

Faith spreidde haar armen. 'Laat maar horen.'

'Chuck en ik zijn echte kenners, snap je? We houden van whisky, scotch, bourbon. Eerst maakten we het in kleine hoeveelheden, voor eigen gebruik. Telkens maar een beetje. We experimenteerden met smaken en allerlei exotische houtsoorten om de kracht naar boven te halen.'

'En toen?'

'Pa kreeg dat fietsongeluk. Mercy voerde allerlei veranderingen door op de Lodge. Ze renoveerde de badkamers. Ging cocktails serveren. Er kwam meer geld binnen. Groot geld. Vooral van de alcohol. Chuck zei dat we de tussenhandel moesten uitsluiten en ons eigen brouwsel moesten gebruiken. Mercy wist eerst niet dat we de flessen bijvulden met ons eigen spul, maar toen kwam ze erachter. Het maakte haar niet uit. Ze wilde maar één ding: aan Pa bewijzen dat ze winst kon draaien.'

'Het ging niet alleen naar de Lodge,' zei Faith. 'Chuck verkocht ook aan striptenten in Atlanta.'

Christopher keek betrapt. Eindelijk besefte hij dat Faith veel meer wist dan ze toegaf.

'Wisten je ouders ervan?' vroeg ze.

'Nee, die wisten van niks.'

'Maar Drew en Keisha wel.'

'Ik...' Hij schudde zijn hoofd. 'Dat wist ik niet. Wat hebben ze gezegd?'

'Jij stelt hier de vragen niet,' zei Faith. 'Nog even terug naar Mercy. Wat vond ze ervan dat zij niet van het schip met geld profiteerde?'

'Ze profiteerde er wel van. Ze is mijn zus. Ik opende een fonds voor Jon en zette het geld op een rekening. Op zijn eenentwintigste kan hij erbij.'

'Waarom gaf je het geld niet aan Mercy?'

'Omdat Dave er dan met zijn hebberige klauwen aan zou zitten. Mercy kan geen... Ze kon geen... nee verkopen aan Dave. Hij troggelde haar alles af. Je weet niet half wat hij allemaal van haar afpakte. En ze was zwanger, zei je toch? Ze zou de rest van haar leven aan hem hebben vastgezeten.' Opeens keek Christopher verdrietig. 'En dat zat ze ook, hè? Mercy stierf voordat ze zich van hem kon losmaken.'

Faith gaf hem even de tijd om zich te herpakken. 'Wist Mercy van het fonds dat je voor Jon had opgericht?'

'Nee, ik heb het niet eens aan Chuck verteld.' Hij leunde naar voren en trok daarmee de tiewraps strak. 'Je luistert niet, dame. Ik ben aan het uitleggen hoe dit werkt. Mercy zou het uiteindelijk aan Dave hebben verteld, en Dave zou Jon net zolang op de huid hebben gezeten tot het fonds leeg was. Er zijn maar twee dingen waarom hij geeft: geld en Mercy. In die volgorde. Hij doet alles om die twee in zijn macht te houden.'

Faith gooide het over een andere boeg. 'Vertel eens hoe het in zijn werk ging. Hoe ging dat, het witwassen?'

Hij leunde achterover en keek naar zijn handen. 'Via de Lodge. Mercy is een kei in boekhouden. Ze opende een onlinerekening en stelde een loonlijst op. Ze zorgde ervoor dat we overal belasting over betaalden. De hele boekhouding ligt in de kantoorkluis.'

'Je zei dat Mercy goed was met geld, maar ze had nog geen cent op haar naam.'

'Dat was haar eigen keuze,' zei Christopher. 'Ik gaf haar alles wat ze wilde, maar ze wist dat als ze geld op de bank had, of een creditcard of bankpasje, Dave er uiteindelijk achter zou komen. Voor alles wat ze nodig had, was ze afhankelijk van mij.'

Faith voelde een wurgende claustrofobie bij de gedachte aan Mercy's totale hulpeloosheid.

'Daar hadden we het dus over vóór het diner.' Christopher keek weer naar Will. 'Mercy zette me onder druk om de investeerders af te wijzen. Ze zei dat ze niks te verliezen had. Ik zei dat ik de rest van haar leven van haar kon afpakken. Misschien heb ik dat ook gedaan. Misschien had ik mijn rekeningen moeten leegmaken en alles aan haar moeten geven. Dan was ze misschien bij Dave weggegaan voor het te laat was, denk je niet?'

Hij stelde de vraag aan Faith, maar het ontbrak haar aan een antwoord. Ze kende alleen de cijfers en die waren verpletterend. Gemiddeld slaagde een mishandelde vrouw er pas na zeven pogingen in om bij haar belager weg te gaan, als hij haar voor die tijd niet had vermoord.

'En hoe zit het met Chuck?' vroeg Faith.

'Ik zei toch dat hij niks weet over dat fonds voor Jon? Hij is nog banger voor Dave dan ik.'

'Nee, ik bedoel met die vraag: waarom heb je Chuck vermoord?'

Deze keer was zijn enige reactie een lege blik. 'Wat?'

'Chuck is dood, Christopher. Maar dat wist je al. Jij hebt die oogdruppels in zijn water gedaan.'

Christopher keek van Faith naar Will, en toen weer naar Faith. 'Je liegt.'

'Dan breng ik je nu naar hem toe,' bood Faith aan. 'We moesten zijn lijk opslaan in de vriezer bij de keuken. Daar ligt hij nu, als een stuk vlees.'

Christopher keek Faith aan alsof hij verwachtte dat ze in lachen zou uitbarsten en dan zou zeggen dat het een grapje was. Toen dat niet gebeurde, nam hij een hap lucht. Hij liet zijn hoofd op zijn borst zakken en begon te snikken. Chuck maakte meer bij hem los dan Mercy ooit gedaan had.

Faith liet hem even huilen. Ze had de bullebak gespeeld, en nu ging ze over op de moederrol. Ze boog zich naar Christopher toe en wreef hem sussend over zijn rug. 'Waarom heb je Chuck gedood?'

'Nee.' Christopher schudde zijn hoofd. 'Dat heb ik niet gedaan.'

'Je wilde uit die drankbusiness stappen. Hij wilde je dwingen ermee door te gaan.'

'Nee.' Christopher bleef zijn hoofd maar schudden. 'Nee. Nee. Nee.'

'Je zei tegen Chuck dat de zaak niet werkte zonder Mercy.'

Nu schudde hij zo hard zijn hoofd dat ze het door de romp van de boot heen kon voelen.

'Christopher, nu heb je me bijna de waarheid verteld.' Faith bleef over zijn rug wrijven. 'Kom op, jongen. Je voelt je vast beter als het er allemaal uit is.'

'Ze haatte hem,' fluisterde hij.

'Mercy haatte Chuck?' Faith klopte op zijn schouder, maar bleef moederlijk op hem inpraten. 'Kom op, Christopher. Ga eens rechtop zitten en vertel wat er is gebeurd.'

Langzaam rechtte hij zijn rug. Faith zag zijn stoïcijnse houding verkruimelen. Het was alsof elke emotie die hij ooit had onderdrukt nu tot uitbarsting kwam. 'Chuck zette Mercy te kijk waar iedereen bij was. Ik... Ik nam het voor haar op. Ik wilde hem een lesje leren.'

'Wat voor lesje?'

'Ik wilde hem alleen maar duidelijk maken dat hij haar niet meer moest lastigvallen,' zei Christopher. 'Ik snap het niet. Hoe is hij dan overleden? Ik heb er evenveel in gedaan als altijd.'

Faith keek zelden op van wat verdachten zeiden, maar nu moest ze even bijkomen. 'Heb je Chucks waterfles dan al eerder aangelengd?'

'Ja, dat zeg ik toch? Ik ben whiskystoker. Ik meet alles altijd heel nauwkeurig af. Ik heb dezelfde hoeveelheid bij zijn water gedaan als de vorige keren.'

'De vorige keren?' herhaalde Faith. 'Hoe vaak heb je hem dan al vergiftigd?'

'Hij werd niet vergiftigd. Zijn maag raakte van streek. Hij raakte aan de schijt. Meer niet. Als Chuck weer eens iets grofs tegen Mercy zei, deed ik een paar druppels bij zijn water om hem een lesje te leren.' Christopher keek oprecht verward. 'Hoe is hij dan overleden? Het moet door iets anders zijn gekomen. Waarom lieg je tegen me? Mag je dat wel?'

Faith had Sara's theorie gehoord toen ze op de plaats delict waren. Chuck was niet door de oogdruppels gestorven. Hij was gestorven omdat hij in het water was gerold en was verdronken.

Ze moest het vragen. 'Christopher, heeft Chuck Mercy gedood?'

'Nee.'

Hij klonk heel zeker van zichzelf. Faith had verwacht dat hij iets waanzinnigs zou zeggen, bijvoorbeeld: *Chuck was verliefd op Mercy. Hoe kon hij haar dan doden?* Maar dat deed hij niet.

'Ik wilde hem bewusteloos hebben.'

'Wat?'

'We drinken nog altijd iets aan het eind van de avond. Ik had wat Xanax in zijn drankje gedaan om te voorkomen dat hij iets stoms deed. Chuck las nog wat op zijn iPad en viel in slaap.' Christopher haalde zijn schouders op. 'Het slaapkamerraam van huisje 2 is recht tegenover het raam in het trappenhuis bij de keuken. Ik heb nog even naar hem gekeken voor ik ging slapen. Hij is het huis niet uit geweest.'

Even wist Faith niet wat ze moest zeggen.

'Ik hield van mijn zus,' zei Christopher. 'Maar Chuck was mijn beste vriend. Hij kon het niet helpen dat hij ook van Mercy hield. Ik hield hem wat in toom. Ik wist maar één manier om Mercy te beschermen.'

Weer wist Faith niet hoe ze het had. 'Wist Chuck dat je hem drogeerde?'

'Dat doet er niet toe.' Met een schouderophalen schudde Christopher het veelvoud aan misdrijven van zich af. 'Mercy was aardig voor me. Weet je hoe het voelt als niemand op de wereld ooit aardig voor je is? Ik weet dat ik raar ben, maar dat maakte Mercy niet uit. Ze kwam voor me op. Telkens weer ging ze tussen mij en Pa in staan. Weet je hoe vaak ik heb gezien dat hij haar sloeg? En dan bedoel ik niet met zijn vuisten. Hij gaf haar er met een touw van langs. Hij trapte haar in haar buik. Brak haar botten. Ze mocht van hem niet naar het ziekenhuis. En dan haar gezicht – dat litteken op haar gezicht – dat komt ook allemaal door Pa. Hij zadelde Mercy met die schuld op voor...'

Faith zag de angst in Christophers ogen voor hij zijn hoofd weer liet hangen. Hij had te veel gezegd. Maar misschien niet per ongeluk. Hij wilde dat Faith de waarheid aan hem ontfutselde. Eén ding wist hij nog niet van Faith: ze zouden net zolang in die kano blijven zitten tot het haar inderdaad gelukt was.

'Penny Danvers zei dat je zus dat litteken op haar gezicht had overgehouden aan een auto-ongeluk bij Devil's Bend. Mercy was zeventien. Haar beste vriendin overleefde het niet.'

Christopher reageerde niet.

'Hoe kan dat litteken door je vader zijn gekomen?'

Hij schudde zijn hoofd.

'Hoe kan je vader verantwoordelijk zijn voor dat litteken?'

Faith zweeg afwachtend, maar hij antwoordde nog steeds niet.

'Wat is dat voor schuld waar je vader Mercy mee opzadelde?'

Weer antwoordde hij niet.

'Christopher.' Faith leunde naar voren en drong zo zijn persoonlijke ruimte binnen. 'Je hebt gezegd dat je Mercy zo goed je kon probeerde te beschermen, en dat geloof ik. Echt. Maar ik snap niet waarom je nu koste wat kost je vader wilt beschermen. Mercy is door geweld om het leven gekomen. Ze mocht doodbloeden op het terrein van jullie familie. Gun je haar ziel geen rust?'

Weer bleef het een tijd stil, toen ademde Christopher snel in. 'Hij was het,' gooide hij eruit.

'Wie was wat?'

'Pa.' Hij keek even op en sloeg zijn blik weer neer. 'Hij heeft Gabbie gedood.'

Achter zich voelde Faith Wills spanning. Zelf kostte het haar ook wat tijd voor ze weer kon praten. 'Hoe heeft –'

'Gabbie was zo mooi. En zo aardig. En zo lief. Ik was verliefd op haar.' Christopher keek Faith nu recht in haar ogen, en zijn stem klonk schril. 'Mensen lachten me uit, want ik maakte geen enkele kans, maar ik hield zoveel van haar. Het was een zuiver soort liefde. Er zat niets verdorvens bij. Daarom begreep ik zo goed wat Chuck voor Mercy voelde. Hij kon het niet helpen.'

Faith had moeite haar stem in bedwang te houden. 'Wat is Gabbie overkomen?'

'Pa, dat is haar overkomen.' De schelle toon was verdwenen. Zijn stem had weer die vertrouwde vlakheid. 'Hij kon er niet tegen zoals Gabbie als een prachtige vlinder door de wereld fladderde. Ze was altijd zo blij. Ze bezat een soort lichtheid vanbinnen. Ze flirtte met de gasten. Ze lachte om hun stomme grapjes. Ze was dol op Mercy. Echt. En Mercy op haar. Iedereen hield van Gabbie. Iedereen wilde haar. En daarom verkrachtte Pa haar.'

Het was alsof Faiths mond zich vulde met zand. Het kwam door de nuchtere toon waarop hij iets beschreef wat bijna onbeschrijflijk was. 'Wanneer was dat?'

'Op de avond van het zogenaamde ongeluk.'

Faith zei niets. Ze hoefde hem niet meer aan te sporen. Christopher was eindelijk bereid het verhaal te vertellen.

'Ik was regenwormen aan het vangen,' zei hij. 'Pa verkrachtte Gabbie in mijn bed. Hij liet haar daar achter zodat ik haar zou vinden. Pa zei dat niemand iets mocht hebben wat hij niet als eerste had gehad.'

Faith probeerde het zand in haar mond door te slikken.

'Hij verkrachtte haar niet alleen. Hij sloeg haar gezicht tot moes. Al haar schoonheid, haar volmaaktheid, het was allemaal weg.' Weer ademde Christopher kort in. 'Ik ging Mercy halen, maar die lag knock-out op de vloer van haar slaapkamer, met een naald in haar arm. Ze droeg zoveel pijn met zich mee. Ze wilde wanhopig graag weg. Zij en Gabbie zouden er aan het eind van de zomer samen vandoor gaan, maar...'

Hij hoefde zijn zin niet af te maken. Faith had van Penny Danvers over hun plan gehoord. Gabbie en Mercy zouden naar Atlanta gaan, samen een appartement huren en als serveerster gaan werken. Ze zouden een smak geld verdienen en het leven vieren zoals alleen tieners dat kunnen.

En toen was Gabbie gestorven en was Mercy's leven voor altijd veranderd.

'Toen moest ik van Pa... Toen moest ik Mercy naar de auto dragen,' vervolgde Christopher. 'Hij gooide haar op de achterbank alsof ze een zak vuil was. Gabbie zetten we op de voorbank. Tegen die tijd bewoog ze niet eens. Misschien door de shock of omdat ze zo vaak tegen haar hoofd was gestompt... Ik weet het niet. Misschien was Gabbie al dood. Ik was blij dat ze niet wist wat er gebeurde.'

Hij begon te huilen. Faith hoorde zijn neus piepen toen hij zijn ademhaling in bedwang probeerde te houden. Ze herinnerde zich nog iets wat Penny had gezegd, namelijk dat Christopher na Gabbies dood zo ontroostbaar was geweest dat hij wekenlang in bed was gebleven.

'Pa zei dat ik weer naar binnen moest gaan, en dat deed ik. Vanachter mijn slaapkamerraam zag ik ze wegrijden. Ik viel in slaap met mijn hoofd op mijn arm.' Hij hapte weer even naar adem. 'Drie uur later hoorde ik een autoportier dichtslaan. Het was sheriff Hartshorne. Mijn moeder kwam mijn kamer binnen. Ze huilde zo hard dat ze amper kon praten. We gingen allemaal naar de keuken. Pa was er ook. De sheriff zei dat Gabbie dood was en dat Mercy in het ziekenhuis lag.'

'Wat zei je vader?'

Hij lachte verbitterd. 'Hij zei: "Godverdomme, ik wist wel dat Mercy nog eens iemand de dood in zou jagen."'

Zijn stem had iets definitiefs, maar Faith stond niet toe dat hij nu stopte. 'Had Bitty de vorige avond niets gehoord?'

'Nee, Pa had haar wat Xanax toegediend. Die werd van een kanon nog niet wakker.' Hij boog zich voorover om zijn neus af te vegen. 'Mijn moeder wist niet anders of Mercy was high geworden, had haar auto in de prak gereden en Gabbie gedood. We hebben nooit naar de bijzonderheden gevraagd. We wilden het niet weten.'

Faith had de officiële versie van Penny vernomen. Mercy had achter het stuur gezeten toen ze heuvelafwaarts de achtbaan namen die naar Devil's Bend voerde. Het ambulancepersoneel had aan het hele stadje laten weten dat Mercy als een hyena had gelachen toen ze achter in de ambulance lag. Mercy had beweerd dat ze voor de Lodge geparkeerd stonden. Dat kon wel kloppen, want Mercy was op haar slaapkamer geweest toen ze met een naald in haar arm in slaap was gevallen. Ze kon zich niet herinneren dat ze naar de auto werd gedragen.

Nu moest Faith wel concluderen dat Cecil McAlpine de auto in zijn vrij had gezet en had gehoopt dat de zwaartekracht hem zou bevrijden van zijn dochter en van de jonge vrouw die hij had kapot had gebeukt en verkracht.

Tegen Christopher zei ze: 'De auto stortte zeven meter naar beneden, een ravijn in. Mercy werd door de voorruit geslingerd. Zo werd haar gezicht eraf gerukt. Gabbies hoofd was vermorzeld, maar dat was al voor het ongeluk gebeurd. Je vaders goede vriend sheriff Hartshorne zei dat haar voeten op het dashboard hadden gelegen ten tijde van de klap. De lijkschouwer zei dat haar schedel was verpulverd. Tijdens de autopsie kon ze alleen aan de hand van gebitsgegevens geïdentificeerd worden. Het was alsof iemand haar hoofd met een sloophamer had bewerkt.'

Christophers lippen trilden. Hij kon Faith niet aankijken, maar ze wist dat Christopher over het algemeen mensen niet kon aankijken.

'Wat was Gabbies volledige naam?' vroeg ze.

'Gabriella,' fluisterde hij. 'Gabriella Maria Ponticello.'

19

Wills brein zinderde van zelfverwijt. Paul was de hele tijd in zijn blikveld geweest. Hij had de man aan de tand moeten voelen omdat hij onder een valse naam had ingecheckt. Hij had dieper in Pauls verleden moeten duiken. Nog geen uur na Mercy's dood had Delilah hem over Gabbie verteld. Het misselijkmakende besef bekroop Will dat hij precies wist wat er op Pauls borst stond getatoeëerd. Je liet een naam alleen boven je hart zetten als die belangrijk voor je was.

Will had ernaar gekeken zonder hem te kunnen lezen.

Nog geen minuut nadat ze haar telefoon had gepakt, had Faith al bevestiging over Pauls band met Gabbie. In het archief van *The Atlanta Journal-Constitution* had ze een overlijdensbericht gevonden. Gabriella Maria Ponticello liet haar ouders, Carlos en Sylvia, en haar jongere broer, Paul, na.

'Kevin,' zei Faith. 'Loop om het huisje heen naar de andere kant. Je neemt Gordon mee naar huisje 4. Je luistert naar het verhaal dat hij opdist en dan vergelijken we onze bevindingen met wat we uit Paul loskrijgen.'

Kevin keek verbaasd, maar salueerde. 'Yes, ma'am.'

Wills kiezen begonnen pijn te doen, zo hard klemde hij zijn kaken op elkaar. Faith liet het verhoor van Gordon aan Kevin over omdat ze het gevoel had dat ze Will niet alleen kon laten.

Hij kon het haar niet kwalijk nemen. Inmiddels had hij al te veel verkloot.

De deur naar het woonhuis ging open. Delilah kwam als eerste naar buiten. Ze huppelde de trap af. Bitty duwde Cecil de veranda op. Dave kwam achter hen aan. Hij stak een sigaret op en blies een stoot rook uit terwijl hij hen volgde naar de rolstoelhelling aan de achterkant van het huis.

Met een ruk aan zijn mouw trok Faith Will mee het bos in. Daar zouden ze wachten tot het hoofdterrein verlaten was. Christopher zat met tiewraps vastgebonden aan een scheprad in het botenhuis. Sara was bij Jon. Vijf minuten daarvoor was het cocktailuur begonnen. Monica en Frank waren als eersten gegaan. Daarna Drew en Keisha. Nu de rest van de familie er ook naartoe ging, bleven Gordon en Paul over. In huisje 5 brandde licht, maar de mannen waren niet naar buiten gekomen. En waarom zouden ze? Dankzij Will was Paul ervan overtuigd dat hij met moord was weggekomen.

Hij kon zich niet langer inhouden. 'Ik heb het verkloot,' zei hij tegen Faith. 'Het spijt me.'

'Vertel eens hoe je het verkloot hebt,' zei Faith.

'Paul heeft een tattoo op zijn borst. Ik weet nu dat er "Gabbie" staat. Ik heb het gezien, maar ik kon het niet snel genoeg lezen. Hij sloeg er een handdoek overheen.'

Faith bleef iets te lang stil. 'Dat weet je niet.'

'Ik weet het wel. Jij weet het. Amanda weet het straks. Sara weet...' Het was alsof zijn maag zich had gevuld met diesel. 'Volgens Keisha kwamen Paul en Gordon laat naar het ontbijt. Toen heeft Paul het afgebroken handvat in hun spoelbak verstopt. Ik heb haar en Drew voor niks de stuipen op het lijf gejaagd. Ze waren doodsbang dat ze neergeschoten zouden worden. En Chuck zou waarschijnlijk nog leven. Christopher zou vanochtend als gids een tocht maken met gasten. Chuck zou nog in zijn bed hebben liggen slapen.'

'Mis,' zei Faith. 'Alle activiteiten werden afgelast vanwege Mercy.'

Will schudde zijn hoofd. Het deed er allemaal niet toe.

'Penny vertelde me over het auto-ongeluk,' zei Faith. 'Ik had dat uren geleden kunnen uitzoeken. Ik had Gabbies voornaam. Die had ik naast alle andere namen kunnen leggen, inclusief die van Paul. Zo heb ik dat overlijdensbericht ook gevonden.'

Will wist dat ze zich aan strohalmen vastklampte. 'We moeten een bekentenis uit Paul zien te krijgen. Hij mag hier niet mee wegkomen alleen omdat ik een fout heb gemaakt.'

'Hij komt er ook niet mee weg,' zei Faith. 'Kijk me eens aan.'

Will was er niet toe in staat.

'Christopher kan op een zware gevangenisstraf rekenen. We gebruiken zijn getuigenis om Cecil te pakken voor de moord op Gabbie. We arresteren Paul omdat hij Mercy heeft vermoord. God mag weten hoeveel stripclubs in Atlanta zelfgestookte drank van Chuck afnamen. Dat spul is bijna Monica's dood geworden. Dat alles zou niet gebeurd zijn als jij hier niet geweest was. Denk je dat Biscuits een onderzoek zou zijn gestart naar de moord op Mercy? Alleen dankzij jou wordt Paul gepakt. En Christopher. En Cecil.'

'Ik weet dat je me een beter gevoel wilt bezorgen, Faith, maar elk woord uit je mond druipt van medelijden.'

De deur van huisje 5 ging open. Gordon kwam als eerste naar buiten, gevolgd door Paul. Ze lachten ergens om en hadden geen idee dat de pleuris over hen beiden ging uitbreken.

'Kom,' zei Will.

Hij stak op een drafje het terrein over. Kevin naderde van de andere kant. Hij greep Gordon bij zijn arm.

'Wat krijgen we nou?' zei Gordon, maar Kevin trok hem al met zich mee.

'Hé!' Paul wilde achter hem aan gaan, maar met een ferme hand op zijn borst hield Will de man tegen.

Paul sloeg zijn blik neer. Deze keer bleef het flirterige geplaag achterwege. Zijn mond vormde een strakke streep. 'Oké. Dan moet het maar.'

'We gaan naar binnen,' zei Faith.

Will liep vlak achter Paul voor het geval hij het op een lopen wilde zetten. Kevin nam Gordon mee naar huisje 4. De lampen gingen aan. De deur ging dicht, maar niet nadat Gordon Paul strak had aangekeken. Will checkte of Faith het ook had gezien.

Beide mannen waren erbij betrokken.

De woonkamer stonk naar goedkope kroeg, vol halflege drankflessen en omgevallen glazen. De afvalbak zat boordevol chipszakken en snoepwikkels. Will rook een vleug wiet. Naast de stoel zag hij een asbak vol opgerookte joints, te veel om te tellen.

'Zo te zien hebben jullie hier een leuk feestje gehad,' zei Faith. 'Viel er iets te vieren?'

Paul trok een wenkbrauw op. 'Vind je het erg dat we je niet uitgenodigd hebben?'

'Ik ben er kapot van.' Faith wees naar de bank. 'Ga zitten.'

Nijdig nam Paul plaats. Met zijn armen over elkaar leunde hij achterover. 'Waar gaat dit over?'

'Jij zei net "dan moet het maar". Wat moet maar?'

Paul keek naar Will. 'Je hebt de tattoo gezien.'

Het was alsof er een metalen spies in Wills borst werd gestoken.

'Ik heb jullie de hele dag rond zien lopen,' zei Paul. 'Was het Mercy? Heeft ze het aan iemand verteld voor ze stierf?'

'Wat zou ze moeten vertellen?' vroeg Faith.

Will keek toe terwijl Paul zijn shirt losknoopte en de stof wegtrok om zijn borst te tonen. Het was een nogal barokke tattoo, versierd met rode hartjes en veelkleurige bloemen. Vanwaar Will zat, herkende hij alleen de G, maar dat kwam waarschijnlijk omdat hij de naam al wist.

Faith boog zich naar voren. 'Dat is slim. Je ziet de naam pas als je weet waarnaar je zoekt. Mag ik?'

Paul haalde zijn schouders op toen Faith haar iPhone tevoorschijn haalde.

Ze maakte verschillende foto's en ging toen met een zucht op de stoel zitten.

'Ben ik verdachte of getuige?' wilde Paul weten.

'Ik snap dat het verwarrend is,' zei Faith. 'Want je gedraagt je alsof je geen van beide bent.'

'Het privilege van de witte man, correct?' Paul reikte naar een drankfles. 'Ik moet iets drinken.'

'Zou ik maar niet doen,' zei Faith. 'Het is geen Old Rip.'

'Maar wel alcohol.' Paul nam een grote slok rechtstreeks uit de fles. 'Waar zijn jullie eigenlijk naar op zoek?'

Faith keek Will aan, alsof ze verwachtte dat hij het overnam. Hij ging ervan uit dat hij het zwijgen langer volhield dan zij, maar deze keer liep het anders.

'Hallo,' zei Paul. 'Getuige-streepje-verdachte aan de lijn. Is er iemand thuis?'

Will voelde het bloed naar zijn wangen stijgen. Hij kon niet degene blijven die alles in de soep liet lopen. 'Heeft Mercy je tattoo gezien?' vroeg hij.

'Ik heb hem aan haar laten zien, als je dat bedoelt.'

'Wanneer?'

'Weet ik niet, ongeveer een uur nadat we ingecheckt hadden. Ik ging douchen. Daarna was ik in de slaapkamer om me aan te kleden. Ik keek uit het raam en zag Mercy naar ons huisje komen. Waarom niet, dacht ik.' Paul liet de fles tussen zijn handen rollen. 'Ik wikkelde de badhanddoek weer om mijn middel en wachtte.'

'Waarom wilde je dat ze de tattoo zag?' vroeg Will.

'Ze moest weten wie ik ben.'

'Wist Mercy dat Gabbie een broer had?'

'Ik denk het,' zei Paul. 'Ze hebben elkaar maar een paar maanden gekend die zomer, maar ze hadden al heel snel een hechte band. De brieven die Gabbie naar huis schreef, gingen allemaal over Mercy en hoeveel lol ze samen hadden. Het klonk als...' Paul zweeg, zoekend naar de juiste woorden. 'Ken je dat? Je bent jong en je komt iemand tegen en het klikt gewoon, als twee magneten die aan elkaar vast komen te zitten. Je snapt niet hoe je kon leven voor je die persoon ontmoette en wilt de rest van je leven samen zijn.'

'Waren ze geliefden?' vroeg Will.

'Nee, ze waren gewoon twee perfecte, beeldschone vriendinnen. En toen werd alles kapotgemaakt.'

'Je hebt onder een valse naam ingecheckt. Dat was het moment geweest om Mercy te laten weten dat je Gabbies broer bent.'

'Ik wilde niet dat haar familie erachter kwam.'

'Waarom niet?'

'Omdat...' Paul nam weer een slok. 'Jezus, wat smerig. Wat is dat in godsnaam?'

'Illegale troep.' Faith stak haar arm uit en griste de fles uit zijn handen. Ze zette hem op de vloer en wachtte tot Will doorging.

Die kon zijn mond alleen nog op de automatische piloot zetten. 'Waarom niet?'

'Waarom ik niet wilde dat de McAlpines erachter kwamen?' Met een zucht dacht Paul er nog even over na. 'Het was iets tussen Mercy en mij, snap je? Eigenlijk wist ik niet eens of ik wilde dat zij erachter kwam, maar toen zag ik haar en...' Hij haalde zijn schouders op en zweeg.

Will luisterde naar de stilte in de kamer. Hij keek naar zijn handen. Zelfs de gewonde hand wilde zich tot een vuist ballen. Al die tijd had hij zijn kiezen zo hard op elkaar geklemd dat de pijn tot op het bot ging. Zijn lichaam was vertrouwd met dat soort woede. Die kende hij nog van school als de leraar hem op zijn kop gaf omdat hij de zin op het bord niet afmaakte. Die kende hij van het kindertehuis als Dave hem uitlachte omdat hij niet goed kon lezen. Will had een truc ontwikkeld, dan nam hij in gedachten afstand van de situatie en ontkoppelde zijn geest van zijn lichaam, alsof hij het snoer van een lamp lostrok.

Maar hij zat nu niet meer achter in een klaslokaal. Hij was niet meer in het kindertehuis. Hij praatte met een moordverdachte. Zijn partner rekende op hem. En nog belangrijker: Jon rekende op hem. Will had Mercy's laatste hartslag gevoeld. Stilzwijgend had hij haar beloofd dat haar moordenaar zijn straf niet zou ontlopen. Dat haar zoon rust zou krijgen als de man die hem haar had ontnomen werd gestraft voor zijn wandaad.

Will schoof de salontafel weg van de bank en ging recht tegenover Paul zitten. 'Gistermiddag op het pad hadden Gordon en jij ruzie.'

Paul keek verbaasd. Hij had geen idee dat Sara de woordenwisseling had opgevangen.

'Je zei tegen Gordon: "Het boeit me niet wat jij denkt. Het is het enige juiste."'

'Dat klinkt niet als iets wat ik zou zeggen.'

'En toen zei Gordon: "Sinds wanneer maak jij je druk om wat juist is?"'

'Zijn hier camera's?' vroeg Paul. 'Word ik hier afgeluisterd?'

'Weet je nog wat je tegen Gordon zei?'

Paul haalde zijn schouders op. 'Ik ben heel benieuwd.'

'Gordon zei: "Sinds wanneer maak jij je druk om wat juist is." En toen zei jij: "Sinds ik heb gezien wat een kloteleven ze hier leidt."'

Paul knikte. 'Oké, dat lijkt er meer op.'

'Gordon zei dat je het moest laten rusten. Maar je liet het niet rusten, hè?'

Paul pulkte aan de zoom van zijn shirt, vouwde er strakke plooien in. 'Wat heb ik nog meer gezegd?'

'Vertel het zelf maar.'

'Waarschijnlijk iets in de trant van: laten we het maar bespreken boven een vat Jim Beam.'

'Je hebt me verteld dat je Mercy gisteravond rond halfelf op het pad hebt gezien.'

'Klopt.'

'Je zei dat ze haar ronde deed.'

'Ja.'

'Heb je met haar gepraat?'

Paul vouwde de plooien weer open. 'Ja.'

'Wat heb je gezegd?'

'Dat geloof je toch niet,' zei Paul. 'Gordon zei dat ik bij jou uit de buurt moest blijven. Hij zei dat jij gewoon een grote domme smeris was die iedereen met een schijn van verdenking zou arresteren.'

'Bij jou is het meer dan een schijn van verdenking,' zei Will. 'Wat heb je gisteravond op het pad tegen Mercy gezegd, Paul? Ze deed haar werk, deed haar ronde, en toen kwam jij rond halfelf jullie huisje uit en sprak haar aan.'

'Dat klopt.'

'Wat heb je gezegd?'

'Dat...' Weer slaakte hij een diepe zucht. 'Dat ik het haar vergaf.' Hij begon de stof weer te plooien. 'Ik vergáf haar,' fluisterde hij. 'Ik had het Mercy jarenlang verweten. Het vrat me op vanbinnen, snap je? Gabbie was mijn grote zus. Ik was nog maar vijftien toen het gebeurde. Een enorm groot deel van haar leven – van ons leven samen – werd me afgepakt. Ik heb nooit de kans gehad haar als een volwassen mens te leren kennen.'

'Heb je Mercy daarom vermoord?'

'Ik heb haar niet vermoord,' zei Paul. 'Je moet iemand haten om te kunnen moorden.'

'Maar je haatte de vrouw niet die verantwoordelijk was voor de dood van je zus?'

'Jarenlang heb ik haar gehaat. En toen kwam ik achter de waarheid.' Paul keek op naar Will. 'Mercy zat niet achter het stuur.'

Will nam de man aandachtig op, zonder iets te laten merken. 'Hoe weet je dat ze niet achter het stuur zat?'

'Zoals ik ook weet dat Cecil McAlpine haar verkracht heeft.'

Will had het gevoel alsof alle zuurstof in de kamer was opgebrand. Hij keek naar Faith. Ze was al even geschokt als hij.

Paul vervolgde: 'Ik weet ook dat Cecil en Christopher Gabbie samen met Mercy in de auto hebben gelegd. Ik hoop dat Gabbie tegen die tijd dood was. Ik moet er niet aan denken dat ze wakker werd en de auto met een noodvaart op die scherpe bocht af zag scheuren in het besef dat ze niks kon doen om hem te stoppen.'

Weer wierp Will een blik op Faith. Ze was naar de rand van haar stoel geschoven.

'Haar bekken was ook verbrijzeld,' zei Paul. 'Een klein detail dat mijn moeder me pas vorig jaar vertelde. Het arme mens lag op sterven. Alvleesklierkanker, plus dementie, plus een uit de hand gelopen urineweginfectie. Ze kreeg hoge doses morfine. Haar brein – haar schitterende brein – hield haar gevangen in de zomer waarin Gabbie stierf. Ze hielp haar inpakken voor haar reis naar de bergen, zorgde ervoor dat ze de juiste kleren meenam, zwaaide haar uit toen mijn vader haar wegbracht met de auto. Vervolgens nam ze de telefoon op. Ze hoorde over het ongeluk. Ze vernam dat Gabbie dood was.'

Paul boog zich voorover en pakte de fles van de vloer. Hij nam een grote teug voor hij zijn verhaal vervolgde.

'Ik zat als enige aan mijn moeders sterfbed. Mijn vader was twee jaar daarvoor aan een hartaanval overleden.' Hij drukte de fles tegen zijn borst. 'Dementie kent geen patronen. Het vreemdste detail schoot haar te binnen en verdween weer, bijvoorbeeld dat Gabbie was vergeten haar knuffelbeer mee te nemen. Dat we die misschien konden opsturen. Of dat ze hoopte dat de McAlpines Gabbie goed te eten gaven. Het waren toch aardige mensen? Ze had de vader aan de telefoon gehad toen Gabbie naar die stageplek solliciteerde. Hij heette Cecil, maar iedereen noemde hem Pa. Hij was degene die ons belde om te zeggen dat Gabbie dood was.'

Paul wilde weer een slok nemen, maar hij bedacht zich en gaf de fles aan Will. 'Dat telefoontje van Cecil – dat was haar echt bijgebleven. Pa vertelde haar tot in detail over het ongeluk. Mijn moeder dacht dat hij wilde helpen met zijn keiharde eerlijkheid, maar daar ging het niet om. Hij beleefde het geweld opnieuw. Kun je je voorstellen wat een psychopaat je moet zijn als je eerst iemands kind verkracht en vermoordt en daarna de moeder belt om er alles over te vertellen?'

Will kende dat soort psychopaten, maar nu pas besefte hij dat Cecil McAlpine er ook een was.

'Dat telefoontje heeft mijn moeder tot aan haar graf achtervolgd. Ze had nog maar een paar uur te leven, maar kon over niets anders praten. Niet over de gelukkige tijden, bijvoorbeeld over Gabbies viooloptredens of atletiekwedstrijden of over toen ik iedereen versteld deed staan door medicijnen te gaan studeren, maar alleen over dat telefoontje van Cecil McAlpine waarin hij haar alle bloederige details over Gabbies dood vertelde. En ik moest het tot op het laatste woord aanhoren, want dat waren de allerlaatste minuten die ik met mijn moeder zou doorbrengen hier op aarde.'

Hij keek uit het raam, en zijn ogen glansden in het licht.

'Hoe ontdekte je dat Cecil je zus had vermoord?' vroeg Faith.

'Na haar dood moest ik mijn moeders papieren doornemen. Ook die van mijn vader. Ze had nooit de moeite genomen ze uit te zoeken. Achter in zijn dossierkast stond een map. Daar zat alles in wat met het ongeluk te maken had. Niet dat het veel voorstelde. Een politierapport van vier pagina's. Een autopsierapport van twaalf pagina's. Ik ben plastisch chirurg. Ik heb mensen behandeld nadat ze een auto-ongeluk hadden gehad. Ik ben getuige geweest bij strafprocessen en civiele schadeprocedures. Ik heb nog nooit een zaak meegemaakt zonder dozen vol papieren. Ook zonder dat er iemand was overleden. Gabbie ging dood. Mercy ging bijna dood. En dan wil je me vertellen dat je met zestien pagina's klaar bent?'

Will had ook de nodige autopsierapporten gelezen. De man had gelijk. 'Is er een toxicologisch onderzoek geweest?'

'Je bent dus meer dan een knap gezicht.' Pauls glimlach had iets droevigs. 'Dat was het opvallendst. Gabbie had marihuana en een hoge concentratie alprazolam in haar bloed.'

'Xanax,' zei Will. Het was de voorkeursdrug van de McAlpines.

'Gabbie rookte, en ze vond het heerlijk om high te zijn,' zei Paul. 'Ze nam pepmiddelen: amfetamine, molly, soms coke als iemand het bij zich had. Ze was niet verslaafd. Ze hield alleen van feesten. Ook daarom vond mijn vader dat ze die stage in het vakantieoord moest doen. Hij had de aankondiging gevonden. Hij dacht dat frisse lucht, hard werken en lichaamsbeweging haar op het goede spoor zouden zetten.'

'Mercy is nooit aangeklaagd voor ook maar iets wat met dat ongeluk te maken had,' zei Will. 'Vonden je ouders dat niet vreemd?'

'Mijn vader had een enorm vertrouwen in de waarheid, het recht en het Amerikaanse systeem. Als een politieman zei dat er niets te vinden was, dan was er niets te vinden.'

Faith kuchte. 'Wie was die politieman?'

'Jeremiah Hartshorne de Eerste. Nummer Twee zit nu op de job.'

'Heb je hem gesproken?'

'Nee, ik heb een privédetective ingehuurd,' zei Paul. 'Die ging bellen, klopte op deuren. Het halve stadje weigerde met hem te praten. De andere helft werd ziedend telkens als Mercy's naam viel. Ze was een hoer, een junkie, een moordenares, een slechte moeder, een misbaksel, een heks, door de duivel bezeten. Stuk voor stuk schoven ze haar de schuld voor Gabbies dood in de schoenen, maar eigenlijk ging het niet over Gabbie. Ze haatten Mercy, dat was het.'

'Hoe ontdekte je wat er echt was gebeurd?' vroeg Will.

'We werden door een informant benaderd. Heel geheimzinnig allemaal.' Paul glimlachte verbitterd. 'Het heeft me tienduizend dollar gekost, maar dat had ik ervoor over om eindelijk de waarheid te horen. Uiteraard kon ik er verder niks mee. Zodra hij het geld in handen had, wilde die klootzak niks meer zeggen. Hij wilde niet getuigen. Hij weigerde een verklaring af te leggen. We trokken zijn geschiedenis na. Het is een glibberig stuk stront. Ik betwijfel of hij met zijn getuigenis Jeffrey Dahmer de cel in had gekregen voor door rood lopen.'

Will wist het antwoord al, maar hij moest het toch vragen. 'Wie was die informant?'

'Dave McAlpine,' zei Paul. 'Je hebt hem gearresteerd voor de moord op Mercy, maar om de een of andere reden heb je hem weer laten gaan. Je weet dat hij niet alleen haar ex-man is, hè? Hij is ook haar geadopteerde broer.'

Will wreef over zijn kaak. Wat Dave ook aanraakte, alles werd een teringzooi. 'Wat heb je gisteravond op het pad tegen Mercy gezegd?'

Paul haalde diep adem en blies de lucht langzaam weer uit. 'Ten eerste moet je iets meer over Gabbies brieven weten. Ze schreef minstens één keer per week. Ze was dol op Mercy. Ze gingen een flat huren in Atlanta en... Je weet hoe dom je kunt zijn op je zeventiende. Je maakt een rekensommetje en leeft van Mac & Cheese à tien cent per week. Gabbie was zo blij dat ze een vriendin had gevonden. Ze had het niet makkelijk op school. Ik vertelde je toch over de viool? Ze zat in een orkest. Ze werd er jarenlang mee gepest. Pas toen ze tot een schoonheid opbloeide, werd haar leven eindelijk wat leuker. En Mercy was haar eerste vriendin in dat nieuwe leven. Het was heel speciaal. Het was perfect.'

'En ten tweede?' vroeg Will.

'Gabbie schreef ook over Cecil. Ze had het gevoel dat hij Mercy pijn deed. Haar fysiek mishandelde, en misschien was er meer. Ik ken de bijzonderheden niet, want daar had ze het niet over. Eigenlijk betwijfel ik of ze er de juiste woorden voor had kunnen vinden. Gabbie is niet met angst opgegroeid. Dit alles was nog voor het internet ons van onze onschuld beroofde. Er waren geen twintig miljoen podcasts over mooie jonge vrouwen die werden verkracht en vermoord.'

Will hoorde het verdriet in zijn stem. Eén ding was duidelijk: Paul had van zijn zus gehouden. Maar hij had Wills oorspronkelijke vraag nog niet beantwoord. 'Wat heb je gisteravond op het pad tegen Mercy gezegd?'

'Ik vroeg of ze wist wie ik was. Ze zei ja. Ik zei dat ik haar vergaf.'

Will wachtte op meer, maar hij zweeg.

'En?' drong Faith aan.

'Ik had een heel verhaal voorbereid, dat ik wist dat ze van Gabbie had gehouden, dat ze beste vriendinnen waren geweest, dat Mercy geen blaam trof, dat het al die tijd haar vader was geweest, dat ze zich nergens schuldig over hoefde te voelen... Dat soort dingen. Maar Mercy gaf me niet de kans om ook maar iets te zeggen.' Paul lachte geforceerd. 'Ze spuugde naar me. Letterlijk. Ze boerde een ranzige rochel op en liet hem gaan.'

'En dat was het?' vroeg Faith. 'Ze zei verder niets?'

'Ja, ze zei dat ik de tyfus kon krijgen. Toen liep ze naar het huis. Ik keek haar na tot ze naar binnen ging en de deur dichtsloeg.'

'En toen?'

'En toen... niets. Ik was verbijsterd, uiteraard. En ik was niet van plan nog achter haar aan te gaan. Ze was duidelijk geweest over haar gevoelens. Ik liep dus weer naar binnen en ging zitten, op dezelfde plek waar ik nu zit. Gordon had alles gehoord. Eerlijk gezegd waren we allebei min of meer sprakeloos. Ik had niet verwacht dat we elkaar in de armen zouden vallen, maar wel dat ik in elk geval met haar in gesprek zou raken en dat we het daarmee misschien min of meer zouden kunnen afsluiten.'

Het verdriet was uit zijn stem verdwenen. Nu klonk hij perplex.

'Oké, ik wil het nog even terugspoelen.' Kennelijk deelde Faith Wills scepsis. 'Mercy spuugde naar je, maar jij deed niets terug?'

'Wat kon ik doen? Ik was niet kwaad op haar. Ik had medelijden met haar. Kijk hoe ze hier moet leven. Het hele stadje kijkt op haar neer. Ze zit vast op deze berg met een vader die haar heeft laten opdraaien voor de dood van haar beste vriendin. De hele familie acht haar schuldig. Door die man is ze haar gezicht kwijtgeraakt. Moet je nagaan. Mercy's eigen vader heeft haar van haar gezicht beroofd, en ze woont in zijn huis, werkt met hem, eet met hem, zorgt voor hem. En daar komt nog bij dat haar ex-man, of broer, of hoe je het ook noemt, me tienduizend dollar heeft afgetroggeld in ruil voor de waarheid, maar zonder haar ooit te vertellen wat er echt is gebeurd. Het is zo verdomd triest.'

'Hoe kwam het dat Dave de waarheid wist?' vroeg Will.

'Dat weet ik niet,' zei hij schouderophalend. 'Bied hem nog maar eens tienduizend dollar aan. Ik weet zeker dat hij dan zwicht.'

Will kreeg Dave later wel te pakken. 'Je maakte vanochtend geen geschokte indruk toen ik vertelde dat Mercy was doodgestoken.'

'Ik was stomdronken en zo high als de pieten,' zei Paul. 'Gordon zette me onder de douche om te ontnuchteren. Daardoor was ik er niet al te best aan toe toen je me zag. Het water was ijskoud geworden.'

'Hoe weet je zo zeker dat Mercy geen idee had dat haar vader verantwoordelijk was voor Gabbies dood?' vroeg Faith.

'Dat heeft de echtgenoot/broer me verteld. Het ergste was dat hij als een enorme lul overkwam toen hij dat vertelde. Arrogant, zo van: haha, ik weet iets wat zij niet weet, kijk eens hoe slim ik ben.'

Dat klonk inderdaad als Dave.

'De allereerste keer dat ik met Mercy sprak, wist ik dat het waar was,' zei Paul. 'Ik probeerde het uit haar te trekken, snap je? Om te zien of ze wist wat haar vader had gedaan. Ik had het over het geld dat dit bedrijf opbrengt, over hoe mooi het hier is. Ik dacht dat ze het spel misschien meespeelde, of dat ze haar vader wilde beschermen.'

'Maar?' vroeg Faith.

'Toen ik vroeg naar het litteken op haar gezicht, probeerde ze het met beide handen te bedekken.' Bedroefd schudde Paul zijn hoofd. De herinnering emotioneerde hem. 'Mercy keek zo vreselijk beschaamd. Niet gewoon beschaamd, maar het soort schaamte dat voelt alsof je ziel uit je lichaam is geslagen.'

Will kende dat soort schaamte maar al te goed. Dat Dave Mercy ermee had opgezadeld, die gevoelens had gebruikt om de moeder van zijn kind te straffen, was buitengewoon wreed.

'Daar hadden Gordon en ik ruzie over op het pad. Ik wist dat ik haar de waarheid moest vertellen. En ik heb het geprobeerd, maar het was duidelijk dat ze die niet wilde horen. Gordon had gelijk. Ik ben mijn zus en beide ouders al kwijt. Het is niet mijn taak om ook maar iets aan deze verknipte familie te herstellen. Dat is een verloren zaak.'

Faith legde haar handen op haar knieën. 'Is je gisteravond misschien nog iets anders opgevallen aan Mercy? Of aan de familie? Heb je iets gezien?'

'Misschien luister ik ook te veel naar podcasts, maar het is altijd iets wat je niet belangrijk vindt wat uiteindelijk heel belangrijk blijkt te zijn. Dus…' Paul haalde zijn schouders op. 'Toen Mercy het huis binnenging en de deur dichtsloeg, was ik nog steeds totaal verbijsterd. Ik bleef een tijdje staan kijken, een en al ongeloof. En ik zweer dat ik toen iemand op de veranda heb gezien.'

'Wie dan?' vroeg Faith.

'Waarschijnlijk vergis ik me. Het was per slot van rekening donker. Maar ik zweer dat die figuur op Cecil leek.'

'Waarom zou je je vergissen?'

'Omdat hij opstond en naar binnen liep nadat de deur was dichtgeslagen.'

20

Sara paste haar tempo aan het schuifelloopje van Jon aan toen ze over de Loop Trail naar de eetzaal liepen. Ze had hun vertrek wat uitgesteld, want ze was niet van plan een jongen van zestien mee te nemen naar een cocktailuur. Het leek een wat dwaas principe, want Jon was stoned geweest toen ze bij huisje 9 had aangeklopt. Ze had zich een weg naar binnen gekocht met zakken chips en twee Snickers, die Will ongetwijfeld zou missen.

Jon had het nieuws over zijn vaders onschuld in geschokt zwijgen aangehoord. De gebeurtenissen van de laatste vierentwintig uur hadden hem zichtbaar verpletterd. Hij had zijn tranen niet meer proberen te verbergen, maar had Sara vol ongeloof, met trillende handen en bevende onderlip aangekeken toen ze hem de waarheid had verteld: Dave was onschuldig. Ze hadden een andere verdachte, maar Sara mocht hem daar niets over vertellen.

Ze had aangeboden hem naar zijn grootouders te brengen, maar Faith had gelijk gehad. De jongen had geen enkele haast om naar huis te gaan. Sara had hem naar beste vermogen gezelschap gehouden. Ze hadden het over bomen en wandelroutes gehad, over alles behalve over het feit dat zijn moeder vermoord was. Aan zijn manier van spreken – zonder al het 'eh', 'hm' en 'boeien' waarvan de meeste tienertaal was vergeven – merkte Sara dat hij hoofdzakelijk in het gezelschap van volwassenen was opgegroeid. Dat die volwassenen allemaal de achternaam McAlpine deelden, was wel heel vette pech.

Jon schopte een steentje van het pad en harkte met zijn voet door het zand. Hij was zichtbaar gespannen. Hij wist beter dan Sara dat ze vlak bij de eetzaal waren. Waarschijnlijk verwachtte hij dat zijn aanwezigheid voor enige ophef zou zorgen nadat hij urenlang onvindbaar was geweest. De laatste keer dat hij in het gebouw was geweest, was hij straalbezopen tegen zijn moeder tekeergegaan.

'Weet je zeker dat je dit wilt?' vroeg Sara. 'Het is niet bepaald privé. Er zijn ook allemaal gasten.'

Zijn haar viel voor zijn ogen toen hij knikte. 'Is hij er ook?'

Sara wist dat hij Dave bedoelde. 'Ik denk het,' zei ze. 'Zal ik anders tegen je familie zeggen dat je terug bent? Dan wacht je hen thuis op.'

Weer schopte hij een steentje weg, maar hij schudde zijn hoofd.

Ze ging ervan uit dat ze zwijgend hun pad zouden vervolgen, maar Jon kuchte even. Hij keek haar vluchtig aan, waarna hij zijn blik weer neersloeg.

'Wat heb jij voor familie?' vroeg hij.

Sara dacht even na. 'Ik heb een jongere zus die een dochtertje heeft. Ze leert voor vroedvrouw. Mijn zus, niet mijn nichtje.'

Jons mondhoeken gingen iets omhoog in een vage glimlach.

'Mijn vader is loodgieter. Mijn moeder doet de boekhouding en de planning voor het bedrijf. Ze is heel erg betrokken bij maatschappelijke zaken en bij activiteiten van haar kerk, en dat laat ze me ook vaak genoeg weten.'

'En wat voor man is je vader?'

'Tja...' Sara was zich ervan bewust dat Jon een ingewikkelde relatie met zijn eigen vader had. Om Jon te sparen besloot ze zich in te houden en het contrast tussen haar vader en Dave niet te groot te maken. 'Hij is gek op van die typische vadergrappen.'

Jon keek weer schichtig haar kant op. 'Wat voor vadergrappen?'

Sara dacht aan het kaartje dat haar vader in haar koffer had gestopt. 'Hij wist dat ik deze week in de bergen zou doorbrengen en schreef op een kaartje: "Wat doet een beer als hij een ravijn wil oversteken met een bord GEVAARLIJK! NIET OVERSTEKEN ervoor?"'

'Nou?'

'Hij loopt door, want hij kan niet lezen.'

Jon lachte snuivend. 'Wat flauw.'

Sara vond het stiekem geweldig. Jon had het slecht getroffen, maar zij had de jackpot gekregen. 'Je weet wat ik je over Will heb verteld. Hij wil het met je over je moeder hebben. Hij moet je een paar dingen vertellen.'

Jon knikte. Hij keek weer naar de grond. Ze dacht aan de jongeman die ze de vorige dag had ontmoet. Hij was zo vol zelfvertrouwen de verandatrap van zijn huis afgedaald. In elk geval tot Will hem op zijn nummer had gezet. Nu was hij nerveus en voelde zich zichtbaar geïntimideerd.

Als kinderarts was Sara getuige geweest van de twee kanten die kinderen de wereld toonden. Vooral jongens deden alles om uit te vinden hoe je je als man gedroeg. Helaas kozen ze vaak de verkeerde mannen als rolmodel. Jon had Cecil, Christopher, Dave en Chuck. Een enge incel die met enige regelmaat door zijn beste vriend gif kreeg toegediend was niet eens het ergste, maar er waren zoveel betere.

'Sara?'

Faith wachtte haar op bij het uitkijkplatform. Ze was alleen. In de eetzaal brandden de lampen. Sara hoorde het gekletter van bestek, het geroezemoes van stemmen. Iedereen had hier uren vastgezeten en gezien dat gasten er een voor een werden uitgepikt om ondervraagd te worden. Van het keukenpersoneel hadden ze waarschijnlijk gehoord dat er een lijk in de vriezer zat. Christopher was nergens te bekennen. Vervolgens was Dave opgedoken en was het alsof er een atoombom was afgegaan. En ondertussen hadden Gordon en Paul geschitterd door afwezigheid. Sara vermoedde dat het gonsde van de theorieën.

'Zal ik eerst naar binnen gaan?' vroeg ze aan Jon.

'Nee, ik red me wel.' Jon rechtte zijn schouders en liep de deur door. Hij harnaste zich. Sara's hart brak bij het zien van zijn breekbare moed.

'Sara,' zei Faith nogmaals. 'Deze kant op.'

Sara volgde haar over de Chow Trail. Toen Kevin en Will Christopher in het botenhuis hadden vastgezet, had Faith Sara al bijgepraat over zijn onthullingen. Nu bracht zij op haar beurt Faith op de hoogte van haar kant van het onderzoek. 'Nadine heeft gebeld. Het water is weer gezakt. Er is twee ton grind op de weg gestort. Ze kan hier binnen het uur zijn. Nog even en het nieuws gaat rond dat iedereen weer weg kan. Onderling wordt er al gepraat. Wat je tegen de een zegt, kun je net zo goed tegen de hele club zeggen.'

'Vertel eens over de autopsie,' zei Faith.

Sara was op dat moment niet in staat puntsgewijs te denken. 'Je bedoelt over de zwangerschap of –'

'Wat heb je voor monsters afgenomen voor het lab?'

'Het sperma in haar vagina. Urine en bloed. Ik heb uitstrijkjes gemaakt van haar bovenbenen, mond, keel en neus, voor speeksel, zweet of

DNA-sporen. Ik heb ook vezels verzameld, hoofdzakelijk rode, maar ook wat zwarte, wat niet overeenkomt met de kleren die ze droeg. Verder waren er wat haren met nog intacte follikels. Ik heb nagelschraapsel afgenomen. Ik heb een –'

'Oké, dat is genoeg. Bedankt.'

Hierna zweeg Faith, wat niets voor haar was. Er schoten duidelijk allerlei ideeën door haar hoofd. Sara veronderstelde dat ze snel genoeg zou horen wat er aan de hand was, en dat moment brak aan toen ze na de laatste bocht in het pad Will zagen.

Hij bestudeerde de plattegrond die Faith had gemarkeerd. Aan de vermoeide trek op zijn gezicht zag Sara dat er tijdens het verhoor van Paul iets verschrikkelijk mis was gegaan.

'Was hij het niet?' vroeg ze.

'Nee,' zei Will. 'Paul wist al dat Cecil zijn zus had gedood. Gordons verhaal was vrijwel identiek aan het zijne. Hij was het niet.'

Voor Sara van haar verbazing was bekomen, vroeg Faith: 'Wat is jou als arts aan Cecil opgevallen?'

Sara schudde haar hoofd. De vraag kwam uit het niets. 'Wees eens wat specifieker.'

'Kan hij uit zijn rolstoel opstaan?' wilde Faith weten.

Weer schudde Sara haar hoofd, maar nu in een poging om de verwarring op te helderen. 'Ik weet niet hoe zwaar zijn letsel is, maar twee derde van de rolstoelgebruikers is tot op zekere hoogte ambulant.'

'En dat betekent?' drong Faith aan.

'Ze zijn niet verlamd. Ze kunnen korte afstanden lopend afleggen, maar ze gebruiken de rolstoel vanwege chronische pijn of letsel of uitputting of omdat het fysiek gemakkelijker is.' In gedachten nam Sara haar korte interactie met Cecil tijdens het cocktailuur weer door. 'Hij kan zijn rechterarm gebruiken. Gisteravond heeft hij ons de hand geschud, weet je nog?'

'Hij had een krachtige greep,' zei Will.

'Dat is zo, maar zonder volledig onderzoek kun je vanuit dat gegeven niks extrapoleren.' Sara probeerde de gedachtegang door te trekken, maar ze zag niet hoe ze van nut kon zijn. 'Ik moet eerst zijn medisch dossier inzien en met zijn artsen praten voor ik kan zeggen of hij tot lopen in staat is. Nog afgezien daarvan is het verbluffend wat er met wilskracht te bereiken is. Bedenk eens hoelang Mercy nog leefde nadat ze al die steekwonden had opgelopen. De wetenschap zal nooit alles kunnen verklaren. Soms is een lichaam tot dingen in staat die eigenlijk niet kunnen.'

'Kan hij nog een erectie krijgen?' vroeg Faith.

Met een schok drong het tot Sara door. Ze hadden Cecil in het vizier. 'Geef me eens meer informatie.'

'Jij bent in het huis geweest,' zei Will. 'Heb je gezien waar Cecil sliep?'

'Een van de zitkamers op de begane grond is aangepast,' herinnerde Sara zich hardop. 'Hij heeft een normaal bed, geen ziekenhuisbed. Maar, eh... misschien heeft het niets te betekenen, maar ik zou een toiletstoel bij zijn bed hebben verwacht. Het toilet beneden is te smal voor een rolstoel. De badkuip had geen badzit. Vanochtend op de veranda zag ik Cecil in een boxershort. Hij had geen urinezak. Ik heb in de badkamer geen katheters gezien. Wel zag ik allemaal mannentoiletspullen op een plank boven het toilet. Zelfs als de badkamer toegankelijk was, zou hij er vanuit zijn rolstoel niet bij hebben gekund.'

'Zei je niet dat je het raar vond dat er geen rolstoelbus op het parkeerterrein staat?' vroeg Faith.

'Ik heb niet gezegd dat het raar was. Ik zei dat anderen hem waarschijnlijk de pick-up op en af moesten tillen. Bitty is te klein om het in haar eentje te doen. Ze had het aan Jon of Christopher kunnen vragen. Of aan Dave, trouwens.'

'Wacht,' zei Will. 'Toen ik de bel luidde, kwam Cecil als eerste naar buiten. Toen zag ik Bitty, maar volgens mij duwde ze de rolstoel niet. Cecil was er opeens, en toen pas verscheen Bitty. Christopher liet zich pas later zien. Net als Jon. Delilah was nog boven toen ik terugkwam van het huisje van Gordon en Paul. Je hebt zelf gezegd dat Bitty Cecil nooit in haar eentje zou kunnen tillen. Ze is nog geen één meter vijftig en weegt hooguit vijfenveertig kilo met haar sokken aan. Dus hoe kwam Cecil in zijn rolstoel?'

'Hij stond op en liep,' zei Faith.

Over het lopen kon Sara verder geen uitspraak doen. 'Wat heeft Paul gezegd waardoor dit alles aan het rollen is gebracht?'

'Hij zag Mercy om 22.30 uur, maar ze ging het pad niet op,' zei Will. 'Ze ging het huis in. Paul zag Cecil opstaan van de veranda en haar volgen.'

Sara wist niet wat ze moest zeggen.

'Het eerste telefoontje van Mercy naar Dave was om 22.47 uur,' zei Faith. 'Dave nam niet op. Mercy was ten einde raad. Toen ging ze met haar vader praten. Misschien is Cecil in paniek geraakt omdat hij bang was dat Mercy weer met Paul ging praten en dan te horen zou krijgen hoe Gabbie in werkelijkheid aan haar einde was gekomen. Wat heeft Cecil in die tien minuten met Mercy gedaan?'

Sara's hand ging naar haar keel. Ze had gehoord waartoe Cecil McAlpine in staat was.

'Wat er ook tussen Cecil en Mercy voorviel, ze raakte totaal van de kook. Ze belde Dave om 22.47 uur, om 23.10 uur, 23.12 uur, 23.14 uur, 23.19 uur en 23.22 uur. We weten dat ze ergens binnen wifibereik was toen ze die telefoontjes pleegde.'

Will hield de plattegrond voor Sara omhoog. 'Waarschijnlijk was Mercy nog in het huis toen ze begon met bellen. Ze pakte haar rugzak, propte er haar kleren en het aantekenboek in. Ze rende naar de eetzaal. En al die tijd probeerde ze contact met Dave te krijgen.'

'Achter in de keuken is een kantoorkluis,' zei Faith. 'Kevin heeft hem met Christophers sleutel geopend. Hij was leeg.'

'Weet je nog wat Mercy op de voicemail insprak?' zei Will. 'Ze zei dat Dave onderweg was.'

'Ze had het tegen Cecil,' zei Faith.

Sara keek op de plattegrond om de afstand te berekenen tussen het huis en de eetzaal, en tussen de eetzaal en de vrijgezellenhuisjes. 'Cecil had het eventueel kunnen redden naar de eetzaal, maar niet naar beneden, naar de vrijgezellenhuisjes. De Rope Trail had hij niet aangekund en Lost Widow zou hem te veel tijd kosten. Om nog maar te zwijgen van de fysieke kracht die ervoor nodig is om Mercy zo vaak met een mes te steken.'

'Dus stuurde hij iemand anders om de klus te klaren,' zei Will.

Sara moest hun woorden even laten bezinken. Ze keek Will aan. Nu begreep ze de gekwelde blik in zijn ogen. 'Denk je dat Cecil een handlanger had?'

'Dave,' zei Will.

Nu vielen alle stukken voor Sara op hun plaats. 'Mercy probeerde de verkoop tegen te houden. Zodra zij uit de weg was geruimd, had Dave zeggenschap over Jons stem. Hij heeft een geldmotief.'

'Hij heeft meer dan dat,' zei Will. 'Hij heeft Cecil vaker geholpen met het opruimen van zijn rotzooi.'

Nu nam Faith het over. 'Dave wist dat Cecil het auto-ongeluk in scène had gezet. Dat vertelde hij vorig jaar aan Paul in ruil voor geld. Moet je kijken –'

Sara zag Faith over het scherm van haar telefoon swipen om een kaart van het district boven te halen.

'Devil's Bend is in de buurt van de groeve buiten het stadje, zo'n drie kwartier rijden van de Lodge. Christopher zei dat er drie uur waren verstreken tussen het moment dat Cecil wegreed met Gabbie en Mercy in de auto en het moment dat de sheriff over het ongeluk kwam vertellen. Cecil heeft onmogelijk in drie uur terug naar huis kunnen lopen. Er ligt een complete berg tussen de twee locaties. Iemand moet hem gereden hebben.'

'Dave,' zei Sara.

'Veertien jaar geleden heeft Dave Cecil geholpen de sporen van de moord op Gabbie te wissen,' zei Faith. 'En gisteravond heeft Dave Cecil geholpen Mercy te vermoorden om zijn sporen opnieuw te wissen.'

Sara was overtuigd. 'Wat gaan jullie doen? Hoe ziet het plan eruit?'

Will zei: 'Jij moet een manier zien te vinden om Jon daar weg te krijgen. Ik ga Dave wakker schudden.'

'Dave wakker schudden?' Dat stond Sara totaal niet aan. 'Hoe ga je hem wakker schudden?'

'Zou je ons even alleen willen laten?' vroeg Will aan Faith.

Sara's nekharen gingen een voor een overeind staan toen Faith een eindje het pad op liep. 'Je wilt dat Dave Cecil verraadt,' zei ze.

'Ja.'

'Dus je gaat Dave opstoken om iets stoms te zeggen.'

'Ja.'

'En waarschijnlijk wil hij je iets aandoen.'

'Ja.'

'En waarschijnlijk heeft hij een tweede mes.'

'Ja.'

'En Kevin en Faith laten het allemaal gebeuren.'

'Ja.'

Sara keek naar zijn rechterhand, die hij nog steeds tegen zijn borst hield gedrukt. Het verband was gerafeld en bijna zwart van alle vuil, zweet en God mocht weten wat nog meer. Ze liet haar blik zakken. Hij droeg de revolver niet bij zich die Amanda hem had gegeven. Zijn linkerhand hing langs zijn zij. Ze zag de trouwring aan zijn vinger.

Wills eerste huwelijksaanzoek aan Sara was eigenlijk geen aanzoek geweest. Ze had geen antwoord gegeven omdat hij de vraag niet echt had gesteld. Dat was niet verbazingwekkend geweest. Hij was een opvallend onhandige man. Vaak nam hij zijn toevlucht tot wat gebrom en lange stiltes. Hij gaf de voorkeur aan het gezelschap van honden boven dat van mensen. Hij repareerde graag dingen, waarbij hij liever niet uitlegde waardoor ze kapot waren gegaan.

Maar hij luisterde wel naar Sara. Hij respecteerde haar mening. Hij hechtte waarde aan haar inbreng. Hij bezorgde haar een veilig gevoel. Hij leek veel op haar vader. En dat raakte de kern van waarom ze zo volkomen en onherroepelijk verliefd op hem was. Will zou altijd voor iemand opstaan wanneer alle anderen bleven zitten.

'Sla hem maar helemaal verrot,' zei ze.

'Oké.'

Wat bibberig liep ze naar de eetzaal. Ze draaide aan haar trouwring. Ze dacht aan Jon, want hij was de enige die ze wilde beschermen. De afgelopen vierentwintig uur waren verpletterend traumatisch voor de jongen geweest. Hij was straaldronken geworden. Hij had ruzie gemaakt met zijn moeder. In aanwezigheid van een onbekende had hij op zijn eigen erf gekotst. Omringd door nog meer onbekenden had hij vernomen dat zijn moeder was vermoord. Toen was zijn vader gearresteerd, vervolgens weer onschuldig verklaard, en nu stond Will op het punt om Dave ertoe over te halen vol branie te vertellen dat hij de moeder van zijn kind toch had vermoord.

Voor het zover was, moest Sara Jon daar weghalen.

Faith stond weer op het uitkijkplatform te wachten. Kevin had zich bij haar gevoegd.

'Ik heb het keukenpersoneel weggestuurd,' zei hij. 'Die zitten in huisje 4 tot dit alles voorbij is. En de gasten?'

'Dat zien we dan wel,' zei Will. 'We moeten ervoor zorgen dat Dave er een hele show van maakt. Misschien heeft hij behoefte aan publiek.'

Sara keek Will aan. 'Stel dat ik Jon daar niet weg krijg?'

'Dan hoort hij maar wat er te horen valt.'

Sara ademde diep in. De realiteit was een bittere pil. Ze knikte. 'Oké.'

'Hou Bitty in de gaten,' waarschuwde Faith. 'Denk aan wat ik gezegd heb, dat ze zich gedroeg als Daves psychotische ex. Ze kan weleens heel onvoorspelbaar zijn.'

Daar was Sara al op voorbereid. Niets van wat er op deze plek gebeurde, verbaasde haar nog. 'Kom, eropaf.'

Kevin opende de deur.

Sara liep als eerste de eetzaal binnen. Die zag er nog net zo uit als eerst. Twee tafels, waarvan er maar een was gedekt voor het diner, dat al was opgediend. Schoongeschraapte dessertbordjes. Halflege wijnglazen. In plaats van allemaal bij elkaar te zitten hadden de stellen zich in groepjes verdeeld, elk in een eigen kamp. Frank en Monica hadden zich bij Drew en

Keisha gevoegd. Gordon en Paul zaten bij Delilah. Cecils rolstoel stond aan het hoofd van de tafel. Bitty zat links van hem, met Dave naast zich. Jon zat rechts van Cecil, recht tegenover zijn grootmoeder.

Sara voelde alle ogen op zich gericht toen ze naast Jon plaatsnam. Met zijn vader zo dicht in de buurt leek de jongen alle moed verloren te hebben. Hij had zijn handen ineengeslagen op zijn schoot gelegd. Op zijn shirt zaten zweetplekken. Hij liet zijn hoofd hangen, maar zelfs Sara voelde de withete haat die hij over de tafel heen naar Dave uitstraalde.

'Jon.' Sara raakte zijn arm aan. 'Kan ik je buiten even spreken?'

'Geen denken aan,' zei Dave. 'Jullie hebben mijn jongen al lang genoeg bij me weggehouden.'

'En zo is het,' zei Bitty. 'Zodra de weg weer vrij is, wil ik jullie hier allemaal weg hebben.'

'Rustig,' zei Cecil. Hij klemde zijn vork in zijn rechterhand en priemde er een stuk cake aan. In de stilte in de zaal klonk alleen zijn luide gesmak.

Jon liet zijn hoofd nog steeds hangen. Zijn pijn was al even tastbaar als zijn woede. Het liefst had Sara haar armen om hem heen geslagen en hem weggevoerd, maar ze mocht het onderzoek niet verstoren. Will en Faith hadden hun plek al ingenomen. Kevin versperde de ingang. Faith stond aan het eind van de tafel. Will had zich dicht bij Dave opgesteld, waardoor hij ook in de buurt van de keukendeur stond. Ze hadden een perfecte driehoek gevormd.

'En?' blafte Cecil. 'Waar gaat dit over?'

'Waar is mijn zoon?' vroeg Bitty.

'Christopher is gearresteerd wegens de productie, distributie en verkoop van illegale alcohol,' zei Faith.

De korte stilte die daarop volgde, werd verbroken door Daves gelach.

'Krijg nou wat,' zei hij. 'Goed werk, Fishtopher!'

'Chapeau!' Paul hief zijn glas. 'Op Fishtopher.'

Monica wilde ook toosten, maar Frank hield haar hand tegen. Sara keek naar Bitty, die alleen maar aandacht voor Dave had.

Zijn hele houding was veranderd. Hij wist dat dit geen aangenaam gesprek ging worden. Trommelend met zijn vingers op de tafel keek hij eerst naar Kevin, toen naar Faith en uiteindelijk wendde hij zich tot Will. 'Hé, Vullisbak. Hoe is het met je hand?'

'Beter dan met jouw ballen,' zei Will.

Jon gniffelde.

'Jon. Als wij nou eens weggaan?' vroeg Sara op gedempte toon.

'Je blijft met je reet op die stoel zitten, jongen,' gebood Dave.

Jon verstijfde bij het horen van het scherpe bevel. Bitty maakte een afkeurend geluid. Sara bestudeerde het bestek. Twee verschillende vorken, een mes, een lepel. Ze konden stuk voor stuk in een wapen veranderen. Ze wist dat Will dezelfde conclusie had getrokken. Zijn blik rustte niet op Daves gezicht, maar op diens handen. Sara keek naar Bitty's handen, die samengevouwen op tafel lagen.

'En?' vroeg Dave. 'Wat wil je, Vullisbak?'

Faith gaf antwoord. 'De lijkschouwer heeft gebeld. Ze heeft wat bewijs gevonden tijdens de lijkschouwing op Mercy.'

Bitty snoof. 'Is dit de juiste plek om dat soort zaken te bespreken?'

'Volgens mij is dit dé avond om de waarheid te horen,' zei Paul.

Sara zag dat Faith hem met een blik de mond snoerde.

'Of misschien ook niet.' Paul zette zijn glas weer op tafel.

'De lijkschouwer heeft schraapsel onder Mercy's nagels verwijderd,' zei Faith. 'Ze vond huidschilfers, wat betekent dat Mercy degene die haar heeft aangevallen heeft gekrabd. We willen het DNA van alle aanwezigen hier.'

Dave lachte. 'Nou, veel succes, dame. Daar heb je een gerechtelijk bevel voor nodig.'

'Dat op dit moment door rechter Framingham wordt ondertekend.' Faith sprak met zoveel gezag dat Sara haar bijna geloofde. 'Je kent de rechter toch, Dave? Zat hij niet een paar van je rechtszaken wegens rijden onder invloed voor? Hij heeft je je rijbewijs afgepakt.'

Dave streek met zijn vinger langs de vork naast zijn bord. 'Gaan jullie echt van iedereen hier het DNA afnemen?'

'Dat klopt,' zei Faith. 'Niemand uitgezonderd.'

'Dat kunnen jullie niet maken,' zei Drew. 'Er is geen enkele reden om –'

'Mijn DNA heb je niet nodig' zei Cecil. 'Ik ben godverdomme haar vader.'

Sara kromp ineen bij zijn woede-explosie. Meteen gingen haar gedachten naar Gabbie en vervolgens naar Mercy.

'Mr McAlpine,' zei Faith op kalme toon. 'Er is zoiets als forensisch DNA-onderzoek, en dat houdt in dat iedereen die fysiek contact met Mercy heeft gehad, of het nou Bitty, Delilah, uzelf, Jon of een van de gasten was, iets van zijn of haar genetisch materiaal op haar lichaam heeft kunnen achterlaten. We moeten van iedereen een genetisch profiel opstellen zodat we het materiaal van de moordenaar kunnen isoleren. Het keukenpersoneel en Penny hebben al monsters afgestaan. Zoveel heeft het nou ook weer niet om het lijf.'

'Oké.' Tot ieders verrassing nam Delilah als eerste het woord. 'Ik heb Mercy's hand vastgepakt. Het was nog voor het diner, maar zet me maar op de lijst. Hoe doen we dit? Speeksel? Uitstrijkje?'

'Niks ervan!' Keisha sloeg met haar hand op tafel. 'Ik hou jullie geheim niet meer voor me. Wat een klotezooi is dit.'

'Wat voor geheim?' vroeg Delilah.

'Mercy was twaalf weken zwanger,' zei Faith.

Bitty hapte naar adem. Meteen keek ze naar Dave.

Ook Sara keek naar Dave. Hij was duidelijk door het nieuws uit het veld geslagen.

Aan het eind van de tafel klonk wat geroezemoes, maar Sara had alleen oog voor Bitty, die een kalmerende hand op Daves arm legde. Zijn kaak stond strak. Hij bleef zijn vuist maar spannen en ontspannen.

'Wat zei je daar over mijn vrouw?' vroeg hij.

Nu mengde Will zich erin. 'Mercy was je vrouw niet.'

Daves vuist werd een strakke bal. Hij negeerde Will en richtte al zijn woede op Faith. 'Wat stond je net voor bullshit uit te braken?'

'Het ging niet alleen om de gasten,' zei Will. 'Mercy neukte geregeld met Alejandro.'

Dave stond zo snel op dat zijn stoel omkletterde. Nu keek hij Will aan. 'Hou je gore bek!'

Sara was al even gespannen als de anderen aan tafel. De twee mannen gingen de confrontatie aan, klaar om elkaar af te maken.

'Dave.' Bitty trok aan de achterkant van zijn shirt. 'Ga zitten, schat. Als ze een gerechtelijk bevel hadden, zouden ze dat allang hebben laten zien.'

Dave plooide zijn mond tot een platte grijns. 'Ze heeft gelijk. Laat me dat papier maar eens zien, Vullisbak.'

'Denk je dat ik niet aan jouw DNA kan komen?' vroeg Will. 'Je hoeft maar een peuk weg te schieten of een colaflesje weg te gooien of je reet aan de wc-bril af te vegen en ik heb het te pakken. Je kunt het niet helpen. Jouw stank zit op alles wat je aanraakt.'

'Ik rook niet,' mengde Frank, de vredestichter, zich in het gesprek. 'Maar je hoeft niet achter me aan te sjouwen. Ik sta met alle genoegen speeksel of slijm af.'

'Tuurlijk,' zei Gordon. 'Waarom niet? Ik doe mee.'

'Mogen we kiezen wat we willen afstaan?' vroeg Paul.

Sara zag dat Jon zijn gezicht in zijn handen nam. Met een schrille kreet duwde hij zijn stoel weg van de tafel. Hij rende de zaal door en botste bijna tegen Kevin op. De deur sloeg met een knal achter hem dicht. Het geluid weergalmde in de stilte. Sara wist niet wat ze moest doen: achter hem aan gaan of blijven.

'Mijn lieve jongen,' fluisterde Bitty.

Dave keek naar zijn moeder. Bitty lag half over de tafel, reikend naar Jons lege stoel. Langzaam ging ze weer zitten. Ze sloeg haar handen ineen. Daves blik ging naar de deur waardoor Jon zojuist was ontsnapt. Zijn gezicht had iets weerloos. Zijn onderlip begon te trillen. Tranen vulden zijn ogen.

Even plotseling als ze waren opgekomen, waren ze weer verdwenen.

Zijn houding veranderde zo snel dat Sara het gevoel had naar een goocheltruc te hebben gekeken. Het ene moment was hij helemaal kapot, het volgende moment barstte hij in razernij uit.

Dave trapte tegen zijn omgevallen stoel. Het hout sloeg stuk tegen de muur.

'Wilde je mijn DNA, Vullisbak?'

'Ja,' zei Will. 'Dat wil ik.'

'Haal het dan maar uit die baby die ik in Mercy's buik heb gestopt. Niemand anders heeft haar ooit aangeraakt. Die baby is van mij.'

'Kijk hem nou,' zei Will. 'Vader van het jaar.'

'Reken maar!'

'Wat ben je toch een ellendig stuk vreten. Mercy was de enige echte ouder die Jon ooit heeft gehad. Ze schonk hem geborgenheid. Ze zorgde voor een dak boven zijn hoofd, eten op zijn bord en liefde in zijn hart, en dat heb je hem allemaal afgepakt.'

'*Wíj* hebben dat alles aan Jon gegeven!' riep Dave uit. 'Mercy en ik. Het was altijd wij tweeën.'

'Sinds je elfde, hè?'

'Fuck you.' Dreigend deed hij een stap in Wills richting. 'Je hebt geen idee wat we samen hadden. Mercy heeft van me gehouden vanaf dat ze klein was.'

'Als een braaf klein zusje?'

'Klootzak,' mompelde Dave. 'Je weet heel goed wat we samen hadden. Ze hield alleen van mij. Ze gaf alleen om mij. Ik was de enige man die haar ooit heeft geneukt.'

'Verneukt zul je bedoelen.'

'Zeg dat nog eens,' zei Dave. 'Zeg dat nog één keer recht in mijn gezicht, stomme eikel. Zal ik het voor je opschrijven? Moet ik het voor je spellen, Vullisbak? Mercy hield van míj. De enige om wie ze ooit heeft gegeven was ík.'

'Waarom heeft ze het dan met geen woord over je gehad?' vroeg Will. 'Mercy leefde nog toen ik haar vond, Dave. Ze praatte tegen me. Ze heeft je naam niet eens genoemd.'

'Bullshit.'

'Ik vroeg haar wie haar had neergestoken. Ik smeekte haar het me te vertellen. Weet je wat ze zei?'

'Ze heeft niet gezegd dat ik het was.'

'Nee, dat heeft ze niet gezegd,' zei Will. 'Ze wist dat ze ging sterven, en de enige om wie ze zich zorgen maakte, was Jon.'

'Onze Jon.' Hij sloeg met zijn vuist tegen zijn borst. 'Onze zoon. Onze jongen.'

'Ze wilde Jon bij je weg hebben,' zei Will. 'Dat is het eerste wat ze tegen me zei. "Jon mag hier niet blijven. Haal hem hier weg." Weg van jóú, Dave.'

'Dat is niet waar.'

'Tijdens het eten hadden ze ruzie,' zei Will. 'Jon was woedend op Mercy omdat ze de verkoop tegenhield. Hij zei dat hij samen met zijn grootmoeder en met jou in een huis wilde wonen. Wie heeft hem dat aangepraat, Dave? Was dat dezelfde eikel die zei dat hij me Vullisbak moest noemen?'

Dave schudde zijn hoofd. 'Wat lul je nou, man?'

'Van Mercy moest ik tegen Jon zeggen dat ze hem vergaf,' zei Will. 'Ze wilde niet dat hij een schuldgevoel aan de ruzie overhield. Dat waren letterlijk de laatste woorden die over haar lippen kwamen. Die gingen niet over jou, Dave. Verre van dat. Mercy kon nauwelijks praten. Ze was aan het leegbloeden. Het mes stak nog in haar borstkas. Ik kon de lucht door de gaten in haar longen horen fluiten. En met haar laatste grammetje kracht, letterlijk met haar laatste ademtocht, keek ze me recht in mijn ogen en zei het drie keer achter elkaar. Dríé keer. Vergeef hem. Vergeef hem. Vergeef...' Zijn stem haperde. Hij keek Dave vol afgrijzen aan.

'Wat?' vroeg Dave. 'Wat zei ze?'

Sara begreep niet wat er gebeurde. Ze zag Wills borstkas op- en neergaan toen hij diep inademde en de lucht langzaam liet ontsnappen. Hij keek Dave nog steeds strak aan. Er vond een uitwisseling plaats. Misschien hun gedeelde geschiedenis. Ze waren twee vaderloze jongens. Jon was als vaderloze zoon opgegroeid. En nu was zijn moeder er niet meer. Ze wisten als geen ander hoe het was om helemaal alleen te zijn.

Will zei: 'Met haar laatste woorden zei Mercy dat ze Jon vergaf.'

Dave zweeg. Hij keek op naar Will, met zijn hoofd naar achteren en zijn mond gesloten. Hij knikte, niet meer dan zijn kin die even naar beneden ging. Weer was daar die goocheltruc, maar nu omgekeerd. Als een ballon liep hij leeg. Zijn schouders vielen iets naar binnen. Zijn vuisten ontspanden. Hij liet zijn handen langs zijn zij vallen. Het enige wat niet veranderde, was de treurige uitdrukking op zijn gezicht.

'Heeft Mercy dat gezegd?' vroeg hij.

'Ja.'

'Met diezelfde woorden?'

'Ja.'

'Oké.' Dave knikte weer, alsof hij een besluit had genomen. 'Oké, ik was het. Ik heb haar vermoord.'

Bitty hapte naar adem. 'Davey, nee.'

Dave pakte een papieren servetje van tafel en droogde zijn ogen. 'Ik was het.'

'Davey,' zei Bitty. 'Stop met praten. We regelen een advocaat.'

'Het is goed, mama. Ik heb Mercy neergestoken. Ik heb haar vermoord.' Hij gebaarde naar de deur. 'Ga nu maar. Je hoeft de details niet te horen.'

Sara kon haar blik niet van Will losmaken. De pijn in zijn ogen brak haar hart. Ze had hem bij het meer gezien, met Mercy. Ze wist wat haar dood hem had gekost. Hij keek naar zijn gewonde hand en legde die weer op zijn borst. Het liefst was ze naar hem toe gegaan, maar ze wist dat het niet kon. Ze kon alleen hulpeloos toekijken terwijl iedereen de eetzaal verliet. Eerst de gasten, toen stond Bitty op om Cecils rolstoel te duwen, en toen was iedereen weg.

Ten slotte keek Will Sara aan. Hij schudde zijn hoofd. 'Neem jij het maar over,' zei hij tegen Faith.

Sara voelde zijn hand op haar schouder toen hij langsliep. Hij drukte die even, ten teken dat ze moest blijven zitten. Hij wilde alleen zijn. Dat moest ze hem gunnen.

Faith kwam meteen in actie. Haar Glock lag al in haar handen. Kevin was dichterbij gekomen. 'Laat me dat mes zien,' zei ze tegen Dave. 'Langzaam.'

Dave begon met het vlindermes in zijn laars en legde het op tafel. 'Ik wist dat Mercy aan het rondneuken was,' zei hij. 'Ik wist dat ze zwanger was. Dat van die illegale stokerij wist ik niet, maar ik wist dat ze ergens geld mee verdiende zonder ook maar iets aan mij te geven. Daar kregen we ruzie over.'

'Waar vond die ruzie plaats?'

'In de keuken.' Dave haalde zijn portefeuille en zijn telefoon tevoorschijn. 'Ik heb de kluis leeggehaald. Daarom hebben jullie niks gevonden.'

'Wat zat erin?' wilde Faith weten.

'Geld. De boekhouding waarmee ze knoeide zodat iedereen betaald werd.'

'En hoe zit het met het mes?' vroeg Faith.

'Wat is er met het mes?' Dave haalde overdreven zijn schouders op. 'Rood handvat. Stuk metaal dat uit het afgebroken gedeelte stak.'

'Waar had je het vandaan?'

'Mercy bewaarde het in haar bureaula. Ze maakte er enveloppen mee open.'

'Hoe kwam ze uiteindelijk bij de vrijgezellenhuisjes terecht?'

'Ik zat haar achterna over de Rope Trail. Ik stak haar neer en liet haar voor dood achter. Toen stak ik de zaak in brand om mijn sporen te wissen.'

'Maar ze werd niet in een van de huisjes gevonden.'

'Ik bedacht me. Ik vond dat Jon een lichaam moest hebben om te begraven. Ik sleepte haar naar het water. Dat zou alle bewijs wel wegspoelen, dacht ik. Ik wist niet dat ze nog leefde, anders zou ik haar verzopen hebben.' Hij haalde zijn schouders op. 'Toen verstopte ik me op het oude kampterrein. Ik ving wat vis en maakte eten klaar.'

'Heb je haar verkracht?'

Dave aarzelde, heel even maar. 'Ja.'

'Wat heb je met het handvat van het mes gedaan?'

'Ik glipte huisje 3 binnen nadat Vullisbak de bel had geluid. Hetzelfde toilet dat ik gerepareerd had voordat de gasten binnenkwamen.' Weer haalde hij zijn schouders op. 'Ik dacht dat Drew ervoor zou opdraaien. Maar jullie zijn me te slim af geweest.'

Sara keek toe terwijl Dave zijn handen omhoogstak zodat Faith hem in de boeien kon slaan.

'Nog niet,' zei Faith. 'Vertel eens over Cecil.'

Zijn schouders gingen weer omhoog. 'Wat wil je weten?'

21

Will rende door het bos. Hij had het pad weer verlaten en sneed zo een heel stuk van de Loop af. Laaghangende takken en twijgen zwiepten tegen zijn gezicht. Met zijn arm beschermde hij zijn ogen. Hij dacht aan de vorige avond, aan zijn blinde verwarring toen hij naar de bron van de kreten had gezocht. De locaties hadden zich nog niet in zijn hoofd vastgezet. Hij had alle kanten op gedraaid en was twee verschillende richtingen op gestuurd. Hij had de rook van het brandende huisje opgevangen. Op zoek naar Mercy was hij naar binnen gestormd. Toen was hij naar de oever van het meer gerend om haar te redden. Een mes had zijn hand doorboord toen hij had geprobeerd om haar te behouden. En toen had hij precies die woorden gehoord die hij had willen horen.

Vergeef hem... Vergeef hem.

Zo geruisloos mogelijk beklom Will de trap naar de veranda. De deur stond op een kier. Heel langzaam wurmde hij zich naar binnen. Het was donker geworden. De maan ging schuil achter wolken die met nieuw noodweer dreigden. Will zag een gestalte in de slaapkamer. Laden waren overhoopgehaald. Koffers stonden open op de vloer.

Dave had het iets eerder doorgehad dan Will. Een vonk van besef had de Jakhals van zijn stuk gebracht. Hij had Mercy vanaf haar kindertijd gekend. Hij was haar broer. Hij was haar man. Hij had haar misbruikt.

Ook was hij sluw, slim en manipulatief.

De bekentenis die hij tegenover Faith ging afleggen, zou vlekkeloos zijn. Het zou ook een leugen zijn. Waarschijnlijk had hij de afgelopen twaalf uur voldoende details opgepikt om elke vraag die Faith stelde te kunnen beantwoorden. Iedereen in het vakantieoord was wakker geworden toen Will de bel had geluid. Biscuits wist dat Mercy bij het meer was gevonden. Delilah had naast het uitgebrande huisje bij haar lichaam gewaakt. Keisha had het afgebroken handvat gezien. Waarschijnlijk wist Dave waar het bewaard was voordat het als wapen was gebruikt. Het keukenpersoneel had Kevin de lege kluis zien openen. Het was niet moeilijk te raden wat Mercy daarin bewaarde. Dave wist waar hij ontvangst had, waar gebeld kon worden en waar niet.

Vergeef hem. Vergeef hem.

Bij het meer had Will Mercy op zijn knieën gesmeekt om vol te houden, voor Jon. Ze had bloed opgehoest, recht in zijn gezicht. Ze had hem bij zijn shirt gegrepen en naar zich toe getrokken, hem in de ogen gekeken en haar laatste woorden uitgesproken. Maar haar laatste wens had ze niet tot Jon gericht. Die had ze tot Will gericht.

Vergeef hem.

Jij, een politieman, *moet het mijn zoon vergeven dat hij mij heeft vermoord.*

Will hoorde een rits die opengetrokken werd. En nog een. Jon was als een bezetene Sara's rugzak aan het doorzoeken. Hij zocht naar de vapepen die ze hem had afgetroggeld. Iets eerder, in de eetzaal, had hij uit Wills woorden opgemaakt dat het metaal op DNA-sporen kon worden onderzocht en dat het DNA hem aan Mercy's moordenaar zou koppelen.

Will wachtte tot Jon het ziplockzakje in het voorvak had gevonden.

Hij knipte het licht aan.

Jons mond viel open.

'Ik-Ik-Ik,' stotterde hij. 'Ik w-wilde, eh… Ik wilde iets tegen de zenuwen.'

'En je andere vapepen dan?' vroeg Will. 'Die in je achterzak zit?'

Jon stak zijn hand er al naar uit, maar stopte. 'Die is kapot.'

'Laat eens zien. Misschien kan ik hem maken.'

Schichtig keek Jon de kamer rond: naar de ramen, de deur. Hij wilde naar de badkamer rennen, want hij was zestien en dacht nog als een kind.

'Niet doen,' gebood Will. 'Ga op het bed zitten.'

Jon nam op de rand van de matras plaats, met zijn schoenen plat op het kleed voor het geval hij een kans zag om weg te rennen. Hij klemde het plastic zakje vast alsof zijn leven ervan afhing. En terecht, want het hing er ook van af.

Dave was niet Cecils handlanger.

Dat was Jon.

Sara had hem vlak na de moord bijna betrapt. Jon droeg een rugzak en stond op het punt om de berg af te dalen. Ook had hij zich in het donker teruggetrokken. Sara had er alleen maar naar geraden toen ze Jons naam had geroepen. Ze was ervan uitgegaan dat hij moest overgeven omdat hij had gedronken. Ze had niet kunnen weten dat hij net zijn moeder had vermoord.

Dat de Jakhals het eerder dan Will had beseft, was niet zo verrassend. Dat hij zijn eigen leven voor zijn zoon had willen opofferen, was het enige goede dat de man ooit had gedaan.

Will wrong het zakje uit Jons greep. Hij legde het op tafel en ging op de stoel zitten. 'Vertel eens wat er gebeurd is,' zei hij.

Jons adamsappel wipte op en neer.

'Sara zei dat ze je recht aankeek toen je moeder om hulp schreeuwde,' zei Will. 'Mercy stierf niet onmiddellijk. Ze raakte buiten bewustzijn. Toen werd ze weer wakker. Ze moet in doodsnood hebben verkeerd. Ze was gedesoriënteerd, bang. Daarom schreeuwde ze om hulp. Daarom schreeuwde ze: "Alsjeblieft."'

Jon bleef zwijgen, maar hij begon aan de nagelriem van zijn duim te peuteren. Will zag zijn ogen heen en weer schieten terwijl hij wanhopig probeerde te bedenken hoe hij zich hieruit moest redden.

'Wat heb je je moeder aangedaan?' vroeg hij.

Rond Jons nagelriem verscheen wat bloed.

'Sara zei dat je een donkere rugzak had,' vervolgde Will. 'Wat zat erin? Je bebloede kleren? Het handvat van het mes? Het geld uit de kluis?'

Jon drukte op de nagel om er nog meer bloed uit te persen.

'Nadat je Mercy om hulp had horen schreeuwen, rende je het huis in.' Will zweeg even. 'Waarom ging je naar binnen, Jon? Was daar iemand die op je wachtte?'

Jon schudde zijn hoofd, maar Will wist dat Cecils slaapkamer op de begane grond was.

'Je haar was nat toen ik je zag. Wie zei dat je moest douchen? Wie zei dat je andere kleren aan moest trekken?'

Jon smeerde het bloed over zijn duim en over de rug van zijn hand. Eindelijk verbrak hij zijn zwijgen. 'Ze ging steeds weer naar hem terug.'

Will liet hem zijn verhaal doen.

'Dave was de enige om wie ze gaf,' zei Jon. 'Ik smeekte haar om bij hem weg te gaan. Dan zouden we met zijn tweeën zijn. Maar ze ging altijd weer naar hem terug. Ik had... Ik had niemand.'

Will luisterde al even scherp naar zijn toon als naar zijn woorden. Jon klonk hulpeloos. Will kende de angst van een kind dat was overgeleverd aan de grillen van een volwassene.

'Wat Dave ook deed,' vervolgde Jon. 'Of hij haar sloeg, smoorde of schopte… ze nam hem altijd terug. Telkens koos ze voor hem in plaats van voor mij.'

Will ging rechtop zitten. 'Ik weet dat je het nu moeilijk kunt begrijpen, maar Mercy's relatie met Dave had niets met jou te maken. Misbruik is ingewikkeld. Wat er ook gebeurde, ze hield van je, met heel haar hart.'

Jon schudde zijn hoofd. 'Ik hing als een albatros om haar nek.'

Will wist dat Jon die uitspraak niet zelf had verzonnen. 'Wie heeft dat tegen je gezegd?'

'Iedereen, zo lang als ik leef.' Jon keek hem tartend aan. 'Jullie hebben het zelf gezegd. Mercy neukte gasten. Ze neukte Alejandro, werd weer zwanger. Ga maar met mensen in de stad praten. Die zullen je precies hetzelfde vertellen. Mercy was een slecht mens. Ze had een meisje vermoord. Ze was een prostituee. Ze dronk en was aan de drugs. Liet iemand anders voor haar kind zorgen. Liet zich door haar ex bont en blauw slaan. Ze was een stomme hoer, meer niet.'

'Schelden maakt het wat gemakkelijker, hè?' zei Will.

'Het maakt wat gemakkelijker?'

'Dat je haar al die messteken hebt toegebracht.'

Jon ontkende het niet, maar hij wendde zijn blik ook niet af.

'Je moeder hield van je,' zei Will. 'Toen we incheckten, zag ik jullie samen. Mercy straalde als jij in de buurt was. Ze ging de strijd aan met je tante Delilah om de voogdij. Ze raakte van de drank en de drugs af. Ze veranderde haar hele leven. En dat allemaal voor jou.'

'Ze wilde winnen,' zei Jon. 'Dat was het enige waar ze echt om gaf. Ze wilde van Delilah winnen. Ik was de trofee. Zodra ze me had, zette ze me op een plank en keek niet meer naar me om.'

'Dat is niet waar.'

'Het is wel waar,' zei hij met klem. 'Ooit heeft Dave mijn arm gebroken. Ik moest naar het ziekenhuis. Wist je dat?'

Tot zijn verdriet verbaasde het Will niet. 'Wat was er gebeurd?'

'Mama zei dat ik hem moest vergeven. Ze zei dat hij zich rot voelde, dat hij had beloofd me nooit meer te zullen aanraken, maar uiteindelijk was Bitty degene die me beschermde,' zei Jon. 'Ze zei tegen Dave dat als hij me ooit weer pijn deed, hij hier nooit meer mocht komen. En ze meende het.

Daarna liet hij me met rust. Dat deed Bitty voor me. Ze beschermde me. Ze beschermt me nog steeds.'

Will vroeg maar niet waarom zijn grootmoeder dat dreigement nooit had gebruikt om haar eigen dochter te beschermen.

'Ze heeft me gered,' zei Jon. 'Als ik Bitty niet had gehad, weet ik niet wat er met me gebeurd zou zijn. Dan zou Dave me nu al vermoord hebben.'

'Jon –'

'Zie je niet waartoe mama me heeft gebracht?' Jons stem brak bijna op de laatste woorden. 'Hierboven zou ik simpelweg verdwenen zijn. Ik zou een nul zijn geweest. Bitty is de enige vrouw die ooit van me heeft gehouden. Mama gaf geen reet om me tot ze zag dat ze me kwijt was.'

Will moest zijn verlangen naar een bekentenis afwegen tegen Jons geestesgesteldheid. Hij kon deze jongen niet vermorzelen. Jon zou de rest van zijn leven waarschijnlijk in de gevangenis doorbrengen, maar op een gegeven moment zou hij moeten terugkijken op wat hij gedaan had. Hij had recht op zijn moeders laatste woorden.

'Jon,' zei Will. 'Mercy leefde nog toen ik haar vond. Ze kon nog iets tegen me zeggen.'

Jon reageerde anders dan Will had verwacht. Zijn mond viel open. Zijn gezicht werd lijkbleek. Zijn lichaam was roerloos. Hij was zelfs gestopt met ademen.

Hij zag er doodsbang uit.

'Wat...' Paniek beroofde hem van zijn woorden. 'Wat heeft... Wat heeft ze...'

In gedachten nam Will de laatste paar seconden van hun gesprek nog eens door. Jon was heel passief geweest toen hij hem van moord had beschuldigd. Wat had hem opgeschrikt? Waar was hij bang voor?'

'Wat ze zag...' Nu hijgde Jon. Hij begon bijna te hyperventileren. 'Het was niet... We waren niet...'

Will liet zich langzaam achterover zakken.

Zie je niet waartoe mama me heeft gebracht?

'Ik wilde niet...' Jon slikte. 'Ze moest gewoon weg, oké? Als ze ons met rust had gelaten, hadden we kunnen...'

Mama gaf geen reet om me tot ze zag dat ze me kwijt was.

'Alsjeblieft... Ik heb niet... Alsjeblieft.'

Wills lichaam accepteerde de waarheid eerder dan zijn verstand. Zijn huid gloeide. Een luide, doordringende klank zoemde in zijn oren. Zijn brein tolde en voerde hem terug naar de eetzaal, als in een carrousel van nachtmerries. Hij zag Daves gealarmeerde gezicht toen Jon de deur uit rende. Hoe zijn houding langzaam veranderde. Het knikje toen hij het begreep. De plotselinge capitulatie. Niet Jons vertrek was de aanleiding geweest voor zijn bekentenis, maar het horen van Bitty's zachte gefluister.

Mijn lieve jongen.

Faith had bij wijze van grap gezegd dat Bitty zich gedroeg als Daves psychotische ex-vriendin. Maar het was geen grap. Dave was dertien geweest toen hij wegliep van het kindertehuis. Bitty had zijn leeftijd teruggebracht naar elf. Ze had hem als een kind behandeld, waardoor hij zich kwaad, gefrustreerd, slap en verward was gaan voelen. Niet alle kinderen die seksueel waren misbruikt, werden later ook plegers, maar plegers van seksueel misbruik waren altijd op de loer naar nieuwe slachtoffers.

'Jon.' Will kreeg de naam nauwelijks over zijn lippen. 'Mercy belde Dave omdat ze iets had gezien, hè?'

Jon sloeg zijn handen voor zijn gezicht. Hij huilde niet. Hij probeerde zich te verschuilen. De schaamte sloeg zijn ziel uit zijn lichaam.

'Jon,' zei Will. 'Wat had Mercy gezien?'

Jon weigerde te antwoorden.

'Vertel maar,' zei Will.

Hij schudde zijn hoofd.

'Jon,' herhaalde Will. 'Wat heeft Mercy gezien?'

'Je weet wat ze gezien heeft!' schreeuwde Jon. 'Ik wil het niet zeggen!'

Het was alsof duizend scheermessen door Wills borst sneden. Hij was zo dom geweest. Hij had alleen maar gehoord wat hij had willen horen.

Mercy had niet tegen hem willen zeggen dat Jon weg moest 'van hier'.

Ze had willen zeggen dat Jon weg moest 'van haar'.

ZEVENENDERTIG MINUTEN VOOR DE MOORD

Mercy keek door het smalle raampje van de hal. Het maanlicht viel helder als een spotlight op het erf. In huisje nummer 5 zat Paul Ponticello waarschijnlijk tegen zijn vriend te jammeren. Daar had hij het recht toe. In een van haar beruchte woedeaanvallen had Mercy als een leeuwin tegen hem gebruld, en nu was ze vervuld van spijt. De waarheid was dat ze verbijsterd was geweest toen Paul haar vergeving had geschonken.

Mercy verdiende van alles en nog wat voor de dood van Gabbie, maar vergeving hoorde er niet bij.

Ze drukte haar vingers tegen haar ogen. Ze had barstende koppijn. Ze was blij dat Dave niet had opgenomen toen ze hem had gebeld om te vertellen wat er was gebeurd. Hij was altijd te vinden voor een lekker rotverhaal, maar ze zou er alleen maar kwader van zijn geworden.

Haar hele lijf stond toch al strak. Ze was opgezwollen en vet. Ze zou wel ongesteld moeten worden. Ze hield het niet meer bij op haar app. Online had ze gruwelverhalen gelezen over de politie die je gegevens te pakken kreeg en via je creditcards natrok wanneer je voor het laatst tampons had gekocht. Zou je zien dat dan ook de financiën van Fish werden doorgelicht. Ze moest tegen Dave zeggen dat hij weer een condoom om moest doen. En deze keer was het haar menens. Hij kon mokken tot hij een ons woog, maar het risico voor haar broer was te groot.

Voor zijn eigen broer, theoretisch gezien.

Weer sloot ze haar ogen. Opeens werd ze overmand door alle ellende van die dag. Bovendien deed de snee in haar duim verrekte pijn. Weer zo'n stomme fout om dat glas te laten vallen toen Jon tegen haar tekeer was gegaan. De hechtingen waren nat geworden toen ze de keuken had schoongemaakt. Haar keel voelde rauw en gekneusd nadat Dave hem had dichtgeknepen. Ze mocht niets sterkers dan tylenol.

En wat had haar in godsnaam bezield toen ze met die dokter ging praten? Sara was zo aardig geweest dat Mercy helemaal was vergeten dat haar man een smeris was. Will Trent had Dave toch al in de smiezen. Het laatste wat ze kon gebruiken was een rondsnuffelende GBI-agent op het terrein. Godzijdank kwam er vanachter de bergen noodweer opzetten. De huwelijksreizigers hadden vast maar weinig excuus nodig om de rest van de week in hun huisje te blijven.

Ze dacht ook aan die stomme Chuck zoals hij die ochtend bij de materiaalschuur met een rokend stuk folie had staan zwaaien. Hij werd slordig, stookte te snel te veel drank om nog op kwaliteit te kunnen controleren. Tijd om dat zaakje op te doeken. Fish liep al maanden te janken dat hij weg wilde. En niet alleen vanwege die stokerij. Hij wilde zich bevrijden uit deze claustrofobische gevangenis die generaties McAlpines eerder uit wrok dan uit trots hadden opgebouwd.

Schokkend genoeg wilde ze zelf ook weg.

Achteraf waren haar dreigementen tijdens de familievergadering holle kreten geweest. Nooit zou ze iemand haar jeugddagboeken laten lezen, waarin ze Pa's razernij had beschreven. Niemand zou ooit ontdekken dat Pa de Lodge had overgenomen door zijn eigen zus met een bijl aan te vallen. Bitty's wandaden zouden allang verjaard zijn. Mercy's brieven aan Jon waarin ze over Daves misbruik schreef zouden nooit het daglicht zien. Fish kon de whiskystokerij aan de kant doen en de rest van zijn eenzame leven op het water doorbrengen.

Mercy ging de cirkel verbreken. Jon verdiende meer dan aan dit vervloekte stuk land geketend te zijn. Ze ging voor de verkoop aan de investeerders stemmen. Ze zou honderdduizend dollar voor zichzelf achterhouden en de rest in een fonds voor Jon stoppen. Dan werd Delilah bewindvoerder. Daar zou Dave zijn tanden op mogen stukbijten. Zelf ging ze een appartementje in de stad huren zodat Jon zijn school kon afmaken, en daarna zou ze hem naar een goede universiteit sturen. Ze had geen idee hoeveel geld ervoor nodig was om zelfstandig te kunnen leven, maar de vorige keer had ze werk gevonden. Nu zou ze ook weer werk vinden. Ze had een sterke rug. Een solide arbeidsethos. Levenservaring. Ze kon het.

En als het verkeerd liep, kon ze altijd weer bij Dave intrekken.

'Wie is daar?' blafte Pa.

Mercy hield haar adem in. Haar vader had op de veranda gezeten toen ze Paul verrot had gescholden. Pa had willen weten waarover het ging, maar dat had ze geweigerd. Nu hoorde ze haar vader tot leven komen in zijn bed. Nog even en hij zou de gang op wankelen, zijn benen met zich meeslepend alsof het de kettingen van Jacob Marley waren. Mercy sloop de trap op voor hij bij haar was.

Er brandde geen licht, maar de maan scheen naar binnen door de ramen aan weerszijden van de gang. Ze bleef aan de rechterkant. Ze was vaak genoeg het huis in en uit geglipt om precies te weten welke vloerplanken kraakten. Ze keek naar de badkamer aan het einde van de gang. Jon had zijn handdoek op de vloer laten liggen. Achter zijn gesloten deur hoorde ze Fish snurken als een stoomtrein. Bitty's deur stond op een kier, maar Mercy stak haar gezicht nog liever in een wespennest.

Jons deur zat dicht. Zacht licht scheen eronderdoor.

Mercy voelde iets van haar eerdere spanning terugkeren. Van alle ruzies met haar zoon was die tijdens het eten niet de ergste geweest, maar wel de meest openbare. Ze was allang de tel kwijt van alle keren dat Jon keihard tegen haar had geschreeuwd dat hij haar haatte. Meestal duurde het een dag of twee voor hij weer afgekoeld was. Hij was heel anders dan Dave, die je het ene moment in je gezicht kon stompen om vervolgens te gaan mokken omdat je kwaad op hem was.

God wist dat ze zichzelf nooit had wijsgemaakt een goede moeder te zijn. Wel een veel betere dan Bitty, maar daarmee legde ze de lat erbarmelijk laag. Mercy kon er als moeder mee door. Ze hield van haar zoon. Ze zou haar leven voor hem opofferen. In het hiernamaals zou de hemelpoort niet voor haar openzwaaien – niet nadat ze zoveel mensen pijn had gedaan, niet na het dierbare leven dat ze had afgekapt – maar misschien zou haar pure liefde voor Jon haar nog een mooi plekje in het vagevuur opleveren.

Eigenlijk moest ze Jon over de verkoop vertellen. Hij zou niet kwaad op haar kunnen zijn omdat ze hem precies gaf wat hij wilde. Misschien konden ze samen ergens naartoe gaan. Op vakantie naar Alaska of Hawaii of naar een van de tientallen plekken waar hij het altijd over had gehad toen hij nog een kleine kletskous met grote dromen was.

Geld zou sommige van die dromen in vervulling kunnen laten gaan.

Voor Jons deur bleef ze staan. Ze hoorde het getinkel van een muziekdoosje. Ze fronste haar voorhoofd. Haar zoon luisterde naar Bruno Mars en Miley Cyrus, niet naar 'Twinkle, Twinkle, Little Star'. Ze klopte zachtjes op de deur. God verhoede dat ze Jon weer betrapte met een fles lotion. Ze wachtte en probeerde zijn vertrouwde tred over de vloer op te vangen. Het enige wat ze hoorde, was de blikkerige klank van metalen staafjes tegen een ronddraaiende spoel.

Iets weerhield haar ervan opnieuw aan te kloppen. Ze draaide de deurknop om en opende de deur.

Het auto-ongeluk waarbij Gabbie was omgekomen, was altijd een leemte geweest in Mercy's hoofd. Ze was op haar kamer in slaap gedommeld. Ze was wakker geworden in een ambulance. Dat waren de enige twee feiten die ze zich nog herinnerde. Maar soms diepte haar lichaam iets uit haar geheugen op. Een flits van verschrikking die zich door haar zenuwen brandde. Een kille angst die het bloed in haar aderen deed stollen. Een hamer die haar hart aan gruzelementen sloeg.

Zo voelde ze zich toen ze haar moeder bij haar zoon in bed aantrof.

Het was een kuis tafereel. Ze waren allebei nog gekleed. Jon lag in Bitty's armen. Ze had haar lippen op de bovenkant van zijn hoofd gedrukt. Het muziekdoosje speelde. Zijn babydekentje lag om zijn schouders. Bitty had haar vingers in zijn haar gekruld, haar benen verstrengeld met de zijne, haar hand onder zijn hemd geschoven, en ze streelde met haar vingers zijn buik. Het had voor iets doodgewoons kunnen doorgaan, als Jon niet een bijna volwassen man was geweest en zij zijn grootmoeder.

Bitty's blik nam het laatste restje twijfel weg. Haar schuldbewuste gezicht vertelde het hele verhaal. Ze wist niet hoe snel ze uit het bed moest klimmen. Met haar badjas strak om zich heen geklemd zei ze: 'Ik kan het uitleggen, Mercy.'

Mercy's knieën begaven het bijna toen ze naar de badkamer strompelde. Kokhalzend hing ze boven de wc. Water en braaksel spatten tegen haar gezicht. Ze klemde de pot met beide handen vast. Weer kokhalsde ze.

'Mercy,' fluisterde Bitty. Ze stond in de deuropening, met Jons babydekentje tegen haar borst. 'Laten we erover praten. Het is niet wat je denkt.'

Mercy hoefde niet te praten. Het kwam nu allemaal weer boven. Zoals haar moeder Jon had behandeld, zoals ze Dave had behandeld. De kleffe blikken. Het telkens maar weer aanraken. Het aanhoudende vertroetelen en verwennen.

'Mama...' Jon stond op de overloop, bevend over zijn hele lichaam. Hij had zijn pyjama aan, de pyjama die hij van Bitty moest dragen, met stripfiguurtjes aan de onderkant. 'Mama, alsjeblieft...'

Mercy slikte het braaksel weer door. 'Pak je spullen.'

'Mama, ik –'

'Ga terug naar je kamer. Trek andere kleren aan.' Ze draaide hem om en duwde hem zijn kamer in. 'Pak je spullen. Je neemt alles mee wat je nodig hebt, want we komen hier nooit meer terug.'

'Mama –'

'Nee!' Ze priemde met haar vinger in zijn gezicht. 'Hoor je me, Jonathan? Je pakt godverdomme je kleren in en over vijf minuten zie ik je in de eetzaal, want anders breek ik dit hele klotehuis af!'

Mercy rende naar haar eigen kamer. Ze trok haar telefoon van de oplader en belde Dave. Die klootzak. Hij had altijd geweten wat Bitty in werkelijkheid was.

'Mercy!' riep Cecil. 'Wat gebeurt er allemaal daarboven?'

Mercy liet de telefoon vier keer overgaan, maar verbrak de verbinding voor Daves voicemail het overnam. Ze keek haar kamer rond, zoekend naar haar wandelschoenen. Die nacht zouden ze de berg afdalen om nooit meer terug te keren naar dit godvergeten oord.

'Mercy!' brulde Pa. 'Ik weet dat je me hoort!'

Mercy pakte haar paarse rugzak van de vloer en begon er lukraak kleren in te proppen. Ze keek niet eens naar wat erin ging, want dat boeide haar niet. Weer belde ze Dave.

'Neem nou op, neem nou op,' beval ze. Eén keer. Twee keer. Drie, vier. 'Fuck!'

Net toen ze weg wilde gaan, dacht ze aan haar aantekenboek. Aan haar brieven aan Jon. Ze liet zich op haar knieën voor haar bed zakken en schoof haar armen onder de matras. Opeens had ze geen lucht meer in haar longen. Jons kindertijd trok in een flits door elke molecuul van haar lichaam. Haar zoon. Haar zachtaardige, gevoelige jongen. Ze drukte het aantekenboek tegen haar hart, koesterde het alsof het haar baby was. Ze wilde terug, elk woord in elke brief lezen, om te weten wat ze over het hoofd had gezien.

Mercy smoorde een snik. Dave was hier niet het enige monster. Zelf had ze alle tekenen over het hoofd gezien. Alles was hier in dit huis gebeurd, aan deze overloop, terwijl zij lag te slapen.

Ze stopte het aantekenboek in haar rugzak. Het nylon stond zo strak dat ze de rits nauwelijks dicht kreeg. Ze stond op.

Bitty stond in de deuropening.

'Mercy!' brulde Pa weer.

Ze greep haar moeder bij haar armen en schudde haar ruw heen en weer. 'Jij walgelijk kutwijf. Als ik je ooit weer in de buurt van mijn zoon zie, maak ik je af. Begrepen?'

Mercy duwde haar tegen de muur. Terwijl ze Jons kamer in liep, toetste ze Daves nummer weer in. Jon zat op het bed. 'Opstaan. Nu. Pak je spullen. Ik meen het, Jon. Ik ben je moeder, en je doet godverdomme wat ik zeg.'

Jon stond op. Verdwaasd keek hij de kamer rond.

Mercy verbrak de verbinding met Dave. Ze stapte op Jons kast af en begon er kleren uit te gooien. Shirts. Onderbroeken. Shorts. Wandelschoenen. Ze ging pas weg toen Jon begon te pakken. Haar moeder was nog steeds op de overloop. Mercy hoorde de vloerplanken kraken. Fish stond aan de andere kant van zijn dichte deur.

'Daar blijven!' zei Mercy waarschuwend tegen haar broer. Hij mocht dit niet zien. 'Ga weer naar bed, Fish. We praten er morgenochtend over.'

Pas toen hij deed wat ze hem had opgedragen, liep ze naar de trap aan de achterkant. Ze voelde snot en tranen over haar gezicht stromen. Beneden stond Pa haar op te wachten. Ter ondersteuning klemde hij de trapleuning vast.

Ze richtte haar vinger op hem. 'Hopelijk word je in de hel door de duivel geneukt!'

'Kreng dat je bent!' Hij greep naar haar arm, maar raakte alleen de veters van haar wandelschoenen. Mercy sloeg ze in zijn gezicht en rende de deur uit. Ze haastte zich de rolstoelhelling af. Weer toetste ze Daves nummer in en telde de keren dat de telefoon overging.

Fuck!

Mercy's knieën begaven het toen ze de Chow Trail op stoof. Ze viel op de grond, met haar voorhoofd tegen het grind. Telkens zag ze Bitty voor zich. Niet met Jon – alleen al de gedachte was te pijnlijk – maar met Dave. Haar moeder, die elke keer dat ze hem zag om een kus op haar wang vroeg. Dave, die boven de wasbak Bitty's haren waste en zijn kleren door haar liet uitkiezen. De kanker was niet het startschot voor die rituelen geweest. Dave haalde 's ochtends koffie voor Bitty, masseerde haar voeten, luisterde naar haar roddelpraatjes, lakte haar nagels en legde zijn hoofd op haar schoot zodat zij met zijn haar kon spelen. Bitty had hem getraind vanaf het moment dat Pa hem voor het eerst binnen had gebracht. Hij was zo dankbaar geweest. Had zo wanhopig naar liefde verlangd.

Mercy ging op haar hurken zitten. Wezenloos keek ze het donker in.

Stel dat Dave het niet wist van Jon? Dat hij even blind was geweest als zijzelf? Dave was door zijn gymleraar misbruikt. Hij had zijn moeder nooit gekend. Hij was zijn hele leven omringd geweest door beschadigde mensen. Hij wist niet hoe normaal eruitzag. Hij wist alleen hoe hij moest overleven.

Weer belde Mercy naar zijn nummer. Weer liet ze de telefoon vier keer overgaan voor ze ophing. Waarschijnlijk zat Dave in een bar. Of hij was bij een vrouw. Of hij stak een naald in zijn arm. Of hij spoelde met een fles rum een handvol Xanax weg. Alles om zichzelf ongevoelig te maken voor de herinneringen. Alles om te kunnen ontsnappen.

Mercy zou ervoor waken dat hun zoon net zo eindigde.

Ze stond op. Ze liep over de Chow Trail en stak het uitkijkplatform over. Ze moest de kluis openen. Er zat maar vijfduizend dollar cash in, maar die nam ze allemaal mee, waarna ze met Jon de berg af zou dalen, en als ze even op adem kon komen, zou ze bedenken hoe ze alles ging aanpakken.

Toen Mercy zag dat de lampen in de keuken al brandden, voelde ze even iets van opluchting. Jon was via het achterste pad gekomen. Ze probeerde weer grip op zichzelf te krijgen toen ze om het gebouw heen liep, en terwijl ze haar best deed de pijn van haar gezicht te wissen, opende ze de deur.

'Shit.' Drew stond bij de drankkar. Hij had een fles in zijn hand. Uncle Nearest.

Mercy verlangde hevig naar de gladde smaak die door je keel brandde. Ze liet haar rugzak bij de deur staan. Hier had ze geen tijd voor. 'Je hebt me betrapt. Het is nep. De grote stokerij is in de materiaalschuur, de kleine in het botenhuis. Zeg het maar tegen Pa. Zeg het maar tegen de politie. Mij boeit het niet.'

Drew zette de fles weer op de kar. 'We zeggen het tegen niemand.'

'Echt niet?' zei ze. 'Ik zag dat je Bitty even apart nam na het eten. Je zei dat je iets met haar wilde bespreken. Ik dacht dat je ging klagen over de watervlekken op die stomme glazen. Wat is er? Willen Keisha en jij ook meedoen?'

'Mercy.' Drew klonk teleurgesteld. 'We vinden het hier geweldig. We willen alleen dat jullie ermee stoppen. Het is gevaarlijk. Het kan iemands dood worden.'

'Als het zo makkelijk was, zou ik elke fles die we hebben door mijn moeders keel gieten.'

Drew wist duidelijk niet hoe hij het had. Hij was hier bij toeval over gestruikeld.

'Ga nou maar.' Mercy hield de deur voor hem open.

Hoofdschuddend liep Drew langs haar. Ze volgde hem naar het uitkijkplatform om te zien of Jon er al was. Achter zich hoorde ze geruis en haar hart sloeg over. Jon kwam aanlopen over de Fishtopher Trail.

Alleen was het niet Jon die ze naast de buitenvriezer aantrof.

'Chuck.' Mercy spuugde zijn naam uit. 'Jezus, wat kom jij hier doen?'

'Ik maakte me zorgen.' Chuck trok dat stomme bleue gezicht waar haar maag zich van omdraaide. 'Ik lag te slapen toen ik Cecil hoorde schreeuwen, en toen zag ik jou over het erf rennen.'

'Schreeuwde hij soms om jou?' vroeg Mercy. 'Nee? Niet? Loop dan als de sodemieter dat pad weer op en bemoei je met je eigen zaken.'

'Jezus, ik wilde alleen maar helpen. Waarom ben je altijd zo'n bitch?'

'Alsof je dat niet weet, vieze smeerlap.'

'Hola.' Chuck maakte bezwerende gebaren, alsof ze een hondsdol beest was. 'Rustig maar, dame. Je hoeft niet zo lelijk te doen.'

'En als deze dame nou eens met haar lelijke kop naar huisje 10 gaat? Die vent met die rooie is een smeris. Zal ik hem voor je halen, Chuck? Zal ik hem over je nevenverdiensten in Atlanta vertellen?'

Hij liet zijn handen zakken. 'Vuile kut die je bent.'

'Gefeliciteerd. Eindelijk heb je er bijna een te pakken.' Mercy liep de keuken in en sloeg de deur dicht. Ze keek op de klok. Ze had geen idee hoe laat ze het huis had verlaten. Ze had tegen Jon gezegd dat hij over vijf minuten buiten moest zijn, maar het voelde eerder als een uur.

Op een drafje liep ze naar de eetzaal om te kijken of hij daar was, maar er was niemand. Opeens klopte het hart haar in de keel. Het uitkijkplatform. Het ravijn was levensgevaarlijk. Stel dat Jon haar niet onder ogen durfde te komen? Dat hij had besloten er een eind aan te maken?

Mercy rende naar buiten. Ze greep de reling vast en keek over de rand, naar de steile helling van vijftien meter, die als een hakbijl recht naar beneden viel.

Wolken trokken voor de maan. Schaduwen dansten over het ravijn. Met gespitste oren probeerde ze geluid op te vangen – gejammer, kreten, zwaar gehijg. Ze wist hoe het voelde als je het einde had bereikt, als de pijn te veel was geworden, als je lichaam te moe was, als je alleen nog verlangde naar de bevrijdende omhelzing van het donker.

Ze hoorde gelach.

Mercy stapte weg van de reling. Op de Lost Widow Trail liepen twee vrouwen. Ze herkende Delilah aan haar lange grijze haar. Het was Mercy niet opgevallen dat de oude heks zich niet in het huis bevond. Ze strekte haar hals om te zien met wie Delilah hand in hand liep.

Het was Sydney, de investeerder die niet uitgepraat raakte over paarden.

'Jezus christus,' fluisterde Mercy. Geen spook dat die avond niet op haar pad opdook.

Ze rende het gebouw weer in. Door de lege eetzaal naar de keuken. Ze keek naar de toiletruimte achterin, en naar haar kantoor. Fish had een kluis in de muur uitgehakt toen ze met de whiskystokerij begonnen. Boven de deur hing een kalender. Mercy draafde naar achteren en zocht in de bureaula naar de sleutel. In de hoek lag een van Fish' oude rugzakken stof te vergaren. Elk voorwerp dat ze uit de kluis haalde, bracht Jon en haarzelf weer iets dichter bij de vrijheid.

Vijfduizend dollar, in briefjes van twintig. Het grootboek van de stokerij. Salarisbonnetjes. Twee stel boeken uit de Lodge. Het dagboek dat ze op haar twaalfde had bijgehouden. Ze dumpte alles in Fish' bruine rugzak. Met een ruk trok ze de rits dicht. Ze probeerde een plan uit te werken – waar kon ze Jon verstoppen, hoe kon ze hem helpen, hoelang zouden ze met het geld doen, waar kon ze werk vinden, hoe duur was een jeugdpsychiater, tot wie kon ze zich wenden, tot de politie of een maatschappelijk werker, zou ze iemand kunnen vinden die Jon voldoende vertrouwde om mee te praten, waar moest ze in godsnaam de woorden vandaan halen voor wat ze had gezien…

Mercy's brein kon al die vragen niet verwerken. Ze kon maar één uur vooruitdenken. 's Nachts was de voettocht gevaarlijk. Ze stopte een luciferboekje in het voorvak van de rugzak. Griste het mes met het rode handvat mee uit de bureaula. Daarmee maakte ze altijd enveloppen open, maar het lemmet was nog scherp. Ze had het nodig voor het geval ze onderweg dieren tegenkwamen. Mercy schoof het mes in haar achterzak. Het lemmet sneed door de zoom, zodat er een soort schede ontstond. Ze wist wat ze voor een voettocht moest meenemen. Iets om zichzelf te beschermen, water en eten. Ze liep weer naar de keuken en dumpte de rugzak naast die van haarzelf tegen de dichte deur. Ze vulde twee waterflessen. In de koelkast lag studentenhaver. Ze zou extra meenemen voor Jon.

Mercy keek op.

Waar was ze mee bezig?

Er was nog steeds niemand in de keuken. Ze liep weer naar de eetzaal. Ook nog leeg. De moed zonk haar in de schoenen toen ze terugkeerde naar de keuken. De paniek was gedoofd. Nu denderde de werkelijkheid als een goederentrein over haar heen.

Jon kwam niet.

Bitty had het hem uit zijn hoofd gepraat. Mercy had hem niet alleen moeten laten, maar ze was geschokt en bang geweest, vol walging, en zoals gewoonlijk had ze zich door haar emoties laten meeslepen in plaats van de kille, harde feiten onder ogen te zien. Ze had haar zoon in de steek gelaten, zoals ze hem al duizend keer in de steek had gelaten. Ze zou het huis weer binnen moeten en Jon uit Bitty's klauwen moeten trekken. Maar dat kon ze niet in haar eentje.

Mercy legde de telefoon op de bar, want haar handen waren te bezweet om het ding vast te houden. Voor de laatste keer probeerde ze Dave te bellen. Bij elke keer dat de telefoon overging zwol haar wanhoop aan. Weer nam hij niet op. Ze moest een bericht voor hem inspreken, om de ziekte te verdrijven die haar ziel verrotte. Ze dacht na over wat ze ging zeggen, hoe ze moest vertellen wat ze had gezien, maar toen de telefoon voor de vierde keer was overgegaan en ze zijn ingesproken groet hoorde, stroomden de woorden in paniek uit haar mond…

'Dave!' gilde ze. 'Dave! O god, waar ben je? Bel me terug, alsjeblieft, alsjeblieft. Ik kan niet geloven… O god, ik kan niet… Bel me alsjeblieft. Alsjeblieft. Ik heb je nodig. Ik weet dat je er nooit voor me geweest bent, maar ik heb je nu nodig, echt. Je moet me helpen, liefje. Alsjeblieft b-bel –'

Ze keek op. Haar moeder stond in de keuken. Hand in hand met Jon. Het was alsof er een vuist door Mercy's keel naar boven werd geramd. Jon had zijn blik op de grond gericht. Hij kon zijn eigen moeder niet aankijken. Bitty had hem gebroken, zoals ze iedereen had gebroken.

'Wat doe jij hier?' bracht Mercy er met moeite uit.

Bitty reikte naar de telefoon.

'Niet doen!' zei Mercy. 'Dave komt zo. Ik heb hem verteld wat er gebeurd is. Hij is onder–'

Nog voor ze was uitgepraat, had Bitty al op het scherm getikt om de verbinding te verbreken. 'Nee, hij is niet onderweg.'

'Hij zei dat –'

'Hij zei helemaal niks. Dave zit in een van de oude slaapzalen. Daar heeft hij geen ontvangst.'

Mercy sloeg haar hand voor haar mond. Ze keek naar Jon, maar die weigerde haar aan te kijken. Haar vingers begonnen te trillen. Ze kreeg geen lucht meer. Ze was bang. Waarom was ze zo bang?

'J-Jon...' stamelde ze. 'Kijk me eens aan, schat. Het komt goed. Ik haal je hier weg.'

Bitty was voor Jon gaan staan, maar Mercy kon zijn hangende hoofd nog zien. Tranen dropen van zijn gezicht in het boord van zijn T-shirt.

'Schatje,' smeekte Mercy. 'Kom maar hier. Kom nou maar hier, naar mij.'

'Hij wil niet met je praten,' zei Bitty. 'Ik weet niet wat je gezien denkt te hebben, maar je gedraagt je hysterisch.'

'Alsof ik niet weet wat ik gezien heb, kutwijf.'

'Let een beetje op je taal,' snauwde Bitty. 'We moeten hier als volwassenen over kunnen praten. Kom mee terug naar het huis.'

'Ik zet nooit meer een voet in dat klotehuis,' beet Mercy haar toe. 'Smerig monster. Alsof ik de duivel voor me zie.'

'Ophouden, nu meteen!' gebood Bitty. 'Waarom maak je van alles zo'n toestand?'

'Ik heb gezien –'

'Wat heb je gezien?'

Mercy zag het weer voor zich: verstrengelde benen, een hand onder Jons hemd, lippen op de bovenkant van zijn hoofd. 'Ik weet maar al te goed wat ik gezien heb, mám.'

Jon kromp ineen bij haar scherpe toon. Hij kon haar nog steeds niet aankijken. Mercy's hart versplinterde. Ze wist hoe het voelde als je je hoofd van schaamte liet hangen. Zelf had ze dat zo lang gedaan dat ze nauwelijks meer wist hoe ze op moest kijken.

'Jon,' zei ze. 'Jij kunt er niks aan doen, schat. Je hebt niks verkeerds gedaan. We gaan hulp voor je zoeken, oké? Het komt allemaal goed.'

'En waar wilde je hulp zoeken?' vroeg Bitty. 'Wie gelooft jou nou?'

Mercy voelde de vraag weergalmen door al haar levensjaren. Toen Pa met een touw het vel van haar rug had geslagen. Toen Bitty haar zo hard met een houten lepel had geslagen dat het bloed langs haar armen was gestroomd. Toen Dave zo lang een brandende sigaret op haar borst had uitgedrukt dat ze had moeten kotsen van de stank van haar eigen verschroeide vlees.

Er was een reden waarom Mercy het nooit aan iemand had verteld.

Wie gelooft jou nou?

'Dat dacht ik al.' Bitty's blik was vervuld van triomf. Ze reikte naar beneden en vlocht haar vingers door die van Jon.

Eindelijk keek hij op. Zijn ogen waren rood. Zijn lippen trilden.

Vol afschuw zag Mercy hoe hij Bitty's hand naar zijn mond bracht en die zachtjes kuste.

Ze schreeuwde als een beest.

In een woordeloze brul kwam de pijn van een heel leven naar buiten. Hoe had ze dit laten gebeuren? Hoe had ze haar zoon kunnen verliezen? Hij mocht hier niet blijven. Hij mocht niet door Bitty verslonden worden.

Voor Mercy het besefte, lag het mes al in haar hand. Ze rukte Bitty weg van Jon, duwde haar tegen de bar en hield de punt van het lemmet voor haar oog. 'Stom kreng. Ben je vergeten wat ik vanmorgen tegen je gezegd heb? Ik zal zorgen dat je met je gratenkont in de federale gevangenis verdwijnt. Niet omdat je mijn zoon hebt geneukt, maar omdat je met de boekhouding hebt geknoeid.'

Alle arrogantie vloeide weg uit Bitty's gezicht. Het was het mooiste wat Mercy ooit had gezien.

'Ik heb de grootboeken achter in de kast gevonden. Weet Pa van je geheime potje?' Aan Bitty's geschokte blik zag ze dat haar vader geen idee had. 'En hij is niet de enige over wie je je zorgen moet maken. Je rommelt al jaren met je belasting. Denk je echt dat je daarmee wegkomt? De overheid vervolgt zelfs presidenten. Die laten een uitgedroogde, oude pedo zoals jij echt niet met rust. En al helemaal niet als ik ze het bewijs overhandig.'

'Jij...' Bitty slikte. 'Je waagt het niet...'

'O, echt wel.'

Mercy was uitgepraat. Ze duwde het mes weer in haar zak, draaide zich om, greep de twee rugzakken en zwaaide ze over haar schouder. Ze wilde tegen Jon zeggen dat hij moest opschieten, maar hij boog zich voorover zodat Bitty hem iets kon influisteren.

Gal spoot Mercy's mond weer in. Het was gedaan met dreigementen. Ze gaf haar moeder zo'n harde duw dat ze languit over de vloer gleed. Toen klemde ze haar hand om Jons pols en trok hem mee naar buiten.

Jon probeerde zich niet los te maken. Hij deed geen poging haar tempo te vertragen. Ze gebruikte zijn pols als een roer toen ze hem meevoerde. Ze luisterde naar zijn snelle ademhaling, naar zijn zware tred. Ze had geen plan, behalve dat ze ergens naartoe wilde waar Bitty hen niet kon volgen.

Algauw had ze de kei gevonden die de Rope Trail markeerde. Ze liet Jon voorgaan zodat ze hem in de gaten kon houden. Ze verplaatsten zich haastig langs de touwen, klampten zich aan het ene na het andere vast en lieten zich over het grootste deel van het pad rond het ravijn glijden. Uiteindelijk hadden ze weer vaste grond onder hun voeten. Mercy greep Jons pols weer en trok hem mee. Ze versnelde haar pas, zette het op een rennen. Jon draafde achter haar aan. Ze ging dit doen. Ze deed het al.

'Mam...' fluisterde Jon.

'Niet nu.'

Ze baanden zich een weg door het bos. Takken sloegen tegen haar lijf. Ze gaf er niet om. Stoppen deed ze niet. Ze bleef maar rennen en gebruikte het heldere licht van de maan om zich te oriënteren. Ze zouden zich die nacht schuilhouden in de vrijgezellenhuisjes. De volgende ochtend zou Dave komen werken. Of misschien moest ze Jon nu al naar Dave brengen. In dat geval moesten ze de oever volgen, een kano pakken en naar de overkant peddelen. Als Dave inderdaad in een van de slaapzalen zat, zou hij daar hengels, brandstof, dekens en voedsel hebben, onderdak. Dave wist hoe hij moest overleven. Hij zou met Jon kunnen praten, ervoor kunnen zorgen dat hij veilig was. Ondertussen zou zij naar het stadje lopen om een advocaat te zoeken. Ze was niet van plan de Lodge op te geven. En ze zou onder geen beding zondag haar biezen pakken. Ze zou haar ouders tot de volgende dag twaalf uur geven om hun spullen te pakken en te vertrekken. Fish mocht zelf weten of hij wegging, maar zij en Jon zouden hoe dan ook als laatste McAlpines standhouden.

'Mam.' Jon deed een nieuwe poging. 'Wat ga je nou doen?'

Mercy antwoordde niet. Onderaan het pad zag ze het maanlicht op het water blinken. Het laatste stuk was met dwarsliggers terrasgewijs ingedeeld. Het was nog maar een paar meter naar de vrijgezellenhuisjes.

'Mam,' zei Jon. Het was alsof hij uit een trance was ontwaakt. Eindelijk verzette hij zich, probeerde hij los te breken uit haar greep. 'Alsjeblieft, mam.'

Mercy klemde hem nog steviger vast en trok hem zo hard mee dat ze de spieren in haar rug voelde protesteren. Tegen de tijd dat ze de open plek hadden bereikt, hijgde ze van de inspanning die het haar kostte om hem mee te slepen.

Ze liet beide rugzakken op de grond vallen. Die was bezaaid met sigarettenpeuken. Dave had geen voorbereidingen getroffen tegen het noodweer. Alles lag of stond op de plek waar hij het had achtergelaten. Zaagbokken en gereedschap, een blik benzine met de dop eraf, een generator die op zijn kant lag. De rommelige toestand waarin de werkplek verkeerde, gaf een goed beeld van wie Dave in werkelijkheid was. Hij zorgde niet voor spullen, laat staan voor mensen. Hij nam niet eens de moeite zijn eigen troep op te ruimen. Ze kon hem dit niet toevertrouwen.

Weer stond ze er alleen voor.

'Mam,' zei Jon. 'Laten we hier alsjeblieft mee stoppen, oké? Laat me teruggaan.'

Mercy keek hem aan. Hij huilde niet meer, maar ze hoorde de lucht door zijn verstopte neus fluiten.

'Ik m-moet terug. Ze zei dat ik terug mocht komen.'

'Nee, schat.' Mercy legde haar hand op zijn borst. Zijn hart ging zo tekeer dat ze het door zijn ribben heen voelde. Vergeefs probeerde ze een snik in te houden. Opeens werd ze overweldigd door het afschuwelijke van wat er zojuist was gebeurd. Van al het vreselijks dat haar moeder haar zoon had aangedaan. Het bederf dat zich in haar familie had genesteld.

'Schat, kijk me eens aan,' zei ze. 'Je gaat niet meer terug. Dat staat vast.'

'Ik wil niet –'

Ze klemde zijn gezicht tussen haar handen. 'Jon, luister eens. We gaan hulp zoeken, oké?'

'Nee.' Hij trok haar handen van zijn gezicht, deed een stap naar achteren, en toen nog een. 'Bitty heeft alleen mij. Ze heeft me nodig.'

'Ik heb je nodig!' zei Mercy met schorre stem. 'Je bent mijn zoon. Ik heb je nodig als zoon.'

Jon schudde zijn hoofd. 'Hoe vaak heb ik je niet gevraagd bij hem weg te gaan? Hoe vaak hebben we onze spullen niet gepakt, en dan lag je de volgende dag toch weer met hem te neuken.'

Tegen de waarheid kon Mercy niets inbrengen. 'Je hebt gelijk. Ik heb je in de steek gelaten, maar ik ga het nu goedmaken.'

'Voor mij hoef je niks te doen,' zei Jon. 'Bitty heeft me altijd beschermd. Zij heeft ervoor gezorgd dat ik veilig was.'

'Hoezo veilig? Ze heeft je kwaad gedaan.'

'Je weet wat Dave met me gedaan heeft,' zei hij. 'Ik was nog maar vijf toen hij mijn arm brak, en toen zei jij dat ik hem moest vergeven.'

'Wat?' Haar hele lichaam beefde. Zo was het niet gegaan. 'Je viel uit een boom. Ik stond er zelf bij. Dave probeerde je op te vangen.'

'Ze waarschuwde me al dat je dat zou zeggen,' zei Jon. 'Bitty beschermde me tegen hem. Jij zei dat ik hem moest vergeven, dat ik hem zijn gang moest laten gaan zodat hij niet weer kwaad werd.'

Mercy's handen gingen automatisch naar haar mond. Bitty had hem walgelijke leugens gevoerd.

'Jon...' Ze zei het eerste wat haar inviel. 'We gaan naar huisje 10.'

'Wat?'

'Dat stel in huisje 10.' Eindelijk zag ze een uitweg. De oplossing was er al die tijd geweest. 'Will Trent werkt voor het Georgia Bureau of Investigation. Hij zal ervoor zorgen dat Biscuits dit niet onder het tapijt veegt. Zijn vrouw is dokter. Zij kan je beschermen terwijl ik hem vertel wat er gebeurd is.'

'Bedoel je Vullisbak?' Zijn stem schoot van schrik de hoogte in. 'Je kunt niet –'

'Dat kan ik wel en ik doe het ook.' Mercy was nog nooit zo zeker van haar zaak geweest. Sara had gezegd dat ze Will vertrouwde, dat hij een goed mens was. Hij zou ervoor zorgen dat dit goed kwam. Hij zou hen allebei redden. 'Dat gaan we doen. Kom.'

Mercy wilde de rugzakken pakken.

'Krijg de tyfus.'

Hij klonk zo kil dat Mercy verstijfde. Ze keek naar hem op. Jons gezicht stond hard, alsof het uit een brok graniet was gehouwen.

'Jij geeft alleen maar om winnen,' zei hij. 'Je wilt me nu alleen maar omdat je weet dat je me niet kunt krijgen.'

Mercy besefte dat ze heel voorzichtig te werk moest gaan. Ze had Jon wel eerder kwaad meegemaakt, maar nog nooit zoals nu. Zijn ogen waren bijna zwart van woede. 'Heeft Bitty dat tegen je gezegd?'

'Ik heb het met eigen ogen gezien!' Speeksel spatte zijn mond uit. 'Moet je zien hoe sneu je bent. Je probeert me niet te beschermen. Je rent naar die smeris omdat je het niet verdraagt dat ik iemand heb gevonden die míj gelukkig maakt. Die om me geeft. Die alleen van míj houdt.'

Hij klonk precies zoals Dave. Het benam haar bijna de adem. Die bodemloze put, dat eindeloze drijfzand. Haar eigen kind was al die tijd met haar meegerend, maar Mercy had niet de moeite genomen om het te zien.

'Het spijt me,' zei ze. 'Ik had het moeten zien. Ik had het moeten zien.'

'Rot op me je spijt. Die hoef ik niet. Fuck!' Hij wierp zijn handen in de lucht. 'Hier heeft ze me nou voor gewaarschuwd. Wat moet ik in jezusnaam doen om je te laten stoppen?'

'Schatje...' Weer strekte ze haar handen naar hem uit, maar hij sloeg ze weg.

'Raak me niet aan,' waarschuwde hij. 'Zij is de enige vrouw die me mag aanraken.'

In een gebaar van overgave stak Mercy haar handen omhoog. Ze was nooit eerder bang geweest voor Jon, maar nu wel. 'Haal even adem. Probeer te kalmeren.'

'Het is zij of jij,' zei hij. 'Dat zei ze tegen me. Ik moet kiezen. Jij of zij.'

'Schat, ze houdt niet van je. Ze manipuleert je.'

'Nee.' Hij schudde zijn hoofd. 'Hou je bek. Ik moet nadenken.'

'Ze misbruikt je,' zei Mercy. 'Dat doet ze namelijk met jongens. Ze wurmt zich hun hoofd binnen om zo vreselijk met ze te kloten –'

'Bek houden.'

'Ze is een monster,' zei Mercy. 'Waarom denk je dat je vader zo verziekt is? Niet alleen door wat hem in Atlanta is overkomen.'

'Bek houden.'

'Luister naar me,' smeekte Mercy. 'Je bent helemaal niet bijzonder voor haar. Wat ze met jou doet, is precies hetzelfde als wat ze met Dave heeft gedaan.'

Voor ze het doorhad, had hij haar te pakken. Zijn handen schoten naar voren en sloegen zich om haar hals. 'Hou je gore bek!'

Mercy hapte naar adem. Ze greep hem bij zijn polsen en probeerde zijn handen weg te trekken. Hij was te sterk. Ze sloeg haar nagels in zijn borst, probeerde met haar voeten naar hem uit te halen. Haar oogleden begonnen te trillen. Hij was zoveel sterker dan Dave. Hij kneep te hard.

'Sneue bitch.' Jon klonk dodelijk kalm. Van zijn vader had hij geleerd dat je niet te veel lawaai moest maken. 'Ik ben niet degene die hier vanavond weggaat. Dat ben jij.'

Mercy werd licht in haar hoofd. Er trok een waas voor haar ogen. Hij ging haar doden. Ze reikte naar haar achterzak en sloeg haar vingers om het rode plastic handvat van het mes.

De tijd vertraagde. Zwijgend nam Mercy de handelingen door in haar hoofd. Het mes trekken. Een snee over zijn onderarm. Liepen daar slagaders? Spieren? Ze mocht hem geen zwaar letsel toebrengen. Hij was toch al bijna onherstelbaar beschadigd. Als ze hem het mes nu eens liet zien? Het dreigement zou al genoeg zijn. Dat zou hem tegenhouden.

Dat deed het niet.

Jon griste het mes uit haar hand. Hij zwaaide ermee boven zijn hoofd, klaar om het in haar borst te stoten. Mercy dook weg, kroop op haar knieen over de grond. Ze voelde de lucht bewegen toen het mes op slechts enkele centimeters langs haar hoofd zwiepte. Ze wist dat er een tweede aanval zou volgen. Ze greep haar rugzak en hield die als een schild omhoog. Het lemmet stuiterde over de dikke, brandwerende stof. Ze gaf Jon geen tijd om zich te herstellen, maar slingerde de rugzak tegen zijn hoofd zodat hij achteroverviel.

Nu nam haar instinct het over. Met de rugzak tegen haar borst geklemd begon ze te rennen. Langs het eerste huisje, het tweede. Jon zat haar op de hielen, had haar bijna te pakken. Ze sprintte de trap op naar het laatste huisje en sloeg de deur voor zijn gezicht dicht. Ze tastte naar de grendel, die ze in het slot schoof. Ze hoorde de luide klap van zijn vuist tegen het massieve hout.

Mercy hapte naar adem. Haar borst ging op en neer toen ze hem over de veranda hoorde lopen. Het hart klopte haar in de keel. Met haar rug tegen de deur en haar ogen gesloten luisterde ze naar haar zoon, die met grote passen rondliep. Verder heerste er stilte. Ze voelde hoe een briesje het zweet op haar gezicht droogde. Op een na waren alle ramen dichtgetimmerd. De maan wierp een blauwe gloed op de nerf van de ruwhouten wanden, op de vloer, haar schoenen en haar handen.

Mercy keek op.

Dave had niet gelogen toen hij het over de bruinrot in het derde huisje had gehad. De achterwand van de slaapkamer was volledig gestript. Jon was tussen de stijlen door naar binnen geglipt. Daar stond hij, met het mes in zijn hand.

Mercy reikte blindelings naar achteren. Schoof de grendel terug. Draaide de klink om. Gooide de deur open. Ze draaide zich om, en het voelde alsof een sloophamer tussen haar schouders sloeg toen Jon het mes tot aan het gevest in haar stak.

De klap sloeg alle lucht uit haar longen. Met haar mond open van ontzetting staarde ze naar het meer.

Toen trok Jon het mes eruit en stootte het er weer in. En nog eens. En nog eens.

Mercy donderde de veranda af, viel over de trap naar beneden en kwam op haar zij terecht.

Het mes sneed door haar arm. Door haar borst. Haar been. Jon ging schrijlings op haar zitten en stootte het mes in haar borstkas, in haar buik. Mercy probeerde hem af te werpen, weg te draaien, maar niets hield hem meer tegen. Hij bleef zwaaien met het mes, stak het in haar rug, trok het er weer uit en stootte het er weer in. Ze voelde botten kraken, organen openbarsten, voelde hoe haar lichaam zich vulde met pis, stront en gal, tot Jon haar niet meer stak, maar met zijn vuisten op haar inbeukte omdat het lemmet in haar rug was afgebroken.

Opeens stopte Jon.

Mercy hoorde hem hijgen alsof hij een marathon had gelopen. De aanval had hem uitgeput. Hij kon nauwelijks op zijn benen staan. Strompelend liep hij bij haar weg. Mercy probeerde te ademen. Ze lag met haar gezicht op de grond en rolde zich heel voorzichtig op haar zij. Haar hele lijf schreeuwde het uit van de pijn. Ze was languit over de trap gevallen. Haar voeten lagen nog op de veranda, en haar hoofd lag op de grond.

Jon was terug.

Ze hoorde vloeistof klotsen, maar het waren niet de golven die tegen de oever sloegen. Jon liep met het bezineblik de trap op. Ze hoorde hem de brandstof binnen in het huisje uitgieten. Hij ging het bewijs verbranden. Hij ging Mercy verbranden. Hij liet het lege blik naast haar voeten vallen.

Toen liep hij de trap weer af. Mercy keek niet op. Ze zag bloed van zijn vingers druipen. Ze staarde naar de schoenen die Bitty in het stadje voor hem had gekocht. Ze voelde Jon op haar neerkijken. Niet verdrietig of vol medelijden, maar met een soort afstandelijkheid die ze ook kende van haar broer, haar vader, haar man, haar moeder, van zichzelf. Haar zoon was tot in zijn haarvaten een McAlpine.

En al helemaal toen hij een lucifer aanstak en in het huisje wierp.

Met een *woesj* raasde een golf hete lucht over haar huid. Mercy zag Jons bloeddoordrenkte schoenen door de modder schuifelen toen hij wegliep. Hij ging terug naar het huis. Terug naar Bitty. Langzaam en piepend zoog Mercy lucht naar binnen. Haar oogleden begonnen te trillen. Ze voelde bloed in haar keel gorgelen. Een zwevend gevoel nam bezit van haar. De verwachte rust bleef uit, het besef dat ze alles kon laten gaan. Er was slechts kille duisternis die vanaf de randen naar binnen kroop, zoals het meer 's winters dichtvroor.

Toen was daar Gabbie.

Ze vlogen samen door de lucht, maar ze waren geen engelen in de hemel. Ze werden bij Devil's Bend uit de auto geslingerd. Mercy keerde zich naar Gabbies gezicht toe, maar zag slechts een bloederige brij. Een oog bungelde uit zijn kas. Een explosie aan verbrijzelde tanden en bot was door haar huid gedrongen. Toen volgde een felle, verzengende hitte die haar dreigde te verzwelgen.

'Help!' schreeuwde Mercy. 'Alsjeblieft!'

Haar ogen gingen open. Ze hoestte. Bloeddruppeltjes sproeiden over de grond. Mercy lag nog steeds op haar zij, nog steeds languit over de traptreden. Rook verstikte de lucht. De hitte van het vuur was zo intens dat ze het bloed op haar huid voelde drogen. Ze dwong haar hoofd opzij en keek naar wat haar te wachten stond. De vlammen werkten zich de veranda over. Nog even en ze zouden zich naar de trap vreten en haar lichaam vinden.

Zich schrap zettend tegen nog meer pijn rolde Mercy zich op haar buik. Op haar ellebogen duwde ze zich van de trap af. Het afgebroken mes in haar borst schraapte als een standaard door de aarde. Ze stuwde zichzelf naar voren, waarbij de dreiging van het vuur haar aandreef om te blijven bewegen. Haar voeten sleepten nutteloos achter haar aan. Haar slip was losgeraakt. Aarde koekte vast aan de stof en haar spijkerbroek werd tot op haar enkels getrokken. Algauw kon ze de inspanning niet meer opbrengen. Weer trok er een waas voor haar ogen. Ze dwong zichzelf niet bewusteloos te raken. Delilah had gezegd dat je een McAlpine niet zo gemakkelijk dood kreeg. Mercy zou de zon niet meer boven de bergen uit zien stijgen, maar dat godvergeten meer zou ze nog wel halen.

Zoals alles waren ook die laatste momenten een worsteling. Telkens verloor ze het bewustzijn, dan werd ze weer wakker, dreef zichzelf naar voren en verloor weer het bewustzijn. Haar armen trilden tegen de tijd dat ze water tegen haar gezicht voelde. Met haar laatste krachten rolde ze zich op haar rug. Ze wilde sterven met haar blik op de volle maan. Die vormde een volmaakte cirkel, als een gat in de duisternis. Ze luisterde naar haar hartslag, die langzaam het bloed uit haar lichaam pompte. Ze hoorde het zachte kabbelen van water rond haar oren.

Mercy wist dat de dood nabij was, dat niets hem meer tegenhield. Ze zag haar leven niet in een flits voorbijtrekken.

Ze zag Jons leven.

Hij was in Delilahs tuin met zijn houten speeltjes bezig. Zat weggedoken achter in de kamer toen Mercy voor de eerste keer met gerechtelijke toestemming op bezoek kwam. Werd door Mercy uit Delilahs armen getrokken, pal voor de rechtbank. Zat op Mercy's schoot toen Fish hen de berg op reed. Schuilde samen met Mercy voor Dave als hij weer eens tekeerging. Bracht haar boeken over Alaska, Montana en Hawaii zodat ze weg konden gaan. Zag haar telkens weer hun spullen pakken. En ze weer uitpakken omdat Dave een gedicht voor haar had geschreven of haar bloemen had gestuurd. Werd weer eens aan Bitty overgedragen terwijl Mercy met Dave naar een van de huisjes verdween. Werd bij Bitty achtergelaten omdat Mercy naar het ziekenhuis moest met het zoveelste gebroken bot, de zoveelste snee die niet wilde helen, de zoveelste hechting die niet bleef zitten.

En zo werd hij voortdurend in de armen gedreven van Mercy's moeder, zijn grootmoeder, zijn verkrachtster.

'Mercy...'

Ze hoorde haar naam, als een fluistering in haar schedel. Ze voelde hoe haar hoofd werd gedraaid, zag de wereld alsof ze door de verkeerde kant van een telescoop keek. Een gezicht kwam in beeld. Het was de man uit huisje 10. De smeris die getrouwd was met de roodharige vrouw.

'Mercy McAlpine,' zei hij, zijn stem vervagend als een sirene die door een straat reed. Hij bleef maar aan haar schudden, dwong haar om het niet op te geven. 'Kijk me aan, nu.'

'J-Jon...' Mercy hoestte de naam op. Ze moest dit doen. Het was nog niet te laat. 'Zeg... zeg dat hij w-weg moet gaan van h-h...'

Wills gezicht zwom haar blikveld in en uit. Het ene moment zag ze hem, en dan was hij weer verdwenen.

'Sara!' schreeuwde hij. 'Ga Jon halen! Snel!'

'N-Nee...' Mercy voelde een rilling door haar botten trekken. De pijn was ondraaglijk, maar ze mocht nu niet opgeven. Ze had nog één kans om het goed te doen. 'J-Jon mag niet... Hij m-mag niet... blijven... Hij moet weg van... van...'

Will zei iets, maar ze kon niets van zijn woorden maken. Wel wist ze dat ze dit alles niet zo mocht achterlaten voor Jon. Ze moest volhouden.

'H-Hou...' zei ze. 'Hou z-zoveel... van hem.'

Mercy voelde haar hart vertragen. Ze haalde nog slechts oppervlakkig adem. Ze vocht tegen de verleiding om zachtjes weg te glijden. Jon moest weten dat iemand van hem hield. Dat dit niet zijn schuld was. Dat hij deze last niet hoefde te dragen. Dat hij zich uit het drijfzand kon bevrijden.

'Het s-spijt me...' Dat had ze tegen Jon moeten zeggen. Recht in zijn gezicht. Nu kon ze alleen nog deze man vragen om haar laatste woorden aan hem over te brengen. 'V-Vergeef... hem.... Vergeef hem...'

Will schudde Mercy zo hard heen en weer dat ze haar ziel weer in haar lichaam voelde glippen. Hij boog zich over haar heen, met zijn gezicht vlak bij het hare. Deze smeris. Deze rechercheur. Deze ene goede man. Ze greep hem bij zijn shirt, trok hem nog dichter naar zich toe en keek zo diep in zijn ogen dat ze zijn ziel bijna kon zien.

Ze zoog een hap lucht op voor ze de woorden eruit kreeg. 'V-Vergeef hem.'

Hij knikte. 'Oké...'

Meer hoefde Mercy niet te horen. Ze liet zijn shirt los. Haar hoofd rustte weer in het water. Ze keek naar de prachtige, volmaakte maan. Ze voelde de golven aan haar lichaam trekken. Haar zonden wegspoelen. Haar leven wegspoelen. Eindelijk kwam de rust, vergezeld van een machtig gevoel van vrede.

Voor het eerst in haar leven voelde Mercy zich veilig.

EEN MAAND NA DE MOORD

Will zat naast Amanda op de bank in haar kantoor. Haar geopende laptop stond op de salontafel. Ze keken naar het gefilmde verhoor van Jons bekentenis. Hij droeg een lichtbruine overall. Zijn handen waren niet geboeid, want hij was overgebracht naar een inrichting voor jeugdpsychiatrie, niet naar een gevangenis voor volwassenen. Delilah had een topadvocaat uit Atlanta ingehuurd. Jon zou heel lang in inrichtingen moeten verblijven, maar misschien niet de rest van zijn leven.

Op het scherm zei hij: 'Ik kreeg een black-out. Ik weet niet meer wat er daarna gebeurde. Ik wist gewoon dat ze naar hem terug zou gaan. Ze ging altijd naar hem terug. Ze liet me altijd achter.'

'Bij wie liet ze je achter?' Faiths stem klonk vaag. Ze was buiten beeld. 'Nou, bij wie?'

Jon schudde zijn hoofd. Hij weigerde nog steeds een bezwarende verklaring over zijn grootmoeder af te leggen, zelfs nu ze dood was. Voor Bitty aangehouden kon worden, had ze een fles morfine leeggedronken. De autopsie had uitgewezen dat ze terminale kanker had. De vrouw was niet alleen het recht te slim af geweest. Ze was ook een langdurige, pijnlijke dood te slim af geweest.

'Laten we weer terugkeren naar die avond,' zei Faith. 'Nadat je dat briefje had achtergelaten waarin stond dat je wegliep, waar ging je toen naartoe?'

'Ik bleef bij de paddock, en de volgende ochtend ging ik naar huisje nummer 9, want ik wist dat daar niemand was.'

'Hoe zat het met het handvat van het mes?'

'Ik wist dat Dave...' Jons stem stierf weg. 'Ik wist dat Dave het toilet had gemaakt, dus ik dacht dat dat als bewijs tegen hem zou dienen. Want jullie hadden hem al gearresteerd voor de moord op haar. Hij zou toch al naar de gevangenis gaan. Ik weet dat Mercy zei dat het niet waar was, maar hij had mijn arm gebroken. Dat is kindermishandeling.'

'Oké.' Faith liet zich niet van het onderwerp afbrengen, hoewel ze allebei het ziekenhuisrapport over de gebroken arm hadden gelezen. Jon was uit een boom gevallen. 'Toen Dave werd aangehouden, was jij al van huis weggelopen. Van wie hoorde je wat er gebeurd was?'

Jon schudde zijn hoofd. 'Ik moest een keuze maken.'

'Jon –'

'Ik moest mezelf beschermen,' zei hij. 'Niemand anders was er voor me. Niemand anders gaf om me.'

'Laten we eens teruggaan naar –'

'Wie gaat me nu beschermen?' vroeg hij. 'Ik heb niemand. Niemand.'

Will keek weg van het scherm toen Jon begon te huilen. Hij dacht aan zijn laatste gesprek met de jongen. Ze hadden in de slaapkamer van huisje 10 gezeten. Will had tegen Jon gezegd dat misbruik ingewikkeld was, maar inmiddels leek het maar al te duidelijk.

Je bleef van kinderen af.

'Oké, je weet nu de hoofdpunten,' zei Amanda.

Ze sloot de laptop en hield Wills hand even vast. Toen stond ze op van de bank en liep naar haar bureau.

'Praat me eens bij over die whiskystokerij,' zei ze.

Will stond op, blij dat de emoties achter de rug waren. 'We hebben Mercy's grootboek, waarin alle betalingen staan geregistreerd. Op Chucks computer staan de spreadsheets met alle clubs waaraan hij leverde. We coördineren de zaak met het alcohol- en drugsbureau en met de rechercheafdeling van de belastingdienst.'

'Mooi.' Amanda nam plaats achter haar bureau. Ze pakte haar telefoon. 'En?'

'Christopher gaat die vergiftiging van Chuck op dood door schuld gooien. Hij krijgt vijftien jaar, maar dan moet hij wel tegen zijn vader getuigen over de moord op Gabriella Ponticello. Bovendien hebben we de dubbele boekhouding van de Lodge, zodat we Cecil kunnen pakken op belastingontduiking. Hij zei dat hij er niets van afwist, maar het geld staat op zijn rekeningen.'

Amanda zat op haar telefoon te tikken. 'En?'

'Zowel Paul Ponticello als zijn privédetective heeft een verklaring onder ede afgelegd over wat Dave hun heeft verteld. Wel is het informatie van horen zeggen. Om het helemaal af te timmeren moeten we Dave zien te vinden.'

'We?' Amanda keek op. 'Jij zit helemaal niet op dat deel van de zaak.'

'Weet ik, maar –'

Met een scherpe blik snoerde Amanda hem de mond. 'Een dag na de zelfmoord van zijn moeder is Dave verdwenen. Hij heeft geen poging gedaan contact met Jon op te nemen. Telefonisch is hij onbereikbaar. Hij is niet meer in zijn trailer geweest. Hij was niet op het kampterrein. Het GBI-kantoor in North Georgia heeft een melding op de radio gezet. Die komt uiteindelijk wel weer boven water.'

Will wreef over zijn kaak. 'Hij heeft veel meegemaakt, Amanda. De enige familie die hij ooit heeft gekend, is net uit elkaar gevallen.'

'Zijn zoon is er nog,' benadrukte ze. 'En vergeet niet wat hij zijn vrouw heeft aangedaan. Dan heb ik het niet alleen over het fysieke en verbale geweld. Dave wist jaren geleden al dat Mercy niet verantwoordelijk was voor Gabbies dood. Dat hield hij voor haar achter als machtsmiddel.'

Daar had Will niets tegen in te brengen, maar er was nog veel meer. 'Amanda –'

'Wilbur,' zei ze. 'Dave McAlpine wordt niet opeens een beter mens. Hij zal nooit de vader zijn die Jon nodig heeft. Geen enkele logica of wijze raad of levensles zal hem veranderen. Zelfs een enorme hoeveelheid liefde zal dat niet kunnen bewerkstelligen. Hij heeft zelf gekozen voor het leven dat hij leidt. Hij weet heel goed wie hij is. En hij accepteert het. Hij verandert niet omdat hij niet wil veranderen.'

Weer wreef Will over zijn kaak. 'Dat zouden veel mensen ook over mij hebben gezegd toen ik een jongen was.'

'Maar je bent geen jongen meer. Je bent volwassen.' Ze legde haar telefoon op haar bureau. 'Ik weet beter dan de meeste mensen wat je moest overwinnen om dit punt te bereiken. Je hebt je geluk verdiend. Je hebt het recht ervan te genieten. Ik sta niet toe dat je dat alles weggooit in een ondoordachte poging om iedereen te redden. En al helemaal niet lieden die niet gered willen worden. Je kunt geen twee heren dienen. Het heeft een reden dat Superman nooit met Lois is getrouwd.'

'Ze trouwden in 1996, in *Superman: The Wedding Album.*'

Ze pakte haar telefoon en begon weer te tikken.

Will wachtte op een reactie, tot hij weer besefte dat zij als geen ander een gesprek kon beëindigen.

Met zijn handen in zijn zakken liep hij de trap af. Er viel nog veel te ontraadselen over Jon, maar Will was meer van actie dan van ontraadselen. Hij reikte met zijn slechte hand naar de buitendeur. De snijwond had tot allerlei complicaties geleid. Wat de kans op infectie betrof had Sara geen grapje gemaakt. Na een maand slikte hij nog steeds pillen zo groot als dumdumkogels.

Op zijn eigen verdieping brandde geen licht. Formeel had Will geen dienst meer, hoewel het hem was opgevallen dat Amanda hem niet op zijn kop had gegeven omdat hij lang was gebleven. Wat ze had gezegd, klopte niet, en niet alleen omdat Will eerder Batman was dan Superman.

Verandering was altijd mogelijk. Will had zijn achttiende verjaardag in een daklozenopvang doorgebracht, zijn negentiende in de gevangenis, en op zijn twintigste studeerde hij aan de universiteit. De basisschoolleerling die vaak moest nablijven omdat hij niet alle opdrachten had gelezen, had uiteindelijk strafrecht gestudeerd. Het verschil tussen Will en Dave was dat iemand Will een kans had gegeven.

'Hé!' riep Faith vanuit haar kamer.

Will stak zijn hoofd om de deur. Met een pluizenroller was ze kattenharen van haar broek aan het verwijderen. Faith had de katten van de McAlpines meegenomen naar Atlanta om ze in een asiel achter te laten. Toen had Emma ze gezien, een van de katten was uit zijn draagmand ontsnapt en had een vogel gedood, met als gevolg dat Faith nu twee katten had, waarvan de een Hercule heette en de andere Agatha.

'Een of ander stom kind op de crèche heeft Emma TikTok laten zien, en nu probeert ze steeds mijn telefoon te pikken.'

'Vroeg of laat moest het gebeuren.'

'Ik dacht dat ik meer tijd zou hebben.' Faith dumpte de pluizenroller in haar tas. 'Ondertussen zeurt de FBI aan mijn kop omdat ze Jeremy's aanmelding er zo snel mogelijk doorheen willen jassen. Waarom gaat alles zo snel? Zelfs bij diepvriesmaaltijden moet je een minuut wachten nadat je ze uit de magnetron hebt gehaald.'

Wills maag begon te rammelen. 'Ik heb net het verhoor van Jon gezien. Goed werk van je.'

'Tja.' Faith hees haar tas over haar schouder.' Ik heb Mercy's brieven aan Jon gelezen. Echt, ik was er kapot van. Ik had zulke brieven aan Jeremy kunnen schrijven. Of aan Emma. Mercy die een goede moeder probeert te zijn. Ik hoop dat Jon ooit in staat zal zijn om ze te lezen.'

'Dat komt wel,' zei Will, vooral omdat hij het zo graag wilde. 'En Mercy's dagboek?'

'Precies wat je kunt verwachten van een meisje van twaalf dat verliefd was op haar adoptiefbroer en doodsbang voor haar gewelddadige vader.'

'Nog nieuws van Christopher?'

'Hij blijft volhouden dat hij geen idee had wat er aan de hand was. Bitty heeft nooit op die manier aan hem gezeten. Hij zal haar type wel niet geweest zijn.' Faith haalde haar schouders op, niet om zich ervan af te maken, maar omdat het te veel was. 'Weet je dat Mercy het met Dave zag gebeuren? Er staat iets over in haar dagboek. En in de brieven staat nog veel meer. Bitty die Daves haren streelde. Mercy die een kamer binnenliep en zag dat Dave met zijn hoofd op Bitty's schoot lag. Of over haar voeten wreef. Of haar schouders masseerde. Het voelde raar… Ik bedoel, Mercy noemde het zelf raar, maar ze zag nooit het hele plaatje.'

'Daders maken zich niet alleen schuldig aan het groomen van hun slachtoffers. Ze manipuleren ook de hele omgeving van het slachtoffer. En als je dan iets zegt, ben jij degene die ziek is.'

'Als je wilt weten wat echt ziek is, moet je sommige berichten tussen Bitty en Jon lezen.'

'Heb ik gedaan,' zei Will. Hij was er zo misselijk van geweest dat hij zijn lunch had overgeslagen.

'Ze haatte baby's,' zei Faith. 'Weet je nog dat Delilah zei dat ze haar eigen kinderen niet eens wilde oppakken? Ze liet ze in hun vuile luiers liggen. En dan verschijnt Dave en die is precies haar type. Wel haalt ze een paar jaar van zijn leeftijd af om hem helemaal tot haar type te maken. Denk je dat Dave wist dat ze Jon al die tijd misbruikte?'

'Ik denk dat in de eetzaal het besef tot hem doordrong en dat hij zijn best deed om zijn zoon te redden.'

'Dat wil ik graag geloven, want het alternatief is dat hij bekende om Bitty te redden.'

Will weigerde dat scenario toe te laten. Er waren andere dingen die hem 's nachts uit zijn slaap hielden. 'Sorry dat ik Pauls tattoo over het hoofd heb gezien.'

'Hou op, zeg,' zei Faith. 'Ik ben een nog veel grotere sukkel, want ik heb steeds min of meer grappend gezegd dat Bitty Daves psychotische ex was, en ondertussen was ze ook echt Daves psychotische ex.'

Will wist dat hij dat alles los moest laten. 'De volgende keer de zaak niet verkloten.'

'Zal ik proberen,' zei Faith grijnzend. 'Hoe ben ik toch verzeild geraakt in een locked-room-mysterie van Agatha Christie met een plotwending uit de boeken van V.C. Andrews?'

Hij vertrok zijn gezicht en liep de gang weer door naar zijn kamer. Toen hij de deur door ging, voelde hij een vertrouwde lichtheid in zijn borst bij het zien van Sara, die op de bank zat. Een van haar schoenen was uit. Ze wreef over haar kleine teen.

Het mooiste vond hij haar stralende gezicht toen ze naar hem opkeek.

'Hoi,' zei ze.

'Hoi.'

'Ik heb mijn teen gestoten aan de stoel.' Ze schoof haar schoen weer aan haar voet. 'Heb je het verhoor bekeken?'

'Yep.' Will ging naast haar zitten. 'Hoe was je lunch met Delilah?'

'Volgens mij is het goed voor haar dat ze iemand heeft om mee te praten,' zei Sara. 'Ze doet haar uiterste best voor Jon. Op dit moment is het moeilijk, want hij accepteert geen hulp. Telkens als ze op bezoek komt, staart hij naar de vloer, en als ze dan weggaat en de volgende dag terugkomt, staart hij weer naar de vloer.'

'Hij weet dat ze er voor hem is,' zei Will. 'Denk je dat het zou helpen als Dave bij Jon op bezoek ging?'

'Dat zou ik aan de deskundigen overlaten. Jon is zo beschadigd, dat moet hij eerst allemaal verwerken. Dave heeft zelf schade opgelopen. Hij moet eerst zichzelf helpen voor hij zijn zoon kan helpen.'

'Amanda zei dat Dave niet geholpen wil worden. De enige zekerheid die die man in zijn leven heeft, is dat hij gebroken is.'

'Waarschijnlijk heeft ze gelijk, maar voor Jon zou ik de hoop niet opgeven. Delilah is er voor de lange termijn. Ze houdt van hem, heel veel. Ik denk dat dat alle verschil maakt in dat soort situaties. Hoop is besmettelijk.'

'Is dat je mening als arts?'

'Mijn mening als arts is dat mijn man en ik moeten stoppen met werken, ons vol moeten proppen met pizza, wat *Buffy* moeten bingen en ervoor moeten zorgen dat mijn teen niet het enige is waarover vanavond gewreven wordt.'

Will lachte. 'Ik moet dit rapport nog versturen, daarna kom ik naar huis.'

Sara vertrok, maar pas nadat ze hem een heerlijke kus had gegeven.

Will ging aan zijn bureau zitten. Hij tikte op zijn toetsenbord om het scherm te activeren. Net toen hij zijn oordopjes wilde indoen, ging zijn werktelefoon.

Hij drukte op speaker. 'Will Trent.'

'Trent,' zei een mannenstem. 'Met sheriff Sonny Richter van Charlton County.'

Will had nog nooit een telefoontje ontvangen uit het meest zuidelijke district in Georgia. 'Hallo. Waarmee kan ik van dienst zijn?'

'We hebben een gast aangehouden vanwege een kapot achterlicht. Onder zijn stoel lag een brok heroïne. Het GBI-bureau in North Georgia heeft een aanhoudingsbevel voor hem doen uitgaan, maar hij zei dat we jullie moesten bellen. Hij beweert dat hij informatie heeft die hij wil inwisselen voor een lichtere straf.'

Nog voor de man was uitgespraat, wist Will al wat er kwam.

'Hij heet Dave McAlpine,' zei de sheriff. 'Komen jullie hem halen of moet ik het bureau bellen?'

Will draaide aan zijn trouwring. Het dunne metaal symboliseerde zoveel. Hij wist nog steeds niet wat hij aan moest met dat lichte gevoel in zijn borst dat hij kreeg telkens als hij bij Sara was. Nog nooit was hij zo lang achter elkaar gelukkig geweest. Hun trouwdag was een maand geleden, maar de euforie die hij tijdens de plechtigheid had gevoeld, was nog niet minder geworden. Die werd zelfs intenser met elke dag die verstreek. Als Sara naar hem glimlachte of om een van zijn domme grapjes lachte, was het alsof zijn hart in een vlinder veranderde.

Weer had Amanda zich vergist.

Voldoende liefde kon een man wel degelijk veranderen.

'Bel het bureau maar,' zei Will tegen de sheriff. 'Ik kan hem niet helpen.'

DANKWOORD

Zoals altijd wil ik allereerst Kate Elton en Victoria Sanders bedanken, die er eigenlijk al vanaf het begin bij zijn geweest. Naast mijn rechterhand Bernadette Baker-Baughman wil ik ook Diane Dickensheid en het VSA-team bedanken. Verder gaat mijn dank uit naar Hilary Zaitz Michael en de mensen bij WME. Nu ik het daar toch over heb, reuzebedankt Liz Heldens dat je na dat etentje in Atlanta woord hebt gehouden en wonderen hebt verricht, en bovendien omdat je Dan Thomsen in mijn leven hebt gebracht. Jullie zijn kanjers.

Bij William Morrow ben ik de volgende mensen oneindig veel dank verschuldigd: Emily Krump, Liate Stehlik, Heidi Richter-Ginger, Jessica Cozzi, Kelly Dasta, Jen Hart, Kaitlin Harri, Chantal Restivo-Alessi en Julianna Wojcik. En bij HarperCollins International gaat mijn dank uit naar Jan-Joris Keijzer, Miranda Mettes, Kathryn Cheshire en last but not least de wonderbaarlijke, onvermoeibare Liz Dawson.

David Harper heeft mij (en Sara) al veel te lang gratis en voor niks van medisch advies voorzien, en ik ben hem eeuwig dankbaar voor zijn geduld en welwillendheid, vooral wanneer ik weer eens in een Google-gat duik en er aan mijn telefoonbotje uitgetrokken moet worden. De fantastische Ramón Rodríguez was zo vriendelijk om gerechten aan te dragen die een Puerto Ricaanse chef zou serveren. Tony Cliff werkte de plattegrond uit. Dona Robertson beantwoordde enkele vragen over het GBI. Uiteraard komen eventuele fouten voor mijn rekening.

En ten slotte bedank ik mijn vader, die van geen wijken wil weten, en DA, mijn hart. Jullie kunnen altijd op mij rekenen. Ik kan altijd op jullie rekenen.